AF276265

Luis García-Rey
Axel

ESPASA

La lectura abre horizontes, iguala oportunidades y construye una sociedad mejor.
La propiedad intelectual es clave en la creación de contenidos culturales porque
sostiene el ecosistema de quienes escriben y de nuestras librerías.
Al comprar este libro estarás contribuyendo a mantener dicho ecosistema vivo y
en crecimiento.
En **Grupo Planeta** agradecemos que nos ayudes a apoyar así la autonomía creativa
de autoras y autores para que puedan seguir desempeñando su labor.
Dirígete a CEDRO (Centro Español de Derechos Reprográficos) si necesitas fotocopiar
o escanear algún fragmento de esta obra. Puedes contactar con CEDRO a través de la
web www.conlicencia.com o por teléfono en el 91 702 19 70 / 93 272 04 47

© Luis García-Rey, 2023
© Editorial Planeta, S. A., 2023
   Espasa, un sello editorial de Editorial Planeta, S. A.
   Avda. Diagonal, 662-664, 08034 Barcelona (España)
   www.espasa.com
   www.planetadelibros.com

Adaptación de la cubierta: Booket / Área Editorial Grupo Planeta
Ilustración de la cubierta: © Jesús Aguado
Primera edición en Colección Booket: junio de 2024

Depósito legal: B. 9.819-2024
ISBN: 978-84-670-7275-4
Impresión y encuadernación: Liberdúplex, S. L.
Printed in Spain - Impreso en España

Biografía

Luis García-Rey nació en Vigo en 1981 y desarrolla su carrera como periodista en televisión. Tras más de una década presentando la edición de fin de semana de *Deportes Cuatro*, ahora se ha mudado al *Desmarque* de Telecinco, también en fin de semana. Su voz se puede escuchar por la noche en el *Partidazo* de COPE. Además, dirige el Máster de Periodismo Deportivo de la Universidad Villanueva. Publicó su primera novela, *Axel*, en 2023 con gran éxito de crítica y público. Su última novela, *Loor*, ha merecido el Premio Primavera 2024.

 @luisgarcia4

 @luisgarcia4

A mi padre, el auténtico García-Rey,
porque su orgullo me sigue llegando,
empujando y haciendo sonreír.

A mi madre, la madre de Axel,
la persona que más quiero del mundo.

Preámbulo

Vigo, 8 de septiembre de 2008

Eran más de las doce, por lo que técnicamente ya era día 9, pero María no cambiaba la hoja en el calendario hasta que se iba a dormir. Y esa noche, aunque aún no lo sabía, no iba a pegar ojo.

Ni la siguiente.

Ni la siguiente.

El número ocho se le iba a quedar grabado para siempre en la memoria, con una gravedad distinta, sucia. Como un escupitajo de sangre en la cuna de un recién nacido.

Se preguntó infinidad de veces cuándo empezó a irse todo a la mierda. Y la verdad es que no lo sabía. Pudo ser antes. Pudo ser después. Pero algo le decía que su vida empezó a torcerse cuando dijo:

—Me voy ya.

Me voy ya. Tres palabras que perfectamente pudo haber callado. Tres palabras que perfectamente pudo haber cambiado por «Me tomo otra» o «Venga, me quedo».

Pero no.

María dijo «Me voy ya». Y casi montándose encima de sus palabras escuchó:

—¿Te vas ya?

No había decepción en la forma de preguntar sino verdadero interés. Qué tipo de interés es lo que María no fue capaz de determinar. Y eso que desde muy pequeña, a través de sus ojos de un negro profundo, había aprendido a calar a la gente.

—Sí, tíos. Me voy ya —repitió—. Estoy cansada y mañana tengo comida familiar. No quiero llegar hecha un cuadro como la última vez.

Todos sonrieron. María tenía facilidad para desesperar a sus padres y eso no se le escapaba a nadie de los allí presentes. Al fin y al cabo, tenía diecisiete años. Estaba en la edad.

Esa noche era la más joven del grupo. Todos los chicos tenían más de veintitrés años y Andrea, veintiuno. Pero María era más alta. Era más alta que la mayoría de chicas de su edad. En el último año su cuerpo había empezado a curvarse, a rellenar un molde bonito, al tiempo que su rostro conservaba un semblante infantil. Una mezcla que atraía muchas miradas. Ahora era la gente, sobre todo los chicos mayores, los que querían calarla a ella.

—¿Y cómo te vas a volver? —preguntó Andrea—. No vas a encontrar ningún taxi a esta hora y tu casa está lejos de *carallo*.

Estaban en el bar Pénjamo, uno de los garitos de moda del verano vigués. Un pequeño local escondido en un lateral de la playa de Patos, en el Val Miñor, a escasos diecisiete kilómetros de Vigo.

La playa de las olas, como siempre la llamó María.

La noche había transcurrido con normalidad. Nada memorable. Ninguna pelea. Nadie se había enrollado con nadie. Acababa de terminar un concierto de una banda local. «Unos chavales bastante pijos», habían comentado. Y ahora estaban bailando y terminando de arreglar el mundo, entre birras.

Eran los cinco de siempre.

María tenía alguna amistad más estrecha con gente del instituto, pero podía decir con total seguridad que estos también eran sus amigos de toda la vida.

Se conocían de ir al agua, como se decía en su entorno.

El mar los había unido hacía algunos años y ahora allí estaban, diciendo adiós a las vacaciones. Y como ellos, media ciudad. El local estaba abarrotado. Dentro y fuera, en la terraza, desde donde se veía cómo el oleaje golpeaba las rocas con la desgana de septiembre.

María recogió el bolso, que estaba sobre una de las mesas del exterior, y se despidió con un beso al aire.

—No os ralléis. Ahora llamo a mi padre y viene a buscarme —dijo—. No creo que esté dormido. Aún debe estar recogiendo las sobras de la fiesta de anoche.

La noche anterior acabaron muy tarde. En casa habían celebrado una fiesta sorpresa por el veinte cumpleaños de su hermana. Se juntaron un montón de amigos venidos de diferentes partes de Galicia. «Amigos de todo lugar, sexo y condición», decía la invitación.

Había sido un éxito.

A María aún se le iluminaba el rostro al recordar la expresión de su padre cuando comprobó que todo había salido bien, que no había habido ninguna filtración y que el efecto sorpresa había llegado hasta lo más hondo del sistema nervioso de su hermana, le aceleró el corazón, le dilató las venas y le provocó finalmente el llanto. Se habían divertido tanto que quizá por eso estaba tan cansada.

Por eso y porque ya era tarde.

En su muñeca, las manecillas del reloj marcaban las 3.35. Y tampoco se lo estaba pasando tan bien.

Caminó entre la gente, tratando de que no le derramasen ninguna copa por encima, y se encaramó hacia la puerta.

Mientras se colocaba la capucha para salir, notó cómo alguien la tomaba del brazo.

—Hey, espera. Ya te llevo yo. Si total... me voy ya y tengo el coche ahí. No molestes al viejo a estas horas.

No había interés en la forma de ofrecerse sino verdadero deseo. Qué tipo de deseo es lo que María no fue capaz de determinar.

—¿Estás seguro de que puedes llevar el coche, colega? Hemos bebido bastante.

María paladeaba sus palabras con sequedad. Notaba la boca pastosa, quizá por la cerveza.

—Que sí, joder. No va a ser la primera vez. Ya lo sabes. Hemos ido juntos en ese coche en peores condiciones y aquí estamos. En peores plazas hemos toreado —dijo sonriendo.

María le lanzó una mirada analítica, escrutadora. No respondió hasta pasados unos segundos, cuando creyó haber finalizado el escáner y hubo contemplado todas sus opciones. Entonces dijo:

—Como tú quieras.

Como tú quieras. Tres palabras que debió haber callado. Tres palabras que perfectamente pudo haber cambiado por «No hace falta» o «Tranqui, vuelve adentro».

Pero no.

María dijo «Como tú quieras».

Entraron en el vehículo y sin saber decir por qué, empezó a sentir que algo no iba igual que en otras ocasiones.

Se estaba emparanoiando.

Estaba experimentando una sensación extraña. Por un lado anhelaba un viaje suave, sin sobresaltos. Con una conducción segura y sobria a pesar del alcohol que embotaba los reflejos de ambos. Y por otro, deseaba un desplazamiento breve y rápido. Que le permitiese llegar a casa cuanto antes.

Ya iba dándole vueltas a la resaca que le esperaba al día siguiente. A la bronca de su madre por estar cansada y con pocas ganas de hablar. Ya veía a su padre defendiéndola, como siempre, de los ataques de su hermana.

Necesitaba descansar.

Se ajustó el cinturón de seguridad, que se encajó entre sus pechos, resaltando una figura que en las últimas semanas no paraba de crecer, lo que le produjo una sensación contradictoria. Adulta y vulnerable.

También vio por el rabillo del ojo con creciente incredulidad algo que la dejó loca.

—¿Qué coño haces?

Mientras guiaba el volante, su colega se estaba cepillando los dientes de forma frenética con la mano derecha.

Arriba y abajo.

Izquierda y derecha.

En movimientos muy cortos.

A toda velocidad.

—¿Qué? No hago nada.

No tenía pasta, así que no hacía espuma y no manchaba el coche, pero a María le estaba empezando a poner nerviosa que apartase los ojos de la calzada para mirar en el espejo retrovisor si, efectivamente, los dientes estaban limpios.

—Atento a la carretera, por favor.

En ese momento no podía imaginarlo, pero esa imagen la acompañaría ya para siempre. Para el resto de su vida. El cepillo de dientes. Azul. De plástico. Agitándose en la oscuridad del camino lleno de curvas que llegaba de forma más directa a su casa, un chalé en las faldas de Monteferro, desde donde se podía disfrutar de uno de los mejores atardeceres de las Rías Baixas.

Quizá por acomodar la velocidad del vehículo al cepillado, quizá porque se sentía más diligente de lo que en realidad era, su colega apretó el acelerador por encima de lo que recomendaban las señales de tráfico que brillaban en el arcén. No estaban a más de tres kilómetros de su destino cuando, al salir de una curva demasiado rápido, unas luces les cegaron por completo la visión del asfalto.

—Mierda —chilló.

María vio cómo su colega daba un volantazo y retomaba su carril. El coche culeó. Las luces pasaron de largo por la izquierda, rozando la puerta del conductor. El frenazo dejó marcas en el asfalto.

Estaban bien.

—Joder. Lo siento. Se me ha echado encima.

No había sinceridad en la disculpa sino verdadera adrenalina. Qué estaba produciendo la adrenalina es lo que María no fue capaz de determinar.

—¡Qué cojones se te va a echar encima! ¡Se te ha echado encima la curva!

Ella sonreía sin saber muy bien el motivo. No llegó a acojonarse tanto como su colega. Tal vez había bebido más y todo le importaba menos.

Tal vez no.

Su colega detuvo el coche a escasos metros de la curva, justo delante de la puerta de un pequeño hostal. Una construcción de piedra con más años que un bosque.

—¿Qué ocurre? ¿Por qué paramos? —preguntó.

—No sé, tía. Me he acojonado mucho. Se me ha ido la pinza en la curva y por poco nos matamos.

—Bueno, joder. No ha sido para tanto. En peores plazas hemos toreado, ¿no? Dale, anda. Vámonos de aquí, que estoy deseando llegar a casa y descansar.

Sus palabras se quedaron flotando en el coche.

—No, tía. Vamos a parar. Si te ocurre algo, jamás me lo perdonaría. Tus padres me matarían, además. Sabes que les

14

quiero mucho y ellos a mí. Siempre se han portado muy bien conmigo. Si te ocurriese algo por mi culpa, no podría soportarlo.

María se revolvió un poco en el asiento del copiloto.

—¿Entonces?

—Vamos a parar aquí, aunque sea un par de horas. Que se me pase un poco el susto y el ciego, por favor.

María no dijo nada.

Ni tres palabras. Ni dos. Ni una.

Nada de lo que arrepentirse.

Pero se bajó del coche.

El interior del hostal maridaba perfectamente con la fachada. Si sus propietarios amaban su negocio lo disimulaban con acierto. No había ni un detalle que mereciese ser recordado. Solo austeridad y vejez. A tenor de los precios, tampoco debían tener demasiadas opciones para reforzar el encanto de su negocio.

Un señor bajito, calvo, con dos o tres mechones blancos encima de las orejas los miraba sin demasiada atención. Era mayor. Y no podía creer lo que le preguntaban.

—¿Una habitación por horas? No, hijo. Una habitación es una habitación y es tuya hasta las doce del mediodía. Es decir, sí. Es una habitación por horas. ¿Qué hora es, las cuatro? Es una habitación por ocho horas, para ser exactos.

María volvió a sonreír. La locuacidad del anciano la estaba relajando.

—Bueno, pues la más barata que...

—Queremos *dos* habitaciones —interrumpió ella, reforzando bien todas las letras de la palabra «dos» sin apartar la vista del hombre pequeño que tenía delante—. Las más pequeñas y económicas que tenga usted disponibles —añadió.

—Eso es —asintió su colega, dejando entrever una risa nerviosa.

15

El anciano los miró con un desprecio añejo.

—Todas las habitaciones que tengo libres son iguales. Es sábado por la noche, no hay demasiado donde elegir.

Sin esperar reacción alguna, el propietario del hostal se volvió para recoger de la impresora dos formularios de entrada y las llaves.

—Necesito vuestros DNI y una tarjeta de crédito. Habitaciones 105 y 106. Están en la primera planta. Tenéis el ascensor al fondo del pasillo. Ahora os subo los documentos.

Decidieron subir utilizando las escaleras.

Él iba delante. Ella, detrás.

El pasillo olía como los sitios que no huelen bien. Tampoco muy mal. Se habría solucionado con una ventilación adecuada que el edificio parecía no tener. Con eso o con el olor agradable de la mano de pintura que reclamaban las paredes.

Una foto mal colgada del anciano cuando era joven, con un pez en la mano, era toda la decoración del primer piso.

—¡Vaya personaje, eh! —dijo él.

—¡Ya te digo, colega! Menuda pieza. —Ella vaciló un instante—. Oye, tío, me sabe mal que te gastes cien pavos pudiendo estar en casa en cinco minutos.

Él le respondió sin levantar la vista del suelo.

—Que no, joder. Es mejor así. Ya verás. Hazme caso.

—Vale, vale.

Mientras María caminaba hacia su cuarto, iba reteniendo respuestas. «¿Ya verás? ¿Qué es lo que tengo que ver? ¿Era una forma de hablar?».

A su espalda, un ruido impreciso inundaba el pasillo. Cuando se giró para despedirse, se estremeció al comprobar que su colega estaba temblando y que no era capaz de acertar a meter la llave en la ranura de la puerta 105.

—Oye, ¿estás bien?

No estaba bien. Era evidente.

—Sí, sí. No te ralles, de verdad. Ve a dormir.

Él intentó parecer calmado. No quería preocuparla. Su boca se abrió en una mueca, casi una herida.

María se fijó en su sonrisa. Efectivamente, tenía los dientes limpios.

—Bueno, me voy a sobar, descansa —se despidió María, que, sin pelearse con la cerradura, abrió, entró, cerró la puerta 106, y sin detenerse un segundo en apreciar la falta de cariño que desprendía la decoración de su estancia, se quitó los zapatos y se deslizó con la ropa puesta dentro de las sábanas. Pronto estaría en casa y podría dormir en su cama.

Ya estaba cerrando los ojos cuando tres golpecitos resonaron en el pasillo.

«El DNI», pensó. «A ver si le da el mío también y no me tengo que levantar».

Pocos minutos después los mismos tres golpecitos tocaban su puerta.

—Hay que ver cómo son estos viejos, ni una sorpresa agradable —refunfuñó. Se levantó con rapidez para resolver ese asunto cuanto antes. Descalza y medio dormida, abrió la puerta.

—Joder.

Se asustó.

La sombra de la silueta cubría todo el marco de la entrada. A María se le aceleró el pulso.

El cepillo de dientes.

Arriba y abajo.

—¿Qué pasa?

Sin esperarlo, recibió un golpe muy fuerte en el pecho y un empujón la devolvió contra su voluntad junto a la cama.

—¿Qué coño haces?

La puerta se cerró sin violencia.

—Ni se te ocurra gritar, enana. Te lo advierto. O será lo último que hagas.

María no gritó.

Su cerebro se desconectó.

Se fue a negro.

Blackout.

En ese instante, el miedo la paralizó de tal forma que no fue capaz de determinar nada más en toda la noche.

1

El tráfico era asqueroso. No solo por los coches enredados bajo la lluvia, no solo por las motos que serpenteaban sin control como una boa constrictor, no solo por el aire denso del mes de marzo en Madrid sino, sobre todo, por los conductores. Pocas cosas le daban más asco al agente de policía Axel Nash que un ser humano *random* que trata de guiar un vehículo cualquiera. Le daban asco todos y cada uno de los modelos de conductor.

Los dividía en dos tipos: los listos y los subnormales.

No era una clasificación demasiado compleja y, sin embargo, le parecía muy acertada. No sabía decir cuál era peor, dependía del día. Los listos eran los que se metían sin intermitente, los que se saltaban la cola en una salida, los que daban un volantazo en línea continua, los que aceleraban cuando un semáforo se ponía en ámbar. Los subnormales eran los que se quejaban airadamente cada vez que Axel se comportaba como un listo.

De un vistazo los reconocía.

¿Tatuaje? Un listo.

¿Gafas? Subnormal.

¿Pulserita con la bandera de España? Un listo.

¿Ambientador en el salpicadero? Subnormal.

Y así.

Si al volante iba una mujer, se sentía menos violento. Las prefería, sin ninguna duda.

Era miércoles. Axel no llevaba en el coche más de quince minutos y ya le habían puesto de mala hostia. No ayudaba en absoluto a controlar su mal carácter en la carretera el hecho de haber tenido que madrugar.

Cómo alguien puede ser medianamente feliz teniendo que hacer esa mierda a diario.

Afortunadamente, la vida había llevado al agente de policía Axel Nash por otro camino, y ese camino le permitía despertarse sin sobresaltos, sin prisas y, lo que es más importante, sin despertador.

Puto cacharro del infierno.

Si bien su vida no había dado ningún giro drástico en los últimos tiempos, ahora se veía en la obligación de madrugar. Tres veces por semana. Los días que le tocaba correr.

Traumático.

Era una obligación elegida y esas son las peores obligaciones, porque te convierten de la noche a la mañana en tu peor enemigo. Solamente el recuerdo del despertador martilleando su descanso le producía náuseas mentales. Que su primera sensación al salir de la cama fuese su propio ácido láctico mordisqueándole las piernas tampoco le ayudaba.

Asco de agujetas.

Definitivamente, odiaba correr. Y, sin embargo, salía puntual, madrugón si, madrugón no, a su cita con el sufrimiento y las endorfinas. En el fondo sabía que la disciplina era la única forma de cruzar la meta de su primera maratón. El 21 de mayo en el parque del Retiro de Madrid.

Su primera maratón y, probablemente, la última.

Axel siempre quiso ser más alto y desde que había empezado a correr, ese deseo se agudizó. Su metro ochenta de estatura no le ayudaba demasiado a mejorar sus marcas. Echaba de menos el favor de unas piernas finas y largas, kilométricas, como las de los kenianos de las grandes pruebas; eso sí ayudaba.

Para compensar, los tres kilos que se había dejado entre cuesta y cuesta le estaban prestando auxilio. Si hasta se había rapado el pelo al uno.

Por la aerodinámica, joder.

Estaba deseando tener una persecución a pie para ponerse a prueba.

Un bocinazo seco le arrancó de cuajo de sus pensamientos. Un mocoso intentaba colarse justo antes de llegar a la salida 19 de la carretera de Colmenar. Y casi le embiste.

Era un Ford Fiesta blanco... con un jersey amarillo.

—¿Qué quieres, listo? Que eres un listo.

El pisotón al acelerador le reventó las pulsaciones.

—Pero no has pasado, listo... que vas de listo y no. Ponte ahí atrás, montón de mierda.

Un día reviento, te lo juro.

Cuando su vehículo entró en el aparcamiento del colegio público Vallehermoso, el reloj luminoso del salpicadero marcaba las 11.49. Sesenta minutos sobre la hora real, las 10.49. A Axel el cambio de hora le parecía una memez. En eso era más británico que nadie, así que ni se molestaba en aprender a utilizar el cuadro de mandos del coche, y mucho menos a leer el manual de instrucciones. Restaba una hora y asunto zanjado. Total, son solo unos meses y para algo tenían que servir las matemáticas.

Que me apellido Nash, coño.

Era abandonar el coche y su temperamento se hacía más dócil de manera inmediata, como si alguien pulsase un interruptor. No sabría decir si ahora estaba en *on* o en *off*, pero en cualquier caso ya parecía una persona normal. Su cerebro dejaba de comportarse como un soldado americano en una emboscada al oeste de Saigón en el 68. Y poco a poco se abría paso el hombre amable y educado que nunca debió dejar de ser.

—Buenos días, señor Nash —le saludó una voz cálida.

—Buenos días, señora —respondió.

—Uy, señorita mejor, ¿no?

—Qué tal si nos tuteamos, eeehhh...

—Paula.

—Paula.

Paula no tendría más de quince años cuando Induráin era Induráin y los españoles no dormían siesta, así que era probable que el calificativo de «señora» le viniese aún un poco grande. Pero Axel solo quería fastidiar. O puede que estuviese coqueteando. Era algo que todavía no había decidido.

Unos *jeans* de la talla 36, que deberían haber sido desechados en el probador por una 38, empezaron a moverse con cierto garbo delante de sus ojos.

El recinto desprendía un inconfundible olor a toallita de bebé. Algo que no terminaba de encajar del todo en un colegio de enseñanza primaria. Las paredes eran de madera vieja y por las ventanas se filtraba una luz tenue y grisácea, como el día. El conjunto le transportaba sin querer al siglo pasado, a la infancia.

En los colegios da la sensación de que no pasa el tiempo hasta que ves a los niños.

Axel siguió la estela de los tacones de aguja que tamborileaban el parqué. Cruzó todo el pasillo y en menos de un minuto le recibieron en el mejor despacho de todo el edificio.

Mala señal.

El director del centro, un hombre alto, peludo, con la nariz como un hacha y embutido en un traje feo, le dio la bienvenida.

—Tome asiento, señor Nash.

Ya estamos otra vez con el puto señor Nash.

—Buenos días. ¿Qué pasa esta vez? —dijo con poca paciencia.

—Le hemos hecho venir para discutir determinados aspectos de la formación de su hija.

Axel no se sentó.

—Déjese de eufemismos, ¿quiere? No nos hagamos perder el tiempo.

El culo del director del colegio pegó un respingo incómodo, como si un cactus hubiese agujereado su asiento. Recobró como pudo la compostura y se aclaró la voz.

—Como quiera —dijo—. Por cierto, ¿la madre no va a venir?

¿Cómo? Bienvenido a Saigón, imbécil.

—No, no va a venir. Sabe de sobra que no va a venir. Le agradecería que me dijese cuanto antes lo que me tenga que decir sobre mi hija y, a ser posible, ajústese al ejercicio de la profesionalidad que acaba de perder haciéndome esa pregunta.

—¿Cómo dice?

—Venga, coño, que no tengo todo el día.

—Está bien, está bien. Le ruego que se calme.

El director de la escuela se cruzó de piernas. Estaba disfrutando.

—Tenemos un problema con su hija. No podemos controlarla. Tiene un genio indomable. Es caprichosa, exagerada, profundamente egoísta, airada, malhumorada...

—No siga, ¿quiere?

—No sabemos de dónde le viene esa falta de autocontrol. Y no sé... Quizá usted pueda ponernos sobre alguna pista.

—Tiene nueve años, por el amor de dios. ¿Quién es usted, la señora Fletcher? Es una niña como cualquier otra y si ustedes no son capaces de formarla desde una base docente y educativa, ya buscaré quien lo haga. ¿Alguna cosa más?

El director se puso de pie.

—Hágase un favor antes de tomar una decisión equivoca-
da, señor Nash... Háblelo con la madre.

Valiente hijodeputa.

—Hasta luego, director. Le ruego que no le diga a la niña
que he estado aquí. No me gustaría que se alterase y ahorque
a algún compañero.

No hubo portazo. Es posible que ni tan siquiera hubiese
puerta. Definitivamente, las reuniones del cole no eran la es-
pecialidad de Axel Nash. Empezaba a pensar que nada lo
era. Necesitaba con urgencia la aparición de algún crimen
que le permitiese aprovechar su tiempo. Entre los listos, los
subnormales, las agujetas, los madrugones y el colegio...

¿En qué se está convirtiendo mi vida?

Necesitaba un buen caso donde volcar toda su ira.

Necesitaba a algún cabrón despiadado que hubiese dejado un reguero de sangre tras de sí.

No, mejor aún.

Necesitaba a algún genio del mal que le pusiese la sangre
a doscientos grados centígrados, alguien a quien pudiese
despellejar sin sentir el más mínimo resquicio de culpa.

Necesitaba trabajar.

Estaba rebuscando en el bolsillo derecho de sus vaqueros,
donde tenía que estar la llave del coche, cuando en la otra
pierna el móvil empezó a vibrar. En la pantalla se podía leer
un nombre de mujer.

—Axel. Soy Loor. ¿Dónde estás?

—No quieras saberlo. ¿Qué ocurre?

Loor, su nueva compañera. Axel suponía que se llamaba
Lorena, pero Loor le sonaba bien. Le recordaba la marca de
sopas que le hacía su madre cuando vivía en Galicia. Porque
Axel era gallego. Loor, no. Ella apenas llevaba dos meses
en Madrid. La habían trasladado desde Toledo. El motivo

del traslado, Axel lo desconocía. Y aunque se conocían poco, muy poco incluso, el pálpito era bueno. De alguna forma conectaban.

—Dame buenas noticias, Loor. Te lo ruego.

—No sé dónde estás pero si dónde tienes que estar en treinta minutos. Ahora te mando la dirección. Ha aparecido algo.

«Algo» en el argot de Loor era, sin lugar a dudas, un caso de puta madre.

—Está bien. ¿De qué estamos hablando? ¿A, B o C? —preguntó Axel.

Entre ellos tenían divididos los casos en:

A. Desaparición.

B. Secuestro.

C. Asesinato.

Loor intentó controlar la vibración de sus cuerdas vocales para no parecer demasiado excitada. No tuvo éxito.

—Súper C, Axel.

—Joder.

—Sí.

—¿Tan bestia ha sido?

—No es solo el cómo. Es también el quién.

—Joder.

—Sí.

—¿Loor?

—Dime.

—No te alegres, coño. Esto es una putada.

Una sonrisa leve se intuyó al otro lado de la línea.

—No me alegro. Te lo prometo. Pero tampoco te alegres tú, ¿vale?

—No me alegro, de verdad. Esto es una putada.

—Lo es, Axel. No me alegro. Pronto lo entenderás.

—No me asustes, Loor, joder. ¿Qué ocurre? ¿Le conozco?

Ella tardó unos segundos en encontrar las palabras adecuadas.

—Todo dios le conoce.

Axel encontró al fin las llaves del coche y pulsó el cierre centralizado. Abrió la puerta del conductor y se sentó con las manos en el volante. Antes de colgar se despidió.

—Joder —dijo.

2

Hace dos meses. Mensaje en el buzón de voz del XXX786650:

Loor, soy yo. Malas noticias. He hecho todo lo posible para convencerles pero no quieren escuchar. Te van a abrir expediente.

Te dan la opción de un traslado voluntario a Madrid. No con el mismo rango, por supuesto, pero tendrías la oportunidad de empezar de cero en una comisaría pequeña.

Tu caso se archivaría. Con un poco de fortuna, en unos años esto queda en el olvido y puedes regresar. Yo creo que es la única opción. Sé que no es lo ideal, sé que no te apetece, pero créeme, es lo mejor. Es algo muy grave. Lo sabes, ¿verdad? No te juzgo, pero ahora solo importa huir hacia delante.

Necesitas una salida... y Madrid no está tan mal.

«Madrid no está tan mal. Madrid no está tan mal».

Desde el primer instante en el que puso un pie en la estación de Atocha, Lorena Galván tuvo que repetirse esa frase cada ocho horas, desayuno, comida y cena, como un antibiótico.

Y seguía sin estar convencida del todo.

La ciudad le comía por dentro, como un virus. Y no por la gente, generalmente amable. Tampoco era el clima, muy parecido al de Toledo. Su problema era más abstracto; lo que no soportaba de Madrid era su inmensidad, lo inabarcable, las distancias, el tiempo. Todo estaba demasiado lejos. Todo era demasiado pronto. Todo estaba demasiado lleno.

Todo era demasiado... demasiado.

Se había instalado en un pequeño apartamento cerca de Atocha por si tenía que salir pitando a casa. Un techo de cuarenta metros cuadrados por el que le soplaban ochocientos euros el día 5 de cada mes.

Más la fianza.

Más el aval bancario.

Más el mes de agencia.

Desde que se instaló apenas había podido pegar ojo. Había oído hablar de la contaminación acústica de la ciudad, pero de lo que no había oído hablar la ciudad era de sus fantasmas. El cóctel se remataba a base de tilas y orfidales. Y con todo ello, una noche buena, quizá podía dormir tres o cuatro horas.

Las huellas del insomnio, Loor las ocultaba con mascarillas, cremas, polvos y correctores. Sus miserias, para ella.

«Hay que venir llorado de casa», solía decirle siempre su padre, cuando aún vivía.

Llevaba el pelo muy corto, rubio, oxigenado. Tan corto que con que se aplicara un poco de espuma ya era imposible despeinarla. Eso le daba buen aspecto. Así que nadie notó la falta de descanso cuando franqueó la puerta del número 7 de la calle San Bernardino, en el corazón del barrio de Conde Duque, donde se escondía un pequeño alojamiento que ofertaba habitaciones por horas.

A su llegada pudo comprobar que la zona ya estaba completamente acordonada. Sirenas y luces teñían la manzana de un azul anaranjado que no vaticinaba nada bueno. Al fondo, junto a la recepción, pudo distinguir un rostro conocido.

—Buenos días. ¿Ha llegado ya Axel?

—¿Axel? No. No le he visto —contestó un agente de mediana edad, ni bajo ni alto, ni gordo ni delgado, ni rubio ni moreno, que respondía al nombre de Marc.

Entre que Loor era nueva, llevaba poco tiempo en Madrid, y no era muy habilidosa para recordar el nombre que va con cada cara, desde luego no se lo estaban poniendo fácil.

Comprobó en el móvil que la dirección que le había enviado a Axel por WhatsApp era correcta. Doble *check* azul. Estaría de camino.

Accedió al primer piso por las escaleras que doblaban alrededor de un ascensor que estaba fuera de servicio. Siguiendo el cartel que indicaba la dirección de las habitaciones pares, se dio de bruces con una mano que le impedía el paso.

—Lo siento, agente. El acceso a esta zona está reservado. No puedo dejarla pasar.

Una voz se impuso a su espalda.

—Viene conmigo. Soy el inspector Axel Nash.

Loor le miró con cara de «¿Inspector tú? ¿De qué?».

Axel siguió hablando.

—Tengo autorización. ¿Quiere verla o prefiere ahorrarse un parte disciplinario?

Siempre tan oportuno.

No sin visible fastidio, el chaval, espigado e inexperto, encargado de que no pasasen, les dejó pasar. La autoridad se esconde muchas veces en el tono.

—¿Cómo haces para sonar tan convincente, INS-PEC-TOR? —dijo Loor, a medio camino entre la sorpresa y la costumbre.

—Yo qué sé —respondió Axel—. Siempre he querido ser inspector, y tal vez lo consiga cuando resolvamos este caso. ¿Es quién decías que es?

—Eso creo. No estaba fingiendo que no me dejaban pasar para que pudieses rescatarme, Axel. En realidad, no me estaban dejando pasar. Así que sé lo que te he contado.

—Aún no sé por qué me caes bien. Tú sígueme. Y no preguntes. ¡Ah! Y abre bien los ojos.

La habitación desprendía un olor muy fuerte. Como si una capa de sebo se colase a través de las fosas nasales y se quedase a vivir en las entrañas. Las ventanas estaban selladas. La iluminación era vaga, muy escasa, apenas un halo de luz azul que se filtraba entre el hueco de las cortinas.

Un sonido de *flash* antiguo ahogó un hipido de espanto que Axel Nash no fue capaz de reprimir. Un hombre ataviado con una bata blanca fotografiaba con celo cada rincón, cada esquina, cada detalle. Un profesional.

Axel tomó aire.

—¡Buenos días a todos! Por favor continúen, no les robaremos más que unos minutos —dijo dirigiéndose a los dos miembros de la policía científica que ya trabajaban en la disección de la escena.

Y la escena era obra de un maníaco. O eso pensaron todos al ver un cuerpo sin vida que yacía de espaldas al espejo del techo sobre un colchón sin sábana de 2 por 1,90. Un torrente de sangre coagulada, espesa, casi negra, coloreaba la cama y amplificaba la silueta del muerto que, tumbado boca abajo, daba la sensación de ser un hombre alto.

No menos de 1,90.

Las manchas de sangre salpicaban las paredes y el armario —que estaba ligeramente abierto— formando un mosaico de tonalidades que habría firmado el mejor Miró.

Las manos del cadáver permanecían sujetas al cabecero de la cama por dos pañuelos blancos. Los nudos parecían fuertes.

El torso presentaba heridas superficiales a ambos lados de la columna vertebral, seguramente provocadas por un látigo, quizá por unas uñas bien afiladas.

Tres círculos de lo que parecía semen reseco se dibujaban sobre la nalga derecha y a la altura del hueso sacro.

—Pero qué cojones... ¿Quién demonios es usted? —preguntó la persona mejor vestida de toda la estancia, sin lugar a dudas el oficial de mayor rango, el encargado de la investigación y el hombre al que Axel ni siquiera había dedicado una mirada para, precisamente, evitar esa pregunta.

—Soy el inspector Axel Nash y esta es mi compañera Loor Galván. Hemos recibido el aviso de un crimen violento en nuestra jurisdicción y veo que en esta ocasión no nos han engañado. Luego si quiere nos ponemos al día y nos intercambiamos los teléfonos pero ahora me gustaría saber a qué nos enfrentamos.

—Se trata de un varón. Cuarenta y siete años —intervino el más joven de los dos miembros de la científica—. Hora y causa de la muerte por determinar.

El cadáver tenía la cabeza girada hacia los dos policías que acababan de llegar. Axel le reconoció enseguida. Le había visto mil veces en anuncios de prensa y le había escuchado mil noches más. La voz más reconocible de la radio deportiva española se había apagado para siempre horas después de despedir un programa cualquiera.

Axel se puso en cuclillas.

—El *rigor mortis* es bastante acusado. Yo diría que lleva varias horas sin vida. Siete u ocho —conjeturó.

—Sí. El cuerpo presenta la palidez amoratada de la falta de riego sanguíneo. Y está frío —completó el único miembro de la policía de la científica que parecía dispuesto a colaborar.

Axel miró el reloj. Las once y diez.

—Quizá todo sucedió de madrugada. Más del sesenta por ciento de los asesinatos ocurren en la oscuridad del día.

Se incorporó. Por el rabillo del ojo vio como Loor recorría, con su mirada efervescente, todos los rincones de la habitación. A ninguno se le escapaba que gozaban de muy poco tiempo para registrar cuantos más detalles mejor. Los dos sabían que las primeras impresiones con el cadáver aún fresco pueden resultar determinantes en el devenir de la investigación. Y en cualquier momento les iban a cortar el grifo.

Axel trató de ganar tiempo.

—Estamos a miércoles, así que este hombre anoche estuvo en antena hasta bien entrada la madrugada. No será difícil comprobarlo. Bastará con descargar el podcast del último programa. Si no me equivoco, suele despedir en torno a la una y media de la mañana. Desde la radio hasta aquí, suponiendo que viniera directamente, sabiendo que a esa hora no hay tráfico, y confiando en que nada ni nadie le distrajo, habrá tardado no más de quince minutos. Entre que recoge y se despide de la redacción, pongamos media hora. Nos ponemos en las dos y diez. Hace nueve horas. No creo que lleve más de ocho horas sin respirar.

Uno de los dos policías con traje de astronauta se incorporó y le indicó con un brazo la puerta de salida.

—Les rogaría que, por favor, abandonasen la escena del crimen antes de que pueda ser contaminada.

Grifo cerrado.

—El forense está de camino. Déjennos hacer nuestro trabajo y después nosotros le dejaremos hacer el suyo, ¿les parece? —La intervención del miembro de la policía científica que aún no había abierto la boca sonó tajante.

—Nos parece —admitió Axel—. Esperaremos fuera. Muchas gracias.

Axel y Loor salieron por donde habían entrado sin mayor ceremonia. Les había dado tiempo a hacerse una idea aproximada de lo que allí había sucedido horas antes, o eso querían pensar. Ninguno de los dos había presenciado jamás un crimen semejante.

—Dame un segundo.

Antes de bajar, Axel vio que la puerta que daba a la habitación 107, en el pasillo de las impares, estaba semiabierta. Balanceó ligeramente el tronco y con la punta del pie la abrió del todo. Y allí encontró más o menos lo que estaba buscando.

Un picadero en toda regla.

Con tantas facilidades no era difícil imaginarse a uno mismo protagonizando una noche de sexo y lujuria, siempre y cuando hayas protagonizado alguna vez una noche de sexo y lujuria. Ambos fueron capaces de hacerlo. Condones en la mesilla, velas, reproductor musical, bañera con *jacuzzi*, juego de espejos.

—Joder.

Digo mucho joder.

—Este cabrón no era la primera vez que venía, eso está claro —añadió Axel.

—Y supongo que vino sin imaginar que iba a ser la última —apuntó Loor.

—Desde luego.

La agente Galván no esperó a abandonar el edificio para sacar un paquete de Marlboro y encenderse un pitillo.

—No te pega nada fumar, creo que ya te lo había dicho. Y esa mierda te va a matar —protestó él.

—Sí. Ya me lo habías dicho.

Axel seguía desconcertado, se había enfrentado a muchos asesinatos en su carrera, algunos de ellos violentos. Un marido que mata a cuchilladas a su pareja y luego se suicida. Un robo que sale mal. Un secuestro que se descontrola.

Pero nunca se había sentido así. No sabía bien qué decir.

—Súper C, ¿eh?

—Sí, súper C.

¿Por qué repite todo lo que digo? ¿Y por qué me gusta que lo haga?

—Bueno, ¿tú cómo lo ves? —preguntó Axel sin apartar la vista del suelo.

Loor le dio una calada profunda al cigarro. Habló antes de soltar el humo.

—Fallecimiento por exsanguinación. Puede tratarse de un crimen pasional pero es pronto para saberlo.

La escena invita a pensar eso.

—La hemorragia principal que acabó con su vida viene de la parte frontal del cuerpo, incisión abdominal o amputación genital. Apostaría por esta última.

De ahí el surco de sangre espesa en el colchón.

—Por los cortes en la espalda, los fuertes hematomas en piernas y cuello y la tensión de los nudos en las muñecas diría que lo ha hecho un hombre, quizá dos.

Y el semen en el culo.

—La autopsia y los análisis de ADN nos acercarán más a la verdad pero, de todos modos, hay algo que no encaja. Eres un rostro conocido, vienes a tu habitación de siempre, la última del pasillo para alejarte de posibles miradas poco apetecibles, te desnudas, te entregas, te dejas maniatar, te azotan, te vejan, te violan, te matan y se van. Y aquí no ha pasado nada. No sé, tío, demasiado fácil. La vida no es una *remake* gay de *Instinto básico*, ¿no crees?

Joder, no está mal. Qué cojones habrá liado esta en Toledo para que la manden aquí a un puesto de mierda. Tengo que enterarme.

Salieron a la calle y se alejaron. Pudieron ver varias unidades móviles estacionadas al otro lado del bloque.

—Ya está aquí la prensa —dijo Axel, que no parecía sorprendido. En alguna ocasión había visto cómo llegaban antes que la policía a una escena del crimen.

—¿Habrá trascendido ya la identidad de la víctima? —preguntó Loor, a sabiendas de que el escándalo periodístico era inevitable.

Su experiencia, la de ambos, les decía que la prensa no tiene escrúpulos, que los crímenes violentos son audiencia, que los crímenes misteriosos son audiencia, que los crímenes con famoso son audiencia.

Y este crimen reunía todos esos ingredientes.

Y uno más, el más importante de todos. Que era uno de ellos.

Y un periodista asesinado dispara el *share*.

—Axel, ¿tú tenías algún contacto en esa emisora de radio, no? ¿Una fuente o algo parecido?

—Sí. Igual debería avisarles antes de que se enteren por la prensa. Les conviene ir buscando a un nuevo presentador para el programa nocturno porque este pocas noticias va a dar ya.

—De hecho, ni siquiera dará la suya.

Loor dejó caer el cigarrillo al suelo y con el tacón de su bota negra lo aplastó sin mirar. Siempre calzaba las mismas botas, unas botas fuertes y rígidas, en cuya etiqueta se podía leer el nombre de un legendario doctor alemán de la Segunda Guerra Mundial, el doctor Martens.

Le estaba entrando hambre. Miró su reloj. Pasaban 23 minutos de la once de la mañana cuando empezó a llover. Fue entonces cuando Axel la escuchó decirlo por primera vez.

—Bueno... Madrid no está tan mal.

—¿Qué has dicho? —preguntó él.

Ella siguió caminando.

—Nada.

3

—No. No grité. O sí. No estoy segura. Dentro de mí sé que grité pero es posible que nadie más lo oyese.

—Y él no paró.

—No.

—¿Le dijiste que parase?

—¡Qué importa eso! No hacía falta decirlo, los dos sabíamos lo que estaba ocurriendo. Bueno, es igual, déjalo... no quiero seguir hablando.

Vigo, jueves 14 de marzo de 2019

—*Vai o carallo, home.* Eso no te lo crees ni tú.

—Que sí, pavo. Te lo juro. Yo estaba tranquilamente tomándome una birra en la barra. Como hacen los hombres de toda la vida. ¡Qué hace un hombre normal bailando en medio de la pista! Eso es para las tías, joder. Las tías y los maricas. Nosotros tenemos otro lenguaje, ¿vale? Así que me acodé en la barra y pedí una 1906, bien fría. Nada de vaso, ¡quién cojones se toma una birra en vaso! Los vasos son para el agua, las copas para el vino. Las botellas se beben a morro como toda la vida de dios. Así que la miré mal cuando me puso un vaso gordo junto al cristal de la botella. Yo qué sé, tío, son mis movidas. Y parece que a la chorba le gustan mis movidas porque fue ponerle mala cara y a los pocos segundos ya no me quitaba ojo. Y sí, tío, lo sé porque yo también miraba, está claro. Pero ella miraba, te lo digo yo. La puta diosa de La Iguana no dejó de mirarme en toda la noche.

—Claro, y tú no eres de piedra.

—Qué cojones voy a ser de piedra yo. Si soy más caliente que el pecho de un panadero. A mí me miras tres veces y ya me lo estás diciendo todo. No puedes mirarme tres veces y pretender que no te quite las bragas, tío. Las bragas están para eso, tío. ¿Para qué están sino las bragas? Se usan como protección, son la última barrera al Olimpo. En el momento en que ya no hay bragas te conviertes en el puto Michael Landon en *Autopista hacia el cielo*, ¿me entiendes? Y si me miras tres veces yo ya no veo bragas. Las bragas aguantan dos miradas, no tres. ¿Quién no sabe eso? Así que a esa 1906 le siguió otra, y después una tercera, y es entonces cuando aparece el notas. En la tercera birra, ¡vamos, no me jodas! La teoría de las tres miradas es impepinable pero, tío, tres putas birras y aparece el pavo este como salido de una peli de James Bond. Recién duchado, oliendo bien y repeinado. Un pijo de la de dios. ¿Te parece normal aparecer así? ¿En la tercera puta birra? Porque las miradas dejé de contarlas a partir de la tercera, tío, pero fueron muchas. Muchas miradas, y no eran esas miradas como cuando miras a tu hermano, ¿me entiendes? Yo no era su puto hermano vigilando el local. Yo era el jodido cazador de la noche hasta que apareció Dylan McKey para llevarse a Brenda y joderme el plan. Pero tú me conoces, ¿me conoces o no?

—Te conozco.

—Pues si me conoces sabes que yo no iba a tirar el partido. Si hace falta nos damos de hostias, pero aquí estaba yo primero y me he pedido ya tres birras. ¿Quién me devuelve a mí la pasta de las tres birras, eh? ¿Quién?

»No sabes como le miré, tío. ¡Buuf! Noté cómo se ponía tenso, tío. Fue la hostia. Me acerqué a él y le dije que no sabía con quién estaba hablando, y eso que el que estaba hablando era yo. El pavo aún no había abierto la boca, pero me gusta ir un paso por delante, ¿sabes? "Mis amigos me llaman Tyson", le dije.

—Qué cojones te vamos a llamar Tyson, qué Tyson... Y además, ¿qué amigos?

—Tyson, tío. Como el puto Mike Tyson. Qué hostia importa que nadie me haya llamado Tyson en la vida, lo que importaba era que ese pavo lo creyera, ¿me entiendes...? Me llaman Tyson y automáticamente ya voy 1-0 arriba, tío, ¿me entiendes o no? Pero no se lo tomó bien, tío. Se lo tomó de puto culo. No se cómo hostias lo hizo pero me reventó la boca de un cabezazo. No sé cómo le llamarán sus amigos, pero el cabrón era rápido. La chorba no paraba de mirar, como toda la jodida noche. Y yo solo podía pensar en mi mala suerte. Tenía que estar reventándola, tío. Me había mirado más de mil veces. Yo tenía que estar corriéndome en sus tetas, tío, y no sangrando por la nariz como un maldito cochino. Y todo porque un notas me quiso levantar la chorba en los morros, tío. Y eso a Jarvis, alias Tyson, no le pasa, ¿me entiendes?

—No, no, está claro que a Jarvis le pasan otras cosas.

Los dos amigos caminaban por la calle del Príncipe sin demasiada prisa. Omar y Jarvis se conocían desde hacía demasiado tiempo, y el tiempo en Galicia pasa más despacio que en el resto del mundo. Quizá sea el clima, que todo lo impregna de una aura nostálgica y la nostalgia llega cuando pasa el tiempo. Tal vez por eso allí el tiempo no pasa y pasa volando al mismo tiempo.

Lo que seguro no es un problema en Galicia es la distancia, todo está cerca. Tampoco lo es la comida, siempre está buena. Y no es difícil encontrar buen vino. Así que, en pocos minutos, Omar y Jarvis entraron juntos en El Capitán, un restaurante con un género de primera y con lo más granado de la sociedad viguesa. Que por otro lado ya había pasado su época dorada. La sociedad y el restaurante.

Les estaban esperando.

—Dejémonos de presentaciones, todos sabemos quiénes somos y por qué estamos aquí. Así que vamos al negocio. ¿Podéis hacerlo? —preguntó sin rodeos el hombre del traje gris. Tenía ademanes de colegio bilingüe y se comunicaba con evidente claridad gestual. No regalaba un solo movimiento de sus manos, todos tenían sentido y concedían a su discurso un aplomo singular.

—Tenemos algo mejor. Tenemos a la gente que puede hacerlo —dijo Omar sin retroceder.

Omar Pombo estaba acostumbrado a hablar en público. Su padre regentaba una pequeña tasca en la avenida de Balaídos, vecina al estadio del mismo nombre, donde el Real Club Celta actuaba como equipo local. Cada dos domingos, el negocio se convertía en lugar de peregrinaje de un sector ruidoso de la afición del Celta y, desde muy pequeño, Omar se hacía cargo de la barra.

Y como una tarde de fútbol nos iguala a todos, el chaval había tenido que tratar de tú a tú con aficionados de toda clase social, pero con el hándicap de no saber a qué clase social pertenecían. Debajo de una camiseta celeste se podía esconder un médico, un político o un ultra. Y no tratas igual a un médico sabiendo que es médico que pensando que es ultra. Por eso desarrolló cierta habilidad social para tratar a desconocidos. Siempre agradable, neutro. Eficaz.

—Dos kilos, el miércoles que viene. Antes de medianoche —dijo el hombre que todavía no había hablado y del que todos pensaron que debió aclararse la garganta antes de hacerlo.

Su voz sonó tan sucia que sus palabras bien pudieron parecer una amenaza y no un trato.

—De acuerdo. No será antes de las diez, no se impacienten —concluyó Omar manteniendo el control.

—Supongo que no hará falta decirlo pero no nos gustan las sorpresas... ni los malentendidos —continuó el hombre de la garganta sucia. Su voz y su intención seguían sin llegar a un acuerdo.

—Eso es. No hace falta decirlo.

Solo había una cosa que Omar no tenía bajo control.

Jarvis.

—Está claro, tío. ¿A quién le gusta esa mierda? Las sorpresas son cosas de tías, joder, que te montan una fiesta, te dicen que es sorpresa y, cuando te quieres dar cuenta, tienes delante a todo tu puto pasado riéndose de ti y de la mierda de vida que has elegido. Joder, si no los he vuelto a ver es porque no me sale de los huevos, joder. No me los traigas delante el único día del año que se supone que tengo algo que celebrar. ¿Quieres darme una sorpresa? Déjame tranquilo por una puta vez en la vida. ¿Quieres que pase una noche inolvidable? Tráeme a dos fulanas y deja que yo me encargue del resto, ¿me entiendes? Y deja la cuenta pagada antes de irte a chupársela al subnormal de tu amante, ¿está claro? Porque no tengo un puto duro y yo también necesito divertirme.

»Por lo que a mí tampoco me gustan las sorpresas ni los *malosentendidos*, ¿me entiendes? Lo que sí me gusta es la pasta, ¿sabes? y necesito pasta para darle de comer al subnormal de mi hijo, que tiene ya seis años y no es capaz ni de ir caminando solo al colegio, así que tengo que pagarle el puto autobús todo los días. Y como soy tan subnormal como él, que no sé hacer ni un jodido huevo frito, necesito la pasta para que coma una mierda de hamburguesa de menú del McDonalds, al menos los días que la imbécil de su madre se digna a dejarme verlo. "Porque está mucho más tranquilo cuando está conmigo y con Charlie", me dice la *hijadeputa*, «conmigo y con Charlie». Anda que te folle un pez.

»Así que no tenéis de qué preocuparos, tendréis vuestra mierda aquí el miércoles como que me llamo Jarvis. Vosotros solo tenéis que encargaros de traer la pasta, porque a mí tampoco me gustan los *malosentendidos*, ni tampoco a la imbécil de mi exmujer. Y aunque se merezca una hostia para espabilar, resulta que el subnormal de mi hijo va a seguir teniendo hambre, ¿me entiendes? Igual que su padre. Joder, me suenan las tripas. ¿Pedimos de una puta vez?

El hombre del traje gris al fin parpadeó.

—No me negarás que este tipo inspira confianza. Venga, no se hable más. ¿Queréis ver la carta? Me ha dicho antes la dueña que han traído esta mañana una lubina salvaje acojonante. Si os va bien, le metemos antes unos camarones de la ría, un par de centollos para los cuatro y un albariño. ¿Mar de Frades, lo conocéis?

En el otro extremo de la ciudad, esa misma tarde, Iria Novoa le daba vueltas a sus cosas sin parar de consultar el reloj. No soportaba esperar y su cita llegaba ya casi veinte minutos tarde. Había elegido una mesa pegada a la pared en un bar ya de por sí discreto, para disimular el bulto que le oprimía el pantalón en el lado izquierdo. Las fiestas se le habían hecho largas y había engordado un par de agujeros en la hebilla del cinturón de su revólver.

No estaba de servicio, pero «la secreta siempre está de servicio».

Iria se acariciaba el pelo. Lo notaba yermo y áspero. Sin brillo. Tantas horas de surf y agua salada le estaban gritando: «Cuídame». Al menos tenía un color bonito. Rubio. Con un tono saludable, algo a medio camino entre el sol y una linterna.

En la tele hablaban del caso de Madrid, todos los programas de la tarde estaban con lo mismo: especiales, conexiones en directo, tertulianos conjeturando con ligereza...

En Twitter era aún peor.

#Muerteenlaradio llevaba varias horas instalado en las primeras posiciones del *trending topic* mundial. Si deslizabas la pantalla hacia abajo, se sucedían miles de comentarios gratuitos de *trolls* que celebraban la muerte de una persona solo porque no había hablado bien de no sé qué equipo, no sé qué día.

El panorama era desolador.

Muchos compañeros habían dejado su mensaje de condolencia. Cada cual tratando de ser más original que el anterior, o más afectado, o más emotivo, o simplemente más.

A Iria se le revolvían las tripas con el cariz que iba tomando una sociedad sin principios ni valores, empobrecida. Por eso le costaba aceptar que una parte de su metro cincuenta y ocho de estatura estuviera deseando tener un caso así en Vigo.

Estaba harta de corrupción política y droga. A veces por separado, a veces entrelazado. Siempre la misma mierda.

Corrupción y droga.

En todos los bares de la ciudad se encontraban vestigios de corrupción. Cinco sospechosos en ese mismo garito, había contado. En cuanto veías un traje con corbata, corrupción.

O banquero o político, corrupto en cualquier caso.

La droga, por otro lado, no distinguía vestimenta, ocupación, aspecto o clase social. Estaba por todas partes. Solo que unos la conseguían, otros la vendían y los más tontos la consumían.

El juego de toda la vida.

En los último días, Iria Novoa se había entregado en cuerpo y alma a un caso del primer tipo. Corrupción política. En el que no tenía herramientas para avanzar. Llevaba meses atascada. Un fuerte grupo empresarial de la ciudad atracaba barcos cargados de coca procedente de ultramar. Y lo hacía ante la mirada distraída de la Xunta y el Concello. Estaba convencida de que sus jefes tampoco querían que encerrase a nadie. Las esferas de poder son caprichosas cuando se tocan en varios puntos.

Iria ya había inclinado el vaso para servirse la segunda cerveza de la tarde, cuando sus ojos azul menta se clavaron en la entrada y les vio llegar.

El chico con un mechón de pelo largo rubio cayéndole por la cara, vaqueros anchos, sudadera gris y Vans negras parecía leerle la cartilla a su amigo de pelo rizado, despeinado, camisa de cuadros abierta, pantalón de pana y Vans amarillas. Este último tenía un ojo morado y la nariz hinchada. Como si hubiese recibido un cabezazo recientemente.

—Omar, ¿qué pasa, chaval? Veinticinco minutos tarde —dijo Iria—. Te estás reformando.

No fue Omar quien contestó.

—¿Pero qué haces, tía? No me jodas que te tomas la birra en vaso.

4

La comisaría general de la policía judicial se encontraba a las afueras. Axel estaba en su despacho, un cuartucho no demasiado amplio con tres mesas y tres sillas. Afortunadamente, la suya era la mejor. La mesa. Las sillas eran todas iguales.

Estaba repasando mentalmente la escena del crimen, llevaba horas así. Sacó del bolsillo de su cazadora vaquera, que descansaba apoyada en el respaldo, el teléfono móvil. Entró en «Notas» y empezó a apuntar.

Loor no le quitaba ojo desde la mesa contigua.

—En quince minutos empieza la reunión, no te precipites. Aún no nos han asignado nada —comentó.

La reunión a la que hacía referencia Loor estaba programada para las diez de la mañana. Los jefes habían citado, vía *mail*, a varios compañeros del mismo edificio para analizar los pormenores del crimen y preparar el modo de actuación.

—Nos darán el caso —dijo Axel sin dejar de escribir.

La decisión corría a cargo del jefe de la brigada de Delitos Violentos, Raúl Cueto.

Ese mamonazo me debe una.

Hace un par de años, quizá menos, Axel le limpió el culo al jefe Cueto después de una cagada de proporciones bíblicas.

Nepotismo, ese era el nombre oficial. Axel prefería llamarlo «Hago lo que me sale de los huevos porque soy el jefe».

Manuel Martínez Cueto.

Ni un periódico publicó su nombre completo.

El sobrino del jefe, el hijo de su única hermana. El chaval quería ser policía y trabajar con los mayores. Un niño mimado. Buen estudiante, aplicado y formal.

Pero muy tonto.

Cueto se sentía culpable porque, con la enfermedad de su padre, no se pudo hacer cargo de nada y su hermana se comió todo el marrón. Eso le costó a ella su matrimonio y casi le cuesta un hijo. Cueto estaba en deuda y le prometió a su hermana que cuidaría del chaval.

Craso error.

Prevaricando lo necesario, Cueto le metió en el cuerpo, y el chaval, sin grandes méritos más allá de su segundo apellido, fue ascendiendo. Pasó muy rápido —y haciendo mucho ruido— de desempeñar trabajo de oficina a colaborar en misiones importantes de la UDEV, la Unidad Central de Delincuencia Especializada y Violenta.

Un viernes por la tarde se produjo un atraco. Dos tipos encapuchados entraron en una sucursal del Santander con dos recortadas y poco que perder. Solo querían unos cientos de miles de euros y largarse rápido. Una empleada logró pulsar la alarma sin que se diesen cuenta y la policía recibió el aviso. Antes de que saliesen con dos sacos llenos de pasta, las sirenas empezaron a sonar. La situación requería calma y experiencia.

Y no a un niñato enchufado haciéndose pis en el pantalón.

Los atracadores salieron del banco sin la pasta pero con un rehén cada uno, dos clientes. La policía había desplegado a un equipo fotográfico. Los cacos llevaban la cara descubierta y muchos nervios.

Estaban en la mierda.

No iban a llegar muy lejos. Solo había que esperar. La operación estaba bien dirigida, los accesos a las calles adyacentes estaban cortados. No tenían escapatoria.

Pues el niñato apretó el gatillo.

Nadie sabe si se confundió, se precipitó o qué hostias pasó por esa cabeza. Pero un disparo sin puntería rompió la calma y desembocó en el mayor caos en la historia del distrito de Chamberí.

Las sirenas sonando a toda hostia.

Fiu Fiu Fiu Fiu.

El poli del megáfono:

—Alto el fuego, que nadie dispare. Repito, alto el fuego, ¡rediós!

Los rehenes gritando a todo pulmón, los atracadores acojonados mirando en todas direcciones.

El poli del megáfono improvisando:

—... Francotiradores, alto el fuego. Ya sé que los tienen a tiro pero no queremos bajas. —Y a los atracadores—: Por favor, tiren las armas. Ríndanse. No podré controlar a mis hombres demasiado tiempo.

Y Manuel Martínez Cueto, el sobrinísimo, meándose en los pantalones.

Afortunadamente, las amenazas surtieron efecto y los atracadores se lo pensaron mejor. No hubo que lamentar víctimas más allá del sobrino de Cueto, quien en menos de doce horas estaba de vuelta en casa de su madre, con un expediente de siete folios y una bolsa de ropa sucia oliendo a orina.

La historia en la comisaría fue un escándalo. Pero un jefe es un jefe, y si se agarra lo bastante fuerte a su cargo puede aguantar. Cueto tenía un currículum intachable y no merecía la pena hacerle pagar por esto. Hay tanta mierda dentro que Asuntos Internos suele estar desbordado y tiene que descartar algunos casos. Este fue uno de ellos.

Axel se encargó de la prensa. Tenía mano ahí. Había empezado la carrera de periodismo en Santiago de Compostela e incluso llegó a trabajar unos meses en la televisión autonómica de Galicia. Desde su llegada al cuerpo lo tuvieron presente y le convirtieron en el enlace de la brigada provincial con el cuarto poder.

Ahora tenía buenos amigos en diferentes medios de comunicación.

Carlos Estévez, jefe de Nacional del periódico *España*.

Ariadna Cortés, editora de informativos TeleTres.

Jaime Sota, jefe de Deportes de la Cadena Voz. Deportes, sí, pero con un predicamento muy importante en la cúpula de la emisora.

Con estas tres patas, Axel manejaba la información que se filtraba de una manera bastante global. Así fue como consiguió mantener al margen de la opinión pública el vínculo entre Raúl Cueto y el caos de Chamberí.

La puerta del cuartucho se abrió de golpe.

—Nash, Galván... andando.

Axel y Loor no coincidían en su opinión sobre su superior, Manuel Estrías. Donde Axel veía a un estirado competente, Loor veía a un acomplejado competente. Le siguieron, en cualquier caso.

La reunión comenzó puntual. Una mesa redonda de madera de roble presidía un despacho acristalado con grandes ventanales que dejaban entrar una luz tan deslumbrante que Axel pensó inmediatamente en las gafas de sol que se había dejado en el coche.

Este cabrón ha tenido una noche larga.

Raúl Cueto apareció sin afeitar, con esa barba rala y canosa que contagia mal aspecto por muy elegante que te vistas, que tampoco era el caso. Efectivamente, había pasado mala noche. Una pizza barbacoa se le había atravesado en sueños y ni con tres Almax pudo frenar la acidez de estómago, que le mantuvo sentado en la cama durante horas, a oscuras, mientras su mujer roncaba a pierna suelta.

Su día no había mejorado después de que el hombre más elegante de los ocho que se sentaron a la mesa de reuniones le explicase, con todo detalle, cómo el agente de policía Axel Nash y su compañera habían irrumpido en la escena del crimen haciéndose pasar por Inspector y Cía.

Jorge Ortiz, así se llamaba el chivato, se desabrochó la americana gris de *tweed*, se la quitó y la colocó con mimo sobre el respaldo de su asiento. Sus pantalones estaban milimétricamente planchados. Sus zapatos brillaban casi tanto como su calva. La camisa de corte italiano, a juego con la americana, insinuaba un torso trabajado en el gimnasio al menos tres veces por semana.

Parece el puto Bruce Willis.

Axel le dedicó un tímido saludó con la cabeza mientras tomaba asiento. Ortiz enarcó levemente una ceja sin dejar de mirar a Axel y también se sentó. Todos escuchaban con atención.

El comisario Cueto tomó la palabra.

—Buenos días a todos. Si se me permite arrancaré esta reunión pidiéndoles la máxima discreción y confidencialidad. Estamos ante un asesinato poco convencional, por decirlo de algún modo, y nada de lo que se hable en esta sala debe salir de aquí, ¿entendido? —continuó sin esperar respuesta—: Tenemos encima un cristo de tres pares de cojones.

Cueto colocó diferentes diapositivas en el proyector.

—Lo que pueden ver aquí es el cuerpo de Marcos Goya.

Pues agárrame la...

—Cuarenta y siete años. Jefe de programas en la sección de deportes de la Cadena Voz y presentador del programa nocturno de más audiencia en la radio española. En definitiva, uno de los periodistas más reputados de este país. Su nombre se vincula a los éxitos recientes de la Selección Española y el Racing de Madrid. Conexiones en altas esferas de la sociedad; políticos, empresarios, futbolistas. Es decir, un pez gordo. Si alguien está pensando en hacer la rima es mejor que se lo piense dos veces. —Cueto prosiguió sin desviar la atención de la proyección—. Precisamente aquí, a la derecha, podemos ver que la polla del fallecido ha sido seccionada. No hay ni rastro de ella. Varios miembros de la unidad operativa están siguiendo esa línea de investigación.

Axel le dedicó a Loor una mirada de aprobación.

—Pronto tendremos más detalles. El forense está finalizando el informe preliminar de la autopsia mientras hablamos. La científica ha encontrado restos de semen en la habitación y en el cuerpo. También había mucha sangre, aunque mucho nos tememos que toda pertenece a la misma persona —dijo señalando al proyector—. En el laboratorio, los expertos trabajan día y noche para proporcionarnos esa información. Mientras tanto, nos ponemos manos a la obra.

Qué cantidad de frases hechas puede llegar a decir este tío.

—Jorge Ortiz estará al frente de la investigación.

Loor le devolvió la mirada a Axel, sin aprobación.

—Nash, tú tienes mano con la prensa.

Tiene memoria, el cabrón.

—Este es un caso de la prensa, por la prensa y para la prensa. La Cadena Voz se ha quedado sin una de sus voces. Actuarás de enlace con todos los medios de comunicación, especialmente la radio. Si algún becario se tira un pedo encerrado en el baño del sótano de la emisora... quiero saber a qué olía.

Me encargaré de que te lo comas.

—Entendido, jefe.

—Agente Loor Galván, ahora mismo y tras un primer análisis, el inspector Ortiz y yo nos inclinamos a pensar que nos enfrentamos a un crimen pasional de carácter homosexual. A ver qué puedes averiguar.

La madera de la mesa reflejó un par de sonrisas. Axel levantó la vista y vio cómo a Loor se le hinchaba la vena del cuello.

¿Qué? ¿Cómo? ¿Qué cojones me he perdido?

—Entendido, jefe.

—El resto os pondréis a las ordenes de Jorge Ortiz y le informáis directamente a él. No quiero una sola filtración. Este caso nos va a perseguir durante meses. No os pido que seáis héroes pero, por favor, no me toquéis mucho los cojones.

Axel agarró su cazadora y salió del cuartucho sabiendo que seguramente tendría que ceder su mesa a Jorge Ortiz. La mejor mesa. Sería eso o que por fin les habilitasen un despacho en condiciones donde poder trabajar sin respirar el aliento de otra persona. Aunque a Loor, el aliento le olía bien.

Descendió las escaleras que daban directamente al aparcamiento sin reparar en que su compañera le seguía los pasos.

—¿Dónde vas, Axel?

—A ninguna parte

—Oye, ¿qué te pasa? No la tomes conmigo. A mí tampoco me apetece aguantar todos los días a Ortiz. No soy yo quien te está puteando. Yo estoy tan jodida como tú... o más si cabe.

—No pasa nada, es solo que no me gusta enterarme el último de las cosas.

Mierda de orgullo.

—Ah. O sea que es eso. Bueno, ¡qué esperabas! Quizá tú lo hubieras gestionado de otra manera, quizá tú habrías llegado y te habrías presentado con un «Hola, qué pasa, soy Loor Galván y me gustan los coños, igual que a ti». Pero, Axel, ¿sabes qué pasa? Que yo no soy tú.

Axel recibió el impacto y se sintió imbécil. Todo a la vez.

—Llevas razón, lo siento.

Joder, estoy cambiando.

—Supongo que para ti no ha sido agradable el comentario de Cueto. Y debería ser yo quien estuviera pasándote la mano por el lomo y no al revés. Bueno, es una metáfora, entiéndeme... no me refiero a...

—Tranquilo, lo he entendido —dijo Loor, caminando hacia el coche de Nash.

Ella sacó un paquete de cerillas, prendió una y se encendió un cigarro. Él rebajó el tono.

—De todos modos ya me lo había imaginado. No era normal que no me hubieses tirado los trastos todavía.

El parabrisas delantero del coche aparcado junto al de Axel reflejó en la cara de Loor la primera sonrisa del día.

—Si no tuvieses tanto pelo por todos lados, me lo habría pensado. Pareces un oso y no me gustan los osos... ni las osas.

¿Qué dice esta? Si voy rapado.

—No tengo tanto pelo. No sé qué dices.

Axel había cazado el parecido de Loor desde el primer día que la vio. Había llegado el momento de compartirlo con ella.

—De todos modos, a ti no te vendría mal dejártelo largo, piénsalo, Roxette pasó de moda hace veinte años.

Loor se frotó la cabeza, alborotándose el cabello. Alguna vez le habían dicho que se parecía a Demi Moore en *Ghost*, pero nunca había pensado que, al teñirse de rubia, se había convertido en la viva imagen de Marie Fredriksson, la cantante de Roxette. Estuvo rápida en su reacción.

—¡*I got the look*, querido!

Axel sacó del bolsillo la llave del coche.

—¿Te acerco a algún sitio?

—No te preocupes —respondió Loor—. Me voy a acercar al hotel. Hablaré con el encargado a ver qué saco. Alguien habrá visto algo y seguro que hay algún registro de clientes.

—Perfecto. Yo voy a la radio. Tengo algunos ojos allí que igual nos iluminan un poco.

Axel pulsó el mando del Peugeot 207 «azul poli» y dos intermitentes parpadearon al mismo tiempo. El destello le permitió ver a Loor que la aleta de la rueda delantera del copiloto estaba rozada.

—¿Qué ha sido eso? ¿Otro listo?

Axel Nash esbozó media sonrisa antes de abrir la puerta.

—¡Qué va! Esto fue un subnormal. No hay quien me libre de ellos. El mundo está lleno de subnormales y resulta que todos conducen.

5

La radio estaba en el centro de la ciudad. En el barrio de Salamanca. Un nombre que, teniendo en cuenta el precio del suelo por metro cuadrado de la zona, no terminaba de irle del todo bien. La ruta era clara. Atravesabas la reformada Gran Vía, cruzabas la plaza de Cibeles, dejabas atrás el ayuntamiento, rodeabas la Puerta de Alcalá, girabas a la izquierda y buscabas un *parking* en la calle de Ortega y Gasset. Allí, en el número 31, un edificio emblemático construido hace varios siglos escondía uno de los centros neurálgicos de información de todo el país: la Cadena Voz.

Desde la comisaría, el navegador marcaba 9 kilómetros y 29 minutos. Tres bocinazos, cuatro insultos, dos aspavientos, un volantazo y 17 minutos después, el agente Axel Nash aparcó en la puerta. Saludó al hombre enjuto que, sentado tras un ordenador, custodiaba la entrada. Axel buscó la cartera en el bolsillo trasero de sus vaqueros Nudie con el fin de mostrarle el DNI.

—No se preocupe, le recuerdo. Usted ha estado aquí más veces, ¿no es cierto?

Joder, tengo compañeros bastante menos preparados que este tío.

—Amigo de Sota —añadió.

Ya si fuese discreto sería la hostia.

—¿Está currando? —preguntó Axel.

—Está en el aire —contestó el recepcionista, que miró el reloj luminoso que presidía la entrada a la radio. Marcaba las 17.55—. En cinco minutos despide.

La frase quedó suspendida en el aire cuando Axel cruzó la puerta de la redacción. Entrar en la radio era una sensación parecida a cruzar una cápsula del tiempo y regresar a principios de los 90. Quizá a finales. Una amalgama heterogénea de profesionales sin edad, sin clase social y sin pasado aporreaban teclados de PC mientras navegaban en Internet Explorer.

La estancia se parecía a la escena de *El apartamento*, que Billy Wilder imaginó con un juego de espejos para duplicar las dimensiones y hacer más espectacular la entrada de Jack Lemmon a la oficina. Era lo mismo pero como si a Billy Wilder se le hubiesen resquebrajado los espejos. Tal vez algún día las mesas estuvieron alineadas, tal vez algún día la redacción vistió de uniforme, tal vez algún día se trabajó en silencio. Seguramente no.

Axel pensó en C. C. Baxter llegando a trabajar alegre y silbando, y automáticamente echó la mano a las llaves de su apartamento, por si acaso. Cruzó el bloque donde trabajaba la gente de informativos y programas, y al fondo localizó a la «fauna de deportes». Así les llamaban.

Una mesa grande enfrentaba cuatro ordenadores. Todos estaban ocupados.

—Está Sota en el aire, ¿no? —preguntó Axel a un hombre calvo y con barba que hablaba por teléfono con los pies apoyados en una silla. Este asintió mientras le hacía un gesto con la cabeza indicándole la luz roja del estudio principal.

Este gilipollas no está hablando con nadie, me juego el cuello.

—¿Viene ahora por aquí?

Una mujer despeinada y entrada en kilos levantó la vista de la pantalla. Su manera de maquillarse le hubiese permitido interpretar al Joker.

—Es una posibilidad —dijo.

Me estoy calentando.

—Bueno, tranquilos. Ya me busco yo la vida. ¿Cómo accedo a la pecera?

La pecera es como se conoce en el gremio a la zona acristalada donde trabajan los técnicos de sonido y los productores que van guiando al locutor mientras está en directo. Al más joven de todos, un *hipster* con dilatadores en cada oreja, camisa de leñador y un *piercing* en la barbilla, le llamó la atención que Axel conociese el término.

—¿Es usted del mundillo? —preguntó, observando a Axel como se observan las estrellas en una noche de niebla y nubes.

Se jodió.

—Pero vamos a ver, ¿es que ni dios me va a contestar a una sola pregunta?

En un ataque de ira, Axel Nash lanzó contra la mesa la placa que le identificaba como oficial de policía. El único de los cuatro periodistas que aún no había intervenido se incorporó con celeridad. Un tipo atractivo al que Axel clasificó como coetáneo. Delgado, atlético y clásico. Una camisa blanca, un jersey azul de cuello de pico, unos pantalones chinos ajustados de color beis y unas zapatillas blancas le situaban a la derecha ideológica de Axel, según sus prejuicios.

Un pelota.

—Disculpe, agente. ¿En qué puedo ayudarle? Estamos preparando el programa de la noche y hoy es un día complicado. No tenemos un tema de apertura claro y estamos rascando noticias donde no las hay. Por eso no le hemos atendido antes.

—¿Es usted el nuevo encargado de la noche? —preguntó Axel.

El periodista tendió su mano. La derecha, claro. Tenía buenos modales.

—Me llamo Max Morán. Estos granujas me llaman Star. Usted puede llamarme como prefiera.

—¿Star?

—Sí. Ya sabe. Por Valle-Inclán. Max Estrella.

Los cojones Valle-Inclán, estrellita. Alguien aquí no soporta tu vanidad.

—Entiendo. Seguro que fue alguien de Cultura.

Max arrugó la frente y siguió hablando.

—Ha sido todo muy rápido y llevo solo unos días a cargo del programa. No son momentos fáciles. Con todo lo que pasó, ya sabe... aún estamos tratando de asimilarlo. Goya era un compañero muy querido. Un tipo estupendo, sin duda.

Un portazo interrumpió las alabanzas de Max. Era Sota.

—Niño, la que me ha montado el técnico este de los huevos. No saben ni meter un corte limpio cuando le hago la señal con el dedo.

Axel sonrió. Reconoció al instante a un viejo amigo. Jaime Sota, un hombre alto y fuerte pero sin muscular. Su corpulencia era genética. Eso Axel lo notaba en las manos y en los pies, y en Sota tenían ambos un tamaño considerable.

¿Qué pie calzará? ¿Más de un 45? Un día se lo pregunto.

Sota seguía vistiendo igual que siempre, como recién salido de la profundidad de los años 70, con un jersey verde pistacho y un pantalón tan ancho que habría enamorado a Bud Spencer. Si su vestuario no había variado, su aspecto sí se había avejentado: más canas, más arrugas, más barriga... pero en su voz y sus expresiones seguía siendo el mismo.

—Coño, camándula. ¿Pero qué haces ahí parado con esa panda de inútiles? Sal de ahí, anda, antes de que te contagies.

Max, quien todavía estaba de pie frente a Axel, balbuceó una risotada. Agitó una mano como queriendo decir «Qué cosas tienes, Sota» y se sentó rápidamente en su asiento.

Muy pelota.

Axel y Sota se encerraron en un estudio auxiliar, vacío a esa hora. Un cuartucho habilitado para la grabación de los programas menos importantes.

—¿Hacía cuánto tiempo que no entrabas en uno de estos, Sota? Desde que eres una estrella te reservan el estudio principal.

—Lo que me merezco. Aunque ya sabes que intentaron joderme y me jodieron bien. Llevo años arrinconado en el fin de semana y haciendo boletines de la tarde, con un equipo de becarios que no saben ni quién es Zidane y cuatro niñas que solo se preocupan de salir monas en la mierda esa de Instagram.

Axel asintió. Conocía la historia. Unos años antes de su explosión como comunicador y de ser considerado el mejor periodista deportivo de todo el país, Sota empezó a conocer desde dentro las tuberías de la profesión. Celos, empujones, zancadillas... un *todovale* que resultó ser nada comparado con el gran escándalo que protagonizó en 2014. El final de su carrera. Sota se sentó en su silla, en *prime time,* a las doce de la noche, el horario de máxima audiencia, encendió un cigarro, se colocó los cascos, esperó a que se encendiese la luz roja, dejó respirar unos segundos la sintonía de arranque del programa, pensó en cómo construir la frase que lo cambiaría todo... y soltó la bomba.

—Buenas noches... Tiago Gomes, el delantero portugués del Sporting de Barcelona está ahora mismo detenido en la comisaría de Policía Nacional del Eixample, en la Ciudad Condal. Está siendo interrogado en este momento en relación a un presunto caso de agresión sexual. Según las primera informaciones a las que ha tenido acceso la Cadena Voz, se le acusa de haber agredido sexualmente, haciendo uso de violencia, a una limpiadora del hotel Meliá Tres Cruces en Bilbao, el pasado mes de diciembre. Precisamente, el club catalán se desplazó a la ciudad del Nervión el día 15 de ese mes para disputar el partido correspondiente a la jornada 17 del Campeonato Nacional de Liga, en primera división, en el estadio de San Mamés, frente al Athletic Club. El encuentro terminaría 1-2 a favor de los catalanes, con dos goles de Tiago Gomes. Horas después de esa victoria, parece que a Tiago la celebración se le fue de las manos.

Sota aun está tragando a día de hoy la onda expansiva de esa bomba. Se había pasado aquella tarde cebando en redes sociales su exclusiva. Había obligado a toda la redacción a hacerse eco de lo que se avecinaba esa noche. Había despertado la atención de toda la profesión, incluida la competencia, que estaba más pendiente de lo que contaba Sota que de su propio programa.

Todo resultó ser una estafa, un engaño. Sota fue víctima de un plan perfectamente trazado para quitarle de en medio. Tiago Gomes, a través de su bufete de abogados, presentó una denuncia contra la Cadena Voz y a título personal contra Jaime Sota Urquijo. La emisora consiguió, después de varios meses de lucha y tragar mierda, que la denuncia fuese retirada. A cambio presentaron la cabeza del periodista en una bandeja rojigualda.

Sota nunca supo quién se la jugó, aunque candidatos no le faltaban. Desde ese día su vida profesional y personal se fue a pique. Sufrió semanas de investigaciones e interrogatorios del consejo de la emisora.

«Y claro, si buscas... encuentras», solía excusarse.

Y encontraron. Claro que encontraron. Algo de mierda, no mucha, pero suficiente para desplazarle a la edición de fin de semana con carácter indefinido. Bajada de sueldo del setenta por ciento. Vigilancia en antena y revisión de guion antes de entrar en directo. Sota se vio obligado a responder antes de empezar a preguntar.

Eso en lo profesional; en lo personal, aún peor. Comenzó a refugiarse en la bebida. Sentía que su día solo mejoraba después de apretarse un par de whiskys con hielo. Era lo único que le aflojaba los músculos.

El problema es que también le aflojaba la lengua y Carmen, su mujer, se hartó pronto. No tenía por qué seguir aguantando sus gritos y su mal humor, dijo ella años más tarde. Nunca le puso la mano encima, tampoco le dio tiempo. Tras varios meses de broncas diarias, Carmen dijo basta, recogió sus cosas y se fue a casa de su hijo mayor.

Sota se quedó gritando solo, alcoholizado y triste. Sin nadie que le prestase atención. El hombre más escuchado del país se quedó sin oídos. Su vida era una mierda. Pero remontó.

—Siéntate, Axel. Aquí podemos hablar tranquilos. ¿Qué te trae por aquí?

¿En serio?

Axel frunció el ceño

—Ya. Es evidente. Perdona. ¡Vaya movida! ¡En qué hostias andaría metido Goya para acabar así! Bocabajo, en pelotas, en la cama de un picadero, sin rabo, violado, asesinado. Joder... y yo me quejaba de lo mío. —Sota sonrió al darse cuenta de su maldita suerte.

—Precisamente por eso he venido a verte. Tú le conocías bien. Fueron muchos años juntos.

—Sí. Nuestra relación pasó por varios estadios. En algún momento sospeché que fue uno de los que me la jugó, pero el cabrón era encantador. Pasaba un rato con él y me daban ganas de entregarle a Carmen.

No esperaba que nombrase a Carmen tan pronto y menos de esa forma.

—¿Qué tal está Carmen?

—Bien, sigue viviendo con mi hijo. No sé mucho más.

Ok. No quiere hablar de esto.

—¿Coincidiste con Marcos en los últimos días? ¿Notaste algo raro? ¿Algún comportamiento inusual? ¿Algo?

—Le veía muy poco. Él era ya la jodida estrella de esta emisora. Ocupó mi asiento cuando saltó «la movida Gomes» —así se conocía en la emisora a la noticia que provocó la caída de Sota— y yo fui relegado al fin de semana. Ahora me dejan hacer algún boletín por las tardes, pero Goya no aparecía por la emisora hasta que se hacía de noche. Apenas teníamos contacto más allá de algún asunto de días libres, vacaciones... ese rollo.

—Entiendo.

Sota lanzó una mirada furtiva al móvil sin brillo que Axel colocó encima de la mesa del estudio.

—Oye, ¿estás grabando o algo así?

—No, claro que no. No puedo grabarte sin avisar. Ese material no valdría como prueba en un juicio.

—¿Juicio? Oye, Axel, sabes que te tengo aprecio, me caes bien, siempre te has portado bien conmigo, pero hace mucho tiempo que no nos vemos y estás empezando a tocarme un poco los cojones con tanta formalidad.

Axel esbozó una tímida sonrisa y se dejó caer sobre el respaldo de su asiento.

—Tienes razón, Sota. Discúlpame, pero tienes que entenderlo... es un caso jodido. —Axel bajó los brazos y los apoyó en la mesa—. No puedo aparecer aquí y tratarte como a un colega, ¿sabes? La gente habla, la gente cotillea. Lo hacen en cualquier profesión, pero aquí, en una radio, el peligro de no cuidar las apariencias se multiplica. —Axel no sabía si sus palabras estaban surtiendo el efecto deseado y optó por plegar velas—. Hagamos una cosa, me voy ya. Tomemos algo la semana que viene. Te invito a una copa. Elige tú el sitio. Como en los viejos tiempos.

Sota pareció relajarse.

—Serán viejos tiempos para ti, niñato. Para mí es anteayer. La semana que viene puedo. No hay problema. ¿Miércoles, a las nueve?

—Hecho.

Sota se levantó con premura para adelantarse a abrir la puerta al agente Nash y porque estaba deseando salir de allí. Axel guardó con calma su móvil en la cazadora y se dirigió hacia la puerta, detrás del periodista.

—Una cosa más antes de irme.

Sota suspiró.

—Has dicho antes que al pasar un rato con Goya te daban ganas de entregarle a Carmen...

—Es una forma de hablar, quizá no he acertado con ese comentario.

—Es igual... ¿Sabes si a Marcos le hubiese gustado más pasar una noche contigo que con tu exmujer?

Sota abrió mucho los ojos e instintivamente cerró un poco la puerta que estaba abriendo.

—Joder. Tú sí que sabes como estar desacertado —susurró.

Axel recibió el golpe y se sintió imbécil por intentar jugar a un juego al que no sabía jugar.

—Tú ya me entiendes.

—¿Que si era trucha? —preguntó Sota ahogando una carcajada—. ¡Qué cojones dices! A Goya le gustaban las tías más que a Michael Douglas. Era un follador. Un revientabragas. Y no era solo fama, créeme. Ese hijo de puta se zumbó a media emisora.

Cada vez entiendo menos lo de entregarle a Carmen.

—Ahora mismo, de hecho, mucha gente decía que estaba con una de las nuevas becarias de informativos. Un bombón recién salido de la facultad. Y me jugaría el cuello a que no era la única del edificio que se revolcaba con él.

—¿Lo dices por alguien en concreto?

61

Sota cerró la puerta del todo y bajó la voz. Todavía flotaban en su aliento los efluvios del alcohol.

—Hay una chica, Carla. Ahora mismo está de baja. Lleva de baja varios meses. Perdió la cabeza por Goya. Ya te digo que era encantador y las malas lenguas dicen que iba por ahí prometiendo una vida juntos, formar una familia y toda su riqueza. No sé si será cierto, pero lo que es seguro es que si lo prometía, iba a tener que repartir su riqueza con muchas bocas. No tenía «preferidas».

Axel percibió una leve sonrisa en el rostro de Sota. No supo descifrar su significado y siguió escuchando.

—Como te decía, esta chica se enamoró hasta límites inimaginables para él. No jugaban al mismo juego. Y cuando quiso frenar, el tren ya había cogido demasiada velocidad. Ella estaba casada y, tras unos meses de desenfreno, dejó a su marido. Ahí fue cuando Goya se acojonó. La bloqueó en WhatsApp, Twitter y todas esas mierdas que os gustan ahora. Pero un día ella se plantó en su casa. Goya estaba en el jardín. Su mujer y su hijo, dentro. Él salió a la calle para deshacerse de ella sin que nadie más se percatase. —Sota desvió la mirada como quien recuerda o quien ahoga un pensamiento—. Al día siguiente, Marcos apareció en la radio con la mano vendada por un corte superficial.

—¿Me estás diciendo que esa chica fue a su casa con un cuchillo y que le atacó?

—Te estoy diciendo lo que dicen las malas lenguas. Sabes que siempre hay literatura en estas historias y más entre periodistas. Él declaró en la redacción que se había cortado preparando la cena, pero tú y yo sabemos que es jodido cortarte la mano con la que agarras el cuchillo.

Axel desbloqueó el móvil y entró en sus notas.

—¿Cómo dices que se llamaba ella? ¿Clara? —inquirió.

—Carla. El apellido no lo recuerdo —dijo Sota.

—Está bien. Con esto bastará para ir tirando. —Axel devolvió el teléfono al bolsillo y sujetó a Sota por el antebrazo—. Hazme un favor, anda. Consígueme su contacto. Si trabaja aquí, no te resultará muy complicado.

Jaime Sota pareció complacido.

—Descuida. Al menos así volveré a sentirme periodista —dijo sonriendo.

Axel tendió la mano con firmeza

—Hasta el miércoles, entonces.

El apretón fue tenso. Dos manos fuertes. Dos amigos marcando posiciones.

—Eso es. Y ven más relajado o no vengas. A mí no me toques los cojones dos días seguidos.

Axel se alejó hacia la puerta de salida notando una mirada clavada en su nuca. Pensó en Max. Seguro que era él. Tenía que darse la vuelta, como en una película de John Ford. Axel se sentía el forastero que abandona el *saloon* y que se gira para dedicar una última mirada amenazante al forajido sentado en la barra. Se estaba volviendo cuando notó un golpe brusco en el costado.

—Uy. Disculpe, caballero. Vaya golpe. Está usted muy fornido. ¡Qué músculos, por Dior!

Axel se agachó para ayudar a recoger un montón de folios que se habían desparramado por el suelo de la redacción.

—Uy, no se preocupe, de verdad. Es usted agente de policía, ¿verdad? Uy, siempre meto la pata hablando de más, mi verborrea, que no la controlo cuando tengo a un hombre tan guapo delante. Me pasa siempre. Me pasó también con el muerto. Por eso está aquí, ¿verdad? Uy, otra vez. Bueno le dejo, que me lío y ya no sé lo que digo. Adiós, caballero. Que pase un buen día.

Axel le entregó las hojas al escuálido chaval que tenía delante y a cambio recibió una mano blanda que apretó sin fuerza. La mano no estaba vacía. Una tarjeta se deslizó de una palma a otra. Axel reaccionó con sutileza y la escondió dentro de la manga de la cazadora. Con paso firme abandonó las dependencias de la Cadena Voz y ya en la calle rebuscó en el bolsillo el mando del coche y lo pulsó. Abrió la puerta del vehículo, se sentó, se colocó el cinturón de seguridad y ajustó los espejos. Antes de arrancar sacó la tarjeta que acababa de recibir.

«Club gay Flowers».

Le dio la vuelta y su corazón se aceleró.

«Viernes, a las 23.30. Venga solo, agente. Tengo cosas que contarle sobre Goya».

6

—Yo estaba vestida. Pensaba dormir vestida. No tenía calor.

   —¿Y te desnudó él?

   —Sí. Creo que sí.

   —¿Y tú le dejaste? ¿O te forzó?

   —No lo sé. No soy capaz de recordarlo.

Al tercer tono contestó.

   —Axel, me pillas regular.

Axel giró la rueda que subía el volumen del *bluetooth* del coche.

   —Te oigo mal, Loor. ¿Estás en el hotel?

Un grito espasmódico se colaba al otro lado de la línea. En un primer momento Axel pensó que se trataba de un gemido, pero enseguida lo descartó porque no tenía ningún sentido.

   —Sí, sí... (¡AAAH!). Aquí estoy. Oye, no puedo seguir hablando... (¡AAAAH!) Te llamo en un rato... (¡AAAAAH!).

Joder, eso era un gemido.

Axel colgó más divertido que preocupado. Todavía no conocía demasiado a Loor y empezaba a parecerle todo un misterio. Deslizó hacia abajo la pantalla del móvil y volvió a llamar, pero a otro número. Contestó una voz de mujer.

—¿Comemos esta tarde? Necesito verte.

La llamada se cortó y la agente Loor Galván apretó con mas fuerza su bota Doc Martens contra el cuello del propietario del hotel. Lo tenía tumbado en el suelo, inmovilizado. El frío del azulejo barato se le estaba clavando en la mejilla.

—Ya está. Ya podemos...

—¡AAAAAH!

Loor apretó un poco más.

—... seguir hablando sin que nos molesten. Voy a...

—¡AAAAAAH!

—... desconectar el móvil, ¿vale?

—¡AAAAAAAH!

—Ya está. Ya estamos solos. ¿Por dónde íbamos?

Loor apenas llevaba diez minutos en el bajo donde vivía Zung Yi, el encargado del hotel que en las últimas horas se había convertido en el alojamiento más famoso de la capital, y no por sus lujos, precisamente. Cuando llegó al lugar del crimen se dio cuenta de que seguía precintado y no ofrecía nada nuevo con respecto a la última vez que estuvieron allí. Se bajó de todos modos de su vehículo en busca de información. Fue en el bar de enfrente donde le contaron la historia de Zung Yi.

«Un hombre mayor, bajito y poca cosa», en palabras del camarero del bar Antonio. Según le informaron, llevaba más de veinte años en España y su familia vivía aquí con él: «Precisamente ahí, en ese toldo amarillo, ahí viven».

La casa no parecía lo suficientemente grande como para albergar a tres generaciones Yi, pero allí estaban. Encabezados por el viejo Zung, quien siendo aún joven se marchó de Wuhan en busca de una vida mejor. Empezó cargando cajas y vendiendo cervezas en Malasaña los fines de semana. De esta forma y poco a poco fue haciendo dinero y se los trajo a todos. Primero a su esposa y luego a sus cinco hijos. Sus nietos eran madrileños de pura cepa: «Flipas cómo hablan los niños, si hasta dicen *ej que*...».

A Loor le preocupaba si iba a poder entenderse con el anciano, pero le aseguraron que: «Es muy listo y habla mejor castellano de lo que le interesa demostrar, le pasa como al Robinson del Canal Plus, que en paz descanse». Loor nunca tuvo Canal Plus en casa, pero sabía quién era Michael Robinson, y ahora también sabía dónde encontrar al hombre que había venido a buscar. Apuntó su número de teléfono en un par de servilletas y le entregó una al camarero.

—Ya sabe, si recuerda algo...

Y se guardó la otra en el bolsillo. Apuró el cortado, dejó unas monedas sobre la barra y salió.

Llamó con insistencia al telefonillo que encontró bajo el toldo amarillo, se encendió un Marlboro y le mostró la placa a la niña que le abrió la puerta. Loor se imaginó que sería una de esas nietas de tercera generación Yi, una de los *ejque*. El cerrado acento de Chamberí se lo confirmó a la segunda frase.

—Estás buscando a mi yayo. Ahora sale.

La niña desapareció y ante sus ojos se presentó un anciano con cara de pocos amigos, más bien ninguno. Y Loor no tardaría en darse cuenta de que no iba a ser ella su primera amiga española.

—¿Qué *quiele*?

Loor dio una calada profunda. Las ascuas del cigarro reptaban entre sus dedos.

—¡Buenas tardes! Es usted el propietario de este hotel, ¿verdad? —preguntó, señalando la zona precintada.

—*Fuela*, lo siento. Yo solo *hablal* con *hombles*. Tú *fuela* de mi casa.

Zung Yi trataba de cerrar la puerta en las narices de Loor pero las Doc Martens se interpusieron a tiempo entre la madera y el marco. El viejo arrugó un rostro ya de por sí arrugado. Tenía los ojos pequeños y estirados. Ella pensó que además debía de tener terraza porque sus brazos —también arrugados— lucían un bronceado natural.

—Escúcheme un segundo. Necesito hacerle unas preguntas. Si colabora no tardaré demasiado y es probable que no vuelva a verme merodeando por aquí, pero para que eso ocurra tiene que colaborar.

La puerta se abrió y se volvió a cerrar sobre el pie de Loor, esta vez con más fuerza.

—*Fuela*, *fuela* de mi casa. Yo no *hablal*.

Loor se preguntó que habría hecho Axel en una situación como esa y, casi sin tiempo a imaginarlo, se apretó el cigarro entre los labios, agarró al viejo por la manga de la bata, le retorció el brazo en la espalda, con el otro brazo lo inmovilizó, le dio un puntapié en la rodilla, le dobló la espalda, lo tumbó y le apretó la mejilla contra el azulejo de su propia casa, todo con la misma bota con la que había sujetado la puerta.

—Ah... Ya sé por dónde íbamos. Le estaba pidiendo por favor que me escuchase. ¿Ya me escucha?

—¡AAAAAAAH!

La bota ejerció más presión.

—¿Que si me escucha?

—Sí, sí, la escucho. ¿Qué quiere de mí?

—Vaya, su castellano mejora cuando está boca abajo, señor Yi. Présteme atención y le dejaré que regrese enseguida con su nieta. Como sabe, se ha cometido un atroz asesinato en su hotel y necesito algunas respuestas.

—Yo no he hecho nada. Se lo juro —dijo el anciano casi en un susurro.

—Ya sé que usted no ha hecho nada pero seguro que sabe cosas y necesito que las comparta conmigo. Veamos... ¿Estaba usted de guardia en recepción la noche del crimen?

—Sí. Esa noche tenía doble *tulno*, pero no vi nada. Tiene que *cleelme*.

—¿Conocía a la víctima? Tengo entendido que no era la primera vez que venía por aquí.

—Yo no le había visto nun... ¡AAAAAAH!

Una piedrecita se incrustó en la barbilla de Zung Yi. En la acera se dibujó un minúsculo punto de sangre.

—Piense, haga usted el favor... no vaya a precipitarse.

—Quizá haya venido alguna vez. Por aquí pasa mucha gente... ¡AAAAH...! Vale, vale, sí, le *recueldo*. Desde hace un tiempo solía venir un par de veces al mes. Se había *conveltido* en uno de los habituales.

—¿Venía con alguien?

—No. Siemple venía solo... ¡AAAAAH...! Es la *veldad*, venía solo, se lo *julo*.

—Discúlpeme, la costumbre. Continúe.

—Venía *siemple* solo y se iba solo. Si se veía con alguien, yo no lo sé. Supongo que sí. Nadie viene a sitio como este *pala pasal* tiempo a solas. Simplemente con el ruido de las *otlas* habitaciones ya es difícil *descansal*. ¿Sabe lo que le *quielo* decir?

Zung Yi amagó con esbozar una sonrisa. Loor no le correspondió.

—Está bien. Una última pregunta —dijo Loor mientras con la mirada ahuyentaba a un par de curiosos que se habían parado a olisquear.

—¿*Segulo*? Ya le estoy pillando el gusto al sabor de la baldosa.

—Cállese y atienda. Si tuviera que apostar... —Loor hizo una pausa involuntaria y se dio cuenta de que se sentía ridícula preguntando lo que iba a preguntar—. ¿Diría que se veía con hombres o con mujeres?

El viejo, sin embargo, ya contestaba sin remilgos.

—No lo sé. No *sablía* decirle. Aquí hemos visto de todo. *Hombles* con *hombles*, mujeres con mujeres, *tlíos*, *olgías*. En estos tiempos que *colen*, cualquiera sabe, pero ya le digo que nunca le vi con nadie, *siemple* solo.

Loor liberó la presión sobre el cuello del anciano y le ayudó a incorporarse. Zung Yi se sacudió el polvo con ambas manos mientras maldecía en su idioma.

—Ahora vamos a entrar usted y yo en su casa y me va a enseñar el registro de entradas de la noche del crimen —solicitó ella—. Ya veo que esto no es el Palace, pero supongo que de alguna forma quedará registrado quién se hospeda aquí. Por seguridad, por si no pagan o por lo que sea.

El chino abrió mucho los ojos, casi perdiendo su identidad.

—Usted no *entlal* en mi casa. Aquí no *tenel* nada. Si tú *eles* asesino, tú no te *legistlas*. No *tenel* nada.

Zung Yi se golpeaba la cabeza mientras hablaba, como hacen las personas mayores cuando quieren que sus descendientes usen el cerebro. Loor sabía que tenía razón.

—*Pelo* hay una cosa. El *muelto* se fue.

—¿Cómo que el muerto se fue? —preguntó Loor, al tiempo que daba una última calada y expulsaba todo el humo de sus pulmones en la cara del chino.

—El *muelto* se fue. Yo le vi salir. Llegó solo y se fue solo.

Loor enarcó una ceja.

—Entonces, ¿cómo explica que haya aparecido su cuerpo ensangrentado y sin vida en una de sus habitaciones? ¿Es eso lo que le da miedo? ¿Que haya aparecido un muerto en su negocio y que ahora nadie quiera alojarse ahí?

—No, no, no. Yo no *sabel*. Yo solo sé lo que vi. Y el *muelto* se fue.

—El muerto se fue.

—Sí. El *muelto* se fue.

Loor se había quedado sin paciencia.

—Está bien, pues yo también me voy. —La agente Loor Galván apagó la chusta del pitillo contra el bordillo de la acera y le entregó la servilleta al propietario del hotel—. Tenga, límpiese bien la sangre de la barbilla. Por detrás tiene mi número de teléfono. Si recuerda algo más que pueda resultar interesante, llámeme. Soy mucho más cariñosa en la segunda cita.

—No he conseguido gran cosa, Axel. —Loor notó como unas gotas de sudor se interponían entre su oído y el auricular del teléfono. Hacía calor—. Dice que Goya venía siempre solo y se iba solo. Pero según él eso es lo más frecuente. Cuando compartes una habitación por horas con alguien, no suele ser con tu pareja.

—Tiene sentido —admitió él.

—Todo el mundo se esfuerza en que si le ven, sea sin compañía. Así que supongo que el que viene por aquí diseña una especie de código para entrar y salir. Para el viejo debe de ser como participar en un concurso de la tele, va apareciendo gente por la puerta y tiene que adivinar quién va a cada habitación, cuáles son las parejas. Y la pregunta es: ¿en qué te basas? Género, raza, clase social, vestimenta, tribu urbana, condición sexual... Las combinaciones son muy variadas y la probabilidad de acertar es baja. Luego, que te abran la puerta de la habitación es sencillo, dos golpecitos, tres golpecitos, lo que cada uno pacte.

—¿Todo eso te lo ha dicho el chino?

—No. Eso te lo digo yo. ¿Nunca has tenido un encuentro de este tipo? ¿Un romance prohibido?

—Llevo años viviendo solo, Loor. El único código que necesito es encontrar las llaves de mi casa y no siempre me resulta fácil.

—Hay que ver. ¡Qué poco normativo eres para unas cosas y cuánto para otras!

—Soy hombre, heterosexual, cisgénero, casi en los cuarenta, de clase acomodada. Lo tengo todo para no gustarte.

—Sin embargo, me encantas.

—Lo sé. ¿Algo más?

—No. Nada más. Bueno, sí. Justo antes de irme, el chino me ha dicho algo raro. Puede que sea una tontería. No se puede decir que hayamos hecho buenas migas. Pero me ha asegurado que vio a Goya salir del hotel.

—No entiendo.

—Yo tampoco. Pero me dijo que Goya entró solo y se fue solo. «El muerto se fue». Eso repetía constantemente.

Axel anotó esas cuatro palabras en las notas del móvil, como un detective clásico de los años 40 pero con tecnología.

Loor tenía razón.

A veces podía ser muy normativo.

7

Uno, dos, uno, dos.

Las piernas del agente Nash se movían con una cadencia impecable. Se estaba poniendo en forma. Eso le decían las cuestas del céntrico parque del Retiro. Eran su termómetro. Todavía aceleraban su corazón pero ya no le devoraban.

Uno, dos, uno, dos.

Correr se había convertido en un hábito, casi en una necesidad. No menos de tres veces a la semana se ajustaba sus Asics Nimbus 21, sus AirPods y a sudar. La disciplina era el único secreto para poder completar los 42 kilómetros y 195 metros que le separaban de la fragorosa gloria de ser *finisher*.

Axel llevaba la música al máximo. Las pulsiones internas de la percusión le estimulaban. Le llevaban a sintonizar cada remada de sus brazos con cada batida de sus piernas.

Uno, dos, uno, dos.

Como un bailarín de danza clásica en medio de una guerra.

La *playlist* no era un asunto baladí. La selección no era aleatoria. Él era su mejor algoritmo, y por ello se había preparado una lista de reproducción que lo empujaba. Que le animaba en momentos de dificultad. Una lista reservada para cuando corría.

No la escuchaba jamás en otra circunstancia...

Para no cogerle asco a canciones que me gustan.

Llevaba quince minutos de trote a buen ritmo, suficiente para calentar la musculatura, para estimular ese picor en las piernas que aparecía sí o sí, esa protesta general del cuerpo.

En esos primeros kilómetros, Axel corría junto a sus problemas. No dejaba de pensar en Sota. Le conocía bien y estaba raro. ¿Le estaba ocultando algo? ¿Era eso? ¿O simplemente estaba afectado por la muerte de un compañero? Desde luego, no se trataba de una muerte cualquiera.

Varias frases rebotaban en su cabeza a cada zancada.

«En algún momento sospeché que quizá fue uno de los que me la jugó».

Uno, dos, uno, dos.

Axel apretó el ritmo. En sus oídos, los AirPods se amoldaban como silicona, amplificando la vibración irreverente de las guitarras desenfadadas de The Strokes. A todo meter. Otra vez Sota.

«Le veía muy poco. Ocupó mi asiento cuando saltó la movida».

Axel aumentó la velocidad. Giró a la derecha y dejó a su espalda el estanque del Buen Retiro. En el agua, varias parejas remaban sin compás, igual que vivían. La música ahogaba sus jadeos, cada vez más potentes.

Uno, dos, uno, dos.

El corazón bombeaba sangre con más fuerza.

Boom. Boom.

Cada latido le perforaba el pecho.

La figura de Sota se fue difuminando en su imaginación. Evanescente. Ya hablaría con él. Algo no le encajaba.

En ese momento la áspera voz de Julian Casablancas le instó a deslizarse con mayor agilidad. Como un reptil, del latín, *reptilia*.

I said, please don't slow me down if I'm going too fast.
You're in a strange part of our town.

Fue entonces cuando notó que una suave brisa le empujaba hacia delante y decidió entregarse al asfalto sin mirar atrás.

Eva Vilda llegó a su cita con veinte minutos de antelación.
Eso de que una cierta impuntualidad era señal de elegancia
le parecía una verdadera estupidez. Una excusa para camuflar un síntoma evidente de mala educación. Pidió su mesa
de siempre y ocupó su asiento con discreción. No le gustaba
demasiado llamar la atención, aunque en determinados ambientes no podía evitarlo.

Este era unos de esos ambientes. El restaurante Sacha. Un
coqueto bistró con aires parisinos y sabores castizos, donde
conseguir una mesa, cualquier día de la semana, a cualquier
hora, era todo un acontecimiento. Eva tenía su mesa disponi-
ble dos miércoles de cada mes.

No era este el único motivo por el que llamaba la atención. La mayor parte de los cuarenta asientos del local estaban ocupados por hombres de negocios, directivos, empresarios, cocineros.

Hombres, en definitiva.

La señorita Vilda —como odiaba que la llamasen pero
como la llamaban con frecuencia— no dejaba a su paso la estela de un físico despampanante, pero la firmeza de sus tacones de aguja repiqueteando el suelo azul del restaurante provocaba que las miradas abandonasen por un instante los
platos de comida, por muy suculentos que estos fuesen.

Eva tomó asiento y contempló la escena con cierta satisfacción. De inmediato el clima del local recuperó la normalidad y Sacha Hormaechea, patrón del negocio y tipo peculiar,

de frente ancha y pelo largo recogido siempre en una coleta adelgazada con los años, se acercó a la mesa para darle la bienvenida.

—Buenos días, Eva. Veo que ya has dejado la impronta de tu perfume en la sala. Efectivamente, los miércoles mis platos saben mejor.

—Huelen mejor —apuntó Eva.

—Eso también —concluyó Sacha.

Sin apartar la mirada, Eva se recogió su ondulada melena —y destapó por contraste la anorexia capilar de Sacha— dejando al descubierto la generosidad de sus orejas. Su nariz respingona y su cabello castaño claro hacían inevitable su parecido con Juliette, la novia de Dartacán, el mosqueperro.

—¿Empezamos o esperas? —preguntó el cocinero.

—Empezamos y espero. Ve preparándome un negroni. Muy amargo. Como a mí me gusta. El cóctel nos dirá qué comemos.

Eva Vilda no siempre se pudo permitir comer en Sacha, ni siquiera saborear un negroni en algún lugar más económico. De familia humilde, llegó a Madrid siendo aún muy joven. Estudió en ICADE, el Instituto Católico de Administración y Dirección de Empresas, y enseguida descubrió que no creía en dios. Luego descubriría que tampoco creía en ICADE. Para finalmente descubrir que no creía en casi nada.

Se acostumbró desde niña a manejarse en un mundo de hombres. Su madre murió en el parto, fruto de una negligencia médica, y en cuanto ella creció dos palmos se quedó a cargo de su padre y sus tres hermanos.

Todos hombres.

Eva se hizo fuerte en el hogar. Ordenaba la casa, limpiaba, cocinaba. Su padre siempre la culpó en secreto del fallecimiento de su esposa. Sus hermanos se aprovechaban de su debilidad física y entre todos convirtieron su infancia en un simulacro de infierno.

En cuanto cumplió la mayoría de edad, Eva dijo basta. Llenó una maleta, reunió un par de billetes azules y tomó un autobús rumbo a la capital.

Hoy es directora comercial de una conocida firma de perfumes vinculada al lujo y tiene a sus ordenes a más de medio centenar de empleados, muchos de ellos hombres. El año pasado fue portada de la revista *Forbes*, no por su fortuna, sino por su proyección. En el artículo decían de ella que era: «Convincente, inflexible, capaz y con la piel muy dura, como un reptil, del latín, *reptilia*».

La puerta del restaurante se abrió. Su cita acababa de llegar.

8

Axel abrió la puerta despacio y cerró con cuidado. Caminó a través de las mesas fijándose bien en qué le apetecía comer. Todo buen banquete arranca en la vista. Tortilla vaga de criadillas, mollejas de ternera asadas, butifarra con verduras a la plancha... Cuando llegó a su mesa ya estaba prácticamente decidido.

—Hola, Evita.

Eva Vilda no se levantó, alzó el vaso ancho de cristal de roca bañado en volcán rojo e invitó a su amigo —ahora, agente Nash— a sentarse. Ya nadie la llamaba Evita, quizá por eso le gustaba que él lo hiciese.

—Llegas tarde —dijo y dio un pequeño sorbo al negroni.

Axel miró el reloj para molestar. No parecía sorprendido.

—Ya sabes que la puntualidad es la virtud de los aburridos.

—Lo que me aburre es esperar.

—Seguro que tu agenda está llena de gente puntual. Por eso estás aquí conmigo.

—Me has citado tú.

Joder, eso es verdad.

—¿Bajamos las espadas?

—Pide un cóctel. Yo me encargo de la comida.

Axel aceptó el trato. Levantó un brazo para llamar la atención del camarero. Le atendieron al instante. El servicio de un buen restaurante es el restaurante en sí mismo.

—Tomaré lo mismo que ella, gracias.

—¡Qué original! —atacó Eva. Y se dirigió al camarero—: Por favor, equilíbraselo. Réstale Campari y súbele la dosis de vermú. El caballero no es tan amargo.

Axel se encogió de hombros a modo de asentimiento. Se recostó sobre la silla, cruzó las piernas y miró a su amiga intrigado.

—¿Cómo demonios sabes esas cosas?

—Alguien tiene que hacerlo. De lo contrario gastas dinero en algo que no es completamente de tu agrado.

—Gastar dinero no es de mi agrado.

—Retiraré lo de caballero cuando regresen con tu cóctel.

Axel y Eva eran amigos de toda la vida. Toda la vida adulta. Por eso eran amigos de verdad. Se conocieron una noche, en una discoteca de Vigo. Axel vivía allí y Eva estaba veraneando. El peor arranque posible para una amistad duradera. Axel estaba metido en un lío. Intentaba seducir a una niña rubia, a todas luces más joven. Él siempre se escudó en que no había tales luces, en que estaba demasiado oscuro. El caso es que se acercó demasiado a su boca y un grupo de mocosos, entre los que se encontraba el novio de la rubia, no se lo acabaron de tomar bien. Rodearon a Axel con intención de partirle la cara. Eva, que contemplaba la escena desde lejos, sintió un impulso compasivo y entró en acción. Apartó a dos chavales más altos que ella, se hizo un hueco, y le partió la cara a Axel. Un bofetón sólido, con la mano abierta. En el rostro de Axel se podía leer el futuro de Eva. Axel no entendía nada. ¿Quién demonios era esa loca y por qué le había cruzado la cara? Eva no se detuvo y empezó a insultarle, gritarle, empujarle: «Malnacido», «Miserable»,

«Hacerme esto a mí, delante de todos», «Te vas a enterar», «Vámonos a casa, cabrón». Sus celos eran tan reales que Axel se preguntó si de verdad tenía motivos para odiarle de esa forma. Los mocosos se miraban unos a otros sin dar crédito, hasta que uno de ellos estalló de risa y todos le siguieron.

La tensión o se corta de golpe o no se corta jamás.

Eva arrastró a Axel hasta la calle. Le llevaba sujeto por la pechera. Su furia se fue apaciguando según subían las escaleras de salida. Una vez fuera, Axel le pidió explicaciones, ella le dijo que «venga, chaval que te he salvado la vida». Axel le preguntó por qué, ella le dijo que «para poder cobrarme un favor cuando me haga falta». Axel insistió y ella le dijo que lo hizo «porque me dio la gana». Axel le dijo que la invitaba a desayunar. Ella le dijo que «ni lo sueñes». Axel le pidió el teléfono. Ella le dijo que «tranquilo, volverás a verme». Axel se encendió un cigarro. Eva se fue.

A los pocos días de ese encuentro, Axel conoció a la madre de su hija, se enamoró hasta las orejas y dejó atrás su azarosa vida nocturna. Eva nunca pudo cobrarse el favor. Y lo que se presumía como el inicio de una historia de amor acojonante se convirtió en una historia de amistad de más de diez años.

Ahora estaban frente a frente. Sus vidas habían cambiado mucho y ninguno se atrevía a asegurar que para mejor. Eva estaba casada. Con Carlo. Tenían un hijo, Tom, al que adoraba de vez en cuando. Axel también tenía una hija. Pero no era su hija lo que interesaba a Eva.

—¿Has vuelto a saber algo de...?

Sacha.

—¿Ya sabéis qué vais a tomar?

Eva dio un sorbo al negroni para mejorar el mal trago. Axel sonrió.

—Si no me dices lo contrario, tomaremos las gambas de taberna, la falsa lasaña de Txangurro y la raya negra a la mantequilla —dijo ella.

—Excelente. Intentaremos no estropear el producto. Vino, ¿tomaréis?

—Cuando acabemos el cóctel. Algo que nos acompañe cada plato. Decide tú —remató Vilda.

—Que disfrutéis.

Sacha recogió las cartas y devolvió la palabra a la boca de Eva. Ella no insistió en su pregunta. Si fallas un lanzamiento a canasta, en la siguiente jugada, busca a un compañero.

—He visto las noticias. Supongo que por eso estamos aquí. No sé por qué, pero te imagino entusiasmado.

Eva era muchas cosas para Axel. Además de como amiga, funcionaba también como *conseglieri* profesional. Juntos eran una suerte de Robert Duvall y Michael Corleone. Hablaban de la vida y resolvían crímenes porque ¡qué es la muerte sino una parte de la vida!

¿O era al revés?

—Entusiasmado no es la palabra —puntualizó Axel—. Despierto, diría yo. Es un asesinato demasiado salvaje para mi gusto, de un tipo bastante conocido y, al menos en la radio, todo el mundo hablaba bien de él.

—Axel, nadie habla mal de un muerto. Es la primera norma de la estupidez. Igual deberías dejar de hablar con estúpidos.

Eva apuro su negroni de un trago largo. Tenía buen sabor de boca. Cuando estaba con Axel siempre le surgía la duda de si debía hablar de su familia.

—Carlo me dijo que solía escuchar a Goya por las noches —dijo en un tono confuso.

Joder, ¿no duermen juntos?

—Le caía bien —añadió Eva—. Lo cual tampoco es mucho decir. En alguna ocasión me comentó que conoció a su ex. Ella también es abogada, ¿puede ser?

Axel se encogió de hombros.

—Debieron coincidir en algún juicio. No lo recuerdo exactamente. Es curioso porque ella, al parecer, no hablaba tan bien del muerto. Paradójico, ¿no crees? Según me contó Carlo, era bastante sabido que los dos se odiaban hasta las vísceras. Creo que ella tenía, cómo decirlo... un carácter muy fuerte. En fin... ¿qué crees que pudo ocurrir? ¿Sospechas de alguien?

—Es muy pronto aún. Parece un crimen sexual. Pero ¿el autor fue un hombre o una mujer? Eso es lo primero que necesito aclarar. Porque en teoría estamos ante un heterosexual que se acuesta con semen en el culo. Eso sí es una paradoja.

—Los crímenes sexuales con hombres asesinados son extraños. Se suele matar a mujeres.

—O un hombre a otro hombre —puntualizó Axel.

Eva no pareció convencida.

—Puede ser. ¿Sabes si tenían hijos?

—Correcto. Un hijo, un chaval ya mayorcito.

—¿Tenían pasta?

—Seguro. En la radio, las estrellas cobran bien. Y este tenía su foto en la M40, en las vallas publicitarias.

—O sea, que despertaba envidias.

—Sin duda. Tenía una posición muy cómoda, muy visible, muy jugosa.

—Pues ahí lo tienes.

Eso era lo que más apreciaba Axel de Eva. Era fría, pragmática y analítica. En cualquier situación que le plantease, pelaba las capas superficiales hasta llegar al corazón del asunto. No dejaba que los detalles la distrajesen. Era justo lo que necesitaba para orientarse en este caso. Un análisis desafecto y racional.

Pero mejor que se explicase porque él no entendía nada.

—¿A qué te refieres?

—Sexo, dinero y poder. Sota, caballo y rey. No te salgas de ahí. Ahí tienes a tu asesino.

—O asesina —precisó Axel.

—O asesina. Pero ten en cuenta los datos porque rara vez mienten. Y los datos dicen que el noventa por ciento de los asesinatos en España son cometidos por hombres. Y más del sesenta son hombres matando hombres. Así que lo más probable es que no sea una asesina.

Jaque mate.

—¿Cómo demonios sabes esas cosas?

Eva Vilda sonrió al fin.

—Alguien tiene que hacerlo.

Axel pareció conforme y dejaron el crimen atrás. Como primera aproximación al caso, el agente Nash ya tenía piezas para empezar a montar el puzle.

Por lo demás, la comida fue transcurriendo entre anécdotas de juventud y preguntas cómodas. Hablaban poco del presente. Eva intentó en un par de ocasiones más acceder a la situación sentimental de Axel, pero fue imposible. Se escurría como una lagartija. Tomaron postre y café. Se saltaron la copa. Axel tenía cosas que hacer.

Se despidieron sin ceremonia. Quedaron en que intentarían no dejar pasar demasiado tiempo antes de volver a verse. Axel se fue primero. Eva se quedó apurando el café y se hizo cargo de la cuenta. Le tocaba a ella. Cuando perdió de vista al agente Nash, cambió de opinión.

No iba a perdonar la copa.

Era ya tarde, el restaurante estaba casi vacío. Eva buscó a Sacha con la mirada y este le dio su aprobación. Le permitía fumar dentro. Encargó un Tanqueray cortito, sin tónica, con mucho hielo. Para refrescarse. Pensó en Carlo y en Tom. Su marido y su hijo.

Y encendió un cigarro. Para convencerse.

Ya en el coche, Axel iba dándole vueltas a todo.

Sexo, dinero y poder.

Había algo en su entrevista con Sota que no paraba de martillearle. No sabía bien qué. Algo de lo que le dijo no encajaba. O sí. ¿Qué era lo que llevaba horas molestándole?

De pronto cayó. Llamó a comisaría. Allí tenía un buen contacto. Alguien que le debía más de un favor.

Contestó una voz agrietada por los años. Garrido, Jose Manuel Garrido, Chema para los amigos, por eso todo el mundo le llamaba Garrido. Un veterano en mil batallas. Un escudero de talento escaso y pocos escrúpulos.

Durante una época le apodaron el Fontanero. Se dedicaba a arreglar asuntos de baja estofa sin atender a ningún principio de ética profesional. Le encargaban chapuzas de medio pelo que facilitaban la vida a los jefes y Garrido las resolvía sin hacer preguntas. Hasta que un día resbaló. Tenía un encargo sencillo. Recoger un maletín con veinte mil euros en una dirección y entregarlo en otra. Garrido acudió puntual a su primera cita. La casa de un comisario adjunto a otra unidad. Recogió el maletín y se perdió. Fue incapaz de llegar puntual a la entrega. Transcurrieron treinta minutos desde que la esposa del comisario, que esa mañana —según le contaron a Axel años después— estaba juguetona, le abrió la puerta hasta que la puerta volvió a cerrarse con Garrido fuera. Una follada monumental.

Tuvo la mala suerte de que le pillaran. Y aún está pagando las consecuencias de un polvo mañanero que jamás olvidará.

Fue relegado al sótano del edificio, donde todavía hoy custodia la garita que da acceso al registro de viejos expedientes, casos archivados y crímenes sin resolver. Lo que todos en el cuerpo conocen como «la Cloaca». Documentación antigua, no digitalizada. De escaso valor el noventa y nueve por ciento del tiempo. Secretos que nadie osaría destapar. O casi nadie.

—Me das miedo, Axel. ¿De qué se trata esta vez?

—Relájate. Esta es fácil. Necesito que investigues un nombre. Un periodista de la Cadena Voz. No será difícil encontrar algo.

Garrido suspiró al otro lado de la línea.

—No te adornes y dime el nombre.

—Apunta. Se llama Max Morán. MAX MO-RÁN. Con tilde en la última *a*. Llámame cuando lo tengas.

Axel estaba a punto de colgar pero lo pensó mejor.

—¡Ah! Y una cosa más...

Escuchaba el sonido de un bolígrafo caligrafiando un folio al otro lado de la línea.

—Dale prioridad a esto último. Es urgente.

9

—No te lo voy a decir. No me lo preguntes más.

—¿Por qué? Tiene que pagar por lo que te hizo.

—No quiero. No quiero tener que pasar por eso. Es mi decisión. Solo mía.

—Pero es importante que se sepa quién fue para que no lo vuelva a hacer.

—¿Crees que no lo he pensado? ¿Eso crees?

Vigo, jueves 14 de marzo

—¡Buenas noches, señoras y señores, damas y caballeros, *ladies and gentlemen*; sean bienvenidos a este concierto de una banda singular en la mejor sala de todo el norte del país. Esto es Pénjamo Bar y hoy tenemos el honor de presentar en sociedad a los nuevos ricos del pop patrio, los herederos de la verdad sinfónica, los reyes del escenario... Disfruten y déjense acompañar durante la próxima hora por la maravillosa voz de... ¡¡¡Iria Novoa y los Rockets!!! Un fuerte aplauso para ellos...

Llevaban tocando poco más de una hora con éxito dispar y como de costumbre Iria aprovechó el impás antes de la última canción para presentar a la banda. Una base rítmica acompañaba su discurso, sacó el micrófono de la base y se paseó el escenario.

—Muchas gracias, damas y caballeros; es un verdadero placer para nosotros estar aquí esta noche con todos vosotros, sois un público fantástico. No os sabéis aún ninguna de las letras pero eso se arregla fácil. Allí al fondo hemos montado un pequeño córner en el que podéis adquirir nuestro disco por un módico precio. Diez eurillos de nada. El precio de una copa. Vuestro hígado os lo agradecerá y nosotros también.

No fue una carcajada propia del club de la comedia pero el comentario de Iria fue recibido con sonrisas por los asistentes.

—Sin más dilación, procedo a presentar a esta maravillosa banda que seguro os hará vibrar en el próximo concierto. A mi derecha, al bajo, la mano más rápida del Oeste, al menos del Oeste peninsular: un fuerte aplauso para el gran... Xoan Carneiro.

Las más de cien personas que llenaban el Pénjamo aplaudieron sin entusiasmo.

—No está mal, gracias, muchas gracias. A mi espalda, un hombre que no necesita presentación, o bueno, tal vez sí: fijaos cómo rugen los tambores, él es el señor de las baquetas, el redoble atómico, el único e inigualable... Iago Alonso.

El baterista hizo una pequeña demostración de sus habilidades martilleando el doble bombo y casi consigue despertar a la audiencia. Iria continuó.

—A mi izquierda, el *riff* de guitarra con acento de Memphis, las cuerdas locas, cuidado, niñas, que muerde; su timidez es pura fantasía, el incomparable... Omar Pombo.

Omar dejó caer un mechón de pelo sobre la cara y dibujó en un solo de guitarra bastante irregular los primeros acordes del *Sweet Child of Mine* de Guns N' Roses. La gente se acercó al escenario. Iria aprovechó la ocasión. Estaba funcionando.

—Adelante, acercaos, no seáis tímidos, ya es hora de que nos miremos a los ojitos. Os habla Iria Novoa, y juntos somos... Los Rockets.

Fue acabar la presentación y la banda estalló al unísono para dar lo mejor de sí misma.

> *She's got a smile it seems to me*
> *reminds me of childhood memories...*

Al acabar el concierto Omar e Iria se acodaron en la barra y convinieron que cerrar con una versión tan conocida había sido todo un acierto. La gente por fin se desató y pudo cantar en voz alta. El sabor de boca final lo es todo para una banda y les había quedado un regusto dulce.

Los Rockets eran un *hobby* para sus cuatro miembros, una distracción. A Iria le permitía descongestionar la tensión que le producía su trabajo. Un poco de aire fresco entre tanta detención, investigación, corrupción... Además, estaba un poco harta de ir siempre de incógnito, le gustaba que la gente la conociese, y la música la acercaba a la sociedad viguesa.

A Omar, la música le reportaba otros beneficios. Mujeres. Niñas. Aire fresco de otro tipo. Su estatus en la ciudad olívica era el opuesto. Dirigía un negocio familiar del que era propietario único.

Años atrás, mientras Omar ayudaba a su padre en la barra del bar vecino del estadio de Balaídos, su hermano marcaba goles para el Celta en segunda división. Llegó a debutar en primera, pero las lesiones le retiraron pronto. A pesar de todo hizo dinero con el fútbol y lo invirtió bien. Retiró a sus padres y ayudó a Omar a cumplir su sueño. Le financió la creación de su propia empresa textil en un local de dos plantas en el corazón del casco *vello*.

Un éxito rotundo.

Y como el éxito llama al éxito y el dinero hace dinero, Omar, alto, guapo, desaliñado, con imagen de juguete roto del *grunge*, conseguía abrir con facilidad las puertas del placer femenino. En ese campo era él quien jugaba en primera.

—Deja de mirarla, anormal. No tiene más de dieciséis años. —Iria le llamó la atención.

Omar sonrió y un hoyuelo se cinceló en su moflete. Hacía tiempo que había pasado la treintena pero su gusto por la carne joven seguía intacto.

No podía evitarlo.

—Fue ella, joder. Yo no he hecho nada.

—Te juro por dios que un día te llevo preso.

Omar le dio un trago al botellín de Estrella Galicia que le transportó mentalmente a esa misma tarde.

La descarga había sido un paseo triunfal.

Salió todo según lo previsto. Sin sobresaltos. Cincuenta kilos de cocaína de una pureza del setenta por ciento recién llegada desde Colombia al litoral gallego. El pesquero se había aproximado todo lo que pudo a la costa de la Illa de Arousa, cuyas aristas dificultan el control de las planeadoras más hábiles. La fama se la llevaba A Costa da Morte y eso era algo que no le venía mal a nadie.

Omar aguardaba en la playa para la descarga. Su colega Jarvis estaba al volante del BMW serie 3 con la llave en el contacto. Debían hacer todo muy rápido. Cada segundo contaba. Omar tenía que ocuparse únicamente de recoger su parte, dos kilos, y olvidarse de todo lo demás. El resto de la mercancía no era cosa suya.

Cuando minutos después, los dos destaparon dos Estrellas bien frías en un brindis al sol, Jarvis le contó que «la mierda está guardada y bien guardada. No tienes de que preocuparte, tío. ¿No confías en el Jarvis, tío? Me juego la vida a que esa mierda no la encuentra ni dios. Si viniese el puto Sherlock Holmes a buscar los dos kilos de farla acabaría metiéndole la polla en la boca a Watson para que dejase de hacerle preguntas, ¿me entiendes? Porque el cabrón, por una vez en la vida, no iba a tener ni una respuesta, tío. Te digo yo que ni dios encuentra esa mierda, tío. El Jarvis la ha dejado en un sitio al que no se acercarían ni las putas cucarachas huyendo de la muerte. Confía en mí por una puta vez, ¿quieres?».

Ahora Omar empezaba a estar intranquilo. No paraba de mirar hacia la puerta del Pénjamo, una y otra vez. Esperaba que Jarvis asomase su nariz torcida de un momento a otro. Para recogerle. No antes de las diez de la noche. Lo acordado. A Omar le gustaba cumplir su palabra.

El reloj de la pared del fondo marcaba las 21.55.

—Estás un poco tenso, tío. ¿Qué carallo te pasa? —preguntó Iria. Conocía bien a Omar y hacía varios años que su temperamento no era el mismo, más tics, más nervios, peor carácter. Eran cicatrices que el tiempo iba dibujando en su cerebro. El tiempo y la droga—. ¿Has vuelto a meterte esa mierda? —Iria disparó con bala—. Mira que te he dicho veces que dejes ese puto polvo blanco. Te lo he pedido por ti y por mí. No me pongas en esa tesitura, joder. Que soy poli. Si alguien ve que yo te veo, tengo que actuar.

—¿Me vas a detener por medio pollo? —dijo Omar sacando un trocito de plástico con forma de canica.

No provocó en Iria la reacción que esperaba.

—Dame eso, anormal. Ni medio pollo ni media polla. ¿Tú de qué coño vas? ¿No ves que pones en riesgo mi puesto de trabajo? Si me ve algún compañero del cuerpo, ¿qué hago, dime?

El rostro de Omar se endureció. No quería molestar a su amiga, pero tampoco estaba dispuesto a retroceder.

—Tranquila, joder. Solo era una broma. Además tengo pasta, ya lo sabes. El negocio me va bien, me lo puedo permitir. ¿Sabes qué pasa? Que estáis todos muy confundidos. El problema de la droga no es la adicción, ni la salud. ¿O piensas que esas pastillas que tomas para dormir son cojonudas? Eso también te va matando poco a poco. El problema de la droga son las deudas. Y yo tengo pasta de sobra para pagar medio gramito de vez en cuando.

Omar se bebió la cerveza de un trago. Tenía la garganta seca como arena del desierto. Le picaba la nariz. Su cerebro le decía que el tiro que se había metido antes del concierto se le había atravesado en la tráquea. A Iria cada vez le resultaba más difícil distinguir si se rascaba por necesidad o era un nuevo tic.

—Bueno, tío. No pienso discutir contigo. Te pido por favor que guardes esa mierda y que no la tomes cuando estemos con la banda. Si tanto controlas, creo que no es mucho pedir.

Omar ya no estaba escuchando. Solo pensaba en Jarvis y los dos kilos. Tenían que entregarlos esa misma noche y estaba empezando a perder la paciencia. Justo cuando la última gota de cerveza se aposentaba en su estómago, la pantalla de su móvil se iluminó.

WhatsApp de Jarvis: «Tú, sal fuera. Dale esquinazo a la chorba esa y tira millas. Estamos en una puta movida de cojones. He perdido eso. No sé dónde está».

10

—¿Cómo que no sabes dónde está? Me cago en la puta, Jarvis. Esto no. Esto es justo lo que no podía pasar. Lo único que nos pidieron.

Jarvis conducía el BMW con las largas puestas. La sinuosidad de la carretera secundaria no le amilanaba a la hora de pisar el acelerador.

Iban a toda hostia.

Omar se maldecía por no haber completado él mismo el trabajo. Ahora escuchaba las palabras de su padre en el bar: «Fillo, si quieres estar seguro de que algo se hace bien, hazlo tú mismo».

Estaba claro, no se podía fiar de nadie. Y menos de un tío que a duras penas podía controlar su baba mientras tomaba una curva cerrada a la derecha.

Estaban hasta arriba de mierda. Literal y metafóricamente.

Tenían barro por todo el cuerpo. Se habían metido hasta la cintura en el supuesto escondite donde Jarvis aseguraba que había guardado la mercancía. Un viejo pantano perdido en el monte.

Allí no había nada.

Omar no sabía si le preocupaba más la posibilidad de que les hubiesen robado, que Jarvis no se acordase del lugar exacto, o que su colega se la estuviese jugando. No podía descartar ninguna opción.

Iban de camino a la entrega sin nada que entregar. Un viaje sin retorno hacia una muerte segura. Necesitaba pensar.

—Oye, tío, escúchame bien. Cuando lleguemos déjame hablar a mí. Eso quiere decir que no abras la boca, no quiero oírte decir ni una puta palabra. ¿Lo has entendido? Tú nos has metido en este cristo y yo nos voy a sacar.

—Me parece bien, tío —dijo Jarvis—. Pero yo no he liado nada, ¿me entiendes? La *fariña* estaba bien guardada. Algún hijo de puta me habrá seguido o yo qué coño sé. Pero yo hice lo que me dijiste.

—Jarvis. Te juro por dios que si abres la boca, te pego un tiro.

Jarvis no volvió a pronunciar palabra en todo el trayecto. Omar no dejaba de imaginar distintos escenarios. En prácticamente todos acababan flotando boca abajo, con un tiro en la sien, en algún rincón del océano Atlántico.

O del mar Cantábrico.

¿Quién sabe dónde coño les llevaría la corriente?

Cuando llegaron a su destino, dos vehículos de alta gama y cristales tintados les estaban esperando con las luces de posición puestas. Era noche cerrada en Baiona, lugar de veraneo de un sector de la alta sociedad viguesa. Era una de esas noches con olor a salitre y miedo, y fuertes rachas de viento del norte. Detuvieron el coche al borde de un acantilado. Se bajaron a la vez.

Empezó a llover.

—¿Dónde hostias estabais? Llevamos más de media hora esperando. Nos dijeron que erais gente seria.

Un hombre corpulento se acercó a ellos. Caminaba con paso firme, seguro de sí mismo. Omar imaginó que no era su primera vez. Jarvis no imaginó nada. Un escalofrío le recorrió todo el cuerpo. El tipo llevaba grabada una cicatriz bastante gruesa que le cruzaba desde el ojo izquierdo hasta el mentón. Omar no quiso imaginar cómo ni quién se la había hecho. Jarvis no quiso nada. Otros dos hombres enfundados en sendos trajes negros permanecían de pie apoyados en el capó de uno de los coches.

Omar trató de tomar la iniciativa.

—Advertimos que no llegaríamos antes de las diez ni más tarde de las doce. Estamos en tiempo.

—Oye, chaval. A mí no me cuentes tu vida. Lo único que sé es que llevo un rato esperando y que me estoy mojando, así que rápido. Hagámoslo ya.

Desde luego no tenían acento gallego. El miedo les llevó a pensar en Centroeuropa.

Matones de Centroeuropa.

Pero en otras circunstancias, a plena luz del sol, bien podrían ser de Burgos. Omar se metió ambas manos en los bolsillos de su sudadera gris. Llevaba la capucha puesta.

—Hemos tenido alguna complicación. No tenemos aquí la mercancía. Necesitamos un poco más de tiempo.

—¿Qué cojones estás diciendo? —El hombre de la cicatriz le dio a Omar un golpe en la cabeza—. Retírate esa mierda. Quiero verte la cara.

Omar se quitó la capucha y dejó que el pelo le cayese por el rostro. Le daba seguridad, por decirlo de algún modo.

—Te digo que no podemos realizar ahora mismo la entrega —repitió—. La pasma nos jodió bien anoche y no pudimos descargar. Necesito unos días. Te pido que estés tranquilo, tendrás tu coca y yo tendré mi pasta. Nosotros también esperábamos que las cosas saliesen de otra forma. ¿Crees que me gusta venir aquí y decirte que no puedo cumplir con mi palabra? Dos días. Necesitamos dos días.

Un relámpago iluminó la noche. El sonido fue ensordecedor. El hombre de la cicatriz liberó su mano derecha y colocó un revólver en la frente de Omar. Sus ojos transmitían serenidad. Eso fue lo que puso a Omar más nervioso.

—Mira, guapito. Aquí los plazos los marco yo y el vuestro terminó hace quince minutos. Ahora mismo vas a abrir ese maletero y vas a sacar dos bolsas de deporte. Me las vas a dar y voy a notar que pesan un kilo cada una. Le voy a dar una a cada uno de esos dos sicarios que ves detrás de mí. Ellos las meterán en el maletero de su coche y no volveremos a vernos en la puta vida. Dime que no lo has entendido y te pego un tiro aquí mismo.

Omar notaba el frío metálico del cañón de la pistola apoyado sobre su ceño. Le costaba respirar.

—Me voy yo con vosotros.

Omar escuchó esas cinco palabras y se turbó. Se había olvidado por completo de Jarvis. El hombre de la cicatriz reaccionó con brusquedad. Ahora era Jarvis el que tenía la frente encañonada.

—Repite eso —dijo el hombre de la cicatriz sin mover un párpado.

—Dos días —insistió Jarvis—. Mi colega te está pidiendo dos días, tío. La he cagado yo, ¿me entiendes? Me acojoné cuando vi a la madera y avisé para abortar la descarga. En dos días sabremos si hice bien o si la cagué. Si no aborto y nos trincan, yo me habría podrido en el talego y tú no tendrías a quien entregarle ese maletín con billetes que puedo oler desde aquí. ¿Tú crees que a mí me mola esto? ¿Tú crees que quiero irme contigo y tus colegas, y meterme en ese Audi con olor a ambientador de El Corte Inglés? No, tío. Yo quiero estar en mi keli con mi gente, limpiándome el culo con tus billetes. Pero tomé una decisión, ¿me entiendes? Mientras tú te tirabas a tu mujer tratando de no despertar a los niños, yo veía como la poli nos pisaba los talones y tomé una decisión. Acertada o no, aún no lo sabemos. Dos días. Dos putos días y tienes tu mierda. Si en dos días no está aquí tu mierda puedes hacer comida para perros con mi culo, ¿me entiendes?

—¡Jarvis, qué cojones estás haciendo!

Omar vio cómo una lágrima se derramaba por la mejilla de su colega.

—Cierra la puta boca, tío.

Otras cinco palabras. Las últimas que Omar escuchó de boca de Javier Grande, alias Jarvis. Su colega. Disponía de dos días. Cuarenta y ocho horas para conseguir dos kilos de farlopa y hacer la entrega. De lo contrario, la nariz torcida de su amigo no volvería a respirar.

Ya en el coche, Omar Pombo rompió a llorar. Necesitaba aliviar toda la tensión acumulada. Eso, y que se sentía un mierda. Tan listo. Tan cabal. Y su colega, al que minutos antes había tratado como a un saco de basura, le acababa de dar una lección de humanidad y huevos. Ahora notaba cómo el miedo le paralizaba la columna vertebral.

Necesitaba ayuda.

Por muy cara que le costase.

Abrió en el móvil la calculadora. Tecleó varios números en lo que parecía una operación sencilla y resultó ser un código secreto. Se abrió una app con información confidencial. Fotos, archivos, contactos. Encontró lo que estaba buscando. Al otro lado contestaron al tercer tono.

—Soy yo. Estaré en Madrid mañana por la mañana. Tienes que ayudarme.

11

Axel llegó a casa achispado después de la comida. Afortunadamente ya había entrenado y podía descansar. Dejó la vibración del móvil activada por si algo urgente requería su atención, pero sus cinco sentidos estaban puestos ya en el cuidado y el disfrute del amor de su vida.

Su hija Marta.

Tenía previsto pasar la noche con ella, lo hacía siempre que el trabajo se lo permitía. Y se lo permitía menos de lo que todos deseaban porque el resto del tiempo, Marta lo pasaba con Gema.

Mi hermana.

Gema era maestra de primaria en el colegio de Marta y, con esa excusa, la niña veía con naturalidad pasar algunas noches con su profe.

Axel se quedó sin palabras cuando esa misma tarde su hermana le pidió que no abusase. Que llevaba tres noches haciéndose cargo de su hija y que le encantaba y que no la malinterpretase, pero que ella no había elegido esa vida por algo y que la entendiese. Que adoraba a la niña pero que bastante tenía con lo que tenía. Que no era mucho, a juicio de Axel. Pero sabía que la tía Gema tenía razón y se limitó a decir: «Estoy con el caso de la radio y nos tiene a todos desbordados. Intentaré que no vuelva a ocurrir».

Mientras se miraban a los ojos con comprensión y Marta se subía en los brazos de su padre, una asociación de ideas llevó a Axel y a su hermana al mismo sitio.

La madre.

Sin mediar palabra Axel se despidió agitando una mano. Hacía meses que no pronunciaba su nombre ante nadie.

No era capaz. No le salía. A veces incluso le costaba recordarlo. Aunque pensaba en ella.

Mucho.

Todos los días.

—Papá, ¿qué cuento me vas a leer hoy?

Marta se estaba lavando los dientes antes de irse a dormir. Axel le contaba una historia todas las noches. Cogía uno de los viejos cuentos que conservaba de cuando él era niño, lo abría por una página al azar, y a partir de ahí se inventaba cada día una historia diferente que nada tenía que ver con la ilustración del cuento. Marta no sospechaba nada. Se solía quedar dormida a la mitad. Pero cuando aguantaba despierta, disfrutaba con la narración apasionada de su padre.

Si la historia era inventada sobre la marcha o no, era lo de menos.

—A ver esos dientes, caraculo.

—Jo, que no me llames caraculo, papá.

—Pues entonces tienes que lavarte los dientes mucho más.

La niña abrió la boca y sonrió de oreja a oreja. Una sonrisa amplia y perfecta que mostraba unos dientes de leche blancos y limpios.

—Muy bien. Están preciosos, ¿ves? Ya nos podemos ir a la cama, que ya no tienes cara de culo. Choca esos cinco.

Marta cogió impulso y dio un salto minúsculo para alcanzar la mano de su padre suspendida en el aire. Las chocaron y antes de que la niña volviese a tomar tierra, Axel la cogió en brazos y le empezó a hacer cosquillas en la barriga.

—Pero que no te rías. ¿Por qué te ríes? Que no te rías.

Marta se moría de risa. Nada le divertía más que estar en brazos de su padre y notar sus dedos apretándole las costillas. Era incapaz de controlar las carcajadas. Eran felices juntos.

—¡Uy! Me voy a ir ya, que esta niña se ha quedado dormida y no la quiero despertar —dijo Axel en voz alta.

—Nooo, papá. Que estoy despierta. Me tienes que leer un cuento.

Axel cogió dos cuentos. Peter Pan y Caperucita Roja.

—Elige. ¿Cuál quieres?

—Este —dijo Marta, colocando su microscópico dedo índice sobre el traje verde del niño que no quería crecer.

Axel se sentó al borde de la cama, se aclaró las cuerdas vocales con falsa energía y comenzó su actuación.

—Érase una vez...

La agente de policía Loor Galván no tenía vida privada. Porque toda su vida era privada. No compartía nada con nadie a no ser que fuese estrictamente necesario. Si podía estar sola, mejor, aunque últimamente se estaba acostumbrando a pasar tiempo con el policía de pelo rapado y ojos verdes.

Y lo cierto es que le gustaba.

No de la manera que le podría gustar si ella fuese como le habría gustado a su padre que fuera, pero al menos no deseaba huir cuando estaba a su lado.

Axel. ¡Qué raro era, el cabrón!

Pero qué iba a decir ella de excentricidades y rarezas si llevaba demasiadas horas sentada en una silla incómoda, con las piernas en cruz, mirando frenéticamente en todas direcciones menos a la televisión encendida, que emitía un partido de tenis que no acababa nunca.

No lograba estarse quieta. No podía dejar de balancearse. Como si eso la tranquilizase.

Observaba al chaval de Manacor limpiando las líneas con su zapatilla izquierda, retirando la tierra batida con frenesí, golpeándose el talón con la raqueta, un lado, el otro. El pantalón que se le metía en el culo, el sudor, la frente, el ojo, el reloj que corría en su contra, tenía que poner la bola en juego. El murmullo del público. El serbio que tenía enfrente abría los brazos. El juez de silla se revolvía.

Más gestos. La mirada serena. Tres bolas en la mano derecha. Una, ok. Dos, ok. Tres, fuera.

Al suelo.

El chaval botaba la pelota. Cien veces. Se secaba el sudor con la muñequera derecha, luego con la izquierda, se retiraba el pelo de la frente con una mano, luego con la otra, y botaba la pelota. Pum. Pum. Pum.

No podía estarse quieto.

Cómo le entendía.

Y le envidiaba. Porque al menos ese chaval tenía un plan.

Boom.

Soltó un raquetazo, la bola salió despedida. Besó la línea. La gente se volvió loca.

¿Cuánto tiempo había pasado desde la ultima vez que a ella alguien la había aplaudido por algo? Lo que fuera. De hecho, ¿había ocurrido alguna vez? Quería pensar que sí, porque al menos eso sí sabía hacerlo.

Pensar.

Diez horas llevaba ya. Pensando. Sin llegar a ninguna parte.

Notaba fisicamente que su tiempo estaba a punto de acabar. Se estaba acercando. Sabía que no iba a poder retenerlo mucho más.

«La noche es oscura y alberga horrores», decían en ese momento en la tele.

Y larga, añadía ella. La noche era muy larga.

El reloj en su muñeca marcaba casi las dos de la mañana.

Y su noche estaba a punto de comenzar.

12

Los años 80 fueron muy duros en Madrid. La época del destape quedó atrás y dio paso a la movida madrileña y la heroína.

El caballo.

No era fácil ser un niño en esa época y crecer rodeado de adolescentes que iban cayendo uno detrás de otro en las garras del pico. Siempre empezaba como empiezan estas cosas.

La puta curiosidad.

Que si yo tengo un amigo que lo ha probado. Que si dicen que por una vez no pasa nada. Que si al parecer te da un viaje de la hostia. Que sí, hostia, tío, eso hay que probarlo.

Y a partir de ahí, la piel agujereada, los brazos, las piernas, los pies. Los dientes que van desapareciendo. Los pómulos que van sobresaliendo del rostro. Las mejillas que se van consumiendo. La mirada que se apaga.

La vida que ya no vuelve.

En ese ambiente creció Jorgito. En un barrio triste al sur de Vallecas. A Jorgito todos le llamaban el Jordi. Por las mañanas, cuando faltaba al cole, es decir, casi todos los días, se sentaba en un puente a ver los coches pasar. Se pasaba allí el día junto a sus dos colegas, el Fabi y el Rulas. Los tres sabían que por esa carretera llegaba la droga. No sabían cómo, no sabían cuándo, no sabían quién —aunque podían sospecharlo—, pero no había otra forma de acceso al barrio que atravesando esa carretera.

La carretera de la muerte.

En esa nacional que une Vallecas con Vicálvaro encontraron años después al Fabi empotrado contra un muro. Conducía ciego de porros y alcohol y no vio un ceda el paso del tamaño de sus deudas. Al pobre Fabi se lo zampó con patatas un camión de transporte de cerdos. El camionero no tuvo tiempo de reaccionar. Tenía preferencia y había acelerado por encima del límite permitido. En el impacto, el camión volcó, los cerdos salieron despedidos y colapsaron la entrada a Vallecas. El conductor del camión dio negativo en el control de alcoholemia. El Fabi, sin embargo, corrió peor suerte. Se comió el muro. Triplicaba la tasa de alcohol. Dio positivo en drogas. Eso dictaminó la autopsia. Sus padres nunca conocieron estos resultados. Tampoco lo necesitaban. Conocían a su hijo y sabían dónde vivían.

Es como sumar dos más dos, solía decir su madre. Siempre dan cuatro.

El Rulas duró unos meses más. Una noche en el Duduá, una discoteca de mala muerte, le ofrecieron un pico en el baño y no dijo que no. Un marroquí con tres dientes le explicó cómo hacerlo: «Calientas la base, abres la jeringa, insertas el caballo, rodeas el antebrazo con la goma, buscas la vena, aprietas el émbolo y a volar».

El Rulas ya nunca aterrizó.

La última vez que Jorgito le vio con vida estaba tirado en unas escaleras, en un callejón al que no se asomaba ni la bofia, a plena luz del día, con un mono de tres pares de cojones, sudando como un cochino, incapaz de reconocerle.

Jorgito intentó ayudarle. Llevarle a casa, a urgencias, a algún lugar mejor. El Rulas le intentó robar, a punta de navaja.

Necesitaba pasta para pillar. No podía vivir sin droga. Jorgito se vio obligado a huir. Le dejó allí mismo sin saber que no volvería a verle nunca más. Semanas después se enteró de que la había palmado.

Una sobredosis.

Se le había ido la mano con un pico. O le habían vendido una papela tan cortada que le mató. Daba igual. En ese barrio el desenlace casi siempre era el mismo. El motivo, también. Los detalles importaban poco.

Un día, Jorgito volvió al puente desde el que los tres veían los coches y la vida pasar. Y se dio cuenta de que estaba equivocado. No era la vida. Era la muerte lo que veían pasar.

Decidió retomar los estudios por las mañanas, machacarse en el gimnasio por las tardes y refugiarse en casa por las noches. De este modo, creía que se multiplicaban sus opciones de sobrevivir.

Jorgito esperó y esperó. Un día detrás de otro. Haciendo siempre lo mismo. Hasta que cumplió la mayoría de edad y se presentó a las pruebas para ser policía. Una vez había escuchado en la tele que «si no puedes con tu enemigo, únete a él», y se dijo a sí mismo que «una polla, acabaré con el enemigo cueste lo que cueste, o al menos lo intentaré».

Demostró enseguida sus habilidades y fue ascendiendo. Tenía mucha calle encima y comprendía y descifraba cómo pensaban los delincuentes. Empezó desde abajo. Atrapando a camellos y trapis de poca monta. Pero no se detuvo. Siguió introduciéndose en los bajos fondos del hampa madrileña. Cazó *in fraganti* a un par de cargos medios, intermediarios de la droga. Hasta que su fama se disparó cuando desbarató varias operaciones importantes de narcos mexicanos. Fardos de coca que descansaban en las dependencias policiales gracias a la pericia de Jorgito, al que ya nadie llamaba Jorgito, ni siquiera su madre.

Su carrera subió como la espuma y su cartera comenzó a engordar. Empezó a ganar un sueldo considerable y puso todo su empeño en borrar cualquier huella de su pasado. Sacó a sus padres del barrio. Se los trajo al centro de la capital. A un cómodo apartamento cerca del estadio Santiago Bernabéu. Con vestidor y todo. Él también modificó su armario. Lo llenó con ropa de calidad, primeras firmas internacionales. Trajes hechos a medida que resaltaban las horas levantando mancuernas. Se labró una imagen de tipo duro y aseado. Cuando estaba de servicio siempre aparecía recién afeitado. La barba y el pelo. Con la piel hidratada con las mejores cremas del mercado.

No quedaba ni rastro de Jorgito.

Primero fue Jorge.

Luego, agente Ortiz.

Y en el preciso instante en el que dejó sus cosas sobre la mesa que antes ocupaba con gusto el agente Axel Nash.

La mejor mesa.

Ya todos le conocían como el inspector Jorge Ortiz.

El puto Bruce Willis.

—¡Buenos días! —dijo—. Me instalaré en esta mesa solo por el hecho de que es la mejor y no debemos llevarle la contraria a la jerarquía. Cuando seáis inspectores de verdad, y ese día llegará, podréis presumir de ello o hacer lo que os plazca. Pero hasta entonces os sugiero que os respetéis, me respetéis y respetéis vuestra posición. Soy el inspector Jorge Ortiz y vosotros sois los agentes Nash y Galván, ¿entendido?

Jorge Ortiz exageró a propósito la vocalización de todas las letras de la palabra A-G-E-N-T-E-S.

Axel y Loor evitaron mirarse. Ninguno olvidaba el episodio, unos días atrás, en que se hicieron pasar por el inspector Nash y compañera, violando la prohibición de adentrarse en la escena del crimen.

—No pretendo ejercer de superior sino de líder. Y me enseñaron que un buen líder debe ayudar a sus compañeros, confiar en ellos y no tocar mucho los huevos. Dejadme confiar en vosotros y todo irá bien.

Pues devuélveme mi mesa, tocahuevos.

A Axel no le gustaban los jefes. Mezclaba muy mal con la autoridad. Desde niño era incapaz de tolerar que, a veces, las cosas se hacen «porque lo digo yo».

—Está bien, jefe. Primera lección aprendida. ¿Algo más? —dijo, rascándose la cabeza.

Axel no pretendía que sus primeras palabras sonasen a desafío y, sin embargo, al ver la cara de Loor, no tuvo ninguna duda de que fue exactamente así como habían sonado.

—Sí. Algo más. Quiero que tengáis claro que aspiro a concederos la libertad necesaria para que funcionéis de manera independiente. No voy a coartaros vuestra creatividad

Pero...

—Pero no hagáis la guerra por vuestra cuenta. Necesito que todos los progresos en la investigación pasen por esta mesa. Mi experiencia me dice que se avanza más rápido de la mano que a empujones.

Axel desvió la mirada hacía su móvil, que vibraba encima de la mesa.

—¿Algún problema, Nash?

Garrido.

—Nada, perdone. Es el fontanero. Tiene que venir a casa a arreglar una cosa y estaba pendiente de que me confirmase la cita. ¿Qué decía?

Jorge Ortiz clavó su mirada en el suelo. Cualquiera diría que estaba contando hasta diez.

—Por mi parte, y para que veáis que no me limito a pedir, me comprometo a compartir con vosotros todo lo que vaya sabiendo, los datos que vaya recopilando, los documentos que vayan llegando. Lo próximo será el informe del forense. ¿Vosotros tenéis algo?

Axel miró fijamente a su compañera.

—Nada por mi parte, jefe —dijo Loor, sin levantar la voz. *Chica lista.*

—¿Agente Nash?

—Nada por mi parte, jefe.

Técnicamente no tenían nada. Todo lo que habían conseguido era bastante extraoficial y el instinto les decía a ambos que al inspector Ortiz no le gustaban las visitas extraoficiales. Así que para qué cabrearlo tan temprano.

—De acuerdo, muchachos. Tengo el teléfono encendido las veinticuatro horas. Llamadme siempre que sea «importante».

¿Ha hecho el gesto de las comillas en el aire con los dedos? Ha hecho el gesto de las comillas en el aire con los dedos.

—Ahora os dejo. Tengo una reunión en la sexta.

La sexta era la sexta planta. La plata noble. Mármol y madera de roble. Todo el que subía allí era porque pertenecía a la élite del cuerpo. Y allí Jorge Ortiz se manejaba como pez en el agua.

Axel, por el contrario, era un pez boqueando fuera del agua en cualquier planta. Les iba a costar entenderse. Eso pensaba Loor, que no tenía pruebas pero tampoco dudas.

—Fantástico. Voy a pasar mis próximas semanas rodeada de dos macho alfa en este cuartucho de tres por tres. Elige tú la mesa que quieras, Axel. —Loor levantó una mano haciendo la señal de Stop—. No. He cambiado de opinión. Colócate allí. Lo más «alejado» del jefe.

Loor hizo el gesto de las comillas en el aire con los dedos. Axel sonrió con la mirada.

—Me va a costar mucho. Ya te lo digo. No me fío un pelo del chulo este.

Axel cogió el móvil y abrió el mensaje que había interrumpido el discurso de Ortiz.

WhatsApp de Garrido: «Calle Cuesta de la Sierra 24, chalé 2, La Moraleja, Madrid».

Se enfundó la cazadora y se dirigió hacia la puerta.

—¿Dónde vas? —preguntó Loor.

—Quiero hacerle una visita a alguien. Algo extraoficial. Nada importante.

—¿Quieres que vaya contigo?

—No te preocupes. Te informaré de todo puntualmente.

—Ok. Nada más por mi parte, agente Nash.

Axel se fue sin despedirse. Si sonrió ante esa última broma, Loor ya nunca lo sabría. Ella aprovechó ese instante de soledad para asomarse a la pequeña ventana que daba algo de ventilación al despacho y ordenar sus ideas. Llevaba tiempo con las cabeza ocupada en el asesinato de Marcos Goya y casi se había olvidado de sus problemas.

Casi.

Se aseguró de que la puerta del despacho estaba cerrada y se encendió un Marlboro. Tomó una calada profunda y expulsó el aire con fuerza desde la ventana al cielo de Madrid. Fue en ese momento cuando se dijo a sí misma que de esa noche no pasaba. Que le urgía hacerlo ya. Que no podía seguir viviendo así.

Necesitaba que la perdonasen.

Una gota de sudor frío le atravesó la frente. Le estaba pasando otra vez. Notaba que le empezaba a faltar el aire. Buscó en el bolso un Trankimazin y se lo colocó debajo de la lengua.

—¡Respira! ¡Tranquila! ¡Respira! —Se decía en voz baja.

Apagó el cigarro contra la pared y lo lanzó al vacío. Dejó que la brisa le acariciase la cara. Se estaba calmando.

—¡Respira, Loor, respira!

La decisión estaba cada vez más clara. Lo haría esa misma noche. Esa noche cogería su coche y tomaría la A42.

Rumbo a casa.

—¡Respira!

No podía seguir viviendo así.

—¡Respira!

Tenía que recuperar su vida.

—¡Respira!

Necesitaba que la perdonasen.

13

—¿Cuándo lo supiste?

—¿Cuándo supe qué?

—Que te iba a... ya sabes...

—Durante muchos años yo tampoco fui capaz de decirlo en alto. Me decía que había sido malo conmigo, que me forzó, que fue muy duro...

—No es necesario que lo digas, no pasa nada.

—Me violó, ¿entiendes? Eso fue lo que pasó. Ese cabrón me violó.

Axel conducía agarrando con fuerza el volante, con las dos manos. Circulaba por la M40 de Madrid, dirección norte, hacia la A1. A pesar del tráfico en hora punta, intentaba no alterarse. Esta vez tenía que conseguirlo. Era consciente de que, en el fondo, era un síntoma de debilidad. Para relajarse, se concentró en llegar cuanto antes. Su destino le hizo pensar en la fábula de las mulas. Grano y oro.

Alguna vez se la había leído a Marta antes de dormir. Con guion adaptado, claro. La historia original narraba cómo dos mulas caminaban por un sendero cargadas hasta los dientes. Una lucía alforjas rebosantes de grano. Y la otra presumía de llevar monedas de oro. De repente, de unos arbustos saltaron dos ladrones y les cortaron el paso. Con unos bastones de madera golpearon a la mula de las monedas de oro hasta dejarla tirada en el suelo. Le arrebataron los sacos de oro y se marcharon sin mirar atrás y sin hacer el más mínimo caso a la otra mula. La mula cargada con el grano ayudó a su compañera a levantarse y juntas siguieron el camino.

Axel había llegado a su desvío. Salida 12. La Moraleja.

Estaba convencido de que el nombre de ese barrio residencial de la nueva burguesía estaba relacionado con la historia de las mulas.

La fábula. La ostentación. La moraleja.

Siguió las indicaciones del GPS y se detuvo ante la barrera que separaba las casas más lujosas de las menos lujosas. Oro y grano.

Un hombre uniformado con una camisa azul celeste, con el logo de la empresa de seguridad que le pagaba bordado en el pecho, le cortó el paso. Tenía un ojo vago. Axel pensó que el puesto le iba como anillo al dedo.

—Disculpe. Me dirijo a esta dirección. Debe ser ese chalé de ahí. —Axel señaló la segunda casa siguiendo el camino desde allí. Miró su reloj de muñeca exagerando una prisa que no tenía—. La señora Duval me está esperando.

—¿Y quién le digo que ha venido a verla? —preguntó su interlocutor, apoyando sus manos en la ventanilla y metiendo la cabeza dentro del Peugeot 207.

Adiós.

—Vamos a hacer una cosa mejor —Axel abrió la guantera—. ¿Ves esa pipa? Es reglamentaria. ¿Sabes por qué? Porque soy poli. —Axel le enseño la placa—. ¿Ves ese botón de allí? Es el que sube esta barrera. ¿Sabes por qué lo vas a pulsar inmediatamente? Porque soy poli. ¿Ves estas huellas en mi puerta? Es el sudor de tus manos y me da asco. Así que voy a subir la ventanilla y voy a continuar mi camino. Tú no le contarás nunca a nadie que me has visto ni que he estado aquí. Nunca. ¿Sabes por qué?

—Porque eres poli.

—Bravo. Veo que lo has entendido. Ahora, haz el favor.

Axel subió la ventanilla y consiguió sobresaltar al miembro del servicio de seguridad que apartó, al fin, sus manos.

La barrera se abrió y el coche se alejó despacio. No desvió la mirada del espejo retrovisor. Le dio la sensación de que quizá los dos ojos eran vagos.

Axel aparcó el Peugeot encima de la acera. Se acercó a una puerta de hierro grande y verde. El acceso se dividía en dos. Un portalón corredero grande para la entrada y salida de coches y una puerta más pequeña a la derecha para la entrada y salida de personas.

Llamó al telefonillo. Mientras maquinaba su siguiente mentira, se sorprendió al escuchar el zumbido que abría la puerta pequeña. La de las personas.

Buen ojo.

Empujó y entró. Atravesó un sendero de piedras grandes que evitaba que los invitados estropeasen el césped recién cortado. Axel se preocupó de no pisar la hierba. La mañana era fría y transmitía una luminosidad contradictoria, casi nórdica. Avanzaba con cierta cautela cuando la puerta de madera de entrada al chalé se abrió de pronto.

Debí hacerme ladrón y no policía.

Una silueta se dibujaba en la sombra. Con la claridad del día, Axel no pudo distinguir las curvas. ¿Hombre o mujer? ¿Un mayordomo, quizá? Pensó en quitarse las gafas de sol pero desechó la idea.

Guarda las cartas, burro.

Según se iba acercando, el hombre orondo de avanzada edad que imaginó sirviendo a los señores de la casa durante las últimas tres décadas fue dejando paso a una voluptuosa mujer de treinta y muchos encajada en un vestido negro, más de fiesta que de luto. Axel se alegró de llevar las gafas puestas. Su mirada habló demasiado al ver a Alfred convertido en Catwoman.

—¿En qué puedo ayudarle, agente?

¿Cómo demonios sabe que soy poli?

—¿Es usted Coloma Duval?

—Punto para el caballero. ¿Y usted es?

—Mi nombre es Axel. Axel Nash. Soy agente de policía. ¿La pillo en mal momento?

—Siempre es mal momento ¿No nos hemos visto antes, agente? Creo que lo recordaría.

Axel dejó el centro sin rematar.

—Me gustaría hacerle unas preguntas sobre la muerte de Marcos Goya. ¿Puedo pasar?

—En realidad ya ha pasado. Hacía mucho tiempo que nadie llegaba tan lejos. Adelante, no se quede ahí parado, no le vaya a coger el frío.

Axel se subió las gafas de sol a la cabeza, como una visera con graduación. Sus pupilas de color verde se clavaron en las de Coloma Duval y casi se contagian de su negrura. Le pareció que esos ojos quemados escondían una mirada triste. Al pasar a su lado y traspasar la puerta, percibió un fuerte aroma a perfume caro y alcohol.

Cuando entró en la vivienda le costó trabajo adecuar la vista a la nueva luz. La decoración del salón sorprendió a Axel. Una estancia grande y amplia, diáfana. Apenas decorada por un sofá de piel mostaza con *chaise longue*, una mesa de centro de cristal de bohemia con un jarrón con flores a un lado, una tele Samsung de 75 pulgadas empotrada en un mueble hecho a medida y un par de lámparas Bauhaus HL 99 que colgaban del techo.

—¡Vaya! ¡Tiene buen gusto, señora Duval!

—Sí, es cierto. Y usted un Peugeot 207.

Catwoman 1 - Axel 0.

—Pero supongo que no ha venido hasta aquí para hablar de decoración, ¿verdad, señor Nash?

—Llámeme Axel.

—Como quiera, señor Nash —dijo Coloma, invitando a Axel a sentarse en el sofá—. ¿Le importa que me sirva una copa? Aún no he desayunado.

—No veo por qué iba a importarme. ¿Cuándo fue la última vez que vio a su exmarido?

Coloma se agachó para abrir una de las puertas acristaladas que custodiaban la tele. La falda del vestido se abrió ligeramente dejando al descubierto dos muslos robustos como columnas jónicas. Axel deseó no haberse quitado las gafas de sol. Coloma se sirvió un whisky solo con mucho hielo.

—¿Le gusta el whisky con agua o es usted un hombre, señor Nash?

—Ni una cosa ni la otra. No se moleste, estoy de servicio y aún tengo en la garganta el Cola-Cao de esta mañana.

Coloma hizo una mueca de disconformidad. Cerró el mueble y antes de girarse se colocó el vestido.

—Todavía es mi marido. Nunca firmé los papeles del divorcio.

—Me temo que ya no lo es.

—Formalidades. ¿Qué quiere saber señor Nash?

—Todo.

—Todo es mucho.

—Tengo tiempo.

—Yo no. Así que será mejor que vaya al grano.

O al oro.

Axel sacó su teléfono móvil y lo depositó encima de la mesa. Notaba que un gesto tan simple e inocuo tenía un efecto turbador en los entrevistados. La gente veía demasiadas películas.

—¿Cuándo fue la última vez que le vio o habló con él? —preguntó.

—Hace menos de lo que me habría gustado.

—¿Puede ser un poco más especifica?

—¿Le importa que me siente? Si voy a abrirle mi corazón me gustaría ponerme cómoda.

—Adelante. Está usted en su casa.

Coloma se sentó en el sofá junto a Axel a la distancia justa para que el policía se hiciese preguntas que no podría formular.

—Marc nunca supo tratarme como una mujer se merece. Le digo que mi marido era un enfermo.

—Veo que le guardaba cariño.

—Señor Nash, no tengo un interés especial en ser considerada sospechosa de asesinato. Me limito a decirle la verdad.

—La verdad suele ser relativa. Y dígame... ¿qué enfermedad era esa?

—Era un cerdo. Sabía ser encantador cuando le interesaba pero era incapaz de controlarse. El sexo le dominaba. Al principio me pareció algo divertido. Supongo que lo entiende, pero pronto dejo de tener gracia.

—¿Cuándo?

—¿Se lo tengo que explicar, agente? Le imaginaba más perspicaz. Digamos que Marcos cogió la extraña manía de llegar a casa siempre tarde y cansado.

—Trabajaba por la noche...

—Desde luego. Y otras veces trabajaba por la mañana. De vez en cuando por la tarde. Incluso llegaba a hacer doble turno. Donde seguro que no trabajaba era en casa.

Axel sabía que no estaba teniendo demasiado tacto con una persona que acababa de recibir la noticia de que su exmarido había sido asesinado, pero Coloma Duval no parecía necesitar cariño.

—¿Hace cuánto tiempo que cogió esa manía? —preguntó con cuidado. Axel se vio a sí mismo jugando una partida de Tabú, evitando pronunciar las palabras adulterio, infidelidad, cuernos. No sabría decir si iba ganando.

—Si le digo la verdad, yo ya no le recuerdo de otra forma. ¿Le vale o tengo que ser más... específica?

Coloma se dejó caer sobre el respaldo del sofá y cruzó las piernas. Axel sabía que toda la visita se reducía a sacar impresiones generales sobre el estado de afectación, y a una respuesta. Tenía comprobado que la mayor parte de estas entrevistas era paja. Así que se fijaba un objetivo. Se comportaba como un púgil danzando sobre el ring, dando vueltas sobre su adversario, bailando hasta poder alcanzarle con un poderoso directo a la mandíbula.

Decidió no esperar más.

—¿Sabe si también se veía con hombres? ¿O su enfermedad se limitaba a las mujeres?

Una risa algo recargada estalló en el salón. La pregunta no le había hecho ninguna gracia.

—Es usted valiente, señor Nash. A ver cómo se lo explico. A mi marido lo que le importaba era follar. Muchas veces he pensado que se acostaba con hombres, a mí en la cama siempre me trató como a uno. ¿Ha estado alguna vez con un hombre, señor Nash?

Buen contrataque.

Axel notó como su mirada se volvía rubicunda. Estuvo tentado de pedirle una copa. Comprendió que en ese combate él tenía peor juego de piernas. Logró mantener el pulso y esperó a que Coloma siguiese hablando.

—Entonces no sabrá de qué le hablo. O quizá sí. No tengo intención de descubrirlo todo hoy.

—¿Hace cuánto tiempo que no viven juntos?

—Un par de meses. No se crea que le eché de casa, no soy tan bruja. Se marchó él por su propia voluntad.

—¿Otra mujer?

—Muchas, pero el detonante fue una en concreto.

Axel pensó en la historia que le había contado Sota. La de la chica que se había presentado en esa casa con un cuchillo.

¿Cómo se llamaba?

—¿Recuerda el nombre?

—Claro que lo recuerdo. Respondo a ese nombre desde el día que nací. Fui yo, agente. Se fue porque le hice la vida imposible. Digamos que puedo llegar a ser muy mala si me ponen a prueba.

—Y aparte de usted, ¿sabe si Marcos tenía algún otro enemigo? Alguien del trabajo, por ejemplo.

—Ya le he dicho que Marc nunca se trajo el trabajo a casa. Si tenía algún confidente para ese tipo de enemistades no era yo. Sé que tenía un buen amigo con el que solíamos quedar a cenar. Jaime, creo que se llamaba.

Axel descruzó las piernas.

—¿Jaime Sota?

—Sí, ese. De un día para otro dejamos de quedar. Y Marc nunca volvió a hablarme de él. Supongo que algún motivo tendría.

—¿Y de un tal Max? ¿Le habló alguna vez?

—¿Un chico joven con cara de guapo? —Las pupilas de Coloma se dilataron—. Una vez le escuché hablando por teléfono, estaba muy alterado. Ese fue uno de los nombres que gritó, Max, pero no creo que estuviese discutiendo con él, más bien hablaba de él con otra persona. No sabría decirle con quién. Decían algo de mandarle a Brasil. Lo recuerdo porque yo siempre he querido ir a Salvador de Bahía, y en un primer momento sospeché que igual estaba planeando ir allí con otra. Más tarde, al escuchar los gritos, me calmé.

Coloma bajó la mirada mientras daba un largo trago de whisky. Notaba cómo se calentaban las cuerdas vocales. Axel se fijó en una de las fotos que presidían el mueble de la tele. Una foto familiar. De dos miembros. Coloma y su hijo. En esa casa, el fallecimiento de Marcos Goya había sucedido tiempo atrás.

—Su hijo... ¿No está en casa?

Axel supo que se le había notado que sabía bien cómo hacer esa pregunta. La temperatura del salón bajó varios grados.

—Deje a mi hijo fuera de este asunto, ¿quiere? Está en una edad muy difícil y afectado por la muerte de su padre. Al fin y al cabo era su padre.

—Supongo que cualquier edad es difícil para superar algo así. ¿Qué relación mantenían los dos?

—Tenían una relación parecida a la que tiene cualquier padre con su hijo de veinte años. No siempre fue fácil, pero se querían.

Coloma Duval miró el reloj y apuró de un trago lo que le quedaba de copa. Se levantó y caminó hacia la cocina. Era una cocina americana. Axel no perdía de vista el movimiento de sus caderas. Temblaban como un felino al borde de un tejado.

—¿Necesita algo más, agente Nash? Disfruto mucho de su compañía, pero tengo más cosas que hacer.

—La verdad es que no. Por hoy ha sido más que suficiente.

—¿Por hoy? ¿Va a instalarse aquí, agente? Ahora tengo una habitación libre.

Axel recogió su móvil de la mesa y caminó hacia la puerta.

—Carla —soltó el nombre según le vino a la mente, buscando también en Coloma una reacción sin maquillaje—. ¿Le dice algo ese nombre?

—Sí. Que no me gusta. No es un nombre bonito.

—A mí me encanta.

—Pues todo para usted, agente. Le hará juego con el coche. —Coloma señaló la puerta de salida en dirección al Peugeot azul.

Axel recogió cable.

—No hace falta que me acompañe. Si tengo algún problema le pido ayuda al espabilado de la garita.

—Hasta pronto, señor Nash. Espero volver a verle.

Axel dejó atrás la casa y se subió al Peugeot que tantas alegrías le había dado en la vida. Por primera vez lo hizo sin orgullo. Se sintió mal por ello. Antes de arrancar, desbloqueó el teléfono y le saltaron dos mensajes. Se disponía a entrar en la bandeja de entrada cuando el petardeo del tubo de escape de un deportivo negro despertó su atención. Estaba aparcado un poco más abajo. Desde su posición vio perfectamente cómo del asiento del copiloto se bajaron unas New Balance grises americanas, unos Dockers beis remangados, una camiseta blanca *oversize* con un lema en cirílico y unas gafas de sol amarillas que ocultaban una mirada triste, negra y quemada.

Igual que la de su madre.

El hijo de Marcos Goya tenía el pelo rubio y alborotado, como una versión moderna de Art Garfunkel. A Axel le pareció que aquello empezaba a cobrar sentido. ¿Acaso no acababa de pasar un rato con Mrs. Robinson? Bien es cierto que eso le dejaba a él en el papel de Dustin Hoffman.

Mmmm.

Tenía que decidir aún si ese personaje le gustaba.

Un vecino se llevó las manos a las orejas al escuchar otro petardazo, que precedió al quejido del neumático agarrándose al asfalto. Axel no pudo apreciar quién conducía la bestia negra que arrancó en ese instante. Tenía los cristales tintados para evitar miradas como la suya. En cuanto distinguió el logotipo con un caballo en medio de varias rayas rojas y negras...

119

Un Porsche.

Se concentró en el metro noventa de estatura que caminaba hacia la residencia de Coloma Duval. Axel mantuvo la mirada hasta el final. Hasta que metió la llave y entró en casa.

¡Qué extraño! Nadie en esa familia parece demasiado afectado.

Una exmujer ahogada en rencor y un hijo anestesiado por la adolescencia. Axel pensó en Marta, aún le quedaban unos años para entrar en la edad del pavo, eso le hizo sentir afortunado. Cuando iba a pensar también en la madre de Marta, arrancó el coche.

Sabía cómo engañar a su cerebro.

Se despidió con una sonrisa socarrona de su amigo, el de seguridad. Volvió a pensar en Dustin Hoffman, pero esta vez en *Rain Man*. Exageró un ademán de «Hasta la vista, colega».

Un parpadeo arrítmico fue todo lo que recibió por respuesta.

Antes de tomar la carretera general, Axel recordó que tenía dos mensajes. Dos llamadas pendientes.

Una era de Jorge Ortiz, su jefe.

Empezaría por la otra, por la más importante.

14

—¡Hola, mamá!

—Hola, *filliño*. Me llamaste, ¿no?

—La verdad es que no, mamá.

—¡Boh! A mí me sale aquí que tengo una llamada tuya. Este cacharro del demonio. Bueno, ¿qué andas haciendo?

—Pues conducir. Voy de camino a la comisaría.

—Conduce con cuidado, eh. Que ahí en Madrid van todos como locos.

—¿Ah, sí? No me digas, ¿y cómo sabes tú eso, mamaíña? Cuéntame. Si no tienes carné.

—¡Uy!, porque lo veo en las noticias. Accidentes y más accidentes. No necesito tener carné para saber esas cosas, listo. ¿Cómo sabes tú quién ha matado a alguien, si nunca has matado a nadie?

Qué lista es la jodía.

—¿Y cómo sabes tú que nunca he matado a nadie?

Axel nunca había matado a nadie pero iba a vender cara su derrota.

—¡Ay, *fillo*, por dios! Con esas cosas no juegues. La vida de las personas es sagrada. Solo el Señor puede decidir cuándo nos ha llegado la hora. Oye, he visto en las noticias lo del asesinato del hombre ese de la radio. ¡Qué horror!

—Pues sí, ¡horrible!

Axel intuía qué venía a continuación. Conocía a su madre desde el día que nació.

—A ti que no te metan en eso, ¿vale, *fillo*? Bastante tenemos con lo que tenemos como para andar buscando más problemas.

—¡Claro, mamá! Tú no te preocupes. Si veo que me asignan el caso ya les digo que no puedo, que tú no me dejas.

—¡Boh! No seas parvo y tómatelo en serio. No quiero llorarte en un entierro a ti también. Mucho lloré ya con tu padre.

Axel sintió un escalofrío al recordar a su padre. El auténtico señor Nash. Medio americano, medio español. Murió cuando él era todavía demasiado pequeño. Una noche se acostó temprano y nunca despertó. Una muerte prematura y dulce. Le recordaba más por fotos e historias que por vivencias propias. En cualquier caso, su memoria había construido un relato muy agradable. Le gustaba pensar en su padre. Todo el mundo convenía en que había sido un hombre bueno y honrado.

Axel había salido a su madre.

—¿Qué tal te encuentras, bonita? ¿Vas tirando? —se interesó, sabiendo de antemano la respuesta.

—Pues llena de dolores, ¡cómo voy a estar! Es un asco ser vieja, te lo digo yo. Tengo ya setenta y cinco años...

—Tienes setenta y dos, mamá.

—Bueno, *carallo*... ¿Me vas a venir a decir a mí cuántos años tengo? Tengo los que me da la gana que para eso soy tu madre. ¡Ay, *meu Deus*! Toda la vida con dolores... y menos mal que no me quejo nada.

—Eso es verdad. En eso hemos tenido suerte.

—Aún por encima ahora viene el cambio de tiempo este, que me mata las rodillas. Y mira que llueve aquí en Galicia, ¡arre, *demo*! Ya podía venir un *pouquiño* de sol, que me viene a mi bárbaro para los huesos. —Axel miró al cielo, adelantándose—. ¿Y que tal tiempo tenéis ahí, por Madrid? Porque aquí no para de caer agua un segundo.

—Aquí hace un día normal. Nada del otro mundo.

—¿Me quieres colgar ya, no? Te está molestando tu madre. —Axel suspiró—. ¡Ay, no! Mira, no. Que me suspires, ya no. A tu madre le vas a estar tú suspirando. Vas listo. Qué pesada es tu madre, ¿eh? Que te llama para ver cómo estás. Ya te faltaré, ya. Y ya me echaras de menos, no te preocupes.

—Perdona, mamá. No era a ti —mintió—. Un listo que se me ha metido delante sin intermitente.

—Bueno, no te molesto más. Que solo me faltaba que me eches la culpa si tienes un accidente. Cuídate mucho, *fillo*. Y ven a verme cuando puedas, que estoy muy sola aquí.

—Te lo prometo, mamá. En cuanto pueda me escapo a verte y te llevo a pasear por la playa.

—Te quiero mucho, Axelito.

—Un beso, mamá.

Axel se arrepintió enseguida de no haber correspondido a su madre con otro «Te quiero», pero no le salió. Él no era así. Nunca había sido muy cariñoso. Tenía otros defectos pero no ese.

La radio se cortó de golpe. Le entró otra llamada. Jorge Ortiz.

Mierda.

—¿Hola? ¡Hey, despierta!

La estaban abofeteando sin desdén. Era la primera vez en su vida que escuchaba esa voz.

—¿Estás bien? ¿Me oyes?

Loor intentó ubicarse.

—¿Qué ocurre? Estoy bien, estoy bien. ¿Estoy bien? —Loor no lo sabía. En ese momento no sabía nada.

—¡Pues claro que estás bien! ¡Y qué asco me da que estés bien! Anda, lárgate de aquí ahora mismo o voy a dejar de ser amable contigo.

El callejón era estrecho. Sin aire. Oscuro. A través de los neumáticos del coche que le sujetaban la espalda se colaba una luz resacosa.

¿Dónde estaba?

¿Qué hora era?

¿Quién cojones le hablaba con ese desprecio? ¿Y por qué?

—Debí imaginármelo antes de pedirte amistosamente que abandonases mi bar. Soy gilipollas. La culpa es mía. Si veo a una puta loca comportarse como una puta loca, ¿por qué no la trato como a una puta loca? ¿Por qué intento convencerme de que soy la salvadora del coño? Anda que no hay sitios en Madrid para tomar una copa, que todos los problemas tienen que venir a mi puto garito en Parla.

—¿Parla? —preguntó Loor—. ¿Qué cojones hago yo en Parla?

Loor notaba el frío del asfalto en su trasero. ¿Estaba mojada?

El cuerpo obeso que se alzaba a su lado la agarró por los hombros y la zarandeó, lanzando al mismo tiempo un suspiro desagradable. Loor se frotó los ojos. Su mirada no se despejaba.

Sus oídos, sí.

En ellos penetró una voz maloliente.

—Dime una cosa... Tú no estas muy bien de la cabeza, ¿verdad?

Con un movimiento gatuno y una patada en la intersección de la rodilla, Loor derribó la impertinencia. De un salto se subió a horcajadas sobre el abdomen orondo que ocupaba tres cuartas partes de su campo de visión. Y con su mano derecha le aprisionó la garganta a su propietaria.

—Vamos a ver, subnormal, deja de tocarme los cojones al menos hasta que sepa qué hago aquí. Y como me está dando bastante asco tu cuerpo, tu voz y este putrefacto olor que desprendes, creo que prefiero no saberlo.

Unos ojos sin órbita le devolvían a Loor una mirada agitada.

—Vamos a dejar claros los papeles aquí, por si no quedaron claros en ese bar de mierda que regentas. Yo te hago preguntas y tú mueves tu asquerosa cabeza para contestar. ¿Está claro? —Un tupé teñido de rosa se movió arriba y abajo—. Buena chica.

Loor se llevó una mano al bolsillo de la camiseta para coger la cajetilla de Marlboro y encender un cigarro, pero los dedos resbalaron y se acarició un pezón.

Mierda. El tabaco. ¿Dónde estaría?

—¿Cómo te llamas? —preguntó, aflojando un poco la presión para que las cuerdas vocales de su víctima pudiesen emitir sonido alguno.

—Berta.

Lo que salió fue un suspiro arrastrado.

—Muy bien, Berta. ¿Has cerrado ya el bar?

La chica asintió de nuevo.

—¿Estamos solas?

La cabeza se volvió a mover de arriba abajo, esta vez con miedo. Loor comprendió al instante por qué.

—Tranquila. No vas a morir. No hoy.

A tenor de su mirada, Berta no pareció tranquilizarse. Tampoco se movía. Loor apretaba sus muslos contra la cintura de ella y notaba cómo se incrustaban en la carne sin tocar fondo.

—Ahora te voy a hacer la pregunta más importante de todas... ¿Qué hago aquí? —Mientras lo decía, Loor estrechó con fuerza la tráquea de su adversaria antes de volver a aflojar para dejarle hablar. Una amenaza velada—. Y ni se te ocurra decirme que yo sabré.

Berta la miró de tal forma que Loor tuvo la garantía de que le había leído el pensamiento. Fue necesario improvisar otra respuesta.

—Llegaste sobre las dos de la mañana. Dijiste que tenías sed, dinero y pocas ganas de hablar. Parecías muy normal.

Loor volvió a apretar.

—Cuidado —dijo.

Berta comprendió que no iba a ser fácil dar una respuesta satisfactoria. Había demasiados rincones oscuros por los que era mejor no meterse antes de dormir.

—Estuvimos tomando algo en la barra. Tú querías una copa y no querías beber sola. Te serví y me tomé un tequila contigo. Te volví a servir. Y otra vez. Hablamos y nos gustamos. Quería llevarte conmigo y no iba a ninguna parte.

—Y no te preocupes Paloma, ¿no? —añadió Loor con fastidio.

—No me estoy cachondeando. Eso fue lo que propuse, pasar la noche juntas, y a ti te pareció bien. Solo necesitaba un par de horas para poder cerrar. Estuvimos hablando y te empezaste a calentar. De cero a cien en cuestión de segundos. Vino un tipo a ofrecerte un trago y le escupiste en la cara. —Loor sonrió—. Tuvieron que retenerlo entre tres gorilas. Y no me gustan los gorilas. Así que te pedí que te fueses de mi bar.

Loor echó un vistazo a su alrededor. Un callejón. Un par de coches mal aparcados. Bolsas de basura y una salida de emergencia. La puerta de atrás. Tenía sentido.

—¿Y me fui?

Loor enrojeció de golpe. Sabía la respuesta

—¡Qué coño crees que haces aquí sin bragas y con la falda subida!

Loor bajó la mirada y se percató por primera vez desde que había vuelto en sí que, efectivamente, tenía el coño al aire. Y el culo frío.

Se sonrojó, y no por vergüenza.

—Dímelo tú.

—Yo qué sé. Te sacaron del bar medio a hostias, de malas formas, por la puerta de servicio. Tiene pinta de que te has sobado.

—¿Por qué no llevo bragas?

—Están ahí.

—¿Quién?

—Tus bragas.

—¿Qué dices?

—Yo qué sé, tía. Eres un puto misterio, pero no hace falta ser Perry Mason para entender qué pasó aquí. ¿Ves ese charco de orina fresca? Aún huele. Y no veo ningún perro.

Loor hizo una mueca aprobatoria, reconociéndose.

—Te echaron, caíste entre las bolsas de basura, te habrás desorientado, te entraron ganas de mear y te quitaste las bragas para poder hacerlo de pie entre los coches, no perder el equilibrio y no ponerte perdida. Y luego te sobaste sin bajarte la falda.

—¿Qué hora es?

Berta no miró su reloj. Se estaba relajando.

—Las tres y media.

—¿Aún quieres follar? —preguntó Loor.

—Es posible, sí.

Esa última respuesta quedó suspendida en el aire. Por un momento pudo parecer que no habría más preguntas, que se había terminado. Que se levantarían y se irían a casa juntas. O separadas. Pero no. Aún faltaba lo más importante.

—¿Qué te he contado?

El aparato respiratorio de Berta volvió a perder aire. Loor lanzó una mirada al vacío. Si su compañera no se hubiese visto en una situación tan vulnerable, se habría percatado de que precisamente esa y no otra era la pregunta más importante. Por mucho que Loor intentase distraer las palabras.

—¿Qué me has contado de qué?

—No intentes ganar tiempo. Contesta. ¿Qué sabes de mí?

—¿No te acuerdas de nada?

—Habla.

—Sé muy poco. Ya te he dicho que no tenías muchas ganas de hablar.

—¿Qué es poco?

—He dicho muy poco.

—Que contestes.

—En el bar me sedujiste con tu forma de mirar. Me pareció que escondías algo y quise averiguarlo. Pero me equivoqué —mintió.

—No hay nada que saber. Está bien así. ¿Tienes mi teléfono?

—No —respondió Berta sin descifrar si esa era la respuesta correcta.

—Pues bórralo. Ni se te ocurra escribirme.

Loor deshizo su posición de combate y saltó hacia la luz. Por el rabillo del ojo vio como la cintura de su casi ligue se desparramaba a ambos lados de la acera. Siempre le habían gustado las curvas, pero no pudo evitar preguntarse si en esa ocasión no se habría pasado.

Se marchó sin despedirse y sin recoger su ropa interior, tirada entre las bolsas de basura. Se bajó la falda y se recolocó. Era más corta de lo que recordaba. A su cabeza acudió el mantra que la acompañaba sin mucha fe.

«Madrid no está tan mal».

Quería engañarse de nuevo.

Era posible, quizá Madrid no estaba tan mal, pero joder, ¿Parla? De ese lugar no quería volver a oír hablar en mucho tiempo. Una arcada le sobrevino y le trajo flashes de una noche olvidable. Otra más. Se palpó los bolsillos y encontró un paquete de tabaco arrugado que todavía guardaba un último cigarro.

Dios aprieta pero no ahoga.

El móvil no tenía batería.

La estarían buscando.

Pero antes tenía que encontrarse ella.

—¿Qué pasa? ¿No devuelves las llamadas? —dijo Ortiz con voz impaciente.

—Estaba en mitad de un asunto importante. Nada de lo que preocuparse, pero requería mi atención.

—Ya.

Se hizo el silencio. Uno de esos silencios que no se cortan por educación. Una especia de «Cuelga tú. No, cuelga tú». Pero a la inversa.

—¿Necesitaba algo, jefe?

—Tengo noticias. Ha llamado el forense.

De manera inconsciente, Axel soltó el pie del acelerador.

—¿Y bien?

—Los primeros informes de la autopsia de Marcos Goya confirman que hubo sexo anal.

—No me jodas.

—Te lo leo textualmente: «La víctima presenta un fuerte desgarro en el tejido mucoso que recubre el ano, producido seguramente por la práctica de coito anal o pedicación, o por la penetración reiterada de algún objeto u objetos».

—Es decir...

—Es decir, que se lo han follado en todos los sentidos —concluyó el inspector.

15

—¿Tú eres consciente de lo que nos estás pidiendo, colega?

Tenían pinta de entenderse bien. Eran dos chulos de cojones. El menos alto llevaba la voz cantante. Una gorra con la silueta de Michael Jordan le cubría la cabeza. Estaba sentado en la grada de cemento de una cancha de baloncesto cerca de plaza de Castilla, abandonada a esa hora, bien entrada la madrugada.

A su lado, de pie, su colega guardaba silencio. Se limitaba a observar y a calentar un canuto de maría con caladas cortas y rápidas. Era muy complicado discernir quién de los dos mandaba más porque los dos escuchaban con idéntica atención.

—Es una buena jugada. Vosotros no arriesgáis nada. Yo me llevo la farla y la coloco rápido. Tengo compradores esperando. En unos días vuelvo y os doy la pasta.

La capucha gris no le recogía a Omar el mechón de pelo rubio que le colgaba desde la frente como una liana. Le tapaba un ojo.

—¿Cuántos días? —le preguntaron.

—Es que ni os vais a enterar. Os metéis un par de fiestas de las vuestras, un reservado en el Molly's, un par de fulanas que os la chupen mientras brindáis con una botella de champán...

—Que sea una magnum Dom Perignon —dijo el de la gorra.

—Pues una magnum Dom Perignon. Os metéis unos tiros, bailáis un poco, acojonáis a un par de pijazos con que les
vais a levantar a sus novias, trincáis vuestro carro y reventáis
a algún quinqui en una carrera en el polígono de Fuenla. Joder, lo de toda la vida.

Omar había pasado por ahí. Era mayor que ellos y tenía
mucha noche encima.

—No me digáis que no suena de puta madre. Pues espe-
rad, porque ahora viene lo mejor. Cuando volváis de fiesta,
estaré aquí esperando con una bolsa repleta de billetes. Una
bolsa gigante llena de pasta, toda para vosotros. Sin pestañear estaréis nadando en 90.000 pavos sin marcar. Vais a ser
los putos amos.

—¿Quieres decir que no lo somos ya?

—Lo vais a ser más. A ver quién os tose con 90.000 lereles
en efectivo, listos para gastar. Dadme una semana y os con-
vertiré en los reyes del mambo.

—La verdad es que suena de puta madre —dijo el que no
llevaba gorra.

Omar se metió las manos en los bolsillos de la sudadera
gris. La noche madrileña se le hacía muy seca.

—Pero hay una cosa que no entiendo. —El chaval de la
gorra se incorporó un poco—. ¿Por qué parece que nos estás
haciendo un favor cuando eres tú el que está en la mayor de
las mierdas, colega? Joder, es que nos llamas, en plan «Tenéis
que ayudarme», vienes hasta aquí y nos pides que te fiemos
dos kilos de coca. Hay que tenerlos bien puestos, eso es así.
Eso, o es que estás en un lío de la de dios. O tal vez A y B sean
correctas. Que también puede ser. Y te digo una cosa, nosotros estamos de puta madre, ¿sabes?, no necesitamos nada.
¿Tú necesitas algo?, porque yo no necesito nada. Estoy de
puta madre así. Y a veces, no es todo el rato, ¿eh?, pero a veces tengo la sensación de que piensas que somos gilipollas.

¿A ti no te pasa, tío? —La pregunta no iba dirigida a Omar—. ¿No te sientes, en plan un poco gilipollas ahora mismo?

Omar iba a decir algo, pero el chico que permanecía de pie a su lado le hizo un gesto para que no interrumpiese a su colega el de la gorra, que en ese momento se la quitó para seguir hablando.

Omar no dijo nada pero le pareció que el cabrón era muy guapo.

—¿Cómo era esa escena de la mafia? ¿Tú te acuerdas, tío? —preguntó, sabiendo la respuesta.

El chaval que estaba de pie le pasó el porro a su colega, que se cambió la gorra de mano para recogerlo. Después levantó la barbilla y puso la voz ronca.

—Vienes a mi casa el día de la boda de mi hija y me pides que mate por dinero...

Hizo una pausa, miró a Omar a los ojos, torció la boca y se llevó la mano a un bigote que no tenía.

—... Pero pides sin ningún respeto, no como a un amigo. Ni siquiera me llamas Padrino.

Una carcajada rompió la tensión en mil pedazos. El chaval de la gorra empezó a golpear el cemento que tenía debajo del culo y a aplaudir mientras se retorcía de risa. Al fondo las Cuatro Torres iluminaban el rostro de Omar. No pudo controlar una mueca lisérgica.

Dejó que se agotasen las risas.

—No era lo que pretendía... En realidad...

—Mira, está bien, te vamos a ayudar. Haz lo siguiente, ve a esta dirección —dijo el chaval de la gorra mientras le entregaba una nota. Se puso serio—. Yo los llamo ahora, en plan va un colega para allí, y les digo que vas a recoger la mercancía, ¿de acuerdo? Pero ten una cosa clara. No somos gilipollas. Ninguno de los dos. Y como no somos gilipollas, resulta que ahora nos debes una muy gorda y nos la vamos a cobrar.

Así que antes de hacer nada piénsatelo bien. Puedes volver a tu casa en Galicia con las manos vacías y aquí no ha pasado nada, o puedes ir a esa dirección, volver a Galicia con las manos llenas y esperar instrucciones. Igual no te llamamos antes de que nos devuelvas la pasta pero si lo hacemos, es muy posible que lo que te pidamos a cambio no te guste.

—No te va a gustar, seguro —puntualizó el imitador del Padrino.

—No te va a gustar, seguro —repitió el de la gorra—. Si te llamamos y, en plan antes del tercer tono, no has respondido, el problema que te ha traído hasta aquí te parecerá una excursión al zoo comparado con lo que te espera. Si te llamamos y respondes al teléfono puede que lo que te espera sea aún peor.

—Será peor, seguro —añadió el imitador del Padrino.

Omar pensó en Jarvis y en la enorme cicatriz del tío que los había encañonado. ¿Qué podía ser peor que aquello? ¿Qué otra cosa podía hacer? La decisión estaba tomada de antemano. La habían tomado por él.

—Está bien. Tendré el móvil encendido —dijo.

El intercambio fue muy rápido. Desde luego, esa gente sabía a qué jugaba. Le entregaron la droga y Omar la colocó en el maletero. Por delante le aguardaban varias horas de carretera y noche. Tenía que trazar un plan. ¿Cómo estaría Jarvis?, ¿qué le estarían haciendo? Porque cuando se lo llevaron, no pareció que le esperase un hotel de cinco estrellas. ¿Le estarían torturando? ¿Habrá sido capaz de mantener la boca cerrada? Porque igual los volvió locos con su incontinencia verbal y le han pegado un tiro. Omar lo pensó muchas veces, pegarle un tiro para hacerle callar. ¡Bah! ¡Chorradas! Fijo que estaba bien. Todo acabaría pronto. Concertaría una cita para el día siguiente y salvaría la vida de su amigo. No sería un héroe pero al menos se sentiría algo mejor, porque ahora mismo se sentía como la mayor de las mierdas por haber permitido que todo llegase tan lejos.

Decidió pensar en otra cosa.

Puso el motor en marcha y partió rumbo al norte.

El reloj del coche marcaba las cuatro de la madrugada.

Iba por el paseo de la Castellana sin hacer mucho caso a los semáforos. A Omar, Madrid le parecía el futuro. Avenidas kilométricas rejuvenecidas por las luces de la modernidad.

La majestuosidad del Santiago Bernabéu, que tantas noches de gloria guardaba en sus vitrinas. La diosa Cibeles. El dios Neptuno. Deidades de ciudad, más allá de Nuevos Ministerios, donde acababa su paseo por la gran travesía.

Sintió una mezcla de envidia y nostalgia. Pisó el acelerador y se perdió en la niebla que recrudecía la arteria principal de la capital. Estaba desierta. Solo un coche se cruzó en dirección contraria, desde el sur.

Omar vio con estupefacción que la chica que guiaba el volante estaba llorando, sola, perdida en un océano de asfalto. El caso es que le sonaba, se parecía a alguien, a una cantante. ¿Cómo se llamaba ese grupo? Alguna vez los habían versionado en el Pénjamo. ¿Roxanne? ¿Roxy?

—Roxette. Eso es, se parece a la cantante de Roxette.

16

Madrid, viernes 15 de marzo

El doctor Cristóbal Rivas sostenía unas pinzas minúsculas. Trataba de extraer una muestra ínfima de lo que parecían fibras sintéticas, incrustadas en el interior de la fosa nasal derecha del cadáver que yacía tumbado en la camilla de su laboratorio.

Cristóbal era el mejor médico forense de su promoción. En los seis años de carrera —más la especialización en medicina legal y forense—, comprendió que necesitaba endurecerse. En los más de veinte que llevaba ejerciendo la profesión, se endureció.

Al principio se llevaba el trabajo a casa, como casi todos, pero claro, no es lo mismo hacerte la cena mientras le das vueltas a un pedido que se retrasa o a un producto cuyas ventas están cayendo, que meterte en la cama aterrorizado por el recuerdo de un cuerpo aplastado contra un muro como resultado de un atropello por un autobús a 120 kilómetros por hora, o lavarte los dientes escupiendo en la memoria la imagen de una vagina perforada por unos alicates hirviendo, resultado de una tortura a manos de un psicópata sin escrúpulos.

Ambos casos sucedieron en realidad.

Y algunos peores.

Así que tuvo que aprender a relativizar. A esconder las náuseas, los escalofríos y las dudas.

El suyo era un oficio vocacional y como tal lo desarrollaba. Se mostraba minucioso hasta el extremo cuando se trataba de diseccionar un cuerpo sin vida. Escudriñaba hasta el último rincón del organismo, el último orificio, el último poro de la piel, hasta dar con la verdad.

Si había alguna pista, Cristóbal daría con ella.

Esas eran su garantías: el trabajo bien hecho, la disciplina y el rigor. Pero el que algo quiere, algo le cuesta, y el doctor Rivas también era un genio llevando al límite la paciencia de los investigadores. Era lento, muy lento, lentísimo. Ese era el elevado coste que había que pagar. A veces, un precio demasiado alto. Otras, el precio justo.

En una ocasión, cuando aún vivía en Cataluña, Cristóbal se demoró más de la cuenta en entregar un informe definitivo, sellado y firmado. Semanas de retraso. Un caso que debía archivarse, de todas todas, en el segundo trimestre del año.

Pues se cerró en julio, retrasó vacaciones y perjudicó objetivos.

Un cristo.

Lo peor, y lo que terminó por desesperar a la mayor parte de la jefatura de la brigada provincial de Barcelona, fue que era un caso obvio, evidente.

Un caso verde.

En el cuerpo de Policía denominaban casos verdes a aquellos que no dejaban hueco a las interpretaciones. Un sí o sí. Bien porque había varios testigos que aportaban la misma versión de los hechos o bien porque las pruebas eran concluyentes e irrefutables.

Y aquel era uno de esos casos.

Una discusión de pareja en la que él pierde los nervios y le da una paliza a ella. Le deja moratones por todo el cuerpo, el labio partido, arañazos en la cara. Ella se defiende. Él saca un arma de corto alcance y le dispara. Falla. La bala queda incrustada en la pared. Ella consigue huir, alcanza un cuchillo en la cocina y se lo clava en el pecho, muy cerca del corazón. Él muere en el acto. Verde.

El diagnóstico podría haberlo hecho cualquier médico. Causa fundamental de la muerte: herida por arma blanca. El veredicto lo habría firmado cualquier estudiante que estuviese cursando las oposiciones a jueces y fiscales: homicidio en legítima defensa.

Caso cerrado.

No para Cristóbal.

Porque el doctor Rivas, además de lento, era ecuánime. Le dedicaba el mismo tiempo y sacrificio a un hijo de su majestad el rey Felipe VI que a un primo lejano del último ayudante en prácticas del laboratorio.

Un cuerpo es un cuerpo. Todos tan distintos. Todos tan iguales. Y a la incisión en el pecho del presunto maltratador, Cristóbal le dedicó tiempo, mucho tiempo. Cuanto más le presionaban para que entregase el informe «de una maldita vez», más atención le prestaba.

Había algo que no le cuadraba, algo difícil de explicar con palabras. Algo que tenía más que ver con el instinto que con las pruebas. Algo invisible.

Hasta que lo vio.

Los callos.

El corazón que tenía encima de la mesa de operaciones estaba acostumbrado a alcanzar las 180 pulsaciones por minuto cuando aún latía. En horario de trabajo se disparaba. Un atleta. Lanzador de jabalina. Eso explicaba la hipertrofia del brazo izquierdo y la aglomeración de protuberancias en la palma de la mano de ese mismo lado. Los callos. Pequeñas durezas que se iban formando lanzamiento tras lanzamiento. Cada repetición, una muesca.

Por eso, Cristóbal no entendía que hubiese apretado el gatillo para matar a su novia con la mano derecha. Porque la trayectoria de la bala desde la posición de disparo no mentía. Lo comprobó varias veces en el análisis preliminar que tuvo lugar *in situ*, en la escena del crimen. Un disparo efectuado con la mano derecha.

El doctor Rivas, irritado con los veteranos del cuerpo por sus prisas y sus malos modos, compartió esa información con un joven prometedor, un novato recién llegado desde Galicia. Una mente ágil y ambiciosa, sin contaminar. Aún. Juntos colaboraron para revisar las pruebas del caso, conjeturaron sobre lo que realmente debió suceder y armaron un plan.

La astucia y atrevimiento del joven policía le llevó a visitar por su cuenta a la víctima del caso, absuelta de todos los cargos. Lo que vendió como una entrevista rutinaria con carácter meramente informativo acabó con un farol de tres pares de narices.

Cuando, en la exposición de los hechos, le dijo que sabía toda la verdad, notó cómo la tez rosada de la chica, aún en aparente estado de *shock*, perdía color. Cuando añadió que sabía que había sido ella quien había apretado el gatillo, notó que la tez pálida se tornó azul pánico. Cuando concluyó que tenía pruebas suficientes para acusarla de homicidio en primer grado con premeditación y que le caerían no menos de veinte años de prisión, vio cómo se abalanzaba a toda velocidad sobre la puerta de la calle, en un último intento de fuga frustrado por el doctor Rivas, que esperaba pacientemente el desenlace desde la acera.

Tras la detención, la chica se derrumbó en la sala de interrogatorios y acabó confesando. Odiaba al muerto. Habían llegado a las manos más de una vez. Sabía cómo hacerle explotar. Ella se había enamorado unos meses atrás de un compañero de trabajo con el que se acostaba siempre que su novio tenía competición. Pero ya le sabía a poco. Quería más. Lo quería todo. Así que preparó la escena. Le provocó durante toda la noche. Le confesó que estaba con otro. Le insultó. Le escupió. Le abofeteó. Hasta que recibió un golpe seco en la cara. Cuando notó la sangre derramándose desde el labio hasta su boca, dijo basta. Ya tenía coartada. El forense encontró la sangre en los nudillos. Fue entonces cuando sacó el cuchillo que tenía escondido en el pantalón y se lo clavó en el pecho. Un corte certero. Una muerte rápida. Después fue en busca del revólver, se enfundó unos guantes, apretó el gatillo y simuló ser ella la receptora de la bala. Cometiendo un error. Su único error. Disparar con la mano derecha.

Caso cerrado.

El farol del joven policía le valió al doctor Rivas una condecoración. La medalla de oro de la Orden al Mérito Policial por dirigir un servicio de trascendental importancia con prestigio para el Cuerpo.

Ese joven policía con cara de póquer y malas cartas acababa de cruzar la puerta de su laboratorio.

Ya no era tan joven.

—¡Hola, Axel!

17

El olor del laboratorio le trajo a Axel buenos recuerdos. Olía a retraso, su aroma de siempre. Varios cuerpos esperaban su turno para ser convenientemente examinados por la minuciosidad de su antiguo socio. Axel se fijó en el montón de documentos que copaban desordenados lo que en algún momento debió de ser un escritorio.

Este cabrón no va a cambiar nunca.

—Veo que mantienes las viejas costumbres, Rivas.

—Lo que funciona no hay que tocarlo, ya lo sabes. —Cristóbal hablaba sin levantar la vista de la cavidad nasal que tenía delante—. Imagino que, antes de coserme a preguntas, tendrás la decencia de presentarme a la persona que viene contigo.

Loor aún no había abierto la boca. Permanecía en segundo plano, su zona de confort desde que llegó a Madrid. Instintivamente, se atusó el pelo. Lo hacía sin darse cuenta siempre que alguien hablaba de ella en su presencia. Se adelantó.

—Mi nombre es Loor Galván. Encantada de conocerle, doctor Rivas. El agente Nash me ha hablado poco de usted... pero suficiente.

—Le he hablado poco pero muy bien, Cristóbal. Que es lo importante.

—Veo que sigues siendo un mitómano.

—No te admiro ni un poco, no te equivoques —repuso Axel—. ¿Quién te crees que eres? ¿Mick Jagger?

Loor agarró a Axel por el antebrazo.

—La mitomanía es un trastorno psicológico que consiste en mentir de manera compulsiva y patológica. El doctor Rivas tiene razón en lo que dice.

Joder.

—Ya lo sabía. No os creáis tan listos.

—Ahí tiene, agente Galván, una prueba más de su mitomanía —cerró Cristóbal señalando a Axel.

Loor sonrió. Dio un paso al frente. Siempre lograba sentirse cómoda rodeada de gente mayor, y sus elucubraciones situaban al doctor Rivas muy cerca de la jubilación. No tanto por las canas que aclaraban su nuca, o por la carretera de arrugas que atravesaba su frente, como por su manera de estar. El doctor Rivas estaba como están las personas que ya han vivido suficiente. Un estado que no se alcanza al cumplir una determinada edad sino que es algo más etéreo. Algo que a él le había dado su trabajo. Tantas horas interrogando a la muerte le habían proporcionado una calma rotunda. La tranquilidad que da el conocimiento.

Axel se fijó en la mirada inquieta de su amigo. Sus pupilas seguían vibrando por encima de las gafas. La nariz respingona... Todo él era respingón. Los años le habían redondeado. Su cuerpo parecía formado por tres ruedas de diferente tamaño. Las piernas. El tronco. La cabeza. Su incipiente alopecia y su papada remataban un conjunto cinematográfico. Se había convertido en la silueta de Alfred Hitchcock. Axel concluyó que si le diese por hacer un cameo, donde mejor encajaría el doctor Cristóbal Rivas era, sin lugar a dudas, en *El hombre que sabía demasiado.*

—¿Qué tienes para mí, Cris? —preguntó.

—Mucho lío, Axel. ¿No ves cómo estoy? No llego a todo. Vienes por el caso del periodista, ¿no?

—Exacto. Estamos un poco perdidos. He leído tu informe preliminar. Lo del desgarro en el ano. Necesitamos que arrojes algo de luz.

—Sabes que no me gusta precipitarme, Axel. La paciencia siempre ha allanado mi camino y no voy a cambiar ahora, siendo tan mayor.

—¿Cuándo crees que empezarás con nuestro muerto? —insistió.

Loor levantó una ceja. Iba conociendo a su compañero, pero su franqueza al abordar algunos temas aún la incomodaba.

—Ya he empezado —confesó Rivas.

Axel notó cómo se le aceleraba el pulso.

—¿Y bien? —preguntó.

—No pienso discutir mis impresiones con vosotros hasta que sean certezas. Lo siento. No me hagas decirte cosas que ya sabes. Cuando tenga más o menos clara en mi cabeza una reconstrucción plausible de los hechos y haya podido examinar a fondo las huellas anatómicas, el tuyo será el primer teléfono que marque.

Axel sabía que era verdad, que no le engañaba. Le llamaría antes que a sus superiores. Le fue bien así en el pasado. Podía confiar en él.

—Solo dime una cosa. Más allá de las causas de la muerte y el *modus operandi*... —Axel hizo una pausa y miró a Loor con cara de «Ojo, que hablo latín...».

Empate a uno, mitómana.

—... ¿Violaron a Goya?

El doctor Rivas se recolocó la mascarilla que le cubría la nariz y la boca y levantó la vista.

—Es una pregunta difícil de responder, Axel. Lo cierto es que nos encontramos ante un caso muy curioso. El cadáver apareció completamente desnudo y limpio en posición de decúbito prono. Ni una huella, ni un pelo, sudor, nada de fibras. Únicamente se halló mucha sangre y toda pertenece al mismo grupo y al mismo ser humano. El muerto. Y luego están los restos de semen sobre la nalga derecha. Ya en la escena del crimen pude comprobar algunos rasgos típicos del ano infundibuliforme, acompañado de un desgarro triangular en hora 6, desgarro de algunos pliegues anales y cicatrices de diversa índole. Más tarde en el laboratorio incidimos en el estudio de esa área y la piel hiperqueratótica, cierta eversión mucocutánea y el borramiento de los pliegues radiados nos convenció por fin.

Axel miró a Loor, que se encogió de hombros.

—¡Vaya! Pensé que lo sabías todo. —Se giró hacia el forense—. ¿Puedes traducirlo al castellano, querido doctor?

En ese preciso momento, las pinzas despegaron el trocito de fibra del vello nasal en el que el doctor Rivas estaba trabajando. Alzó la mano y mostró su trofeo.

—Marcos Goya y el sexo anal eran viejos conocidos.

Axel y Loor se miraron. Fue él quien hizo la pregunta.

—Entonces ¿no fue una violación?

—Yo no he dicho eso. No creo que debamos descartarlo tan pronto. Pero no hay ningún signo de que haya sido amordazado, y si no fue amordazado, pudo gritar. Además, su región perianal dice que no era la primera vez que mantenía relaciones sexuales de ese tipo. Ni mucho menos.

Era de los tuyos, Loor.

—Interesante. ¿Qué sabemos de los restos de semen? —preguntó Axel.

—Están en el laboratorio. Tardará unos días. El análisis del esperma nos permitirá cotejar el ADN resultante con nuestra base de datos.

—Y si aparece en algún historial médico, tendremos a la persona que pasó la noche con Goya.

—Si tú lo dices.

Loor dejó que Axel llevase el peso de la conversación. No quería importunarle delante de su viejo amigo, pero llevaba un rato rumiando algo que quedó suspendido en el aire.

—Ha dicho antes, doctor, que el cadáver apareció desnudo y limpio —intervino—. Acepto que no aparezca ninguna huella, en según qué prácticas sexuales los guantes de látex están muy extendidos, pero ¿no es extraño que después de varias horas de sexo desenfrenado, consentido o no, el cuerpo aparezca inmaculado?

Cristóbal Rivas miró a Loor de arriba abajo, con verdadera curiosidad.

—Cuando os decía que el cuerpo estaba limpio, me refería a que lo habían lavado. Desde luego, el que haya hecho esto se tomó muchas molestias. Lo que nos entregaron fue un montaje, una puesta de escena. Las manos atadas al cabecero de la cama, la colocación del cuerpo, el semen. Estamos ante un loco que no tiene intención de ocultarse sino que...

—Pretende exhibirse —completó Loor.

De regreso, ya en la comisaría, los dos policías compartieron sus impresiones sobre el caso con Jorge Ortiz.

Axel era incapaz de contarle todo lo que iba haciendo y lo que pensaba hacer. No soportaba que le controlasen. Su pericia se fundamentaba en poder hacer «lo que le saliese de los huevos» en todo momento.

Le habló a Ortiz de sus impresiones en la radio y le ocultó sus impresiones en La Moraleja. Le dejó a Loor que eligiese si quería hablarle del chino del hotel. Su compañera narró su visita sin entrar en detalles porque intuía que eso era lo que Axel prefería y quería tenerlo de su lado. Juntos eran más fuertes. Y en cualquier investigación policial, la primera batalla que se libra, antes que contra cualquier criminal y contra uno mismo, es contra los jefes.

Axel adornó sus explicaciones para que pareciesen más de lo que eran y le dejó claro a Ortiz que seguirían cumpliendo con su parte de este *quid pro quo* que había ideado. Al emplear la segunda expresión en latín en tan poco tiempo fue consciente de que se había abierto una pequeñísima herida en su ego que sangraba a borbotones.

—Por cierto, antes de que os vayáis, ¿hemos localizado el teléfono móvil de Goya? —preguntó Ortiz.

—El móvil desapareció de la escena junto a la ropa del fallecido. Ya no va a aparecer. Nada de lo que falta va a aparecer, apostaría a que ni siquiera aparece su pene.

Axel creía en lo que decía aunque sabía que ese vaticinio arriesgado se le podía volver en contra.

—Puede que tengas razón pero, al menos, ahora tenemos esto. —Ortiz lanzó sobre la mesa un manojo de folios, sin carpeta, grapados en la esquina superior izquierda. Axel y Loor se miraron sin comprender—. He pedido un listado completo de los *smartphones* que se conectaron esa noche, entre la una y las ocho de la mañana, a la torre de comunicaciones más cercana a la calle San Bernardino, donde apareció el cuerpo. Caballeros, en esas hojas se esconde el número de teléfono del culpable.

—¿Me la puedo quedar? —preguntó Axel.

—Solo si es para atrapar a ese malnacido.

Dios, qué yankee *es este tío.*

—Descuida, jefe. Conozco a alguien que tal vez pueda echarnos un cable.

Ya en el coche, y tras despedirse de Loor, Axel activó su llamada de emergencia en estos casos. Pensó que igual estaba abusando, pero descartó esa idea en cuanto hizo algo de memoria.

—Chema.

—Buf. Déjate de Chema, eh. Que no eres mi amigo. Para ti sigo siendo Garrido.

—Joder, hay que ver cómo te pones. Está bien, tienes razón, no soy tu amigo pero tú si que vas a ser el mío y, precisamente por eso, vas a hacerme un favor de los grandes.

—Te estás pasando, Axel. Ni siquiera tengo todavía lo que me pediste del Max Morán ese.

—¿Quieres que repasemos juntos lo que ocurrió hace...

—Vale, vale. ¿Qué quieres?

Axel se miró en el espejo retrovisor. Le dieron ganas de guiñarse un ojo.

—Tú tenías un contacto acojonante en Telefónica, ¿verdad?

18

—No sé por qué no me empeñé en seguir hasta mi casa.

—No fue culpa tuya. No podías saber que te iba ocurrir algo así.

—Debí insistir, debí insistir para que siguiese conduciendo.

—Tenías diecisiete años. No te culpes más, por favor.

—Da igual. Yo sé lo que digo. No puedes entenderlo.

Vigo, viernes 15 de marzo

Noa llevaba mucho tiempo en el agua. No sabría precisar cuánto. Sin reloj. Sin móvil. Sin prisa. Le daba exactamente igual. Estaba allí porque quería.

Y entonces la vio. Era perfecta. Perfecta. Se estaba acercando a la velocidad exacta. Ni muy rápido ni muy despacio. Era perfecta. Estaba empezando a notar que se excitaba. Así que empezó a contar.

Uno, dos, uno, dos...

Siempre lo hacía para relajarse.

Y comenzó su ritual.

El que había aprendido cuando apenas tenía siete años, en una playa a cuatro kilómetros de la casa de verano de sus padres.

Rema, rema, rema, rema.

Con un brazo y con el otro. Derecha, izquierda. Derecha, izquierda. Así doce veces. Hasta que notaba que empezaba a tocarle. Hasta que notaba que se mojaba. Era en ese momento cuando tenía que ser exacta.

Levantaba con destreza el pie izquierdo, incorporaba el pecho sobre sus brazos y cogía impulso para ponerse de pie. Adelantando el pie derecho. Era Goofy.

«Casi todas las chicas son goofies», solía decir.

La ola la fue empujando y al fin notó que tenía el control. Cabalgó durante varios metros sobre el mar crispado de mediados de marzo, surcando el agua con la tabla que la vio crecer. Se sintió bien. Era de las pocas cosas que aún la hacían sentirse bien.

Surfear.

Hacerlo en casa.

El surf. Que le había dado tanto y le había quitado todo. Fueron muchos años compitiendo a gran nivel. Viajando por todo el mundo. Conociendo gente de todo tipo. Hasta que dio con él.

Se estremecía cuando pensaba en él, pero no podía evitarlo. Aún lo tenía dentro. Fue el peor episodio de su vida. Noa no le deseaba algo así ni a su peor enemigo y sabía que la mayoría de la gente se moriría sin experimentar una sensación tan horrible.

Intentó con toda su alma seguir adelante con su día a día sin que nadie lo supiese, sin que nadie lo notase. Consiguió solo lo primero. Solo lo supo él. El hombre que le salvó la vida. Un breve chispazo de felicidad que se apagó enseguida. Ella lo apagó. No era capaz de permitírselo.

Estaba todo tan oscuro esos días del final de hace muchos veranos que lo que vino después le pareció normal. Y no lo era.

Lo que vino después se llamaba Ander, pero todos le llamaban el Vasco. Le había conocido varios años atrás. No sabría decir cuántos. En un campeonato en la Praia do Amado. En la costa vicentina de Portugal. Ella compitió de maravilla. «Estaba sintiendo la ola», dijo.

Llegó el sábado, que era el día que las chicas disputaban la gran final. Estuvo inmensa. Todo lo hizo bien. Ola tras ola. Se sentía invencible y lo fue. Salió a hombros del agua. Una de las tradiciones más arraigadas en los campeonatos de surf es que los finalistas de la edición masculina saquen a hombros del agua a la ganadora del sábado.

Fue la primera vez que se vieron. Ander, el Vasco, la sujetaba con tanta fuerza que pensó en decirle algo. Pero no se atrevió. Él era el favorito para ganar el domingo. Era el mejor. Y lo hizo. A pesar de competir casi sin dormir. Tan superior era.

La noche anterior la pasaron juntos. Noa había salido a celebrar la victoria. Él, a ver qué pasaba. Y lo que pasó fue que se encontraron. Se conocieron. Se rieron. Se besaron. Se acostaron. Y se enamoraron. «Fue la mejor noche de mi vida», solía decir.

El tirón de esa primera noche duró varias semanas. Ander era perfecto. El hombre perfecto. Sin fisuras. O eso pensaba. Despertaba la admiración de todo el mundo cuando competía. Y cuando no lo hacía tenía mucha habilidad para resultar simpático. Fueron muchos días sin separarse, viviendo en una burbuja. Le gustaba todo de él.

Pero llegaron nuevos campeonatos y la cosa empezó a torcerse. Ella no sabría decir cuándo. Pero el Vasco empezó a agrietarse. Primero fueron malas caras.

Secretas.

Después, las broncas si ella hablaba con algún chico que Ander consideraba atractivo.

Secretas.

Si Noa en algún momento había sonreído, entonces le esperaba algún insulto. No pasó de ahí. Al principio. Ella llegó a comprenderle. En los campeonatos había mucho sexo. Entre surfistas y con el público. Desde muy temprano. Ellos lo sabían bien. Lo habían comprobado en sus propias carnes. Ella lo justificaba. Eran celos. «Me quiere mucho», solía decir.

Ahora, subida en lo más alto de la ola, se sentía bien. Se sentía a salvo. Sabía que el agua era su único refugio. Allí, en la inmensidad, con la espuma efervescente del océano tratando de alcanzarla, Noa Novoa dejaba todo atrás.

O casi todo.

—Está frío —dijo Iria Novoa, devolviendo el filete al plato.

No tenía buen día. Había tenido una bronca bastante desagradable con su jefe. Los dos habían dicho cosas que no pensaban y de las que quizá deberían arrepentirse. A Iria no le gustó el tono cuando le dijo: «Estoy un poco cansado de que no haya avances en la investigación, bonita. Te voy a apartar de este caso».

Su jefe no puso buena cara cuando Iria le contestó: «Con la mierda de recursos que me das, bastante hago. Quieres pillar a peces gordos sin mover un puto dedo».

Así que estaba temporalmente fuera del caso. Decidió no compartir esta información con su familia. No quería preocupar a nadie.

—Come y calla. Y si no, haber venido antes, porque antes estaba caliente —sentenció su madre mientras se quitaba el delantal y ocupaba su asiento en la mesa.

Iria, como siempre que se entristecía, había ido a casa de sus padres. Un comportamiento infantil que la reconfortaba. Necesitaba sentir que la protegida era ella, por una vez.

—¿Dónde está Noa? —preguntó.

—Vino del agua hace un rato. Con el temporal que tenemos encima. Está mal de la cabeza. Cualquier día se estampa contra una roca —dijo su padre mientras se limpiaba la barbilla con la servilleta—. Ahora debe estar en su cuarto hablando por teléfono, como siempre.

—¿Un chico?

—Cualquiera sabe. Ya conoces a tu hermana, no deja que nadie se le acerque demasiado.

Noa apareció sin hacer ruido. Aún tenía el pelo mojado, y lo llevaba tan largo que le estaba empapando la camiseta. Cuando se secase seguiría siendo igual de negro. Le ocurría lo mismo a sus ojos que, al menos, ya estaban secos. Se quitó las chanclas y se sentó a la mesa con las piernas encogidas. Plantó los pies, llenos de arena, encima de la silla. Su padre se sirvió otra copa de ribeiro.

—¿Te sirvo, hija? —preguntó.

—Un poco. Gracias —dijo Noa.

Con un gesto solícito, ella acercó la copa a la botella que sostenía su padre. Iria se levantó y corrió a abrazar a su hermana. Era su debilidad.

—¡Qué haces, loca! Suéltame, me estás asfixiando.

Iria volvió a su sitio sonriendo.

—Estoy pensando en dejar la poli. No aguanto más —anunció sin ceremonia—. O me mudo a Madrid o lo dejo. No soporto a nadie de los de aquí y tengo la sensación todo el rato de que peleo contra molinos de viento. Aquí está untado todo dios.

—¿Y qué carallo vas a hacer tú en Madrid? —preguntó su madre.

—¿Os he contado que nos ha salido un bolo allí con los Rockets? En una garito pequeño, la sala Clamores. Seremos teloneros de una banda de la capi. No es mucho, ya lo sé, pero mola. Nos iremos en la furgo de Omar.

—Bueno, hija, no te desanimes. Así empezaron los Beatles.

Iria no sonrió. La retranca de su padre no siempre funcionaba. Noa tenía la vista hundida en su móvil.

—Estás muy callada, ¿eh? —comentó Iria.

—¿Quién, yo? ¿Qué dices?

Noa sabía lo que era estar callada. Prácticamente sin abrir la boca durante días enteros. «Créeme, no estoy callada», pensó.

Iria también lo sabía. En los peores años no se le habría ocurrido hacer una observación semejante, tenían todos mucho cuidado.

Noa siempre se lo agradeció. A todos ellos. Que hubiesen sido en todo momento tan compresivos con su carácter adusto. Por eso no se molestó por el comentario, más bien al contrario, lo atajó con serenidad.

Pero era cierto que estaba rara.

—¿Quieres más vino? —Su padre la miraba con la botella levantada. Ella alzó la vista un poco ruborizada.

—¿Qué? ¿Vino? Sí, por favor.

En ese instante el móvil de Noa empezó a sonar. Todos se sobresaltaron. Noa recogió la llamada lo más rápido que pudo y se encerró en su habitación, pero sin lograr evitar que Iria viese el nombre que se iluminó en la pantalla.

Cuatro letras.

A X E L.

—Ajá, así que se trata de eso —murmuró Iria y prefirió ahogar lo que estaba pensando.

19

El barrio de Chueca de Madrid siempre le pareció a Axel un coñazo divertido. No había conocido los años duros. En esa época aún vivía en Galicia.

En los años duros, Chueca vivió a un lado de la alta sociedad. Al otro lado, concretamente. Marginado por el español de bien, su vida nocturna se limitaba a hombres y mujeres escondidos, que luchaban a hurtadillas por libertades que no tenían.

Hombres amando hombres. Mujeres amando mujeres. Un escándalo para el tardofranquismo que permitía que fuesen perseguidos bajo el amparo de la ley de vagos y maleantes.

Poco a poco, el barrio se convirtió en un reducto de modernidad y transgresión. La vanguardia cultural explotó en sus calles durante los años del primer Almodóvar y todo se fue llenando de color. Hasta que apareció el VIH. Jeringuillas y condones. Si no los usabas bien, el contagio era casi inevitable. Los dejaron solos en la prevención y los abandonaron cuando el sida explotó en sus manos. Seres marginales luchando por sobrevivir, como náufragos de asfalto.

Con la llegada del nuevo siglo, Chueca se abrió al mundo. La homosexualidad se hizo visible y fuerte, y el crecimiento económico, imparable.

Para el forastero que venía de fuera, salir por Chueca se convirtió en un exotismo.

Para el madrileño, un planazo.

Para Axel, un coñazo divertido.

Un coñazo porque era imposible circular con su vehículo por calles de un solo carril completamente colapsadas, claxon va, claxon viene, caos, estrés...

¡Quieres arrancar, subnormal!

Después de casi una hora dando vueltas para recorrer pocos metros, Axel encontró una luz verde en un *parking*.

LIBRE. ¡Válgame Dios!

Descendió a pie por la calle Augusto Figueroa, chocando hombro con hombro con todo el que se cruzaba en su camino. No era un gesto de chulería, es que era imposible no chocar con todo el mundo.

Entre semana había ambiente, sin doble sentido. El fin de semana era casi insoportable. Restaurantes de moda, tiendas, discotecas, se había convertido en uno de los centros neurálgicos de la capital. Axel atravesó la calle Libertad.

Jodida ironía.

Notó que todo el mundo miraba de soslayo la camiseta blanca que había elegido para su cita. En el centro, Freddie Mercury gritaba «Eeeooo» con el puño en alto durante el multitudinario concierto de Wembley '86.

Un guiño, joder.

Movió en grandes zancadas sus vaqueros oscuros y sus Nike de bota con el aspa roja y llegó a un garito de copas que hacía esquina. Un sitio moderno lleno de gente guapa.

Y postureo.

Axel alzó la vista al cartel luminoso. El Válgame Dios.

Joder. ¡Qué casualidad!

Giró en esa esquina hacia un callejón estrecho y peatonal.

Levantó de nuevo la mirada a la placa que indicaba el nombre de la calle. Calle de Válgame Dios.

Jacobs. By Marc Jacobs. For Marc by Marc Jacobs.

Siguió caminando y algo al fondo llamó su atención. Una flor gigante en rosa fucsia. Justo lo que estaba buscando.

Entró en el Flowers que, a esa hora, aún presentaba medio aforo. Se decepcionó al descender las escaleras aterciopeladas de la entrada y comprobar que el local no olía a flores. Era algo más profundo. Algo entre sudor y colonia. La fragancia de las feromonas bailando música electrónica. Axel miró el reloj. Las 23.33. Llegaba solo tres minutos tarde.

Algo estoy haciendo mal.

Vio sentado en una mesa del fondo al chaval enclenque que había conocido en la radio después de su visita a Sota. No recordaba su nombre si es que alguna vez lo supo. Axel se sentó en el sofá de enfrente, al otro lado de la mesa.

—Buenas noches, agente. ¡Qué alegría volver a verle! Póngase cómodo. Tenemos una noche larga por delante.

Axel recibió el saludo con una mueca austera. El chaval no parecía la misma persona. Sentado con las piernas cruzadas y un brazo rodeando el sofá, se mostraba seguro de sí mismo. Su actitud no era desafiante, pero Axel notó enseguida que tenía más presencia. Más volumen. Como un equipo pequeño jugando en casa.

—¡Vaya! Me alegra comprobar que ya no hablas tan rápido, chaval.

—Es que aún no me ha puesto nervioso, agente...

—Nash. Axel Nash.

Joder. ¿Qué me creo, James Bond?

—Pues si me lo permite le diré que tiene un aire a Sean Connery... cuando era joven, claro.

El chaval acabó la frase dejando en el aire un destello flamígero. Mezclada con la música del local, su voz sonaba metálica. Se agachó y bebió un sorbo muy corto del bloody mary que había pedido. Axel apagó el fuego.

—A ver mocoso... lo primero, ¿cómo te llamas?

—Mi nombre es Ricardo. Pero usted puede llamarme Caco.

Axel echó su cuerpo hacia delante, como un *linebacker* de los San Francisco 49ers decidido a recuperar yardas.

—Muy bien, mocoso. Pues vamos a dejar una cosa clara. Mi tiempo vale mucho dinero, ¿entendido? En días como hoy y en casos como este, ni siquiera todo el dinero que vayas a ganar en tu estúpida vida podría pagar mi tiempo. Así que vamos a hacer lo siguiente: voy a llamar al camarero, me voy a pedir una de esas mierdas que estás bebiendo, le voy a dar un trago y me voy a pirar. Y mientras todo eso ocurre, tú vas a soltar por esa boquita tan bonita que tienes todo lo que sepas sobre Marcos Goya. ¿Está claro... MO-CO-SO?

Era cierto que Ricardo Gómez, alias Caco, tenía una boca bonita. Se lo habían dicho muchas veces. Su efecto embriagador se multiplicaba cuando sonreía, por lo que ninguno de los dos se sorprendió cuando Caco dejó al descubierto una hilera de dientes blancos y simétricos que hipnotizaron a Axel. La luz que vibraba al ritmo de los latidos del *minimal techno* que anegaba la sala provocaba que sus dientes pareciesen aún más blancos. La sonrisa venía cargada de veneno.

—No intente intimidarme, agente. No son horas. Le he invitado a venir aquí porque hay algo que creo que debe saber. Pero es importante que tenga claro que no me está haciendo ningún favor apareciendo de esa forma y sentándose en mi mesa. ¿Ve a todos esos buitres?

Axel movió la cabeza a ambos lados. El ambiente se estaba calentando.

—Están revoloteando a nuestro alrededor. Llevan comportándose así más de veinte minutos y créame, agente Nash... yo soy la presa.

—Aquí tiene su bebida, señor.

Un chico con una camiseta de rejilla y más barba que pelo dejó la bebida roja que había preparado el barman delante de las narices de Axel. Se fue negando con la cabeza y tarareando do *We will rock you*.

Otra vez la voz metálica.

—Le ruego que se relaje y disfrute de su bebida, haga el favor. Y si no le convienen mis condiciones, le sugiero que coja la puerta y se largue.

Joder, me ha puesto en mi sitio.

—Bueno. Está bien. Vamos a calmarnos, que estamos todos muy nerviosos. ¿Qué querías contarme?

—¿Es tan brusco para todo, agente Nash?

—No siempre. Solo cuando me pongo nervioso. Y tener aquí detrás a Pepi, Luci y Bom cortejándote no está ayudando. Esperaba que pudiésemos tener una conversación... ya sabes... más... íntima. Tal vez Goya estuviese más acostumbrado a estos ambientes.

—¿Goya? ¿Marcos Goya?

La sonrisa se tornó en una risotada afectada.

—Ja, ja, ja. Mucho me temo que este no era sitio para el inefable Goya. Le reconozco que tiene usted una forma muy original de preguntar, pero le puedo asegurar que Goya no era gay.

Axel escondió su jugada.

—Ah, ¿no? ¿Y cómo estás tan seguro...? —Axel hizo una pausa valorativa. Aprovechó para echar mano del cóctel de vodka y tomate que pedía un trago a gritos.

Joder. Esta mierda está buena.

Acto seguido dejó la copa y continuó. La pausa se estaba alargando demasiado.

—... si se puede saber.

—Todo se puede saber, agente. Solo hay que fijar un precio. En este caso, por ser la primera vez, le saldrá gratis.

¡Dios, qué hostia tiene este pavo!

—¿Y bien?

—Esas cosas se notan. Por ejemplo, usted. Yo diría que nunca se ha acostado con un hombre pero lo ha pensado. Como esas cosas que se piensan para no hacerlas.

—¿A qué cosas te refieres?

—No sé. ¿Nunca ha pensado en irse de casa y dejarlo todo? ¿Viajar a una isla paradisíaca y cambiar de vida? ¿Dejar todo atrás y ser otra persona o... qué sé yo... cometer un asesinato? Usted tiene un arma y podría encontrar una buena coartada con facilidad. No le resultaría tan difícil. —Axel lo había pensado—. A ese tipo de cosas me refiero, agente. ¿Alguna vez ha sentido curiosidad? Por los hombres, digo. Seguro que le gusta el sexo anal. Seguro que sabe de qué le hablo. Un hombre, una mujer, ¿qué diferencia hay? A cuatro patas todos los gatos son pardos.

Axel se distrajo un instante buscando una palabra que definiese al becario de la Cadena Voz. Tan asustadizo en el trabajo y tan... tan... No encontraba la palabra. Decidió lanzar un ataque.

—¿Qué me dirías si te aseguro que Marcos Goya era homosexual?

—Que menuda decepción. Esas cosas se avisan, agente Nash. Podríamos haberlo pasado muy bien.

—No pareces sorprendido.

—Tiene que abrir su mente, hágame caso.

Y lo que no es mi mente, claro.

—Estamos en 2019. Se va a acabar el siglo xxi y usted seguirá en la primera página del Kamasutra. Lamento informarle de que el misionero es historia. A decir verdad, y a pesar de su camiseta, no le imaginaba tan aburrido. ¡Vaya día de decepciones!

Una nueva heridita se abrió en el ego del agente Axel Nash. Justo al lado de *modus operandi,* la postura del misionero empezó a sangrar. Le dio un trago largo al bloody mary para tranquilizar su orgullo.

—Se me está acabando la bebida —advirtió Axel.

—¿Quiere algo más fuerte?

—Quiero que dejes de hablar y me cuentes la razón por la que he venido hasta aquí.

—¡Hay que ver, qué poco aguante! ¿Es así para todo, agent... *Me cago en mi vida.*

—No. No soy así para todo. Se me están hinchando los huevos y no te gustaría estar cerca si me explotan. ¿Puedes soltarlo ya, joder?

Caco hizo un gesto al camarero para que doblase las bebidas. No perdía la calma.

—¿Ha oído hablar alguna vez del animal omega?

Axel no respondió.

—Ya veo. El animal omega se corresponde con el eslabón más débil de la cadena. Si el macho alfa es el jefe de la manada, el animal omega está en el extremo opuesto. Pero como todo en la vida, es relativo. Todos somos potencialmente alfas u omegas, solo depende del entorno y las circunstancias.

—Todos somos mangutas, solo depende de con quién se nos compare —precisó Axel.

—Exacto. En la radio yo soy el animal omega y como tal me comporto. Hago exactamente lo que se espera de mí. Sin estridencias. El problema surge cuando en un mismo espacio coinciden dos o más seres desempeñando el mismo rol. Eso significa que hay una desproporción y en la radio hay excedente en machos alfa. ¿Ve por dónde voy?

—Es lo más interesante que has dicho en toda la noche, mocoso. No me dejes a medias.

—Tranquilo, nunca lo haría.

El camarero llegó con otra ronda. Ricardo esperó con paciencia a que dejase las bebidas, sostuvo la suya entre los dedos y, cuando consideró que volvían a estar solos, siguió hablando con gravedad.

—Sota es el paradigma de macho alfa. Ferviente, impulsivo, con carisma y un carácter fuerte. Pero no midió. Chocó contra un muro más duro que él y cayó. Goya también era alfa.

—¿Le trataste mucho? A Goya, digo.

—No demasiado. Conmigo siempre fue simpático. Era un tipo agradable pero no se enseñaba nunca. Me juego un dedo a que nadie en la radio llegó a conocerle bien. Y eso que todos mataban por chupar esa polla. Es lo que tiene el poder. Lo que ocurre, agente, es que, como puede ver... —Caco hizo un gesto con la mano como quien muestra una colección de obras de arte— ... yo no tengo esas urgencias.

—¿A dónde quieres llegar? —preguntó Axel, desviando la mirada hacia la pista de baile. Dos armarios empotrados se estaban dando el lote justo a su espalda y ya le habían rozado varias veces la cabeza.

—No abandone su cóctel. Se le va a calentar. Y no todo lo caliente está bueno —observó Caco—. ¿Sabe qué ocurre, agente? Que hay un problema, y el problema es que falta una pata en la ecuación. La incógnita que despeja la X.

Max.

—Max.

—Bravo. Veo que ya me sigue. —Caco simuló un aplauso tímido—. Max es un bicho. No se fíe de su apariencia de mosquita muerta. Siempre tan correcto, tan *polite*. Un bicho.

—Veo que no tenéis *feeling*.

¿Polite? ¿Feeling? ¡Seré gilipollas!

—Max es lo contrario a un líder. Ya sabe, valiente con el fuerte y generoso con el débil. Pues él es justo lo contrario. Un mamador hacia arriba y un tirano hacia abajo. Pero es alfa. Vaya si es alfa. Un alfa subrepticio. Y como le decía, cuando dos machos alfa colisionan...

—Arde Troya.

—El cuerpo de Goya apareció el miércoles. La noche anterior salía yo de la radio sobre la una y media de la madrugada cuando vi algo que quizá pueda ser importante. Bajé al *parking* para recoger mi coche e irme a casa y escuché una conversación alborotada.

—¿Una bronca?

—Algo así. No me acerqué demasiado, no olvide que soy marica.

Axel no supo si debía reírse. Su sonrisa se quedó a medio camino.

—Aunque estaba oscuro, el metro noventa de Marcos Goya no pasaba desapercibido. No puedo asegurar quién era el otro hombre. Estaba de espaldas.

—Pero era un hombre.

—Sí. Y más bajito. Como usted, más o menos.

Axel no podía permitirse otra herida.

—Entonces era alto —apuntó.

—Si usted lo dice.

—¿Crees que se trataba de Max?

—No lo sé, agente. A esa hora en la emisora quedábamos pocos y Max era uno de ellos. Pero no quiero aventurarme con algo así. El policía es usted.

—¿Algo más?

—¿Le ha sabido a poco?

—Me ha sabido bien, que es lo importante.

Axel terminó la frase guiñándole un ojo a la sonrisa que tenía delante. Acabó su copa y se fue. Ricardo asaltó la pista de baile con destreza. La noche prometía ser larga y ya había calentado suficiente.

Casi en la puerta de salida, un rostro conocido se ocultaba detrás de una mesa de billar. Axel le reconoció al instante. Ahí estaba, tan estirado como siempre, apoyado contra la pared, soltando miradas lascivas a chicos veinte años más jóvenes. Axel sintió cierta repulsión.

Tengo que abrir mi mente.

—Hasta mañana, Estrías. No imaginaba que te encontraría por aquí.

Manuel Estrías, el responsable directo de Axel en comisaría, se atragantó al escuchar una voz tan conocida.

—A-A-A-Axel. ¿Qué haces tú aquí?

—Nada, ya me iba, jefe. Creo que me he equivocado de sitio.

—Ya.

—Le veo el lunes a las nueve. Puntual, como siempre. ¡Buen fin de semana!

Estrías vio cómo su subordinado se alejaba sin esperar respuesta. A decir verdad, no la necesitaba.

De camino a casa, Axel conducía ensimismado. Llegó a plantearse si le habrían echado algo en el cóctel.

No tendré esa suerte.

Encendió la radio para no dormirse. Hasta el barrio de La Latina, donde vivía desde que se instaló en Madrid hacía más de un lustro, le iba a dar tiempo a poner en orden sus pensamientos. Sintonizó la Cadena Voz. Una voz engolada hablaba de los plazos de recuperación de un defensa del Real Madrid. Su forma de comunicar era bastante elocuente y mordaz. Nada en sus expresiones parecía gratuito. Desde luego, sabía lo que hacía.

Volvieron de publicidad y entró la cabecera del programa:

—La Escuadra... Cadena Voz... con Max Morán.

Fue en ese instante cuando Axel Nash cayó en la cuenta. No hay nada como pensar en otra cosa para recordar lo que uno quiere.

Procaz.

Esa era la palabra que llevaba buscando toda la noche.

20

Madrid, lunes 18 de marzo

El subinspector Manuel Estrías había pasado mala noche. Las cosas no habían sucedido como él se había imaginado cuando unas cuarenta y ocho horas antes se arreglaba al ritmo de los falsetes de George Michael.

Esa mañana se levantó de la cama y ni siquiera tuvo ganas de escuchar música. Llegó a la comisaría diez minutos antes de las nueve. Acarreaba consigo una vergüenza pueril, como cuando llegabas al colegio sin los deberes hechos. No tenía ganas de enfrentarse a la sonrisa burlona del fantasma de cabeza rapada a cepillo que le había perseguido en sueños las últimas seis horas.

Se puso furioso cuando llegó a la sala de investigación número 3 y vio cómo su fantasma compartía, entre risas y susurros, con la chica del pelo corto, algo que imaginó tenía que ver con él.

—Nash, Galván... andando.

Su frase de siempre esta vez sonó más iracunda. De reojo, reflejado en una ventana, vio cómo Axel y Loor se daban un apretón de manos, como cerrando un trato. Imaginó que era un acuerdo de confidencialidad. ¡Maldita sea! La rubia teñida también sabía lo suyo. Estrías se peinó sus cejas hirsutas y se alejó maldiciendo para sus adentros.

Mucha mejor cara tenía el comisario Raúl Cueto, o eso le pareció a Axel cuando entró en la sala de reuniones de la brigada de Delitos Violentos. Sentados a la mesa estaban ya Manuel Estrías, el inspector Jorge Ortiz y dos investigadores operativos de la unidad.

—Buenos días a todos —comenzó Cueto—. Hoy arranca una nueva semana y seguimos sin tener una pista clara que nos lleve hasta el asesino de Marcos Goya. Tengo el compromiso firme del forense Cristóbal Rivas de que a lo largo del día de hoy nos proporcionará el informe definitivo de la necroscopia.

Axel miró a Loor. Esta negó con la cabeza.

—La autopsia nos permitirá determinar las causas exactas de la muerte. Confiamos en que a partir de ahí podamos establecer una línea de investigación clara, van pasando los días y no veo que sepamos hacia dónde vamos.

Este cabrón no se cansa de decir siempre lo mismo.

—Por otro lado, estamos recibiendo presiones del Gobierno para que pongamos toda la carne en el asador y resolvamos este caso cuanto antes.

Axel apuntó algo en su móvil.

—El inspector Ortiz hará un comunicado oficial en las próximas horas para calmar los ánimos de la prensa. Quiero que todo el mundo esté al pie del cañón. Nos jugamos mucho todos.

Axel volvió a apuntar. Loor no le quitaba ojo.

—Sin más preámbulo, le cedo la palabra al inspector Ortiz para que nos ponga al corriente de los últimos avances. Inspector...

Jorge Ortiz se remangó la camisa hasta los codos dejando al descubierto un tatuaje con un ancla en el reverso del antebrazo izquierdo.

Joder con Popeye.

—Buenos días, por decir algo.

Esta vez fue Loor quien miró a Axel. Y este quien negó con la cabeza.

—Es cierto, como dice el comisario Cueto, que los avances están siendo muy lentos. Pero me consta que todos estamos dejándonos la piel para dar con el asesino de Goya. Hay varias cosas en el aire: ¿A quién pertenece el semen encontrado sobre el cadáver? Con un poco de suerte esa incógnita se resuelve hoy mismo. ¿Dónde está el miembro de la víctima? Nuestros equipos de búsqueda llevan horas rastreando vertederos, depósitos de basura, los fondos del Manzanares, el lago de la Casa de Campo... Damos por hecho que el asesino se habrá desecho de una de las pruebas clave para dar con él. De momento está siendo una búsqueda estéril, no es sencillo acertar, no hay nada que nos lleve a buscar en un sitio concreto, pero tenemos que intentarlo. A veces dar palos de ciego da resultado. —Su tono de voz delataba que no creía demasiado en lo que estaba diciendo—. En cualquier caso, si alguien tiene alguna idea, será bienvenida.

Uno de los chicos jóvenes de la unidad operativa levantó la mano.

—¿No estamos barajando la posibilidad de que nos enfrentamos a un asesino en serie?

Axel bloqueó su teléfono y lo colocó sobre la mesa. Se repantingó en su asiento y cruzó los brazos. Levantó inconscientemente una ceja, al mismo tiempo que se levantaba su interés.

—Un coleccionista —continuó el chaval—. Alguien que lo que busca es fama internacional, trascender a través de sus actos, recibir la atención de una sociedad que seguramente siempre le haya ignorado.

Este subnormal vio Seven *hace poco.*

—Utilizará a la prensa para dar la vuelta al mundo. Cuanto más espectacular sea su crimen, más lejos llegará y más fácil será atraparle. A mayor dificultad, mayor es el margen de error. Debemos estar preparados porque va a volver a matar.

Un carraspeo se impuso al fondo de la sala donde estaba sentado Axel Nash. Todos se giraron.

—¿Cuál es tu nombre, perdona? —preguntó, fingiendo interés.

—Pablo.

—Pablo, ¿qué más?

—Nadal —respondió el joven con orgullo—. Como el tenista, el tío con la cabeza más dura de todo el circuito de la...

—ATP —dijo Axel, haciéndole los coros—. Puede que Nadal tenga la cabeza más dura de todo el circuito, pero no tendría nada que hacer contra esa cabeza de cemento armado que tienes tú sobre el cuello. Me parece estupendo que seas un fanático de *True Detective* pero, ¿sabes qué ocurre?, que esto es la vida real y estamos en Madrid, no en el estado de Wisconsin. Voy a ir paso a paso para que no te pierdas: Punto 1, tenemos una víctima famosa. Muy bien, eso puede encajar con tu teoría; punto 2, tenemos una escena sexual macabra con un miembro amputado y desaparecido. De acuerdo, eso también encaja con tu teoría. Pero llegamos al punto 3. —Jorge Ortiz tensó los músculos del brazo, arrugando un poco su camisa. No sabía nada del punto 3—. Y el punto 3 dice que tenemos un sospechoso. Alguien del entorno de la víctima. Un tipo con un motivo, no un asesino en serie.

Axel sacó de su chistera una carpeta con varios folios. Un expediente.

—Su nombre es Max. De apellido Morán López. —Axel miró al chaval que aún no había bajado la mano—. ¿No había un tenista que se apellidaba López?

—Feliciano —dijo Nadal, balbuceando entre dientes.

Pues agárramela con la mano.

—¡Muy bien! Ya puedes bajar la mano. A lo que iba, Max es un tipo sin antecedentes penales, con un pasado intachable que sepamos y un futuro mucho más prometedor gracias a la muerte de Goya.

Nadie en la sala de reuniones pestañeaba más de la cuenta. La otrora fulgente calva de Jorge Ortiz se tornó cerúlea. Axel continuó su exposición.

—No me gustan los expedientes sin mácula, no creo en ellos. Todos dejamos mierda a nuestro paso. Más, menos, antes o después, pero la mierda siempre nos alcanza. Tengo una fuente que me asegura que la noche antes del asesinato de Goya, este tipo, Max, tuvo una bronca muy fuerte con el muerto en el *parking* de la radio.

Nash sabía que estaba exagerando la historia que le habían contado, pero no podía ni quería evitarlo.

—No sé si ese *parking* dispondrá de cámaras de seguridad, pero no perdemos nada por intentarlo. Sé que no es mucho; sin embargo, ya tenemos un lugar por el que empezar.

—¿Tú crees que este Max es capaz de cometer un crimen tan atroz? —preguntó Cueto, que llevaba rato observando el comportamiento de todo el mundo mientras Axel desarrollaba su hipótesis.

—Sinceramente creo que no —respondió Axel—. Pero también creo que ahí hay algo. Ahora mismo, el asesino, quienquiera que sea, nos lleva mucha ventaja. Por lo que parece, lo ha planeado todo bien. Es lógico pensar que se haya agenciado una coartada sin fisuras para el momento del asesinato, no creo que el arma homicida siga en su poder y va a ser extremadamente difícil dar con ella, quizá nunca lo logremos. Pero hay algo que tarde o temprano aparece.

—El móvil del crimen. —Loor habló por primera vez.

—El móvil del crimen —sentenció Axel—. Por ahí es por donde la agente Galván y yo hemos empezado nuestra investigación operativa. Es lo primero que se aprende en las escuelas: si tienes el motivo, tienes al asesino.

—¿Y tienes el motivo, Nash? —inquirió Ortiz, alzando demasiado la voz.

—Aún no. Pero prefiero no ponerme en lo peor. Creo que debemos buscar en lugares comunes, aunque suene poco ambicioso. No podemos dejarnos llevar por el alarmismo y el deseo egocéntrico de enfrentar un enemigo ciclópeo. Sexo, dinero y poder.

Evita, te quiero.

—Esos son los tres tenores de toda investigación. Y no creo que debamos desviarnos demasiado de esa senda.

—Estoy de acuerdo —concluyó Ortiz.

Raúl Cueto puso fin a la reunión con un par de órdenes.

—Nadal, tú y tu colega el Mudo, id a la radio. Quiero la grabación de ese *parking*. Traedme las cintas de todas las noches de la última semana. Si alguien pagó con tarjeta, quiero saber por qué no llevaba dinero en efectivo. Y quiero saberlo ya. ¿Entendido? Axel, Loor... ¿por qué no le hacéis una visita al tal Max? Si esconde algo, vayamos a su escondite a mirar. Y todo lo que averigüéis, lo reportáis directamente a Ortiz. No quiero tomar cartas en este asunto hasta la semana que viene. Estrías, tú ven conmigo. Tengo algo para ti.

Una idea pecaminosa sobrevoló la imaginación de Axel. Afortunadamente para su tranquilidad mental, la dejó pasar de largo.

—Nos vemos el próximo lunes —resolvió Cueto.

—El lunes te doy la revancha. Me debes cincuenta pavos, agente Galván.

Axel caminaba ufano. Le encantaba ganar una apuesta.

—¿Seguro que fueron tres? Yo no conté más de dos —protestó Loor.

Axel desbloqueó su móvil sin detener la marcha, tenía abierta la nota del iPhone donde lo había apuntado todo.

—«Pongamos toda la carne en el asador» —recitó.

—Vale. Esa es clarísima —concedió ella.

—«Que todo el mundo esté al pie del cañón».

—Sí. Esa también.

—¿Estás preparada? Porque aquí viene mi favorita: «No quiero tomar cartas en el asunto hasta la semana que viene».

—Venga ya, Axel. Es una frase normal. No la puedes contar como topicazo de Cueto. Ortiz también dijo «que nos estábamos dejando la piel». Son frases normales. Tú mismo has dicho «agenciado una coartada sin fisuras». Por favor.

—¿He dicho eso? —preguntó Axel, mirando al cielo.

—Eso has dicho, sí.

—Joder, soy mejor de lo que pensaba. Debería pedir un aumento.

—Idiota. —Loor dejó caer el hombro contra el brazo de Axel, como un defensor ganando la posición en un córner—. Hacemos una cosa. Doble o nada en la próxima reunión y esta vez apunto yo.

—Nos van a pillar, pero me parece bien.

—Otra cosa, Axel. —Loor se ruborizó un poco, no estaba segura de la reacción de su compañero—. Igual te has pasado un poco antes, con el chaval, delante de todos.

Se viene leccioncita.

—¿Qué dices? Merecía algo peor —se defendió.

—No me entiendas mal, no hay duda de que era un *flipao*, pero tú sabes tan bien como yo que a veces la idea más absurda abre la puerta que lleva a la puerta de una posible solución.

Es más que probable que después de lo de hoy, ese chaval no vuelva a abrir la boca en una reunión.

—Si es así, no tienes que darme las gracias.

—Axel...

—Está bien, está bien. Tienes razón. Me lo pensaré dos veces la próxima vez, pero no te garantizo que pueda controlarme. La estupidez puede conmigo, ya deberías saberlo. ¿Algún consejo más?, ¿alguna otra lección? Porque es de muy mal gusto dar consejos, a no ser que te creas superior, claro.

—Solo lo hago cuando creo que tengo razón —se excusó Loor.

—Siempre tienes razón.

Axel le guiñó un ojo y le lanzó las llaves del Peugeot 207 por encima del techo. Loor las pilló al vuelo.

—¿Vamos a la radio a ver a ese Max? —preguntó insegura.

—¿Y hacer lo que nos han pedido? ¿Estás loca? A veces me pregunto si soy el único que quiere resolver este caso. Quédate tú el coche. Yo voy a ir a entrenar. Prefiero esperar a ver qué nos cuenta Cristóbal. Además, Max tiene turno de noche, no creo que le encontremos ahora por allí y tampoco quiero ponerle en alerta. No nos interesa demasiado que piense que vamos detrás de él.

—¿Y yo para qué diablos quiero tu coche? —preguntó Loor, mientras se encendía un cigarro.

—Para recogerme esta tarde en casa. Calle Cava Baja. Sobre las siete.

—¿Eso no es en La Latina? Y ahí ¿dónde aparco?

Axel ya se estaba yendo.

—¿Por qué crees que te he dado las llaves?

21

—Hay algo, de todo lo que pasó aquella noche, que no olvidaré jamás.

—¿Qué es?

—Antes de que ocurriese todo, estábamos en el coche y casi tenemos un accidente.

—¿Conducía él?

—Si. Yo no tenía carné. ¿Y sabes qué?

—Dime.

—No te haces una idea de la cantidad de veces que he deseado que ese accidente nos hubiese matado a los dos.

Axel se puso las zapatillas en cuanto cruzó la puerta de su apartamento y no se concedió ninguna distracción. Le negó al sofá su llamada y evitó la mirada del ordenador. Cogió las llaves, los AirPods, el móvil y salió.

El sol de marzo brillaba en todo su esplendor, la luz de mediodía coloreaba la Casa de Campo de verde y pardo. Las flores amarillas disfrutaban del calor de las parejas arremolinadas en la hierba. Otros corredores le salían al paso. Algunos trotaban dejando atrás los excesos del fin de semana, otros volaban en series cortas que aceleraban el ácido láctico.

Axel tenía un entrenamiento suave. Cincuenta minutos de carrera continua, sin guerras. Lo ideal para saborear uno de esos días primaverales que tanta falta le hacían a la ciudad.

Calculó una ruta no demasiado exigente que le permitiera terminar su tirada junto a los brillos ondulados del lago. Sus aguas mansas reflejaban besos furtivos y caricias de estraperlo. Amores fugaces, como el invierno, que acababa en unas horas.

Axel no creía en el amor.

Lo había probado y le pareció suficiente. No quería más de eso. Nunca fue capaz de dejarlo atrás y tenía asumido que ya nunca lo sería. Miedo, dudas, celos. La borrachera duró unos meses y la resaca le estaba acompañando el resto de su vida. Como a Clint Eastwood en *La muerte tenía un precio*...

No le salían las cuentas.

Y luego estaba Marta. ¿Qué culpa tenía ella? Tan pequeña, tan vulnerable, tan inocente. Una niña que los mejoraba, el fruto del dolor, la condena que no merecían, lo mejor que les había pasado en la vida.

Axel se detuvo junto a un árbol para estirar los músculos, acortados tras el esfuerzo. Estiró una pierna y la apoyó sobre la barandilla de metal que acordonaba el paseo del lago. Notó como la camiseta, empapada de sudor, se le pegaba al abdomen. Sentía su peso tirando hacia abajo. Estaba fría. Fría como el agua que tenía ante sus ojos, donde le había dicho el inspector Ortiz que estaban buscando el miembro de Goya. ¿Dónde estaría? ¿Por qué se lo llevaron? ¿Y quién?

Muchas preguntas sin respuesta.

¿Era una muestra de poder? ¿Una exhibición? ¿Un ritual? ¿Se enfrentarían de verdad a un maníaco que solo quería jugar con ellos para divertirse?

—No lo estás haciendo bien.

Desde luego que no.

Axel cortó de cuajo su ensimismamiento.

—¿Qué?

—Tienes que echar el cuerpo hacia delante. Así. Mira.

La elasticidad no era el punto fuerte del agente Nash. Sus instructores, en las pruebas físicas de acceso a la Policía, siempre se burlaban de él. «No se puede negar que tienes madera», le decían. Por eso Axel se impresionó al ver la flexibilidad de la chica pelirroja que tenía a su lado. Le llamó la atención que tenía las pecas de los mofletes coloreadas por el esfuerzo. Estaba roja como un tomate. También venía de correr.

—No quiero presumir delante de toda esta gente. No estaría bien —se excusó Axel.

—Ya. Bueno, pues nada. Allá tú.

La joven tenía una voz refrescante, como una caramelo de menta. Axel cambió de pierna y aprovechó que la melena roja tapaba todo el campo de visión para hacer un último esfuerzo de tocarse el pie. No pudo evitar soltar un quejido. Ella se giró.

—¿Puedo? —preguntó, plantando los dos pies en el suelo.

Axel asintió. La chica pelirroja le rodeó colocándose detrás de él y con sus manos le empujó la espalda hacia delante.

—Respira. Hay que hacerlo poco a poco. Con mucho cuidado. Verás que el cuerpo se va a acostumbrando y va ganando terreno. Respira. Tenemos que ponernos metas muy cortas. Respira. Ya casi estamos. No estás respirando.

—¿Qué? Sí estoy respirando. ¿Cómo no voy a estar respirando?

—Chisss. Respira.

La chica pelirroja dio un último impulso que permitió al agente Nash rozar con la yema del dedo corazón la punta de su zapatilla amarilla.

—Muy bien. Lo has hecho muy bien. Estoy muy orgullosa de ti.

Recochineo no, eh.

Axel estiró los brazos hacia el cielo para comprobar que no se había roto nada. Buscó en su cabeza algo que decir.

—¿Qué estás preparando? ¿Alguna carrera? ¿O corres por placer? —preguntó sin curiosidad.

—¿Quién corre por placer? —repuso ella.

Axel sonrió.

—Tienes razón —admitió.

—¡Hala! También sabes sonreír. ¡Qué chico tan completo!

Axel no se esperaba ese ataque pero no se ruborizó.

—Ya me lo decía mi madre, soy una joya.

La chica pelirroja se sacó una goma verde de la muñeca y se recogió el pelo en una coleta doblada. Tenía la cara redonda y las orejas pequeñas y pegadas, sin apenas lóbulo. Axel sospechó que tendría antepasados vikingos.

—Estoy preparando un maratón —dijo ella de pronto.

Joder, ya empezamos. En Madrid, no me digas más.

—¿En serio? ¿Dónde?

—Quiero correr en Nueva York, en noviembre. Es mi sueño desde que empecé a entrenar. Si me vas a decir que estoy loca, te lo puedes ahorrar, eh, porque ya lo sé. Es increíble, ¿sabes? Solía pensar que correr es de cobardes y que era una moda de *cuñaos* pero fíjate, al final te pasan cosas y... nunca sabes dónde vas a acabar.

—¿Y qué cosas son esas que te pasan? —quiso indagar.

—Uy, ¿no estás corriendo mucho?

—Perdona. Es que es ponerme esta ropa y no me controlo.

El flequillo rojo aleteó como un escualo cuando la chica pecosa sopló hacia arriba para despejar su frente. Axel recibió un hálito dulce en la cara.

—Hace un tiempo —explicó ella— estuve unas semanas en el hospital por motivos que no vienen al caso y leí la historia de Filípides. Sabes de que te hablo, ¿no?, lo de que corrió desde Maratón hasta Atenas para anunciar la victoria de su ejercito sobre los persas y murió por la fatiga de recorrer 42 kilómetros y 195 metros. Me pareció una historia bonita.

Axel se rascó la cabeza. Parecía mantener un debate interno.

—Sabes que la historia no es así, ¿verdad?

—No, la verdad es que no lo sé. Y no quiero saberlo. Lo que sí quiero saber es cómo te llamas.

—Axel. Me llamo Axel —respondió secándose la mano en el pantalón corto para no ofrecer su sudor de bienvenida.

—¡Encantada! —dijo ella tendiendo una mano pequeña y cálida.

Axel entornó los ojos esperando una información que no llegaba.

¿Esta no me va a decir cómo se llama?

La chica pelirroja sacó su móvil, marcó un código en apariencia sencillo y activó la cámara. Axel se pasó la mano por el pelo y se acordó de que no tenía nada que peinar.

—¿Me sacarías una foto? Quiero recordar este momento —solicitó la chica entregándole el teléfono a Axel.

Es para Instagram, no te avergüences.

—Claro. ¿Quieres modo retrato o te da igual?

—No sé. Tú eres el fotógrafo.

—Retrato, entonces. A esto luego le metes un filtro Mayfair y lo petamos. Hazme caso.

Dios mío, ¡qué estoy diciendo!

—Instagram me da pereza, no creo que la suba, mister Mayfair.

Axel sujetó el teléfono y lo colocó en horizontal, para abarcar más paisaje.

—¿No vas a sonreír?

—No.

Joder.

—Vale.

Apretó el disparador varias veces.

Para asegurar.

Le devolvió el teléfono sin tocar nada. Lo sujetaba como si estuviese muy caliente, como si tuviese miedo a la información que almacenaba.

—Mira a ver si te gustan —dijo.

—Seguro que me gustan.

—¿Por el fotógrafo o por la modelo?

—No conozco al fotógrafo. No sé si es de fiar.

—Ni yo a la modelo.

—Eres tú el que tenía dudas.

Joder.

La chica pelirroja se enfundó una sudadera pistacho con un aspa negra que llevaba atada a la cintura. Se colocó el flequillo y emprendió de nuevo la marcha.

—Bueno, nos vemos. Gracias por la foto —se despidió con prisa.

—Gracias por los estiramientos —gritó Axel, levantando una mano que no encontró quién la mirase. Allí plantado, la vio alejarse trotando con buena técnica. Intentó mantener su curiosidad a resguardo pero no tuvo éxito. Vació las ganas allí mismo.

—¿No me vas a decir tu nombre?

La contestación, si la hubo, se quedó flotando en el aire y se perdió entre tantos secretos que flotaban a su alrededor, al mismo tiempo. Axel se marchó en dirección contraria. Rumbo a casa. Con más preguntas de las que se hacía cuando salió. Sin embargo, con las mismas respuestas.

Al entrar en casa, Axel notó que la puerta no se deslizaba con la misma facilidad de siempre. Era una vieja puerta de madera. Vivía en un edificio antiguo, que por una lado requería el pago de cuantiosas derramas para el mantenimiento de la fachada, pero por otro gozaba de apartamentos con techos altos y vigas de madera. Gastos, luminosidad, espacio y encanto. Ventajas y desventajas. Y una puerta que no abría del todo bien. La empujó con fuerza y escuchó que algo se deslizaba por el suelo.

Una carta.

Otra derrama, sus muertos.

La recogió y la colocó en el mueble de la entrada junto a las llaves. No tenía remitente pero, fuese lo que fuese, podía esperar. Se fue directo a la ducha. Le daba pánico coger frío y enfermar, y que eso le dejase metido en cama varios días sin entrenar y sin caso.

Al salir se ató una toalla a la cintura, se puso una camiseta limpia y abrió el sobre. De su interior extrajo un folio escrito a mano.

Hay gente que aún vive en la posguerra.

Comenzó a leer.

> *Hola, agente Nash.*
>
> *Usted no me conoce, pero yo a usted sí. Mi nombre es Carla Sabater. Sé que, a estas alturas, ya habrá oído hablar de mí. Le pediría, por favor, que no se crea nada de lo que le cuenten sobre mí y sobre Marcos. Es todo mentira. Nosotros nos amábamos. Llevábamos meses viviendo juntos y éramos plenamente felices.*
>
> *A Marcos le tendieron una trampa, estoy segura. Todavía no me acostumbro a hablar de él en pasado. Es horrible lo que le han hecho. Él era muy buena persona, demasiado buena, tan bueno que muchas veces parecía tonto.*
>
> *La gente que le rodeaba le tenía envidia. No soportaban que la vida le sonriese tanto y que aún encima fuese tan generoso con los demás. Sin querer, provocaba que todo el mundo a su alrededor se sintiese desgraciado al compararse con él, y eso algunos no lo soportaron.*

Sé que ha ido a ver a su exmujer (si se está preguntando cómo lo sé, no hace falta que lo averigüe, yo se lo digo, lo he visto con mis propios ojos). No sé qué le habrá contado esa asquerosa, pero es importante que sepa que está loca, completamente loca. Y le digo que ha sido ella. Ella lo ha matado. No puedo probarlo todavía pero lo haré. No tengo ninguna duda. Sé que ha sido esa maldita bruja. Lo sé porque ya lo había intentado más veces.

A esa psicópata egocéntrica le encanta vestirse de víctima pero no se crea nada. Ella disfrutaba sabiendo que Marcos se acostaba con otras. Es más, le animaba a hacerlo y luego se masturbaba mientras le obligaba a que le contase todos los detalles. Está enferma.

Hacía años que no follaban juntos. Ella no quería, decía que no disfrutaba, que le daba asco. Esto me lo confesó él, entre lágrimas, hace no mucho. El pobre llevaba demasiado tiempo encerrado en una pesadilla de sexo y mentiras y, cuando por fin le puso solución, se lo ha cargado. ¿Y sabe por qué? Porque está tan loca que no soportaba la idea de que Marcos fuese feliz con otra, no soportaba que fuese feliz conmigo.

Sé que seguirá escuchando historias sobre mí. No solo por parte de ella. Hay más gente en esto. Estoy convencida. Pero el tiempo pone a cada uno en su sitio. Y mi sitio está donde esté Marcos.

No tema, no me voy a quitar la vida, no todavía. No hasta que sea capaz de demostrar todo lo que le estoy diciendo.

No me busque, agente. He recogido mi casa y mis cosas y he abandonado la ciudad. Investigue lo que le digo. Ha sido ella. Coloma Duval. Siento un escalofrío con solo escribir su nombre. No sé cómo ha podido llevar a cabo una muerte tan sanguinaria, tan cruel, incluso para un monstruo como ella.

Indague, agente, indague e irá viendo que todo lo que le cuento es verdad.

Y otra cosa, no intente ponerse en contacto conmigo. Seré yo quien lo haga. Tendrá noticias mías, espero que pronto y espero que sean buenas.

Atentamente,

Carla

Cuando terminó de leer, Axel dobló la hoja manuscrita y la devolvió al sobre. Le había golpeado. La sordidez de todo este asunto estaba empezando a sobrepasarle. Llamó a su hermana para comunicarle que esa noche tampoco podría recoger a su hija Marta. Al colgar notó la angustia del que empieza a hacer malabares con demasiadas bolas.

A las siete en punto bajó al portal y allí estaba su Peugeot 207 perfectamente aparcado. El reflejo de la ventanilla le devolvía una sonrisa triunfal.

—Las pruebas diagnostican que no es tan dificultoso estacionar en esta calle, agente. Al parecer depende de la pericia del conductor.

Axel abrió la puerta del copiloto y aspiró con profundidad.

—¡No habrás estado fumando aquí dentro!

—Por supuesto que no. ¡Por quién me tomas! —Loor se dio cuenta de que su compañero no estaba para demasiadas bromas.

—Eso te va a matar, Loor.

La agente Galván borró su sonrisa, arrancó el vehículo y se puso en marcha. Había conducido desde la comisaría maquinando como aligerar el ambiente antes de ponerle al día. Pero falló. No le había salido bien. Así que disparó a puerta.

—Oye, Axel, tengo noticias. Y no son buenas.

—Yo también. Empieza tú mientras le escribo un mensaje a Garrido. Te escucho. Y gira aquí a la izquierda. Coge la M30 hacia el norte. Vamos a La Moraleja. Tenemos que hacerle una visita a alguien.

—Pues ese alguien va a tener que esperar.

Loor tomó la M30 pero en dirección a Valencia.

179

—Ha llamado Rivas. Ya ha finalizado la autopsia de Goya y tiene el resultado del análisis del semen que apareció en el cuerpo.

Axel dejó de escribir y miró al frente, hacia la carretera.

—¿Esas son las malas noticias?

—Desde luego, no son buenas —sentenció Loor.

22

Vigo, viernes 15 de marzo

—¿Tienes la mercancía? —Era una pregunta retórica, siempre lo era—. Entonces no tienes de qué preocuparte.

El hombre del traje gris le había tratado con cariño, como siempre que hablaban. Con esa educación tan relamida que le había hecho ascender en la escala social.

Ahora ya nadie le llamaba Gato. Desde hacía un tiempo solo respondía si te dirigías a él por su nombre de pila, Gastón.

Lejos quedaban los años en que Omar y Gato fueron compañeros de instituto. Nunca habían sido amigos íntimos pero se respetaban, y los años compartiendo ciudad hicieron el resto. Gastón ahora andaba metido en política, medrando en la comunidad, pero eso a Omar le traía sin cuidado. Lo único que le preocupaba era Jarvis.

A su espalda, al abrigo de la sobremesa, las olas golpeaban las rocas del costado derecho del paseo de la playa de Samil, junto a la playa de la Fuente. El mar venía agitado, como el día. La marea estaba en su punto más alto

Gastón, que esa tarde había cambiado el traje gris por una camisa de cuadros celestes y un jersey azul marino que le abrazaba los hombros, se veía incapaz de abandonar su tono melifluo.

—Me jode mucho que las cosas hayan tomado un cariz tan exagerado, pero ya sabes cómo funciona esta gente, amigo. Tienen sus propias normas y yo ahí no me puedo meter. Pero vamos, me han asegurado que tu socio está en perfecto estado, eh. Todo esto va a quedar en una anécdota, confía en mí. La próxima vez que comamos en El Capitán nos vamos a descojonar al recordarlo.

A Omar estaba empezando a ponerle nervioso tanta condescendencia. Identificaba a un cínico a varios kilómetros de distancia. Él mismo se jactaba de serlo de vez en cuando, pero Gastón se estaba pasando.

El tiempo se agotaba y no necesitaba eso. Necesitaba una hora y una dirección. Quería sacarse este embrollo de encima cuanto antes. Y dormir, también necesitaba dormir.

—En los acantilados de Baiona, a las diez —le indicó Gastón.

El mismo sitio y la misma hora.

Omar se fue a casa y se dio una ducha fría. Percibía la urgencia de oxigenar su cabeza. Colocó la nuca debajo del grifo y sintió cómo un reguero de agua helada le caía desde el pelo, atravesándole la frente hasta los pies, poniendo a tono su circulación. Se había metido más de 1200 kilómetros de carretera entre pecho y espalda sin dejar de pensar un minuto en cómo salir airoso de aquella y el cansancio empezaba a mermar su concentración. Le tranquilizaba pensar que ya estaba en la recta final y que aún contaba con un par de horas para preparar algo, por si intentaban jugársela.

Hasta el momento todo había ido bien.

El viaje a Madrid había salido como esperaba. Traería consecuencias, lo sabía, pero ya las afrontaría llegado el caso. Ahora tenía que encarar la última fase del plan, la más difícil, la más arriesgada.

El rescate.

Sus bolsillos echaban de menos una pistola. Le jodió no haber aceptado la que le ofrecieron unos camellos de Ferrol aquella vez que tuvieron movida. Ocurrió unos meses atrás, un chivatazo en mitad de una descarga les dejó con la guardia en bolas y sin harina. Unos colombianos se habían cabreado mucho y amenazaron con volarle la cabeza a varios de ellos. Al final todo se solucionó con un par de descargas exprés, tal y como Omar había vaticinado. Confiaba tanto en sí mismo que rechazó el arma que le ofrecieron por si necesitaba defenderse. Desde ese día no había vuelto a pensar en ello, hasta ahora.

Salió hacia los acantilados con tiempo de sobra. Esa vez quería llegar el primero. Ya que estaba en clara posición de desventaja, solo y sin revólver, al menos así ponía el tiempo a su favor.

Al llegar, aparcó el BMW de tal forma que pudiese tener una vía de escape en caso de necesitarla. Se bajó del coche para matar la espera. Se debatía entre hacerse un peta de hachís para aplacar los nervios o liarse un cigarro para mantener los cinco sentidos alerta.

Se estaba encendiendo el canuto cuando aparecieron. Los faros del Audi A5 negro despertaron las pupilas enrojecidas de Omar. Escudriñó a lo lejos la aparición de un segundo vehículo en vano. No había nadie más.

Era un uno contra uno.

O lo fue hasta que dos siluetas descendieron del coche.

Dos contra uno.

Una ráfaga de viento levantó algo de polvo que golpeó a Omar en la cara. Nubes espesas del noroeste encapotaban la noche y tapaban la luna. No se veía prácticamente nada.

De pronto, una linterna iluminó el erial que les separaba y cegó momentáneamente a Omar, que logró mantener la calma hasta recuperar la visión. Reconoció al hombre de la cicatriz que, en un primer momento, se quedó en segundo plano. Si fue una decisión tomada para ponerle más tenso, estaban teniendo éxito. Fue el otro hombre quien habló.

—Hola, chaval.

De nuevo esa modulación en la voz. Omar la reconoció *ipso facto*. No la escuchaba desde la última vez que comieron juntos los cuatro, con Jarvis y Gato. Era el cuarto comensal, el socio de Gastón, que había bajado al barro.

—¿Dónde está la coca?

—¿Dónde está mi colega?

—Sin coca no hay colega.

—Pues sin colega no hay coca, tú verás.

Omar trataba de permanecer hierático y no sabía si lo estaba consiguiendo. Recordaba esa entonación, áspera y aversiva. Sin embargo, esa vez le pareció repugnante, como pasar una lima entre los dientes.

El hombre de la cicatriz dio un par de pasos hacia delante. Se detuvo en seco al ver cómo su socio levantaba casi imperceptiblemente un brazo.

—Tú colega está bien —dijo.

—¿Está ahí? —Omar señaló el Audi con la cabeza. Un miedo cerval estaba empezando a dominar sus piernas, rígidas, exhaustas. Dio una calada al porro y las llamas le iluminaron el rostro.

—No. Pero está bien.

El hombre de la cicatriz sonrió. Se iluminó con la linterna para que Omar viese su reacción. Lo único que vio fue una mejilla macilenta mal recortada por la sutura.

El otro hombre sacó su móvil.

Omar se metió una mano en el bolsillo.

—Eh, eh, tranquilo. No pasa nada. Voy a demostrarte que no te engaño.

El hombre de la voz rocosa elevó el brazo derecho haciendo una señal. A los pocos segundos sonó el claxon del Audi A5 que habían dejado a su espalda. Omar cambió el peso de pierna, no había contado con esa posibilidad. Tres contra uno. Esa señal recibió respuesta inmediata. Dos focos se encendieron a lo lejos en el descampado, un destello. Otro coche aguardaba a cien metros.

—Jarvis.

El viento extinguió el susurro de Omar antes de que llegase a ningún sitio. Reparó en que desde el altavoz del teléfono una llamada esperaba respuesta y, apenas al segundo tono, Omar escuchó la voz con la que llevaba dos noches teniendo pesadillas.

—Omar, Omar. Tranquilo, tío, estoy bien. Estoy aquí, tío. Estoy aquí. Dales la farla de una puta vez a esta gentuza y vámonos a casa, tío. No aguanto más, tío. Te lo juro.

—Jarvis, ¿dónde estás? ¿Dónde coño estás?

—Dame eso.

No era la voz de Jarvis la que sonó en el teléfono. Omar escuchó con atención.

—Chaval, saca ahora mismo los dos kilos de coca del maletero de tu coche, o de dónde coño la tengas, o vas a escuchar dos disparos que van a atravesar a este pavo por la mitad. Te lo digo en serio. Déjate de hostias, que tengo la paciencia al límite.

El hombre de la cicatriz se situó al lado del teléfono y el sonido metálico de su revólver golpeando la pantalla erizó la nuca de Omar.

—Hazle caso. Está cabreado —añadió sonriente.

—Está bien. Está bien. Calma, por favor. Vamos a estar tranquilos, ¿vale? Tengo todo ahí atrás. Ahora me voy a girar, muy despacio, y voy a abrir el maletero de mi coche. Voy a sacar una bolsa con la mercancía. Nada más. Pero que nadie se ponga nervioso. Os doy mi palabra.

Omar subió la puerta del maletero y se hundió dentro, lejos de cualquier mirada.

—Me cago en dios. ¿Dónde hostias estás? Sal ahora mismo o te vuelo la tapa de los sesos, me cago en mi puta vida. —La cicatriz temblaba sin control.

Por encima del techo del BMW, una bolsa negra con la silueta de un puma se elevó a cámara lenta.

—Ya está. Ya está. Joder. Aquí está todo. Aquí tengo los dos kilos que os prometí. —Omar cerró con cautela el maletero. Sujetaba la bolsa con los brazos extendidos hacia delante—. Es vuestra, toda vuestra, pero antes quiero escuchar que mi colega está libre.

—¿Que quieres qué?

El hombre de la cicatriz encañonó a Omar en la frente provocando en él una reacción que empezaba a resultarle familiar. Se irguió por instinto, hasta ponerse de puntillas. El hombre de la voz rocosa le arrancó la bolsa de las manos sin encontrar resistencia. Omar aceptó la derrota.

—Está bien. Soltadle —dijo escupiendo al teléfono. Su voz seguía arañando la noche.

Unos pasos acelerados rebotaron desde el altavoz del móvil. Omar sintió un alivio fugaz.

Jarvis estaba libre.

A pesar de todo, el frío del revólver en la frente no le dejaba del todo tranquilo.

—¿Lo oyes?, lo has conseguido. Enhorabuena, eres un héroe. Pero ¿sabes qué pasa? Que los héroes deben morir. —El hombre de la cicatriz apretó el cañón del revólver haciendo más presión en la frente de Omar, quien al bajar la vista comprobó que tenía el dedo en el gatillo—. Tu colega ya se ha librado, pero tú te vas a quedar en el sitio, amigo.

—Déjale. Vámonos ya. —La otra voz resonaba en los oídos de Omar aún más hosca.

186

—De eso nada. Me lo voy a cargar aquí mismo para que aprenda la puta lección. Estoy de perder el tiempo con estos niñatos hasta los cojones. —El hombre de la cicatriz movió el pulgar de su mano derecha hacia atrás e hizo retroceder el martillo del revólver hasta que hizo clic—. Este juego se ha acabado, imbécil. Y tú has perdido.

—¡Omar! ¡Omaaar!

Omar escuchaba los pasos atropellados de Jarvis acercándose cada vez más. El corazón le estallaba en el pecho.

—¡Omaaaar!

Omar se estaba quedando sin fuerzas, la cabeza le daba vueltas. Sin tiempo para decir nada, el eco del disparo provocó una explosión tan abrupta que le llenó de metal los tímpanos. Dicen que, desde que el sonido sale de la boca del cañón hasta que lo registra el cerebro y desaparece, transcurre una millonésima de segundo. Dos, a lo sumo. A Omar le dio tiempo a pensar que el metal de la pistola en la frente ya no le parecía tan frío.

Después, ya no sintió nada.

23

Cuando subía en el ascensor que los llevaba directamente a la última planta del pabellón 7 del Instituto Anatómico Forense de Madrid, Axel seguía dándole vueltas. No tenía ningún sentido. Así que se lo volvió a preguntar.

—¿Estás segura, Loor?

—¿Otra vez? Esa pregunta se la tienes que hacer al doctor Rivas. Yo estoy segura de lo que escuché.

Cruzaron el pasillo largo de la izquierda a buen ritmo, a la velocidad del que huye de la incertidumbre. Fue Axel quien abrió la puerta del laboratorio con brusquedad.

—¿Estás seguro, Cris?

El forense estaba trabajando en una herida superficial a la altura del cuello de un fallecido. No regaló ni un parpadeo.

—¡Joder, Axel! ¡Qué susto me has dado! Ten un poco de cuidado la próxima vez, haz el favor. He visto muchos corazones sin latido y no tengo interés en que nadie apague el mío.

—Perdona. —Axel bajó la vista, sintió algo cercano a la vergüenza.

—Sé que te cuesta, pero trata de entender que no eres el único que tiene prisa. —Cristóbal Rivas, quien todavía permanecía agachado sobre la mesa de operaciones, se incorporó, se quitó los guantes y se lavó bien las manos en el lavabo que tenía a su espalda—. Buenas tardes, agente Galván.

—Buenas tardes, doctor Rivas —respondió Loor.

—Axel... abre bien los ojos cuando estés con esta chica porque aún tienes mucho que aprender.

Axel no dijo nada. Y el médico, sorprendido por esta circunstancia, se acercó con pasos flemáticos a un archivador y sacó una carpeta marrón. Empezó a hablar antes siquiera de abrirla.

—Aquí lo dice bien clarito. Los restos de semen hallados en el cuerpo sin vida de Marcos Goya Suárez, y su posterior análisis en el laboratorio de biología forense, que se encarga del estudio de la morfología y química de los mismos, determinan con una fiabilidad del 99,999 por ciento que, al ser cotejado con la extracción y análisis del ADN resultante, coincide con el de la persona física de Marcos Goya Suárez.

Axel dejó caer sus hombros.

—Lo que quiere decir que hemos encontrado su propio semen —dijo.

—Lo que quiere decir que hemos encontrado lo que han querido que encontrásemos, y que refuerza mi tesis de que todo forma parte de una puesta en escena —replicó el doctor—. Y desde luego explica que no hayamos hallado ningún resto de saliva, sangre, sudor o fibra sintética de ningún otro individuo distinto del fallecido. Lo dejaron todo preparado, muchachos, para ganar tiempo y mantenernos entretenidos con unos restos de semen que no llevan a ninguna parte.

Axel se rascó la cabeza. Empezó a caminar en círculos pequeños alrededor de sí mismo. Loor intervino con ganas de avanzar.

—Doctor, ¿ha podido determinar ya la causa exacta de la muerte? ¿Sabemos si le dejaron morir desangrado por la herida que le produjo la amputación del pene?

—La respuesta es no. Es decir, sí, ya lo he podido determinar. Y no, no murió desangrado por esa herida.

Loor miró a Axel que pareció volver en sí.

—Fue una muerte mucho más rápida —añadió Rivas—. La víctima presentaba un corte profundo y prolongado en la zona del bajo vientre con afectación y desgarro de varias arterias principales y tendones. Normalmente diferenciamos las heridas con arma blanca por su longitud o su profundidad. Aquí entran varios factores en juego; la postura al recibir el corte, la fuerza empleada... y lo más importante, el arma. Esta no es una herida habitual. Por su longitud, podría parecer una lesión por deslizamiento, pero de ser así habríais estado en lo cierto y la víctima habría fallecido a causa de la hemorragia provocada por la sección de vasos superficiales. Eso habría supuesto, sin duda, una muerte más lenta y angustiosa. Lo extraordinario, en este caso, es que la herida es también lo que llamamos una lesión punzante, es decir, muy profunda. Su letalidad es mucho mayor porque compromete órganos vitales y causa hemorragias internas.

—¿Estás intentando decirnos que el asesino empleó diferentes armas?

—No, no necesariamente. En función de la elasticidad de los tejidos del agredido y de la fuerza empleada por el agresor, se puede alcanzar mayor o menor profundidad. En este caso, la aorta abdominal de la víctima presentaba una desgarro completo. Eso se puede lograr con un cuchillo convencional muy bien afilado, pero ¿con esta longitud de herida en un cuerpo en decúbito prono? Solo me ocurre una cosa.

—¿Decúbito prono es que estaba a cuatro patas? —intervino Axel.

—Decúbito prono es que estaba boca abajo, aunque es más que probable que estuviese a cuatro patas, pero no nos adelantemos.

—Continúa, por favor —solicitó Axel.

—Decía que, por mi experiencia, solo se me viene a la cabeza un caso en el que un arma ocasionó una herida de tales características. Tuvo lugar hace unos años, en una reyerta que acabó con varios fallecidos por arma blanca en la calle Bravo Murillo. No hubo ningún detenido, pero vosotros —el forense agitó una mano—, no vosotros dos, me refiero a la Policía, cree que se trata de la mafia china. Y yo también lo creo, porque entre los integrantes de la mafia china desplazados por el mundo se ha extendido el uso de este tipo de arma de origen filipino. ¿Habéis oído hablar del kerambit?

La reacción de Axel abriendo los ojos como platos dejó claro que no.

—¿La garra de tigre? —preguntó Loor.

—Exacto, agente Galván.

Joder con Rambo.

Loor sintió cómo el calor le apretaba las mejillas, no fue capaz de controlar el rubor. Axel y Cristóbal la miraban esperando una explicación.

—A veces soy un poco *freak* de los videojuegos y esa es una de las armas tácticas de defensa del *Counter Strike* —se excusó Loor—. Se me quedó grabado el nombre porque puedes personalizar la hoja en diferentes colores, y me resultó muy útil para avanzar en un pantalla complica...

—Está bien, está bien... te creemos —la interrumpió Cristóbal, que miró a Axel con una sonrisa ladina.

—Bueno, sigo con la explicación —dijo Rivas desabrochándose la bata y dejando al descubierto un tripa redonda como un donut de chocolate—. El kerambit es un arma difícil de conseguir, en la actualidad está prohibida su venta o comercialización; eso, como comprenderéis, a las mafias les trae sin cuidado. Por eso precisamente, y entre otras cosas, son mafiosos. Esto acota algo la búsqueda del culpable. Sé que no es gran cosa pero es lo que es.

—Es gran cosa pero te conozco —dijo Axel—. Hay algo más.

—El kerambit es un arma muy corta, muy fácil de esconder. En una pelea, el agresor que la usa tiene mucha ventaja, ya que le permite ocultar que tiene un arma hasta que ya es demasiado tarde. También ha superado registros y cacheos en aduanas internacionales. Ha pasado controles de aeropuerto. En definitiva, podría pasar desapercibida en casi cualquier escenario.

—Como por ejemplo ahora mismo, ¿verdad, Cris? —exclamó Axel—. Que son muchos años ya...

El doctor Rivas sonrió.

—Agente Galván... abra bien los ojos cuando esté con este chico porque aún tiene mucho que aprender. —El médico giró su brazo derecho y abrió la palma de la mano dejando a la vista un cuchillo corto y curvo. Con un solo filo.

Sí que parece una garra.

—Me estoy perdiendo —reconoció Loor.

—La humildad te llevará lejos —dijo Rivas.

—¿De dónde coño has sacado eso? —preguntó Axel.

—Deformación profesional, me gusta saber a qué me enfrento. Me ayuda a ser más minucioso. Y tú y yo sabemos que mi celo nos ha venido bien en el pasado.

—Luego te lo explico, Loor —dijo Axel mirando a su compañera con una disculpa falsa dibujada en la cara—. No quiero que pienses que te oculto cosas.

—Tranquilo, lo seguiré pensando —repuso ella.

—Colecciono armas que hayan sido utilizadas en crímenes para los que se han requerido mis servicios y, claro, llevo tantos años en esto que la colección es amplia —confesó Rivas—. Es difícil pillarme. Esta la conseguí en un viaje por el sudeste asiático, en Malasia, si no recuerdo mal.

—¿Nos cuentas ya lo del decúbito ese? —Axel se estaba impacientando.

—La complejidad de este crimen es ciertamente inaudita. No sé si os lo he dicho, la herida que acabó con la vida de Marcos Goya Suárez no es la misma que le seccionó su miembro. Esta segunda herida, en la base del pene, es lo que llamamos una lesión intermedia o lesión *perimortem*, y lo que nos asegura es que todo fue milimetricamente planeado y, sin embargo, ejecutado a gran velocidad.

Axel abrió los brazos

—¿Hay que preguntártelo todo?

—Ya voy, ya voy. La herida que le mata es la primera, en la zona abdominal inferior, y la segunda herida se produce en lo que se conoce el periodo de incertidumbre, cuando la víctima está agonizando y empiezan a fallar las reacciones vitales generales. Los labios de la herida, no retraídos ni engrosados, y y la ausencia de hemorragia arterial y venosa dejan poco lugar a las dudas.

—Entonces ¿para qué cortarle el pene? ¿Por ensañamiento? Estoy pensando en alto, disculpad —dijo Axel, que jugaba compulsivamente con el puño de la camisa, abrochándolo y desabrochándolo, mientras se hacía preguntas.

—Es posible —asintió el forense—. O quizá como un trofeo. Un símbolo de poder.

—O un símbolo de venganza —añadió Axel.

—Sí, también —concedió Rivas—. Es una buena opción.

—¿Por qué ha dicho que estamos ante un crimen inaudito? —indagó Loor.

—De una complejidad inaudita, para ser exactos —corrigió Cristobal—. Lo que quiero decir es que después de recopilar toda la información que nos dejan las huellas anatómicas y el resultado de la autopsia, la reconstrucción de los hechos es bastante inverosímil. La víctima está sobre la cama en posición de decub... a cuatro patas...

Mejor, más clarito.

—Está recibiendo sexo anal y, en el momento en que alcanza el orgasmo, su agresor, que tenía el kerambit escondido en el interior del puño derecho, le ataca con extrema violencia, mientras con la otra mano, enfundada en un guante de látex, recoge el semen y se lo extiende alrededor del hueso sacro y la nalga derecha. —El doctor Rivas se encogió de hombros—. Bueno, puede ser. Cosas más raras se han visto.

—Desde luego es una muerte cruel. Vaya corte de rollo —comentó Loor.

—Al menos se fue de este mundo con buen sabor de boca —añadió Axel.

—*La petite mort* —sugirió Rivas.

—¿Qué dices? —preguntó Axel.

—*La petite mort*. Así lo llaman los franceses. La muerte dulce. Ya sabes, en referencia al desvanecimiento que tiene lugar después del orgasmo.

—Es una buena metáfora —dijo Axel mientras pensaba en la última vez que había sentido esa sensación.

—*La petite mooggt.* —Cristóbal Rivas exageró el falso acento francés mientras regresaba a la revisión de la herida que había dejado a medias cuando Axel y Loor aparecieron en su estudio.

—Ya nos vamos. Ya nos vamos. No hace falta que seas maleducado.

—De nada, agente Nash. —El doctor Rivas le guiñó un ojo a Loor—. Si necesitáis alguna cosa más, ya sabéis que mi puerta siempre está abierta, pero acordaos de abrirla más despacio, por favor. No hay necesidad de tanto escándalo.

Loor salió primero. Axel se volvió a despedir desde la puerta.

—¿Cris?

—¿Ajá?

Gracias.

—No te sale bien el acento francés.

24

—No le veía la cara.

—¿Cerraste lo ojos?

—No lo sé, no sé si cerré los ojos. No es eso.

—¿Entonces?

—Me empujó contra la cama, de espaldas, y me agarró de las costillas. Me hizo mucho daño.

—¿Estuvo todo el rato detrás de ti?

—Sí. No sé cuánto rato, pero todo el rato. Es que... no fue algo solo vaginal. Fue también... ya sabes... fue anal.

Salieron a la calle y una bocanada de aire frío los sorprendió con la guardia baja. Ambos se encogieron instintivamente. Axel se sentía desconcertado, confundido. Necesitaba ordenar sus ideas y canalizar todo lo que había escuchado los últimos cuarenta y cinco minutos, pero había algo todavía más urgente. Conducir. Ahora necesitaba conducir para equilibrar la adrenalina que había perdido.

Loor le dio tres caladas rápidas a un Marlboro Light antes de entrar en el coche. Tres chupadas automáticas, sin solemnidad, como tres parpadeos. Axel decidió no interrumpir sus pensamientos, parecía darle vueltas a algo importante y quizá ese algo tuviese que ver con Goya. No perdía nada por estar callado. Habían recibido mucha información y tenían que procesarla.

Decidió de manera unilateral cuál sería su próximo destino. Era un poco tarde para según qué visitas, pero el día había cogido velocidad y frenarlo ahora no le parecía buena idea. Además, no tenía la impresión de que en casa de los Goya Duval fuesen de los que se acuestan temprano.

Axel se preguntaba en silencio cómo encajarían las altas dosis de *femme fatale* de Coloma con las altas dosis de feminismo progresista de su compañera.

La tranquilidad de todos duró tres calles y una incorporación. Poco más que el bocinazo que acabó con ella.

—Me voy a cagar hasta en mi madre. ¿Quieres esperar la cola, maldita escoria?

Los gritos del conductor al que Axel no había dejado pasar se intuían como escupitajos tras la ventanilla subida de un Mercedes rojo deportivo.

—¡Escoria! —comentó Loor—. Ese es nuevo.

—¿Pero tú has visto al listo este? Se debe pensar que los demás somos todos gilipollas y que nos gusta estar parados respetando el turno.

Otro bocinazo. Otra vez Axel.

—¡Que te esperes, cojones! ¡Que dejes de acelerar de una vez y te metas ahí atrás!

—¿Por qué no sacas el arma? —preguntó Loor.

—¿Qué dices? —Axel no sabía si mirar a Loor o seguir con la vista fija en el espejo retrovisor. Se quedo a medio camino.

—El arma. Saca la pistola y se acaba el problema. No hace falta que dispares, solo apúntale a la cabeza. Lo arreglas en medio segundo, ya verás.

Esta está como una puta cabra.

—Pero cómo voy a sacar un arma, ¿tú estás bien de la cabeza?

—Dime que no lo has pensado mil veces. Seguro que se te ha pasado por la cabeza mil veces.

Axel lo había pensado más de mil veces. Bastantes más.

Otra vez una mancha roja se acercó peligrosamente a la ventanilla del conductor del Peugeot 207.

—Está bien. Lo haré yo —anunció Loor.

—¿Qué dices?

—Pita.

—¿Qué?

—Que le pites. Se te está metiendo.

Axel pulsó el centro del volante y el acelerador. Todo a un tiempo. El sonido del claxon se impuso en la calzada. Loor sacó su pistola reglamentaria y, sujetándola con las dos manos, como en pleno asalto, apuntó directamente al entrecejo del conductor del deportivo. Por su ojo abierto, Loor pudo ver como una mueca de terror se iba haciendo más pequeña, alejándose a gran velocidad. El Mercedes rojo cambió de carril, de carretera, de destino y quizá de vida.

—Ves. Ya está. ¿Has visto qué fácil? —Loor sopló al cañón de la pistola con aire triunfal, como enfriando un disparo imaginario—. ¿Cómo decía aquella frase? «Por las buenas soy muy buena, pero por las malas soy mucho mejor».

—Es mejor que vuelvas al Marlboro rojo, de verdad —suplicó Axel—. Que no te vea de nuevo fumando nada *light*, ¿vale? No te sienta bien. Es evidente.

Loor sonreía satisfecha, relajada. Disfrutaba viendo a Axel perder los nervios. A través del cristal del vehículo sus pensamientos viajaban serenos, mezclándose con la noche abigarrada que ya estaba cayendo sobre la zona norte de la ciudad. Nubes sueltas, sin intención de descargar agua, coloreaban el horizonte y se filtraban entre la belleza incólume de las Cuatro Torres.

—¿Tú crees que lo hizo un tío? —preguntó Loor sin más preámbulos.

En eso iba pensando.

—Yo diría que sí —respondió Axel—. A estas alturas me parece obvio que a Goya le gustaban la carne y el pescado. Y todos los indicios nos llevan a pensar que esa noche pidió pescado. Así que sí, supongo que lo hizo un tío.

Loor guardó su pistola y disparó a discreción.

—¿Sabes una cosa, Axel? Te pones muy *cuñao* a veces. Y no te pega nada. No sé bien si lo haces por costumbre, por hacerte el machito o porque realmente piensas de esa forma, pero ese comentario es bastante estúpido.

—Bueno, joder. Es una forma de hablar. No te enfades. ¿Me vas a apuntar con un arma a mí también? —bromeó Axel.

—No me enfado, allá tú. Pero nos vamos conociendo y tú no eres así. No me creo tu personaje. Es como si te diese miedo que alguien pudiese pensar que no eres un hetero de verdad, un hombre como Dios manda, de los de toda la vida. Y para que lo tengas en cuenta, no eres ningún macho ibérico. Y da gracias, porque hay pocas cosas más rancias que el típico macho ibérico.

Los dos vieron que una moto les adelantaba con violencia por la derecha, pero estaban en otra guerra.

—Creo que lo hizo un tío. —Axel bajó un poco la ventanilla para renovar el aire—. Según me han contado, Goya era un enfermo del sexo. Esto me lo han dicho, no lo digo yo. Yo creo que seguramente sufría algún tipo de adicción sexual, lo que le llevaba a mantener relaciones indiscriminadas con personas de ambos sexos. Al estar practicando sexo anal de manera pasiva en el momento de su muerte, y por la fuerza con la que fue agredido, me inclino a pensar que buscamos a un hombre. A un hombre fuerte.

—Pues yo creo que te equivocas. —Loor le imitó y también bajó su ventanilla—. Los dos estábamos equivocados.

No hay nada que nos haga pensar que Goya se acostaba con otros hombres. Si en algún momento lo pensamos, al menos yo, fue por el semen que apareció sobre su cuerpo. Una vez que ya sabemos que era su propio semen, ¿por qué seguimos creyendo que estaba con un hombre?

—¿Porque le estaban dando por el culo te parece un motivo menor? —dijo Axel sin sonreír.

—Me parece un motivo que huele a naftalina, antiguo, pasado. ¿Hace cuánto tiempo que no echas un polvo salvaje, Axel?

—Eeeh, no sé... pueeeesss...

—Tranquilo no hace falta que contestes —le interrumpió Loor, que no soportaba los balbuceos innecesarios—. Pero sí quiero que me respondas a esto: ¿Sabes lo que es un *strap-on*?

—¿Un arma del videojuego ese?

—Idiota. —Loor sonrió—. Es un juguete sexual muy extendido ya entre la gente más joven y no tan joven. Entre la gente «intrépida», podríamos decir. Lo habrás visto mil veces en internet. Se trata de un cinturón de cuero que lleva enganchado un pene de goma. Te lo atas a la cintura como harías con cualquier otro cinturón, de ahí su nombre, y de repente... ¡*Voilà*! Puedes penetrar a quien quieras por donde quieras.

Joder, tengo que abrir mi mente.

—Ya sé lo que dices. No sabía que se llamara así —mintió Axel.

—¿Y cómo pensabas que se llamaba?

—No me lo había planteado.

—Lo suponía.

—Loor... diré esto a riesgo de seguir pareciendo gilipollas, pero nunca se me ha pasado por la cabeza usar uno. Afortunadamente, no lo necesito. Doy por hecho que tú hablas desde el conocimiento que da la experiencia.

—Yo lo he usado. Claro que lo he usado. Muchas veces. Me lo he puesto y he pedido que se lo pusiesen para mí. Hay muchas formas de dar y recibir placer, con y sin penetración.

Eso ya lo sé.

—Pero por completar tu comentario, Axel, te diré que, afortunadamente, yo tampoco lo necesito. Lo que ocurre es que hay algo muy divertido en la cama y en la vida. Se llama curiosidad.

—Y la curiosidad mató al gato —dijo Axel, sin tener muy claro por qué.

—A Goya no lo mató la curiosidad.

—Ya lo sé. Era una broma.

Loor dejó una sonrisa a medias y suspiró.

—Goya se estaba divirtiendo y eso es algo bueno. No entro a valorar otras cosas como la fidelidad, la lealtad y ese rollo. Lo que está claro es que le gustaba mucho el sexo, como te han dicho. Yo creo además que le gustaban mucho las mujeres y probar cosas nuevas. Según la autopsia, no era la primera vez que recibía sexo anal, pero eso no quiere decir que se haya acostado con hombres.

—Veo por dónde vas, eh, pero ¿no es un poco rebuscado? Es decir... Goya está en la cama con una mujer, él tiene un miembro, digamos, penetrante, ella tiene un agujero con un millón de terminaciones nerviosas que le proporcionan placer y, sin embargo, deciden que ella se enchufe un pene de goma y le dé por el culo. Si eso es lo que quieres, si eso es lo que te apetece... ¿por qué no acostarte con un tío?

—Muy sencillo —dijo Loor con aire triunfal—: porque no le gustan los tíos. Le gustan las tías. ¿Qué es lo que no ves exactamente, Axel? Por ejemplo, yo no quiero que me penetre un tío, no me apetece lo más mínimo, y me encanta que me penetren.

Joder, esto no lo vi venir.

—Luego además está el látex —continuó Loor—, las manos atadas, la dominación... prácticas cercanas al *bondage* y al sado, los cambios de rol en la cama.

Loor miró a Axel por el rabillo del ojo.

—¿Te refieres a jugar a los médicos y las enfermeras, por ejemplo? —preguntó él.

Loor dejó escapar un suspiro malintencionado.

—Axel, tío, no te lo tomes a mal, pero debes de ser un cuadro en la cama.

Axel se partió de risa, no se lo tomó mal.

—Es una broma, joder. Continúa.

—A ver, cuando alcanzas un grado muy alto de intimidad con una persona y esa persona te atrae sexual y emocionalmente, la complicidad se desata y las normas establecidas de comportamiento se dejan en la puerta. Ahí es cuando se rompen las convenciones y empiezas a experimentar sensaciones nuevas. Es como una regresión en el tiempo, como volver a la adolescencia. ¿Por qué la adolescencia? Porque en ese momento de tu vida cada día es un huracán de emociones sin rutina.

—Sería como librarte de ti mismo —dijo Axel.

—Exacto. Dejarte ir con otra persona, compartir un secreto que nace y muere en la cama, pero que sigue habitando para siempre en la memoria.

Axel dio un volantazo brusco a la derecha y tomó una salida que ya conocía.

—Loor vuelve. Creo que te estás dejando llevar y te estás alejando del caso.

Loor se revolvió el pelo. Se ruborizó.

—Yo diría que buscamos a una mujer y que esa mujer conocía muy bien a Goya. Es posible que fuese muy importante para él. Desde luego, sabía de su inclinación por experimentar en la cama, sus particulares gustos. Y se aprovechó de ello para cercenar su vida.

Como si hubiese calculado de antemano la duración del razonamiento de su compañera, Axel detuvo el coche ante la garita de seguridad que daba entrada a una de las mejores urbanizaciones de La Moraleja.

—Pues si eso es lo que crees, diría que te he traído al sitio adecuado —dijo mientras aparcaba su Peugeot 207 cerca de la puerta del chalé de Coloma Duval.

En esta ocasión dejó el coche más retirado que la última vez, él sabía por qué. A Loor le llamó la atención la facilidad con que el de seguridad los dejó pasar. Pero no preguntó el motivo. Desde pequeña escuchó en casa que no hay que interrogar a las buenas noticias. Tampoco le preguntó a su compañero cuándo había estado allí, porque era evidente que ya había estado allí.

25

Al agente de policía Axel Nash, el interior de la casa donde vivía Coloma Duval, esta vez, le pareció más espacioso todavía, quizá porque los amplios ventanales que dejaban ver la salida al jardín tenían los estores subidos.

A la agente Loor Galván también le llamó la atención el buen gusto decorativo de Coloma Duval; sin embargo, ella se fijó en detalles distintos. Lo primero que apreció fue una colección muy amplia de discos de vinilo, capitaneados por un jovencísimo Bob Dylan poniendo morritos, que presidía el mueble de la tele. Loor aguzó la mirada para leer lo que ya sabía que ponía en la carátula: *The Times They Are A-Changin'*.

Al mismo tiempo, sus impenetrables Doc Martens le decían que la alfombra grande de la entrada era de buena calidad, de la India por lo menos. De mejor calidad que la que se encontraba atrapada bajo la mesa de centro del salón. Y no le pareció que ese detalle fuese fruto de la casualidad.

El tercer elemento estético que sedujo a Loor por su belleza, medía cerca de 1,90, y cuando abrió la puerta y lo tuvieron delante, ambos pensaron que llevaba varios días sin lavarse el pelo rubio ensortijado que le hacía parecer aún más alto. Axel se estiró al entrar en la casa.

Garfunkel.

La altura le proporcionaba un porte que contrastaba con su presencia afeminada, de rasgos limpios y suaves. En su cara no había ni rastro de sombra en la zona en la que a esa edad se endurece la barba y se vuelve frondosa. Axel sospechó que la probabilidad de que no supiese utilizar una maquinilla de afeitar era muy alta. Su piel sin arrugas le confería una expresión aún más infantil si cabe.

Diecinueve años, quizá veinte.

El muchacho los recibió con un pantalón de chándal amplio y caído que permitía que asomasen unos calzoncillos en los que se leía «Hugo Boss» en grande. Llevaba el torso al aire dejando al descubierto una musculatura genética y fina. Loor pensó que quizá algún día se convertiría en un hombre muy guapo.

Fue Axel quien le saludó. La recepción no fue calurosa, tampoco fría, más bien de una indiferencia hiriente. Antes siquiera de darles tiempo a identificarse y sin levantar la vista del móvil, el chaval les dijo: «Mi madre está arriba. Ahora bajará, supongo». Y desapareció.

Era la primera vez que Loor veía a Axel quedarse callado. Y no necesariamente porque no encontrase qué decir. Ambos entraron y esperaron de pie durante varios minutos en los que se miraron varias veces y hablaron sin pronunciar una palabra.

Cuando Coloma Duval descendió por la escalera que daba al piso de arriba, donde estaban los dormitorios, Axel cotilleaba el resto de fotografías que no había podido ojear en su visita anterior. En ninguna salía Marcos Goya.

Loor buscó con obstinación el contacto visual con la dueña de la casa y cuando se produjo, notó cómo sus caderas, embutidas en una pantalón brillante de cuero negro, se contoneaban con menor intensidad. En el momento en que Axel se giró, Coloma era casi una estatua. Clavó sus botas negras en el parqué.

—¡Qué alegría volver a verle, señor Nash! Veo que trae refuerzos.

—Es mi compañera, la agente Loor Galván.

—Encantada de conocerla. Es un placer ampliar mi círculo de conocidos en la Policía —dijo Coloma.

Loor asintió. Tuvo la impresión de que ya conocía a la anfitriona. No porque se hubiesen visto antes, sino porque había conocido y tratado a muchas mujeres como ella. Sus prejuicios le gritaban a la cara que estaba ante una mujer peligrosa y no hizo nada por acallarlos. Sus feromonas le advertían que se enfrentaba a un erotismo tosco, bruto, incompatible. En lo de incompatible, no se atrevía a asegurar que Axel pensase lo mismo.

Coloma pasó al lado de Loor y la miró de arriba abajo antes de dirigirse al sofá.

—Si ha dicho usted algo, hable más alto, se lo ruego —dijo en tono provocativo—. Empiezo a no oír bien de este oído. Si no ha dicho nada, continúe así. La noche pinta divertida.

Axel frenó el ataque.

—No tenemos mucho tiempo ni muchas ganas de jugar. Quiero saber por qué me mintió la otra vez.

—¡Vaya! Ha perdido de golpe todo su gracejo, agente. Es usted más locuaz cuando viene solo. —Coloma lanzó a Loor una mirada tóxica—. ¿A cuál de todas se refiere? Las mentiras, digo. Tal vez debería apuntarlas en un hoja, pero el caso es que no lo hago. Me gustan las emociones fuertes.

—Carla Sabater —soltó Axel con brusquedad.

—¿Qué fue lo que le dije de ella? No lo recuerdo. —Coloma hablaba sin gravedad, acompañando sus frases con movimientos nimios de sus manos—. No creo que le dijese que somos buenas amigas, agente Nash, porque en ese caso sí que le habría mentido.

—Me dijo que no le decía nada su nombre —recordó Axel.

—Entonces lleva usted razón. Le mentí.

Axel sonrió. Una sonrisa que Loor empezaba a identificar. La sonrisa previa al golpe.

—Pues le sugiero que deje de hacerlo o la próxima mentira que diga será en comisaría.

—No siga, va a conseguir que me muera de miedo. —Coloma se llevó la mano a la cara como fingiendo un descuido—. Por favor, no les he ofrecido nada de beber, discúlpenme. Yo voy a servirme un whisky para no perder la costumbre. ¿Qué les apetece?

—Una respuesta. Y rápido —dijo Axel.

—¿Tú quieres otra respuesta? ¿O te vale la misma? —Coloma miró a Loor con un vaso bajo ya entre sus manos. A ninguno le pasó desapercibido el cambio de tratamiento. El tuteo malintencionado hizo temer a Axel que Loor desenfundase el arma por segunda vez en una hora. Desenfundó antes la garganta.

—Limítese a contestar a lo que se le pregunta —espetó Loor—. Y deje de malgastar nuestro tiempo, ¿quiere?

—¿O si no? —preguntó Coloma.

Loor se acercó a la anfitriona y la hizo sentir en casa.

—A ver cómo te explico esto sin que me devuelvas una respuesta ingeniosa. —Loor se aproximó todavía más, estaban a punto de tocarse, tan cerca que Axel casi no escuchaba lo que se decían. Casi—. Yo no soy el agente Nash, ¿entendido? Yo te meto una hostia que te reviento la cabeza.

Coloma Duval tragó saliva. Estaba amarga. Se sirvió el whisky y no insistió en su ofrecimiento.

—Carla vino varias veces por aquí —explicó—. Le encantaba merodear. Y si no le encantaba, desde luego, lo disimulaba bien. Venía tantas veces que llegué a pensar que se había instalado en el vecindario. Lo descarté enseguida porque no hay ningún loco entre los vecinos y ella lo está, y mucho. En una ocasión vino a casa y atacó a mi exmarido. No fue dentro.

Marcos salió a su encuentro cuando la vio y forcejearon en la puerta. Él regresó con un corte en la mano y yo me imaginé el resto. Debían pensar que los demás somos gilipollas. Yo, desde luego, me lo hacía. Bastante tenía con aguantar todo lo que tenía que aguantar para que aún encima mi hijo viese cómo me engañaban.

Ya está aquí la víctima.

—Ella no cuenta lo mismo —la interrumpió Axel—. Asegura que es usted la responsable del asesinato de Goya.

—¿Y eso le sorprende, agente? ¡Qué va a decir! Lleva años odiándome porque poseía lo que ella deseaba. Ella le dirá que fui yo, que soy una loca y que ellos eran felices. Y lo de que estoy loca... pase, pero lo demás es mentira. Díganme una cosa, los dos. ¿A cuántas víctimas de asesinato felices han conocido? —Axel y Loor evitaron mirarse. Ninguno contestó—. Marc aparece brutalmente asesinado en un hotel de mala muerte y me tengo que creer que el cadáver aparece con una sonrisa de oreja a oreja, porque resulta que una maldita loca asegura que eran felices juntos. Ahora son ustedes los que están malgastando mi tiempo.

—¿Ve posible que esta mujer, Carla Sabater, haya pillado a su exmarido en un renuncio con alguna otra, como le pasó a usted, y decidiera acabar con su vida? —preguntó Axel intentando retomar la iniciativa.

—Imposible. Semejante inútil, imposible. O sea, igual ha ocurrido todo eso que dice, y si ha ocurrido, quizá esta tipa se haya planteado matar a Marcos, pero una cosa es pensarlo y otra muy diferente hacerlo. Yo misma lo pensé muchas veces. Llegué a fantasear con ello, créanme. —Axel y Loor la creyeron—. Pero esta inútil, imposible. Si era incapaz de pasar inadvertida en La Moraleja cuando únicamente tenía que evitar ser vista por dos personas, cómo va a ser capaz de poner en jaque a las fuerzas de seguridad de todo un país. ¡Y cómo demonios va a planear un asesinato! Es impensable. Si hubiese sido ella, ya estaría en prisión. Es más, si hubiese sido ella, Marcos estaría vivo.

—¿Ha vuelto a verla por aquí? —insistió Axel.

—Desde que Marcos se fue de casa no volvió. ¿Qué sentido tendría?

—No lo sé. Dígamelo usted.

—Ninguno. Ya tenía lo que venía a buscar.

—¿Y sabe, por casualidad, dónde vivían?

—La verdad es que no. Por el centro. Pero no sé exactamente dónde. Aun así créame, no le va a resultar difícil dar con ella, sobre todo si no quiere que la encuentren. Además de estar loca, roza el retraso mental.

—Su hijo, ¿qué piensa de todo esto? —Loor llevaba mucho tiempo callada y su voz sonó más grave de lo que le hubiese gustado.

—Mi hijo es bobo. En eso ha salido al padre. Se llama Lucas y ahora está jodido. Nunca ha sido un charlatán, pero después de lo que ha pasado, convivo con un fantasma. No sé cuándo está y cuándo no está. Ni cuándo entra, ni cuándo sale. Sobre este asunto jamás hemos hablado, yo siempre traté de ocultarle que su padre era un cabrón, pero él parecía saberlo. Que intentaba ocultárselo y que era un cabrón. Las dos cosas.

Coloma dio un trago largo al whisky con hielo y no pudo evitar mostrar una mueca agria antes de continuar.

—Ahora tiene diecinueve años y todo se lo mete para dentro. Si siente algo o no, es un misterio. Yo soy su madre y sé que está afectado, pero no lo dice. Además, como les comentaba, apenas le veo. Se refugia en la noche como casi todos los chicos de su edad. Y ahora con más motivo. A esta hora debe estar a punto de marcharse, si no lo ha hecho ya, y sabe dios cuándo regresará. Se pasa temporadas largas sin pisar esta casa. Y, la verdad, no le culpo.

Loor se encaminó hacia la puerta del jardín.

—Voy a echar un vistazo. Nos gustaría hablar con él —dijo.

—¡Que tenga suerte! Le va a hacer falta.

—He oído que está bien relacionado. —Axel recordó el Porsche del que se había bajado la última vez y se jugó el farol. Coloma cruzó la piernas despacio.

—Ya le digo que es bobo, agente Nash. Es probable que le estén utilizando o se estén aprovechando de él. Siempre le ha gustado aparentar más de lo que es, en eso se parece a mí.

—¿Y en el alcohol? ¿Se parece a usted? —preguntó Axel sin desviar la mirada del vaso de whisky.

—El alcohol no es mi mayor vicio, agente. —Coloma apuró la copa de un último trago. Ella tampoco apartó la vista de las pupilas verdes que tenía delante.

—Aquí no hay nadie, Axel —anunció Loor, quien regresó al salón después de sacudirse las Doc Martens.

—¿Dónde podemos encontrar a su hijo? —preguntó él.

Coloma se encogió de hombros.

—¿Hace cuánto que no tiene veinte años, agente Nash? La última que puede saber dónde está es su madre, ¿no le parece?

—Puede ser. Está bien —admitió Axel—. En ese caso nos vamos ya, señora Duval. Ya es casi la hora de dormir. —Axel le hizo un gesto a Loor para que lo acompañase a la puerta de salida. Antes de cruzarla, se volvió—. Pero debo advertirle que no me gustaría tener que regresar: terceras partes nunca fueron buenas.

—Ni siquiera las segundas, agente —dijo Coloma.

La madre que la parió, siempre tiene que tener la última palabra.

Axel y Loor atravesaron el umbral con decisión. Antes de que hubieran avanzado más de tres metros, una voz les llamó a su espalda; parecía diferente, casi tierna.

—Agentes. —Axel y Loor se volvieron—. Si le encuentran, no le asusten. Lucas es un buen chico —suplicó Coloma.

Axel asintió con gesto duro. No le gustaban los virajes de última hora en según qué personajes, pero tuvo la sensación, casi la certeza, de que esa suplica final envuelta en petición de cortesía era la primera verdad que salía por la boca de Coloma Duval en todo el rato que habían pasado con ella.

Loor siguió su camino hacia el coche sin decir nada. Salieron por la puerta lateral, la que daba al jardín. Axel se concentró en no pisar el césped que daba a la puerta metálica de salida. Estaba húmedo y recién cortado. Unas huellas grandes aún frescas lo habían mancillado minutos antes, estropeando la simetría verde.

Diecinueve años, estos cabrones no respetan nada.

Se preguntó dónde estaría Lucas Goya. Le había visto dos veces y aún no había conseguido hablar con él. Se subió al coche y arrancó dándole vueltas a la actitud de esa mujer.

Algo oculta.

Era la segunda vez que pensaba lo mismo.

Hay mucho más ahí dentro de lo que deja ver. Agresiva y tímida. Valiente y asustada. Directa y engañosa. Tengo que enterarme de qué historia tiene detrás.

Pero la muerte de Goya tenía demasiadas aristas y no le dejaba demasiado tiempo para nada más. Quizá debería preguntárselo directamente.

—Loor.

—Dime.

Axel devolvió la vista a la carretera.

—Nada. Es igual.

Axel llegó a casa empapado. No había encontrado sitio para aparcar cerca del portal, y en la breve caminata nocturna que pensó que le relajaría, un chaparrón le cazó de lleno y le caló hasta los huesos. Antes había acercado a Loor a su domicilio, en una calle colindante con la estación de Atocha. Axel le había advertido que no la iba a dejar en la puerta para no tener que dar toda la vuelta. Loor no protestó.

Ya en casa, decidió darse una ducha antes de dormir para entrar en calor. Se secó bien la cabeza y se abrió una cerveza. No solía beber alcohol, no le venía bien para sus entrenamientos, pero necesitaba desconectar un poco. Había sido un día muy largo.

Perdió algo de tiempo refrescando su *timeline* de Twitter. La muerte de Goya formaba parte de la prehistoria en la red social. Nadie hablaba ya de eso. El último escándalo sexual de un conocido actor español lo estaba eclipsando todo. Hasta mañana al menos.

Era probable que cuando se despertase, el objeto de las burlas y las críticas fuese ya otro. A saber, una *influencer* que defiende comportamientos machistas, un futbolista que evade impuestos, un cantante que insulta a algún político... Axel salió de esa jauría. Hacía tiempo que no publicaba nada, se dedicaba a espiar contenido, le ayudaba a mantenerse informado de lo que se iba diciendo de un tema u otro. Pero se veía sin ganas ni tiempo para expresar algún pensamiento y tener que contestar a todo el que estuviese en contra. Porque siempre había alguien en contra, de todo y por todo.

Cerró Twitter y casi por instinto abrió Instagram. Le apetecía cotillear un poco. Uno de sus placeres culpables era disfrutar de la pobreza intelectual de su entorno. Fotos vacías con textos estúpidos. Dos niñas en bikini en marzo, encima de un yate sonreían al mar, suplicando «Ojalá aquí, ahora». Un antiguo compañero de colegio miraba confundido por la ventana, con los labios apretados y solicitaba «Parar para ser mejores». Una pareja de su mismo edificio, de vacaciones, amenazaba: «Nos quedamos aquí a vivir, no volvemos».

Dios, ¡qué cochinada de gente!

Pulsó una pestaña que normalmente no utilizaba. Explorar. Estaba buscando algo pero no sabía muy bien qué. Escribió...

#sunset.

Nada.

#running.

Nada.

Debería probar alguna mierda de las que utilizan estos subnormales.

#NopainNogain.

Nada.

#Happiness.

Nada.

Por un lado se alegró de que esa mierda no diese resultado. Le dio un trago largo al botellín de Estrella Galicia, que estaba casi finiquitado, y probó por ultima vez.

#Mayfair.

Ahí estaba.

Joder.

A Axel le pareció una foto preciosa. El sol se metía detrás del paisaje y tostaba el lago de la Casa de Campo de un color intenso. Varias canoas producían ondas en el agua con su vaivén calmo. Una silueta. Una mujer de rostro lavado, y coloreado por el esfuerzo, cautivaba a la cámara con una mirada contagiosa. Presentaba una sonrisa inalterable a los filtros. Blanca y luminosa, depurada.

Axel notó como por el cuerpo le recorría un orgullo ridículo. Desvió la mirada hacia la foto de perfil y el usuario.

Ajá, con que ese es tu nombre.

Axel se dio cuenta de que no conocía a nadie que se llamase así y eso le pareció una feliz noticia. Una buena forma de empezar de cero, virgen, sin contaminación en su memoria.

Empezar qué, anormal.

Sin pararse a pensarlo demasiado, con el dedo índice de su mano derecha, apretó dos veces seguidas la pantalla.

Like.

¡Dios mío, qué estoy haciendo!

Se recostó en el sofá y vació la botella de un último trago. Sin saber muy bien qué pensar, pero se sintió bien.

Joder, muy bien.

26

—Pasó mucho tiempo hasta que conseguí volver a dormir sin miedo.

—¿Ya no tienes miedo?

—¿Me lo preguntas en serio? Siempre voy a tener miedo. Esto ya no se va a ir. Esto va a estar conmigo toda la vida.

—Bueno, a lo mejor no. A lo mejor pasa algo, no sé... algo, y llega el día en que lo dejas atrás.

—Ya lo he dejado atrás. Si no, no estaría aquí. Pero una cosa es vivir con ello y otra muy distinta olvidarlo. Y yo no lo voy a olvidar nunca, ya te lo digo.

Vigo, lunes 18 de marzo

El día se había despertado perezoso en todo litoral atlántico. La lluvia no había dado tregua durante todo el fin de semana y las ventanas, los tejados y las aceras seguían húmedos. La ciudad hacía vida normal, como si nada hubiera pasado, y es que, en el fondo, nada había pasado. Nada que no hubiese pasado antes. Una de las vías de entrada a Europa de los cargamentos de droga sudamericana llevaba años conviviendo con la violencia, las balas y los castigos. Todo el mundo conocía a alguien que conocía a alguien que tenía un conocido que estaba metido en el ajo. Así que las historias de amenazas, extorsión y sangre circulaban por las calles, con el acento de las Rías Baixas, en un boca a boca sin final aparente. La credibilidad de esas historias ya dependía de quién las contase.

En un bar del centro, en la zona de Montero Ríos, un nuevo relato brotaba al albor de una nueva semana, al filo de la primavera. Hablaba de maletines, droga, secuestros, disparos, cicatrices... lo tenía todo.

—Te digo, chorbo, que fue la hostia. Una movida de cojones. Me metieron en un cuartucho, tío, a oscuras dos putos días. Pasando un frío de pelotas. Me temblaban los pelos de los huevos, tío y eso que hace tiempo que me depilo los huevos, así que imagínate el frío que hacía en ese cuartucho sin luz. Estaba acojonado. No tenía ni puta idea de si iba a salir con vida de allí y si volvería a tomar una cerveza. Porque en esos momentos, tío, la cabeza va a mil por hora y solo piensas en las cosas verdaderamente importantes, y yo pensaba mucho en tomarme una birra. También pensaba en el subnormal de mi hijo, no pienses que por estar pasando un puto frío de los cojones se me había helado el corazón. Pensaba mucho en mi hijo y en cuándo tendrá edad suficiente para tomarse una cerveza con su padre, es decir, conmigo. Porque aún tiene seis años y hace tantos días que no le veo que es posible que la imbécil de su madre ya le haya prohibido beber Coca-Cola, así que de cerveza ni hablamos. Me amenazaron, tío, me gritaban cosas al oído que ni siquiera soy capaz de reproducir, no por nada, eh, no es que fuesen tan fuertes que vayan a herir tu sensibilidad ni toda esa mierda, es que estaba tan acojonado que me había cagado encima, tío. Te lo juro. Yo ni me había enterado, si me dicen que no pasó, me habría jugado todo lo que tengo a que no me mentían, y si llego a hacer eso, lo habría perdido todo, y como no tengo nada, pues me habría quedado igual. Pero me habría jugado todo a que eso no pasó. Pero pasó, vaya si pasó. De pronto los putos pantalones empezaron a desprender un olor asqueroso a mierda, ¿me entiendes?, y me estaban entrando unas ganas de *rabear* de la polla, así que estaba tan concentrado en no potarles encima a esos capullos y en que no notasen el olor a mierda que salía de mi culo, que apenas escuchaba las burradas que me decían. Y la verdad, prefiero no pensarlo mucho, porque entonces me voy a pedir otra birra y aún no son ni las once de la mañana y ya llevo cuatro encima. ¿Ves esta herida? Vaya hostión, chorbo. Me reventaron el pómulo con la culata de una pipa. Yo no dije ni muu, ¿me entiendes? Ni muu. Bastante tenía con aguantarme las ganas de mear, como para ponerme a gritar y que la vejiga se fuese a dar un pirulo. Porque el culo lo había aliviado, tío, pero el rabo qué, el rabo se me estaba llenando de líquido y el puto frío no hacía más que empeorar las cosas. Y luego está lo de que fueron dos putos días. Eso lo sé ahora porque hoy es lunes, ¿me entiendes? Si no los cojones. Si me dicen que fueron dos años me lo creo. Yo me sentía allí como un puto funcionario de prisiones o un guardia civil de aquellos a los que los de ETA metían en un zulo. ¿Sabes lo que te digo, no? Esa gente pasó más tiempo que yo encerrada, ahí no te quito la razón, pero seguro que no pasaron tanto frío como pasó tu colega Jarvis, tío, eso te lo puedo asegurar. ¿Quieres otra birra?

—Estoy bien, tranqui.

—Y de pronto, tío, cuando ya estaba a punto de suplicarles que me pegasen un tiro, cuando ya me había hecho a la idea de que ni birras, ni Coca-Colas, ni hostias en vinagre, que no iba a salir de allí respirando; cuando ya lo único que quería era que me volasen la tapa de los sesos y dejar de tener frío de una jodida vez... en ese momento va y aparece un tío que abre la puerta y me dice que nos vamos. ¡Joder! Ahora si que estoy en un lío de cojones, pienso yo. Ahora, además de frío, quieren que me empape con la lluvia de los huevos. Porque, aunque me taparon los ojos, el viaje en coche hasta el cuartucho de mierda había sido corto, lo que quería decir que seguía en Galicia, lo que quería decir lluvia. ¡Me cago en mi maldita suerte! Ya me estaban empezando a encabronar, porque una cosa es que me secuestren y me maten, pero otra cosa muy distinta es que encima me mareen. Eso ya no tiene ni puta gracia. Me calmé cuando pensé que si salíamos a la calle era porque pensaban tirar mi cadáver al mar o alguna mierda así, y al menos de esa forma encontrarían mi cuerpo y la imbécil de mi ex tendría que joderse viendo mi careto en el funeral. Fue una de las pocas alegrías que me dio toda esta mierda. Pensar en la jeta estreñida de esa furcia, fingiendo que lloraba y que le importaba lo más mínimo mi vida, y todo para que el subnormal de mi hijo no pensase que su madre era una zorra. Pero ¿sabes una cosa? Esa alimaña sin escrúpulos va a tener que esperar porque el Jarvis tiene siete vidas, joder, tiene más de siete, tiene más vidas que un puto gato. No me lo podía creer cuando me soltaron. Empecé a correr como un jodido esquizofrénico, no se veía una puta mierda y me daba miedo estamparme contra un árbol. Habría sido la hostia, ¿te imaginas? Salgo con vida de un secuestro y la palmo talando un árbol con la cabeza. No quiero ni pensarlo. Yo solo gritaba, Omaaar, Omaaar, y nada, tío. Un silencio de la de dios. O sea, sonaban las ramas, el viento y toda esa mierda, pero ese ruido no era lo que yo quería escuchar. Yo quería escuchar un «Tranquilo, Jarvis, estoy bien, deja de correr, que vas a estampar la cabeza contra un puto árbol». Pero eso no fue lo que escuché. Escuché lo último que quería escuchar, tío. Lo último. Un puto disparo, ¿te lo puedes creer? Un petardazo que me reventó la puta cabeza. Ahí fue cuando corrí más rápido que nunca. Si llega a ser una carrera de las Olimpiadas me habrían hecho un control antidoping antes de cruzar la meta, tío.

—Pues te habrían jodido porque darías positivo.

—El caso es que seguí corriendo, ¿me entiendes? Corrí como un puto gamo y entonces fue cuando se me paró el puto corazón. Casi me da un infarto, te lo juro. No me lo podía creer. Me pasó la vida por delante a cámara lenta, como en las películas que echan por la tele después de comer. ¿Qué cojones estaba viendo? Mi colega allí tirado en el suelo, joder, zapateado como una colilla mientras esos hijos de puta huían quemando rueda en sus carrazos del demonio. Y yo me pasé un rato largo bofetada va y bofetada viene, tío. Y nada. Ni *pa* dios. Que no valía para nada. Y no podía dejar de llorar y de gritar. Gritaba tanto que se me caía la baba, tío. Se me caía la puta baba de la rabia que sentía al ver a mi mejor colega muerto y tirado como un trapo viejo de cocina. Ya estaba dándole vueltas a cómo hostias iba a bajar al centro desde el quinto carallo en el que estábamos y de repente y sin avisar... Boom. Abriste los ojos.

Jarvis hizo un gesto con las dos manos: las abrió y enseñó las palmas, como dos bombillas que se encienden.

—Claro, joder. Estaba disimulando, tío.

—Qué hostias ibas a estar disimulando, capullo. ¡Disimulando qué! Estabas desmayado, tío. Yo pasé mucho frío, pero no pasé ni la mitad de la mitad de frío del miedo que pasaste tú. Me cago en mi vida. Te caíste para atrás cuando ese cabrón disparó al cielo de Baiona. El Omar desmayado, tío. Tiene cojones la cosa.

27

—Me he pasado años durmiendo con la espalda pegada contra la pared.

—¿Por miedo?

—Será un trauma que me ha quedado, no sé.

—He leído que es normal. Se llama trastorno de estrés postraumático, creo.

—Solo he conseguido dormir profundamente una vez en mi vida.

—¿Cuándo?

—Cuando dormía contigo.

Omar se pasó horas soportando la incontinencia verbal de su colega y empezaba a estar saturado. Jarvis tenía una capacidad inigualable para consumir de golpe las buenas intenciones de los demás. Y, después de semejante aventura, le esperaban días duros de escucha.

Se había prometido que nunca más le cortaría cuando empezase a contar una de sus historias sin final, en las que iba tejiendo una red infinita de temas. Pero esa promesa de no interrumpirle se mantuvo viva tanto como una vela en un huracán. A Omar, Jarvis le recordaba a un anciano rebuscando en un ordenador, que abre ventanas y ventanas de navegación sin cerrar ninguna, hasta que ya no sabe qué quería consultar.

Pasaron la mañana juntos y después de comer se metieron al agua para descongestionar.

Omar seguía domando las olas —que esa tarde venían bravas— como cuando era un chaval. Ya no lucía una musculatura tan rotunda como años atrás, y su cuerpo notaba que necesitaba más tiempo para recuperarse entre batida y batida, pero seguía en forma.

Jarvis, por su parte, nunca había surfeado demasiado bien; lo suficiente para ponerse de pie y danzar un poco sobre el agua, pero con tanta birra encima ese día le estaba costando más de lo normal. Se conformaba con despejarse y no molestar. Omar le agradecía tamaña dosis de generosidad, impropia de semejanteególatra, pero sobre todo agradecía que en el agua estaba callado.

Después del baño, se secaron y se encendieron un canuto en la arena. La recompensa a todo lo vivido en las últimas horas. Charlaron de fútbol y de tías, querían volver a la normalidad. Omar le confesó que el surf estaba muy bien, pero que lo que de verdad necesitaba era echar un polvo y que esa misma noche se iba a quitar las ganas con una niña que le rondaba en Instagram.

—¡Cuánto te gustan las enanas, cabrón! —dijo Jarvis.

A lo que Omar respondió echándole el humo en la cara y desbloqueando el teléfono para enviar un mensaje privado, con un par de preguntas picantes y muchos emoticonos de demonio.

Lanzó el mismo mensaje a varias cuentas. Todas niñas. Todas menores de veintidós años. Mientras lo hacía no dejaba de sonreír, le divertía ligar de esa forma.

—Un día te vas a meter en un lío con esa mierda, tío. Te van a hacer pantallazos de las cerdadas esas que les escribes y vas a rular por los WhatsApp de la peña y vas a quedar como un guarro, ¿me entiendes? Y espérate que no te venga algún padre a partirte la boca. Que una cosa es la gentuza de la droga, que ahí controlas, y otra más jodida es un padre cabreado porque le han hecho cerdadas a su niña. Esa gente está muy loca, chorbo. Te lo dice el Jarvis.

Omar no dejaba de sonreír mientras seguía fumando y escribiendo. Le sugirió a su colega que se fuese otro rato al agua, que allí estaba callado, y que callado era cuando mejor hablaba y cuando más razón tenía.

—Es que la movida aún puede ser peor, tío. Un día se te puede torcer el rollo y que te folles a una que no tenga dieciocho, y ahí sí que ni el Jarvis te va a poder ayudar. Porque como te folles a una que tenga diecisiete años y 364 días la has jodido bien. Eh, que a lo mejor no, a lo mejor se enamora de ti, tú te enamoras de ella y empezáis una movida juntos, te pones un anillo en el dedo, que antes le metiste en su coño virgen, y su padre te recibe en su keli con una sonrisa de oreja a oreja. Eso puede pasar si todo va de puta madre, pero yendo todo de puta madre, la sonrisa del padre se va a ir a tomar por saco cuando descubra que no es que la vida te haya tratado como el culo y estés más cascado que la moto de un *hippie*, sino que lo que de verdad ocurre es que tenéis la misma edad y has estado zumbándote a su niña pequeña. En ese momento, el padre de tu niña va a desear que te hubieses tirado a su mujer, y tú también lo vas a desear porque si la hija está buena, la madre está buena, aunque a ti de treinta para arriba te molen menos, y va a desear que te hubieses follado a su mujer porque así te metería una somanta de hostias y se quedaría tan a gusto. Pero resulta que no te has follado a su mujer, te has follado a su niña pequeña, y entonces no le van a quedar más huevos que pegarte un tiro en la cabeza y lanzar tu bonito cadáver al mar, y por culpa de esa mierda se pasará el resto de su vida entre rejas, evitando agacharse en la ducha si se cae una pastilla de jabón, así que ¿por qué no te follas a una cualquiera de las que están por el Pénjamo, de las que tienen veintiocho o veintinueve, que seguramente ya no tengan padre, y nos ahorras un huevo de problemas a todos?

—Dios, tío, no callas, ¿quieres dejarme tranquilo? —Omar le dio una calada corta al porro y se lo acercó—. Fuma, anda. Relájate un poco.

Omar volvía a concentrarse en su cadena de mensajes cuando una llamada le aceleró el corazón. Al ver que se trataba de un número desconocido, su mandíbula se volvió rígida. Le suplicó a Jarvis que guardase silencio y pulsó el botón verde. Tras unos segundos de incertidumbre, una voz que reconoció al instante, y que identificó con un mate de Michael Jordan, le dio las buenas tardes y le pidió que escuchase con atención, que no iba a repetir dos veces la información y que no iba a volver a llamar. Le pidió también que, en cuanto colgasen, borrase la llamada del registro y de la memoria del teléfono y que, por supuesto, no dijese nada a nadie, ni a su novia, ni a su hermana, ni a dios. Le pidió también que, si estaba con alguien en ese momento, se apartase para que pudiesen hablar tranquilos, que tomase nota y que hiciese exactamente lo que le iba a decir.

Omar apuntó mentalmente todo lo que le iba diciendo y trató de mantenerse impávido ante la mirada de Jarvis. Le quería fuera de ese asunto. Era su movida. Él solito se había metido y él solito tenía que salir.

—Calle García Barbón 153, 1.º B. La ciudad ya la sabes —apostilló Omar.

Sin decir nada más, colgó el teléfono. A pesar del sol que le daba en la frente, Jarvis vio que tenía el rostro sombrío y la mirada manchada de problemas.

—¡Pero qué pollas haces, tío! Cómo hostias le das tu dirección a nadie. Sea quien sea, no le des tu dirección a nadie, joder. ¿Buscas que te maten o qué hostias?

—Oye, pavo, déjame. Tengo que pensar. Estate un rato callado y sin tocarme los huevos, haz el favor.

—Dime quién cojones era. ¿Eran estos tíos otra vez, no? ¿Qué hostias quieren ahora? Tienen su farla y nosotros su pasta, ¿qué más quieren?

Una de las cosas que más había sorprendido a Omar la noche del viernes, cuando se despertó aterido de frío en los acantilados de Baiona, fue ver dos bolsas de deporte en el suelo donde antes estaba aparcado un coche negro de lujo. Dentro estaban los 150.000 pavos que sus dueños debían pagar por la droga. Desde luego, se podía decir que eran unos miserables que amenazaban, secuestraban e incluso disparaban, pero no que no cumpliesen su palabra y su parte del trato. Al César lo que es del César.

—No eran ellos —dijo Omar.

—¿Entonces quién? Chorbo, me cago en mi puta vida, ¿me quieres contestar?

Omar le contó a Jarvis la historia de cómo fue hasta Madrid y consiguió dos kilos de fariña para salvarle el culo. Para salvar el culo de los dos. Le explicó que había contraído una deuda chunga y que esta llamada venía a cobrársela.

—¿Y qué cojones quieren estos ahora? —preguntó Jarvis.

Omar miró el móvil, le había saltado una notificación de mensaje privado de @lauri97: «¿Quieres que te mande una fotito para que veas lo solita que estoy?».

—¿Omar... que qué cojones quieren estos ahora, joder?

Omar cerró Instagram y guardó el móvil.

—El doble. 300.000 pavos. Antes del viernes —dijo.

28

Madrid, miércoles 20 de marzo

El miércoles para Axel había transcurrido sin sobresaltos, lo cual no era necesariamente una buena noticia. Acrecentaba la ya de por sí notable sensación de que estaban estancados en la investigación.

En su carrera matutina por Madrid Río, dedicó gran parte de su entrenamiento a pensar en el caso. Se le acumulaban las ideas y los sospechosos, como un pelotón de ciclistas en una etapa llana. Los veía amontonados, difusos. Sentía que tenía la nariz demasiado pegada al cristal y que eso le impedía ver las cosas con perspectiva y razonar con claridad.

Evitó pasar por la Casa de Campo, por una parte para no repetir recorrido y así limpiar las referencias de esfuerzo de su cabeza, y por otra, para no estar pendiente de posibles estímulos pelirrojos.

Le daba miedo volver a verla y no sabía bien por qué.

Tal vez se veía incapaz de estar a su propia altura, quizá le había causado una buena primera impresión y no quería estropearla, quizá la chica podía pensar que era un acosador y que la estaba siguiendo.

Había otra opción.

Una opción que Axel apartaba a empujones de su cerebro, la más plausible: le daba miedo avanzar.

Avanzar podía significar huir de sus demonios del pasado, o lo que sería aún peor, vencerlos. No quería oír hablar de eso. Su pasado era él y con él moriría. No quería enterrarlo antes de tiempo. No quería ser libre. Se ahogaba solo de pensarlo.

Después de pasar por la ducha, con los músculos de las piernas aún latiendo en ese cansancio suave que dejan los kilómetros de calidad, Axel se acercó a la comisaría para atender un par de gestiones. La primera tenía que ver con el comisario Cueto y el inspector Ortiz. Le habían estado llamando toda la mañana sin éxito, porque nadie tenía éxito si llamaba cuando Axel estaba entrenando.

El agente Nash iba directamente a dar la cara y disculparse. Lo comprendió todo cuando encendió la tele y vio que no se hablaba de otra cosa.

El kerambit.

Todos los programas de la mañana, en todos los canales, estaban con lo mismo.

«Todos los detalles del arma homicida en el caso de la radio», TeleTres.

«Un instrumento letal que acabó con la vida de Marcos Goya en pocos segundos», Antena5.

«La mafia china puede estar detrás de todo este asunto, que trae a la Policía por la calle de la amargura», Canal2.

Y estos eran los medios que, en teoría, Axel tenía bajo control, los que más le afectaban directa e indirectamente.

Sus muertos.

Por otro lado, y a su bola, iban los más sensacionalistas. Estos salían con todo, desatados, sin correa.

«Escándalo policial ¿Por qué ocultaron el arma a la opinión pública?», 14TV.

«Este es el cuchillo que aniquiló a Marcos Goya y que no verás en los medios afines al Gobierno», portada digital del diario *España*.

Ya en el coche, Axel trató de vencer la curiosidad sintonizando algo de música en la radio, pero le derrotaron la rabia y la impotencia. Solo una emisora le dio cuartelillo.

«Avances en la investigación. La Policía ya conoce el arma que mató a Marcos Goya», Cadena Voz.

Gracias, Sota.

Debió seguir escuchando la Cadena Voz, pero quería saber más.

«La imagen de la Policía baja más de dos puntos, y suspende, en la última encuesta realizada esta mañana por nuestros compañeros de Sofres», OndaUno.

Joder, ¡menuda clavada, sandiós!

Al llegar y subir a su despacho, Axel no tardó en encontrar los semblantes draconianos de sus superiores. Se diría que le estaban esperando, en todos los sentidos.

—¡Maldita sea, Nash! ¡En qué hostias estás pensando! Se suponía que te encargabas de la prensa. ¿Cómo cojones se explica esto? —Un ruido estruendoso sobresaltó a Axel cuando los periódicos lanzados con inquina por el comisario Cueto golpearon con fuerza la mesa de Ortiz. Estaba furioso.

Axel no dejaba de preguntarse quién se la habría jugado. No había tanta gente que supiese lo del kerambit. Miró con displicencia al inspector Ortiz, que no decía nada. Permanecía impertérrito. Axel no descifraba su comportamiento. No sabría decir si se alegraba al verle en esa situación, si le estaba echando una mano y trataba de no echar más leña al fuego, o si directamente había sido él quien filtró lo del arma a la prensa y estaba tratando de quitarle de en medio.

¡Menuda avería tengo encima, Cristo!

Axel se disculpó mil veces, con la cabeza alta y el ego pequeño. Capeó el temporal como buenamente pudo, deseando salir de allí cuanto antes. Como siempre que estaba en aprietos, escuchaba las palabras de su madre rebotando en su cabeza. «*Fillo*, si estás en la mierda, aguanta callado y no la esparzas».

Por eso, el agente Nash, calló. Luchando contra la temperatura de su sangre que estaba hirviendo de ira. Se censuró de tal modo, que logró no decir nada que pudiese comprometerle. Bastante poderoso le parecía el ejército que tenía enfrente como para sumarle efectivos.

Y, además, tampoco sabía bien a quién culpar.

Aunque lo sospechaba.

El otro asunto por el que había acudido a la comisaría quedó en segundo plano y lo resolvió por teléfono. No quería estar allí dentro más de lo necesario.

—Garrido, ¿tienes la lista de móviles que te pedí?

—¿Qué pasa? ¿Hoy no me llamas Chema?

—No estoy para muchas hostias, Garrido. No me pongas a prueba.

Al otro lado de la línea se hizo un silencio lo suficientemente largo para que Axel se preguntase si la llamada se había cortado. Pero no lo suficientemente largo para que Axel lo preguntase en alto.

—Hace muchos años que yo no estoy para hostias, Nash —dijo Garrido— y eso nunca te ha frenado. Y no, no tengo tu lista. Estoy en contacto con las diferentes compañías telefónicas. Espero poder darte algo a lo largo del día de hoy.

—Está bien. Voy a estar despierto hasta tarde, así que no te preocupes por la hora, ¿de acuerdo?

Garrido colgó sin despedirse al tiempo que Axel abandonaba la comisaría haciendo lo propio.

Me cago en...

Varias horas después, cuando caminaba por los callejones oscuros y llenos de vida de Malasaña, las palabras de despedida del comisario Cueto aún retumbaban en su cabeza. «Haz lo que tengas que hacer, Nash. Me suda tres cojones lo que hagas, pero arréglalo. Y pronto».

Axel se había pasado toda la tarde intentado localizar a Loor. Pero Loor no contestaba al teléfono, aunque daba señal. Su última conexión de WhatsApp decía «Ayer a las 23.49». Empezaba a ser consciente de que su compañera desaparecía periódicamente sin previo aviso y algo le decía que se escapaba a Toledo para verse cara a cara con lo que fuese que la atormentaba.

¡Qué tía más rara!

A Axel le hubiese gustado compartir con ella la bronca que se había comido esa mañana y sus sospechas sobre Jorge Ortiz. Quería conocer su punto de vista, porque él estaba convencido de que el inspector estaba detrás de todo.

Tenía que ser él.

Su charla con Rivas solo llegó a oídos de Ortiz. Si daba por supuesto que este puso al corriente a Cueto, y Cueto quizá a algún superior, todo le llevaba de vuelta a Ortiz. Porque cuanto más subes, menos interés tienes en que se sepan ciertas cosas y, además, el inspector era el único con un motivo a la vista: estaba cabreado porque Axel se había sacado brillo en un par de reuniones del equipo de investigación, como cuando proporcionó el nombre de Max Morán. Y eso le había sentado como una patada en los huevos.

Claro, joder.

Por eso quería tener todo bajo control y pedía la colaboración incondicional de Axel y Loor. No era para avanzar más, ganar tiempo y liberar a la sociedad de un peligro público cuanto antes. Era para que todas las medallas brillasen en su pecho depilado y continuar medrando en su escalada de poder.

El puto Bruce Willis.

La mala hostia le estaba secando la garganta. Se sonrió al ser consciente de su inesperada sincronización. A veces su cuerpo le daba alegrías, le solicitaba recompensas que estaba a punto de regalarle.

Axel miró el reloj como siempre que acudía a una cita. Las 21.23. Veintitrés minutos tarde.

Esto ya me gusta más.

El lugar de encuentro no lo había elegido él. Se dio cuenta de que nunca lo hacía. Ni Sacha, ni el Flowers, ni tampoco este: el pub Sportive. Axel lo conocía de oídas. Algún compañero de la comisaría de la plaza de la Luna —en la que desemboca la calle de la Luna, pero que en realidad se llama plaza de Santa María Soledad Torres Acosta, aunque nadie la haya llamado por ese nombre jamás— le dijo que allí servían buenas copas y que había tías.

Loor se lo pierde.

Axel curioseó en internet y lo que leyó en su página web —«Una coctelería *american style*, situada en pleno centro, al lado de la Gran Vía, con un ambiente de relax»— le dio ganas de pegarse un tiro en las pelotas, cancelarlo todo e irse a dormir.

Al abrir la puerta y entrar, sus peores presagios se confirmaron. Lo primero que se le pasó por la cabeza fue que el decorador había realizado un trabajo de gran mérito, siempre y cuando fuese ciego. Lo segundo que se le pasó por la cabeza fue escapar a tiempo. Así que lo tercero que hizo fue adentrarse, dejando a su derecha la alargada barra de madera oscura, en la que dos fantoches daban vueltas a un par de recipientes metálicos emulando a Tom Cruise en *Cocktail*.

Axel buscó, pero no encontró ni rastro del carisma de Brian Brown y comprobó que las chicas que esperaban su consumición no podían compararse ni mínimamente con la deslumbrante Elizabeth Shue.

¡Dios, qué jodida obra maestra!

Detrás de la barra, los esforzados malabaristas esbozaban una sonrisa concentrada y ridícula que los acercaba más a un hospital psiquiátrico que a Hollywood. A su espalda, una vidriera repleta de botellas de primeras marcas internacionales, iluminadas con luces indirectas, completaba, junto a los tirantes finos negros del uniforme de los *barmen*, el toque coppoliano de un Cotton Club de saldo. Axel cruzó el local con premura, tratando de fijar la mirada en los sofás verdes del fondo. Lo primero que vio fue a una pareja heterosexual —con un rango de edad muy laxo— mimetizada con la tapicería, al tiempo que masajeaban sus cuerpos al ritmo de los Smiths:

Take me out... tonight
cause I want to see people and i want to see life.

El deseo de Morrisey coincidía con el de Axel solo a medias. Ambos querían salir, solo que Axel para irse a casa.

A la izquierda de los amantes pasajeros, una figura cérea y formidable sobresalía del conjunto. Un valiente. Un hombre de ideas férreas y principios inamovibles que vestía pantalones anchos como el demonio también en los ambientes más pretenciosos. Aguardaba compañía procurando no modificar la temperatura de la sala. Entre tanto histrión, se apretaba un coñac corto en vaso nórdico mientras consultaba su reloj. Ya había visto llegar a Axel, solo quería tocarle un poco las pelotas.

—Vamos, vamos, que llegas tarde, eh.

El apretón de manos le recordó que a Jaime Sota convenía abrazarle si no querías acabar en urgencias con una luxación de nudillo.

Suelta ya, cabrón.

—Discúlpame. Llevo una rato en la entrada preguntándome si te encontraría con vida en un sitio como este.

—Boh, ¿te vas a quejar? Venga, que no te has visto en otra igual. Pero si está abarrotado de mamarrachos como tú. Mira a ese... ¡Buf! —Sota señaló a un camarero que se acercaba con un antifaz tapándole media cara—. ¡Menudo gilipollas! Se piensa que es el zorro. Aquí vas a estar a gusto, te lo digo yo.

Jaime Sota estaba alegre. Axel se preguntó a qué hora habría llegado y cuántos coñacs habían precedido al que estaba a punto de consumir. Se sentó en el sofá lateral, juntos formaban una L. Cuando el camarero enmascarado pasó por su lado, y después de hojear la carta sin interés, Axel le pidió un gimlet. Lo hizo con la única intención de demostrarle a Sota el perfil dúctil que él también poseía.

—¿Un qué? ¿Un Hitler? ¡Oh... vamos, camándula! ¿Por qué no te pides un Martini agitado pero no revuelto y ya eres tan subnormal como todos estos. ¡Pídete una copa de verdad, cojones! Qué Hitler ni qué Hitler.

Axel sonreía satisfecho. No tenía ni la menor idea de qué había pedido, pero había logrado el efecto deseado. Molestar un poco a su amigo.

—Bueno, ¿qué?, ¿cómo lleváis el negocio? ¿Habéis trincado a alguien ya o no?

—Estamos en ello —zanjó Axel, escueto.

—He escuchado hoy que os la han clavado con lo del arma. No sé si oíste a los nuestros en la radio, hice lo que pude por contener la hostia.

—Lo he oído, sí. No sé si servirá de mucho, pero gracias de todos modos, Sota.

El periodista agitó una mano quitándose importancia y dio un trago pensativo al coñac, como calculando lo que iba a decir a continuación.

—No te quiero encabronar, pero eso sabes que ha sido alguien de dentro, ¿no? Algún mamador o alguien que tenía que dar algo para ocultar otra cosa.

—Lo sé. Lo tengo claro. Lo peor de todo es que las hostias han ido para mí. Yo me encargaba de la prensa, como sabes.

—Lo supuse. Bueno, no te desgastes mucho con eso, eh. Tú céntrate en atrapar al que se cargó a Goya y lo otro caerá por su propio peso. La mierda del trabajo acaba saliendo sola. Hazme caso. Primero el asesino y luego el traidor. Pon los problemas en fila india.

La luz amarillenta que lanzaban las lámparas verdes que colgaban del techo acentuaba la telaraña de arrugas de la frente de Sota. Su elocuencia no mitigaba el efecto. Axel hizo cuentas con disimulo.

Por cincuenta y ocho palos debe andar ya este.

—Uno de estos días me voy a pasar por la radio. Quiero hablar con ese Max —dijo.

—¿Max? ¡Oh! Max es un niñato —aseguró Sota—. Con los compañeros es como una rata, pero tiene la aquiescencia de los jefes y eso le da carta blanca para ser un capullo. Goya no le podía ni ver. En más de una ocasión tuve que intervenir. Ya sabes que en la redacción somos como una familia, ese ha sido siempre el secreto de nuestro liderazgo de audiencia, el oyente eso lo percibe, y esos dos se lo estaban cargando.

—¿Pero de llegar a las manos y tal? —preguntó Axel.

—No, joder. Max es un cobardica. Es mucho más sibilino que todo eso. Nunca llegaría tan lejos. Y yo tampoco lo permitiría, está claro, al menos delante de la gente. Un buen grito a tiempo con este vozarrón que me dio Dios y todo cristo se encoge.

El zorro llegó con el cóctel y lo depositó —sobre un reposavasos con la figura de un arlequín suavemente sobre la mesa. Axel dio un trago prudente. No pudo disimular un visaje de sorpresa.

Joder, esto está buenísimo.

—¿Por qué crees que Goya no le podía ni ver? —continuó.

—Porque era bueno —dijo Sota—. El cabrón es insidioso pero tiene ácido en directo. Una vez que me quitaron de en medio, Goya se quedó solo. La noche en la radio era algo así como una dictablanda. Marcos hacía y deshacía como le salía de los huevos sin que nadie le contradijese jamás. En Max encontró un rival a su altura. Piensa que Goya no era ningún santo. Una cosa es ser buen tío y encantador, que lo era, y otra distinta es llegar a una posición de poder sin un buen disfraz. Y Goya tenía un disfraz acojonante. Goya sabía cómo pisar cabezas sin que se le notase. El cabrón, no sé cómo se las apañaba, pero siempre lograba que sus argucias pareciesen accidentes. En Max descubrió a un príncipe de alcantarilla. Una cucaracha impía que le miraba directamente a los ojos.

—¿Cómo fueron los últimos días de Goya en la radio? ¿Notaste algo raro?

—Pues ahora que lo dices, los últimos días apenas se hablaban. Lo necesario para sobrevivir en antena. La noche que mataron a Marcos yo estaba en la pecera, ayudando a producir el programa, y ese día Max se encontraba mal. Pidió permiso para irse antes y Goya se lo dio. Con tal de perderlo de vista, como si no volvía más.

—¿Y no entró en el programa?

—Sí, sí. Entró. Dio su información del Racing de Madrid y se fue.

—¿Seguir al Racing de Madrid es lo máximo a lo que puedes aspirar en la radio? —interrumpió Axel, que aprovechó para dar otro trago a través de la pajita con la que revolvía la bebida.

—Es lo máximo a lo que puedes aspirar a no ser que el presentador de la noche deje la radio. Una redacción necesita diferentes perfiles. No es lo mismo presentar que narrar que infiltrarte en la actualidad de un club. Si tu cualidad principal es el ritmo, podrás llegar a ser un gran narrador de fútbol en directo, y el mejor es el que narra los partidos del Racing de Madrid. Si tu punto fuerte es la vena comunicativa, podrás llegar a ser un gran presentador de programas. Para eso necesitas manejar la información, ganarte la credibilidad de la audiencia y ser capaz de entretener durante varias horas sin perder el pulso informativo. Y el mejor presentador, se ocupa del programa nocturno. Por último, si eres joven, prometedor, tienes olfato, sacas noticias de debajo de las piedras, tienes contactos, cuidas a tus fuentes y tienes ambición, podrás llegar a ser un gran presentador, pero antes deberás curtirte en el barro de los clubes, y el mejor y más preparado de todos es el que sigue al Racing de Madrid.

—¿Y por qué no al Sporting de Barcelona? —se interesó Axel.

—Allí van por otro lado, funcionan como una matriz independiente, con redacción propia. Del equipo catalán se ocupa el director de Radio Barcelona, que se encarga también de los programas locales y regionales. Es como un subjefe, ¿me explico? Y cuando tiene que entrar en Cadena, deja a un subalterno a cargo de la emisora local. Cadena tiene prioridad siempre.

—¿Cadena sería como nacional?

—Eso es. Y en Cadena, la información del Racing de Madrid corría a cargo de Max, que era quien viajaba con el equipo y tenía oídos dentro. No sé de dónde le viene, pero tiene muy buena relación con el presi, ya sabes, el jeque catarí que tiene pasta para comprar España si le saliese de los huevos.

—Mustafá no se qué, ¿no? —intentó recordar Axel.

—Ese —confirmó Sota—. Y tener a ese cabrón de tu lado es oro. Sé que se ven a menudo y que comen de vez en cuando. No hay muchos periodistas en España que puedan decir lo mismo. En su momento Goya también lo hacía, pero pasó algo y se jodió. Algún comentario que no fue bien recibido o algo así. No te creas que hacía falta mucho más. Los hilos que te unen al presidente del Racing de Madrid son muy débiles. Una mala crítica a deshora y puedes despedirte de tu prometedora carrera. Pero bueno, Max iba por el buen camino y controlaba el club. Así que se podría decir que había tocado techo. —Sota hizo una pausa y aprovechó para cruzar las rodillas—. A no ser que le ocurriese algo a Goya.

Que es exactamente lo que ha pasado.

—Entiendo. Sigue, por favor. Te he interrumpido cuando me contabas que Max dio su información y se fue.

—Justo. Serían las 0.50 más o menos. Puedo conseguir el guion del programa si necesitas la hora exacta, pero no fallo por mucho. Lo sé porque el cabrón tosió en antena, ¿te lo puedes creer? No se puede toser en antena, joder, si te atragantas y te ahogas, te jodes. Pero no toses en directo. Es como faltar a un programa. Si trabajas en una tienda y te pones malo, pues te lo piensas y te quedas en casa. Nadie va a notar la diferencia entre que atiendas tú o lo haga otro. Pero en la radio es otra historia. Las voces no se pueden intercambiar. Eso lo sabe cualquiera. Y menos por la noche. Es como si en la cama te susurrase «Buenas noches» una voz desconocida y no la de tu mujer. Pues en la radio es lo mismo. Si no apareces es que te estás muriendo. Eso lo sabe cualquiera. Así que cuando Max tosió, miré el reloj y eran las 0.46. Lo hice para avisar al niño que se encarga de subir contenido al podcast. Le ahorraba mucho tiempo saber que a los 76 minutos de programa tenía que pelar el ruido que metió Max.

—¿Nunca había tosido antes? —Axel preguntaba recostado sobre su asiento, le ayudaba a elaborar un esquema mental.

—Ni de coña. Nunca —respondió Sota.

—Y dices que os avisó de que se encontraba mal y de que se tenía que ir antes.

—Eso es.

Axel le pidió un segundo a Sota, sacó su móvil del bolsillo del pantalón e hizo una rápida anotación.

—No deja de ser curioso —puntualizó antes de levantarse y dirigirse al servicio—. Discúlpame un instante. El Hitler este me da ganas de mear.

Al regresar a su asiento, Axel vio cómo, en el sofá contiguo al de Sota, un pie descalzo con esmalte rojo en las uñas bailaba al ritmo de Iggy Pop en la entrepierna de un vetusto caballero que se dejaba hacer.

I am the passenger
and I ride and I ride.

Joder con el viejo.

De todo lo que vio mientras caminaba de vuelta junto a su amigo —y se terminaba de secar las manos a la parte trasera del vaquero— hubo algo que aún le sorprendió más.

Bastante más.

Algo que estaba allí mismo, que no esperaba, que debió ver antes y que le subió la presión arterial. Recuperó su asiento aparentando normalidad.

—De todos modos, venía dándole vueltas, Sota, y hay algo de todo lo que me has contado que no me termina de encajar.

—Boh, no será que no te lo he dejado todo clarito para que te luzcas con tus jefes. Menos mal que estoy aquí yo para salvarte el culo, camándula, porque ya te veía pidiendo en la calle. A ver, ¿qué te pasa ahora?

—¿Por qué no saliste a saludar?

Sota entornó los ojos y su mirada se volvió lúgubre.

—¿Qué coño dices? ¿En el programa? Yo estaba en la pecera, ya te lo he dicho.

—No, joder. Anoche.

—¿Anoche? Anoche no hice el programa, estaba librando.

—Lo sé. Lo sé. —Axel se agachó y apuró su cóctel paladeando en su cabeza cada palabra—. Lo que no sabía es que en tus ratos libres vas a casa de Coloma Duval.

Sota palideció como si le hubiese nevado en la cara.

—Cuando sea así y coincidamos allí todos, no seas tímido y sal a saludar, hombre. —Las palabras de Axel llevaban tal carga irónica que Sota dejó, por primera vez en toda la noche, su coñac sobre la mesa—. Pero bueno, ya que no lo hiciste, no se me ocurre mejor momento que ahora para que me cuentes esa maravillosa historia que tanto os une y que te lleva a visitarla por las noches. Tengo el pálpito de que me va a encantar, CA-MÁN-DU-LA. —Axel saboreó cada letra que salía de su boca, paladeó con calma su triunfo y todo ello sin apartar la vista de su viejo... ¿amigo?

No quedaba ni rastro del aire fatuo del veterano periodista.

—Voy a pedir otra ronda, ¿te parece? No sé por qué sospecho que nos va a hacer falta a los dos. —Axel levantó un par de dedos para llamar la atención del camarero. A Sota el antifaz del zorro ya no le parecía tan divertido.

El silencio, en lo alto de la subida al cementerio, era apabullante. Las luces del anochecer se consumían despacio, quemando poco a poco el cielo de las afueras. Una brisa ligera y fresca desentumecía sus pesados pasos. Caminaba como quien no quiere llegar. Bajo el empuje de lo inevitable. Al fondo se vislumbraba la serpenteante estrechez de la ciudad vieja, atestada de turistas en busca de un sitio donde picar algo. Su marcha rompía la calma desierta y acallaba su respiración entrecortada y grave. Miró a su alrededor para comprobar lo que ya sabía.

Que por fin estarían solos.

Conocía bien el camino que la llevaría a la lápida, no era la primera vez que estaba allí. Percibía en el aire una energía insalubre, la confesión de que en lo más hondo del cementerio municipal Nuestra Señora del Sagrario de Toledo se escondían secretos que no era capaz de imaginar.

En realidad, ni siquiera alcanzaba a entender bien el suyo.

Al ver tallado su nombre en la piedra se estremeció, como cada vez que lo recordaba. Se arrodilló y colocó con mimo el clavel amarillo que le había comprado a una anciana arrugada y torcida en el puesto de la entrada. Al bajar la vista hacia el polvo que ensuciaba sus rodillas, un arrebato de llanto le sobrevino y se posó en su garganta formando un embudo por el que a duras penas pasaba el aire.

—Hola, sargento.

Siempre le había llamado así, incluso en los días más difíciles.

—No sé si me esperabas tan pronto, pero aquí estoy.

Sus ojos, sus pupilas marrones fueron lo último que vio antes de apagarse.

—Vengo a pedirte que no me odies.

Sus manos, entrelazadas sin rezo, fueron las que sostuvieron su último aliento.

—Por favor, no me odies.

Sus palabras salían a trompicones, sin limpieza.

—Me paso los días pensando en lo que pasó, en todo lo que pasamos juntos.

Su memoria le castigaba sin impunidad. Le susurraba que habían ocurrido demasiadas cosas entre los dos y ninguna le hacía sonreír.

—Dudo que algún día sea capaz de perdonarme a mí misma.

Ese era el motivo por el que estaba allí.

—Por eso vengo a pedirte que lo hagas tú.

La redención, la expiación de sus pecados.

—Perdóname, te lo ruego.

Si no era demasiado tarde.

—Perdóname.

Hundió la cabeza entre los muslos y rompió a llorar.

—Haría cualquier cosa por olvidarlo todo, cualquier cosa por volver a respirar.

El desahogo liberó recuerdos ocultos durante años que no podía apartar por más tiempo.

—Te odio.

La represión había llegado a su final.

—Te odio con toda mi alma.

Se agarró la cabeza con fuerza, con ambas manos, como intentando retener al pandemónium que luchaba por salir.

—¡AAAAH!

El grito se dibujó en lo más alto del camposanto. Loor sintió una liberación incompleta y el impulso irrefrenable de salir de allí. Leyó por última vez su nombre grabado en la piedra lisa.

«Sargento Facundo Galván Muriel».

—Adiós, papá.

Se incorporó y sin remedio soltó un esputo vindicativo que se estrelló contra la arena. La inscripción salivosa de un escupitajo colérico.

Su firma en todo esto.

—Te quiero mucho.

Loor descendió por el talud de cascajo con la mente en blanco. La contundencia de las Doc Martens estallaba la gravilla a su paso. Arrancó el coche que había alquilado esa misma tarde y tomó la A42 dejando Toledo atrás. No había encontrado la salvación que había ido a buscar. Nunca la encontraba.

Pisó el acelerador.

Volvía a Madrid.

Tenía asuntos pendientes.

Axel decidió volver a casa dando un paseo. Pasada la medianoche, la Gran Vía presentaba un aspecto rebosante de energía. Era una de las cosas que más le había impresionado cuando salió de Galicia.

El insomnio de la capital.

Axel sabía que esa noche a él tampoco le iba a resultar fácil conciliar el sueño. Ni siquiera el alcohol, que normalmente le entumecía el cerebro, iba a poder frenar la indigestión de su noche con Sota.

Loor va a flipar.

Había intentado contactar con ella por última vez al salir del pub Sportive, pero era evidente que no le quería coger el teléfono. Conocía bien esa sensación de mirar el móvil y tirarlo de vuelta contra el sofá. Y además no quería que pudiese llamarle pesado, le dolería aunque no pudiese escucharlo.

Tenía tantas cosas que contarle: Sota y Coloma, las mentiras, el enfado de Goya, el odio de Max, la huida del programa la noche del asesinato...

Va a flipar.

Axel se ajustó los AirPods con presteza y activó Spotify. Buscó algo nocturno que le acompañase.

Descartó a RadioHead, demasiado intenso.

Descartó a Oasis, demasiado alegre.

The Smashing Pumpkins, «Mellon Collie and the Infinite Sadness».

Correcto.

Deslizó la pantalla. Pista 19.
Dentro.
1979 - Remastered 2012.

> *Shakedown 1979*
> *Cool kids never have the time...*

Un clásico de los 90, perfecto para sentirse bien. La voz rasgada de Billy Corgan le transportaba a épocas mejores, tiempos de estío en los que el amor por... La música se cortó de imprevisto. Una llamada.

Loor, aquí está.

Axel sacó el móvil del bolsillo y en la pantalla apareció el nombre que estaba esperando. No era Loor.

—Dame buenas noticias, Garrido.

—Tengo buenas noticias.

—Pues dámelas. —Aunque escuchaba con nitidez, Axel apretó los botones laterales del iPhone para subir el volumen, como si eso pudiese mejorar las noticias que iban a darle.

—Tengo la lista de nombres de la compañía telefónica y hay uno que te va a gustar.

—Dispara.

—El tipo de la radio.

Lo sabía.

—Jaime Sota, ¿verdad?

—¿Quién? No. El tipo sobre el que me pediste información... Max. Max Morán. ¿No me digas que se te había olvidado? La señal de su móvil estuvo activa en la zona en la que mataron a Goya exactamente a las 01.52 de la mañana.

— ...

—¿Axel? ¿Axel? ¿Sigues ahí?

— ...

—Capullo.

Garrido sabía que ya nadie escuchaba al otro lado de la línea, pero se quedó mucho más tranquilo al soltar su rabia. Colgó, recogió sus cosas y se fue a casa. Tenía sueño. Lo repitió varias veces mientras conducía. «Capullo, capullo, capullo». No quería dejarse nada dentro que le impidiese dormir a pierna suelta.

En la otra punta de la ciudad, un agente de policía cruzaba la Plaza Mayor, corriendo a grandes zancadas, con las llaves de un Peugeot 207 en la mano.

29

Madrid, jueves 21 de marzo

Loor llegó a comisaría temprano. No había pegado ojo en toda la noche y, como siempre que eso ocurría, a la mañana siguiente se había pasado tanto con el maquillaje, que el carmín del labio superior le tapaba casi las pestañas. Era un viejo truco que aprendió en casa. Consideraba que aplicando una capa extra de pintura en su rostro, en el peor de los casos, desviaba la atención de sus verdaderos problemas.

Que eran muchos.

Casi se le corre el rímel cuando entró en su angosto despacho y vio que no era la primera en llegar. Encima de la mesa de Ortiz, unas botas Nike con el aspa roja se estaban jugando el pellejo.

—Molan tus zapas —dijo a modo de saludo.

—Claro que molan, son las de Marty McFly.

Loor había visto *Regreso al futuro* y decidió seguir el juego.

—¿Y qué será lo siguiente... comprarte un Delorian?

Axel la miró levantando una ceja.

—No, Loor, ¡qué tontería!, ¿para qué narices voy a querer un Delorian? A ver de dónde saco 1,21 gigavatios de plutonio.

—Me he perdido, Axel. Lo siento. No soy tan friki. —Loor sonrió y una grieta se le abrió en la mejilla.

Joder, esta se ha pasado con el maquillaje.

—Te he estado llamando —dijo Axel sin que sonase a reproche.

—Lo sé. Estaba *out*. ¿Vas a dejar los pies en la mesa? No sé si a Ortiz le mola *Regreso al futuro*.

—Siéntate, anda —le pidió Axel—. Antes de que aparezca, tengo muchas cosas que contarte.

Axel la puso al día de todo lo que había ocurrido en las últimas veinticuatro horas. Se quedó de piedra al comprobar que Loor no tenía ni idea de la filtración del kerambit.

Si no se habla de otra cosa, ¿dónde ha estado? ¿En un refugio nuclear?

Cuando le dijo que sospechaba que Ortiz se la había jugado, Loor permaneció impasible. No pareció sorprenderle en absoluto. Axel le pidió que a partir de ahora cortasen el flujo de información y lo redujesen al mínimo. Ella se mostró conforme.

También le habló de su cita con Sota, le resumió por encima todo lo que le había contado de Max y de su relación con Goya. Loor ponía cara de estar colocando en su cerebro cada cosa en su sitio, como formando un puzle.

—Pues ahora vas a flipar —dijo Axel—. Sota y Coloma Duval están juntos.

—¿Y por qué voy a flipar?

—Bueno, es que no conoces a Sota, no le pega nada meterse en una movida así. Me lo contó todo anoche. Le pillé de la manera más tonta. ¿Sabes que estaba en casa de Coloma cuando estuvimos la otra noche?

—Eso ya me jode más —dijo Loor—. Debimos darnos cuenta. ¿Cómo lo supiste?

—Pues de la manera más tonta —argumentó Axel—. A Sota la moda se la suda. Siempre va con sus pantalones anchos a todas partes y, como no los cambia, no tiene que molestarse en combinar, así que sus pies siempre calzan unos zapatones marrones, grandes como dos barcos. Al salir por la puerta del jardín de Coloma, me fijé que el césped estaba pisoteado, unas huellas enormes. Lo primero que pensé fue en Garfunkel...

—¿Quién cojones es Garfunkel? —preguntó Loor.

—El chaval, Lucas. Joder, es clavado a Garfunkel. —Axel hablaba abriendo los brazos como un profeta. Pronto se dio cuenta de que predicaba en el desierto y cruzó las manos detrás de la nuca—. Bueno, luego lo buscas en Google. El caso es que el muchacho es alto y supuse que tendría un pie grande, por lo que imaginé que podía haber sido él. No me di cuenta de mi error hasta que ayer, al volver del baño del garito donde estábamos tranquilamente tomando una copa, vi los zapatones de Sota con restos de hierbajos verdes en la suela. La moda, Loor, es más importante de lo que parece.

—Como dirías tú... Joder.

Axel hizo una mueca de satisfacción.

—Sota me contó que desde la muerte de Goya, se ha volcado en ayudar a Coloma. Con el papeleo, el funeral, el testamento. Y que se han acercado mucho. Dijo que ella trataba de aguantar con entereza y manejar todo el jaleo a su alrededor, pero que la presión acabó siendo más fuerte que ella y se derrumbó. Dijo que necesitaba un hombro en el que llorar y que él tiene un hombro a prueba de bombas. Y reconoció que estaba empezando a verla de otra forma, con otros ojos, quizá como algo más que una amiga, y que sus sentimientos en los últimos días le tenían confundido.

—¿Y no te dijo directamente a la cara que te considera subnormal? —preguntó Loor.

—No hizo falta. Me adelanté. Le pregunté: «Oye, tío... ¿yo de qué tengo cara?, ¿de normal o de subnormal?». A lo que respondió: «De subnormal», y ya le dije: «Pues de subnormal solo tengo la cara».

Una carcajada estentórea rebotó en el cristal de la ventana. Desde el día en que se conocieron hasta ese instante, Axel nunca había visto a Loor reír con tantas ganas. Tuvo que apaciguar una corriente de vanidad que le subía por la espalda.

—Dios mío, Axel. Eres tonto perdido. A ver, dime, ¿te contó la verdad?

—No. Y tampoco hizo falta. Conozco la verdad. Es como sumar dos más dos. Matemática simple. Luego te cuento esa parte de la historia. Como dirías tú... Te va a molar. El caso es que le dejé tranquilo. No tenemos ninguna prueba contra él y no vamos a detenerle por acostarse con la exmujer de un muerto. Puede ser de pésimo gusto, pero no es ningún delito. Lo que ocurrió a continuación fue que me iba ya para casa intentando juntar las piezas de todo este asunto y de pronto me llaman al móvil. Mi contacto en la Cloaca. Que tiene la lista de teléfonos con actividad en la zona del asesinato, la noche del asesinato. ¿Y sabes qué nombre me dijo?

—¿Sota?

Chica lista.

—Eso mismo pensé yo. Pero fallamos.

—Entonces, ¿quién?

—Max —dijo Axel, marcando mucho la «x».

—¿Ese no es el tipo que señalaste como sospechoso en la última reunión? —preguntó Loor, rascándose la cabeza como siempre que trataba de hacer memoria.

—Coooooorrecto. —Axel la señaló con el dedo índice como hacen los presentadores de la tele cuando un concursante acierta—. Así que miro el reloj y calculo que me da tiempo a llegar a la radio antes de que Max despida el programa de la noche. Cuando me vio desde su asiento al otro lado del cristal, su cara se puso amarilla. Cuando entré en el estudio aprovechando una publi y me senté a su lado, se volvió verde. Y cuando pedí que cortasen la luz roja y apagasen los micros, se puso azul. Entonces le dije que tenía dos opciones: 1. Llevármelo esposado y que el chavalito que estaba leyendo los mensajes de los oyentes, un enclenque de nombre Caco al que también conozco aunque eso no venga al caso, terminase de despedir el programa; o 2. Presentarse voluntariamente y por su propio pie esta mañana en comisaría para ser interrogado. En ese momento tuvo pocas dudas y muchas dificultades para controlar su discurso balbuciente y terminar el programa de forma digna, ante la escucha de los oyentes que aún permanecían despiertos a esa hora.

Axel bajó los pies de la mesa.

—Vamos a pillarle, Loor. Esta vez no se nos escapa. Tengo un par de trucos preparados. De esos que es mejor que no sepas.

—¿Y a qué hora se supone que va a venir ese tal Max? —preguntó Loor.

Axel miró al reloj de pared que colgaba por encima de la cabeza de su compañera. Las agujas marcaban las 7.59. En ese momento, una voz se impuso a su espalda.

—Nash, Galván...

—Andando —dijeron los dos al unísono.

Manuel Estrías les regaló una mueca agria.

—Tenéis visita —anunció.

Axel entró primero en el cuarto ascético que habían desnudado para usarlo como sala de interrogatorios improvisada. Max aguardaba sereno, sentado en una silla que no parecía muy confortable.

A Loor, que cerró la puerta, le pareció que la postura del sospechoso tenía un deje casi estudiantil, como un alumno que se ha preparado bien un examen.

Mientras ocupaba su asiento, Axel fantaseaba con la posibilidad de que al otro lado del espejo que cubría toda la pared del fondo, el inspector Ortiz y el comisario Cueto estuviesen escuchando y analizando todos los detalles de la conversación, pero enseguida aterrizó de su viaje imaginario a un *thriller* de David Fincher y fue consciente de que al otro lado del cemento no había más que más cemento. Sus jefes, de momento, tendrían que conformarse con la grabación.

—Buenos días —empezó Axel—. Le agradecemos su presencia y su puntualidad, señor Morán. No creo que nos demoremos mucho.

—Tranquilos. No tengo prisa —dijo el sospechoso.

Max parecía tranquilo. La camisa blanca y el jersey azul marino de cuello pico, que se cerraba rígido alrededor del cuello, convencieron a Axel de que la paleta de colores de su armario era escasa. A Loor, que se fijó más en el Rolex que Max lucía en su muñeca izquierda, todo le sugirió que se enfrentaban a un ciudadano de perfil conservador.

—Veo que has declinado la posibilidad de venir acompañado por un abogado que te represente —dijo Axel, escrutando a su interlocutor con ojos sagaces.

—No estoy detenido, ¿no?

Axel no contestó. Sacó el móvil y lo colocó sobre la mesa. Arrastró una grabadora hacia sí mismo y advirtió a Max de que, desde ese momento, todo lo que dijesen iba a quedar registrado para su posterior uso jurídico, en caso de ser necesario. Con dos dedos pulsó simultáneamente el «play» y el «rec», y casi se disculpó por la tecnología decimonónica con la que contaban en la oficina. Lo que no dijo fue que la razón de emplear un cacharro obsoleto no era por carencia de material tecnológico adecuado, sino porque estaba convencido de que una grabadora clásica imponía más que un teléfono. Todos tenemos un móvil y grabamos notas de voz. Todos hemos visto grabadoras en los interrogatorios de la gran pantalla. Ser y parecer no son la misma cosa. De hecho, la grabadora ni siquiera grababa. El móvil, sí. Axel recitó la fecha, la hora, sus nombres y sus cargos en una letanía semiautomática. Y se incorporó en su asiento.

—Este arranque puede sonar peliculero, pero no hay una forma mejor de empezar esto: ¿Nos puede relatar con todos los detalles que recuerde y todos los datos que sea capaz dónde se encontraba usted la noche del martes, 12 de marzo de 2019?

—¿Es la noche de...? —Max dejó la pregunta en el aire. Axel asintió. Max exhaló una bocanada profunda de aire de sus pulmones.

—A ver, la noche en la que mataron a Goya yo estuve en la radio. Hicimos el programa como todos los días. Llegué a la emisora sobre las seis, supongo que el conserje lo podrá confirmar. Es la hora a la que llego habitualmente cuando tengo que entrar con Goya en antena.

—¿Recuerda algo especial de ese programa? ¿Algo que debamos saber? —inquirió Axel.

—Nada importante —respondió Max con rapidez—. Aunque es cierto que no recuerdo demasiadas cosas de esa tarde-noche, digamos que no tenía mi mejor día, no estaba muy católico. Me encontraba mal y solicité poder marcharme antes. Me lo concedieron y así lo hice. Entré en antena un poco tarde, sobre la una menos cuarto. Suelo entrar antes, pero recuerdo que esa noche Goya había cerrado un protagonista gordo para el arranque, por lo que aguardé mi turno con paciencia y, cuando me advirtió de que había llegado mi momento, me senté y di la información del Racing de Madrid. En cuanto Goya me despidió, recogí mis cosas y me fui.

—¿Adónde? —Axel estaba intentando poner en práctica varias de las técnicas que se aprenden en los cursos de metodología de interrogatorio. La primera y más importante dice que las preguntas deben ser cortas y directas, con el fin de que el interrogado tenga menos tiempo para construir una respuesta.

—Me fui a casa. Como le digo, no me encontraba demasiado bien y necesitaba...

Una corriente súbita les destempló la espalda cuando la puerta de la sala se abrió de repente.

—Agente Nash, agente Galván, ¿tienen un segundo?

El puto Bruce Willis.

Max Morán se retrepó en su asiento convencido de que estaban utilizando una argucia policial. Querían dejarle solo para que tuviese tiempo para pensar y perder los nervios. Esa idea se le fue de la cabeza cuando, minutos después, vio regresar junto a él únicamente a uno de los tres investigadores. El último en llegar. El más atildado. El que se parecía a Vin Diesel.

—Disculpe la espera. Mi nombre es Jorge Ortiz, soy el inspector encargado de la investigación. ¿Está usted cómodo? ¿Necesita algo? ¿Un vaso de agua?

—Estoy bien, gracias —dijo Max, en tono relajado.

—Me alegra oír eso —dijo Ortiz, con una sonrisa helada—, porque le aseguro que yo no me ando con hostias como esos dos. Debe saber que le esperan horas muy jodidas, le doy mi palabra.

Axel y Loor salieron a la calle a tomar un poco de aire fresco. Ella se encendió un Marlboro, el primero de la mañana. Él comprobó que no fuese *light*. Era rojo.

No paraba de maldecir en alto: quién cojones se creía que era ese imbécil para sacarlos así de allí. Max era su sospechoso, su interrogatorio, lo había conseguido todo él solo.

—Quizá ahí está el problema —apuntó Loor.

Axel la miró incrédulo.

—¿Tú para qué portería chutas, eh? No me toques los huevos tú también. Se le va a escapar vivo, joder. Si ya nos estaba mintiendo. Estuvo en San Bernardino antes de ir a casa, era solo cuestión de apretarle. Y este no sabe nada de la lista telefónica. Primero me la clava con la prensa y ahora que puedo arreglarlo y limpiar mi culo con los jefes, me hace esto. Joder. Joder.

Loor le miró con cara de «Si le hubieses contado todo, no estaríamos en esta situación», pero no lo dijo. Dijo otra cosa.

—Te gusta mucho ir por libre y lo entiendo, yo soy igual que tú en eso, Axel. Te dará muchas alegrías y tiene sus ventajas, lo tengo claro, pero cuando salga mal, que alguna vez saldrá mal, tienes que saber aceptar la derrota. Ni siquiera me lo cuentas todo a mí, y eso a veces me complica las cosas, ¿sabes? Me impide ayudar en muchas situaciones. A veces estoy perdida y tardo en orientarme, como en casa de Coloma Duval. Si te apoyases más, iríamos más rápido.

—¿En serio? ¿Seguro que quieres jugar a eso? Muy bien. Me parece una idea acojonante. Pues venga, ¿qué coño escondes? ¿A qué coño vas a Toledo todas las semanas? ¿Y por qué te destinaron a Madrid? ¿Por qué no hablamos de eso mejor?

Loor dio una calada profunda al cigarro y una cortina densa de humo desapareció en su boca.

—No veo qué tiene que ver eso. ¿Por qué atacas?

—¿Yo? Me estoy defendiendo. Estoy un poco hasta los huevos de tus leccioncitas y tus consejitos. Quieres que juguemos limpio, está bien, hagámoslo. Pero juguemos limpio los dos. Con las mismas reglas.

El cigarro consumido resbaló entre los dedos de Loor y el tacón de sus Doc Martens lo aniquiló en dos tiempos contra el bordillo de la acera.

—Está bien, ¿quieres saberlo?, te lo contaré. No se lo he contado a nadie todavía y no sé cómo va a resultar, pero vamos allá. —Loor se sentó en el primer escalón de la entrada a la comisaría. Sus ojos se humedecieron casi de manera preventiva—. Es una historia larga, pero hace unos años...

De pronto, en lo alto de la escalinata, la puerta se abrió a sus espaldas y Axel salió disparado. Max descendía con aire ignominioso. No parecía tener muchas ganas de seguir hablando.

—Tenía razón, debí acudir a la cita con un abogado —dijo Max con suficiencia—. No volverá a ocurrir. No volveré a fiarme de usted.

La sangre de Axel estaba incandescente.

—No pretenderás que te pida perdón por cargarte a Goya, ¿verdad, mamón?

—Yo no he matado a nadie. —Max levantó un dedo amenazante hasta la altura de la nariz. Su tono de voz se volvió ignífugo—. Y si tan seguro está y tan listo se cree, haga su trabajo y demuéstrelo.

Axel libró una pelea encarnizada consigo mismo y logró reprimir las ganas de partirle la cara.

Ya vendrás.

Vio cómo su sospechoso desaparecía al final de la calle, caminando con garbo, sin urgencia, dejando tras de sí un aroma altivo. Muy diferente al que Axel imaginó que debía traer al entrar unas horas antes.

Volvió sobre sus pasos y libró la segunda batalla interior en pocos segundos. De nuevo, y quizá porque ahí se jugaba su puesto de trabajo, logró reprimir las ganas de subir y partirle la cara al inspector Ortiz. O tal vez el motivo por el que no lo hizo fuese otro y sencillamente Loor le estaba empezando a importar más que la mayoría de la gente que le rodeaba.

Se acercó a ella. Seguía exactamente en la misma posición. Se sentó a su lado.

—Se ha ido —dijo.

Ya lo he visto. —Loor hablaba sin levantar la vista del suelo.

Axel no pudo evitar sonar afligido.

—Siento haberte dejado con la palabra en la boca. No he sabido controlarme. Sé que esto es importante para ti. Discúlpame. Ahora que ibas a contarme la verdad sobre el caso Loor Galván. —Axel buscaba una complicidad que no encontró—. Quizá lo mejor sea que te invite a desayunar y me cuentes todo despacio. Total, nuestra mejor baza me acaba de escupir su vanidad a la cara. Tenemos todo el tiempo del mundo.

Axel le ofreció una mano firme que ella aceptó de mala gana. Se incorporó y juntos caminaron en dirección contraria a la cafetería oficial del Cuerpo. Necesitaban cierta intimidad.

Estaban llegando al Starbucks en el que habían convenido tomar un par de cafés, cuando Axel vio una sonrisa conocida.

—¿Tú qué haces aquí, mocoso?

Loor miró a Axel sin indulgencia.

—Perdona. Loor... eeeh... Este es Caco —dijo, animando con los brazos a que se diesen la mano—. Es compañero de la Cadena Voz. Te he hablado de él. Es el chaval que se sienta al lado de Max y cada media hora lee los mensajes de los oyentes. ¿Recuerdas que te he hablado de él?

—No insista, agente, que me va a hacer sentir importante —dijo Caco.

—Olvídate —replicó Axel, moviendo una mano en el aire—. Estamos en otra batalla. ¿Qué haces aquí? ¿Te ha ocurrido algo?

—La verdad es que no, bueno sí, bueno es que no sé cómo decir esto sin parecer un bobo frívolo, pero ayer cuando vino al estudio no pude evitar escuchar su conversación con Max y cuando dejó abierta la posibilidad de que yo tuviese que despedir el programa, casi me hago pis encima. Así que he venido para ver si Max se quedaba detenido o no, y si se quedaba, llamar a la radio y fingir una gripe. Imagínense que me hacen presentar el programa. Toda España escuchando a un mariquita tartamudear. De esa no me recupero. Entiéndame, agente. Ya sabe que Max no es santo de mi devoción, pero antes que los santos está Dios. Y si a mí me da un síncope en directo, no me veo capaz de resucitar al tercer día.

—Tranquilo. No vas a presentar —le calmó Axel con indulgencia.

—¿En serio? Ufff... no sabe la alegría que me da —exclamó Caco—. Bueno, supongo que para ustedes no es tan buena noticia porque querrá decir que no ha hecho nada malo, bueno, yo qué sé, que me voy. No les molesto más. Hasta la vista. ¡Ay, Dios bendito, menos mal! Menos mal. Menos mal.

La sonrisa con la que entraron Axel y Loor al Starbucks no le llegaba a la suela del zapato a la majestuosa hilera de paletos, colmillos, incisivos y molares color hielo que alumbraba la vida de Caco como una linterna frontal.

Tras pedir un par de bebidas, los dos policías se centraron en el asunto que les había llevado hasta allí.

Se sentaron mirándose a los ojos. Y empezaron a hablar.

El pasado de Loor tenía los brazos muy largos, y entre él y Axel solo había un *frapuccino* y un *latte macchiato*.

30

—El cepillo de dientes sigue ahí.

—¿Qué cepillo?

—El cepillo de dientes. En el coche. Se miraba al espejo retrovisor mientras se cepillaba los dientes.

—¡Qué dices!

—El cepillo de dientes. El puto cepillo de dientes me estalla la cabeza.

Vigo, jueves 21 de marzo

Mauro corría entre las rocas con la destreza del autóctono, del nativo que recorre terrenos agrestes a diario. Controlaba los apoyos a la perfección, como un escalador sin arnés. No era casualidad que hubiera tomado esa dirección, o quizá sí. En el fondo de su ser sabía que había sido la adrenalina golpeándole los pulmones la que había tomado la decisión por él. Y menos mal, porque necesitaba alguna ventaja para desembarazarse de semejante problema. Necesitaba jugar en casa.

Al problema lo había perdido de vista hacía unos minutos, no sabría decir cuántos.

A Mauro le parecía una eternidad.

Estaba trabajando en el garaje con sus herramientas de bricolaje. Aprovechando que Raquel y los niños se habían ido a pasar la noche a casa de su suegros, aprovechando que tenía tiempo para él y para, por fin, arreglar las tablillas rotas del parqué de la entrada, que crujían como demonios cuando alguien ponía un pie encima. Tal vez por eso no le había escuchado entrar y se sobresaltó hasta el paroxismo cuando vio la silueta estática y malintencionada mirarle fijamente a los ojos.

No tuvo que preguntarle nada, sabía perfectamente quién era o de parte de quién iba, o por qué y para qué estaba allí. Lo comprendió al instante pues, de algún modo, le estaba esperando.

Mauro reaccionó con una rapidez violenta. Asió un martillo de bola que flotaba sobre la mesa de carpintería y rotando la cadera para imprimir más fuerza, lo lanzó apuntando a la sombra de la cabeza.

Un sonido metálico, que escuchó ya a lo lejos, le indujo a creer que había fallado, pero ese pensamiento negativo se esfumó mientras corría, engullido por la sangre que fluía por sus venas como ratas en pánico.

Corrió sin volver la vista atrás y se adentró en el camino del monte que descendía directamente a las rocas, junto al mar. De fondo, las olas chocaban unas contra otras y rompían un silencio sucio que Mauro, presa del pavor, no era capaz de reconocer.

Se paró y aguzó el oído.

Nada.

Solo era capaz de distinguir su respiración entrecortada por el esfuerzo. Se lamentó por no haber hecho caso a Raquel, que llevaba meses diciéndole que así no podía seguir. Que estaba engordando sin remedio. Que debía apuntarse al gimnasio. O salir a correr. O hacer algo. Porque ya casi no tenía resuello para jugar un rato con los niños en el jardín.

El caso es que Mauro hacía ejercicio. Ejercicio de otro tipo. De un tipo que no podía compartir con Raquel.

A Olga la había conocido en el puerto. Era hija de un capataz y algunas tardes acudía a verle con la excusa de revisar unos documentos. Congeniaron desde el principio. Primero, una miradas, que llevaron a unos mensajes, que llevaron a unas llamadas, que llevaron a unas cervezas, que llevaron a la cama. La ruta completa sin saltarse ninguna estación.

Fue ella quien le metió en esto. ¡En buena hora!

Le dijo que no tenía de qué preocuparse, que era pan comido, que solo tenía que prepararlo todo, que solo tenía que estar atento para ajustar su turno a la llegada de determinados cargueros. Encargarse personalmente de la inspección y de dar el visto bueno: «Es poner una cruz en un papel, nada más que eso».

La verdad es que no parecía muy difícil y había escuchado que todos lo hacían. Si no, de qué iban a tener esos casoplones esos muertos de hambre que madrugaban como él. Además, era la única oportunidad que iba a tener en su triste existencia de proporcionarle a sus niños la vida que merecían, una casa grande con espacio para jugar, una educación, un futuro mejor que el suyo. Y, del mismo modo, también compensaría a Raquel por los malos ratos, por las veces que se saltaba la cena y se escurría junto a ella en la cama, en mitad de la noche, manchado por los besos de otra mujer.

Ahora, a lo lejos, entreveía a través de las espesas ramas de la primavera ese bloque de cemento que representaba su hogar.

Un hogar vacío y roto.

Mauro se maldecía. Se culpaba. Se fustigaba. Pero no había tenido elección.

La policía portuaria y la Guardia Civil le estaban pisando el cuello; no sabía si eran imaginaciones suyas o se trataba de algún chivatazo, pero no le quitaban ojo.

No pudo hacer otra cosa. Cuando lo vio tuvo que dar la voz de alarma. Era eso o pasarse el resto de su vida entre rejas. Lo iban a descubrir de igual modo, pero si lo hacían sin su ayuda iban a sospechar, iban a mirar atrás, iban a bucear en los últimos registros. Y su nombre aparecería en un sumario de cien folios escrito a máquina por un juez junto a una condena a treinta años de cárcel. Y entonces ni jardín, ni educación, ni gimnasio, ni futuro, ni niños, ni Raquel, ni Olga... ni Mauro.

Cuando levantó el brazo y advirtió de que el carguero número 77453JG, procedente de Venezuela, podía venir con sorpresa, la intervención rápida y eficiente de las fuerzas de seguridad les permitió incautarse de mil kilos de cocaína en fardos adosados al casco del barco por debajo de la línea de flotación.

El presidente de la Autoridad Portuaria se había vanagloriado públicamente ante los medios de comunicación por desbaratar una operación de un coste incalculable para la salud pública y la economía sumergida.

Mauro se llevó una palmada en la espalda que, en lugar de auparle a un puesto de mayor responsabilidad y mejor remunerado en el puerto de Vigo, le había empujado a escabullirse a hurtadillas entre la maleza, tratando de alcanzar las rocas antes de que la venganza le alcanzase a él.

Entre susto o muerte había elegido susto.

O eso quería creer.

Su optimismo innato intentaba convencerle de que había despistado al espectro que se le apareció en el garaje. Que sus maniobras de distracción habían funcionado. Su instinto de supervivencia le preguntaba si estaba loco y le apremiaba a continuar corriendo.

Mauro no escuchaba ningún ruido, ninguna rama romperse a su espalda. Eso le relajó el pulso.

El destello centelleante de un roedor, batiendo sus cortas patas a toda velocidad, que pasó rozándole los tobillos, le puso en alerta. Continuó su descenso apremiante hasta las rocas. Ese era su objetivo, su pasillo de seguridad. Allí tenía ventaja.

O eso quería creer.

El terreno irregular y las escasez de luz, paradójicamente, le tranquilizaban. Le venía de sus años mozos, cuando se escapaba al caer el sol con algún colega a fumar un poco de hierba, sentados en la humedad fría de la piedra costera, con la única compañía del rumor del mar y de las olas meciéndose. Reservaba esas noches para sus amigos, las de cielo sin luna, como aquella.

La luz del cuarto menguante o cuarto creciente o la luz de plenitud, las guardaba para alguna chica.

«¡Oh, Raquel! ¡Perdóname! ¡Qué tonto fui! Lo tenía todo contigo y no supe verlo. Quise más. Y mírame ahora. Perdido. Luchando por mi vida. Por volver a verte. A ti y a los niños».

El quejido de una rodilla, doblada en un mal apoyo a escasos metros, sorprendió a Mauro, que volvió en sí. El sonido del tropiezo estaba mucho más cerca de lo que hubiese imaginado.

«Mierda».

Salió disparado como una exhalación en lo que consideró era la dirección opuesta a su amenaza. Trepaba por los peñascos con maestría y experiencia, empleando las cuatro extremidades para ganar solvencia. Una mano fuerte, un pie firme, un antebrazo robusto como palanca, el otro pie... el otro pie...

«Mierda».

El otro pie se había quedado encallado entre dos rocas. La sangre, al mezclarse con el agua del mar y el salitre, le arañaba el tobillo.

Mauro tiraba con todas sus fuerzas.

Arriba y abajo.

Izquierda y derecha.

La presión inerte sobre la carne apenas le dejaba margen de maniobra. El escozor se ocultaba tras el chute hemostático de miedo.

Tenía que salir de allí como fuese.

El oído le empezó a mandar señales inequívocas de que unos pasos se acercaban. Se estaba quedando exhausto. Agarrotado. Miraba alrededor en todas direcciones y se intentaba convencer de que su mente le engañaba.

Allí no había nadie. Solo él y el mar, como cuando era joven.

Mauro concentró toda la energía restante de su cuerpo en un único movimiento, una última acometida que tensó todos los músculos del antebrazo, los tríceps y los cuádriceps de su pierna libre. Con la cadera dio un latigazo brusco, buscando también que la maña entrase a colaborar. Nada.

«Mierda».

Un grito injusto descarnó la esperanza de salir de allí con vida. Lo había escuchado en alguna película: «La esperanza es un error». Pero creía recordar que en aquella película al final ganaban los buenos.

Levantó la vista para encontrar un mejor apoyo para sus manos y entonces lo vio. La sombra permanecía estática, malintencionada, como si lo mirara fijamente a lo ojos. Con la mano derecha repetía un movimiento casi espasmódico. «¿Qué hacía? ¿Qué era aquello? ¿Se estaba frotando la boca? ¿Se rascaba la mandíbula?».

No, no era nada de eso. Se estaba cepillando los dientes. Eso hacía.

Arriba y abajo.

Sin retirar la mirada.

Arriba y abajo.

Como un maníaco.

Mauro supo que era el final, que no habría después. Un dolor muy agudo de cabeza le dejó casi sin visión. Su mente viajaba a toda velocidad, rebotando en un laberinto sin salida, enviándole estímulos unívocos, interrogantes en el filo.

«¿Acaso iban a ganar los malos?».

La siguiente pregunta le revolvió el estómago.

«¿Acaso iban a ganar los buenos?».

Una ola poderosa batió con furia contra la costa ahogando sus gritos de auxilio. La silueta al fin se movió.

—Deja de gritar, nenaza. Va a ser rápido. No voy a hacerte sufrir.

31

Vigo, viernes 22 de marzo

«Hasta aquí hemos llegado», se dijo, y salió del agua.

Iria Novoa estaba muerta de hambre. La noche iba cayendo y empezaba a refrescar. Aún tenía el sabor a mar en los labios. Omar, que peleaba contracorriente acunado por la marea, le hizo un gesto con el dedo índice, suplicándole una ola más, como un crío feliz en el parque que le dice a su madre que no se quiere ir a casa. La última cresta había podido con él, le había derribado al primer giro y quería quitarse el regusto amargo.

Iria ya caminaba por la arena, atravesando la playa de Prado. La playa donde habitualmente se amontonaban los surfistas de la ciudad. A esa hora casi no había nadie, solo un matrimonio mayor que paseaba al perro; una pareja que, por su fogosidad, cualquiera diría que se acababan de conocer, y un chico que fumaba un cigarrillo mientras con el móvil trataba de fotografiar la puesta de sol.

A ella la puesta de sol ya no la impresionaba. La había visto miles de veces. Ni siquiera le traía buenos recuerdos.

Se quitó rápido el neopreno para no coger frío. La luz más bonita del día le golpeaba mientras completamente desnuda intentaba ponerse el bikini. No tardó más de unos segundos. Una vez terminó de anudarse al cuello la parte de arriba, una irrefrenable curiosidad la empujó a mirar de reojo hacia el chico que hacía la foto. «No vaya a ser».

Llevaba casi media vida buscando, sin saber bien qué buscaba. Almacenaba datos imprecisos que el tiempo había difuminado por completo. Durante años soñó que lo atrapaba, y como los sueños no traen consecuencias, lo mataba, lo torturaba, lo descuartizaba, dependía un poco del día de la semana.

Al principio no pensaba en otra cosa, vivía obsesionada. Por eso se había enrolado en el cuerpo de Policía. Si bien quería impartir justicia, mejorar el mundo en que vivíamos, limpiar las calles y toda esa retahíla de clichés bienintencionados, lo que de verdad vibraba latente en sus vísceras era destruir al psicópata, hijo de mil putas, del cepillo de dientes.

Cuanto hacía de aquello, ¿nueve años?, ¿diez? Ya casi había desistido de su búsqueda, pero, a veces, algo golpeaba su subconsciente y su sed de venganza regresaba como el primer día.

Le iba a encontrar.

No sabía cómo, ni dónde ni cuándo, pero tenía la seguridad de que ese malnacido caería en sus redes. Y cuando llegase el momento, tenía claro que a la ética profesional, a la protección ciudadana y a todo lo que prometió en la jura del cargo en la Academia de Policía, les iba a dar el día libre.

Al girar la cabeza se dio cuenta de que el chico de la foto ya no estaba. Le vio al fondo, caminando sin demasiada convicción hacia la pasarela que llevaba a la carretera de la playa, sin percatarse de que, unos metros atrás, brillaba la pantalla medio rota de un iPhone.

Iria vaciló un instante antes de ponerse rápidamente la sudadera y echar a correr.

—Perdona. Oye. Perdona. Eh. Se te ha caído el móvil.

El chico se giró, perplejo. No sabía muy bien si los gritos agudos de reclamo, entrecortados por el viento, iban dirigidos a él.

Iria observó que el chico no era ni demasiado alto ni demasiado bajito.

«Es mono», pensó.

—¡Vaya! El móvil. ¡Qué desastre! Siempre me pasa. Parezco idiota. Menos mal. Eh. Gracias. Muchas gracias.

Hablaba atropelladamente. Nervioso. Parecía que estaba sudando.

—Aquí tienes —dijo Iria.

«¿Sería él?».

La pregunta de siempre. Así se había pasado media vida.

Con un gesto rápido, le entregó el teléfono y se volvió para apartar cualquier pensamiento más allá de que el chaval, en manga corta, estaría pasando frío.

Cuando regresó, Omar ya estaba en la arena, con el neopreno desabrochado colgado de la cintura, como un gimnasta haciendo el pino-puente.

Después de tantas horas compartiendo mar, Iría se sabía de memoria el cuerpo de Omar. Había comprobado en el espejo de su propia carne la erosión que el tiempo provoca en la tensión de los músculos y la turgencia de la piel. Con Omar no había tenido demasiado trabajo, su torso desnudo, alumbrado por los últimos rayos del atardecer, se alzaba vigoroso y recio.

Iría evitó fijar la vista en sus prominentes pectorales y su *six pack* todavía fulgente, al tiempo que se preguntaba por qué nunca se habían acostado. La respuesta se le apareció como un espíritu y la devolvió a la playa.

«Porque a Omar le gustaban más jóvenes».

Habían estado hablando mucho los últimos días del inminente viaje a Madrid de la banda. Los Rockets y su salto a la capital. Un bolo pequeño, pero quizá iniciático. Esa era la esperanza que albergaban. Iria, además, tenía esperanzas de otra clase.

Se sentó a su lado y le pidió que apagase el porro que Omar no perdonaba jamás al salir del agua.

—No empieces, no seas histérica —le reprochó él—. No queda nadie aquí.

—Están esos dos —respondió Iria.

—Pero esos dos están a tomar por saco de aquí y desde allí, ¿quién puede saber si estoy fumando un cigarro, un porro o qué estoy haciendo?

«Esos dos» eran dos surfistas que aguantaban irredentos la aparición estelar de una ola magnífica con la que despedir la jornada. Uno de ellos comenzó a aletear los brazos de tal manera que parecía un operario de aeropuerto en una maniobra de despegue.

—Oye, tú... a ese le ocurre algo. —Omar no había terminado la frase e Iria ya entraba en el mar y dejaba una estela de espuma blanca salpicada en la orilla. Omar fue tras ella con los brazos sueltos del neopreno batiéndole los costados.

Iria nadaba mejor; Omar nadaba más rápido, por lo que llegaron a la vez para presentarle auxilio al asustado surfista que seguía agitando su cuerpo.

—Ya llegamos, ya llegamos. ¿Qué ocurre? —preguntó Iria entre brazadas.

—Yo qué sé, tía. ¿Qué es eso? Ahí hay algo flotando, joder. Me he llevado un susto de muerte. Estaba remando hacia fuera cuando he tropezado con él.

Iria y Omar se miraron sin entender.

Un cuerpo orondo, vestido de andar por casa y sin tabla enganchada al pie, flotaba bocabajo sin sacar la cabeza para respirar. Ni era un buzo ni estaba surfeando, así que solo podía tratarse de lo que todos se estaban temiendo. Se aproximaron al bulto con un nadar ágil y entre los dos tiraron para voltear el cuerpo. Iria ahogó un lamento sordo.

El cadáver estaba hinchado y entumecido. Tenía los ojos ensangrentados por la sal y la boca amordazada con cinta de embalaje.

Iria discurrió que, quienquiera que fuese quien había cometido esa atrocidad, lo habría planeado para dificultar su respiración y provocar que se ahogase. Cuando se acercó y se fijó con más detenimiento, vio que la cinta sujetaba algo a la boca del muerto. No pudo controlar un chillido de espanto.

—¿Es... es... es lo que estoy pensando, Omar?

Omar la abrazó por la espalda y le hundió la cabeza en su cuello.

—Vamos. Ayúdame a sacarlo de aquí. Tienes que llamar a la Central. Esto es gordo —dijo.

Iria y Omar se coordinaron para arrastrar el cuerpo hasta la orilla y vararlo en la arena mojada hasta que llegasen las unidades de rescate y salvamento. Iria llamó a la comisaría central de Vigo para comunicar el hallazgo y dar parte de lo sucedido. Una vez dada la información, colgó y regresó caminando cabizbaja con la mirada fija en ninguna parte.

—Ya vienen —dijo.

Omar la rodeó por los hombros y le buscó una sonrisa.

—Me da que esto nos va a complicar el bolo de Madrid, ¿no te parece?

32

Lorena Galván le decía a todo el mundo que se llamaba Loor porque así era como la llamaba su padre cuando era pequeña. Hija de una matrimonio poco ortodoxo, su padre era Guardia Civil y su madre, puta.

Ella se crió con sus abuelos paternos, dos personas de campo, muy reconocidas en el pueblo, que paseaban con el orgullo que otorga el haber educado a un médico de familia y a todo un sargento de la Benemérita.

Fueron pasando los años y, tras una conversación de alcoba, ambos consideraron que Loor había crecido suficiente y que ya estaba preparada para escuchar la historia de su madre.

La historia de su madre decía que se acostaba con hombres por dinero, con muchos hombres, con todos los que podía soportar su cuerpo famélico, carcomido por el hambre y las drogas. Pero esa historia no se la contaron, esa la tuvo que descubrir ella por su cuenta con el tiempo.

Le contaron otra.

«Para protegerte», confesaron sus abuelos años más tarde.

Le contaron que su madre sufrió complicaciones en el parto, que había luchado como una campeona y que, antes de perecer, les brindó el mejor regalo de despedida que jamás hubiesen podido imaginar.

Una niña. Ella. Loor.

Cuando inquiría información ulterior sobre la persona que le dio la vida, vaguedades informes era lo que recibía por toda respuesta.

Loor se hizo mayor en Casalgordo, una pedanía cerca de Toledo, en una casa pequeña de piedra gris, entre lluvias copiosas, frío tenaz en invierno y la sombra de las parras en el fulgor del verano.

A su padre lo veía poco. Andaba siempre embarcado en misiones complejas y secretas relacionadas con el movimiento terrorista vasco, que pasaba por aquel entonces por sus años más sangrientos. Quizá esa amenaza permanente sobre su vida terminó de forjar un carácter áspero y recio. Carácter que había heredado su única hija.

Entre ellos, cuando pasaban tiempo juntos, se comportaban de otra manera, abrían un paréntesis en su cerrazón y dejaban que el cariño aflorase un poco. Sin pasarse.

Loor se hizo a sí misma en la ciudad, en Toledo, donde fue primero al colegio y después al instituto. En esos años se descubrió perdiendo la virginidad con un chico de la noche por el que no sentía nada.

La nada fue también física.

Y las dudas.

Su sexualidad fluía por caminos difusos, entre intentos vanos por seguir las normas. Se dejó hacer por varios chicos de su entorno. Los besaba y no sentía nada. Se la chupaba y no sentía nada. Le comían el coño y no sentía nada. La penetraban y no sentía nada.

Ni siquiera rechazo.

Se lo contó a una amiga primero: «A ver cómo le digo a mi padre que su niña es bollera». Ella sabía la que se le venía encima. «Va a ser un jodido escándalo. La hija del guripa, la lesbiana del pueblo».

Pero siguió adelante sin decir nada. Estaba en sus genes. La rebeldía de la adolescencia la pasó follando en baños públicos de antros de Madrid, que estaba al lado y era donde se sentía libre. Entonces conoció también las drogas y los calabozos.

Estaba en sus genes.

Cuando se calmaron sus hormonas, decidió compaginar sus noches disolutas con la Academia de Policía. Para compensar. Su padre no sabía nada de su condición sexual, o hacía que no sabía nada, pero sea como sea, esto de que siguiese sus pasos lo acataría como una buena noticia.

Loor volvió a Toledo para estudiar y recuperar el orgullo de su familia. Se instaló en un minúsculo apartamento exterior que primero pagaba sola y después con Marian.

A Marian la conoció una noche de sábado en la Sala Room. Se la folló en el baño y se fue a su casa.

Se la folló en la cama y se quedó en su casa.

Y con ella, poco a poco, conoció el cariño. Marian era mayor, rondaba los cuarenta, y aunque estaba tan loca como ella, la diferencia de edad la empujó inconscientemente a madurar más rápido y sentar la cabeza.

Loor se graduó en el Cuerpo de Policía como una de las mejores de su promoción. Demostró una gran habilidad para cooperar en investigaciones complejas. Desarrolló una puntería envidiable en la escuela de tiro. Y su reputación fue creciendo.

Todo se fue a la mierda una tarde. Por radio estaban articulando el protocolo de actuación para desactivar una reyerta a las afueras. Loor conducía un coche patrulla. A su lado se comía las uñas un compañero recién llegado, destinado desde Madrid.

—¿Dirección exacta?

—La llamada proviene del municipio de Sonseca, a unos veinticinco kilómetros de su posición. El tumulto se encuentra a la entrada del pueblo, junto al arroyo.

—Junto al arroyo está Casalgordo. Nací allí, ¿lo sabías? Esto se pone interesante.

Cuando llegaron comprobaron que la reyerta era en realidad un caso clarísimo de violencia de género.

—Central. Ya estamos en destino. Tenemos contacto visual. Están en un descampado, a escasos veinte metros de nuestra posición. Un varón, de unos cincuenta y cinco años, tiene atrapada a una mujer, cincuenta años, haciendo uso de violencia e intimidación con arma blanca. Procedemos a su detención.

Loor salió del vehículo oficial de policía, desenfundó su arma reglamentaria, y lo que pasó a continuación quedó muy rebajado en la declaración oficial de los dos policías.

En el informe, aún hoy, figura que la agente Galván convenció al agresor para que soltase el arma, liberase a su rehén y se entregase a la policía con la promesa de rebajar su condena y no esgrimir intento de homicidio.

Lo que realmente pasó fue que Loor salió del vehículo oficial, desenfundó el arma reglamentaria y apuntó directamente a la cabeza del agresor. Le dio tres segundos para que se desarmase y liberase a su rehén. Cuando la cuenta llegó a dos, Loor disparó y la bala pasó rozando el cabello grueso y enmarañado del hombre armado, quien de manera automática tiró el arma y liberó a la rehén.

Loor le ordenó que se tirase al suelo, le puso una rodilla sobre la espalda y, mientras con una mano le apretaba la cabeza contra el suelo, con la otra le colocaba con maestría la esposas. Cuando le volteó el cuerpo y se miraron a los ojos, se reconocieron. Vecino del pueblo, amigo de correrías nocturnas de su padre.

—No te da vergüenza, hijo de puta. Tratar así a una mujer. Debería haber apuntado un poco más abajo, miserable.

—¿Me vas a hablar tú de hijo de puta? Precisamente tú.

—¿Qué estás diciendo?

—Eres la hija del Facu.

Loor le tiró fuerte del pelo y le levantó la barbilla del suelo. Un carámbano de saliva le colgaba del labio inferior. El aliento le apestaba a alcohol barato.

—Mi padre es un hombre respetado en este pueblo. Atrévete a decir lo contrario y no lo cuentas, despojo.

—Tu padre sí.

Una vena gruesa se llenó de sangre en la frente de la policía y se bamboleaba como una serpiente venenosa.

—¿Qué estás insinuando?

—Nada. No insinuo nada.

—Habla mierdajo, habla o te pego un tiro aquí mismo. ¿Qué hostias estás insinuando?

—Hablo de tu madre. Joder, no es ningún secreto. Tu madre era la puta del pueblo y de todos los pueblos de la región. No te hagas la sorprendida. ¡Cómo has podido no enterarte! Si lo sabe todo dios. Nos la rifábamos a menudo y, de lo asquerosa que era, el que perdía se la tenía que follar.

Loor sacó la pistola y le encañonó la nuca.

—Repite eso, hijo de puta, repite eso y será lo último que hagas. Repítelo. Dame ese placer.

—No voy a repetirlo. Pero es la verdad.

Las crónicas del suceso hablaban de varios disparos esparcidos en el tiempo. El informe policial no registró ninguno. El cuerpo del vecino tampoco. Loor descargó su ira vaciando el cargador contra el cielo que había acogido su infancia.

Trasladó al detenido a comisaría y solicitó una vista a solas con él. Más calmada, le exhortó a que le contase la historia de su madre.

La que conocían todos menos ella.

La verdadera.

Se lo debía por haberle dejado vivir. Aunque precisamente por eso le había dejado vivir. Fue un destello de lucidez en mitad de un ataque de cólera.

Estaba en sus genes.

Escuchó con la mandíbula apretada y los puños cerrados un relato que no interrumpió. Quizá por eso no hubo economía en los detalles más dolorosos.

La historia decía que su madre se llamaba Remedios. La puta de la Reme. Decía también que casi todo el pueblo había desfilado por su cama alguna vez, y eso incluía al hombre que tenía sentado enfrente. También al Facu.

La historia también decía que entre la Guardia Civil era practica habitual follarse a la Reme en grupo, después de alguna juerga o de alguna misión exitosa. Y en una de esas orgía verdes, alguno la dejó preñada.

Ella, al principio, intentó disimular la barriga con ropa suelta, pero claro, el tiempo siempre nos alcanza y no es sencillo luchar cuando la madre naturaleza se abre paso. Así que se corrió la voz en el pueblo y ya nadie requirió los servicios de una puta embarazada. Los caminos del pudor masculino son inescrutables.

La Remedios sufrió una espantada general. Bueno, casi general. Un espantada de todos, menos del Facu.

La inflexión en la voz y el silencio posterior dieron por concluido el testimonio. El puñetazo de Loor en la mesa reabrió la sesión.

—¿Me estás diciendo que el sargento Facundo Galván no es mi padre?

—No. Para nada estoy diciendo eso. Puede ser tu padre. Él también participaba en las fiestecitas de los verdes. Pero es cierto que el porcentaje de opciones de que sea él tu padre... cómo decirlo... no es demasiado alto.

Loor se puso en pie y empezó a caminar sin dirección.

—¿Y por qué dices que se espantaron todos menos él?

—¿Tampoco conoces la historia de tu padre? Joder, chica. ¿Dónde has estado metida todo este tiempo?

Loor se respondió para sus adentros. «Escondida, asustada, huyendo». Se dio cuenta en esa sala de que su vida era una mentira, su familia era una mentira. Ella era una mentira.

—Tu padre... bueno, Facundo es una buena persona. Un hombre conservador, de rigurosas convicciones. Le encantaba estar con gente, siempre tenía ganas de juerga. Era una especie de filántropo. Estuvo casado un tiempo.

—Y no con mi madre, claro.

—Con Mercedes, compañera de escuela. ¿Sabes que soy el director del centro, no? En fin... esto fue años antes de que tú nacieras. Formaban una pareja perfecta. Y no se cortaban cuando se trataba de pasear su amor. Pero, como sabes, el destino es cruel y Merceditas enfermó de un día para otro. Falleció antes de tiempo y, pobrecita, no pudo cumplir el sueño de su marido.

—Que le diera un hijo.

—Una vez encontró el amor, Facundo ya solo vivía para una cosa, tener descendencia. Era el proyecto de su vida. Todo el pueblo lo sabía. Se pasaba el día imaginándose de viejo, rodeado por su familia, como un patriarca gitano. La muerte de su esposa le dejó catatónico. Se refugió en el trabajo y se endureció. Algunos dicen que se le fue la mano con la bebida pero, coño, esto es un pueblo, el que esté libre de pecado... El caso es que, con la Reme preñada, donde todo el mundo vio un marrón de tres pares de cojones, el Facu vio una oportunidad de hacer realidad su sueño. Aunque fuese solo a medias. Resolvió hacerse cargo de ella, la metió en casa y la cuidó durante todo el periodo de gestación. Nunca nadie les vio juntos en la calle, faltaría más, y solo ellos saben lo que ocurría de puertas para dentro, pero si al Facu alguna vez se le iba la mano... ¡Qué narices! Esto es un pueblo, el que esté libre de pecado...

—No me tomes por imbécil. Tenías una navaja en el cuello de esa mujer y si tardamos un poco más, sabe Dios si no te la hubieses cargado.

—Venga, por favor. No seas exagerada.

—Dime una cosa más y ya te dejo en paz. La puta, ¿murió en el parto?

Loor se sorprendió hablando de su madre con excesiva objetividad. Sintió que aún no le había dado tiempo a procesar su nuevo pasado.

—Eso se dijo siempre. Que la palmó en el parto. Pero qué quieres que te diga. El Facu, guardia civil, y su hermano, médico. Está claro que lo que pasó en esa mesa de operaciones solo lo saben ellos.

Loor auscultó la mirada del maltratador que tenía delante. A diferencia de su abuelo, su abuela y su padre, él decía la verdad.

—Y ahora, haz el favor de soltarme y déjame volver a casa.

—Lo siento. Eso lo tendrán que decidir ellos —dijo señalando a los oficiales que esperaban fuera de la sala—. Esta ni siquiera es mi jurisdicción.

—Zorra. Me lo prometiste. Me dijiste que si te contaba la historia de tu familia, me ayudarías. Me has mentido.

Loor se marchó sin decir adiós, pero a los pocos segundos se arrepintió y regresó al marco de la puerta.

—Lo siento, tenías razón. Soy una hija de puta. Está en mis genes.

—Mi padre murió hace unos meses.

El Starbucks se había vaciado. Y Loor ya hablaba con total tranquilidad.

—Cuando dices, Axel, que desaparezco sin dar señales de vida, es porque regreso a Toledo y visito su tumba. Algo me empuja a hacerlo, no sé qué es, pero sé que no funciona. Voy en busca de una catarsis que me purifique y lo único que consigo siempre es volver peor de lo que estaba.

Axel escuchaba con atención. No articulaba palabra. Loor jugaba con un mechero que empezaba a reclamar un cigarro. Decidió dejarlo ahí, no contarlo todo, a sabiendas de que si avanzaba hasta el último capítulo de su vida, iba a hacerse daño. Y lo que era peor, también iba a hacérselo a Axel. Concluyó que ya se lo contaría más adelante, cuando él estuviese preparado para perdonarla.

—Pues esa es mi historia, Axel. Y te digo más, desde el día que supe la verdad, tengo clara una cosa: en todas las familias, en todas, en todas las putas familias hay una historia.

Axel se quedó pensativo.

Loor tenía razón. Él también tenía una historia.

Pero era solo suya. De nadie más.

Le dio un trago al café. Se había quedado frío.

33

Madrid, viernes 22 de marzo

Pasaron veinticuatro horas hasta que Axel volvió a tener noticias del inspector Jorge Ortiz. Era evidente que se estaban evitando, uno por temor a pasarse en su reacción airada y el otro por temor a quedarse corto en su disculpa.

Ese tiempo, el agente Nash lo invirtió con sabiduría. Mucha carrera, mucho entrenamiento, muchas endorfinas para liberar tensión.

Necesitaba respirar.

Además, se vio adentrándose sin remedio en una espiral de mensajes privados pelirrojos que acabaron con su culo haciendo cola en un restaurante que le recomendó Eva Vilda y que no admitía reservas: «Merece la pena. Ya verás».

Notó un acceso nostálgico en la voz de su amiga cuando compartió con él el nombre del lugar que tenía anotado como «infalible para enamorar a una mujer joven y sofisticada». El restaurante Nakeima.

Axel, en realidad, no sabía si era sofisticada. Lo de joven le parecía relativo. Joven, ¿para quién?, ¿comparado con quién? Y de enamorar, mejor ni hablamos. Si ni siquiera era capaz de desear. Pero tenía fe ciega en Eva para todo, también para eso.

Le gustó el nombre del lugar. Le sonaba a gallego. Nakeima. NA-KEI-MA. En la pomada. Allí estaba él.

Eran las siete y media de la tarde y Axel estaba haciendo cola en una calle en cuesta del barrio de Gaztambide porque la política interna del restaurante prescribía que solo se podía conseguir asiento solicitándolo de manera presencial. Dado que servían a veinte personas por turno y siempre llenaban, Axel tuvo que hacer cuentas. Comprobó cuántas personas tenía delante y celebró para sus adentros que, en el peor de los casos, los últimos huecos tendrían su nombre. Había llegado a tiempo. Miró hacia atrás y sintió lástima por la pareja joven que esperaba ilusionada a su espalda.

Haber venido antes.

Llegado su turno, le tomaron nota.

—Axel, para dos.

Decidió tomarse una birra en el bar de enfrente mientras esperaba la hora de apertura definitiva a las nueve. Consultó el móvil varias veces y no encontró nada. Empezaba a temerse lo peor. Y lo peor era que le diesen plantón ahora que se había ilusionado al fin.

Axel no le encontraba sentido. Habían hablado mucho las últimas horas y estaba convencido de que habían congeniado, de que se gustaban. Él le confesó que era policía y ella no huyó. Ella le habló de su trabajo como productora en un programa de televisión y él se interesó.

Y hacía tanto tiempo que no se sentía así, interesado. Hacía tanto que no se permitía quedar a solas con nadie que no fuera del trabajo. Él sabía desde cuándo. Sabía perfectamente en qué momento subió la guardia y se fue al rincón. Y ese momento tenía nombre y apellidos, lugar y fecha. Hacía diez años, en Vigo, y su nombre era...

Goonnnggg...

El sonido de un reloj de pared dando las nueve le sacó del túnel en el que se estaba metiendo. Apuró la cerveza y vio que las manillas del reloj formaban una «L» invertida, cruzó la calle y entró en Nakeima.

Al adentrarse en el local comprendió lo de los veinte comensales. No había espacio para más. Dieciséis personas se acodaban en la barra, aposentados en taburetes altos, y al fondo, en la penumbra, una mesa informal para cuatro afortunados completaba la noche.

Le sentaron en la barra y le preguntaron si le apetecía un champán de bienvenida. A lo que respondió que sí. Le sirvieron una copa burbujeante de Laurent Perrier y le explicaron que funcionaban sin carta.

Sin carta y sin compañía. De puta madre.

—Mejor —mintió.

La luz tenue confería al lugar un toque de intimidad ajustado. Axel le había dicho a Eva que buscaba algo especial pero sin pretensiones. Clandestino pero informal. Selecto pero accesible. Le dijo también que buscaba impresionar, pero no abrumar. Tantas explicaciones le hicieron pensar a Eva en la ilusión de una primera cita, en su marido, en su hijo y en la vida que había elegido. Cuando dijo en alto el nombre del restaurante, se sorprendió a sí misma mirando una maleta.

Al primer sorbo de champán, que Axel recibió arrugando la cara, la puerta se abrió y por la escaleras descendió su pelirroja cita.

Axel se había arreglado un poco más de lo normal. Vestía una camisa verde botella —remangada—, unos Nudie negros *slim* —pero no muy *slim*— y unas Nike verde pistacho —con aspa morada—.

Se alegró de su decisión cuando vio que se aproximaba la elegancia de un vestido negro largo —de flores— que insinuaba un escote limpio —y tranquilo—, realzado por la altura de unos tacones negros —de suela roja—, que permitían asomar unos dedos delicados y ortodoxos con las uñas pintadas de color carmín.

Joder.

Axel se sintió deslumbrado. Pensó en todos aquellos que dicen que no hay belleza más pura que una cara lavada y sin maquillar. Esa gente no había estado en Nakeima.

Una sonrisa de disculpa se dejó caer a su lado.

—Me encanta el sitio.

¡Gracias, Evita!

—Pues lo mejor es la comida. No hay carta, ¿vale? —comentó Axel, fingiendo que no se acababa de enterar—. Ellos van cocinando y sacando platos. Hasta donde queramos. ¿Te apetece maridar?

Axel hablaba con atropello. Estaba nervioso. Un aluvión de pelo rojo se le acercó a la cara y dejó en el aire un aroma sutil y demoledor.

—Estás muy guapo.

Soy imbécil.

—Tú también, perdona. No quería parecer impresionado.

—Sí.

—¿Sí, qué?

—Que si quieres maridamos. Y si no, tomamos unas cerves. Me parece bien todo.

Axel compartió su copa de champán y pidió dos Estrella Galicia.

—Que estén muy frías, si puede ser —añadió.

Y a esas dos, le siguieron otras dos, y después otras dos.

La conversación fluía sin obstáculos. La frecuencia creciente de los mensajes telefónicos que se habían enviado en las últimas horas les había permitido hacerse una idea de cómo eran y cómo encajarían. Pero hasta que no se vieron frente a frente, hablándose a los ojos, no pudieron saber a ciencia cierta si sí o si no.

Los dos pensaban que sí, sin la certeza de saber qué pensaría el otro.

Esa noche ambos se esforzaron para no salir del presente. El futuro suele dar miedo y el pasado, terror. No se hicieron demasiadas preguntas, ni escondieron respuestas. Disfrutaron de las recetas elaboradas con mimo y sabor que les iban sirviendo con ritmo pautado. Sin prisa, sus cuerpos se fueron acercando con la naturalidad que concede la confianza y la cerveza.

Y se rieron. Se rieron mucho.

—Estaba todo buenísimo. Muchas gracias, Axel.

—De nada, Alicia.

Era la primera vez que se escuchaba diciéndolo en alto. En la calle, la brisa primaveral les despejó un poco.

—¡Vaya! Ya has descubierto mi nombre.

—Soy poli, ¿qué esperabas?

Alicia vaciló un instante. No sabía qué dirección tomar.

—¿Te apetece que subamos a mi casa a tomar una copa? Vivo aquí al lado.

Ojo.

Antes de contestar, Axel miró el reloj.

—Bueno, es bastante tarde. Si te digo la verdad... —dejó la frase en el aire un par de segundos eternos— pensaba que no ibas a ofrecérmelo nunca. Me estabas pareciendo ya un poco maleducada.

Alicia desplegó una sonrisa flamante, de grandes dientes simétricos, que parecían aún más blancos en contraste con el rojo de sus labios pulposos.

—¡Qué tonto eres! —exclamó.

El apartamento estaba limpio y ordenado. Axel no supo resolver si ese era su estado natural o el resultado de un plan que terminaba con él allí haciéndose esa pregunta. La decoración le pareció escueta, pero pertinente. Sin alardes. Lo necesario para dar a la estancia un aire acogedor. Alicia sirvió dos *gin tonics* sin preguntar, con mucho hielo y poco alcohol. Se movía con soltura, como si hubiese ensayado. Axel vomitó su curiosidad.

¿Haces mucho esto?

Alicia se llevó las manos a la cabeza.

—Nooo. Pero ¿qué haces? ¿Estás loco? ¿Pero cómo se te ocurre preguntarme eso? Con lo bien que iba todo. No me lo puedo creer. ¡Vaya patinazo justo al final, tío! Si ya me tenías.

Hace mucho esto.

Axel sonrió.

—¿Qué música te gusta? —preguntó ella, que permanecía de pie, junto a un reproductor con forma de zepelín y el móvil en la mano.

—No, no, de eso nada. Estamos en tu casa. Tú pinchas y yo saco conclusiones.

Alicia pulsó el «play». La voz nocturna de Dusty Springfield se coló en el salón.

> *Billy Ray was the preacher's son*
> *and when his daddy would visit he'd come along...*

—Estás tratando de hacerme sentir como Vincent Vega en casa de Mia Wallace, ¿no? Pues te diré que no sé si termina de gustarme cómo acaban las cosas entre ellos.

—Bueno... —Alicia se bajó de sus tacones y caminó descalza hasta el sofá para demostrar que ella también había visto *Pulp Fiction*—. Al menos ya sé qué cine te gusta —dijo.

Después se recogió el pelo en una coleta doblada que dejaba a la vista un cuello esbelto y firme, y se sentó sin dejar la distancia mínima de seguridad.

Axel dobló la apuesta.

—¿Puedo hacerte una pregunta?

—Depende —respondió ella.

—¿Cuántos años tienes?

Alicia dibujó una sonrisa pícara, se levantó levemente el vestido y cruzó una pierna al otro lado, subiéndose toda ella encima de Axel.

—¿Cuántos quieres que tenga?

Dusty Springfield forzaba un falsete.

> *The only one who could ever reach me*
> *was the son of the preacher man.*
> *Yes he was, he was, oooh, yes, he was.*

Hace mucho esto.

Ella escrutó la mirada verde de él.

Le pareció que estaba asustado.

Y le besó en la boca.

El primer ojo lo abrió Axel, que notó un peso agradable abrazándole el pecho. Una luz tenue se filtraba por el hueco de la persiana e iluminaba una piel blanca y homogénea que sentía casi como suya.

Primero miró el reloj. Las 4.39. Después le olió el pelo, que otra vez suelto, le hacía cosquillas en el hombro. Olía a noche.

A continuación intentó acompasar su respiración con la de ella para no despertarla. Aunque lo que realmente deseaba era despertarla. Y por último la buscó de reojo. Tenía la boca entreabierta y la vida en pausa.

—Despiértame, por favor —le suplicó ella, sin moverse.

Axel le dio la vuelta con dulzura y se colocó encima. Sus cuerpos peleaban por volver a entenderse. Él notó cómo la sangre revivía con fuerza en su entrepierna y le colocó con suavidad el pelo detrás de las orejas, gráciles y minúsculas. Alicia sonreía, divertida.

—¿Puedo hacerte otra pregunta? —insistió Axel.

—Haces muchas preguntas, ¿lo sabías?

Axel dio un golpe suave de cadera y se hundió dentro de ella, cortándole la respiración.

—Soy poli, ¿qué esperabas?

Enseguida notó cómo le abrazaba el calor húmedo de su sexo.

—Dime, ¿qué quieres saber? —susurró ella.

Axel se retiró muy despacio. Alicia recorría su espalda con la yema de los dedos y bajó por la columna vertebral hasta agarrar con candor sus nalgas.

—¿Tú crees que soy un cuadro en la cama?

Él apoyó su peso en los codos y volvió a entrar con más fuerza. Alicia soltó un gemido dulce y perdió su mirada en algún lugar del techo.

—¡Qué tonto eres! —suspiró.

Cuando Axel se despertó, se sintió ligero y joven, con esa sensación que te invade cuando recibes una buena noticia. Se giró en la cama y su cuerpo chocó con el vacío de las sábanas arrugadas. A su lado flotaba una nota encima de la almohada. La leyó moviendo los labios.

> *¡Buenos días, cuadro!*
> *Te he dejado café y zumo en la cocina. Puedes quedarte el tiempo que quieras. Pero vete antes de que vuelva Marcellus. No quiero que te pillen saliendo del baño y te acribillen a tiros. Si quieres te dejo poner música también. Lo pasé muy bien anoche... a pesar de tus preguntas. Gracias por la cena.*
> *Mia Wallace*

O sea, pero ¿qué mierda era eso?, ¿la mujer perfecta? Tenía que ser una maldita broma. Si él estaba como dios con sus casos y sus cosas, con sus llamadas al pasado, su hija, su madre... Con eso tenía más que suficiente. Había aprendido la lección, nada de mujeres. Y de repente ¿se encuentra esa mierda? De la noche a la mañana pasa de ser un poli cabreado con el mundo, a Julia Roberts en *Pretty Woman*. Pero eso ¿qué mierda era?

Axel desayunó sin prisa y fue consciente de que llevaba horas sin mirar el móvil y sin pensar un segundo en Goya, en Loor, en Ortiz y en sus muertos. Se había desconectado del mundo.

Sintió una ligera punzada de culpabilidad que se multiplicó por mil cuando vio que en su teléfono tenía seis llamadas perdidas, todas del mismo número.

El inspector Jorge Ortiz.

Se dio una ducha fría y rápida para despejarse un poco y afrontar en plenitud de condiciones una llamada tan importante. No podía ser algo rutinario, ni una huida hacia delante, ni siquiera creía que se tratase de seis intentos de disculpa.

Seis llamadas solo podían significar que había pasado algo.

—Ortiz, soy Axel.

—¿Dónde cojones te habías metido, Nash? Te he llamado cuarenta veces.

—Estaba en casa —mintió—. Esperando una disculpa por haberme limpiado de esa forma en mi interrogatorio y por haber dejado escapar con una sonrisa al tío que mató a Goya. Supongo que ya habrás puesto al corriente a toda la prensa y te habrás encargado de clavármela de nuevo.

—¿De qué coño me hablas, de Max? ¡Pero qué dices! Max es un mierda, joder, un pobre hombre. Ese no ha matado a nadie en su vida.

—¿Ah, no? ¿Y cómo puedes estar tan seguro, listo?

Axel apretó los ojos, arrepentido de haber dejado escapar ese «listo».

—Porque tengo el teléfono encendido y me entero de lo que pasa en el mundo, y si tú fueses un buen policía y también tuvieses el teléfono encendido, habrías respondido a alguna de mis cuarenta llamadas y sabrías que Max no es el tipo que estamos buscando.

Axel estaba confundido y se temía lo peor. Había pasado algo y no se había enterado. Necesitaba otra ducha.

—Ha aparecido el rabo de Goya.

El golpe fue seco. Directo al mentón.

—¿Dónde?

—Nos vemos en Barajas dentro de una hora. Tenemos un vuelo a las once.

—¿Dónde?

La segunda vez que lo preguntó, su voz había recuperado algo de cuerpo. Ortiz tardó unos segundos en contestar. Estaba calibrando el mejor modo de decirlo.

—Ha aparecido en tu tierra, en Vigo.

34

Vigo, sábado 23 de marzo

Aterrizaron en el aeropuerto de Lavacolla, en Santiago de Compostela, a mediodía. El vuelo había sido corto pero intenso. Fuertes ráfagas de viento registradas al intentar tomar tierra le habían revuelto las tripas a Loor, que viajaba en ventanilla. A su lado, Axel no le quitaba ojo por si tenía la tentación de vomitarle encima. Aprovecharon que el inspector Ortiz viajaba en *business* para ponerse al día.

Axel apenas tenía novedades, al menos novedades que pudiese compartir con Loor. Bueno, o con quien fuera. El caso es que se veía incapaz de abrir sus sentimientos en canal tan pronto. No quería ni oír hablar de amor. El problema era que ahora algo le decía que, sobre suelo gallego, su oscuro pasado corría peligro de ver la luz.

Ya se había informado bien del asunto por el que viajaban, no solo de la versión oficial y extraoficial de la policía de Vigo, sino también rastreando la prensa local y su *timeline* de Twitter. Esto le permitió hacerse una idea de cómo se estaba tratando la aparición de un cadáver en Galicia que estaba conectado con el asesino de Madrid. A pesar de todo, le interesaba la versión de su compañera.

Durante el vuelo, y mientras él hojeaba la revista mensual de la compañía aérea, Loor le contó que ella se había enterado por una llamada a la Central. Al parecer, dos chavales que estaban haciendo surf a última hora tropezaron con el cuerpo sin vida de un capataz del puerto que flotaba cerca de las rocas, justo donde rompen las olas. Tuvieron la fortuna de que, en ese momento, en la playa se encontraba una inspectora de la policía judicial que también había ido a surfear.

—Dicen que ella se hizo cargo de todo. Y la verdad, dos sospechosos menos. Se cagaron de suerte los chavales —comentó Loor buscando una reacción en su colega que no encontró—. Ya sabes, el que encuentra el cadáver se coloca primero en las apuestas para ser el culpable.

Axel sabía que su compañera tenía razón.

—Para que luego digan que la policía no está cuando se la necesita —añadió ella.

—Oye, Loor, ¿y cómo están tan seguros de que es el pene de Marcos Goya? Llamaron enseguida, no han tenido tiempo de finalizar la autopsia.

—No sé, tío. Tú ¿cuántas pollas crees que faltan ahora mismo en España?

Axel sonrió.

—Bueno, visto así, tienes razón.

Loor le contó que, según el testimonio del agente que descolgó la llamada, la agente que sacó el cadáver del agua enseguida relacionó los dos casos.

—Tenía la polla en la boca, ¿lo sabías? —dijo Loor—. Eso no sale en las fotos de la prensa. Se encargaron de no ofrecer esa imagen cuando llegaron los reporteros gráficos. Dicen que fue decisión de la secreta. Que lo hizo por la familia. Y la verdad, me parece bien, bastante sufrimiento van a tener que soportar ya.

—¿Qué dices? ¿Dentro? ¿Dentro de la boca? —preguntó Axel arqueando las cejas.

—No. Enrollada sobre la boca y sujeta por un montón de cinta aislante que le rodeaba la cabeza. El que lo hizo se quería asegurar de que cuando el cuerpo apareciese, la polla no se hubiese soltado.

Axel pasó varias páginas de la revista con fingido desinterés.

—Es un mensaje. El tipo era un chivato. Están enviando un mensaje.

—¿Tú crees? —preguntó Loor—. Yo nunca había visto nada parecido, Axel. Esos mensajes en Toledo no se mandan. Mandamos otros. Esos no. Pero bueno, tú sabrás, que eres de aquí. ¿En serio mandáis ese tipo de mensajes?

Una turbulencia zarandeó la cabina del avión cuando ya habían iniciado el descenso a tierra. Loor palideció y se agarró al cabecero del asiento que tenía delante.

—Bueno, es igual. Luego me lo cuentas —dijo.

Axel cerró la revista y la colocó en la rejilla que tenía junto a sus rodillas.

—¿Te da miedo volar? ¡No me jodas! —comentó con una sonrisa burlona—. Esto sí que no me lo esperaba. Loor conoce el miedo. ¿Quieres que te coja la mano, tontorrona?

Loor cerró los ojos y se concentró en su respiración. Estaba acelerada.

—Vete a la mierda, Axel.

En la terminal, dos hombres de la brigada provincial de Vigo, que respondían a los nombres de Carlos y Fran, les estaban esperando. Ambos estaban cortados por el mismo patrón. Eran bajitos y anchos. De complexión fuerte, con brazos acostumbrados a las pesas. Llevaban el pelo corto y la barba recortada. Y lucían sendos chubasqueros húmedos por la lluvia que arreciaba esa mañana. Debieron de notar los rostros de contrariedad de los forasteros, que llegaban mal abrigados desde la capital, donde la primavera es soleada. Y trataron de animarlos.

—Tranquilos. Esto aquí es normal —dijo el menos bajito—. El cielo siempre se levanta cabreado, pero luego abre. Siempre lo hace.

Loor pareció desconfiar. Axel, que sabía que decían la verdad, no la sacó de dudas. Fue el inspector Ortiz quien respondió con un comentario jocoso y tomó la iniciativa en las presentaciones. Quizá para marcar distancias. Axel y Loor adoptaron de buen grado un papel secundario y se limitaron a tender sus manos cuando escucharon sus nombres.

Montaron en un coche oficial y condujeron en relativo silencio por la autopista del Atlántico, durante los 87 kilómetros, 51 minutos y 9,95 euros, contando peajes, que tardaron en llegar al centro de Vigo.

Fueron directamente a la Dirección General de la Policía Nacional, en la calle Luis Taboada, junto a la Alameda. Un bloque feo de cemento blanco y sucio que centralizaba todas las operaciones relacionadas con el narcotráfico en la ciudad. Tomaron un ascensor y subieron a la última planta. Axel discurrió que habían habilitado la zona noble de la comisaría para algo muy gallego: recibir con apariencia a «los de Madrid».

En una sala de madera, que en nada recordó a Axel y Loor a su cuartucho de mierda, los recibieron dos hombres trajeados de avanzada edad y una chica joven a la que Axel conocía mejor que bien. Después de los pertinentes saludos y presentaciones, tomaron asiento.

—*Boas* tardes. Inspector, oficiales. —Tomó la palabra el mayor de los anfitriones en edad y rango. Tenía un acento cerrado que le hacía parecer campechano—. Mi nombre es Antón Olivares, comisario en jefe de la policía judicial de Vigo. Me acompañan el subinspector Manuel Andrade y la inspectora del cuerpo superior de policía, Iria Novoa. Fue ella la que encontró el cadáver —añadió señalándola con la cabeza—. Espero que hayan tenido un viaje agradable y confío en que puedan disfrutar de nuestra hospitalidad en las próximas horas. De momento les hemos recibido a lo grande, ¡qué forma de llover!

Nadie se rio.

—Bueno, les hemos hecho venir hasta aquí para que podamos unir esfuerzos y coordinarnos en una investigación que todos entendemos nos afecta por igual. Esto es una *carallada*, para nosotros no es algo nuevo. Ahora, mi compi entrará en más detalles, pero creemos, estamos convencidos, vaya, de que se trata de un ajuste de cuentas vinculado al narcotráfico. Un asunto de drogas, lo típico por estas tierras.

Nadie se rio.

—En otro momento lo habríamos resuelto siguiendo los cauces habituales pero sabiendo que ustedes llevan semanas deseando resolver el crimen de la radio, les hemos llamado inmediatamente y hemos parado todo. Queremos compartir toda la información de la que disponemos hasta el momento. Si les parece, después nos haremos cargo nosotros de esta investigación y no meteremos las narices en la suya. Por supuesto, con el compromiso de mantenerlos al tanto de cualquier avance que les pueda resultar de utilidad en sus pesquisas. Aunque mucho me temo que esto va a ir para largo.

Axel echó de menos su libreta y una apuestita con Loor.

Si lo llego a saber.

Olivares le recordaba a una caricatura de parque de atracciones. Estaba seguro de que por las mañanas se colocaba el poco pelo que le quedaba de tal forma que envolviese su calva. El resultado era poco satisfactorio. Llevaba un traje marrón grande y una corbata verde clásica. Tenía el pecho inflamado y la barriga llena. Por su forma de expresarse, Axel empezaba a temer que todos los jefes fuesen igual de coñazo a lo largo de toda la geografía española.

—No me extiendo más. —El inspector jefe Olivares se giró hacia la posición de Iria Novoa y con un gesto la animó a intervenir. Un gesto que debió quedarse en un gesto—. Iria, cariño, explícales lo que sabemos.

Compi, cariño. Buf cómo debe estar esta por dentro.

—Hola a todos.

Iria inició su alocución muy seria. Axel pensó que tenía varios motivos para estarlo. Y él conocía, al menos, un motivo más que el resto. No eran amigos, precisamente. Recordaba con una cercanía extraña su acento cantarín, le resultaba hipnótico.

—Intentaré no alargarme y ser precisa en los detalles. El cuerpo que encontramos anoche en la playa de Prado pertenece a Mauro Otero, cuarenta y dos años. Un trabajador del puerto de la ciudad. El cadáver fue avistado por dos surfistas a las 21.04 en la zona del pico. Yo estaba en la playa en ese momento y me hice cargo de la situación. Con ayuda de un amigo, saqué el cuerpo del agua. Comprobé, en un primer momento, múltiples evidencias de que el cadáver llevaba varias horas flotando en las corrientes de la zona y consideré innecesario iniciar las maniobras de reanimación. El cuerpo manifestaba una hinchazón general uniforme y en la frente destacaba un pequeño orificio negro y redondo, más o menos de este tamaño. —Iria cerró la mano formando un hueco circular del tamaño de una sortija.

—Le dispararon —interrumpió por primera vez el inspector Ortiz, mostrando su asombro. No conocía ese detalle.

—Eso es —respondió Iria—. Les ruego discreción en cuanto a los detalles. De momento la prensa, y por tanto el resto de la sociedad viguesa, desconocen los pormenores del crimen.

Todos estuvieron conformes y si no lo estaban, lo parecieron.

—Tendremos el máximo cuidado. Por el bien de todos —dijo Ortiz, animándola a proseguir.

—Como se podrán imaginar, el agua había efectuado su trabajo para complicarlo todo y no hay ni rastro de ADN, huellas o fibras sintéticas. Sus efectos sobre la piel tampoco nos permiten extraer demasiadas conclusiones sobre el proyectil que acabó con su vida. Lo único que sabemos es que no se apreciaba orificio de salida, por lo que, aunque pronto sabremos qué tipo de arma fue la empleada, tendremos que esperar a la autopsia y al estudio del perito en balística.

La exposición de Iria Novoa estaba siendo limpia y directa. Axel pensó que quizá lo hacía extramotivada por la condescendencia machista de su superior al presentarla. Quería cerrarle el pico. Al pensar esto, se descubrió a sí mismo incurriendo en el mismo machismo o en uno peor, el de pensamiento. Se dijo entonces que Iria había hecho una exposición brillante sencillamente porque tenía esa capacidad. Y siguió escuchando.

—Les cuento esto para que tengan el contexto del crimen. Pero ya voy a lo que les atañe a ustedes. El cadáver tenía liberadas ambas extremidades, algo poco habitual cuando se lanza un cuerpo al mar. Seguramente el asesino o asesina consideró que la bala había resuelto el trabajo y no necesitaba que se ahogase. Lo que sí tenía atado a la boca es un pene envuelto en cinta adhesiva para embalaje. Como saben, el asesinato de Marcos Goya y sus particularidades han adquirido un alcance informativo de carácter nacional, por lo que, en cuanto lo vi, supe que esta mañana estaría aquí reunida con ustedes. —Iria apoyó ambas manos sobre la mesa y bajó un poco el tono—. Si quieren mi opinión, aunque sea una conjetura bastante libre y gratuita, yo creo que Mauro Otero es un mensaje.

Loor no pudo evitar mirar a Axel, que le devolvió la mirada encogiéndose de hombros.

—En México, esta es una práctica habitual contra los chivatos —siguió Iria—. No es algo inventado por las series de Netflix o las novelas de Don Winslow. Cuando algún civil, algún vecino o alguien de la banda que sea, habla con la poli y lo descubren, ese es el precio a pagar. Le amputan el miembro, lo matan, se lo meten en la boca y lo cuelgan de la plaza del pueblo para que todo el mundo lo vea.

—Allí son más salvajes —comentó Manuel Andrade, que aún no había abierto la boca y seguramente se sintió empujado a justificar su presencia en la sala.

Nadie se rio.

Manuel Andrade sabía ser un esbirro. Un superviviente. En un holocausto nuclear, se las apañaría para caer el último. Tenía una única ceja que le cruzaba la cara como un bigote ocular. Era alto y delgado. Y hablaba juntando demasiado las sílabas y comiéndose alguna letra. Estaba más acostumbrado a escuchar. Y a Iria la escuchaba fingiendo un interés que no tenía.

—La conexión puede parecer prematura, pero en mi opinión es plausible —escuchó que decía Iria con su acento de las Rías Baixas—. A nuestras costas llegan barcos procedentes de todas partes de Sudamérica y Centroamérica: Colombia, Venezuela, Brasil... México. A estas alturas parece razonable pensar que no era la primera vez que Mauro participaba como conexión en tierra con las mafias de ultramar. Era el último eslabón de la cadena, el más débil, pero igual de importante.

Axel pensó en su noche en el Flowers, en Caco y el animal omega.

—Mauro debía sospechar que la policía portuaria estaba siguiéndole la pista y dio la voz de alarma. Eso o un arrebato de mala conciencia. Pero, al menos yo, creo más en el miedo a la ley que en el miedo a la conciencia. Llámenme loca.

Axel procuró no moverse demasiado y no llamar la atención, pero estaba empezando a impacientarse. Levantó la mano.

Controlando un fastidio que no salió al exterior, Iria Novoa se calló para darle la palabra.

—¿Es la primera vez que ocurre algo así? —preguntó Axel—. Quiero decir, en México, igual es habitual, pero ¿había llegado ya a nuestras costas este tipo de violencia?

El comisario Antón Olivares abrió el pecho para tomar aire y responder, pero Iria Novoa se le adelantó.

—Convivimos desde hace años con la droga y la violencia que trae consigo. Los clanes gallegos, si bien es cierto que se han vuelto más sanguinarios en los últimos años, siempre han huido de la sangre. Cuanta más sangre, más policía. Así lo entienden ellos. Por lo que creemos que la orden viene de América.

—Podría tratarse de un imitador, un *copycat* —sugirió Axel.

—Podría ser. Pero preferimos primero descartar otras vías. En cualquier caso, lo tendremos presente... perdone, no recuerdo su nombre.

Lo sabes de sobra, anormal.

—Axel. Me llamo Axel. —Lejos de frenar, Axel aceleró—. Otra cosa más, ¿no es extraño que el cuerpo fuese hallado tan tarde?

—¿Qué quiere decir tan tarde? —preguntó Iria.

—Este tipo de represalias o de crímenes se suelen llevar a cabo de noche. No tendría ningún sentido arriesgarse a ser visto a plena luz del día. Por lo que lo habitual es encontrar los cuerpos al amanecer. ¿No es un poco raro que nadie lo haya visto antes flotando en el mar? Algún marinero, alguna lancha, no sé...

—Ayer hubo un temporal muy fuerte. El vendaval aún colea hoy, debieron notarlo al aterrizar. —Loor se puso roja al recordar que había mandado a Axel a la mierda por culpa del viento—. Así que es probable que no hubiese mucha faena cerca de las rocas.

—¿Y era seguro hacer surf en esas condiciones? —Axel sabía que estaba tensando la cuerda, pero no era capaz de evitarlo.

—En Galicia estamos acostumbrados a pasar por las cuatro estaciones del año en un mismo día. Y por la tarde, el cielo se había despejado un poco y el viento había dejado buenas olas.

Axel emitió un sonido gutural a modo de asentimiento y apuntó algo en las notas de su teléfono.

—¿Tienen alguna pregunta más, caballeros? —retomó la iniciativa el comisario Olivares, que parecía tener ganas de finiquitar la reunión.

—Nos gustaría ir al puerto —irrumpió el inspector Jorge Ortiz—. No es por nada del otro mundo, pero si nos acompañan, nos gustaría hacernos una idea de cómo funcionan las cosas allí y quizá también conocer un poco mejor a Mauro Otero.

El cabrón es bueno para los nombres.

Salieron todos a la calle y tomaron caminos distintos. El comisario Olivares le pidió a Andrade que acompañase a los visitantes al puerto e instó a Iria a ir a descansar: «Llevas muchas horas despierta y te necesitamos fresca».

A Iria le tocó los ovarios que la discriminase de nuevo. Pero obedeció. Se despidió sin exceso de cortesía. Se puso a disposición del inspector Ortiz y se fue.

Los demás resolvieron ir caminando al puerto. «Es un paseo agradable, con vistas al mar y así abrimos un poco el apetito. No tardamos más de veinte minutos». Esas palabras, en boca del subinspector Andrade, sonaron presuntuosas.

Axel inició la marcha con ellos pero, tras consultar su móvil, cambió de opinión.

—Me vais a disculpar, pero tengo que hacer un par de llamadas urgentes —dijo—. Id yendo vosotros, luego os alcanzo. Conozco bien el camino. Después me ponéis al día de todo.

Loor sabía que Axel no había vuelto a encender el móvil después de aterrizar. Y sabía que tampoco pensaba hacerlo ahora.

Lo que no sabía era qué se traía entre manos.

35

—No.

Era el tercer no consecutivo que recibía y Axel aún no había formulado ninguna pregunta. Solo había dicho:

—Quiero verla.

—No.

—Le sentará bien.

—No.

—Sí.

—No.

Estaban de pie junto al coche de Iria Novoa, que se quería ir a casa. Axel la había visto alejarse desde la comisaría y la alcanzó de una carrera. Al fondo, varios edificios de ladrillo naranja y ventanas con persianas le trajeron a Axel vagos recuerdos de su infancia.

Pensó en visitar a su madre. Había crecido no muy lejos de allí. En un bloque de pisos gemelos, con varios portales y un patio interior común.

Cuando miró a Iria a los ojos, hurgó en sus recuerdos y trató de recordar la última vez que habían hablado a solas.

¿Cuánto había pasado? ¿Ocho o nueve años?

Axel le atribuyó al paso del tiempo la red de pequeñas líneas asimétricas que se formaban alrededor de sus ojos, que seguían siendo azules, como zafiros enfadados.

Se conocían de toda la vida. Axel era un par de años mayor que ella, pero de niños veraneaban juntos en Panxón y con el tiempo trasladaron su amistad a la ciudad.

Y con el tiempo también su relación se deterioró mucho. Antes se apreciaban. Ahora se odiaban.

Bueno, en realidad, Iria odiaba a Axel. Además, había descubierto que seguía llamando por teléfono a su hermana Noa y no estaba dispuesta a permitirlo.

—Déjala en paz. Te lo pido por las buenas —ordenó—. Ahora está tranquila. No habla de ti, no piensa en ti. No arrases con todo, te lo advierto.

Iria seguía muy seria. Axel se preguntó si era ya su estado natural o era él quien se lo provocaba.

—No pretendo arrasar nada —se excusó Axel—. Y deja de tratarla como a una niña pequeña. Ya es mayorcita para tomar sus propias decisiones.

—¿Cómo? ¡Hay que joderse, Axel, de verdad! ¡Qué fácil es hablar desde la distancia, eh! Y ahora vienes, te presentas aquí un día y me dices cómo son las cosas y cómo deben ser. Claro que sí. Y el resto del tiempo te dedicas a tu vida en Madrid y en Galicia que se apañen. Que te den por el culo, Axel. Me voy. Ni se te ocurra aparecer.

Axel agarró la puerta del conductor del coche de Iria antes de que se cerrase.

—Espera. No seas así. Por supuesto que no es fácil para mí. ¿Tú te crees que para mí es fácil que me odiéis todos? —Una ráfaga de aire arrastró algo de polvo y los ojos de Axel se humedecieron—. Pero tienes que entender que hay muchas cosas que no sabes y que no puedes saber. Muchas. Tienes que confiar en mí. Necesito hablar con Noa. No me lo pongas más difícil.

Iria dio un tirón brusco y cerró la puerta.

—¡Que te pires!

Axel cedió y se apartó cuando los neumáticos del Citroën C3 chirriaron en sus narices. Sabía que no podía convencer a Iria sin contarle la verdad y había jurado que jamás lo haría. Además, ella no estaba preparada para la verdad.

Nadie lo estaba.

Ni siquiera él.

—¿Por qué no le dices la verdad?

—No sé a qué te refieres.

—Sí lo sabes. Por supuesto que lo sabes.

Jorge Ortiz sonaba duro. Había pillado a Loor por sorpresa. Después de la visita guiada por el puerto, en la que ambos conocieron cómo funcionaban las descargas, la insalvable burocracia, la invisible intendencia y, sobre todo, los diferentes mecanismos conocidos para introducir droga en las costas gallegas, el comisario Olivares y el subinspector Andrade se disculparon y se sumergieron en un canutazo improvisado con los enviados especiales de las teles y las radios que se habían desplazado al puesto de trabajo de la víctima.

Loor y Ortiz se quedaron a solas. Fue él quien sacó las garras.

—Axel no es tan listo como se cree —dijo—. Y es evidente que tú piensas lo mismo que yo. No seas cobarde y cuéntaselo antes de que se lo cuente yo.

—A mí no me parece que se crea muy listo.

—Loor, no me toques los cojones. Bastante mierda tengo ya encima. Axel te tiene aprecio y sabrá perdonarte. Bueno, a lo mejor no. Pero si no te perdona, te jodes. Ese no es mi problema. Tenemos que empezar a trabajar en equipo o nunca pillaremos a esos tíos. Deja de pensar en tu culo y da la cara.

Loor no comprendía cómo se había enterado. Al final iba a resultar que era mejor policía de lo que pensaban. Quizá le habían subestimado.

—Está bien. Está bien. Deja que sea yo quien se lo cuente. —Loor sacó un cigarrillo arrugado de su cajetilla de Marlboro y se lo colocó en la boca sin encenderlo—. Pero dame unos días. Tengo que pensar bien cómo hacerlo.

—Tienes hasta mañana —sentenció Ortiz—. Si en la próxima reunión del grupo de investigación no le has confesado que fuiste tú quien le traicionó y le filtró a la prensa la historia del kerambit, lo haré yo. Y créeme, será mucho peor. No pienso ponerle azúcar.

Loor encendió el pitillo, dio una bocanada larga y soltó tanto humo que dejó de ver momentáneamente la cara de Ortiz.

—No seas cabrón. Sabes que no es tan así. ¿Qué coño quieres que le diga? ¿Que hay un maldito hijo de puta entre nosotros, que me tiene pillada por los huevos y que me amenazó con contarle a todo el departamento el porqué de mi traslado a Madrid? Eso acabaría para siempre con mi carrera en el cuerpo y con mi reputación. Necesitaba empezar de nuevo y lo estoy consiguiendo. No seas cabrón. Axel se ha convertido en lo más parecido a un amigo desde que tengo uso de razón. No soy capaz de elegir entre él o yo. No podía hacer otra cosa, no seas cabrón.

Loor sentía que las lágrimas pugnaban por abrirse paso.

—Veinticuatro horas. Ni una más —insistió Ortiz.

El fuerte viento que les golpeaba la cara recrudecía la mañana. Al menos había dejado de llover.

Axel se acercaba con cara de haber visto un fantasma. Regresaba antes de lo previsto y caminaba encorvado hacia delante, con un peso inmaterial que lo doblegaba. Habría nacido y crecido en Galicia, pero Loor pensó que esa tierra no le sentaba nada bien.

Y a ella tampoco.

«Madrid no está tan mal».

Por primera vez lo pensó sin intentar convencerse de nada.

—¿Que es lo que no te convence?

—Tener aquí a esta gente justo ahora, tío. Tenemos un saco de pasta encima y necesitamos otro saco de pasta igual. Y se plantan aquí estos maderos de Madrid a tocarnos las pelotas. A la pasma de aquí la controlamos, ¿me entiendes? Pero los putos matracas se creen que han inventado el mundo.

Omar escuchaba a su colega Jarvis mientras volcaba el polvo blanco sobre la mesa de cristal del salón. Sacó el carné de identidad y apretó contra el vidrio, aprisionando las rocas para deshacerlas.

—Joder, está húmeda. Déjame una tarjeta —dijo Omar.

La cocaína se le quedó pegada en el dorso del DNI, donde Omar leyó el nombre de sus padres. Era tarde para sentir remordimientos. Con ayuda de la tarjeta de crédito sin crédito de Jarvis, devolvió la droga a la mesa y le dio golpes pequeños y precisos con el canto del documento de identidad.

Tac, tac, tac, tac.

Cuando hubo terminado, separó la farla en dos carreteras gruesas e irregulares y enrolló un billete de 50 euros en forma de cilindro.

—Vaya loncha, chorbo. Estás que lo partes. Esa es de peaje mínimo, chaval. —Jarvis se doblaba de risa con sus ocurrencias.

Omar se metió el turulo en la nariz y se agachó para aspirar del tirón la fila de coca.

Boom.

Directa al cerebro.

Aspiró un par de veces con fuerza y con el dorso de la mano se retiró el picor de la napia. Le pasó el billete a Jarvis, que repitió la operación.

—Dios, colega. Me cago en mi puta vida, ¡qué viaje! Esto es mandarle y lo demás son hostias —dijo Jarvis.

Tenían la Play en pausa. Estaban echando un *FIFA*. Omar jugaba con el Celta. Era algo familiar. Jarvis, con el Madrid. No quería sorpresas.

—Acércame el papel. Voy a hacerme un porro —anunció Omar mientras le señalaba a su colega un librillo de OCB olvidado en el reposabrazos del sofá—. Oye... y otra cosa... ya te lo había dicho, creo, pero olvídate de lo de conseguir la pasta esa. Es un tema mío. ¿Está claro? —añadió.

Jarvis tomó aire.

—Pues ya me dirás cómo cojones la vas a conseguir, tío. Con toda la jodida ciudad infectada de maderos por todas partes. Te veo capaz de clavársela a la pasma de aquí, que son más vagos que su puta madre. Les das una botella de vino y un pulpo y ya te llaman por tu nombre. Y no se mete en la cárcel a un tío al que lo llamas por su nombre. Además, ¡qué cojones!, pero si aquí todo dios tiene unas mansiones de la hostia. Todo dios menos el subnormal de tu colega el Jarvis. El resto tienen todos unas mansiones de la hostia y las manos atadas, ¿me entiendes? ¿Qué van a hacer? Gritar desde su mansión «Eh, policía, este cabrón gana 800 pavos al mes y tiene una mansión como tu puta cabeza de grande, fijo que está en la droga, no como yo, que pongo cuatro multas de aparcamiento a cuatro viejas sin dientes y también tengo una mansión de la hostia como tu puta cabeza». De eso nada, tío. Pueden ser vagos pero no son gilipollas. Esto es una rueda que no para de girar, tío. Y nadie le va a poner un palo a su puta rueda para que metan en el trullo a un tío que está haciendo lo mismo que tú. Pero otra cosa son los de Madrid.

Eso ya es otra movida. Ahí no me meto. De esos no hablo, tío, porque no tengo ni puta idea.

—Dale al «start» y calla la boca de una vez —dijo Omar con una sonrisa tensa—. Que tienes toda la segunda parte por delante jugando con diez.

—Si es que la vida me putea hasta en la máquina esta, joder. —Jarvis cogió el mando de la Play y reanudó el partido—. Oíste... has oído lo que circula por ahí, ¿no...? Dicen que ha venido también el poli.

Omar no retiró la vista de la televisión.

—¿Qué poli?

—El poli, joder. Ya sabes qué poli. El puto poli.

—Qué, ¿alguna novedad? —preguntó Axel mientras se acercaba a sus compañeros.

El olor inconfundible a pescado fresco del puerto le inundó las fosas nasales.

—Nada importante. Aquí no hay mucho que rascar —zanjó Ortiz—. Tengo la sensación de que esta gente está muy poco acostumbrada a resolver asesinatos y mucho a convivir con la extorsión y el narcotráfico. Les dejaremos hacer su trabajo pero será mejor que nos vayamos haciendo a la idea de que estamos bastante solos en esto. El tipo que apareció flotando en la playa estaba untado por alguna mafia sudamericana, o por varias, desde hace años. Me juego el cuello. Al parecer vivía con su familia en una casa acojonante con vistas al mar. ¿En serio nadie ató cabos hasta hoy? Un capataz del puerto viviendo en una mansión. ¡Vamos, no me jodas!

—La indulgencia de lo cotidiano.

—¿Qué dices? —Ortiz miró a Loor levantando las cejas como diciendo «Ves como se cree muy listo». A lo que Loor respondió torciendo la boca como diciendo «Igual es que es más listo que tú».

Axel percibió la complicidad entre los dos y sintió un brote de celos inesperado.

—Es la capacidad del ser humano para adaptarse y acostumbrarse a todo —explicó—. Por ejemplo, la primera vez que asistes a un crimen violento notas que se te revuelve el estómago, que te mareas, que sufres. Y todo eso puedes incluso arrastrarlo en sueños durante días. Pesadillas y tal. La segunda vez, te asustas aún más, por miedo a que lo atroz se convierta en tu día a día. Pero las siguientes veces, y sin que tú lo decidas, te das una tregua. Le restas importancia a todo. ¿Por qué? Porque lo necesitas. Entonces te vas acostumbrando. Te puedes acostumbrar casi a cualquier cosa. Es algo parecido a lo que le ocurre a los médicos. El primer paciente que se les muere les acompaña durante días. Se les mete en la cabeza que flipas. Luego, según van adquiriendo experiencia y descubren que la muerte es inevitable en su día a día, llegan a un punto en que se aíslan emocionalmente, de manera natural. Porque si se siguen haciendo responsables de cada muerte, no viven. Esto sirve también para el narcotráfico y sus consecuencias. Cuando lleva tantos años habitando en la sociedad, es la sociedad misma la que llega a un punto en que casi no reacciona. Es un mecanismo de defensa. El ser humano necesita ser indulgente con su cotidianidad para poder seguir adelante. Vivir permanentemente en el asombro, el asco, la repulsión... es insoportable. Es puro instinto de supervivencia.

—¿Qué eres, filósofo ahora? —preguntó Ortiz, que volvió a mirar a Loor.

—Yo qué sé, joder. Me lo acabo de inventar. —Axel sonrió—. Pero el negocio, en estas tierras, funciona más o menos así. Lo conozco bien.

Nadie preguntó por qué lo conocía tan bien y todos pensaron que se refería a algo que iba más allá del mero hecho de haber nacido y crecido allí. Axel tampoco dio más explicaciones.

—Lo que no me cuadra es lo de la polla —dijo Axel fijando la vista en unos enormes contenedores azules que rompían la vista a la ría—. Si quieres mandar un mensaje, hazlo todo con el mismo cadáver, ¿no? No mezcles. ¿Para qué mezclar? Al mezclar, lo único que consigues es movilizar a toda la policía del país donde metes la droga. ¿No os parece? Al margen ya del bombazo que va a ser esto para la prensa.

—Igual necesitaban deshacerse de una prueba y de esta forma lo consiguen —sugirió Loor.

—Hay mil formas de deshacerte de una prueba —respondió Axel—. ¿Qué necesidad tienes de hacer esto? ¿Y cómo demonios llegó la polla hasta aquí? ¿A Goya también lo mató la mafia mexicana? No me lo creo. No tenemos ni un solo indicio de que estuviese metido en asuntos de droga. Esto es raro de cojones.

—Me encanta escucharte, Nash —dijo Ortiz en un intento de retranca—, pero me está entrando un hambre de la hostia. Vamos a tomar un pincho de tortilla y una birra. Yo invito.

Una vibración intermitente en el bolsillo de Axel le hizo reaccionar con esperanza.

Noa.

Cuando vio quién le llamaba, se llevó las manos a la cabeza, y soltó un «Ayyy».

Joder. Me había olvidado de este.

—¿Quién es? —preguntó Loor.

Axel guardó el móvil sin responder y se giró un poco para evitar que Ortiz le escuchase.

—¿Te acuerdas de que el otro día te dije que tenía un par de trucos preparados para el interrogatorio de Max Morán?

—Sí, claro.

—Pues este que me llama es uno de los trucos. Con tanto cristo se me había olvidado por completo —dijo bajando la voz a un susurro—. No quiero que me oiga este traidor, que luego lo casca todo. Ya le llamo cuando volvamos a Madrid.

Loor sintió una punzada de culpabilidad. Tenía que hacer algo.

—Oye, Axel. Luego tenemos que hablar.

—Joder. No te pongas tan seria. Que me acojonas. ¿Qué me quieres contar ahora? ¿Que tu abuela estaba liada con Franco y tu abuelo era negro? Porque eres una caja de sorpresa.

Loor esbozó una sonrisa vulnerable.

—Idiota —dijo, mientras le golpeaba en el hombro con la palma de la mano animándole a seguir a Ortiz—. Luego hablamos.

—No hay nada que hablar, Noa. No.

—¿Le has visto?

—Sí. Le he visto. Pero tú no le vas a ver.

Iria llegó a su casa con la sangre aún en ebullición. No esperaba volver a ver a Axel y menos tener que compartir con él una investigación.

Para ella seguía todo muy fresco.

No era capaz de verle de otra forma. Era el tío que le había destrozado la vida a su hermana. Sin paliativos. Le había destrozado la vida. Y lo había hecho de tal forma que ni siquiera el tiempo había restituido su paz por completo. Entre todos, con ayuda también de sus padres y recurriendo a psicólogos y pastillas, habían conseguido levantar un muro de contención. Y no estaba dispuesta a poner a prueba su resistencia.

—Ya he hablado con él y no va a venir. Se lo he dejado muy clarito. Y tú deberías hacer lo mismo. Sé que te llama de vez en cuando. ¿Qué es lo que quiere, joder? ¿Por qué no te deja en paz de una vez? ¿No fue suficiente con lo que pasó? ¿Quiere jodernos la vida a todos de nuevo?

Iria no fue capaz de controlar el llanto. La humedad trémula en su ojos intensificaba el azul iridiscente de su mirada. Noa la imitó contra su voluntad. Sus lágrimas, sin embargo, eran negras.

—Tú no lo sabes, pero no todo fue malo, Iria. Axel también me ayudó mucho en momentos difíciles. Y creo que aún le quiero.

—Tú estás gilipollas. Que eras una niña de diecisiete años, por favor, Noa. Despierta. Que eso no se le hace a nadie. Pero con diecisiete... Hay que ser un bastardo miserable para hacerle algo así a una cría. Arrancarte así de tu familia y dejarte tirada como una colilla. Me dan ganas de...

—Tú lo has dicho. Era una niña, pero ya no lo soy. Voy a cumplir veintinueve y no pienso seguir escuchándote cuando no tienes ni idea. Pero ni idea.

—Noa, te lo advierto. Como quedes con él, no te molestes en volver. No me voy a ablandar ni a echar atrás. Si quedas con él, no vuelvas a esta casa.

Noa se fue dando un portazo que dejó temblando los cuadros del recibidor y la garganta de Iria. Cuando vio marcharse a su hermana, fue consciente de que sería incapaz de cumplir su amenaza.

—Estos no son ninguna amenaza. Te lo digo yo. Esta noche los metemos en un avión de vuelta para Madrid y arreglado.

—No es que tengamos nada que esconder, tú ya me entiendes. Pero no me gusta que me observen mientras estoy trabajando.

—Te entiendo perfectamente. A mí me lo vas a decir.

Olivares y Andrade se daban la razón mientras vaciaban una botella de ribeiro y se metían medio kilo de camarones cocidos del tamaño de la pierna de un obeso. Sentían que la ciudad les pertenecía y que allí se hacía el bien y el mal siguiendo sus reglas. No estaban preocupados, solo tenían ganas de cerrar la puerta.

—Te vas a encargar tú de la investigación, Andrade. Te voy a poner a la niña esta contigo. Parece espabilada. Si ves que se mete donde no le llaman, le paras los pies. La chavala tiene un pasado. Una historia familiar jodida. Si llega el caso y lo ves necesario, avísame y lo utilizamos. Te pondré también a algún veterano con pocas ganas de acción. Lo último que necesitamos es gente con ganas de complicarse la vida. No vaya a ser que nos la compliquen a nosotros también. Estoy de héroes hasta los cojones. Ah, y déjame a mí la comunicación con Madrid. Ya les informo yo. Si por algún casual contactan contigo primero, toréales. Yo que sé, diles que estás recogiendo a los niños, que tienes una reunión de la comunidad, cualquier mierda, y ya los llamo yo.

—De acuerdo, jefe.

Andrade regó esas tres palabras levantando su copa y proponiendo un brindis. Sabía que esas tres palabras eran la clave de su éxito.

Nada más y nada menos.

Sobre todo, nada más.

No ponía peros, no daba problemas, no pedía explicaciones. «De acuerdo, jefe».Ahí estaba todo. Así de fácil.

—¡Pero cómo está mi niña de guapa!

—Ni mi niña ni mi niño. ¿Tú no sabes avisar de que vas a venir?

—Joder, mamá. Quería darte una sorpresa.

Axel se agachó para abrazar a su madre. La notó más gordita. Le agarró con cariño un par de michelines de la espalda para hacerla reír. Se puso triste al darse cuenta de que cada vez que dejaba pasar unos meses sin verla, el tiempo la envejecía con urgencia. Axel era consciente de que, en las personas mayores, dos meses podían ser dos años. Que eran como niños. En su madre, el tiempo parecía tener prisa. Además, había decidido dejar de teñirse el pelo y ya lo peinaba totalmente gris. Ella decía que se había cansado de ir a la peluquería, pero Axel sabía que detrás de esa decisión se escondía una suerte de homenaje a su madre, la abuela de Axel.

—Te dije que la próxima vez que apareciese por Galicia te hacía una visita y te llevaba a pasear por la playa. ¿Te lo dije o no?

—Yo qué sé. No me acuerdo de que lo que comí ayer, me voy a acordar de tus *parvadas*. Pero ya te digo que con este tiempo, *carallo*, puedes ir yendo, *fillo*. Yo no salgo de casa hoy *nin tola*.

—Pues nos quedamos, mujer, y damos un paseo por la cocina y, si insistes, me haces una de esas tortillas de patata que solo tú sabes hacer.

Adela, así se llamaba la madre de Axel, se rio con fuerza. Con una risa pretendidamente falsa.

—Tú sueñas, bonito. Voy a meterme yo ahora a cocinar. Y luego a fregarlo todo. Con la de dolores que tengo. Tú, como vives en los mundos de la piruleta, no te das cuenta de que tu madre no puede más. Cualquier día de estos dejo de andar y me tienes que meter en una residencia.

—Mamá, no te voy a meter en una residencia.

—Más te vale. Ya te lo aviso. Toda la vida cuidando de ti, para que me metas en una residencia llena de viejos. Vamos, vas listo. Te dejo sin herencia.

Axel se sentó en una banqueta de madera de la cocina mientras observaba a su madre moverse. Tenía razón. Le costaba mucho mantenerse erguida. La columna se le había deteriorado mucho en los últimos meses y necesitaba apoyarse en un bastón para estar de pie.

—Pareces un sargento con ese bastón, joder. El sueño de tu vida, tenernos a todos firmes.

—Tú anda jugando, ya verás lo que hago con el bastón.

Adela abrió el armario que estaba encima del lavavajillas y sacó una botella pequeña de oporto. Se sirvió una copita escasa y se la bebió de un trago.

—A ti no te ofrezco, que me queda poco y tienes que trabajar. —La madre de Axel ejercía de madre y viuda a la vez—. Bueno, *fillo*, ¿y cómo es que has venido? ¿Qué pasó? Porque para que tú vengas a ver a tu madre tiene que pasar algo.

Axel se lamentó por no haberla avisado, aunque ni siquiera así se habría librado del asedio. Nadie lograba desarmarle como su madre. En todos los sentidos.

—Ha aparecido una pista aquí en Vigo que tiene que ver con un asunto nuestro. No puedo contarte muchos más detalles, mamá. Si no, ya sabes que tendría que matarte.

—Boh. Tú eres tonto. Te debes de pensar que a mí me interesan esas cosas. Te puedes meter tus secretos por donde te quepan. Bastante ocupada estoy yo aquí con mis cosas. Oye, ¿qué tal la pequerrecha?

—¿Marta? Muy bien. Cada día se parece más a ti. Es *cuspidiña* a su abuela —mintió Axel.

Adela negó con la cabeza y miró al cielo techado con gotelé.

—No digas bobadas. Se parece al abuelo. Esos hoyuelitos en el carrillo al sonreír, igualito que tu padre. Mira que era guapo, el condenado. Tú no te acuerdas, pero se lo rifaban las niñas de entonces. Por eso acabó conmigo. Buena era yo.

—Yo también habría acabado contigo, mamá. Todos lo habríamos hecho. Cualquiera te aguanta si no.

—Tú eres *parvo* perdido. Oye, ¿te quedas a dormir? Porque no te he hecho la cama. Y vas apañado si piensas que te la voy a hacer.

—No te preocupes. Nos volvemos esta noche.

Axel apreció un destello de decepción en su madre. Se dio cuenta de que estaba deseando hacerle la cama. Y antes, una tortilla.

Pasaron la tarde juntos sentados en el sofá del salón, viendo *Sálvame* y criticando a quien gritaba en cada momento. No necesitaban mucho más. Axel se preguntaba a menudo, estando en Madrid, cuántas veces más en su vida pasaría una tarde como esa con la persona que más le quería en el mundo. Se lo volvió a preguntar al estar a su lado. No quiso responderse. Le cogió la mano y se la besó. Se imaginó abrazándola y diciéndole lo muchísimo que la quería y lo muchísimo que le agradecía todo. Pero no fue capaz. Él no era así.

Aprovechando una publicidad, Adela se escurrió cojeando a la cocina para servirse otro vasito de oporto y Axel se preparó para la despedida.

—¿Seguro que no te quieres quedar a dormir? No me molestas tanto como digo, eh, ya conoces a tu madre, que está medio chocha.

—Ojalá pudiese, mamá. Pero si no voy yo allí a poner los puntos sobre las íes, estos mantas no dan una. Ya sabes que soy el mejor policía de toda España.

—Bueno, déjate de gaitas de ser el mejor ni ser el mejor. Tú cuídate y, si hay problemas, te pones detrás del todo, ¿vale? Que ya saben todos que eres muy valiente. Ahora, que lo demuestren los demás. Tú, al fondo.

Axel notó que se le erizaba el pelo detrás de la nuca. Abrazó a su madre e incrustó la cabeza sobre el pecho desplomado por la edad. Se quedó allí unos segundos, respirando en calma.

—Venga, tira, *fillo*. Que ya están ahí otra vez gritando los locos esos de la televisión y me lo pierdo.

Desde el salón llegaba con claridad el sonido de un anuncio de una cadena de supermercados.

—Cuídate mucho, por favor, mamá. Y la próxima vez te llevo a la playa. Prometido.

—Avísame antes, ¿eh? No se te ocurra volver a aparecer así.

Axel se giró. Se le estaba metiendo miedo en el ojo.

—Te quiero mucho, Axelito. —Adela le tiró un beso con la mano al tiempo que se cerraba la puerta del ascensor.

A Axel le subió un tornado de emociones hasta la garganta mientras bajaba al portal. El edificio apenas había cambiado.

Los años no pasan igual para todos.

Salió a la calle y su cerebro dejó de emitir señales al cuerpo.

Se paró en seco.

Noa le saludó ladeando la cabeza, como el día que se conocieron.

Axel tragó saliva.

Ella sí se parecía a la pequeña Marta.

De pie, frente a él, a plena luz del día, su oscuro pasado se alzaba aún más oscuro.

36

El primer chispazo fue tan intenso que Axel dudó de si podría soportar mucho rato al lado de Noa. Al contrario que ante la muerte, sentía que a su alrededor todo viajaba a cámara rápida. También sus emociones.

Pero a los pocos minutos consiguió sentirse cómodo.

Su voz le resultó más cálida en persona, menos agrietada. Su cara, su cuerpo, todo seguía en el mismo sitio y al mismo tiempo le costaba trabajo reconocerlo. Axel conservaba la imagen mental de Noa que se había construido con los años. Una imagen libre y añeja. Y aquella era la Noa que veía cuando hablaban por teléfono. Fue consciente de que esa imagen se estaba renovando allí mismo.

Le dio la impresión de que había madurado. Tenía el pelo igual de liso y negro pero más largo. La expresión más dura. La mirada más triste. Hablaba poco y sonreía menos. Y nunca sin motivo. Era lacónica hasta en el andar. Y andando resolvieron ir a la playa de Patos y pasear bajo el goteo lluvioso que empezaba a saludarlos.

Axel bajó a la arena de un salto desde el paseo. Noa le pidió ayuda con la mirada y él se la ofreció. La sujetó para darle equilibrio y al tocarla notó unos brazos firmes y una cintura armoniosa.

Sigue surfeando.

Se descalzaron para sentir la arena gruesa entre los dedos. Axel se fijó que Noa no llevaba las uñas pintadas, ni en las manos ni en los pies, como si hacerlo fuese un exceso que no se podía permitir.

El cielo empezó a chispear. La amenaza ya había dejado la arena desierta de toallas. Al fondo de la playa, un hombre mayor asía un palo y lo lanzaba lejos para cansar a un labrador canela que babeaba de pura fatiga.

Axel y Noa se acercaron al mar y caminaron por la orilla en dirección a las rocas. El agua estaba muy fría, muy gallega, pero ninguno reaccionó cuando la marea les salpicó los tobillos.

El sonido agudo de las gaviotas se hizo más presente.

Axel no sabía por dónde empezar e intentó algo.

—¿Qué tal llevas todo?

Noa no contestó. O no lo hizo inmediatamente.

Nunca lo hacía.

Siempre tardaba unos segundos en responder. No porque estuviese eligiendo la mejor respuesta, sino porque ella era así. Su cabeza solía estar lejos y necesitaba unos instantes para volver. En este caso, esos segundos de incertidumbre llenaron a Axel de dudas. Pero supo esperar.

—Mal.

Noa era la única persona que dejaba a Axel sin réplica, inerme. Le convertía en un ordenador que se va a negro de repente. Al principio lo achacaba a su honestidad brutal, pero con los años y la distancia descubrió que tenía más que ver con la «alta suciedad». Decidió que la única manera de acercarse a ese cuerpo impenetrable era rodeándolo.

—Veo que sigues haciendo surf. Estás dura como un demonio.

Una ola rompió cerca de la orilla y levantó espuma hasta los gemelos de Noa, que paseaba en el lado del mar. Llevaba unos vaqueros gastados, remangados hasta la rodilla. Unas gotas saltearon las Converse blancas de tiro bajo que sujetaba con su mano derecha. Dentro de las zapatillas había arrugado unos calcetines rojos con margaritas amarillas.

—El surf me ayuda —confesó.

—Lo sé. Siempre te sentó muy bien —convino Axel—. ¿Y qué más haces? —se interesó.

—¿Cómo está?

Noa rodeaba menos que Axel.

—¿Cómo está quién? —Axel sabía perfectamente a quién se refería. Expulsó la pregunta por inercia, sabiendo además que tendría que responderla él—. Está bien. Crece muy rápido la muy cabrita. Y tiene una mala uva... Es igualita a su madre.

Ya solo me falta decirle a Loor que Marta es igualita a ella. Luego lo hago.

Axel encontró un amago de sonrisa reflejada en la arena que enseguida borró una ola resacosa.

—¿Es feliz? —preguntó Noa.

Axel se dio cuenta de que se estaba encogiendo. Y no era por la lluvia. Cada pregunta de Noa le devolvía más tensión que la anterior. Y se estaba acumulando en sus hombros.

—De momento, sí. Tiene nueve años. Vive para divertirse. Además, pasa mucho tiempo con mi hermana, que tiene muy buena mano con los niños. Y yo... pues... ya sabes que soy muy tonto y por ahora mis tonterías le hacen gracia. Ya tendrá tiempo de cogerme manía. —Axel pensó que ya puestos a mentir, mentir hasta el final—. Y luego en el cole es la sensación, al parecer es una niña listísima. Me encanta ir a las reuniones de profesores y padres. Salgo con el pecho hinchado. Es la envidia del colegio. Tiene madera de líder.

Como después de cada cosa que decía, Axel se quedó mirando a Noa con las cejas levantadas. Expectante.

—Eso es bueno.

Ya habían completado el recorrido a lo largo de la playa de Patos. Axel se giró para dar la vuelta una vez alcanzaron las rocas bajo el bar Pénjamo. Noa se detuvo.

—Axel, estoy un poco bloqueada. ¿Podemos sentarnos en las rocas? ¿Te importa?

—Eso lo hacíamos cuando teníamos veinte años. ¿Te acuerdas? ¿Qué quieres, volver a ligar conmigo?

—Prefiero no recordarlo.

Toma, por imbecil.

Noa señaló el Pénjamo con la mirada.

—No he vuelto a entrar ahí.

—Bueno, ni falta que hace. Aunque también te digo —Axel le puso la capucha de la sudadera azul cielo que Noa llevaba desabrochada—, ¡que te crees tú que te van a dejar pasar con estas pintas!

Noa no se defendió y se adelantó en dirección a la rocas. Se sentó y sacó un Chester del bolsillo. Colocó una mano de parapeto contra el aire para poder encenderlo y con la otra prendió el mechero. Axel ocupó la piedra de al lado, a poca distancia.

—¿Sigues fumando? —preguntó.

—También me ayuda.

Esa mierda te va a matar.

—Pues si te ayuda, sigue fumando —dijo.

—Axel, ¿podemos hacerlo? Lo necesito. Estoy un poco agobiada.

—¿Aquí? ¿Ahora?

—Por favor.

Noa le miró con sus ojos de hiel. Profundamente negros. Axel se concentró en el mar, estaba picado por el viento.

—Claro. Como tú quieras.

Todos los domingos, desde que se separaron, y sobre las nueve de la noche, Axel llamaba a Noa por teléfono. Guardaba ese ratito de la semana para ella. Detenía su vida y le echaba una mano. Muy pocas veces había faltado a su cita y siempre por causas de fuerza mayor, nunca por un descuido o un olvido.

No se podía olvidar de algo tan importante.

Era lo mínimo que podía hacer por ella.

Las llamadas consistían en un rito invariable, casi idéntico. Una terapia en la que Noa expulsaba de su cuerpo al demonio que la carcomía por dentro. Una pesadilla que se le presentó una maldita noche de 2008.

Un domingo.

Y se quedó con ella para siempre.

Fue allí mismo, en el Pénjamo, donde empezó a torcerse todo. Allí empezaron las malas decisiones que la llevarían a una muerte en vida.

Su muerte tenía nombre y cara, pero eso no se lo diría a nadie. El culpable se iría con ella a la tumba. Era para ella como un virus que, si lo esparces, contagias el mal. Le daba miedo que alguien hiciese una locura para vengarla, que todo aquello creciese, que todo lo que había soportado en silencio durante tanto tiempo acabase mal.

Pero aun sin nombres, lo que ocurrió aquella noche sí que lo compartió. Para salvarse. Para poder resistir. Para no quitarse de en medio. Y al compartirlo empezó el ciclo de expulsión. Que antes era esporádico y en persona, y ahora, telefónico y semanal. Noa tenía que aprovechar que estaban juntos para volver al pasado y rescatarse. Además, solo lo podía hacer con él.

Solo Axel lo sabía.

—Tú ve haciéndome preguntas, ¿vale? Como siempre —reclamó Noa.

—De acuerdo.

Noa cerró los ojos y se fue lejos. A otra década.

Su voz temblaba de miedo.

—Era tarde y estaba cansada. Tú no habías salido esa noche. Había preguntado por ti, aunque tú apenas sabías quién era yo. Me dijeron que te habías quedado en casa. Que habías dicho que tenías resaca y que te quedabas viendo una peli. La del soldado Ryan, creo. Estábamos ahí. En el Pénjamo. Lleno de gente conocida. Hubo un concierto. Unos pijazos que no tocaban mal. Cuando acabaron, tomé otra cerveza y recogí mis cosas. No podía más. Les avisé a todos de que me iba a casa. Les dije que llamaría a mi padre para que me viniese a buscar. Nunca debí decir eso. Ahí empezó todo.

—No fue culpa tuya, Noa. No dijiste nada malo.

—Él se ofreció a llevarme y, aunque al principio me sorprendió un poco, le dije que vale.

—¿Ya habías ido con él en coche alguna vez?

—Sí, claro. Varias veces.

—¿Y nunca habías notado nada raro?

—No, claro que no. Yo no entendía nada, Axel. Él era mayor que yo y se suponía que debía cuidarme. Debía cuidarme.

—Pobrecito. Tiene que ser muy duro pasarse la vida sabiendo que eres un hijo de puta y que lo vas a ser hasta el día que te mueras. Porque, Noa, ese tío se acuesta todas las noches sabiendo lo que te hizo y es imposible que pueda soportarse.

—Hay algo, de todo lo que pasó aquella noche, que no olvidaré jamás.

—¿Qué es?

Axel se sabía la historia casi de memoria y, precisamente por eso, sabía qué y cómo preguntar. Conocía el camino a la redención.

—Antes de que ocurriese todo, estábamos en el coche y casi tenemos un accidente.

—¿Conducía él?

—Sí. Yo no tenía carné. ¿Y sabes qué?

—Dime.

—No te haces una idea de la cantidad de veces que he deseado que ese accidente nos hubiese matado a los dos.

—No digas eso. Tú no tenías que morir. Tenías y tienes toda la vida por delante.

—No sé por qué no me empeñé en seguir hasta a mi casa. Estábamos al lado. Supercerca. Tenía que haber insistido. Fue culpa mía.

—No fue culpa tuya, Noa. No podías saber que te iba ocurrir algo así.

—Debí insistir, debí insistir para que siguiese conduciendo.

—Tenías diecisiete años, Noa. No te culpes más, por favor.

—Da igual. Yo sé lo que digo. No puedes entenderlo. El caso es que iba conduciendo y se despistó en una curva.

—Y venía un coche de frente que casi os embiste.

—Sigo recordándolo todo. El cepillo de dientes sigue ahí.

—¿Qué cepillo?

—El cepillo de dientes. En el coche. Se miraba al espejo retrovisor mientras se cepillaba los dientes. Se pasó todo el viaje cepillándose los dientes. Todo el viaje.

—¡Qué dices! ¿Y por qué hacía eso? Menudo loco hijo de puta.

—El cepillo de dientes. El puto cepillo de dientes me estalla en la cabeza.

Axel se llenó de dudas y le ofreció una salida.

—¿Quieres que paremos?

—No. No quiero. Quiero quitármelo de encima —aseguró Noa, bajando la mirada a la arena informe—. Llegamos al hostal y, como él no se decidía, pedí yo dos habitaciones. Dejamos los DNI y subimos. Recuerdo que era el primer piso y por eso no cogimos el ascensor. Habitaciones 105 y 106. Me quedé la 106. Al rato llamaron a la puerta y abrí. Pensaba que era el viejo de abajo con mi DNI.

Ella rompió a llorar. Él le acarició el brazo. No solía aguantar tanto.

—Pensaba que era el viejo. Te lo juro. Yo creía que era el viejo.

Axel vio como Noa apretaba los dientes y se le marcaba la mandíbula, justo donde acaban las patillas.

—Pero no era el viejo, ¿sabes? Era él. Me empujó y me caí en la cama. Me dijo que si gritaba o decía algo me mataba. No entendía nada de lo que estaba pasando, Axel. Nada.

Axel dejó que la historia respirase. Ella también conocía el camino. A él le tocaba esperar.

—Yo estaba vestida. Pensaba dormir vestida. No tenía calor.

—¿Y te desnudó él?

—Sí. Creo que sí.

—¿Y tú le dejaste? ¿O te forzó?

—No lo sé. No soy capaz de recordarlo. Yo no le veía la cara.

—¿Cerraste lo ojos?

—No lo sé, no sé si cerré los ojos. No es eso.

Noa dio una última calada sin tragar el humo y tiró el pitillo al mar.

—¿Entonces?

—Me empujó contra la cama, de espaldas y me agarró de las costillas. Me hizo mucho daño.

—¿Estuvo todo el rato detrás de ti?

—Sí. No sé cuánto rato pero todo el rato. Es que... no fue algo solo vaginal, Axel. Fue también... ya sabes... fue anal.

—¡Qué hijo de puta! —Axel cerró los puños lleno de rabia—. Perdona, sigue.

Noa le miró con los ojos inflamados. Tenía el rostro quebrado. Estaba esperando. Le tocaba a Axel.

—¿Y gritaste en algún momento?

—No. No grité. O sí. No estoy segura. Dentro de mí sé que grité, pero es posible que nadie más lo oyese.

—Y él no paró.

—No.

—¿Le dijiste que parase?

—¡Qué importa eso! No hacía falta decirlo, los dos sabíamos lo que estaba ocurriendo. Bueno, es igual, déjalo... no quiero seguir hablando.

Hicieron una pausa. Noa sacó del bolsillo otro Chester. Axel vio cómo, a su espalda, el paseo cogía temperatura. Parejas de la mano. Pandillas con sus tablas y neoprenos. Chavales en bici.

Sin darse cuenta se permitió lo que no se permitía en Madrid. Un arrebato de nostalgia. Y se acordó de cuando ellos eran más jóvenes.

En la época en que sus vidas cambiaron para siempre, Axel y Noa apenas se conocían. Un poco de vista. Pero ella se estaba colando por él y él no le hacía caso. Tenía otra vida. Otras ocupaciones. Era mucho mayor que ella, nueve años mayor. Un mundo de distancia.

Pero el mundo es un pañuelo.

Había terminado la carrera de Derecho y se dio cuenta de que lo odiaba. Así que se fue a Santiago y empezó Periodismo. Su vida allí era bastante azarosa. Veinticinco años. Segunda carrera. Salía mucho, pero nada serio. Tonteaba con las drogas, pero nada serio. Se acostaba con chicas, pero nada serio.

Le iba bastante bien.

Noa, sin embargo, aún seguía en el instituto, acabando el bachiller. Salía bastante, surfeaba mucho, nada de drogas, y guardaba su virginidad para alguien especial. Un cóctel que explotó un 8 de septiembre.

Axel se había preguntado muchas veces por qué él. Quizá algún día obtendría una respuesta.

—Seguimos, por favor. —Noa había dejado de llorar. Tenía las mejillas rosadas y los labios hinchados por la sal de sus lágrimas.

Axel retomó donde lo habían dejado.

—¿Cuándo lo supiste?

—¿Cuándo supe qué?

—Que te iba a... ya sabes...

—Durante muchos años yo tampoco fui capaz de decirlo en alto. Me decía que había sido malo conmigo, que me forzó, que fue muy duro...

—No es necesario que lo digas, no pasa nada.

—Me violó, ¿entiendes? Eso fue lo que pasó. Ese cabrón me violó.

Noa solía apretar esa frase entre dientes. Axel siempre pensó que lo hacía para que no la escuchase nadie. No era una frase que se pudiese gritar. Pero allí, en medio de las rocas y el mar, nadie podía oírles. Noa tampoco gritó.

—Me he pasado años durmiendo con la espalda pegada contra la pared.

—¿Por miedo?

—Será un trauma que me ha quedado, no sé.

—He leído que es normal. Se llama trastorno de estrés postraumático, creo.

—Solo he conseguido dormir profundamente una vez en mi vida. ¿Sabes cuándo?

Axel lo sabía.

—¿Cuándo?

—Cuando dormía contigo.

Axel sorteó ese recuerdo. Aún le hacía daño. Fueron los peores días de su vida, los más difíciles. Por lo que vino después. Se preguntó si no debería leer también algo sobre sus traumas.

—¿Ya no tienes miedo?

—¿Me lo preguntas en serio? Siempre voy a tener miedo. Esto ya no se va a ir. Esto va a estar conmigo toda la vida.

—Bueno, a lo mejor no, Noa. A lo mejor pasa algo, no sé... algo, y llega el día en que lo dejas atrás.

—Ya lo he dejado atrás. Si no, no estaría aquí. Pero una cosa es vivir con ello y otra muy distinta es olvidarlo. Y yo no lo voy a olvidar nunca, Axel.

Estaban llegando al final. Noa apagó contra la roca su segundo cigarro y empezó a juguetear con la colilla naranja.

—¿Dime quién fue? Por favor. Tengo que saberlo.

—No.

—¡Noa! Ya que hemos llegado hasta aquí, esta vez vamos hasta el final.

—No. No te lo voy a decir. No me lo preguntes más.

—¿Por qué? No lo entiendo. De verdad. Alguien tiene que saberlo. Tiene que pagar por lo que te hizo.

—No quiero. No quiero tener que pasar por eso. No. Es mi decisión. Solo mía. Lo siento.

—Pero es importante que se sepa quién fue, Noa. Para que no lo vuelva a hacer.

—¿Crees que no lo he pensado? ¿Eso crees?

Como siempre en ese punto, Noa se rompió por dentro. Se dejó caer en el hombro de Axel y sollozó algo ininteligible. Su cabeza vibraba con el llanto, sin control. Su abdomen se movía arriba y abajo. No podía más. Permanecieron así varios minutos. Sin moverse.

Noa se fue calmando y abrazó a Axel con todo su cuerpo. Él trató de ocultar que languidecía. Ella se recompuso. Lo había expulsado. Al menos por un tiempo. Hasta el próximo domingo. Ya sin lágrimas en el cuerpo, miró a Axel y le dio las gracias.

—Te sigo queriendo, Axel —dijo.

Y entonces fue él quien lloró.

37

Axel y Noa se despidieron con hielo. Tenían que enfriarse.
Un abrazo premioso y un par de besos apáticos pusieron
punto final a un reencuentro apresurado. Él le dijo que cuando estuviese preparada, la esperaba en Madrid. Que se iba a
llevar fenomenal con Marta.

Qué coño, si es tu hija.

Y que la seguiría llamando.

A Axel no le preocupaba el relato que le contarían a la
niña. Y después de conocer la movida de Loor, mucho menos. Ella tenía razón. Todos tenemos una historia.

Le preocupaba más Noa.

Mucho más.

—Ya pensaremos qué le contamos. No te ralles por eso.
A ver si ahora nos vamos a poner exquisitos con la verdad,
de repente. Sin ser nosotros nada de eso.

Axel tenía claro que nunca le iban a contar toda la verdad
a su hija. Pero, al menos, gracias a esa última tontería, se llevaba de vuelta media sonrisa robada en el tiempo de des-
cuento.

Dejó a Noa en su coche y la vio alejarse con la vista fija en
la carretera, sin ceder a la tentación del retrovisor. Si era una
metáfora, le pareció alentadora. Él retomó su vida en direc-

ción contraria, tratando de recuperar el pulso de la realidad que siempre perdía en estos trances transitorios. La noche se abría paso entre las luces estroboscópicas de las farolas y los coches. Axel echó de menos hacer algo que ya no hacía: fumar. Le pareció que el ritual de encenderse un cigarro, sujetarlo entre los dedos, apretarlo entre los labios y expulsar el humo al vacío ya no era tan sucio. Se dio cuenta de que se sentía solo y lejos de la verdad ¿Cuál era toda la verdad? Ni él mismo lo sabía.

La verdad, para Axel, venía dividida en tres capítulos, como una trilogía.

La violación.

La huida.

El culpable.

Se la encontró en los acantilados una noche de diciembre, de las que despiden el año. A Noa y a la verdad.

Axel había ido a las rocas a aprovechar el mal tiempo. Hacía frío y viento, pero no llovía. Estaba de vacaciones, había regresado de Santiago y, conmovido por las historias que escuchaba en la facultad, fue en busca de una crónica negra de planeadoras, descargas y droga. Quería sentirse periodista por primera vez.

Sin embargo, lo que se encontró fue una sombra escuálida y demacrada, envuelta en una capucha negra. Temblando de frío y a punto de saltar al mar; siempre y cuando lograse alcanzar el mar y no se estampase contra las rocas. Aunque eso a ella le traía sin cuidado. De su cabeza brotaba un pensamiento muy gallego. Las dos palabras más famosas de la comunidad después de «Malo será»: «Casi mejor».

Axel logró convencerla para que se sentase. Le contó que había ido hasta allí en busca de una historia y que la había encontrado. Que no fuese cabrona. Que le contase primero qué le pasaba y que luego ya se suicidase. Le dijo, incluso, que si quería la empujaba él. Pero que no le dejase así.

Sin saber bien cómo, sus estupideces dieron resultado y la chica se sentó. Estuvo llorando dos horas seguidas. Le contó todo. Lo que le pasó y lo que le pasaba. Su miedo, sus vómitos, sus pesadillas, su asco.

Y las ganas de morir.

O mejor dicho, de no seguir viviendo.

Le contó tantas cosas y tan *heavies* que Axel, cansado de toda una vida en Galicia, le ofreció una huida. Hacia un nuevo mundo. Hacia la segunda entrega de la verdad. Barcelona. Una ciudad grande y anónima donde empezar de cero. Morir y volver a nacer.

En pocos días lo planearon, asumieron lo que significaba dejar todo atrás y se marcharon. Lo primero que acordaron fue el cambio de nombre. A María Noelia Novoa siempre la habían llamado María. Y nunca más volvió a permitirlo. A María la mataron en una habitación de hotel, un domingo de 2008 y en esos acantilados murió. Y Noelia se quedó en Noa.

Noa dijo en casa que pensaba matricularse en la facultad de Enfermería de la Ciudad Condal y que para poder acceder a una plaza, debía aclimatarse a la ciudad y al idioma. Que así tendría más opciones. Por supuesto, le dijeron que no. Pero la vieron tan mal sin saber por qué, que no tuvieron más remedio que acceder. Llegaron a un punto en que temieron perder a su hija.

La dejaron ir.

Y la perdieron.

El plan que diseñaron cubría el siguiente año de sus vidas. Y a partir de ahí, ya verían. Al cabo de ese tiempo, pasaron tantas cosas entre ellos que Noa explotó de nuevo. Se vio incapaz.

Superada. Con dieciocho años, una hija, un abismo y mucho miedo dentro.

Y se inmoló.

Volvió sobre sus pasos y regresó a Galicia. Fue ahí cuando le contó todo a su hermana y de ahí viene el odio de su hermana hacia Axel.

Le culpa de todo.

De casi todo.

Porque hay algo de lo que no le puede culpar, algo que sigue oculto en algún lugar dentro de Noa. El culpable.

El violador de una niña de diecisiete años.

La identidad del psicópata que había iniciado todo este descenso a los infiernos seguía siendo un misterio para todos. Noa se negaba a compartirla. Tenía pánico a enfrentarse a eso.

Axel le preguntó en una ocasión si le había vuelto a ver y Noa le dijo que sí. Que una vez. Y que sintió tanto miedo que no pudo controlar el vómito. Estaba con sus padres en un chiringuito tomando una cerveza y al cruzar su mirada con la de él, sintió tal vértigo y tal asco que salió disparada al baño, conteniendo las arcadas con la mano. Al regresar fingió estar enferma y se encerró en casa una semana entera. Nunca volvió a ese chiringuito.

Con los años y mucha ayuda, Iria consiguió reconstruir a su hermana. Axel, por su parte, dejó el periodismo y se enroló en la Academia de Policía de Cataluña. Empezó colaborando con los Mossos d'Esquadra en tareas de seguridad ciudadana y orden público, y pronto ascendió a la división de investigación criminal. Aguantó tres años y pidió el traslado a Madrid. Para resolver crímenes como el de Marcos Goya. Por el que había regresado a Galicia y por el que ahora mismo se estaba subiendo a un avión de vuelta a casa.

Cuando los tres policías aterrizaron en Barajas ya era noche cerrada. Axel se ofreció a acercar a sus compañeros a algún lado, cerca del centro. Había aparcado el Peugeot 207 en el *parking* de la T4.

¿Dónde hostias lo dejé?

Sacó el móvil y buscó en su galería de fotos. Cansado de que siempre le pasase lo mismo, tuvo la feliz idea de fotografiar una columna. Era morada. D4. Al menos ya sabía por qué planta empezar a buscar.

Loor, que vivía cerca de La Latina, aceptó la invitación. Ortiz, por el contrario, se fue en taxi, trazando una línea jerárquica que para ninguno significaba nada.

—Me pillo un pelas. No hay fallo —dijo como despedida.

Axel notaba que el viaje y las horas juntos habían actuado como analgésico. Ya no sentía tanta rabia hacia su jefe. Pero también sabía que, por mucho que lo intentase, nunca iba a gustarle.

—El lunes nos vemos en la comisaría. Yo iré temprano —anunció Ortiz—. Y por cierto, sería conveniente que nos vayamos haciendo a la idea de que van a cerrar el caso. O, en el mejor de los escenarios, pasará a otra división para que lo vayan dejando morir. A nadie le interesa una guerra pública contra las mafias del narcotráfico hasta tener la certeza de poder ganarla. Y ahora mismo no la tenemos.

Axel sabía que Ortiz no erraba. Él ya lo había pensado. Pero su naturaleza era otra.

—Desde luego, es lo más conveniente. Y, además, así nos evitamos responder a preguntas incómodas como, por ejemplo, por qué se nos escapó vivo un sospechoso cuyo teléfono emitió señales de radiofrecuencia en las torres más próximas a la calle San Bernardino en la madrugada en la que, en esa área, apareció emasculado el cuerpo de Marcos Goya. La verdad es que es una pregunta desagradable para un jefe con una hoja de servicios tan... —Axel hizo una pausa — inmaculada.

Loor notó que se le aceleraba el pulso. No quería descubrir a dónde les llevaba esa autopista que Axel acababa de tomar sin frenos.

—No pienso tener esa discusión aquí y ahora, agente Nash —dijo Ortiz, mientras con la mano derecha abría ya la puerta trasera del taxi—. Pero la tendremos. Te aseguro que la tendremos. Hasta entonces, te aconsejo que te mires al espejo y, por una vez, dejes de decirte a ti mismo «Tengo razón». Prueba un día. No pierdes nada.

Ortiz buscó la mirada de Loor, que se hundía en el asfalto. Cerró la puerta y le pidió al conductor que arrancase. Le dio una dirección y le sugirió la ruta más rápida hasta su casa. Se arrellanó en el asiento y fue consciente de que su camisa estaba a punto de estallar. Soltó los puños y destensó la musculatura. En su cabeza solo gruñía un pensamiento: partirle la cara a ese engreído de mierda.

—Se pilla un pelas, dice. El cabrón se puede dejar 150 pavos en una camisa, que sigue siendo más de calle que la madre que lo parió.

No había tráfico y Axel aprovechó para pisarle un poco. Estaba cansado y tenía ganas de llegar. Tomaron la A2, dirección Avenida de América.

El día había sido muy largo y el enganchón con Ortiz le había dejado mal cuerpo. Necesitaba distraerse. Pensar en otra cosa. Y descansar.

Loor bajó la ventanilla y dejó que el aire contaminado la ayudase a tomar una decisión. Presentía que no era el mejor momento, pero no había un mejor momento para aquello. Decidió echarle huevos.

—Axel, tengo que contarte algo. Es importante.

Él jugueteaba con el móvil al tiempo que buscaba algo de música. Al volante era un caramelo para cualquier patrulla de tráfico.

—Déjame primero que haga una llamada, ¿vale? No será tan importante como esto que te voy a contar. Ya que ese cabrón nos ha pedido que vayamos olvidándonos del caso, vamos a tocar un poco los huevos. —Axel dio un giro brusco para no pasarse la salida. Levantó un brazo en señal de disculpa—. Me distraes, joder.

Loor prefirió no contestarle.

—Bueno, ¿te acuerdas del interrogatorio fallido del otro día? —preguntó Axel mirándola fijamente y perdiendo de vista la carretera.

Loor prefirió no contestarle.

—Que te dije que tenía un par de trucos preparados y que uno de ellos me llamó esta mañana. Pues vamos a llamarle. Me da en la nariz... —Axel se llevó el índice al tabique e hizo un par de inhalaciones cortas, como un sabueso que husmea— que vamos a recibir buenas noticias.

Loor cedió. Cuando Axel se ponía así, era invencible. Se guardó su confesión y le siguió el juego.

—De qué iba el truco, dime, ¿nos van a meter un puro por esto?

—No, si estás callada. Pero callada de verdad, eh. No me toques los cojones con leccioncitas. Si no quieres que te lo cuente, me lo dices ahora mismo y me busco alguien con quien trabajar. Pero luego no me llores con que no te cuento nada y voy por mi cuenta y mimimí. —Axel acabó la frase forzando una mueca agria, como quien muerde un limón.

—A ver, subnormal... ¿quieres dejar de adornarte y contarme de una vez?

Axel sonrió.

Cómo tiene esta la cabeza.

—Lo leí en una novela. Un *thriller* policiaco. La verdad es que no recuerdo el título, pero se me quedó grabado porque me pareció de ser muy desgraciado. Pensé «Hay que estar muy desesperado o ser muy cabrón para hacer eso». Y yo no estoy muy desesperado. ¿Tú, sí?

—Empiezo a estarlo.

—Hablé con un tío de la unidad de Delitos Informáticos. Me debía un par de favores.

—Axel, todo dios te debe favores. ¿Cómo coño lo haces? —preguntó Loor mientras se cuestionaba a sí misma si ella también le debía alguno.

—Cuando descubras que todos somos más o menos igual de competentes y que los favores son lo que te va a dar ventaja con respecto al resto de polis, lo entenderás.

Axel se detuvo ante el disco rojo de un semáforo, en el cruce de Diego de León con General Pardiñas. Por delante cruzaba una pareja de ancianos que se agarraban el uno al otro para poder avanzar.

Axel pensó en su madre.

Loor, en su padre.

—El asunto —continuó— es que le pedí a este tipo que fuese a primera hora y se colase en la garita de seguridad de la comisaría, donde los cacheos y el arco de detección de metales. Cuando estuve en la radio me fijé que Max presentaba el programa con el teléfono en la mesa y que lo consultaba constantemente. Por si le llegaba alguna noticia o algún comentario que trasladar a antena, supongo. Tiene un iPhone X en buen estado.

—Axel, no sé si quiero saber el resto de la historia.

—Calla, joder. No seas aguafiestas. Ahora viene lo mejor.

—Por eso.

Axel torció la boca y agitó un brazo perezoso. El semáforo se puso en verde.

—Cuando Max apareció por la puerta, mi colega le recibió y le pidió, con toda la amabilidad del mundo, que vaciase los bolsillos en una cesta. No sin antes apagar el teléfono que, por supuesto, y como todo el mundo sabe, debía permanecer desactivado hasta que abandonase la comisaría. —Axel empezó a reír—. ¿Es o no es acojonante? A la peña le puedes decir casi cualquier cosa cuando están cagados, que lo hacen y no preguntan. Max obedeció sin objeciones y cuando depositó el móvil en la cesta y se volvió para pasar por el arco de seguridad y ser cacheado, mi colega le dio el cambiazo. Se quedó su móvil y en su lugar le dejó un iPhone X sin batería.

Axel miró a Loor.

—Solo hay una forma de librarse de la tentación —dijo Axel.

—Caer en ella —añadió Loor.

—Max descubrió que hay otra forma. Con un teléfono sin batería. Durante el rato que estuvo dentro, si la tentación pudo con él y quiso saltarse las normas y consultar el teléfono, se chocaría con una pantalla muerta. Pero ¿le daría importancia? Imposible. Tenía cosas más jodidas de las que preocuparse. Pensaría incluso que sería culpa de un inhibidor de frecuencias. Quién sabe hasta dónde alcanza la estupidez. Lo que es seguro es que cuando recuperase su teléfono a la salida y todo siguiese en su sitio, tendría la cabeza en otras cosas y ni se acordaría de esta anécdota. Entre tanto, mi colega, que como te dije trabaja en la unidad de Delitos Informáticos, no olvidemos ese pequeño detalle porque es importante...

—No lo olvidamos, no.

—Pues durante ese rato, mi colega vació los datos del teléfono de Max en un disco remoto cifrado...

—Al que vamos a tener acceso —interrumpió Loor.

—Al que vamos a tener acceso —coincidió Axel—. Y cuando Max salió de la sala, altanero y confiado, mi colega solo tuvo que repetir la operación pero a la inversa. Fue casi como aparcar marcha atrás. Rebobinar. Pan comido. Le devolvió el teléfono, recogió el iPhone sin batería y aquí no ha pasado nada.

Loor no tuvo tiempo de reaccionar a una historia que, en el fondo, esperaba peor, cuando desde los altavoces del coche se coló un primer tono de llamada.

Segundo tono.

—¿No te sientes como en un concurso de la tele? ¿Cogerá la llamada?

Tercer tono.

—¡Qué pasa, tú! —Al cuarto tono, una voz juvenil se llevó el premio—. Pensaba que te había pasado algo. Te he llamado.

—Cuidado con lo que dices, Merluzas, que voy en manos libres —advirtió Axel.

Loor se preguntó si Merluzas era un apodo o un apellido. O una tontería más de Axel. Se preguntó también qué sabrían el uno del otro y de qué solían hablar para que tuviese que avisarle de que no estaban solos.

—Ok. Bueno, tengo lo que me pediste.

—¿Ha valido la pena? —preguntó Axel, ávido de herramientas para aplastar a Ortiz.

—La hostia. Este pavo yo no sé donde andaría metido, pero tiene mil llamadas del presidente del Racing de Madrid. Joder, si lo llego a saber le pregunto a quién vamos a fichar este verano, que estoy de que nos pinte la carita el Sporting de Barcelona hasta los huevos.

—Céntrate, Merluzas, déjate de hostias. ¿Qué más has encontrado?

—Vas a flipar, eh. Bueno, vais. ¿Puedo hablar claro?

Este es gilipollas.

Axel ya solo podía decir que sí. Aunque esa habría sido su respuesta en cualquier caso.

—Habla. No hay fallo.

¿No hay fallo? Puto Bruce Willis.

—Te sugiero que agarres el volante con fuerza porque te vas a cagar.

—Venga, joder. Suéltalo ya.

—El tío tenía fotos del muerto, Axel. En su teléfono.

Loor le lanzó una mirada tan abrupta que temió por su cuello.

—¿Qué cojones estás diciendo? ¿Tenía fotos de Goya muerto?

—No, joder. Si fuese así, ¿tú crees que iba a estar aquí hablando contigo? Por los cojones me ibas a llamar Merluzas si tengo las fotos del muerto.

—¿Entonces?

—Será mejor que vengas mañana temprano y lo veas con tus propios ojos. Y de paso ya te llevas todo. No quiero estar metido en esto por más tiempo. Aquí hay algo que huele muy mal, Axel. Este anormal le había sacado fotos a Goya entrando en el hotel. El día que lo mataron estaba allí. Por eso se activó su teléfono.

38

Madrid, lunes 25 de marzo

Las arrugas, las putas arrugas.

Eso era lo que más le preocupaba esa mañana. Se miró al espejo al salir de la ducha y no fue capaz de aguantarse la mirada. Tenía muchos motivos para avergonzarse al ver su imagen reflejada en el cristal, pero a Max lo que le preocupaba eran sus arrugas.

Al principio se limitaban a fastidiarle la frente, se decía que era algo natural, un castigo por ser tan expresivo. Pero últimamente se estaban extendiendo por los ojos, la boca, el cuello. Se aplicó una base de crema hidratante que extendió con pequeños masajes circulares y regresó a la habitación para vestirse.

El sonido de un cuerpo retozando bajo las sábanas le sobresaltó. Seguía dormida. «¿Cómo se llamaba? ¿Claudia? ¿Mónica?».

Era muy joven, como prácticamente todas.

Max la conoció a través de Tinder. Se le daba bien ligar allí. Sabía que su foto de perfil con el micro negro de la Cadena Voz abría muchas puertas; que su labia y sus buenos modales de niño pijo adinerado proyectaban deseo; y que su cara de guapo hacía el resto.

Aunque le había dicho que sí, Max no volvería a llamarla. No al menos hasta que se hubiese olvidado por completo de ella y volviese a parecerle una conquista. Casi nunca repetía. Su nómina de mujeres era muy extensa. Como su cartera. Repetir solo le podía traer problemas.

Se vistió deprisa y con sigilo para no despertarla. No quería tener que mentirle de nuevo. La niña no paraba de moverse de un lado a otro, agitada en sueños. Su cuerpo lozano y terso palpitaba agrietado, lleno de hematomas y rozaduras. Seguramente, su mente estaba asimilando el maremoto que había vivido esa noche.

Max se abrochaba la camisa blanca mientras desde la ventana divisaba el tráfico de una ciudad que apenas reconocía. Su cita de esa noche le había llevado hasta el barrio residencial de Montecarlo, a un bloque de casas jóvenes e iguales, infestadas de matrimonios con hijos y deudas. Reductos de la precrisis inmobiliaria que azotaría al sector de la construcción en 2008, cuando se construyeron pisos a mansalva y se culpó a la gente de vivir por encima de sus posibilidades. Si eso era Madrid, que bajase Dios y lo viese.

El interior de la vivienda tenía la misma personalidad que una rata alcohólica. Por eso, esa noche tuvo que sacar lo mejor de sí mismo.

A Max le gustaba jugar duro. En eso no mentía. Lo dejaba bien claro al principio, en el aperitivo de bienvenida: «No va a ser una noche más en tu vida, de eso puedes estar segura, pero tienes que atreverte a ponerte en mis manos. Si estás dispuesta a cruzar el límite, no te arrepentirás. Si tienes dudas, lo dejamos aquí. Terminamos esta botella de vino, yo pago la cuenta y te pido un taxi».

Max lo decía con su mejor sonrisa y su estudiada expresión de niño bueno inofensivo. Por un lado, ofrecía la promesa de un mundo de aventuras, peligro y perversión, y por el otro, una salida cobarde. ¿Quién elige ser cobarde? Con eso jugaba. Y con eso ganaba.

Procuraba inventarse un viaje distinto para cada ocasión, para no aburrirse de sí mismo. A esta última chica la notó valiente y apretó un poco más. No era tonto, sabía elegirlas. Tenía un detector interno para esas cosas. Lo notaba en la mirada. Y aquella chica tenía una mirada opaca. Por eso ahora tenía el cuerpo lleno de marcas.

Las puertas de este universo se las había abierto Goya. El cabrón era un experto. La primera vez había tenido lugar unos años atrás, en los años buenos. Un jueves al salir de la radio decidieron ir a tomar una copa. Habían salido los resultados del EGM —el Estudio General de Medios que dictamina las audiencias de los diferentes programas de radio en las distintas franjas horarias— y su programa era líder por primera vez en más de un lustro. Goya y Max habían afianzado una alianza con el presidente del Racing de Madrid, «el Jecazo», le llamaban, más por jeque que por jefazo. Una alianza que ya empezaba a dar sus frutos. La premisa era sencilla: «Vosotros habláis bien de mi equipo y yo os filtro noticias, fichajes y os pongo protagonistas en antena; si me jodéis con críticas, la información se va a la competencia».

No era un proverbio de Catar. Era un chantaje sin ambages. Lo de toda la vida. Si no lo coges tú, lo cogerá otro. Una gran oportunidad. Una gran idea. Pocas dudas. Un sí. Y un liderato cinco años después.

Y una celebración por todo lo alto.

En esa primera copa, Goya sedujo a Max con la ilusión de un mundo nuevo en el que el sexo y el dinero se entreveraban formando una nutritiva mezcla de lo que más le gustaba a ellos: poder.

Acudieron a un club de *swingers* clandestino escondido al final de la calle Serrano. En un bajo al que solo podías acceder con un salvoconducto. Goya sería el suyo. Descendieron a un sótano oscuro, con un ambiente lóbrego y bullicioso en el que se mezclaban mujeres, dinero, belleza, hombres, drogas, cuero, máscaras, alcohol y placer.

La noche acabó bien, todas lo hacían si ponías de tu parte. Goya participó de una orgía con jueces, futbolistas, empresarios, políticos, actrices y modelos. No había más norma que el consentimiento. Entrabas y salías sin dar más explicación que un roce en el hombro. Si eras bienvenido, no había marcha atrás.

Max tuvo que cumplir y cumplió las normas del novato, debía limitarse a observar. Un método estudiado para discriminar a los animales incapaces de controlar sus instintos más primarios y, al mismo tiempo, para alimentar las ganas de formar parte de un selecto y subversivo club de *bon vivants*.

Goya se lo había advertido antes de empezar: «Piénsalo bien. Esto es la hostia, pero una vez que entras, es muy jodido salir. A ver si te piensas que después de esto te va a apetecer echar un polvo normal con tu mujer».

Max no tenía ese problema. No estaba casado. Pero Goya tenía razón en que nada volvía a ser lo mismo. Cada vez le costaba más excitarse. Las caricias le aburrían. Los besos le daban asco. Y una erección natural le parecía ciencia ficción. Menos mal que tenía las pastillas que le había dado Goya.

El cabrón era un genio. Le echaba de menos. Le tocaba los cojones que las cosas hubiesen acabado tan mal entre ellos, pero él se lo había buscado. Por meterse donde no le llamaban.

Max tenía experiencia y controlaba los límites. No cruzaba ciertas líneas. Y se equivocaba poco. Solo una vez se había pasado de la raya. Joder, había perdido la cabeza. Se dejó llevar y no supo frenar. Pero de eso ya había pasado mucho tiempo, eso fue al principio. Cuando aún no tenía todo bajo control. Y además se había hecho cargo de aquello. Era agua pasada.

De hecho ya casi lo habría olvidado por completo de no ser por esos policías de mierda que estaban empezando a ponerle nervioso. Al menos ya se había encargado del calvo, ese lo había entendido rápido. Se lo notó en la mirada en cuanto le vio. La ambición. Un arribista sin remedio. Le daba más miedo el otro. El rapado de ojos verdes. Ese cabrón tenía una mirada sombría. No le gustaba. Estaba empezando a hacer muchas preguntas. Y le estaba poniendo nervioso.

Max terminó de atarse los cordones de sus zapatos Bally marrones de cuero fino y buscó la salida. Ahora no tenía que pensar en eso. Ahora tenía que irse de esa casa a la que no volvería y apuntar un nuevo nombre a su lista. Su trabajo allí había terminado.

Antes de irse, Max recogió los guantes de látex, las máscaras y el látigo, y lo guardó todo en su maletín de oficina. Miró por última vez hacia la cama y comprobó que no había rastros de sangre.

«Cuando sangran se asustan y pueden hacerse preguntas. Así que asegúrate de que no ocurra», le había advertido Goya. El cabrón se las sabía todas.

Comprobado. Había sido un faena limpia. Cerró la puerta y se fue con la cabeza alta. Satisfecho por el regusto de un trabajo bien hecho.

«Cómo habrías disfrutado de esta loca, viejo amigo».

Axel llegó a la comisaría muy temprano.

Tenían la reunión del grupo de investigación a las nueve de la mañana, en la que iban a intentar convencerle de que cerrar el caso era la mejor solución a sus problemas. Y su principal problema en ese momento era que no necesitaban convencerle de nada para aprobar esa medida. Tenía que adelantarse y darles motivos para continuar.

Por eso subió las escaleras de entrada al edificio a paso ligero, sujetando dos vasos de plástico humeantes con dos *lattes* del Starbucks, en los que, si ladeabas la cabeza, se podía leer una endeble escritura en rotulador negro que decía «Axel» (en el vaso grande) y «Merluzas» (en el pequeño).

—Este es el tuyo. Cuidado que está caliente.

—Yo sí que estoy caliente —dijo Merluzas.

—Te creo. Con esa cara...

—Hagamos esto rápido, Nash. No quiero que me vean contigo.

Emilio Navarro, al que solo Axel en la comisaría llamaba Merluzas, estaba cansado. Las bolsas bajo los ojos, como dos *dumplings* de pollo, le delataban. Tenía la nariz grande y racial, como la boca. Y menos mal, porque su cabeza era enorme. Eso le daba una armonía que se perdía al bajar la vista. Su cuerpo menudo y estrecho completaba una discrepancia irrisoria.

Navarro estiró un brazo sarmentoso y con dos dedos largos y artríticos le entregó a Axel un *pendrive* con forma de esposas.

¡Qué asco de manos, rediós! El cabrón es como el primo feo de E.T.

—Aquí está todo. Haz lo que quieras con eso. Como comprenderás, ya he borrado cualquier rastro que pueda llevar hasta mí, pero de todos modos, yo no te he dado nada.

Axel recogió la memoria USB y se despidió mientras la introducía —a la segunda— en la ranura del ordenador.

—Gracias, Merluzas. Así se hará. Oye, espera..., una cosa más...

Axel siempre tenía una cosa más.

—¿Tú sabes acceder a archivos borrados?

Navarro lo miró con una sonrisa congelada.

—¡Que te folle un pez, Axel! —dijo a modo de adiós, temiéndose, dado su apodo, que igual no había elegido la metáfora más adecuada.

El inspector Jorge Ortiz tenía el teléfono echando humo. Cuando se despertó y se giró en la cama para iluminar el móvil y ver la hora, la pantalla estaba inundada de notificaciones de llamadas y mensajes. Fue contestando uno por uno mientras activaba su musculatura con una serie de *burpees* mañaneros. Mientras se duchaba, consideró qué opciones tenían de resistir ante las presiones gubernamentales que estaban sufriendo, y se concentró en no cortarse mientras se afeitaba la calva. Después se untó el cuerpo y el rostro con múltiples combinaciones de exfoliantes y cremas, y se enfundó unos pantalones de pinzas negros, unos zapatos de hebilla, una camisa blanca ajustada y su mítica chaqueta gris de tweed.

De camino a la reunión fue pelando las diferentes capas que aún le separaban de una decisión definitiva, y cuando cruzó la puerta y avizoró las miradas inhóspitas del comisario Raúl Cueto y del representante de la UDYCO —la Brigada Central de Estupefacientes—, que estaba a su lado como un juez con condena, sopesó sus alternativas y en medio segundo decidió vadear cualquier conflicto y acatar lo que estaban a punto de comunicarle.

Fue Cueto quien lo hizo.

—Se cierra el caso. A tomar por el culo todos —sentenció, al tiempo que imitaba al resto de la sala y tomaba asiento.

Ortiz se preguntó por qué se sentaba si acababa de decir la frase que invitaba a todos a levantarse e irse.

—Pensábamos que teníamos enfrente a un loco vengativo o a un asesino en serie, pero nos equivocamos —continuó

Cueto—. El cuerpo que ha aparecido en Galicia conecta nuestro caso con el narcotráfico internacional y su alcance nos supera. Entiendo que esto pueda suponer un jarro de agua fría para muchos de vosotros después de semanas trabajando sin descanso. —Cueto miró de soslayo al representante de la UDYCO para dejarle claro el esfuerzo de su departamento—. La realidad es que el asunto pasa a ser competencia de la Brigada Central de Estupefacientes, que trabajará codo con codo con la Interpol, la Europol y el resto de oficinas centrales en materia de narcotráfico.

Al ponerse en pie el representante de la UDYCO para tomar la palabra, la mirada de Ortiz se clavó en un varón de unos cuarenta y cinco años, con barba rasurada, pecho prominente y piel tostada. Era parco en movimientos pero con galones en su manera de proceder. A Ortiz, su gallardía le pareció innata. Algo congénito y actitudinal.

—Buenos días a todos. En primer lugar me gustaría agradecerles el esfuerzo que han hecho todos estos días en pos del orden y la justicia. Desafortunadamente, el cariz que ha tomado este asunto es muy serio. Este tipo de crimen organizado tiene muchas aristas y en ocasiones hacen falta años y multitud de recursos para obtener resultados. Son mafias que trabajan en varios niveles actuación, en muchos casos independientes y compartimentados. Eso dificulta mucho poder atar cabos y ralentiza el proceso de contención y detención de una lacra que está castigando a nuestra sociedad con severidad. Por ello, y por último, les pediría que siguiésemos en contacto y que nos facilitasen cualquier información, documento o contenido que pueda servirnos de ayuda en el transcurso de esta operación antidroga. Muchas gracias.

La voz insípida que había acaparado la atención de todos aún rebotaba en los cristales de la sala cuando un brazo indolente se alzó al fondo. Al comisario Raúl Cueto le pareció un brazo más bien insolente, y se llevó la mano al cuello de la camisa para aflojarse un poco la corbata. De pronto se sintió como dentro de un horno. Se debatía entre ignorarle o darle la palabra. Y fue consciente de que hiciese lo que hiciese ya había perdido.

El miembro de la brigada antidroga observaba con curiosidad. El inspector Ortiz, con recelo. La agente Galván, que también había sido convocada, con cautela. Nadal y su colega «mudo», con expectación.

Sin bajar el brazo, el agente Axel Nash se colocó en la línea de saque.

—Entiendo su postura y me parece razonable —dijo—. Aburrida de cojones, pero razonable. Este es un caso complicado y goloso y lo quieren todo para ustedes. Normal. Pero deberíamos considerar que no hemos encontrado ni un solo indicio en todo este tiempo de investigación que nos haga pensar que Goya... —Axel, que estaba alternando su mirada entre los dos oficiales de mayor rango, hizo una pausa y se centró en el representante de la UDYCO para hacerle una aclaración que todos consideraron innecesaria— Goya es el hombre cuyo pene os interesa de repente...

Ortiz se acarició la calva y vio que a su lado a Loor se le escapaba una sonrisa. Raúl Cueto se puso en pie.

—Suficiente, Nash. Cierra la puta boca ahora mismo si no quieres que te abra una expediente disciplinario y pasarte un par de semanas poniendo multas de tráfico.

El primer servicio se estrelló contra la red.

—No, por favor —interrumpió la voz insípida—. No suelo encontrarme con esta clase de locos. Me apetece saber qué más tiene que decir.

Segundo servicio. Axel tomó aire.

—Decía que no hay nada que nos haga pensar que Goya esté metido en un asunto de drogas. Nada es nada. Me jugaría las pelotas a que su muerte guarda relación con una historia personal turbia o algo así. Lo que sí tenemos son pruebas y un sospechoso, que si no es el asesino, desde luego sabe mucho más de lo que dice.

—No empieces con eso otra vez, Nash —iteró Ortiz, dejándose caer en la silla para aparentar tranquilidad—. Ese no sabe nada.

Axel tomó el centro de la pista y empezó a dominar el punto desde el fondo.

—No sabe nada si no le dejamos hablar. Si le dejásemos hablar en un interrogatorio, sabríamos que Max Morán dijo, y está grabado, que al salir de la radio la noche del asesinato se fue directamente a casa. Sin embargo —Axel sacó de su chistera un sobre grande amarillo y cerrado—, aquí dentro tengo la prueba de que no fue así. Sin olvidarnos de que la señal de su móvil fue registrada en una torre cercana al lugar del crimen. Un hecho verificado por la compañía telefónica.

—Eso no es una prueba de nada, Nash. —Cueto hablaba más calmado. No quería que le llamasen la atención por segunda vez delante de su equipo—. Lo sabes tan bien como yo.

Axel lo estaba moviendo de lado a lado de la cancha. Preparando el *winner*.

—¿Nadie quiere saber qué contiene este sobre? ¿Nadie? Aquí dentro hay una foto tomada por el móvil de Max Morán minutos antes de cometer un crimen atroz. —Axel sabía que se estaba pasando, pero no quería quedarse corto—. Una foto en la que se ve a Marcos Goya entrando por su propio pie en el hotel donde más tarde aparecería su cuerpo mutilado. Si bien es cierto que lleva una gorra que le tapa parte del rostro, no hay ninguna duda de que se trata de la víctima. Lo que significa que, o bien lo mató Max, o al menos pudo ver quién lo hizo. Y esto comisario, a mí me parece una prueba de puta madre.

Ortiz no podía dejar de mirar cómo Loor se mordía el labio inferior, para reprimir la sonrisa.

—¿De dónde coño has sacado esa foto? ¿Se puede saber? —inquirió Cueto.

—¿Eso es lo que le importa de todo lo que he dicho? —preguntó Axel abriendo los brazos y dejando su pecho al descubierto—. ¿A quién quiere pillar, comisario? ¿Al cabrón que se ha cargado a Goya o a mí?

—Estoy seguro de que tiene usted alguna teoría —interpeló la voz insípida.

A Axel le parecía que esa voz cada vez tenía más sabor.

—La noche del 12 de marzo, Marcos Goya estuvo en la radio, como todas las noches de domingo a jueves, presentando el programa nocturno de la Cadena Voz, donde trabajaba junto al sospechoso. Ambos coincidieron en antena a las 0.46. Y esto es algo que cualquiera puede comprobar simplemente descargando un podcast. Esa noche, Max advirtió a sus compañeros de que no se encontraba bien, que no se quedaría hasta el cierre del programa. Nadie puso ninguna objeción y, cuando terminó de dar su información a las 0.50, se marchó. Goya continuó con el programa. La relación de ambos no pasaba por su mejor momento. Se podría decir incluso que atravesaba su peor momento. Dicen sus compañeros de redacción que ya apenas se hablaban. Además, un testigo asegura que la noche del 11 de marzo, la víspera de su muerte, Goya mantuvo una fuerte discusión en el *parking* de la radio con el sospechoso. Pero eso usted ya lo sabe, ¿verdad, comisario?

Raúl Cueto le lanzó una mirada pétrea y se aclaró la voz.

—Cierto, Nash. Cuando nos advertiste de ese asunto, reclamamos las cintas de grabación del *parking*, y Nadal y

Diéguez —así se llamaba el mudo— encontraron lo que buscaban. Pero, como comprenderás, no es una grabación de Steven Spielberg, la calidad de la imagen es muy pobre y apenas se distinguen dos figuras borrosas. No podemos considerarlo un documento de valor.

Axel desbloqueó su móvil y, tras unos segundos de búsqueda, giró la pantalla, subió el volumen por inercia, ya que el vídeo no tenía sonido, y le dio al «play». Dejó unos segundos de margen para que todos asimilasen lo que estaban viendo antes de seguir hablando.

—Tengo un amigo... —continuó Axel dirigiendo una mirada cómplice a Loor— que ya se ha encargado de eso. Ha limpiado la imagen, y en esta nueva versión se observa con nitidez que el más alto —Axel señaló con el dedo una de las dos sombras del vídeo— es Goya y que este de aquí —Axel deslizó su índice ligeramente hacia la derecha— es Max. Luego os paso la grabación corregida si os interesa. Pero se aprecia claramente que se están peleando. ¿El motivo? Seguro que alguno de vosotros recuerda que en la última reunión de grupo os dije que no me fiaba del expediente inmaculado del sospechoso. Pues bien, no me canso de acertar mientras vosotros seguís intentando no cagaros encima.

Silencio.

El comisario Cueto contenía la respiración mientras el agente Nash abría bien el brazo, plantaba bien los apoyos y soltaba un *drive* paralelo que volaba hacia la línea de fondo.

—Todavía no puedo demostrarlo, pero mi nariz me dice que el motivo nos lleva a Brasil. ¿Sigo?, porque si alguien me va a interrumpir para preguntarme cómo he accedido a esta información cojo ahora mismo la puerta y me voy.

Nadie osó decir nada excepto el miembro de antidroga, que no daba crédito.

—¿Este chalado es siempre así? —preguntó.

Nadie contestó. A todos les pareció una pregunta retórica.

—En los archivos digitales de la policía hay una carpeta a nombre del sospechoso que misteriosamente está vacía. Tampoco es algo que pueda sorprendernos, por algo se inventó el departamento de Asuntos Internos. Aquí no dice la verdad ni el tato. De todos modos —Axel hizo ese gesto suyo de señalar el sobre marrón—, he podido acceder a la información borrada. Imagino, comisario Cueto, siguiendo su propia lógica, que a usted ahora mismo lo que le preocupa es saber quién la borró y por qué. A mí, para ser honestos, me la suda.

Cueto estaba empezando a amarillear, como una botella de vinagre con hepatitis.

—El caso es que Max tenía una denuncia pendiente por violación. Una demanda que prosperó y que tenía fecha para la vista en el juzgado de la Audiencia Provincial de Madrid. ¿Qué ocurrió entonces?

Axel se preguntó cuánto tiempo más podrían aguantar que los tratase como a niños con déficit de atención.

—¡Exacto! —exclamó golpeando con su puño derecho la palma de su mano izquierda—. Eso mismo que estáis pensando es lo que pasó. De la noche a la mañana, la demandante desapareció. —Axel hizo una pausa malintencionada—. No me entendáis mal. Quiero decir que retiró la denuncia y se fue a Brasil a empezar una nueva vida. O más bien una nueva muerte. Apareció colgada de una lámpara en su domicilio al cabo de unos meses. Las autoridades brasileñas dicen que la pobrecita se ahorcó.

Ortiz se revolvió en su asiento, tenía muchas ganas de preguntar qué tenía que ver una violación a una mujer en el pasado con el asesinato de Goya. Pero se contuvo. Estaba tratando de dilucidar en qué momento le caería la hostia, porque tenía claro que le iba a caer. Axel fijó la vista en Cueto, que llevaba un rato sin pestañear. Desde ese instante pasaría a llamarle el «comisario Quieto».

—Mi teoría es que Max Morán fingió encontrarse mal para poder salir antes. Por eso tosió en antena. En la radio hay pocas cosas imperdonables, una es el silencio, otra es toser o estornudar. —Axel hablaba como si sus años estudiando periodismo hubiesen servido para algo y no como si Sota le hubiese contado todo eso—. De esta forma, el sospechoso dejaba un rastro de su enfermedad. A las 0.50 abandonó la radio y en lugar de irse a casa como nos dijo...

Axel miró a Ortiz. Para molestar.

—Si se está preguntando por qué mintió, inspector Ortiz, hace muy bien, porque es una gran pregunta. —Ortiz sintió la hostia—. Decía que, en lugar de ir directamente a casa, se fue al hotel donde minutos más tarde sabía que iría Goya.

—¿Y por qué lo sabía? —intervino Ortiz, levantándose de la lona.

—Sabemos, por el testimonio del propietario del hotel —Axel se giró hacia Loor—, corríjame si soy inexacto, agente Galván, que no era la primera vez que Goya acudía a sus instalaciones para «relajarse» antes de irse casa.

Axel hizo el gesto de las comillas con los dedos. Para molestar.

—Es una interpretación exacta del testimonio recogido, agente Nash —dijo Loor sumándose a la fiesta de tocar los huevos—. El hotel Feelings es un antro regentado por una familia de chinos y, al ofrecer servicio de habitaciones por horas, se ha convertido en una casa de citas. Con la única salvedad de que tienes que llevar tú la cita. Goya era un habitual y Max lo sabía, bien porque le había seguido anteriormente, bien porque Goya se lo había contado, o bien porque participaba de las mismas actividades de «relajación».

Loor hizo el gesto de las comillas con los dedos y se preguntó si no se estarían pasando.

—Así que aparcó su vehículo en la zona —retomó Axel— y esperó agazapado la llegada de Goya. Cuando eso ocurrió le disparó varias fotos. —Axel levantó el sobre con la mano derecha y lo señaló con el dedo índice de la izquierda—. Estas fotos.

—¿Para qué? No tiene sentido fotografiar a un tío antes de matarlo y dejar las pruebas en el teléfono. Es del género tonto —comentó Loor, mientras Ortiz se preguntaba si esa intervención del Dúo Dinámico formaba parte de una coreografía estudiada.

—Las fotos habían sido borradas. Hemos tenido que acceder a los archivos ocultos de la nube. Cuando almacenas algo en tu móvil siempre deja rastro. Solo hay que seguir ese rastro. Y eso es lo que hemos hecho.

—¿Hemos? —inquirió el comisario Cueto.

Axel resopló con virulencia. Para que se notase.

—He, si así se queda más tranquilo —Axel volvió a dirigirse a Loor—. En mi opinión las fotos solo tienen una explicación. Bueno, dos. Pero nos llevan al mismo sitio. Max hizo las fotos para chantajear a Goya. Algo sabía Goya que comprometía la seguridad de su compañero. Y a mí no sé por qué me da que ese algo tenía acento brasileño.

Axel recordaba que Coloma Duval le había dicho que había escuchado a su exmarido gritar el nombre de Max y Brasil en la misma conversación telefónica. Pero prefería guardarse esa información de momento.

—Aunque es hablar por hablar. Tampoco puedo demostrarlo. Aún. —Axel se arrepintió al instante de haber utilizado la palabra «tampoco», habló rápido para corregir su error—. Es posible que Max entrase en la habitación y le intentase extorsionar allí mismo y el asunto se fuese de madre. Aunque al escucharlo en alto me parece poco probable.

O bien le esperó, le hizo las fotos y se fue. Y al día siguiente, cuando descubrió lo que había pasado, se asustó, borró de su dispositivo las imágenes que había tomado y se dedicó a disfrutar de los beneficios del asesinato del tío que ocupaba el asiento en la radio que deseaba para él. Y que actualmente posee. Puede ser que alguien le haya hecho el trabajo sucio. Puede ser que haya planeado él mismo el asesinato y que otro lo hubiese ejecutado. Puede que simplemente haya visto quién lo hizo. O puede que no haya ocurrido nada de eso. Pero lo que es seguro es que Max Morán fue la última o la penúltima persona en ver con vida a Goya, y en mi opinión, eso merece una visita.

La bola barrió la línea. Punto, set y...

—Desde luego, ha sido entretenido. —La voz insípida sonó aún más vulgar—. Hay muchas debilidades en su argumentario, pero es imaginativo.

Si me vas a follar, trátame de tú, mierdajo.

—Mándeme un informe con todo lo que nos acaba de relatar. Puede resultarnos de interés. Como les decía, desde ahora nos haremos cargo nosotros de este asunto. Si necesitamos su ayuda más adelante se lo haremos saber. Muchas gracias por su tiempo. Y buena suerte.

¿Ya está? ¿Con todo lo que les acabo de contar? ¡Vamos, no me jodas!

Todos se levantaron y fueron saliendo sin orden. Axel notó a su espalda la mirada inquisidora de Ortiz y el puñal que Cueto le estaba clavando para limpiar su culo con la gente de narcóticos. Buscó un apoyo.

—Vamos a tomar el aire, Loor. Necesito un cigarro.

—Pero si tú no... —Loor dejó a medias su sinceridad—. Está bien. Vamos.

Max salió de casa a las cinco de la tarde. Decidió aprovechar el buen tiempo para dar un paseo por las tiendas de Claudio Coello en dirección a la radio. El sol alto de la primavera caía a plomo y picaba en la piel, por lo que Max caminaba bajo la protección de las cornisas de los edificios caros del barrio de Salamanca. Los maniquíes de los escaparates lucían ligeros de ropa. Igual que Max, que por primera vez en la temporada había apostado por salir en manga corta. En los cristales se veían reflejados su brazos nervudos y su Rolex Daytona. También sus arrugas, que estaban empezando a amargarle el día.

El reloj era otra genialidad que le debía a Goya. Una inversión de 12.000 euros que, aunque quieras, no puedes hacer. Sencillamente porque no hay *stock*. Y la lista de espera es de años. A no ser que te cuelen, claro. Y Goya, que abría todas las puertas, también le abrió esa. Fue una noche de verano, en una terraza de un hotel de lujo de Ibiza. La temporada deportiva había terminado y Goya le había invitado a una celebración de fin de objetivos de una importante entidad bancaria. Un evento que tenía lugar todos los años en época estival. Un premio para los empleados. Y sobre todo para los directivos, que después de repartir bonus, maquillaban las cuentas con un dispendio muy divertido. Entre darle la pasta a Hacienda o a una fiesta, tenían pocas dudas.

Allí se congregaba lo más granado de la alta sociedad española. Mucho Gatsby ibicenco y muchas mujeres. Entre ellas se encontraban las esposas de los empleados, naturalmente. Era importante guardar las apariencias.

Goya le introdujo en ese ambiente y le puso en contacto con un jeque catarí que coleccionaba relojes. El resto lo consiguió Max solito. Se le daban bien los jeques, qué duda cabía. Y el resto fue fingir que entendía sus bromas en inglés de Asia, confiarle un par de anécdotas escabrosas sobre la dudosa sexualidad de una de las estrellas de su equipo —el Racing de Madrid— y por último lograr que le vendiese uno de los Rolex Daytona que guardaba, cogiendo polvo, en un cajón. El precio lo acordaron rápido, no era una cuestión de dinero. Y el valor sentimental fue bajando según subía el alcohol.

Pero Max no solo recordaría esa fiesta por la joya que le obligaba a remangarse las camisas para que luciera en su muñeca izquierda. El reloj era casi una cicatriz de heridas más jodidas.

La fiesta estaba muy bien, pero se fue torciendo. En un momento dado, según fue avanzando la noche, un exclusivo grupo de invitados se apartó a cuentagotas a una sala reservada para la discreción. Un espacio del tamaño de un pabellón de baloncesto, pero con forma de coliseo romano. Con gradas uniformes de piedra, a diferentes alturas, a modo de anfiteatro, en las que los invitados podían atender a la función o recibir una mamada. O ambas cosas, si eras experto. Lo único que se les pedía como requisito era guardar silencio.

En la arena, que era la única zona iluminada, se desarrollaba una orgía protagonizada por actores y actrices internacionales del cine porno que se follaban con violencia extrema. Una suerte de danza sexual salvaje que bien podía confundirse con un combate de artes marciales libres.

A Goya, Max lo perdió de vista muy pronto. Entraron juntos al espectáculo y no se volvieron a encontrar. Y nunca hablaron de lo que allí sucedió. Por eso, Max no entendía cómo se había enterado. Si solo lo sabía él. Bueno, y ella. Bueno, y la persona que le había sacado de semejante pifostio. A ese sí que le debía la vida. Y se la estaba pagando.

A Goya no se lo contó por miedo a que le dejase fuera de un mundo que le tenía atrapado. E hizo bien. Aunque lo cierto es que se sentía mal por aquello. No siempre, no todos los días. Pero se sentía mal. La muy puta no quería follar. ¡Hay que joderse! Y se lo dice desnuda y después de chupársela. Eso era como saltar a la vía y pretender que el tren se pare en seco. Pues te va pillar. Es mejor que no saltes a la vía porque te va a pillar. ¿Y qué podía hacer él? Si era un puto tren sin una gota de sangre en el cerebro. Cualquiera en su lugar hubiese hecho lo mismo. Además, tampoco la había forzado tanto. Un poco al principio, porque no se estaba quieta. Pero luego bien que disfrutó. La muy puta. Tuvieron que mandarla a Brasil. Esa había sido una buena idea. El cabrón del Jecazo tenía soluciones para todo. Su alcance no se limitaba a los proverbios cataríes.

Max se giró y vio al fondo la puerta de Alcalá. Sin lacayo al que decirle «Ahí está». Quizá porque el lacayo era él. Siempre lo había sido. Y era algo que empezaba a cambiar. Estaba dando pasos en la dirección adecuada. Y en ese momento la dirección adecuada era la radio. Donde ya ocupaba el asiento que tanto anhelaba.

Se volvió, retomó el paso en dirección a la calle Ortega y Gasset y apuró la marcha. Después giró a la derecha, atravesando el Mercado de la Paz y tuvo una sensación extraña. Como si alguien le estuviese siguiendo. Miró hacia atrás pero no vio a nadie. ¡Qué extraño! Se le estaba disparando la adrenalina y se sintió estúpido. Consultó la hora para tranquilizarse. Su Rolex Daytona, valorado ya en más de 39.000 euros, le dijo que eran las 16.55, que brillaba el sol y que no debía preocuparse por nada.

Reflejada en la esfera blanca vio una arruga marchita que le cruzaba la frente de lado a lado.

Las putas arrugas.

Lejos de calmarse, una voz emergió en su cabeza para escupirle que no debió remangarse la camisa. Que no debió llevar un reloj tan caro. Que no debió ir andando a la radio. Que no debió atajar por esa calle tan estrecha. Que no debió hacer lo que hizo.

Una sombra se le cruzó delante y Max Morán sintió que sus piernas se llenaban de flaqueza. El corazón le explotaba en el pecho. Fueron centésimas de segundo. Quizá menos. Hasta que su cerebro creyó comprender lo que estaba pasando.

—Joder, eres tú —dijo.

Max protestó sin entender del todo.

—Ten cuidado, cabrón. Me has dado un susto de muerte.

39

Por los cojones voy a dejar el caso.

Ya le habían encabronado. Axel se había jugado un órdago con buenas cartas. Las había enseñado una por una. Tenía una mano cargada de cerdos y todos sabían que la investigación merecía seguir adelante.

Pero les dio igual.

Tenían intereses mayores y ante eso la policía es implacable. Una cosa es cometer un crimen, que es algo grave, y otra muy distinta es intentar resolverlo, que como se toquen las teclas que no hay que tocar, puede ser directamente imposible. Axel fue consciente de que tenía tantas trampas en su propia casa que se sintió cansado y débil.

Aun encima, le habían llamado del colegio.

Algo había pasado con la niña.

Nada grave, le dijeron. Lo que significaba que no pasaba nada en absoluto. Que solo querían tocarle los huevos.

Llegó a la entrada del centro y cruzó la puerta con la decisión del que va rumiando sus problemas y preparando un enfrentamiento. No saludó a la chica de recepción que, decepcionada, esperó en vano un «¡Buenos días, Paula!» burlón y triste, y devolvió la vista al ordenador para seguir revolviendo su pasado en Facebook.

Axel conocía el camino. No era la primera vez que cruzaba ese pasillo irritante. Esa vez lo hizo masticando las ganas de derribar la puerta del despacho del director de una patada y vaciar el cargador de la pistola contra su cabeza. Sin embargo, llamó a la puerta.

El director le recibió con un derroche de petulancia congénita y un aliento apestoso. Como un dragón que desprende un fuego hediondo por la boca.

—Gracias por venir tan rápido, señor Nash. Le hemos hecho llamar porque su hija no se encuentra bien. Lleva toda la mañana vomitando y suplicando que venga usted a buscarla. Nos parece conveniente que se vaya a casa lo antes posible.

Una punzada contrita atravesó a Axel a la altura del abdomen.

—Está bien. ¿Dónde está? —preguntó.

—Está en un aula, esperando. No ha querido salir a jugar al recreo.

Axel se puso en pie e invitó al director a que le mostrase el camino. No quería demorarse ni un segundo más de lo necesario. No se fiaba de la amabilidad de esa culebra con patas.

Llegaron al aula y un latido se le atravesó a Axel cuando vio a su hija encogida detrás de una mesa. Al cruzar sus miradas, Marta rompió a llorar y corrió a abrazar a su padre, y juntos se dispusieron a abandonar el recinto. Fue en ese momento cuando el director consideró que debía llamar su atención.

—Intente volver la semana que viene, señor Nash. Una mañana. La que mejor le venga. Debemos hablar. Es importante.

Axel le dio las llaves del coche a Marta y la invitó a que saliera. Cuando comprobó que ya no los escuchaba, se concentró en el hombre alto y afilado que tenía enfrente.

—¿Qué pasa?

—Su hija necesita ayuda. Esta en una edad temprana todavía y se puede corregir, pero...

—No empiece por las buenas noticias, suéltelo ya.

—Su comportamiento en clase con los compañeros y los profesores es muy agresivo. No acepta que le den órdenes. Hemos analizado su caso en la junta semanal del profesorado y creemos conveniente que reciba soporte psicológico.

Soporte psicológico. Este es gilipollas.

—Pero vamos a ver, mentecato. Que tiene nueve años. ¿Qué eres, Freud? ¿No hay nadie normal en este centro con quien pueda hablar? Alguien que no represente la sublimación del principio de Peter.

El director del centro, que se llamaba Roberto Iglesias, estaba en una edad provecta. En su currículum presumía de haber cursado estudios superiores y un máster. Llevaba años convencido de que era un tipo listo y preparado. Sin embargo, no pudo reprimir una mueca declinante que le hizo parecer el Rey de lo Ignoto. No tenía ni la menor idea de qué podía significar la sublimación del principio de... ¿quién?

Axel afiló el cuchillo.

—El principio de Peter. Peter —insistió—. No se apure. Yo se lo explico. Es una teoría que identifica a inútiles y/o trepas. Habla de cómo alguien va ascendiendo en su trabajo hasta que se instala en una posición para la que no está preparado y para la que es un completo inútil. Ahí es cuando alcanza su nivel más alto de incompetencia y ya no puede ocultar lo inútil que es. En ese momento, todo el mundo lo descubre y ya no le ascienden más. Pero allí le dejan. Desnudo ante sus carencias. Que no suelen ser pocas. Y allí se queda durante años. Desempeñando un papel para el que es un completo inútil. Y ¿cómo ha llegado hasta allí?, se preguntará. Pues muy fácil, por trepa. Buenas tardes, director.

Axel siguió la estela de su hija Marta hacia el coche sin esperar réplica. Tampoco la hubo.

En el centro del vestíbulo del colegio público Vallehermoso, una figura tierna y pusilánime se tambaleaba como la banqueta de un cojo.

Jaime Sota recibió la noticia pasadas las diez de la noche: «Sota, no te vayas a casa. Espérate un rato que este no ha llegado y no conseguimos localizarle».

Este era Max Morán y el que hablaba, el director de la emisora, un hombre compacto y huraño, de modales convencionales, calvo como una peonza, y que intentaba ver algo a través de unas gafas de pasta con cristales gruesos, sujetas por un cordel que le llegaba a la altura de las tetas.

Porque tenía tetas.

Un jefe de la vieja escuela.

Sota ya había terminado sus boletines de la tarde y no tenía demasiadas ganas de que le mareasen. Porque eso es lo que estaban haciendo. Marearlo. En todos sus años en la Cadena Voz nunca nadie había faltado a la emisión nocturna sin avisar. Y una cucaracha pérfida como Max podría ser desleal con cualquiera menos consigo mismo.

Habría avisado. Lo que significaba que iba a aparecer.

«Si no aparece, presentas tú. No hay otro», le informó el director.

Para matar el tiempo, Sota decidió sacar un café de la máquina diabólica que estaba junto al baño. En el fondo confiaba en que el café respondiese a su sabor, le intoxicase y le diese una excusa para largarse de allí. Apretó el botón en el que se leía «Cortado Premium». Costaba diez céntimos más caro. Le pareció la mejor manera de invertir la calderilla. Ya que su noche era una mierda, quería ir con todo.

«Te lo advierto, Sota. Sal a empatar. Una sola tontería y te vas a la calle». Amenazar después de informar. El director era un clásico.

El veterano periodista regresó a su mesa arrastrando sus enormes pies y su ancestral pantalón anchísimo, y desde allí divisó una redacción adormecida. Arrugada tras la muerte de Goya. Sin un líder para el que trabajar con alegría. Sin ganas de remar.

Sota se enjugó el sudor que le caía por la frente. El puto café estaba demasiado caliente y le abrasaba la lengua. El calor le hizo pensar en Coloma, y Coloma le hizo pensar en Axel.

¡Qué cabronazo! ¿Cómo le había descubierto? Pero, de alguna forma, estaba tranquilo. Se podía confiar en él. Estaba convencido de ello. Aunque si seguía escarbando y discurriendo como el puto Remington Steele, le podía meter en un pequeño lío. Ahora estaba ligado a la exmujer de un asesinado. Pero eso no significaba estar ligado al asesinato. ¿O sí? Bueno, mejor que no escarbase.

Sota encendió su ordenador y observó que a su lado una sonrisa nerviosa y espléndida se ocultaba detrás de una pantalla vieja.

—Tú, niñato.

Caco asomó el flequillo por encima del monitor. Parecía un saco de huesos a punto de caer desde un quinto. El vozarrón de Sota le daba pavor.

—Dime, jefe.

—Ni jefe ni hostias. Si este cabrón al final no viene, que va a venir, voy a presentar yo el programa de esta noche. Así que no te hagas pajas leyendo los mensajes. ¿Está claro? Que yo no soy Goya ni el otro. Cortita y al pie. A ver si te crees que te van a dar el Pulitzer por hacer esa mierda.

Esas palabras tranquilizaron a Caco. Sabía que Sota trataba así a todo el mundo, incluso a Goya cuando aún vivía. No tenía nada que ver con la desconfianza que cualquier otro transmitiría con ese mensaje. Al contrario, esa era su forma de dar cariño y de decir que contaba contigo.

Durante la siguiente hora, Sota se preparó un guion con poca letra y muchos temas. Lo único que llevaba escrito era la entrada, el saludo y las noticias de apertura. No quería dar un solo dato en falso. Esa lección la había aprendido hacía tiempo. Leería todas las novedades de la actualidad del día con nombres, apellidos, cifras y fechas, tratando de ser lo más riguroso posible.

Estaba terminando de aporrear el teclado cuando recibió el mensaje en su móvil. Era Max. «Mierda. Lo sabía. Va a venir».

Abrió el mensaje y se le abrieron los ojos: «Sota no puedo hacer el programa. Estoy con fiebre».

La fiebre más feliz de su vida.

En el reloj digital del estudio principal de la Cadena Voz, varios puntos rojos se iluminaban marcando las 11.20 de la noche cuando Sota se sentó en su viejo trono. Con tiempo de sobra para degustar el momento. ¿Cuánto tiempo había pasado desde la última vez? ¿Cinco años ya?

Diez minutos más tarde sonaron las señales horarias. El viejo presentador dejó que respirase la sintonía de apertura del programa y escuchó su nombre a todo volumen a través de los auriculares que le envolvían las orejas.

—La Escuadra... Cadena Voz... con Jaime Sota.

Hizo una seña a control levantando ambas manos, con los dedos pulgar e indice estirados, formando una «L». Para que los técnicos de sonido comprendiesen que tenían que abrirle el micrófono. Se encendió la lucecita roja. Una corriente de éxtasis le recorrió la espalda y le quitó veinte años de encima. Se sintió libre. Poderoso. Solo podía pensar en todo lo que había sufrido y en todo lo que había tenido que pasar para volver a ocupar el lugar que le correspondía.

Su trono.

—¡Muy buenas noches! —dijo.

Y vaya si eran buenas.

Axel conducía con la vista puesta en el espejo retrovisor. Su hija se retorcía de dolor y lloraba, frotándose los ojos con los puños. Llevaba varias horas en casa intentando tranquilizarla. Pero ni galletas, ni dibujos, ni cuentos, ni mimos, ni cosquillas. Marta seguía quejándose. Axel llamó a su hermana Gema y esta le dijo que si nada de eso la había calmado, que la llevase a urgencias. Que podían ser gases o una indigestión o vete tú a saber.

Cuando Axel se lo dijo a Marta, fue cuando se calmó: «Nos vamos a urgencias». Y mano de santo. Pero no podía dejarla ganar. Tenía que seguir con el farol. Así que la metió en el coche y empezaron a dar vueltas por la ciudad. Se preguntaba cuánto le dolía y cuánto había de fingido en su llanto.

Esos cabrones le estaban haciendo dudar de su propia hija.

—¿Qué es lo que te duele? ¿La tripa? —preguntó Axel.

—Sí. Aquí —dijo la niña llevándose la mano a la barriga.

—¿Te duele mucho?

—Un poco.

—¿Quieres que te deje con la tía Gema? Que ya sabes que ella tiene poderes sanadores.

No quieres, ¿a que no?

—No. Quiero contigo, papi. Esta noche me quedo contigo.

—¡Claro, idiota! —exclamó—. Esta noche duermes en mi cama, ¿vale?

Axel pensó en Noa. Menos mal que todavía no estaba preparada para venir a Madrid. Era una mala buena noticia.

Para abrir un trauma es mejor primero cerrar otro. Y el día que hablasen con la niña necesitaban ser un equipo. Sin fisuras. Un dos contra uno. Lanzar a dos voces una mentira solida y resistente al tiempo. Una mentira para siempre. Y Axel intuía que ponerse de acuerdo en eso les iba a llevar tiempo. Mucho tiempo.

Para distraerse de vuelta a casa, Axel intentó encontrar algo de música en la radio.

—¿Pongo algo de rock? ¿Qué dices, Martita? Y pegamos unos gritos.

La niña centró la vista en los ojos verdes de Axel, que se reflejaban en el retrovisor. No sabía si era otra trampa.

—No. Vamos a casa. Me quiero ir ya a casa.

En su móvil se iluminó la pantalla y vio que le había entrado un mensaje de texto. Le extrañó. Pero decidió no coger el teléfono mientras conducía. No delante de la niña.

Soy un padrazo, joder.

Desistió de un nuevo intento de pasar un viaje divertido con su hija y tomó el camino más rápido a La Latina, por la calle Segovia, en dirección a la calle Mayor.

Pasaron por debajo del puente de los suicidas y la búsqueda digital de la radio del Peugeot, que no era ningún dechado de sonido de alta calidad y tecnología punta, se detuvo en una voz que reconoció familiar. Le costó ubicarla. Como cuando te encuentras al farmacéutico en la frutería, sin bata y sin medicinas y sabes que le conoces, que debes saludarlo, y dices «Hey, qué tal, ¿tú por aquí?», y ganas tiempo hasta que te dices a ti mismo que le conoces de vista del gimnasio y sueltas: «Es que aquí venden una fruta buenísima y tenemos que cuidarnos, qué te voy a contar a ti». Y cuando vuelves a la farmacia y le ves, y recuerdas la conversación, descubres que sigues siendo imbécil, pero al menos fuiste prudente.

Finalmente, Axel resolvió que el premio al padre del año lo ganaría en otra ocasión y cogió el móvil.

Abrió el mensaje y se le abrieron los ojos.

Era Max: «Necesito su ayuda, agente. Estoy en un lío. Venga donde Goya lo antes posible. Es de vida o muerte».

¿Donde Goya? ¿Dónde cojones era eso? ¿El cementerio?

De pronto lo entendió todo.

El farmacéutico que sonaba por la radio era Jaime Sota.

La frutería, el programa que debía estar presentando Max Morán.

Y el imbécil seguía siendo Axel. A no ser que reaccionase rápido y llamase a Loor inmediatamente.

Y eso fue lo que hizo. Porque cuando consiguió colocar las piezas en su sitio, la imagen que le devolvía el puzle mental le produjo una arcada asquerosa.

Loor tardó varios tonos en responder.

—Joder, menos mal. Ya me temía que igual te pillaba pegando alguna paliza en Toledo.

Loor no dijo nada.

—¿Estás ahí?

—No sé por qué no me gusta esta llamada.

—¿Estás escuchando la radio?

—No, Axel. Son las doce de la noche. No tengo sesenta años. No estoy escuchando la radio.

—Es igual. Ha pasado algo. Estoy seguro. No puedo explicarlo, pero tienes que creerme.

—Hostia, Axel. Con todo lo que ha pasado hoy, no sé si estamos para seguir una de tus corazonadas.

—Es Max.

—Sí. Siempre es Max.

—Le ha pasado algo —dijo Axel, intentando modular la voz para que su hija no notase nada raro—. Y ha tenido que salir de la reunión de esta mañana. Joder. Creo que sé donde puede estar. Pero solos no podemos hacerlo. Joder. Déjame pensar.

—¿Te puedo ayudar?

—Alguien nos está jodiendo desde dentro. Esta mañana, cuando he dicho en la reunión del grupo de investigación que Max era el asesino, o que al menos podía saber quién lo hizo, metí la pata hasta el fondo. ¡Menuda cagada, dios! Solo pensaba en satisfacer mi ego y en demostrarle a todos esos mierdas lo buen policía que soy y lo equivocados que están ellos. Soy gilipollas. Eso es lo que soy. Y mi soberbia le ha podido costar la vida a ese capullo de Max.

—¿Qué dices? Me cuesta seguirte, Axel.

—¿Te fías de Ortiz?

—Tú no.

—Ya. Pero eso no es lo que te he preguntado. ¿Te fías de él, sí o no? —insistió Axel.

Se hizo un silencio tibio. Loor tardó unos segundos en contestar. No le pareció una respuesta fácil. Ni una pregunta fácil.

—Sí. Creo que sí.

Ahora fue Axel quien calló. Ignoró la punzada que le produjo la respuesta. Una protesta infantil en segundo plano fue lo único que escuchó Loor en cinco segundos interminables. Se le cruzó la idea de que igual había metido la pata y se preparó para lo peor.

—Está bien —dijo él—. Tengo que hacer una recado antes, pero nos vemos en San Bernardino en treinta minutos. Avisa tú a Ortiz. Si le llamo yo vamos a acabar a hostias y sin llegar a un acuerdo. Dile que podemos tener un 10-7. —Axel usó a propósito el código interno de la policía para referirse a un asesinato sin retirar la vista del retrovisor. Marta miraba por la ventana sin prestar demasiada atención. Mejor así—. Ya sabes la dirección —añadió.

Axel colgó y se pasó la salida en la rotonda de la plaza de San Francisco.

—Cariño. Tengo malas noticias.

—No, papá —protestó Marta.

Sus manos cansadas se volvieron a frotar los ojos. El gesto que hacía siempre que deseaba hacerle ver a su padre que no quería dormir con la tía Gema.

40

Axel llegó primero. Preguntándose por qué cojones no habría hecho caso a su madre y se habría quedado *quietiño* en casa. A continuación apareció Ortiz con cara de cabreo. Le gustaba dormir y no le gustaba Axel. Y menos aún las corazonadas ajenas que podían poner en riesgo su impecable reputación. Pero el favor se lo había pedido Loor, que irrumpió doblando la esquina con paso rápido y un cigarro en la boca. Tenía cara de acción y de «Vamos a patear un par de culos». Pero Axel empezaba a temer que el único culo que iban a patear fuera el suyo.

Le habría encantado bajar el volumen de su cabeza donde resonaban las palabras de Sota como un despertador un domingo de agosto: «A la radio no faltas a no ser que te estés muriendo».

Y eso era lo que creía que le estaba pasando a Max.

O quizá ya llegaban tarde.

Axel miró a su alrededor: la calle estaba desierta. Ni un coche, ni un peatón. Un tipo con chandal, chancletas y una correa con la que tiraba de un bulldog francés que babeaba con dificultad, fue lo único que sus ojos se pudieron echar a la retina en los diez minutos que llevaba allí.

Hasta que llegó Ortiz.

Y con él, Loor.

¿Habrían ido juntos y se separaron en la calle de arriba? ¿Como los amantes que salen juntos de casa y toman rutas diferentes para acudir a la oficina?

Lo que me faltaba por pensar.

El resto de la unidad especial de intervención que había convocado de emergencia el inspector Jorge Ortiz lo conformaban un armario ropero de dos por dos, con mirada de llevar varios años tratando de resolver un teorema de física aplicada, y un pequeñajo pelirrojo, colocado hasta las cejas, que olía a ambientador del Mercadona.

Joder, Ortiz. Podías haber llamado también a un enano con párkinson.

Axel empezaba a desear que Max ya estuviese muerto y que el asesino se hubiese marchado, para así al menos salvar el pellejo de semejante «Grupo salvaje». Y pensó que, o bien a Ortiz no le gustaba el cine y no sabía quién era Sam Peckinpah, o bien ya no sabía cómo joderle.

Los cinco se reunieron en la esquina del hotel, justo al lado del bar Antonio, donde conservaban, junto a la máquina registradora, un trozo de servilleta con el número de teléfono de la agente Loor Galván.

Ortiz formó un circulo con sus hombres y se agachó para que lo que tenía que decir pareciese más importante.

El puto yankee se cree Bruce Willis de verdad.

Miró a todo el grupo a los ojos para delimitar la jerarquía y contra todo pronóstico intervino para cargarle el marrón al de los ojos verdes.

—Nash, tú has convocado este código rojo, ¡tú dirás! ¿A qué nos enfrentamos?

Axel dudó.

—No lo sé.

—Empezamos bien —replicó Ortiz.

—Es decir, mucho me temo que Max Morán está ahora mismo en una de esas habitaciones y lo más seguro es que se lo hayan cargado ya. Pero si esto se parece en algo al asesinato de Goya, es posible que aún podamos cazar ahí dentro al que lo hizo.

—No te voy a preguntar qué te lleva a pensar eso, Nash. No tenemos tiempo. Haremos lo siguiente. Nash, tú y yo vamos delante. Loor, tú esperas en la entrada del hotel. Vosotros dos, apoltronaos cada uno en una esquina de la calle. Si alguien sale huyendo, le apuntáis con el arma y le dais el alto. No disparéis a no ser que os disparen. ¿Entendido?

Los dos muchachos asintieron pensando en qué clase de ventaja les daba tener un arma si para poder apretar el gatillo tenían que esperar a estar muertos.

—Todas las ventanas del edificio dan a la entrada y a la calle lateral —intervino Axel—. Lo comprobé con lo de Goya. Así que estad atentos a esa posibilidad. Uno que se ponga ahí y cubra la esquina con Conde Duque, y el otro que vigile la bajada a la plaza de España. No hay más.

—Está bien, ¿alguna pregunta? —dijo Ortiz.

Nadie abrió la boca.

Axel vio que Loor parecía preocupada y se preguntó si lo que le preocupaba era él.

—Vamos. En marcha —sentenció el inspector.

Axel franqueó la entrada en primer lugar, con Ortiz a su espalda. Sujetaba con fuerza su Glock 17 de cuarta generación. Notaba sus treinta y cinco piezas totalmente ensambladas y preparadas por si las necesitaba. Pensó que, después de él, su arma era lo más preparado que había allí.

Sin contar a Loor.

Al fondo, detrás de una mesa de madera astillada por todos lados, un anciano con los ojos achinados observaba con desesperación cómo se acercaban. En su mirada se podía leer, en perfecto castellano: «Hijos de puta, acabo de abrir hace dos días, después de varias semanas con esto cerrado por vuestra culpa, y ahora venís a joderme con pistolas semiautomáticas que me caben perfectamente por el culo». Sin embargo, dijo:

—¿Qué pasa? ¿Qué *hacel* aquí? Aquí todo *tlanquilo*. No *pasal*. Aquí *tlanquilo*.

Loor escuchó ese inconfundible y elocuente acento asiático-español y se miró las Doc Martens. Se preguntó si Zung Yi las echaría de menos, pero controló sus ganas de comprobarlo.

Y se encendió otro cigarro.

Axel sacó su móvil y le enseñó una foto de Max Morán que había buscado en Google.

—¿Has visto a este hombre? ¿Está aquí?

Ortiz no paraba de mirar hacia la puerta.

—Sí. Le conozco. *Venil* aquí mucho. *Pelo ahola* no. *Ahola estal tlanquilo*.

Axel observó por encima del hombro del propietario del hotel, que era bastante bajito, que colocaba las llaves de las distintas habitaciones en una especie de estantería con huecos numerados. Se preguntó cuándo habrían hecho una reforma de la zona común por última vez. Se convenció rápido de que había sido nunca.

Zung Yi, a su vez, vio cómo el policía rapado de ojos verdes llevaba su vista más allá de su espalda y se lamentó por no haber hecho caso a su nieta, al menos una de las mil quinientas veces que le aconsejó digitalizar las puertas para que todo el mundo accediese con tarjetas codificadas y magnetizadas. Pero claro, él era viejo, montó el negocio con llaves y le había ido bien. ¿Quién se podía imaginar que iban a cargarse a un tío allí dentro y que el pan de cada día iba a ser un desfile de policías con pistolas en la mano y mirada de «Viejo chino, no me toques los cojones que estoy nervioso».

Él, joder.

Tenía que haberlo imaginado él. Igual que lo imaginó su nieta.

—Lo tengo. Vamos —afirmó Axel.

Ortiz le seguía por las escaleras que daban al último piso. En realidad, daban a todos los pisos, pero Axel había decidido empezar por arriba. Había memorizado todas las llaves que faltaban. Las habitaciones ocupadas. No eran muchas. Empezarían por la tercera planta e irían bajando.

Fueron comprobando una por una hasta que llegaron a la número 107. Axel creía recordar que era la habitación en la que se colaron Loor y él, después de haber irrumpido en la que estaba Ortiz analizando la escena del crimen.

En quince minutos de discreto registro en siete habitaciones, se habían encontrado ya de todo. Desde un negro que les abrió la puerta en pelotas, con un trípode colgando desde el que podría capturar un eclipse solar en Siberia, hasta una orgía llena de universitarios internacionales que aprovechaban su beca Erasmus.

En la 107, sin embargo, lo único que encontraron fue silencio. Ese silencio que te dice que algo no va bien. Un minuto y más de seis toques en la puerta después, Ortiz le pidió a Axel que se apartase y que le cubriese.

—Voy a entrar.

Cogió impulso y derribó la puerta de una patada.

Axel recordó todas las veces que le había puesto al límite y después miró cómo había quedado la puerta. Se prometió a sí mismo que se cogería una semana de vacaciones cuando todo terminase. Entraron con movimientos coordinados y registraron la habitación por partes.

El baño estaba limpio.

El armario, vacío.

La cama, hecha.

—Mierda —soltó Axel.

—¿Y ahora qué? —preguntó Ortiz.

Axel seguía rebuscando por todas partes. No sabía qué. Se asomó a la ventana. Nadie.

—Espero que tengas alguna idea, Nash —le apremió Ortiz—. Porque este muerto nos puede salir muy caro.

—Tranquilo, joder. De momento no hay muerto.

Axel sacó de un tirón el edredón de la cama y entonces lo vio. El teléfono móvil. El puto móvil que yacía bajo las sábanas. Estaba encendido. Lo manipuló y entró directamente en «Mensajes». En la bandeja de salida. Ahí estaba el que había recibido minutos antes.

Neutralizó las ganas de dispararse un tiro en la sien. Las cartas habían cambiado. Sentía que le acababan de sacar un *full* guarro a su trío de ases. Se la habían clavado.

Le dio el móvil a Ortiz para que él también lo viese.

El inspector se llevó una mano a la calva y su mandíbula se tensó como la de un pitbull en ayunas. Estaba a punto de cagarse en sus muertos cuando Axel se le adelantó.

—¡JODER!

Loor oyó el grito y salió disparada hacia las escaleras. Cuando llegó lo comprendió todo y solo dijo:

—Joder.

Pero sin gritar.

El inspector Jorge Ortiz envió a casa, con una palmadita en la espalda, a los dos muchachos que se habían quedado en la calle. Siempre podrían decir que sabían vigilar ventanas. Después se reunió junto al coche con Axel y Loor.

—¿Qué hacemos? —preguntó.

—Solo se me ocurre una idea. Ir a la radio —sugirió Axel—. Pero si no ha aparecido por allí, mucho me temo que no van a tener ni puta idea de dónde está Max.

—¿A qué hora recibiste el mensaje, Axel? —preguntó Loor, que ya estaba terminando otro cigarro.

—Justo antes de llamarte. Serían cerca de las doce.

—O sea, que Max estaba vivo a esa hora —dedujo Ortiz.

La sirena de una ambulancia se acercaba desde Noviciado. Los tres se miraron sin decir nada. Pasó de largo, hacia el sur, por la cuesta de San Vicente.

—Yo creo que no. Si tuviese que apostar diría que Max ya estaba muerto cuando me escribió.

Ortiz miró a Loor con cara de «Me está vacilando».

Loor le devolvió una mirada de «Aguanta. Le conozco. Está pensando». Axel pensó en alto.

—Max viene aquí. Teme por su vida. Me escribe para que venga a ayudarle y llegamos tarde. Alguien se nos ha adelantado y tiene o mata a Max.

—De acuerdo. Ese es el primer pensamiento. Lo que querían que pensásemos. Descartado —dice Ortiz—. Continúa.

—Además, el chino dijo que Max no había venido hoy por aquí —añade Loor—.

—Correcto. Entonces el mensaje que recibo es un mensaje programado. El chino dijo que Max ha estado aquí muchas veces. A este sitio la gente viene a lo que viene y a lo que vienen, vienen solos. El que tiene a Max le obligó a entrar y a dejar su teléfono en la habitación.

—¿Para qué? —Loor preguntó mientras soltaba el humo. Después tiró la colilla y la pisoteó con sus Doc Martens.

—No lo sé. No tiene sentido. Es verdad. Aquí todo el mundo es anónimo —siguió Axel señalando el hotel con la cabeza—. Puedes entrar y salir sin preocuparte demasiado por el registro. Sin llave no puedes entrar en una habitación, por lo tanto nadie sube a no ser que sepas que te van a abrir la puerta. Max no tuvo que venir a nada. Alguien mata a Max y...

—O lo secuestra, joder. No te pongas en lo peor —solicitó Ortiz.

Axel cerró los ojos.

—Alguien secuestra a Max y viene aquí a dejar su móvil. Paga, le dan una llave, deja el móvil, devuelve la llave y se va sin responder preguntas ni firmar nada. Y desde el móvil de Max programa y me manda un mensaje pidiendo ayuda y me dice que venga a esta dirección. Sobre las doce de la noche me necesitan aquí. O más bien necesitan que no esté en otro sitio. Saben que voy a entrar como un toro. Me conocen. Mierda. Saben que, además, no voy a venir solo. Aunque podía haber venido solo. Pero como estoy en una situación delicada en la comisaría por la filtración del kerambit a la prensa y por lo de esta mañana, aviso de la situación y pido cobertura. Y aquí estamos todos, justo donde querían que estuviésemos y a la hora que querían que estuviésemos. Para de esta forma... Joder. Mierda.

—Nos han utilizado —dijo Ortiz.

—Max está muerto. Y puede estar en cualquier parte. Nos han tomado el pelo, nos han atraído hasta aquí con un mensaje programado hace horas y han usado este tiempo para mover el cadáver. Es la una y cuarto de la madrugada. Joder.

Ortiz le pegó una patada al neumático del coche. No tenía a quién culpar. Habían hecho lo que debían hacer y todos, incluso Axel, habían actuado según el libro. Sabía que una muerte más no iba a mejorar nada. Ni siquiera creía que reabriesen el caso.

Axel, sin embargo, siempre sabía a quien culpar.

—Ortiz, llama al mierdajo de la brigada de Estupefacientes. Dile que la mafia sudamericana se ha cargado a otro que ni consumía ni traficaba.

—No me jodas, Axel. Ahora no.

Loor sacó un pitillo y se lo puso en la boca. Pero no lo encendió.

—Deberíamos irnos a casa. Mañana va a ser un día jodido —dijo.

—Ortiz, esto viene de dentro. Tenemos un topo —soltó Axel—. ¿Esta mañana os cuento que Max fue el último en ver a Goya con vida y que puede saber quién le mató y unas horas más tarde ocurre esto? Venga, coño. No me voy a molestar ni en convencerte. Lo sabes tan bien como yo.

Ortiz lo había pensado.

Pero ya.

—Ni se te ocurra decir eso fuera de aquí, Nash, ¿entendido? Los polis no se joden entre ellos. Esa es una acusación apestosa y no tienes pruebas. Te ordeno que no vayas por ahí.

Loor apreció un brillo repentino en los ojos de Axel.

—¿Por qué, inspector? No me esperaba esta reacción. ¿Acaso tiene algo que ocultar?

Ortiz se movió con velocidad, soltó un zarpazo de tigre acorralado y agarró a Axel por la camiseta. Loor se fijó en que su colega estaba de puntillas. Con la barbilla levantada. Con el ombligo al aire.

Y con el orgullo intacto.

—¿Qué? ¿Qué vas a hacer? ¿Pegarme? Vamos, adelante valiente. Dame. No esperes más. Hazlo. Lo llevas deseando desde el primer día.

Sus narices se estaba tocando. Su respiración se mezclaba en el aire. El pulso acelerado enviaba gotas de saliva que volaban en ambas direcciones. La tela de la camisa de Jorge Ortiz estaba a punto de ceder donde los dorsales se funden con el hombro. Loor pensó que los italianos hacen bien las cosas y en la moda son únicos. Si la camisa había costado 150 pavos como decía Axel, bien invertidos estaban.

—¡Ortiz, déjale! —dijo sin alterarse, con el cigarro apagado aún entre los labios—. No me hagas sacar el arma. Me estoy poniendo nerviosa y ya sabes cómo me pongo cuando me pongo nerviosa.

—Tú no te metas, Galván. Esto no es asunto tuyo. Te sugiero que te largues si no quieres que te salpique.

El metal de una pistola HK USP Compact dicen que es más frío que el de una pistola normal. Pero lo dicen personas calvas que han sentido el acero sobre la piel de su nuca. Desde ese momento lo podría decir también el inspector de policía Jorge Ortiz, que notó cómo su vida dependía de que la agente Loor Galván no perdiese otra vez la cabeza.

Como le ocurrió en Toledo, de donde nunca debieron dejarla salir.

—Te he dicho que le dejes. No te lo voy a repetir. —La voz de Loor sonaba atemperada.

Eso fue lo que acojonó a Axel.

La puta que me parió.

—Loor, ¿Qué cojones haces? ¡Quieres bajar la puta pistola! Ortiz, suéltame hostia. Tienes razón. No debería haber dicho eso. Además, no creo que seas tú. Solo quería tocarte los cojones.

Ortiz soltó a Axel.

Loor bajó el arma.

Axel reposó los talones en el suelo. Su camiseta no recuperó su forma inicial.

La tensión se rebajó.

Ninguno sabía bien qué pensar.

Axel dijo:

—Joder. Hemos estado a punto de morir todos.

Y sin saber explicar muy bien por qué, Ortiz soltó una carcajada contagiosa que calmó una escalada de nervios que por poco acaba en tragedia.

Los tres se miraron pidiendo y concediendo el perdón.

Un mensaje en la radio del vehículo del inspector los devolvió a la realidad: «Atención a todas las unidades. ¿Alguna unidad cerca del parque del Retiro? Cambio».

Ortiz volvió a soltar otro zarpazo, esta vez al mando de la radio. Apretó los botones laterales y se lo llevó a la boca.

—Aquí Ortiz. ¿Qué sucede?

Axel y Loor se miraron. Los dos lo sabían.

Max Morán había aparecido.

41

Vigo, lunes 25 de marzo

No habían transcurrido ni cuarenta y ocho horas desde que Axel y su compañía habían regresado a Madrid e Iria Novoa ya tenía dos cosas claras como el agua.

Y ninguna de las dos respondía a lo que ella esperaba.

La primera era que su hermana Noa estaba mejor después de ver a Axel. Más tranquila. Más contenta. De mejor humor. Como si se hubiese quitado un peso de encima. La segunda tenía que ver con la investigación de la muerte de Mauro Otero. Estaba avanzando y nadie le había puesto la zancadilla. Aún.

Iria movía unas Vans negras con el aspa blanca por la plaza de Compostela y el viento de esa tarde le abombaba una blusa celeste a juego con unos vaqueros tobilleros.

Dejó atrás la terraza del hotel Nagari —el mejor de la ciudad— y llegó hasta la heladería Capri. Ver los cubos de colores con diferentes sabores la llevó a recordar una infancia moderadamente feliz. Una época en la que ella y su hermana Noa pasaban las tardes de primavera devorando cucuruchos de dos bolas que a ella le dejaban la cara pringada de fresa y a Noa, de chocolate y vainilla. Esa fue durante mucho tiempo su máxima preocupación, llegar con hambre y monedas a la heladería con más solera de la ciudad.

Hasta que aparecieron los chicos.

Iria, cuatro años mayor, empezó primero. Su primer beso llegó pronto, con catorce, quince minutos antes de su primer polvo. Hay noches que se complican y a ella se le complicó aquella. Fue con un chico de diecisiete. Se conocían de un Surf Camp. Él era guapo y surfeaba muy bien. Ella era viva y segura de sí misma. Enseguida se miraron. De ahí a follar hay que recorrer un largo camino, pero decidieron acortarlo mucho, animados por la oscuridad de una noche nublada de verano, la soledad de la playa y, sobre todo, las prisas de un ambiente en el que si con quince años decías que eras virgen, eras un raro. Así que Iria, a diferencia de la mayoría de colegas, decidió que ella diría la verdad. No es de extrañar que años más tarde acabará siendo poli.

Después de aquella noche no repitió. Se lo tomó como un peso que tenía que quitarse de encima. Y se lo quitó. Su siguiente lío llegaría muchos meses después, más de veinte, y fue algo más cabal y menos precipitado.

Una historia de amor que se prolongó al menos durante un par de semanas.

A partir de ahí, su actividad sexual se normalizó sin engordar su currículum amoroso. Nunca había tenido pareja. No iba con ella. No aguantaba a nadie más de tres preguntas seguidas. En cuanto sentía que estaban olisqueando en su privacidad, daba un portazo. Y siempre sentía que estaban olisqueando en su privacidad. Porque siempre lo hacían.

Para cuando Iria volvió a pensar que lo que verdaderamente tenía clavado era no haberse tirado nunca a Omar, había llegado al puerto. Donde había concertado una entrevista y quería hacer un par de preguntas sobre Otero.

Debía darse prisa. Mucha prisa. Porque cuanto más tiempo pasase, más probable era que cualquier pista sobre el asesinato del capataz desapareciese.

Y porque a Omar le gustaban jóvenes.

Muy jóvenes.

—Y a esta, ¿te la follabas?

En la pantalla del móvil de Omar Pombo, una chica de aspecto virginal, sonrisa con *brackets* y curvas sin quirófano, juntaba sus pechos y miraba desafiante, mientras se sujetaba el pelo dejando a la vista un tatuaje con letras chinas en la cara interior del brazo derecho, que según Google, significaban «paz».

Desde luego, a Omar, no era paz lo que le transmitían.

A Jarvis tampoco.

—Pero, cabrón, si ahora mismo te follaba a ti con las uñas pintadas, como para no follarme a ese bebé. Buf. Y le haría daño, tío. Te lo juro. Estaría toda la noche metiéndosela por todos los putos agujeros del cuerpo, incluido el ombligo. Y lo haría con todas mis fuerzas, hasta que por esa boca con hierros me llamase «papi». Y cuando lo hiciese, ¿sabes qué haría? Se la metería más fuerte, tío. Porque entonces ya no habría ninguna duda de que la niña lo había entendido. Habría entendido que se había portado mal, chorbo, se había portado como el puto culo que le estaba rompiendo y sabía que papi la iba a castigar ¿entiendes?

—Joder, tú. Cuando te pones romántico, no hay dios que te aguante.

Un porro se consumía entre los dedos de Omar. El aire que azotaba con fuerza en la playa de Patos se estaba fumando la mitad. Él y su colega la otra mitad. Estaban sentados en el muro de piedra con los pies colgando sobre la arena.

Omar fumaba con la capucha de su sudadera gris sobre la cabeza y casi se quema el mechón rubio que le caía, como siempre, por la cara. Que ya le llegaba hasta la barbilla.

Jarvis le miraba con impaciencia. Se estaba clavando el canuto.

—Tú, pasa eso, que te vas a quemar la uña. —Jarvis le robó el peta con un movimiento habilidoso—. Oye, ya sé qué no te mola que te lo pregunte, pero te jodes. ¿Qué fue de la pasta que tenías que mandarle a los matracas aquellos, pavo? Eso es una movida del copón.

—Hablé con ellos y lo entendieron —mintió Omar.

—¿Entendieron qué? Esa gente no entiende una mierda, tío. No me jodas. Ándate con ojo. No me fío una mierda. ¿Qué te dijeron?

—Nada. Se lo dije yo. Les dije que tendrían su pasta pero que mirasen las noticias. Que teníamos aquí a toda la Gestapo movilizada y que lo que buscaban era a un pavo que se había cargado a otro por un ajuste de cuentas. Y que era una movida de droga. Y que si me ponía ahora a pasar farlopa como un loco para conseguir su pasta, lo único que iba a conseguir era pasar treinta años en la cárcel por un asesinato que no cometí, y ellos se iban a quedar sin pasta y tendrían que mandar a alguien a la cárcel a matarme. Porque para no tener que pasar treinta años a la sombra y pasar menos tiempo iba a cantar todo lo que sabía.

—¿Les dijiste eso? Tú estás zumbado de la puta cabeza.

—No, joder. Eso último no se lo dije. No hace falta. Eso ya lo saben ellos.

—¡La madre que me parió! —exclamó Jarvis.

—El tema es que lo entendieron. Les pedí que me dejasen estar quieto unos días y que cuando todo esto pasase, que siempre pasa, yo me pondría a hacer lo que tengo que hacer y ellos tendrían su pasta.

Jarvis miraba distraído hacia el fondo del mar, donde la línea del cielo se confundía con las olas. Donde los tonos de azul se mezclaban difusos.

El puto horizonte.

Y le pareció que el horizonte de su colega era una mierda. Omar solo miraba al porro.

—Así que no te ralles, mucho —dijo—. Voy a disfrutar de unos días de calma y me voy a follar a algún putón.

—¿Como el que me enseñaste antes? —Jarvis señaló el móvil con las cejas.

—¿Quieres saber algo? A esa me la voy a follar esta noche —anunció Omar.

—No jodas, cabrón. ¿Pero tú me escuchas cuando te hablo? Que esa no tiene edad para comprar birras, joder. Que te van a meter en chirona.

—Pero, cabrón, que pasamos farlopa. ¿De qué cojones me hablas?

Jarvis soltó una carcajada desequilibrada.

—¡Qué hijoputa más salado! Si es que me ganas con tus mierdas, tío. Me ganas. ¿Sabes qué? Fóllatela, cojones. Que aprenda. No se puede subir esa foto de perra mala y pretender que le demos al corazón ese de mierda y a otra cosa. No. No se puede, tío. —Jarvis negaba con la cabeza—. Y te digo otra cosa, menos mal que el imbécil de mi hijo no es el putón de mi hija, y que no tengo hijas, porque si algún día veo al subnormal de mi hijo poniendo morros en Instagram, te juro que le corto las pelotas. Bastante tengo con la zorra de su madre. Que le pone morritos a todo el puto edificio. Y no solo los pone, sino que la muy puta los usa. Ya no puedo ver una foto de su boca sin imaginarme la polla del subnormal del tercero dentro. ¡Dios, qué mala hostia!

La luz plateada de la ciudad se tamizaba con el paso de la horas. Al contrario que su conversación, que nunca bajaba de tono. Del mar empezaban a desfilar surfistas que terminaban su jornada de oleaje.

Si por la tarde refrescaba, en ese momento hacía un frío de cojones. Jarvis estaba tiritando. Y no podía dejar de pensar qué hay que tener en la cabeza para meterse en el agua con esa rasca. Observaba con desprecio como salían del mar, cuando le pareció reconocer una silueta familiar.

—Oye, chorbo, ¿esa no es la hermana de tu colega la poli?

—¿Iria?

—Esa.

—Sí, creo que sí —contestó Omar, apoyando su cuerpo en el brazo derecho, para coger impulso y ponerse en pie—. Dicen que está como una puta cabra.

Jarvis se levantó también y lo miró conmovido.

—Imagínate lo que dirán de nosotros, cabrón.

Noa salió del agua con el neopreno tan pegado al cuerpo que se le marcaban la costillas. Había perdido mucho peso en los últimos años y nunca lo recuperó. De pequeña, quizá por los helados que tomaba con su hermana, o quizá por genética, era una niña rellenita.

«Hermosa», decía su padre.

Ya no.

Ahora tenía un cuerpo esbelto y elegante, con pechos tranquilos y cadera estricta. Sin grandes curvas ni grandes rectas. Y también tenía frío. Llevaba el pelo empapado y tan negro que apenas se distinguía dónde acababa.

Clavó la tabla en la arena y se sentó a mirar el mar. Se había cansado. Que era uno de sus objetivos.

El otro era no pensar.

Y también lo había cumplido.

Aunque pensar ya no le parecía una losa tan pesada en su espalda. De hecho, estaba empezando a darle vueltas a la posibilidad de aparecer en Madrid y conocer a Marta. Nueve años habían pasado ya desde que tomaron aquella decisión y aún no se había atrevido a enfrentarse a ella.

Fue en Barcelona. Cuando vivía y dormía con Axel. Ese fue su gran error. Se mezclaron demasiadas cosas. Hasta que un día la barriga de Noa empezó a crecer. Ella lo tenía todo muy reciente y él se contagió. Pensaba que era más fuerte que aquello, pero aquello era más fuerte que los dos juntos. Y Axel se fue hundiendo poco a poco.

Noa cumplió allí la mayoría de edad y se matriculó en la universidad. Logró ilusionarse con su nueva vida, pero la barriga siguió creciendo. Y creció hasta el punto que los vestidos anchos, que al principio te podían llevar a pensar que era una chica que se había puesto «hermosa», dejaron de funcionar.

Noa era una niña embarazada. No una mujer, ojalá.

Así la gente la habría mirado con ternura, no con lástima.

Al principio lo fue llevando, pero paulatinamente las miradas que siempre había querido evitar se le volvieron en contra.

Hasta que se encerró en casa. Y todo creció demasiado. La angustia, las lágrimas, la pena, el miedo y la barriga. Axel puso todo de su parte pero no tenía suficiente. Empezaron las broncas y entraron en bucle.

Un día que Axel regresó pronto a casa se la encontró en el baño, desnuda, con la barriga de siete meses encajada contra el acrílico de la bañera y un cuchillo en las venas.

No se cortó.

Axel nunca supo si porque había llegado a tiempo o porque no se atrevió a hacerlo. Pero hablaron, lloraron y dijeron basta.

Habían tocado fondo.

Tomaron una decisión y vivieron los dos mejores meses de sus vidas. Se liberaron y fueron felices. Juntos y separados. En ese tiempo Axel se enamoró de Noa. Y Noa dio a luz.

Y volvieron a hablar.

Decidieron seguir adelante con el plan. Axel se quedaría a Marta y la criaría solo por un tiempo. Noa regresaría a Galicia y viviría los años que se estaba robando. Se recompondría. Se armaría. Se perdonaría. Y volvería. Un plan sencillo.

Axel y Marta la estarían esperando.

Pero nunca lo consiguió.

Noa recogió la tabla y con ayuda de sus dos brazos delgados y fibrosos la acarreó hasta el paseo. Se notaba más ligera. Le había sentado muy bien ver a Axel. Sus conversaciones telefónicas habían creado una cortina etérea que la asustaba. Le daba pánico no estar a la altura de lo que el tiempo tenía que haber hecho con ella. Con el cara a cara, ese miedo se desvaneció.

Ahora, mientras caminaba descalza dejando un rastro de arena mojada en la acera del paseo de Patos, pensaba, por primera vez en su vida, en ser madre. En darle a Axel lo que siempre le había negado. En empezar a vivir una vida que quedó suspendida un domingo de 2008.

No sabía cómo hacerlo. No sabía si saldría bien. Pero por fin sentía fuerzas para intentarlo.

Aunque también sabía que antes tenía que enfrentarse a un fantasma.

«Para abrir un trauma es mejor primero cerrar otro», pensó.

Y para eso no estaba tan segura de tener fuerzas.

Iria dejó el puerto con un par de respuestas jugosas en el bolso y algo de hambre. Parecía cada vez más claro, como ya sospechaban, que Mauro Otero llevaba tiempo permitiendo la entrada de barcos cargados de cocaína a cambio de una mordida que le despejase el futuro. Y le acababan de confirmar que las autoridades portuarias estaban al acecho y que por eso Mauro había dado el alto al carguero que le costó la vida.

Por qué las autoridades portuarias no informaron a la policía era todo un misterio. Un misterio con dos posibles respuestas. O bien se guardaron la información para actuar por su cuenta, atrapar ellos a Otero y apuntarse el tanto, o bien habían avisado a la policía.

Pero no a la policía correcta.

Iria prefería decantarse por la primera opción, sabiendo que, seguramente, acertaría con la segunda.

«Menudo canteo».

Iria Novoa no llamó al timbre. No quería hablar con la familia del capataz. Por varios motivos. Primero, porque ya les habían tomado declaración cuando encontraron el cuerpo. Segundo, porque tratándose de un asunto de drogas, lo normal es que su esposa no estuviese informada y si lo estaba, ya habrían pactado la manera de que pareciese que no sabía nada y salir limpia de todo aquello. Si a la ministra Ana Mato no le llamó la atención tener un Jaguar en el garaje, a esta señora ¿por qué le iba a sorprender vivir en la mansión de Falcon Crest?

Y tercero, por dejarla en paz. Que bastante tendría.

Lo que hizo Iria fue descender por entre la maleza que cruzaba desde la carretera hacía las rocas. No perdía nada. La familia había alegado que, excepto Mauro, ninguno se encontraba en el domicilio, ni en la ciudad, la noche en que mataron a Otero. Y quizá él estaba por ahí de copas, o de putas, o sabe dios haciendo qué, y le sorprendieron en el coche, o en la gasolinera, o sabe dios dónde. Porque las variantes eran casi infinitas, y porque el cuerpo apareció flotando en el mar.

Pero a lo mejor lo trincaron en casa.

Así que Iria Novoa intentaba reconstruir una posible huida de Otero hacia las rocas o un traslado de su cuerpo sin vida en una bolsa de basura hacia las rocas. Para el caso, *tanto ten*.

Estaba anocheciendo pero todavía había luz. Por si acaso, Iria encendió la linterna del móvil: «Mal no me hace». Y con pasos cortos inició la bajada por el sendero agreste y frondoso que le arañaba los tobillos.

El cielo desprendía una luz ventosa y desapacible. Iria recordó una vez en que el cielo estaba igual y ella casi se mata encima de la tabla. Una ola la fue escorando, la devoró y casi la estampa contra las rocas. Fue Omar quien la rescató. Y menos mal que estaba allí. No le debía la vida pero casi. Había tragado mucha agua y no podía respirar. Decía que sintió una ínfima parte de la angustia que debe suponer morir ahogado. Siempre pensó que era la peor forma de morir. Deseaba que el día que le llegase su hora no estuviese en el mar. Sin embargo, en mitad de aquellas matas de hierbajos, Iria conjeturó que la muerte de Otero, si es que se produjo allí, tampoco debió de ser agradable. Era imposible no sentir miedo allí solo.

Y ni se quería imaginar el miedo si no estabas solo.

Avanzó despacio y alcanzó las rocas con dificultad. Si en algún momento hubo algún forcejeo, alguna pisada, algún resbalón, o lo que sea que pudiese ser una pista, la lluvia se había encargado de borrar cualquier huella. Iria pensó que debía ser más fácil investigar en el sur, donde llueve menos. Aunque la gente allí abajo sea más retorcida. Con más calle.

«En Galicia somos más desconfiados, pero más tontos. Lo de que cuando te encuentras a un gallego no se sabe si sube o si baja es cierto, pero no porque sea un retorcido, es porque ni el gallego lo sabe». Eso iba rumiando cuando lo vio.

No era lo que había ido a buscar.

Era mucho mejor.

Era algo con lo que no contaba, una pista acojonante. Algo que, lejos de facilitar la solución, complicaba mucho más las cosas.

Lo encontró medio enterrado. Pero solo medio. Iria apuntó con el móvil y se iluminó ante sus ojos. Era pequeño, sucio y verde.

Era un cepillo de dientes.

¿El puto cepillo de dientes?

42

El cuerpo de Max Morán apareció envuelto en una manta llena de mierda. En lo alto de la cuesta del Angel Caído, a la derecha de la fuente, entre los árboles que habitualmente dan sombra a lectores solitarios o aficionados al yoga urbano. Era noche cerrada y una patrulla de vigilancia del parque había visto algo raro en su ronda de la una. Al principio pensaron que se trataba de un vagabundo que se había quedado dormido en el parque. Pero no tenía sentido. Nadie es capaz de dormir en esa postura. Y con esa ropa. No hay vagabundos tan elegantes.

Los tres policías, que trabajaban juntos en las calles por primera vez, llegaron en el coche del inspector Jorge Ortiz. En cuanto lo vieron se convencieron de que Axel tenía razón. Lo habían matado en otro sitio y habían dejado el cadáver en el parque tiempo después.

La manta no era de Max. Ni del asesino. No sabían cómo había llegado hasta ahí, pero debía de tener tantas huellas como una prostituta de la calle Montera.

Lo primero que comprobó Axel fue si la polla del periodista seguía en su sitio.

Y seguía. Le sorprendió. Ya no estaba acostumbrado a muertes tan aseadas. Después se fijó en la boca, no fuese a ser que apareciese colgada allí la polla de otro. Y tampoco. Afortunadamente, ese crimen era más convencional. Lo que al mismo tiempo les complicaba las cosas.

Ortiz, sin embargo, se fijó en el Rolex Daytona que Max aún lucía en su muñeca izquierda.

—Al menos ya podemos descartar que le hayan matado para robarle —dijo.

El *rigor mortis* de Max Morán era bastante plácido. Tenía el rostro tenso pero apaciguado. No presentaba signos de violencia. Ni sangre. Ni hematomas.

—Fue una muerte rápida —comentó Axel—. El que lo hizo tenía prisa y pocas ganas de venganza. Le necesitaban muerto. A ver qué dice el análisis toxicológico.

Axel sabía que era pronto para afirmar algo así con tanta rotundidad, pero no podía evitar darse la razón a sí mismo y a sus conjeturas de los últimos días. Extrañamente le hacía sentir más tranquilo. Se quedó congelado cuando vio que Loor, que aún no había abierto la boca, salió disparada entre los árboles. Como si hubiese visto a un fantasma. Su compañera se incrustó en la oscuridad como una pantera asustada.

Axel y Ortiz se miraron sin entender nada. Los dos se dieron cuenta de que era la primera mirada de complicidad que se dedicaban desde que se conocían.

Los miembros del servicio de seguridad del parque, que estaban de pie junto a la furgoneta de vigilancia, a escasos metros del cadáver, no lograban distinguir quién estaba más loco de los tres y empezaron a sentirse más cómodos instalados en la mediocridad de los «polis frustrados».

Así conocía todo el mundo a los vigilantes del parque. Polis frustrados. Igual que los periodistas deportivos eran «futbolistas frustrados». Aunque el periodista que estaba en el suelo sin respiración ya no era ni siquiera eso.

—No me mates. No me mates. Yo no he hecho nada.

El grito de auxilio sonó cerca. Era una voz trabajada en el alcohol. Ronca y patética. Axel, que estaba agachado inspeccionando al muerto, se incorporó de un salto.

—Espera aquí —le pidió a Ortiz, que se quedó junto al cadáver masticando dos certezas. La primera era que esos dos policías a los que apenas conocía eran buenos, y la segunda, que estaban fuera de su control.

Axel los vio enseguida.

La rodilla de Loor sobre un pecho agitado. El cañón de la pistola sobre una frente violácea. El cigarro en la boca. Dos ojos, presas del pánico, le suplicaban que no apretase el gatillo. Loor había inmovilizado a una lechuza asustada. Que solo repetía:

—No me mates. No me mates. Yo no he hecho nada.

—No le mates, Loor.

—Estaba merodeando. Este sabe algo.

—¿Qué sabes? —le preguntó Axel—. Más te vale que contestes rápido. Ese dedo que está junto al gatillo se está moviendo.

No era el miedo lo que provocaba que el abatido contestase con retardo. Eran los años de droga, vino de cartón y noches como aquella, maldurmiendo en un banco de madera, con la espalda rota, cubierto por mantas más infecciosas que un murciélago chino.

—Yo no vi nada. Se lo juro —la voz temblaba de manera natural—. Duermo aquí desde hace años. Vi a ese tipo ahí tirado, vi que tenía mala cara y a mí me sobraba una manta.

Decía la verdad.

—Suéltale, Loor.

La agente Galván le liberó muy despacio. Procedía según lo aprendido en la Academia aunque su presa fuese un vagabundo indefenso e inofensivo.

Así vivirá muchos años.

Cuando regresaron adonde estaba Ortiz, este ya tenía el teléfono en la oreja, despertando a algún jefe y poniéndole al corriente de la situación. No perdía el tiempo.

Siempre haciendo lo correcto. Es para matarlo.

El ruido de fondo eran sirenas de la ambulancia de Protección Civil y de patrullas de la policía que habían recibido el aviso y procederían en pocos minutos a acordonar la zona. Lo siguiente sería recibir a la Científica, al forense y a su puta madre.

E ir dando explicaciones que no tenían.

Ortiz se adelantó a su pereza.

—Esto es lo que vamos a hacer. Vosotros, id a casa. Yo me hago cargo de la situación. Les diré que recibí un soplo fiable y que os convoqué para una intervención de emergencia. Todo bajo mi responsabilidad. Que llegamos tarde, pero que tenemos un teléfono que puede ser clave. Eso nos da algo de chance. A partir de ahí les diré la verdad, que recibimos por radio la alerta de un posible fallecido en el Retiro y que aquí estamos. Nos llevaremos al de la manta para tomarle declaración. Y que la Científica haga su trabajo. —Ortiz hizo una pausa y miró a Axel—. Lo que está claro es que a este no se lo cargó la mafia sudamericana.

Axel se echó un rato y durmió parte de ese rato. Loor ni siquiera lo intentó. Se conocía de sobra para andar perdiendo el tiempo. La angustia estaba empezando a carcomerlos. Ya no solo era importante atrapar al asesino sino hacerlo rápido. La ciudad no podía permitirse vivir con miedo. Y ellos tampoco.

Sin haber visto la prensa, ya sabían que los titulares hablarían de «Maniaco anda suelto» o de «El Charles Manson español».

Por no hablar de la Cadena Voz.

Dos periodistas que ocupaban la misma silla, los dos muertos. A ver quién tenía agallas de sentarse en ese trono envenenado.

Al salir de la ducha, Axel revisó la bandeja de mensajes directos de Instagram. La foto de Alicia seguía ahí junto a un texto en negrita. Un mensaje nuevo.

Joder.

@Aliciita88: «Hola Cuadro. Pensé que te gustaba. Dame bola o me voy con otro, eh. ¿Repetimos? ¿Mañana? ¿Cómo lo tienes?».

Axel cerró la *app* y se vistió.

Joder.

Los dos policías quedaron en verse para comer, enfrente de casa de Axel, en la Cava Baja. En el negocio pequeño de Lucio, el de los huevos. Que está enfrente de Casa Lucio y se llama Los huevos de Lucio.

Axel pidió huevos y Loor le ayudó a comerlos.

—Este cabrón se ha hecho multimillonario haciendo huevos fritos con patatas y vendiéndolos como si fuesen centollos. Y la verdad es que están cojonudos, pero a mí me salen más ricos y no te los cobro a veinte pavos.

—¡Y a mí qué coño me cuentas! ¿De verdad que esa mierda te funciona con las tías?

—Era una observación.

—Ya.

Axel agarró la cesta del pan y se la ofreció a Loor, que la rechazó. Él cortó un trozo generoso, lo mojó bien en la yema que pringaba las patatas y se lo llevó a la boca. La pregunta le pilló con los ojos cerrados y le cortó de cuajo su orgasmo gustativo.

—¿Cuándo me vas a hablar de tías, Axel? Porque a mí no me la clavas.

¿Y a esta qué le pasa?, ¿tiene un radar o qué hostias?

—¿Qué dices?

—Que cuándo me vas a hablar de tías. Que a mí no me la clavas. Eres muy valiente para preguntar por el pasado de los demás, pero el tuyo está guardado bajo cuatro llaves. Sé que tienes una hija, que tendrá una madre, y de esa madre nunca hablas. Y no eres mi estilo, pero estás medio qué. Así que, si no follas, es porque no quieres.

—O porque no puedo.

—Sí. También. Pero puedes.

—Puedo.

—¿Entonces?

—¿Quieres comer algo más o te has quedado bien?

—Me he quedado bien. Pero me quedaré mejor en cuanto dejes de cambiar de tema.

Axel sonrió y buscó al camarero con la mirada. Levantó una mano y escribió un garabato en el aire. La cuenta le pareció cara. Todo le parecía caro.

—Yo te invito, pero deja de tocarme los huevos.

—Pago yo y me lo cuentas.

Loor hizo ademán de coger el cuenco con el ticket de caja, pero Axel fue más rápido.

—Pagas tú la próxima y me lo pienso.

Axel dejó dos billetes azules y no esperó la vuelta. Quería salir de allí. Al final tanta pregunta le estaba saliendo por un ojo de la cara.

—Vamos a centrarnos en lo importante —espetó arrancando el Peugeot.

—Vamos a centrarnos en lo que tú quieras. —Loor bajó la ventanilla, como era costumbre—. Si te refieres al muerto de la manta, supongo que ya has decidido por los dos.

—¿Tienes alguna idea mejor que la que aún no te he contado?

—La verdad es que no. Pero no quiero oírla, llévame directamente.

Circularon en relativo silencio por los túneles de la M30 en dirección norte. Atravesaron la avenida de la Ilustración y en los arcos de La Vaguada torcieron a la derecha. Hacia las canchas de baloncesto. Hubo un par de conatos de bronca al volante, pero se saldaron con daños mínimos. Un par de gritos y ya.

Loor dedujo que a Axel, la muerte de Max le había dejado tocado. Por más que intentase disimular. Nunca le había visto así en la carretera.

En poco más de diez minutos, llegaron a una explanada con varias canastas. Axel aparcó el coche en doble fila, prendió las luces de emergencia y le preguntó a Loor si prefería esperarle escuchando música.

—¿Vas a tardar?

—No —aseguró Axel.

—Entonces voy contigo.

De camino a una pista enjaulada en la que varios adolescentes sudaban y gritaban sin pasarse la pelota, Axel se justificó.

—Hubiese preferido que no tuvieses que ver esto, pero nos quedaba de paso a nuestro próximo destino. Te explico. ¿Ves a esos chavales negros con la camiseta de los Bulls? ¿Los que están al fondo, negociando algo con los puertorriqueños?

—Sí.

—Pues me alegra que los veas, porque les vamos a dejar en paz haciendo lo que estén haciendo. Sigue mirándolos, ¿de acuerdo? Deja pasar un rato y fíjate en el capullo que está contando billetes en la grada de cemento. No mires aún. Pues ese subnormal es el hijo de un compañero. Se dedica a pasar hierba en el parque. Y su padre tiene un cabreo de tres pares de cojones. Y no me extraña.

—Venga, coño, Axel. Que eres gallego. Y he estado en Galicia contigo. Cuando tenías la edad de estos chavales te ponías hasta las trancas. Igual que yo. No me cuentes de qué va tu movida con la poli de los ojos azules si no quieres, pero no me trates como si fuese tu abuela.

—No le juzgo, Loor. Por mí como si se la fuma toda. Tú sígueme el rollo. Solo vengo a por mi parte.

Axel rodeó una canasta y cruzó por la línea de personal interrumpiendo un partido. Un muchacho con una camiseta amarilla de los Warriors, que estaba penetrando en la zona, dejó de botar la pelota y dijo algo que no gustó a Axel. Loor le miró con su cara de «A que saco el arma, imbécil», y el chaval, si dijo algo más, lo dijo bajito. Se dio la vuelta y Loor leyó el nombre de su camiseta: «Curry». Y se lamentó de no haber mojado el pan en la salsa de Lucio minutos antes.

—Ya puedes mirar —dijo Axel.

Loor ya había mirado hacía rato. El chaval era blanco, español y pijo. Con rastas y tatuajes en los brazos.

Pero muy pijo.

En unos años estaría viviendo de su apellido, ahora estaba en edad de tocar los huevos en casa.

El partido se reanudó a su espalda, las voces de «Pásamela, cabrón, que estoy solo» recuperaron la normalidad del parque en una tarde calurosa de Madrid. Cuando Axel se sentó junto al chaval, vio que estaba sudando. No sabía decir si por el sol que brillaba en el cielo despejado y le rebotaba en la frente o porque Loor se quedó de pie, con la Doc Martens izquierda apoyada en la grada, sin darle sombra.

—¿Qué pasa, Borjita? —Axel le rodeó los hombros con su brazo izquierdo para que supiese que tenía las de perder.

—¿Quién coño eres?

—Soy el tío que viene a darte una segunda oportunidad.

—¿Y cuándo me diste la primera?

—La primera ya la has tirado por el retrete, amigo. Vamos directamente con la segunda.

Loor estaba a punto de estallar de risa. ¿Pero qué mierda de teatrillo era ese? Echó inmediatamente la mano a la pistola, por si se alargaba la función. Y se encendió un cigarro.

—¿Ves a esta tía? Está como una puta cabra —dijo Axel.

—Te pareces a alguien —dijo el chaval mirando a Loor.

—A la cantante de Roxette —respondió Axel.

—¿Qué coño es Roxette?

—Es un grupo de música de los 80 —dijo Axel.

—No había nacido.

—¿Y en 2019? ¿Habías nacido? —El chaval miró a Axel sin decir nada. Una gota de sudor se le posó en la punta de la nariz—. Es el año en que murió —añadió el poli.

—¡Y a mí qué me importa!

—Te importa, claro que te importa. Porque va a ser el año en que te van a encontrar muerto a ti también como te vuelva a ver por aquí pasando hierba, ¿me entiendes?

—No sé de qué hablas.

—Mejor. Porque no me apetece explicarte lo que le pueden hacer esas botas a tu preciosa boca apoyada en el bordillo. —Axel señaló las Doc Martens con los ojos.

Loor se agachó y simuló atarse los cordones. La cara con acné del chaval se volvió cetrina. Como si todos los granos levantasen cabezas de pus de golpe.

—Dame la hierba —solicitó Axel.

El chaval estaba temblando y le dio la hierba.

—Bien. La semana que viene vuelvo por aquí. ¿Qué día vendremos, Loor?

—Yo qué sé. Igual todos —dijo ella.

—Como te vea por aquí te arranco los granos, ¿está claro?

Axel se levantó sin decir nada más. Lo hizo rápido porque se dio cuenta de que el chaval estaba a punto de echarse a llorar. Confiaba en haberse retirado a tiempo, porque una cosa es ayudar al hijo de un compañero a que no se meta a trapichear con drogas y otra es dejarle llorando y convertirle en el Collejas del parque.

Al pasar de vuelta junto al flipado de la camiseta de los Warriors, Axel sacó la pipa.

—Eh, tú, Magic Johnson... la ibas a fallar igual. Que eres muy malo. ¿Sí o no?

El chaval asintió con cara de bobalicón sin apartar la mirada de la pistola. Nunca había visto un arma de fuego. Cerca del Peugeot, un chaval guapo y a la última, con una gorra con la silueta de Jordan, se alejaba en dirección contraria a los polis. Axel ralentizó el paso.

—¿Qué pasa? —preguntó Loor.

—No lo sé. Puede que nada.

—¿Le conocías?

—Eso es lo que no sé —dijo él reanudando la marcha—. Es igual. Vamos.

Entraron en el coche y Axel sacó el móvil.

Loor, las uñas.

—¿Eso has venido a hacer? ¿De verdad? ¿Esa es tu parte? Una bolsita con cinco porros de maría.

—No. Esa es la tuya. —Axel se la lanzó sobre el asiento del copiloto—. Por si te cuesta dormir.

El *bluetooth* del vehículo se activó y una llamada dio tono.

—Axel, ¡qué pasa!

—Ya está lo de tu chaval.

Al otro lado el silencio fue tan largo que Loor llegó a temerse que la llamada se hubiese cortado. Axel sabía que no.

—¿Está bien? ¿Le has hecho daño?

—Está como tiene que estar. Acojonado. Ahora quiero mi parte —dijo Axel sin perder tiempo.

—Dime el nombre.

—Apunta. Carla Sabater. CAR-LA SA-BA-TER.

—Está bien. Lo tengo.

Axel colgó sin despedirse. Loor abrió la ventanilla. La tarde estaba tan mansa que en el coche no entró aire hasta que superaron los sesenta kilómetros por hora.

—¿Así consigues favores? ¿Asustando a críos y robándoles la hierba?

—¿Qué críos? ¿Y qué hierba? Si la hierba la tienes tú. Yo lo que he hecho es echarle un cable a un compañero preocupado y evitar que haya un camello más en la ciudad. Un camello que, por cierto, iba a durar muy poco en la calle.

—Eso es verdad —concedió Loor—. ¿Dónde vamos ahora?

—A las Cuatro Torres. Vamos a hacerle una visita al mejor amigo de Max Morán.

43

Madrid, miércoles 27 de marzo

Los cuatro edificios más altos y fotografiados de la capital esperaban sin impaciencia a un quinto hermano que estaba creciendo a su lado.

La Torre Caleido.

Empezó a construirse en marzo de 2018 y esperaba estar lista a finales de 2020. Un fecha redonda. Axel calculó a ojo que ya habrían levantado al menos cien de los 180 metros de altura que tendría cuando estuviese rematada. Contaría además con 36 plantas y 46 ascensores, y Loor odiaba los ascensores.

Desafortunadamente para ella no iban a esa torre, sino a Torre Espacio, que era todavía más alta. Era también el edificio del complejo Cuatro Torres Business Area, destinado a albergar oficinas de grandes corporaciones: 230 metros de altura y 57 plantas. Ellos iban a la planta 55.

La mayoría de los ascensores del edificio conectaban el *parking* con los despachos de los directivos de las últimas plantas. Pero no todos. Así que tuvieron que buscar. Serpentearon entre coches de alta gama y cochazos de altísima gama. Ferrari, Aston Martin, Porsche... Un BMW X6 aparecía famélico y avergonzado en una esquina.

El animal omega.

—¿Te gustan los coches? —preguntó Axel mientras le daba forma a algo en su cabeza.

—Más que a ti, ¿no ves que soy lesbiana?

—¿Y cuál es tu favorito?

—Ese de ahí —respondió Loor señalando un Porsche 911 Carrera negro—. Es el coche de mis sueños. Algún día, cuando seamos ricos, te llevaré a dar una vuelta en uno de esos. ¿Cuál te gusta a ti?

—A mí me gustan más grandes.

—El tamaño no importa, Axel.

—Eso es que la tienes pequeña. —Axel señaló con el cuerpo una puerta que daba a los ascensores VIP—. Vamos. Por aquí.

—¿No hay escaleras? —preguntó Loor.

—¿Qué pasa ahora?

—Nada. Que si no hay escaleras.

—Supongo que sí. Pero para cuando llegues arriba ya tendremos dos muertos más y siete torres.

Axel pulsó el botón de llamada del ascensor con la flecha hacia arriba. En menos de un minuto el elevador había descendido a la planta baja.

—Joder. Parece una de esas atracciones en las que la cabina se desploma al vacío y luego frena en seco. ¡Qué modernidad, Loor! El futuro ya está aquí. Si es que hay algún futuro subiéndonos a este bicho.

Loor le dedicó una mirada iracunda.

—Vete a la...

—Mierda —completó Axel—. Sí, sí. Ya lo sé. A la mierda. A la mierda. Pareces Fernando Fernán Gómez.

Las puertas del ascensor se abrieron.

—Venga. Tira.

Axel se hizo a un lado y dejó que su compañera entrara primero. Tras ella accedieron también un par de ejecutivos jóvenes con trajes de Scalpers y una chica que, por su edad y uniforme, Axel pensó que sería la secretaria de algún jefazo, y Loor pensó que estaba buena.

Arriba, en un despacho noble de madera, los esperaba sin cita Mustafá Al-Abdel, presidente honorífico del *holding* familiar que lleva su apellido. Una empresa petrolera colosal de facturación multimillonaria que interviene de manera decisiva en el QE, el índice bursátil de Catar, y con múltiples concesiones en diversos países. En su tiempo libre, Al-Abdel ejerce también como máximo dirigente del club de fútbol más importante y laureado del mundo. «Su Racing de Madrid», como le gusta decir.

Axel no es un futbolero empedernido, pero tiene el conocimiento suficiente para medir el alcance de los tentáculos de poder de Al-Abdel. Loor no sabría decir ni un solo jugador de la plantilla.

Pero pregunta.

—Cuéntame algo de este personaje —le dijo cuando estaban de camino.

Y Axel le contó la historia que le contaron a él cuando quisieron impresionarle y disuadirle, hace un par de años, de que se metiese en según qué callejones oscuros.

Le contaron que Mustafá Al-Abdel era un buen tipo, afable y justo. Con insaciable apetito para el dinero y mucha habilidad para relacionarse con el poder internacional. Siempre con una sonrisa, buenas maneras y una anécdota oportuna para cada situación. Manejaba un catálogo de historias tan amplio que corría el rumor de que se las inventaba sobre la marcha.

—Este fue de los primeritos en invertir en fútbol. Llegó a España el siglo pasado, animado por su devoción por las mujeres caucásicas y por su amistad con alguien de la Casa Real. —Axel guiñó un ojo a Loor, pero ella no necesitaba subtítulos—. Y se adaptó a la vida española aún mejor que Ava Gardner. Al parecer es tan feliz aquí que se ha esforzado por ser uno más. Dicen que ni turbante ni leches. Trajes caros, zapatos italianos y un acento bastante logrado. De su pasado solo conserva el bigote y el dinero.

—Debe resultar una imagen curiosa. Será como ver a un latino con rasgos árabes —comentó Loor.

—O a un árabe celebrando el Carnaval —repuso Axel.

—¿Dirá tacos?

—Eso es lo primero que se aprende, pero dudo que nos los diga a nosotros, no sería buena señal. Lo que si he escuchado es que ha dedicado tiempo a estudiar nuestro comportamiento y nuestra cultura más básica. No me refiero a los Reyes Católicos sino más bien a la crónica rosa.

—Mujeres caucásicas —señaló Loor.

—Y es muy caprichoso. Un día —relató Axel—, después de una derrota en casa por 0-4 frente a los alemanes del Bayern de Munich, Mustafá bajó a los vestuarios con un rebote de mil demonios y ganas de cargarse al entrenador. La plantilla ya estaba acostumbrada a este comportamiento, tan impulsivo como predecible. Le estaban esperando desde que se fueron al descanso dos goles abajo. El caso es que los bávaros tenían a un futbolista negro en el centro del campo que se comió uno por uno a todos los jugadores del Madrid. Se comió el césped, se comió las gradas, se merendó a los 90.000 tíos que animaban desde sus asientos. Se llamaba Luxor Maná.

—Como el grupo de música... *¡Desesperadooo, en el olvido, amorrr!*

—Me hubiese jugado todo lo que tengo a que no te gustaba Maná, Loor.

—Y no me gusta.

—Mejor. Bueno, al tema... Luxor Maná, que había nacido en el sur de Egipto y al que apodaban el Faro Nubio, anotó los dos primeros goles. Los que abrieron el marcador. El primero de un cabezazo portentoso a la salida de un córner. Llegando desde atrás. Como un trailer. Boom. A la red.

Axel hizo el gesto con la cabeza, marcando bien los tiempos del remate. Se estaba gustando.

—Joder. Pareces un periodista deportivo —se burló Loor.

—Calla, coño. Y escucha. El segundo gol llegó después de una galopada formidable. Luxor robó el balón en su propio campo y recorrió sesenta metros con el cuero cosido a la bota, sorteando a unos y reventando a otros. Sin mirar atrás, ingresó en el área y fusiló al portero. Gol. 0-2. Dejando césped quemado y cadáveres enemigos a su paso. Pero el herido de mayor gravedad estaba sentado en el palco, atusándose el bigote. Intentando digerir que parte de su afición se había puesto en pie para aplaudir a un futbolista egipcio que vestía de rojo. Cuando escuchó los tres pitidos que daban por finalizado el encuentro, Mustafá salió disparado hacia la zona de vestuarios. Dicen que el entrenador de su equipo, un italiano de lengua viperina y espaldas anchas, le estaba esperando a puerta gayola, subido a un taburete y sujetando una corbata anudada como la soga del ahorcado.

»Esta historia la contó Goya en la radio tiempo después. Dio la vuelta al mundo. Alessandro Rossi, así se llamaba el técnico sentenciado, le estuvo esperando con la broma preparada durante más de veinte minutos. Pero Mustafá nunca llegó. Porque desde el acceso del palco presidencial, la puerta del vestuario visitante estaba primero. Y también porque la suerte a veces es muy perra. Y de esa puerta emergió majestuoso con una toalla a la cintura Luxor Maná. Esta parte de la historia no la contó Goya. Ni nadie en antena. Es una historia de barra y tuberías.

»Resulta que el egipcio salió al pasillo medio en bolas, recién salido de la ducha, para entregarle una camiseta firmada a un chaval con discapacidad. Un gesto admirable. Dicen los que lo vieron que las chanclas repiqueteaban por el pasillo cuando llegó a la altura de Mustafá y que, en ese momento, se le cayó la toalla al suelo. Unos dicen que la soltó Maná. Otros comentan que se le aflojó involuntariamente al caminar. En lo que coinciden todos los testigos que presenciaron la escena es en la velocidad a la que se le empañó el bigote a Mustafá Al-Abdel. Que no veía casi nada y, sin embargo, no podía retirar la vista del aparato reproductor que se los acababa de follar toda la noche. Luxor recogió la toalla y sin la menor prisa se la colocó de nuevo. Mustafá pasó a su lado y le tomó la matrícula, nunca mejor dicho, le dijo: «Coño, el Falo Nubio. Prepárate para teñirlo de otro color».

»Sus detractores dicen que Al-Abdel tiene problemas para pronunciar la «r» española y que eso le jugó una mala pasada. Sus defensores aseguran que tiene más ácido en las venas que cualquier político de la oposición y que todo formaba parte de un plan. Premeditado o no, el plan se llevó a cabo y en menos de tres meses Luxor Maná se presentó en el estadio del Racing, delante de 40.000 personas, con el 7 a la espalda y dejando en Múnich 120 millones de euros.

—O sea, que vamos a ver a un antojadizo que consigue lo que se le pone en las narices.

—Es un resumen.

—Te ha quedado muy bien. Estás para escribir la biografía del Moustafi este.

—Mustafá —corrigió Axel.

—Lo que sea. Lo que no veo es qué tiene de intimidante. Casi da más miedo el egipcio que se los folló a todos y se vino a Madrid ganando una fortuna.

—Había tres personas en el túnel de vestuarios. Tres testigos. Una reportera de una radio local. Un periodista de la tele con derechos del partido y su cámara. Ninguno de los tres trabaja ya en ningún medio. Dos ya no viven en España. El cámara ya no vive. En general.

—¿Y de que murió?

—Un infarto.

—¿Entonces?

—Nada.

—Y los otros ¿dónde viven?

—Nadie lo sabe.

—Será que tú no lo sabes.

—Yo no lo sé.

—No veo la conexión. Apesta a casualidad que tira para atrás, eh. Tú mismo lo has dicho: la suerte a veces es muy perra.

—Con Mustafá Al-Abdel por medio, desde luego. Muy perra.

Cuando salieron del ascensor, que subió aún más rápido de lo que había bajado, Loor tenía el rostro como un pelota de papel Albal y un mareo de cojones. Axel le sugirió que fuese al baño a darse un agua antes de entrar al despacho del jeque.

Cuando tres minutos más tarde Loor regresó del servicio de señoras con la cara húmeda y la respiración entrecortada, cualquiera que la hubiese visto habría dicho que acababa de vomitar.

Axel no lo dijo.

Porque ya no estaba allí.

Una preciosa puerta de madera tallada se interponía entre Loor y una conversación que podía ser clave para resolver el crimen. Decidió esperar fuera. Si Axel había entrado sin ella era porque la suerte ya estaba echada y ella, como la suerte, también sabía ser muy perra.

El despacho era espléndido en todo. Amplio y luminoso. Con una luz alquímica, matizada por un estor beis. Al fondo, una silueta volátil permanecía de pie junto al escritorio y agrandaba la figura de un hombre bajito e imponente. Vestía un traje azul hecho a medida y una corbata también azul, pero más clarita. La camisa era blanca, naturalmente.

Sobre la mesa solo había orden. Axel pensó que si Donald Trump supiese de la existencia de este despacho mandaría derruir el despacho oval y construirlo de nuevo según estos planos. En el cuartucho donde trabajaba con Ortiz y Loor, Axel no pensó, nunca lo hacía, si acaso cuando estaba cagando.

Por cierto, ¿esta por qué coño no entra?, ¿se habrá desmayado?

—Buenas tardes, señor Al-Abdel. Muchas gracias por recibirme.

Axel mantenía una distancia más que prudencial. Casi grosera. Estaba ligeramente impresionado.

—Por favor, no se quede ahí. —Mustafá avanzó hacia los sofás Chester de cuero marrón que atemperaban un segundo espacio más relajado—. Póngase cómodo. ¿Quiere tomar algo?

—Estoy bien, gracias.

—Claro. ¡Qué tontería! Está usted de servicio.

—Sí, más o menos. Soy *runner* y estoy preparando un maratón.

Mustafá Al-Abdel se sirvió unas gotas de *bourbon on the rocks* en vaso ancho y perfiló una sonrisa neutra. Tenía los labios finos, como dos alambres sin estrenar. Dejó caer su peso sobre el sofá más grande sin poder evitar emitir un sonido de alivio.

—Usted dirá, amigo. Me encantará ayudarles.

Mustafá hablaba con calma, con un acento suave, de un Oriente Medio que a Axel le pareció muy cercano. Por su apariencia, sobrepasaba ampliamente la edad de jubilación estipulada por la ley. Pero su documento de identidad decía otra cosa.

Está cascado, el jodío.

Tenía el cabello espeso y todavía negro. Al verlo, Axel empezó a tararear mentalmente una canción del Puma en un idioma inventado. Sus gafas se apoyaban en la parte baja de la nariz y escondían una mirada miope. Tenía un bigote fino y rizado que parecía casi postizo. Al-Abdel se limitaba a enfocar a Axel con cara de listo y actitud de culo pelado. Era locuaz sin ser arrogante. Cautivador sin ser perverso.

Es un cabrón con mil tiros pegados.

—Vengo a hablarle de Max Morán. O a que hable usted, para ser más exactos. Se conocían bien, tengo entendido.

Mustafá Al-Abdel se recostó en su asiento.

—No se ofenda. No dudo de que esté usted bien informado pero bien, bien, no me conoce nadie.

—¿Cómo es que se reunió con él esta semana?

—Me suelo reunir periódicamente con todos los conductores de programa de la radio española, me interesa conservar mi puesto.

—Ahora mismo su puesto parece seguro. —Axel recorrió con la vista el despacho en toda su magnitud.

Mustafá sonrió e hizo un gesto con la mano quitándose importancia.

—¿Aquí? Soy un don nadie. La empresa la dirigen mis hijos —dijo haciendo un gesto con la cabeza que fue seguido por los ojos de Axel y que le llevó a una fotografía antigua en la que sonreía Mustafá en la sala de trofeos de su estadio, con un adolescente a cada lado—. Yo me dedico a observar y trato de no molestar. Me refería al equipo de fútbol.

—¿Hablaba mucho con él?

—¿Con Max? Cuando era necesario. Era un muchacho con un cerebro reptiliano.

Axel estuvo a punto de salir y buscar a Loor. Era ella la que conocía el significado de esas cosas. Las frases raras.

—¿Qué quiere decir?

—Era un chico muy formal. Muy como nosotros.

En qué cojones nos pareceremos este árabe y yo.

—Pero no era limpio. Escondía un trasfondo digamos... avieso. —Mustafá elegía las palabras con mimo. No muchos ciudadanos nacidos en España manejaban un vocabulario tan exquisito.

—Creo que también escondía otro fondo más travieso.

—A Axel le encantaba mostrar que manejaba un lenguaje más mundano.

—Eso ya no lo sé. No me meto en la vida privada de las personas.

—Yo tampoco hasta que las matan.

—He leído que no saben cómo murió.

Axel no tenía por qué compartir las vicisitudes de la muerte de Max con nadie, pero le pareció beneficioso mostrar franqueza en algo tan nimio.

—Creemos que fue envenenado.

—Una muerte rápida, entonces —comentó Al-Abdel—. Mucho mejor.

—Nos interesa más saber por qué lo mataron —dijo Axel.

Y saber quién ya sería la hostia.

—¿Creen que puede estar relacionado con el asesinato de Marcos Goya?

—Sí, claro. Imagínese que aparecen dos futbolistas de su equipo brutalmente asesinados con pocas semanas de diferencia. Es un poco lo mismo.

—Si eso ocurre, considéreme sospechoso. No es que estemos teniendo una buena temporada —dijo Al-Abdel.

—¿Están líderes, no?

—Sí. Pero jugando mal y eliminados en Europa. Y les pago demasiado dinero para que me aburran. Le contaré una historia para que me entienda. Tengo un futbolista chino. Uno *piquinito.* —El jeque colocó la mano cerca del suelo para sugerir poca estatura—. Muy rápido. Muy vivo. Muy técnico. Me lo traje de Inglaterra. Jugaba en el Arsenal. Nos enfrentamos a ellos el año pasado en la fase de grupos de la Champions. Fue una pesadilla. Afortunadamente pasan dos equipos a los cruces y pasamos los dos, pero no fui capaz de olvidar cómo nos humilló. Le empecé a seguir la pista. Cada fin de semana, una exhibición. Contra el United. Pum. Doblete. —Al-Abdel se golpeaba la palma de una mano con el puño de la otra para acompañar sus onomatopeyas—. Contra el City. Pum. Hat-Trick. Contra el Leicester. Pum. Gol de falta. Así cada tres días. El chino *piquinito* me estaba provocando. A nadie se le escapa ya que soy un vanidoso y la prensa internacional daba por hecho que a final de temporada iría a por él.

Daba por hecho, dice... como si él no tuviese nada que ver.

—Mandé un emisario a hablar con su entorno. En el aeropuerto de Heathrow apareció con su familia y su agente y todos querían su parte del dinero. Y la verdad es que lo consiguieron. Entre el padre, el agente y la novia nos dieron tres cifras distintas. En orden ascendente. Ya me encargué personalmente de cambiarle el agente y la novia. Lo del padre me está llevando más tiempo. El caso es que analizamos las cifras y le ofrecimos más dinero de lo que pedían todos juntos. La operación lo merecía. Abrir el mercado chino. ¿Usted sabe lo que es eso? Hay mucho chino en China y compran camisetas. El fichaje se pagaría solo. Y los goles del *piquinito* no tenían precio. Los que iba a meter para mí y los que iba a dejar de meterme. Un Win Win.

Cuántas culturas ha empollado este.

—Así que lo cierro todo, preparo los contratos, los firmamos y el *piquinito* se viene. O eso me dicen. Porque los chinos son todos iguales y el que llega a Madrid parece una copia mala del que vi jugar en Londres. Tengo la sensación de que me han engañado. Me dicen los técnicos que no mete un gol ni en los entrenamientos contra el juvenil. Ya casi ni juega. Le aseguro que este no es el chino que jugaba en el Arsenal. Es otro, algún pariente...

—¿El que chocaba contra las puertas en Humor Amarillo? ¿Se acuerda de ese programa? En los inicios de Telecinco. Su pantalla amiga —lo interrumpió Axel, para animarlo a dejar ese tema y regresar al que realmente había de ocuparlos.

Pero Al-Abdel siguió hablando. Sus historias eran únicamente suyas.

—Ahora estoy intentando colocárselo a alguien, pero claro, no es fácil. Necesito que el *piquinito* meta un gol. Al menos un gol, para poder exagerar sus logros. Yo hablo mucho con él. Le digo: «*Piquinito*, cuando llegues al área abre bien los ojos, como si hubieses dormido bien, y fácil, al ángulo. Como hacías en Londres». ¿Y sabe qué me responde?: «Mustafá, soy chino y esto no es Londres. Aquí mujeres y noche. Yo casi no tener ojos». La broma tendría gracias si no me costase millones de euros. Ahora me dicen que tiene a la mafia china detrás. Y a todo el que me lo dice, le digo que la mafia tendrá detrás al bueno. Menos mal que ya le tengo echado el ojo al que nos va a sacar de esta. Un ruso. Y así al menos cambio de mafia.

Al acabar con el cuento chino, Mustafá dio un sorbo calculado al *bourbon*. Axel se echó hacia delante un poco aturdido. Intentando reconducir la conversación.

—Pensaba que desde la muerte de Goya las cosas habían mejorado para su equipo. Porque las críticas cesaron inmediatamente con Max al frente del programa. Suponía que estaba usted contento con el cambio.

Mustafá forzó un mueca amable.

—No me gustan los cambios por lesión. Y ahora se ha lesionado otro y no tengo a nadie en el banquillo que goce de mi confianza.

—¿No le gusta Sota?

—Se me está haciendo largo tanto tanteo, amigo. —Mustafá dejó su vaso vació encima de una mesa baja de madera oscura que hacía juego con sus zapatos—. ¿Qué quiere saber? Pregunte. Ya le he dicho que quiero ayudarles.

—¿A Sota se lo cargó usted? —Mustafá parpadeó con taquicardia—. Profesionalmente, digo —apostilló Axel—. Con todo el escándalo Tiago Gomes.

—Sí y no. No me puedo hacer responsable de las imprudencias de todo el mundo.

Axel se dejó caer sobre el respaldo del Chester. Sabía que le tocaba escuchar.

—Fue Goya. El motivo ya lo sabe usted y si no lo sabe, quizá debería empezar por ahí. Pero creo que lo sabe. —Mustafá hablaba intentando averiguar cuánto sabía Axel. Y Axel escuchaba intentando no mostrar cuánto sabía—. Sota era un loco delante del micrófono y a mí no me gustan las sorpresas. Un día me ensalzaba como si hubiese construido el mejor proyecto de la historia del fútbol y a las dos semanas me invitaba a su programa y me faltaba al respeto elogiando a todos mis rivales. No estaba bien de la cabeza. Pero fue Goya el que le preparó la salida, yo solo se lo puse más fácil.

—Y a Goya ¿por qué se lo carga?

—En eso no he tenido nada que ver.

—Pues a su equipo no le ha venido mal dejar las críticas a un lado.

—Mi equipo necesita goles, amigo, no muertos. Es decir, me dio pena cuando me enteré, pero no le niego que me tranquilizó su muerte. No le deseo el mal a nadie, mas una vez que el mal ha llegado, no puedo controlar cómo me siento. Y lo de Goya me sentó bien.

—Hábleme de Goya. ¿Qué le parecía?

—Me parecía lo que era, que odiaba a mi equipo. Pero ese no es motivo para matar a nadie, ¿no le parece? Goya era un

411

buen hombre. Con sus cosas, como todos. Al principio era encantador y yo también. Y como le acabo de contar, teníamos facilidad para entendernos. Pero un día perdió la cabeza.

—¿Qué pasó?

—Celos. Siempre son los malditos celos. Escuchó una entrevista a un jugador mío en la radio rival y no se le ocurrió nada mejor que decir en antena que yo era lo peor que le había pasado a la institución desde la dictadura franquista. «Desde la otra dictadura», dijo. Yo entendía su cabreo porque el tarugo de mi jugador dijo en la competencia que «el Sporting de Barcelona era un equipo de llorones». Y eso provocó que apareciésemos en todas las teles, los periódicos y portales digitales de toda Europa. La repercusión se nos fue de las manos. Pero ¡qué culpa tengo yo!

La suerte a veces es muy perra.

—Desde ese día —continuó Al-Abdel— nuestra relación se rompió. Y como le digo, me dio pena cuando me enteré de lo que le había pasado. Además, mi hijo y su hijo son amigos. Me duele mucho por el chico.

Axel apuntó algo en las notas del iPhone.

—¿Conoce a la madre?

—¿A Coloma? —Al-Abdel entornó los ojos—. Me alegra poder decirle que no.

Joder.

—Entiendo. ¿Cómo conquistó a Max? Desde luego tiene usted buen ojo para elegir a quién apadrina.

Mustafá Al-Abdel cruzó las piernas, dejando al aire unos ejecutivos caídos y una tibia morena, ya sin pelo.

—Seducirle fue la parte fácil. Lo complicado es elegir, como usted dice, y acertar. A Max solo le importaba una cosa. Reunir poder. En eso nos parecíamos. Pero el ansia le desbordaba. Y eso me gustaba menos. Me pareció que podía ser buen periodista.

—¿Los buenos periodistas son los que dicen lo que a usted le conviene?

—Naturalmente. O los que dicen lo que yo les ordeno. Me valen ambos. A alguien como Max había que tenerlo atado. Con la correa apretada. Si no, muerde.

Más metáforas no, por dios.

—Seguro que me va a explicar lo de la correa.

—Digamos que se metió en un lío y yo le ayudé a salir. La deuda contraída era vitalicia. Y yo solo me la estaba cobrando. ¡Menuda faena que se haya ido sin pagármela!

—Ajá.

—Sé que sabe por dónde voy y que no se ha perdido en ningún momento. Y si no, le repito que igual debería empezar por ahí. Me gusta la gente inteligente, amigo. ¿No ha pensado en ser periodista? Puedo ayudarle a que su carrera despegue.

Axel se levantó imitando al empresario. Que ya se había cansado de tener compañía. Le tendió una mano firme que fue correspondida con una trucha sudada.

Joder. Qué cochinada de mano.

Axel se concentró en despedirse con seriedad y en no frotarse la mano contra el vaquero. Por educación y por el vaquero.

—Espero que le vaya bien al equipo y que no tengamos que volver a vernos — dijo Axel.

—Yo también lo espero. Le mandaré una invitación para el próximo partido. Venga acompañado. No hay nada más romántico que una noche de goles y cánticos. Créame, es mejor que el sexo —aseguró Al-Abdel.

A Axel se le cruzó por la mente la imagen de Luxor Maná sin toalla pero no dijo nada. Se limitó a asentir y se fue.

Esperaba encontrar a Loor al otro lado de la puerta, pero ni mucho menos. Lo cierto es que se había olvidado por completo de ella. Se había concentrado a fondo en la conversación y en sacar conclusiones. La primera fue que a Mustafá Al-Abdel le gustaban las medias respuestas y las medias verdades. Mucho las metáforas y poco las aclaraciones. La segunda es que estaba acostumbrado a ganar. Y que no le gustaba perder.

A Axel tampoco.

A Loor la encontró en el *parking*. Apoyada en el capó del coche, fumando un Marlboro.

—Aquí no se puede fumar, anormal.

—Quéjate encima —respondió Loor soltándole el humo en la cara—. ¿Qué tal ha ido?

—Bien. Sube.

Subieron al coche y salieron a la claridad de la plaza de Castilla. Aún quedaba día. Axel acercó el índice a la puerta del conductor y bajó un poco la ventanilla de Loor. Que no dijo nada, como siempre que algo le gustaba.

Cogieron la calle que llevaba a la comisaría. Axel conducía rápido. Y pensaba sin decir nada.

Hasta que dijo:

—¿Tú crees que yo tengo un cerebro reptiliano?

—¿Tú? —preguntó Loor—. Un poco.

Axel le subió la ventanilla.

—Y tú eres un poco gilipollas —dijo.

—Ves. —Loor ladeó la cabeza y la apoyó en el cristal.

Axel resopló y al soltar el aire se le escapó una sonrisa tranquila.

44

Axel se fue directo a por Ortiz.

—Ortiz. Es importante ¿Tienes un minuto?

El inspector dejó lo que estaba haciendo, que no era mucho, y le siguió. Axel se metió en el servicio de caballeros de la comisaría. Comprobó que no había piernas sentadas, con los pantalones bajados, en ninguna de las tres puertas cerradas. Comprobó los meaderos. Tampoco había nadie.

Y empezó a hablar.

—Creo que tengo las piezas del puzle y estoy a punto de hacer que encajen.

Ortiz se sopló el flequillo sin recordar que era completamente calvo.

—No sé si quiero oírlo —dijo—. No está claro que, después de lo de Max, los de la UDYCO suelten el caso.

—Lo harán si conseguimos una confesión.

—¿Y cómo vamos a conseguir eso?

—Sé adónde hay que ir —aseguró Axel—, con quién tengo hablar y qué tengo que decir. ¿Confías en mí?

—¿Me lo preguntas en serio?

—Quiero pedirte perdón. —En la mirada de Axel no había un atisbo de dulzura.

—¡Hostias! Ahora sí que has conseguido preocuparme.

Axel comenzó a andar en círculos pequeños. Con las manos en los bolsillos. Estaba adoptando una actitud pueril, como un crío arrepentido por portarse mal. Una actitud que no enterneció lo más mínimo a Ortiz. Que no tenía hijos.

—Aunque lo del interrogatorio me sigue pareciendo una cagada, sé que no fuiste tú quien me la clavó con la prensa.

Unos minutos antes

—¿Te acuerdas que llevas días queriendo contarme algo? Pues necesito que me lo cuentes ya.

Loor no estaba preparada para ese ataque. La había pillado con la guardia baja. Axel siguió golpeando.

—¿Quién te está jodiendo, Loor?

—¿Cómo que quién me está jodiendo? A ti qué te importa.

Habían aparcado el Peugeot a unos metros de la comisaría. Caminaban en silencio hasta que Axel lo rompió. Dejó que su compañera masticase lo que acaba de oír y esperó. Ella no se hizo esperar demasiado.

—¿Cómo lo has sabido? —le había preguntado mientras sacaba el paquete de tabaco.

—Porque no ha podido ser nadie más. Ortiz es un capullo integral y pisaría a su madre por seguir creciendo, pero él no lo hizo. Tú igual no lo has notado, pero de la noche a la mañana ha empezado a mirarte como si sintiera lástima por ti. No te ofendas. Es él quien te mira así. Ahí me di cuenta de que él lo supo antes que yo. Cuando el otro día te pregunté si confiabas en él y me dijiste que sí... —Axel se había encogido de hombros— no lo hice para cazarte. No era ninguna trampa. Pero lo fue. Ahí tuve la certeza de que habías sido tú quien me traicionó.

Loor encendió un pitillo y tragó todo el humo del que fue capaz.

416

—Llevo tiempo queriendo contártelo, pero nunca he conseguido que me escuchases.

—¿Me estás echando la culpa? —Axel había sonreído al sacar el as que mataba al tres.

—Tienes razón. Perdona. Perdona por todo. Hace mucho tiempo que debí decírtelo.

—Hace mucho tiempo que lo sé. Si no te he dicho nada es porque supongo que tienes tus motivos y que serán poderosos. Pero ahora necesito saberlo todo.

Axel se había detenido en mitad de la acera a la sombra de unos árboles repletos de hojas verdes que empezaban a florecer. Loor le miraba desalentada. Le debía una explicación que no quería dar.

Él la animó.

—Y yo un día te cuento qué me pasa con las tías.

Loor le había devuelto una sonrisa sanadora.

—Idiota.

Se habían sentado en las escaleras de entrada al edificio policial y ella se había desnudado como nunca antes.

Saber de antemano que Axel no la juzgaba la ayudó a empezar. Fue una narración oprobiosa. Un testimonio que Loor había arrancado de su alma a cucharadas. Un relato que la llevó a un estado comatoso que la regeneró. Una historia que la devolvía a Toledo. Tres meses antes.

A Facundo Galván, el padre de Loor, se lo llevó un cáncer de pulmón que se le extendió por todo el cuerpo a toda velocidad.

El cabrón fue silencioso.

Llevaba tiempo con él, pero no se había manifestado. Cuando el Facu notó algo, ya estaba sentenciado. Sus últimos días fueron dolorosos. Agonizando en una cama de hospital.

Hasta que los médicos hablaron con Loor y entre todos dijeron basta. El Facu entró en paliativos, lo sedaron y dejó de sufrir.

Sus últimas horas las pasó en silencio. Con Loor a su lado.

Le cogía la mano. Lo besaba. Lo abrazaba. Se metía en la cama con él.

Pero no hablaban.

No se dijeron nada. Frases sueltas e irrelevantes del día a día. «Pásame el mando». «Sal que quiero mear».

Nada más íntimo.

Nada más humano.

Loor tenía tantas cosas guardadas para decirle. Tanto que curar. Tantas preguntas. Pero todo se le quedó dentro y le empezó a hacer daño. Mucho daño. El Facu se fue sin ningún tipo de perdón. En ninguna dirección. Ni para sí. Ni para su hija. Ni para nadie.

Cómo estaba su cabeza, sus remordimientos: eso también se fue con él.

A su funeral acudió casi todo el pueblo. Todos sus compañeros de la Guardia Civil le honraron con su uniformada presencia. Los ocho miembros de su compañía envolvieron el féretro con la bandera española y lo portaron con orgullo, a hombros, desde la comandancia de Toledo hasta la catedral, donde se ofició la misa funeral de despedida. Varios compañeros adornaron la ceremonia con historias, vivencias y anécdotas del sargento Facundo Galván. Ese era el rango que ostentaba cuando falleció.

Algo más de una hora después, el tañido de las campanas rompió el silencio de la parte vieja de la ciudad y el ataúd abandonó la catedral entre vítores y gritos de «Viva España» y «Viva la Guardia Civil».

De ahí al cementerio municipal Nuestra Señora del Sagrario, la marcha fúnebre se mantuvo entera. Loor permaneció siempre en un segundo plano. Sujetando sin convicción el tricornio que perteneció a su padre. Ascendieron por la senda de grava y arena con la tristeza como banda sonora. Las más de doscientas personas que acompañaban al sargento en su último adiós arrastraban los pies con el desánimo del que no quiere estar allí.

A cuentagotas fueron llegando todos a la línea de meta del Facu. Junto a la boca negra del nicho, que aguardaba con impaciencia para devorar los restos corpóreos del guardia civil, un cura pronunció unas palabras en latín que solo entendieron los más viejos del lugar. A continuación se persignó varias veces y a diferentes alturas. Después enunció un panegírico que casi convertía al Facu en un santo. Y por último se apartó para dejar que varios hombres de uniforme verde introdujesen el ataúd en el hueco que la Guardia Civil había pagado y reservado para velar a su compañero caído.

Loor esperó y esperó.

Sin escuchar nada.

No sentía demasiado respeto por una institución que había aprovechado cualquier excusa para violar a su madre. Si no la institución, sí esos capullos que lloraban a su padre, felices y aliviados de no ser ellos los que iban dentro de la caja de pino.

Si la tarde estaba siendo emocionante y conmovedora, no había hecho más que empezar. Loor se había guardado lo mejor para el final y no lo sabía aún. Vio cómo desfilaban hordas de plañideras y fariseos hacia sus respectivos coches. Rumbo a sus casas. A sus «pobrecito el Facu». A sus «qué hija más rara tiene». A sus «¿qué hay de cenar?». A sus «jajajá».

A todos les importaba una mierda su padre. Por eso estaban allí. Solo querían sentirse bien consigo mismos. Y aparentar. Para eso vivían. Loor los dejó marchar y se quedó junto a la lápida de su padre.

Su ira fue creciendo. Como una catarata de rabia.

Pensó en su madre. La puta. La apestada.

Pensó en las violaciones. La culpa. El embarazo. El sacar provecho.

Pensó en la vergüenza. El secuestro. El parto. La muerte. El asesinato. Las mentiras. El odio. La explosión.

Pum.

Los disparos se escucharon en toda la ciudad.

Pum, pum, pum, pum, pum.

Loor Galván vació el cargador de su pistola reglamentaria contra la piedra grabada con el nombre de su padre y la fecha de nacimiento y defunción. La mayoría de las balas se estrellaron contra la inscripción que decía «Vivirás en la memoria de tu esposa e hija».

Loor gritaba con toda la fuerza de su garganta. Gritaba con furia la cólera de su frustración.

Y disparaba.

Una bala.

Y otra.

Y otra.

Pum, pum, pum, pum.

Cuando dos guardias civiles la redujeron, Loor estaba fuera de sí. Llorando desconsolada. Esperaron a que se quedase sin munición y la derribaron. No les fue fácil tirarla al suelo e inmovilizarla. Igual que no fue fácil detener la historia que ya corría como la pólvora por las calles del pueblo y de la ciudad.

La coordinación entre la Guardia Civil y la Policía Nacional fue total. Una maquinaria perfecta. Acostumbrados a ponerla en marcha para engrandecer el éxito de una operación o la figura de algún general, en aquel caso debían girar la rueda en dirección contraria. Conseguir a toda costa que el titular, «Agente de policía pierde la cabeza y se lía a tiros contra la lápida de su difunto padre, sargento de la Guardia Civil, en la tarde de su entierro», no llegase a las rotativas, los informativos, los telediarios. Que no saliese del cementerio. Que se quedase en leyenda.

Y lo consiguieron.

Intervinieron parte de la prensa local y evitaron de esa forma que la historia llegase a Madrid.

La que llegó a Madrid fue Loor.

No podían expulsarla del cuerpo precisamente para evitar preguntas. No podían limpiar la mierda. Tenían que meterla debajo de la alfombra.

Y la alfombra era Madrid.

Le dieron un puesto bajo en la comisaría general de la policía judicial. Bajo la atenta mirada de un supervisor al que tendría que informar casi a diario. Un hombre de confianza de los jefes.

Enseguida tomaron la decisión de colocarla donde nadie quería. Al lado de un buen policía que solo sabía trabajar solo. Que no quería a nadie cerca. Y que no iba a permitir tener un perrito faldero en su regazo.

Axel Nash.

Pensaron que Axel no le contaría nada. Que no se apoyaría en ella para nada. Que de esta forma estaría inutilizada. Ese era el objetivo. Inutilizarla y ganar tiempo. Para que todo se fuese enterrando en el fondo de la memoria de las páginas más tristes de la Policía Nacional y de la Guardia Civil.

Con lo que nadie contó fue con que Axel y Loor congeniasen. Y congeniaron. Axel veía en ella a una buena policía. Y no le tocaba los huevos. Loor veía en Axel a un compañero independiente y capaz. Y que necesitaba ayuda y espacio. Trató de darle ambas cosas.

Ahora eran amigos, se podía decir. Al menos Loor así lo sentía. A pesar de habérsela clavado hasta atrás.

—Es Estrías. Es el que nos está jodiendo.

A Ortiz se le inflamó la vena del cuello.

—Axel, no empieces otra vez, que la última casi acabamos a hostias.

—No me escuches si no quieres. O mejor, escúchame y luego bórralo de tu CPU y no me hagas caso. Pero estoy convencido de que es él. No puedo probarlo todavía. Pero tampoco hace falta. Te acabo de contar el plan. Lo único que te pido es que no se lo cuentes a Estrías. Si lo haces y él vuelve a cascarlo todo, se acabó.

Axel moduló la voz de tal forma que ese «se acabó» pareciese el final de la conversación. Pero Ortiz tenía más preguntas.

—¿Por qué estás tan seguro de que Estrías es un soplón? A mí me parece un buen policía. No veo qué tiene que ganar con esa gente.

—Igual no se trata de ganar y se trata de no perder.

— ...

Axel miró a su espalda en un gesto muy cinematográfico y bajó la voz, a pesar de que en ese baño no había entrado ni salido nadie en los últimos diez minutos.

—Estrías es maricón. Es gay.

Ortiz abrió los ojos como Malcolm McDowell en *La naranja mecánica*.

—¿Y a mí qué cojones me importa? —dijo.

—A ti igual te la suda, pero a él no. Él no quiere que se corra la voz. —Axel no estaba seguro de haber acertado con el verbo que había elegido—. Me lo encontré en un local de ambiente en Chueca y, cuando me vio, pensé que me lo tenía que llevar a urgencias.

—Si lo viste es que tú también estabas allí. Igual él está pensando lo mismo de ti.

—Créeme. Yo estaba allí. No está pensando lo mismo de mí. Está pensando lo mismo que yo.

Axel sonó tan convincente que Ortiz desistió de seguir por ese camino. Prefirió escuchar.

—No sé con exactitud de qué se trata. Quizá le estén chantajeando. O amenazando. Qué sé yo. Lo que es seguro es que en cuanto deslicé en la reunión de grupo la posibilidad de que Max hubiese visto al asesino, alguien se lo cargó. Y lo hizo porque le avisaron de que su identidad podía salir a la luz. Y ese chivatazo tuvo que salir de dentro. Tú no fuiste. —Axel hizo un inflexión en el tono por si Ortiz quería confirmarlo, pero el inspector se mantuvo callado—. Yo tampoco. Y Loor tampoco. Pero ella se lo contó a Estrías. Como todo. La tiene cogida por los huevos. O hace lo que él le pide o ella se vuelve a Toledo a poner cafés en una gasolinera. Adiós a una carrera brillante en el cuerpo de policía. Por eso no le quedan más cojones que reunirse con esa sabandija y ponerle al día de cualquier avance. Y no te ofendas, pero aquí el que avanza soy yo. Como con lo del arma homicida que Estrías le cascó a la prensa. Eso lo hizo para joderme. Justo después de que descubriese sus aficiones nocturnas. ¡Qué casualidad! Este lo casca todo a cambio de muy poco. ¿Qué tiene que ganar ahora con esta gente? Sinceramente se me escapa. Ya te dije que no lo tengo todo atado, pero es igual. Me fío de mi intuición.

—¿Igual que en el hotel? —Ortiz se arrepintió al momento de haber dicho eso. Era un golpe bajo. Justo ahora que por fin Axel se estaba comportando con altura.

—Lo del hotel salió mal, pero Max apareció muerto. Mi intuición no es perfecta, tampoco inútil. Ya es más de lo que pueden decir otros.

Ortiz la dejó pasar. Ya estaban empatados. Y esta vez había empezado él.

—Está bien. Nada de Estrías. Se queda fuera. ¿Qué más necesitas?

—Que me dejéis hacerlo a mi manera —pidió Axel—. Iremos Loor y yo. Un equipo puede esperar fuera de la urbanización preparado para intervenir. Cuando tenga la confesión, te cedo el mando y gestionas la detención con la prensa como consideres. Puedes montar un *show* a lo O. J. Simpson. O puedes curarte en salud y hacerlo discretamente. Me trae sin cuidado. Pero necesito hablar con Coloma Duval a solas. Sé que ha sido ella. Y sé quién le ha ayudado. Y esto, Ortiz... sí lo tengo bien atado.

Axel se miró al espejo. Vio de reojo que el puto Bruce Willis estaba a punto de ceder. Necesitaba un último empujón.

—Si sale mal, te entrego mi placa y te libras de mí para siempre. Tienes mi palabra.

Ortiz levantó una ceja.

— ¿Y si sale bien?

—Si sale bien, hablarán de nosotros en todas partes, inspector. —Axel buscó un brillo en las pupilas de Jorge Ortiz que tardaba en aparecer... y al fin surgió—. Y yo me compraré una camisa italiana de 150 pavos. No quiero estropearte la foto.

45

Vigo, miércoles 27 de marzo

Iria Novoa había dicho en comisaría que trabajaría en casa, pero no explicó que su trabajo poco tendría que ver con los casos abiertos. Sería un trabajo de desgaste. Sutil y soterrado. Contra el muro que había levantado su hermana. Una tarea ardua y dolorosa. Pero inevitable.

Noa, que la conocía mejor que nadie, la vio venir de lejos y se fue a la playa. Con su tabla. Cuando regresó, con el pelo empapado, el neopreno medio desabrochado y los pies llenos de arena, la trampa estaba tendida. Solo tenía que morderla. Como un ratón y un trozo de queso.

Pero a Noa no le gustaba el queso.

—En serio, Iria. Déjame en paz.

—Noa, se acabaron las coñas. Lo siento mucho. Sé que estás muy bien estos días. Que te sentó bien ver a Axel. Y que entre ir a la playa y meterte al agua y tal... apenas piensas en lo que te pasó. Pero vengo a pedirte que me des un poco de tu tiempo y un mucho de tu tranquilidad y me cuentes desde el principio, paso a paso, cómo fue aquella noche.

Noa se arrellanó en una silla de la cocina y se hizo pequeña.

—¿Por qué ahora? ¿Por qué me haces esto? ¿No ves que estoy pasando unos días bastante buenos?

Iria lo veía.

—Y no sabes lo que me jode —dijo—. Pero no puedo esperar. Tiene que ser ya.

—Llama a Axel. Que te lo cuente él —dijo Noa, mientras dibujaba con los dedos figuras imaginarias en la madera de la mesa.

Iria no iba a llamar a nadie.

—Necesito todos los detalles, Noa. Hasta el más insignificante. Y que respondas a todo lo que se me vaya ocurriendo.

Iria hablaba muy seria. Tratando de diagnosticar a su hermana a través del escáner azul que parecía tener en los ojos.

Y soltó la bomba.

—Y necesito saber quién lo hizo.

Noa salió disparada hacia su cuarto. Como un rayo. No estaba tan entera como pensaba.

Iria la agarró de la muñeca cuando pasó a su lado.

—Tengo algo que necesito que veas —dijo, y sin soltarle el brazo la llevó al coche, que estaba aparcado a la entrada del chalé.

Todavía era temprano, la luz de la mañana se filtraba por el parabrisas y resaltaba el cuero de los asientos del Citroën C3. Iria rodeó el vehículo, obligando a su hermana a hacer lo mismo, y abrió el maletero. Sacó una bolsa transparente herméticamente cerrada. Cuando Noa posó su vista en el objeto verde que había dentro se quedó desconcertada.

—¿Por qué coño me enseñas eso? —preguntó.

—¿Lo entiendes ahora?

—¿Qué tengo que entender?

—Tu cepillo de dientes... —Iria corrigió su imprecisión—. El que viste mientras ese tío conducía... ¿también era verde?

Noa apretó los ojos con fuerza y retiró la cara hacia el suelo. Intentó zafarse de las garras de su hermana, pero todo lo hacía sin demasiado convencimiento. Tampoco sonó convincente cuando dijo:

—No.

—Noa, no me mientas. Con tu ayuda o sin ella, voy a atrapar a ese cabrón. Prefiero tenerte en cuenta y ayudarte, pero esto se va a destapar. Decide en qué lado quieres estar.

—No era verde. Te lo juro. Era azul —sollozó Noa.

—Era de noche. Pudo parecerte azul y que fuese verde.

Noa dio otro tirón a su brazo preso.

—Suéltame, Iria. No me estás escuchando. Te da igual lo que te diga. Ya has decidido por tu cuenta. No sé para qué me molestas.

Sin darse cuenta, Iria aflojó la presión que estaba ejerciendo sobre el antebrazo de Noa, que se fue a su cuarto. A pensar.

Iria se sintió desprotegida. No había actuado bien.

Cuando encontró la prueba que podría resultar decisiva para atrapar al asesino de Mauro Otero, decidió guardarla y no la mandó a analizar. Las huellas podrían resolver un caso de carácter nacional pero ella pensó en su hermana. ¿O en ella misma? No lo sabía. Como tampoco sabía si ese cepillo se le habría caído a algún pobre desgraciado que había ido a las rocas a tomarse un bocata de calamares mientras contemplaba la puesta de sol y simplemente quería retirarse las migas de pan de entre los dientes. Lo conectó todo de inmediato y ahora vislumbraba por primera vez la posibilidad de que igual se había precipitado.

Volvió a repasarlo todo. El asesinato de Otero. La localización del cadáver. El mensaje de la mafia. La polla del periodista. ¿Qué extraño mecanismo la había llevado a deducir que un cepillo de dientes perdido y medio enterrado guardaba la más mínima relación, no ya con la muerte de Otero, sino con la violación de su hermana más de una década antes?

Iria se quedó vacía. Sin respuestas. Mirando el resquicio de mar que asomaba entre los tejados de la cuesta que llevaba a su casa.

Depositó la bolsita transparente donde antes estaba, cerró el maletero y regresó dentro, pensando en si seguir su corazonada y entregar el cepillo de dientes como posible prueba para rescatar el ADN de su dueño y quizá tener un sospechoso a quien interrogar. O si dejarlo pasar.

Se sirvió una copa de vino blanco.

Sabía que sus jefes la estarían esperando. Un error, un resbalón, y le aguardaban tardes de escarnio público. Eso, en el mejor de los casos. En el peor, la apartarían del caso. «Ya nos encargamos nosotros, cariño».

Se le revolvían las tripas.

Iria se bebió la copa de un trago y se levantó para ir al baño. Cruzó el comedor y algo le llamó la atención. Algo no iba bien. O quizá iba demasiado bien. La habitación de Noa. Al fondo del pasillo.

Cuando vio que su hermana se había dejado la puerta abierta, varios pensamientos se amontonaron ante de sus ojos. Como las diapositivas de *Minority Report*.

La casa de Otero.

La huida hacia el mar.

El disparo en la frente.

La corriente hasta la playa.

El cepillo de dientes.

Un solo delincuente.

Violador y asesino.

La puerta abierta.

Iria se asomó y vio a su hermana sentada al borde de la cama.

—Pasa y cierra. —La voz de Noa aún no estaba rota—. Y prepárate para verme llorar.

—Me la follé en su casa

—Con dos cojones. Dí que sí. ¿Y si llegan a entrar sus padres, chorbo? Se te va la puta cabeza.

Omar estaba tirado en el sofá. En casa de Jarvis. Que preparaba unas lonchas de farlopa. Ya habían comido y no tenían ninguna intención de echarse la siesta.

—Tenía diecinueve palos, joder. No había fallo —comentó Omar.

—¿Diecinueve? Pero tú ¿cuántos tienes, cabrón? Si podrías ser su padre. No entiendo cómo se te levanta con una de diecinueve, tío. Pero si con esa edad no tienen ni tetas.

—Esta tenía tetas. Ya te lo digo. Tenía dos. Dos tetones. Operados. Y estaban riquísimos.

—¿Operados? ¡Dios, qué mala hostia! ¡Qué cerdo me ponen las tetas operadas, joder! ¿Sabes por qué se operan, tío? No se operan porque se vean muy niñas y quieran que las veamos como mujeres. ¡Qué coño va a ser eso! No se operan porque tengan algún complejo y quieran sentirse más guapas cuando se miran al espejo. Eso no se lo cree nadie, tío. Se operan porque es su manera de decir «Toma hijo de puta. Recién puestas para ti. Aprovéchalas y córrete en ellas. Que me han costado una pasta. Demuéstrame que he hecho bien gastándome la viruta de mi padre en estos dos tetones de plástico. Y dame tu lefa». Ese es el mensaje, tío, ¿me entiendes? Ese es el puto mensaje.

Omar aspiró su raya de coca. Justo después de que lo hiciese Jarvis. Que eligió la más grande. Sobre la mesa dejaron los carnés, y encima de una tarjeta, otras dos rayas preparadas para más tarde.

—Oye, ¿por qué nunca te has follado a tu colega la poli? —preguntó Jarvis, mientras aspiraba fuerte y rápido por el orificio de la nariz, que se le había taponado de polvo blanco—. Tiene que ser de puta madre que te dé con la porra mientras te cabalga. Y que te espose los huevos, joder. ¡Vaya morbazo!

—Y yo qué sé, tío. Iria no me pone nada.

—¿Pues por qué no le dices si me quiere follar a mí? Se me acaba de poner morcillona, solo de pensarlo.

—No te va a follar. ¡Qué te va a follar a ti! Si eres un puto yonqui con un hijo. Hazme caso, si algún día te folla la poli, te va a follar de otra manera. Ya verás como no te vas a correr.

Jarvis abrió la ventana y se asomó para despejarse. Tenía el corazón a mil por hora. Y la garganta seca, con sabor a cal, le estaba pidiendo una copa.

—¿Quieres un vodka? Necesito tranquilizarme.

Omar negó con la cabeza, pero con Jarvis eso nunca era suficiente. Así que también lo puso en palabras.

—Paso. Que esta noche tengo lío otra vez.

—¿Y qué pasa, joder? ¿Si bebes, no follas? De eso no decía nada el negro aquel del anuncio, ¿cómo se llamaba? Stevie Wonders era, ¿no?

—Sin «s».

—¿Qué? Bueno, que le follen. Pues ese no decía nada de si bebes, no te zumbes a nadie. Decía que si bebes, no conduzcas. No decía nada de darle a la zambomba, tío.

Omar tecleaba en el móvil con las dos manos. A toda velocidad. Tenía dedos expertos en Instagram. Jarvis pareció sorprenderse de su propia inteligencia y se golpeó la frente con la palma de la mano. Como alguien que acaba de tener una brillante idea. Como un actor de serie B.

—Ah... Ya sé qué te ocurre, joder. No se te levanta. Es eso, tío. Si te pillas un moco antes de follar, luego el amigo tiene sueño y te deja tirado. Claro, joder. Ya lo entiendo, chorbo.

Porque con una momia de cuarenta y cinco, que ya se las mete dobladas, pues te la suda, porque a ella también se la suda. Lo único que quiere es tirarse a uno más joven y salir del sarcófago. Decirle a las otras viejas en la pelu: «Niñas, veis a ese bomboncito de la capucha gris y el pelo en la cara, pues se vino a casa el otro día y me la metió hasta hacerme daño. Y menuda roca. La tiene dura como Excálibur». Eso es lo que dirá aunque tú le metas una trucha muerta, tío.

»Primero, porque se la suda. Tiene cuarenta y cinco palos y está acostumbrada a las truchas muertas. Y segundo, porque si cuenta en la pelu mientras le tapan las canas que a ti no se te levanta, las otras viejas pensarán que su amiga en pelotas es una pasa arrugada que no levanta ni la polla fresca de un niñato como tú. No pensarán que te has puesto hasta el culo de coca y vodka y que tienes al bicho anestesiado. De eso nada. Así que la momia va estar callada como una perra. Pero no como una perra de diecinueve. Eso es otra historia, chorbo. Esa perra de diecinueve añitos se ha puesto tetas y las quiere estrenar a lo grande. Con tu polla en medio, entrando y saliendo. Pim. Pam. Y como le falles, saca el altavoz y le dice a toda la legión de niñas de su edad que el cabrón del Omar es un jodido inútil que solo sabe colocarse y dormir. Y eso es un mal polvo que mata mil polvos más. Así que claro, tío. Nada de vodka.

Jarvis hablaba con la sensación de que su colega no le estaba haciendo mucho caso. Un poco como siempre.

Omar seguía con la vista hundida en la pantalla.

—No es eso, anormal. No tiene nada que ver con eso —dijo.

—Joder. Pues si no es eso, podías haberme cortado antes. Que yo también me canso de escucharme.

—¿Para qué cojones te voy a cortar si no callas? Nunca callas, cabrón.

Jarvis dejó la ventana abierta y regresó al sofá. En cada mano asía sendos vodkas naranja. Uno para cada uno.

—Entonces toma tu vodka y no me jodas.

Omar dejó el móvil y le dio un trago largo. Para bajar el tiro de fariña que tenía atravesado en la tráquea. En el móvil se podía ver abierta, en la bandeja de mensajería privada de Instagram, una conversación larga llena de emoticonos infantiles.

Un diablo. Unas gotas de agua. Un pepino. Una lengua y un ojo guiñado.

Jarvis se dio cuenta de que en sus conversaciones solo usaba el emoticono del pulgar hacia arriba. Y pensó que debería ser más honesto con su realidad y usar también el pulgar hacia abajo.

—¿Cuántos años tiene esa, tío? —preguntó—. Te falta mandarle un icono de piruletas.

—No sé cuántos años tiene, pero parece que tiene muchos. Ya te lo digo. Si la ves, no te lo crees. Un aparato nuclear de primer nivel —presumió Omar, dándole un trago escaso al vodka mal preparado que tenía delante.

Mientras escuchaba y se preguntaba si quería verla o no, Jarvis cogió el billete de diez pavos enrollado sobre la mesa y esnifó la ralla más grande de las dos que quedaban esperando nariz. Se recostó en el sofá con la cabeza mirando al techo y aspiró aire con fuerza varias veces. Cogió su copa de vodka y la terminó de un trago.

Y le pasó el billete a Omar.

—Joder. Ya sé por qué no bebes, chorbo. No es porque no se te levante. ¡Qué subnormal soy! Es al revés, joder. Es porque te pones muy cerdo. Te pones tan cerdo que pierdes el control y no respondes. Y la teoría es un poco la misma. Con una de cuarenta y cinco, pues de puta madre. Le metes tres hostias y la despiertas. Mientras se corra no te va a protestar. Está hasta las pelotas de follar bostezando. Pero una de diecinueve es otro rollo. Como se te vaya la olla, igual se acojona, habla con papi y te mete en un cristo de tres pares de pelotas. Esa es la movida. Ya lo pillo, joder. ¡Vaya liada, pavo!

Omar se metió su loncha y mostró una sonrisa tiesa.

—Parece que lo sabes todo, cabrón. Está claro que hablas desde la experiencia. A saber con cuántas se te ha ido la mano, puto loco. —Omar se vació de un trago la copa en el gaznate—. Además, no ves que estoy bebiendo, subnormal —y levantando su vaso de tubo, añadió—; mueve el culo, anda, y pon otras dos.

Iria Novoa empezaba a tenerlo todo mucho más claro. Tan claro que no pensaba compartirlo con nadie. De sus jefes no esperaba gran cosa, mucho menos ayuda. En su cabeza se iba despejando una idea que podía funcionar.

Se montó en su coche y se fue a la comisaría. Entregó el cepillo de dientes a una perito del grupo de análisis de huellas dactilares e identificación. A la única mujer de ese equipo. Cristina Moreno. Dura, fea, fuerte y formal. Iria se sentía más segura manteniendo a los hombres lejos de esa prueba. Prefería dejarles a lo suyo y lo suyo era comer, beber y darse codazos cuando veían alguna falda.

Iria solicitó a la perito dos cosas: rapidez y discreción. Y estaría satisfecha si le concedía al menos una. Aunque más le valdría no ser indiscreta. Por su bien.

A Cristina Moreno, Iria la había conocido en sus primeros días trabajando en la secreta. Había recibido un soplo. Un vehículo abandonado en medio del monte. Destruido. Medio calcinado. Con algún billete suelto debajo de la alfombrilla del asiento de atrás. Minutos antes había transportado a tres atracadores con pasamontañas y varias bolsas llenas de pasta, robadas en un alunizaje en la oficina central del Santander de la avenida de las Camelias.

En el interior del vehículo encontraron huellas perdidas. Una chapuza. Iria le entregó las muestras a Moreno. Que las analizó. Pero las analizó tan bien que recibió la visita inesperada y apremiante de un jefe preocupado. Y no estaba preocupado porque las huellas fuesen suyas. Hay jefes muy imbéciles, pero ninguno tanto como para cometer un atraco en primera persona. Aunque sea en primera persona del plural. Se trataba de un asunto más complejo.

El coche era un «mofeta». Así llamaban a los coches robados por su propio dueño cuando tienen una avería de cojones y la reparación te destroza la nómina del mes. Suelen ser carros de alta gama. Así que los hacen desaparecer, cobran el seguro por desaparición o robo y, cuando la poli los encuentra, no quieren saber nada de ellos. Ni del coche, ni de la poli. A cambio de no denunciar al pobre infeliz que ha sido descubierto con los pantalones bajados y el culo al aire, la poli se queda el coche para su uso privativo.

Pero privativo de cojones.

Se lo quedan dos o tres jefazos para cometer algún delito menor. Como llevarse a una *escort* de lujo a una fiesta clandestina y echarle un polvo en el asiento de atrás, conducir completamente ebrios o puestos hasta las cejas, o cederlo para carreras ilegales en un polígono a las afueras y apostar miles de euros en su contra.

Les llamaban coches mofeta porque todo en ellos huele mal.

Pues este coche era un mofeta y esta huella olía mal. Igual que el trasero de Cristina Moreno, que se cagó cuando vio al jefe preocupado entrar en su laboratorio, con la frente sudada y y las piernas flojas. Moreno le proporcionó el informe y desapareció. Desapareció el informe, la huella, el coche y el atracador. Desapareció todo menos el jefe. Que siguió ejerciendo y mandando, pero ya sin preocupación alguna.

Cristina Moreno aprendió la lección. Había cometido una negligencia profesional y lo sabía. Desde ese día se mostró incorruptible. Por eso, ahora Iria esperaba que Moreno le devolviese la jugada, la huella y el cepillo. Y todo bajo la máxima discreción.

Después de eso, Iria se fue a la playa. Y empezó a tejer la segunda parte de su plan. En este no había queso ni ratones. Aquí solo había ira y orgullo, y el orgullo lo iba a devorar a mordiscos.

Con la ira tendría que convivir.

Se sentó en la arena seca, sin toalla ni pareo. Con las zapatillas puestas. Cogió el móvil y empezó a trabajar. Acudió al banco de imágenes creado por la policía para estos casos. Hizo lo que tenía que hacer y empezó a escribir. Directa a la diana. Sintió cómo se le erizaba la piel. De alguna forma estaba haciendo lo que siempre había querido hacer y nunca se atrevió. Y sabía cómo hacerlo.

Es curioso cómo, en situaciones extremas, el conocimiento aprendido durante años, y que creíamos oculto, se presenta haciéndonos una reverencia para que lo usemos a nuestro favor. Una genuflexión que Iria Novoa pensaba devolver con una patada en los huevos.

O un disparo en la nuca.

O un mordisco en la yugular.

Estaba en manos de su ira y de lo bien o mal que fuese la convivencia.

Cuando terminó, se fue a la agenda. A la letra «A» de Axel.

Y marcó el número.

El número que durante tantos años había guardado por si acaso y que nunca quiso utilizar.

Y mientras daba señal, Iria suplicaba que, por favor, contestase.

46

Eran las ocho de la tarde, los días se iban alargando y el cielo de Madrid todavía mantenía una luz brillante. Apenas había nubes, pero no hacía demasiado calor. Se avecinaba una noche de camiseta y sudadera por si acaso. Sin cazadora. Aunque Axel siempre llevaba una, tirada en el asiento de atrás del Peugeot.

Loor viajaba a su lado en silencio, como casi siempre. Veía por el rabillo del ojo como Axel repasa mentalmente el plan. No movía los labios, ni gesticulaba. Pero un coche acababa de frenar en seco en sus narices, sin más motivo que no saltarse una salida que debió saltarse, y Axel no dijo ni mu. Así que iba repasando el plan.

Su plan.

A Loor le daba envidia, pero se alegraba de que al menos alguien tuviese uno. Ella esperaba estar a la altura de la situación. Su papel, esta vez, no era complicado. Porque no tenía que improvisar.

Axel lo había dejado todo claro antes de partir.

—Solo hay una vía de acceso a la urbanización. Una garita con barrera de entrada. No hay barrera de salida. Se supone que si te han dejado entrar es que mereces salir. Igual hoy no es el caso. Quiero un vehículo camuflado en este punto.

—Axel marcó una cruz con un rotulador en un punto del plano de Google Earth que se había impreso—. Si alguien intenta escapar, detenedlo.

Ortiz le hizo un gesto a dos policías que escuchaban con atención. Serían los encargados de obedecer esa orden del agente Nash.

—Por si acaso, convendría situar otro punto de apoyo aquí. —Axel trazó otra cruz un poco más arriba—. Es una gasolinera BP situada en la incorporación desde la urbanización hasta la A1. Si todo falla, ellos nos servirán de *backup*. Y podrán salir en persecución.

Ortiz lo miró con recelo.

—Es solo por precaución —puntualizó.

Ortiz aprobó su petición y escuchó cómo Axel cerraba la operación.

—Loor, tú entras conmigo y te encargas de cubrir el jardín.

Axel pensó en cerrar su intervención con un «Venga, y ahora idos todos a tomar por el culo de aquí, apretad los huevos y no la caguéis, panda de mamones».

Pero el yankee era Ortiz.

Y bastante terreno le había comido ya.

Durante el trayecto, el teléfono de Axel sonó varias veces. A Loor le sorprendió que no tuviese habilitado el bluetooth para poder hablar en manos libres y se preguntó si lo habría desconectado a propósito. ¿Había algo que no quería que escuchase? ¿O sencillamente pretendía que nada ni nadie le molestase? El caso es que no respondió a ninguna de las llamadas.

Cuando llegaron a casa de Coloma, Axel tuvo la sensación de que los estaban esperando. Como si fuese ya una costumbre aparecer a esa hora una vez a la semana. Y la verdad es que se estaba convirtiendo en costumbre. Loor pensó lo mismo y no le gustó. Si el factor sorpresa era importante, lo habían perdido.

Coloma Duval los recibió descalza. No tenía pensado huir. Un vestido corto de raso que se antojaba demasiado... demasiado para andar por casa, permitía comprobar que en lo de ser sexi, su cuerpo la acompañaba. Y que usaba la terraza para tomar el sol.

Y ambas cosas excitaron a Axel.

—Buenas noches, agentes. Les echaba de menos. He preparado una tortilla de patata para cenar. Como imaginaba que no iba a cenar solar, es grande y con muchos huevos. Porque hay que tener huevos para presentarse así otra vez.

Coloma dejó la frase en el aire, les abrió la puerta y se fue directa a la cocina. No les invitó a pasar. Lo dio por hecho. Como quien abre a un familiar o a una visita acordada.

—Señora Duval, es importante que nos atienda un instante. Es posible que no le robemos mucho tiempo —mintió Axel mientras entraba en la casa—. Sírvase su whisky cuanto antes y siéntese, por favor.

—¿Está usted sola? —preguntó Loor.

—Ojalá —respondió Coloma.

—No empecemos.

Coloma soltó un suspiro afligido y miró al techo exasperada.

—Sí. Estaba sola hasta hace nada —dijo sin disimular su fastidio—. ¿Quiere salir al jardín? Si lo hace, vaya por el caminito de piedra. Que luego quedan las pisadas marcadas y producen un efecto horroroso.

Esta tía siempre juega fuerte. La madre que la parió.

Coloma se sirvió una copa de vino tinto. Para llevar la contraria. No le gustaba que le marcasen su agenda de alcohol. La botella, que estaba mediada, parecía cara. La copa de cristal, que estaba usada, también. En su mano, que oxigenaba en círculos imaginarios la bebida, y en su boca, parecía un lujo. En su dicción había sedimentos de largos tragos vespertinos.

—¿Por dónde quiere que empecemos? —espetó Axel—. Vamos a acabar en el mismo sitio. Pero le dejo elegir su propia aventura.

Coloma dio un sorbo corto y posó la copa encima de la mesa de la cocina. La barra que la separaba del salón le llegaba por el ombligo. Extendió las manos por encima, enseñando y juntando las muñecas, como un delincuente que se entrega, o como un futbolista enfadado con el árbitro.

—¿Me coloca ya las esposas o me deja terminar la copa?

Loor se impacientaba. Tenía ganas de acelerarlo todo y sacar el arma. Pero no quería joder a su compañero. Y siguió el plan a rajatabla.

—Voy a echar un vistazo fuera —anunció.

—Recuerde lo del césped. Que con esas botas que lleva...

—No sabes las ganas que tengo de que las pruebes. —Esto, Loor lo masculló entre dientes de camino a la puerta de salida al jardín.

Coloma fingió que no lo escuchaba. Y se centró en Axel.

—Por fin solos, agente Nash. ¿Quiere que le preparé un Cola-Cao?

Mira de qué cosas se acuerda esta.

—He de reconocerle que miente usted muy bien. Soy muy bueno para detectar la mentira en la cara de los demás y no he sido capaz de leer nada en la suya. Me creí la historia de su despecho, de los celos, los cuernos, el enfermo de su exmarido. Es usted muy convincente.

—No sé si espera que le dé las gracias.

—Todavía no. Casi prefiero que me las dé Sota, bueno, Jaime, como le llama usted. ¿Está por aquí?

—Ya le he dicho que estaba sola.

—Ya le he dicho que me cuesta saber si miente.

—No miento.

—Bueno, si me está escuchando, debe saber que está en un lío de cojones y que no va a poder escapar. Así que es mejor que no haga ninguna tontería. Aunque él, eso de estar de mierda hasta el cuello lo lleva bien. Está acostumbrado. Ahí empezó todo, ¿verdad? En las cenas que solían celebrar los cuatro. Con Carmen y Goya. Su ex sería un enfermo del sexo pero por lo que fuese, Carmen, la ex de Sota, no le gustaba.

—¿Esa vieja? No la tocaría ni con un palo. Creo que no termina de entender la enfermedad de mi marido.

—Ahora me la explica. Permítame lucirme un poco antes. Le decía que todo empezó ahí. En esas cenas. Pero con lo que no contaba nadie era la atracción que usted empezó a sentir por la corpulencia de Jaime Sota. El examigo de Goya. Una atracción tal que necesitó sacársela de encima. Follándoselo en repetidas ocasiones. Hasta que se hizo tarde y no pudieron frenarlo. Y Goya se enteró.

—No se enteró. Se lo dije yo. ¿Por qué cree que me tiré a su amigo? —Coloma dio un sorbo a la copa de vino y cruzó las piernas—. Efectivamente. Para contárselo.

—Por eso dejaron de cenar juntos y por eso Goya, con la ayuda del jeque presidente del Racing de Madrid, le tendió una trampa humillante a su compañero. «La movida Gomes», que acabó con la carrera del famoso locutor Jaime Sota. —Axel se burlaba por si Sota estaba escuchando—. De esta forma se vengaba de él por haberse acostado con usted y le robaba el asiento en la radio. Dos pájaros de un tiro.

—Fíjese si mi marido era imbécil que se vengó de Jaime. Cuando tenía que haberse vengado de mí.

—Y a partir de ahí, Goya se quita la careta y rompe a follar. Pero claro, se folla a todas menos a su mujer. A la que, utilizando sus propias palabras, no toca ni con un palo. Y eso, para alguien como usted, no es fácil de digerir.

—Era yo la que no quería saber nada de él —corrigió Coloma resoplando.

—Ahí arrancaron las salidas nocturnas, los tríos, las orgías. Todo tipo de prácticas sexuales alternativas que Goya procuró que usted descubriese y que usted disfrazó de enfermedad. Para sentirse mejor consigo misma.

Coloma rubricó una sonrisa amplia y dejó a la vista unos dientes perfectos. Solo mancillados en una paleta por una mancha mínima de carmín.

—No sabe lo que dice, agente Nash. Continúe. Estoy empezando a divertirme.

—Goya tenía un socio en estas aventuras clandestinas. Max Morán. Otro compañero de la radio que ocupó el puesto de nuevo mejor amigo. Juntos penetraron en un submundo turbio y esotérico que ni ellos mismos comprendían del todo. Eran neófitos en un club peligroso, en el que las orgías, el voyerismo y sabe dios qué más, eran prácticas habituales. Todo iba bien hasta que un día se les fue la mano. Eso no fue culpa de Goya. Fue Max. Que dejándose llevar, o no pudiendo controlar los impulsos más primarios y animales de su repugnante ser, violó a una pobre chica que pasaba por allí, engañada y en busca de un futuro prometedor que no existía.

—¿Le está justificando, agente?

Axel ignoró el comentario. Si había sonado así no fue su intención. Por lo que no pensaba defenderse.

—La niña, muerta de miedo, decidió pedir ayuda. Y la ayuda la convenció para denunciar. Un escándalo que podría poner en peligro todo un entramado de explotación sexual, que de salir a la luz, desvelaría nombres importantes. Así que Max, con la ayuda del jeque Mustafá Al-Abdel y sus contactos por todo el planeta, logró limpiar la escena y enviar a la chica nada menos que a Brasil. A cambio del futuro prometedor que la chica ansiaba: una vida nueva, mucha pasta y más silencio. Todo esto, Max trató de ocultárselo a Goya, pero a la larga este lo descubrió. Y su relación se fue a pique. Y aquí es donde entra usted.

—Vaya. Menos mal. Ya estaba empezando a aburrirme.

—Su odio hacia Goya estaba fuera de control. No podía soportar que la ningunease de esa manera. Pero, a pesar de todo, no consiguió lo que se proponía. No fue usted quien apretó y apretó hasta que él estalló y se fue de casa. Esa fue otra de sus mentiras. Fue él quien decidió irse, por su propio pie y con una sonrisa, porque había descubierto un mundo que le llenaba y le hacia feliz. A Goya se la sudaba ya que usted siguiese acostándose con Sota. No le afectaba. Y eso para usted supuso otra dura derrota. Otra mala digestión. Así que, con toda su mala hostia, preparó una cita. Un *remember*. Un trato superestimulante. Los dos solos otra vez. Una oferta irrechazable: la mujer que tantas veces se había follado en el lecho conyugal, jugando fuera de casa y con nuevas reglas. O mejor aún, sin reglas. Eso es.

Axel, que seguía de pie, se apoyó en el respaldo del sofá para darle más teatralidad a esta parte del relato.

—Usted le ofreció un polvo nuevo. Un cheque en blanco, sin límite de fondos. Goya podía elegir cómo, dónde y cuándo. Y eligió el hotel de citas de la calle San Bernardino, donde tantas veces se había follado a otras. La idea le pareció superexcitante. Y usted le hizo ver que iba con todo. Una vez allí dentro, Goya le abrió las puertas a un mundo nuevo y usted asomó la patita. Le dejó hacer y le hizo. Usted ya sabía de sus gustos, digamos... extraordinarios. Y le resultó más sencillo de lo que imaginaba. Goya era un hombre alto y mucho más fuerte que usted. Necesitaba tenerlo inmovilizado. Le ató las muñecas al cabecero de la cama. Y, siguiendo sus propios designios y deseos, me refiero a los de él, se colocó uno de esos cinturones con un pene de goma y le sodomizó por primera

442

vez en su vida, y ahora me refiero a la de usted. Para Goya no era la primera vez, ni mucho menos. Desde ese momento solo tuvo que escuchar a su memoria. Nadie mejor que usted para saber cuándo su exmarido estaba a punto de eyacular. Con nadie se había corrido más veces que con usted. Reconocía perfectamente los gemidos previos, el *in crescendo* y el estallido. Así que estaba preparada.

A Coloma se le escapó una sonrisa mínima que Axel interpretó orgullosa. No se distrajo.

—Llegado el momento, pum. Un ataque rápido y preciso. Sabía que necesitaría un arma especial. No un simple cuchillo de cocina. Algo más fácil de esconder y de manejar. No tuvo ni que preguntar. Con una simple búsqueda en internet, las opciones que se le presentan a uno son infinitas. Me pregunto por qué eligió el kerambit.

Coloma se apoyó en la barra.

—Me gustó el nombre.

Axel había avanzado tanto en su narración que ella ya no oponía ninguna resistencia. Y no se detuvo.

—Una vez asestado el corte que acabó con la vida de su exmarido, lo limpió todo para evitar dejar cualquier rastro, pista o huella que nos condujese hasta usted y derramó el semen de Goya en su propio culo, para de esa forma desviar la investigación, aparentar un crimen homosexual y ganar tiempo. Por el mismo motivo se inventó a Carla Sabater, ¿no es cierto? ¿O eso fue idea de Sota?

—¿Sota? Ese pobre desgraciado no tiene una idea desde hace más de un lustro. Ni siquiera una mala.

Axel se convenció de que Sota no estaba en casa en ese momento.

—Se inventan a la tal Carla entre los dos, incluso me mandan un carta a mi domicilio, pensando que, cuando todas las investigaciones giren en torno a un móvil sexual, encontraremos un mundo lleno de mierda, en el que Carla sería simplemente una muesca más en la nómina de esa red de corrupción y explotación sexual. Una loca anónima perteneciente a ese mundo, que puede incluso responder a un nombre falso, que ha perdido el juicio y dice estar enamorada de Goya. En definitiva, otro señuelo.

—Me dan ganas de aplaudirle, señor Nash.

—Pero...

—¿Pero? —repitió Coloma.

—Había un problema con el que nadie contaba.

—No me diga.

—Max.

—Max —volvió a repetir Coloma.

Dios, me encanta esta mierda.

—La noche del 12 de marzo, Max Morán finge estar enfermo y abandona la radio con tiempo suficiente para agazaparse en su coche y seguir a Goya cuando este termine el programa. Al llegar a Malasaña, Max es perfectamente consciente de adónde se dirige su compañero de la radio y se adelanta. Ambos habían estado allí antes. Le espera a la entrada del hotel escondido dentro de su vehículo y le saca varias fotos. Con el objetivo de chantajearle. Para devolvérsela. Goya se había enterado del episodio de la violación, y de cómo Max se había vendido al presidente del Racing de Madrid para pagarle el favor. Estaba convirtiendo el programa en una felación balompédica noche tras noche. Y Goya le había amenazado con contarlo todo y hundir su carrera. Por eso Max necesitaba material para estampárselo a Goya en la cara y hacerle ver que aquí nadie estaba libre de pecado. Disparó varias fotos con el móvil y esperó. Mi teoría es que Max contaba con poder fotografiar algo ilegal. Algún menor de edad o algo por el estilo con lo que poder joder a Goya. Ellos conocían mejor que nadie las perversiones del otro. Sin embargo, para su sorpresa, se encuentra con que la cita misteriosa es usted. Su mujer. Con la que ya no vivía, pero su mujer, al fin y al cabo. Y joder, no hay nada más legal que eso. Así que se marcha y se va a dormir.

—¿Ni siquiera me sacó una foto? Pobre diablo. Le habría sonreído.

—Al día siguiente, cuando salta la noticia de la muerte violenta de su «amigo» y se filtran los detalles de la escena del crimen, Max se asusta y decide guardar silencio. A fin de cuentas nada en su historia tiene sentido. No podría explicar qué hacía él allí cuando todo apunta a un crimen homosexual. Sería considerado sospechoso al instante. Y para poder librarse y justificar su presencia en el hotel, tendría que confesar una violación, un chantaje y una extorsión. Mal negocio. Eso por un lado. Y, por el otro, tiene el asiento en el programa nocturno de la Cadena Voz que tanto deseaba. Así que chitón.

—¿Ahora es cuando me dice que también maté a ese niñato?

—Ahora es cuando le pregunto qué sabe de Manuel Estrías y por qué le tiene tan agarrado por los huevos.

Coloma cogió la botella y se sirvió más vino.

—¿Hace falta que se lo explique, agente? Casi todas las puertas se abren con la misma llave.

—Pero usted no mató a Max, ¿no es cierto?

Coloma se limitó a encogerse de hombros.

—Fue Sota —continuó Axel—. Por el motivo que sea, Estrías le cuenta que sabemos que Max estuvo en el hotel la noche del asesinato y que pudo haber visto a la persona que mató a Goya. Y usted se acojona. Pero claro, no tiene tiempo de ponerse en contacto con Max, seducirle y planear su muerte. Necesita algo más rápido, y resuelve que lo mejor y más a mano es pedirle ayuda a su amante, Jaime Sota, que haría cualquier cosa por usted. Le cuenta su versión, que la verdad mataría por escucharla, y Sota, para evitar que usted sea acusada de asesinato y se pase veinte años en prisión, decide salvarla. Y de esa forma, claro está, salvarse a sí mismo. Porque se da cuenta de que no está preparado para soportar una vida sin usted. Ahora sí que podría decir eso de ¡pobre diablo!

—Este no llega a diablo, agente Nash. No pasa de imbécil.

—Sota mata a Max en la radio. Le sorprende en las inmediaciones del edificio y le engaña para tomar un café o cualquier otra cosa. Aprovecha cualquier descuido de Max y le echa unas gotas de cianuro en la bebida. Este lo ingiere y, antes de que le haga efecto, lo mete en el coche y le permite dormir la mona, a ojos de cualquiera, en el *parking* de la radio. Deja pasar las horas y, cuando se hace de noche, aprovecha la oscuridad para bajar al aparcamiento, coger el coche y transportar el cuerpo al parque del Retiro, que está a pocos metros de allí. Sin mucho cariño, y seguramente fruto de los nervios, lo deja tirado en unos arbustos y regresa a la radio, donde, además, esa noche tendrá que presentar el programa nocturno. La coartada perfecta.

Axel hizo una pausa pensando en acabar ahí su relato, pero se arrepintió y no pudo evitar al menos un halago.

—Le reconozco que en la ejecución, Sota fue bastante más chapuzas que usted.

Coloma le dedicó una mirada presumida.

—Ya veo que lo tiene todo milimétricamente estudiado. No puedo más que felicitarle, señor Nash. Es una auténtica pena que esto acabe aquí; usted y yo habríamos formado un gran equipo.

—Es una pena que a mí me haga feliz atrapar a gentuza como usted.

—Son las circunstancias, agente. No se crea mejor que yo.

Coloma sacó de un cajón de la cocina algo pequeño y punzante que Axel confundió con una navaja.

446

—Supongo que querrá quedarse con esto.

El kerambit.

Axel desenfundó su arma y, agarrándola con las dos manos, apuntó directamente al entrecejo de Coloma Duval.

—Suelte eso.

Axel gritó para que Loor le escuchase desde fuera. La agente Galván entró de un salto en el salón y se dirigió hacia Coloma a toda velocidad. Las palabras salían de su boca como un torrente de nervios.

—No me voy a detener —advirtió Loor. A Axel, a Coloma y a sí misma—. Haz lo que tengas que hacer, pero será mejor que sueltes eso, hija de perra, porque no me voy a detener. Axel, no me voy a detener.

Axel apuntó a Loor.

—Loor, espera.

—Dispárame, Axel. Porque no me voy a detener.

Loor estaba ya a pocos metros de Coloma. Y fue entonces cuando en toda la urbanización se escuchó el sonido metálico.

El disparo.

El cuchillo cayendo y chocando contra el suelo.

La bala rebotando contra la pared.

La sangre goteando en el parqué.

Las sirenas sonando de fondo, acercándose al chalé.

El cuerpo de Loor abalanzándose sobre Coloma Duval.

Y el grito de Axel que puso fin a una tarde noche que nunca olvidarían.

47

Madrid, jueves 28 de marzo

La rueda de prensa fue apoteósica. Más de cincuenta medios acreditados. Entre televisiones, radios, periodistas, cámaras y reporteros gráficos llenaban la sala que la policía nacional había habilitado para la ocasión. En primer plano, un estrado de madera con un micrófono curvo y fino, de mitin político. Detrás una fila de ponentes ante una bandera grande de España, y otra más pequeña de la Comunidad de Madrid.

El primero en tomar la palabra, como no podía ser de otra forma, fue el alcalde de la capital. El Ayuntamiento de la ciudad no había querido dejar nada al azar y envió a su máximo mandatario. Una figura cuestionada por su capacidad de liderazgo, pero con una notable habilidad para mostrar afecto y sensibilidad.

Y este asunto requería más de lo segundo que de lo primero.

En representación de la derecha moderada, su alocución fue pertinente y certera, aunque con adornos que a Axel le revolvieron el alma. Su grado de afectación era inusual para alguien que ni conocía el caso, ni lo había seguido, ni se había puesto en contacto con ellos jamás. Es decir, sabía lo mismo que cualquier ciudadano que leyese la prensa diaria, es decir, sabía lo que se filtraba interesadamente, es decir, sabía muy poco.

Después de sacar pecho por la gestión de su partido en la resolución de los dos crímenes, así como de haber proporcionado todos los recursos posibles para la detención de los dos presuntos autores, habló de una estrecha colaboración que no existió en ningún momento. Axel, que estaba de pie junto al inspector Jorge Ortiz, tuvo que controlarse para no escupir.

El siguiente en hablar fue el jefe de la brigada de Delitos Violentos, el comisario Raúl Cueto, y Axel ya no se veía preparado para soportar más meadas fuera del tiesto. Si los jefes querían medirse las pollas, podrían tener el decoro de no hacerlo delante de él.

Cueto se limitó a agradecer la labor de su equipo sin omitir que él mismo estaba a cargo de la dirección del grupo de investigación. Se ponía una medalla diciendo que él no estaba allí para ponerse medallas.

El clásico tribunero.

Buscador del aplauso fácil.

Un asco.

Cueto también explicó que los dos detenidos habían pasado ya a disposición judicial. Que Coloma Duval había firmado su confesión por el asesinato de su exmarido Marcos Goya y que había delatado también a su amante Jaime Sota como cómplice y presunto autor de la muerte de Max Morán.

Sota fue detenido unas horas más tarde que Duval. Un grupo de policías, capitaneados por el inspector Jorge Ortiz, irrumpió en la Cadena Voz minutos antes de que el periodista y locutor de La Escuadra despidiese el programa. Lo habían hecho de ese modo para no alarmar a la opinión pública y evitar que se formase un escándalo al dejar el programa nocturno sin ninguna de sus voces. De esta forma, también consiguieron controlar la información y manejar cómo la dosificaban. Por eso, en la rueda de prensa oficial de resolución del crimen, ellos tenían la sartén por el mango y los periodistas esperaban al turno de preguntas.

Y no al revés.

La detención de Jaime Sota había sido más complicada que la de Coloma. Y más aún de lo que reconocieron. Ocurrió que el periodista en ningún momento admitió ser el autor del asesinato de nadie. En un primer contacto, y cuando vio que varios policías entraban en la radio para detenerlo, no opuso resistencia y acompañó de buen grado a los agentes que lo escoltaron desde la emisora hasta el vehículo policial. Solo reclamó que no le esposasen delante de sus compañeros y le fue concedido.

Estaba convencido de que todo era fruto de un error.

Un malentendido.

Pero una vez llegaron a comisaría y le tomaron declaración, el periodista se puso como una furia. Cuando le dijeron que su amante había confesado el papel que había desempeñado cada uno en este truculento asunto, se derrumbó. Rompió a llorar como un crío, a maldecir, a insultarse a sí mismo y a todo el que osaba dirigirle la palabra.

Estaba fuera de sí.

Axel todavía no había tenido la oportunidad de hablar con él, pero estaba sorprendido por su tozudez. No comprendía por qué seguía clamando su inocencia si no era inocente.

El caso estaba resuelto y, *a priori*, casi visto para sentencia. Tenían una confesión completa. ¿Cuántas veces se consigue eso? ¿Qué más se podía pedir? Pues para Sota no parecía ser suficiente, y mostró su cabreo y su contrariedad a todo el mundo. Habló de abuso policial. De injusticia. De trama para joderle la vida.

Ortiz le preguntó a Axel por las dotes dramáticas de su amigo. Porque parecía enfadado de verdad, sorprendido de verdad. Si todo había sido una actuación, Sota se había equivocado de oficio y el mundo del cine había perdido a un coleccionista de estatuillas.

Axel no le conocía tan en profundidad como para dar una respuesta tajante, pero siempre había considerado a Sota un tipo cristalino, de los que van de frente, sin dobleces. Y eso provocaba que, allí de pie, escuchando el tono de voz vacuo y fútil del comisario, se le hubiese puesto mal cuerpo. Se tranquilizaba pensando que Sota ya se la había clavado una vez en casa de Coloma, que también sabía mentir, esconder su jugada. Pero en el fondo de su ser, notaba algo que le mosqueaba.

Axel reconocía lo que le estaba pasando. Era el clásico síndrome posdetención.

Las dudas. Las preguntas. El miedo.

¿Era Sota capaz de hacer cualquier cosa por Coloma? ¿Se dejaba manipular tan fácilmente? El amor nos vuelve gilipollas pero..., ¿matar a un compañero de la radio?

¿Y si la estaban cagando?

Axel alejó esa sensación de desasosiego a guantazos. Ya había pasado por eso muchas veces y siempre era igual.

El culpable que parece culpable es culpable, pero por muy culpable que parezca siempre hay lagunas. Y hay que convivir con ellas. Y de lo de la polla, ya se ocuparía el subnormal de la brigada de Estupefacientes.

Ortiz fue el último en hablar. Lo hizo ataviado con su camisa nueva recién planchada, que al tiempo que ocultaba una musculatura homogénea, insinuaba una fortaleza ancestral. Lo hizo también con el brillo exacerbado de una mirada ambiciosa y sedienta de repercusión. Y con destellos higiénicos en su calva de John McClane.

El inspector dio los detalles de la violenta detención de Coloma Duval, o más bien los inventó. No dejaba de ser curioso para los periodistas allí presentes que la autora confesa del crimen fuese la que más resistencia opuso a su detención. Hasta el punto de que fue preciso e indispensable dispararle.

En eso Ortiz era un mago. El cabrón sabía engañar a la peña. Axel notó que estaba empezando a respetarle.

—Fue una detención controlada. Se siguió paso a paso y en todo momento el plan trazado por el equipo especial de intervención. Si bien es cierto que en un momento dado, la detenida blandió el arma homicida y nuestros agentes consideraron ineluctable reducirla haciendo uso de la fuerza, no se puso en riesgo, en ningún momento, la vida de ningún ser humano.

Ineluctable, ¡qué cabrón!

Axel estaba en total desacuerdo con esa afirmación, y Loor, que seguía la comparecencia mezclada entre los trípodes al fondo de la sala, tampoco lo habría dicho con esas palabras. Por eso se buscaron ambos con la mirada y se sonrieron como diciéndose «El puto Bruce Willis».

Lo que realmente sucedió, aunque a toro pasado todos somos Manolete, fue que Coloma Duval sacó el kerambit con el objetivo de entregarse, que Axel pensó que tenía intención de utilizarlo para quitarse la vida y que por eso gritó para que Loor lo oyese y le prestase apoyo.

Y lo que también pasó fue que Loor lo oyó, entró a toda hostia a prestar apoyo, pero lo prestó a su manera. Porque Loor pensó que Coloma tenía intención de atacar a su compañero. O no. O quién sabe. Pero Loor es Loor, y es imposible asegurar que pasó por esa cabeza. Así que avanzó directa a su objetivo, amenazando a todo dios de que no se iba a detener y, sin más preámbulos, disparó directamente contra la mano de Coloma, que no tuvo tiempo de reaccionar de ninguna manera.

La buena noticia era que Loor gozaba de tan buena puntería que su disparo impactó directamente en el cuchillo y consiguió desarmar a Coloma sin provocarle más que una herida superficial en la mano derecha. Casi un rasguño. La mala era que otra vez había apretado el gatillo sin justificación plena, sin agotar antes otras vías de negociación y sin que la vida de ningún agente corriese verdadero peligro.

Pero todo eso era interpretable, claro está.

Y el inspector Jorge Ortiz lo estaba interpretando de cojones.

Axel se despidió de Loor sin tener muy claro si volverían a trabajar juntos. Sin tener muy claro si debían seguir trabajando juntos porque eras dos caras de la misma moneda.

La misma cara, para ser precisos.

Pero también estaba seguro de que la iba a echar de menos. Como policía y como algo más.

—No hemos estado mal. Para no ser INS-PEC-TOR ninguno de los dos —dijo Axel.

Loor se alborotó el pelo rubio oxigenado con la mano derecha. Ya no lo tenía tan corto.

—Has estado bien tú. Yo me he limitado a seguir tus pasos.

—Y pegar un par de tiros de vez en cuando.

Loor se ruborizó.

—Solo cuando fue imprescindible.

—Estás como una puta cabra, Loor.

—Ya lo sé. Tú tampoco estás mal.

Loor y Axel se abrazaron con fuerza. Fue Loor quien le dio unos golpecitos en la espalda a Axel para quitarle carga emocional al abrazo. Porque carga sexual no tenía. Sus cuerpos se fundieron más de lo habitual. No sabían cuándo volverían a verse. Intuían ambos que, gracias a su intervención decisiva en este caso, Loor podría regresar a Toledo y reincorporarse al trabajo allí. Aunque ninguno estaba seguro de que estuviese preparada mentalmente ni de que fuese buena idea. Al menos volvería a ser libre y dejaría atrás la opresión que sufría cada mañana cuando, a hurtadillas, tenía que informar al capullo de Manuel Estrías. Axel había solicitado que se abriese una investigación contra él, aunque no tenía ninguna prueba concluyente, aparte de su olfato. Y eso para él era mejor que una huella en una pistola humeante.

Cuando Axel habló con Ortiz de ese tema, el inspector le había pedido tiempo y eso, traducido en lenguaje policial, significaba que iba a derivarlo a Asuntos Internos. Si es que lo hacía. Porque a ningún policía le gusta que en su historial extraoficial aparezca en rojo «chivato de compañeros». A Axel no le importaba demasiado si lo hacía o no. Porque una vez que ya habían atrapado a la asesina de la radio, no tenía nada mejor que hacer que abrir la puerta del armario y apretarle las clavijas al mierda de su jefe.

Lo siguiente que hizo Axel fue ponerse las zapatillas e ir a correr.

La últimas semanas había dejado un poco de lado su rutina de entrenamientos. No había dispuesto de tiempo suficiente ni tenía la cabeza preparada para otro esfuerzo que no fuese demostrar su valía en el caso Coloma, como ya empezaban a denominarlo en los medios.

Corrió cuarenta minutos a un ritmo playero. Sin agobios.

Tratando de mantener las pulsaciones bajo control, por debajo de 160, y fijando una cadencia en la zancada que le ayudase a recuperar buenas sensaciones en el asfalto. El maratón tendría lugar en pocas semanas y no había alcanzado el punto de forma óptimo para disfrutar la carrera y hacer buena marca. Tendría que conformarse con cruzar la meta y no sufrir demasiado.

Le aterraba el muro.

Le habían hablado mucho de él. Era ya casi como un viejo enemigo al que no ponía cara. Axel tenía claro que se conocerían en torno al kilómetro treinta. A unos doce kilómetros de meta. Ahí, según le habían dicho, el cuerpo agota las reservas de glucógeno y se queda sin saber de qué energía tirar para salir adelante. La respuesta es grasa. Tiene que producirse una transformación en el gasto calórico y que el cuerpo comprenda que debe empezar a consumir las reservas de lípidos. Pero hasta que esa transformación se produce y el cuerpo lo comprende pueden transcurrir varios minutos. Muchos. Kilómetros de vacío. En los que no hay nada más que la acuciante necesidad de detenerse e irse a casa.

Ahí está la carrera.

Ahí es donde hay que vencer.

Hay que tener presente que todos los corredores lo van a sufrir. Todos los que estén penando a tu lado. Todos los que van por detrás y todos los que van por delante. Incluso el africano que cruce la meta en primer lugar, cortando la cinta en poco más de dos horas, sufrirá el muro. Y lo pasará.

Igual que Axel.

O eso quería creer.

Llegó a casa sudado, y más o menos satisfecho por recuperar la vieja costumbre de mover la sangre. Y se fue a la ducha. Al salir escribió a su hermana Gema para prometerle que esa misma noche recogería a Marta. Y si no para siempre, porque aparecerían nuevos casos, se quedaría con ella una larga temporada.

Era uno de los asuntos que tenía pendientes. Dedicarle tiempo de calidad a su hija. O tiempo de algún tipo.

El otro asunto era pelirrojo y olía muy bien. Y le daba más miedo. Por eso lo enfrentó *ipso facto*. Sin darle demasiadas vueltas.

Axel entró en Instagram para escribir a Alicia. Llevaba días con eso en la cabeza. Lastrado por el peso de ignorar a alguien que no lo merecía. Se escudaba en el trabajo y era un buen escudo. Pero no para él. Él sabía el verdadero motivo por el que no contestaba, por el que no avanzaba.

Sabía también que Alicia era una campo de lavanda en la Provenza francesa. Que Alicia era un billete de avión a Costa Rica en enero. Que Alicia era una botella de agua fresca después de 42 kilómetros corriendo. Y Axel era un civil, inocente y noble, preso en una celda de Alcatraz. Era el puto John Patrick Mason en *La Roca*.

Y había llegado el momento de fugarse.

Mensaje Directo de Instagram:

> *Hola, Mayfair:*
> *No pondré excusas, pero lo siento mucho. ¿Te apetece que nos veamos esta noche? He reservado una mesa para dos en un sitio guay. También he barrido el suelo del salón de mi casa por si te quieres descalzar. He cambiado las sábanas y he hecho la cama. Estás invitada a lo que tú quieras del plan. Si no quieres, lo entiendo. Y si no me contestas, también. Me lo tendré bien merecido. Pero insistiré un poquito, ¿vale?*
> *Un beso.*

A los pocos segundos a Axel le saltó el aviso de «Visto».
Joder.

Dejó el móvil, acobardado, y se vistió. Con mucha parsimonia. Ganando tiempo. Un tiempo que no sabía para qué necesitaba, pero que necesitaba. Primero los vaqueros. Después una camiseta blanca con Muhammad Ali gritándole a un noqueado Sonny Liston que se levante. Al verla, Axel se dio cuenta de que necesitaba ir de compras. Y por último unas Nike de bota blancas con el aspa roja.

Las de Marty McFly.

Después de beber aguar, echarse colonia, lavarse los dientes y dilatar al extremo el instante de enfrentarse al móvil para ver si Alicia había contestado, lo miró. Y cuando lo desbloqueó no encontró lo que esperaba. Nada en Instagram. Nada de Alicia.

Mensaje de Whatsapp. Se jodió Alcatraz. Noa.

El alcaide. Me han vuelto a trincar.

Las sirenas empezaron a tronar. Las luces a toda hostia.

Los perros ladrando sin bozal.

A tomar por culo la fuga.

Mensaje de Noa: «Axel, me voy a Madrid. Quiero conocer a mi hija».

48

Noa Novoa se despertó agitada. Había dormido muy poco, pero al menos había dormido algo. Dormir no se le daba bien. Se le daba mucho mejor dar vueltas, pensar, dar más vueltas y seguir pensando. En eso era la jodida número uno del mundo.

Llevaba muchos años buscando, sin encontrarla, algo de armonía consigo misma. Un equilibrio vital que no llegaba. Y cuando abrió los ojos supo que tampoco iba a llegar esa mañana.

El día más difícil de los últimos diez años.

El día de decir adiós a su fantasma.

Pero diciéndole antes hola.

Noa estaba nerviosa y eso no la pillaba por sorpresa. Había malgastado indefectiblemente tantas horas de su vida en pensar en ello, en imaginarlo, en anticiparlo, en planearlo, en desarrollarlo, en llevarlo a cabo... que cuando llegó el día de hacerlo realidad, se lo sabía de memoria. Ahora le parecían horas bien empleadas. Y a eso se agarró para encontrar la paz necesaria e irse al agua.

Cogió la tabla y cogió unas olas.

Esa mañana, el cielo plateado y cargado de lluvia venía con nubes bajas que chocaban unas con otras.

El mar estaba picado.

Bravo.

Sin olas buenas.

Noa hizo lo que pudo. Consiguió domar un par y otro par la domó a ella. Suficiente para relajarse. Y volver a casa.

Se metió en la ducha y se quedó bajó el chorro de agua hirviendo varios minutos que la reconciliaron con el exasperante clima gallego. Después acudió a su armario y seleccionó varias prendas a las que llevaba mucho tiempo sin prestar atención. Entre ellas, una sudadera negra con capucha que no se atrevía a mirar desde que Axel la encontró en los acantilados a punto de tirarse al mar. Ese día, cuando regresó a casa sana y salva, y con la firme determinación de cambiar de nombre y de vida, decidió cambiar también de sudadera.

Por eso se la estaba enfundando otra vez.

Para cerrar el círculo.

Sintió una sensación extraña al volver a ponérsela. Una paz interior que en nada se parecía al miedo y el asco con el que recordaba aquella época de su vida. Y sintió placer.

Una ataraxia momentánea y sincera.

Noa comió con sus padres. Su padre había comprado en el mercado una pieza de merluza fresca muy apetitosa. Y su madre la había preparado al horno, con patatas y limón. Apenas hablaron durante la comida. De nada importante, al menos. Conversaciones de mesa y mantel. Y vino blanco. «¿Había buenas olas?», «¿Qué vas a hacer por la tarde?», «¿Dónde se ha metido tu hermana?». A lo que Noa respondió: «No», «No sé», «No sé». Ella no hizo ninguna pregunta y a sus padres no les quedaron ganas de insistir.

Después de comer, se echó un rato en el sofá. Intentando no pensar en nada. Dejando la mente en blanco. Un ejercicio cercano a la meditación que había perfeccionado con el paso de los años y que tantas veces la había rescatado de los oscuros túneles mentales en los que se metía a plena luz del día.

Sin darse casi cuenta, la tarde se le echó encima y llegó el momento de irse. Noa se enfundó la capucha negra, que le cubría hasta las cejas, y salió de casa sin decir adiós. Se montó en el coche y se dirigió sin dar rodeos al destino fijado con antelación. Estaba empezando a notar algo parecido a un nerviosismo infantil.

Aparcó cerca de la puerta y esperó.

Ya casi era la hora.

Sentada todavía en su Audi A1, desplegó los brazos hacia el volante y lo agarró con fuerza. Respiró hondo varias veces, tomando todo el aire que le cabía en los pulmones.

Inspiraciones profundas.

Aire dentro...

... Aire fuera.

Así varias veces. Para oxigenar su cuerpo y su mente. Para renovar la atmósfera de su cavidad respiratoria.

A las nueve en punto de la noche, Noa bajó del coche y caminó con tranquilidad, con pasos firmes, hacia su pasado. Se sentía entera y fuerte. Y sentirse tan fuerte le estaba dando más fuerza.

Entró en el edificio e hizo escrupulosamente lo que tenía que hacer. Paso por paso. Sin dejar ni un solo detalle al azar.

Una vez hubo terminado, ya solo tenía que esperar.

Y eso fue, con mucha diferencia, la parte más difícil.

Javier Grande, al que todos llamaban Jarvis —y por todos nos referimos a él mismo cuando hablaba en tercera persona—, decidió que no tenía nada que perder. Que estaba harto de meterse rayas inútiles, beber copas estúpidas y fumar porros sin sentido. Quería abrir nuevas puertas en su vida. Quería hablar menos y vivir más. Conseguir que sus historias tuviesen una base real.

Como la del descampado, cuando le secuestraron y amagaron con pegar un tiro a su colega Omar. Ahí se dio cuenta de que estaba tirando su vida por la borda. Todo el santo día preocupado de no molestar a la zorra de su ex y de no malcriar al malcriado de su hijo.

Tenía que fijarse en Omar. Ese cabrón sí que estaba exprimiendo el jugo de sus mejores años. Y se estaba poniendo las botas, joder. Vaya tías se estaba zumbando, el mamonazo.

Tetas grandes.

Tetas pequeñas.

Tetas operadas.

A él eso se la sudaba. Se conformaba con que fuesen dos y se las dejasen babear un rato.

Jarvis intentó hacer memoria de cuándo había sido la última vez que había follado fuera de casa y no le salían las cuentas. Si se ponía a pensar cuándo había sido la última vez que había follado en casa era todavía peor.

En parte dejó de follar porque no controlaba. No se le daba bien. El Jarvis hacía bien otras cosas, pero follar se le atragantaba un poco. No tenía eso que hace falta... ¿cómo lo llaman? Tacto. Eso, tacto.

¡Qué cojones iba a tener tacto él! Tacto tenían los maricones.

Al Jarvis cuando le gustaba una tía, pues hacía lo que tenía que hacer. Primero se la intentaba meter y luego preguntaba. Y normalmente ni una cosa ni la otra. Ni conseguía meterla ni le dejaban preguntar. Y por culpa de eso, alguna se le puso tontita, no te creas. Pero tontita de amenazar con denunciarle y mierdas así.

A él. ¡Hay que joderse!

Por eso, también perdió el interés. Estaba hasta la polla de lloriqueos. Por eso y porque en un polvo guarro sin condón en los baños de un antro de yonquis, se le escaparon unas gotitas y dejó preñada a la zorra de su ex. Joder, si ni siquiera llegó a correrse dentro. La sacó en cuanto notó que se iba. Pero fue tarde. O eso dijeron los médicos. Y claro, así salió el niño.

Subnormal profundo.

Ahora, Jarvis sentía que su vida estaba dentro del váter y que algún cabrón había tirado de la cadena. Sentía que tenía que cambiar algo, que tenía que animarse. Estaban en 2019, joder. Hasta el más burro echaba un polvo ya. Y él no era el más burro. Era burro, pero ¡qué coño! El Jarvis sabía hablar. Es más, el Jarvis hablaba de puta madre.

No dejó pasar más tiempo y, sin decirle nada a nadie, esa misma mañana recuperó la contraseña de su cuenta de Instagram, que llevaba años parada, y la reactivó. Sabía perfectamente de qué iba la movida. Se lo había visto hacer mil veces a Omar. Se trataba de buscar a alguna guarra y mandarle mensajes privados con emoticonos de mierda. A partir de ahí, calentar el tema un poco y... ¡Pam! Adentro hasta que duela.

¡Dios, se estaba poniendo cerdo!

Jarvis conducía envuelto en pensamientos sórdidos. Notaba cómo iba creciendo el bulto que nacía entre los botones del pantalón. Ya le empezaba a faltar sangre en el cerebro. Le costaba concentrarse en la carretera. ¡Vaya puto homenaje se iba a meter!

Y no le había costado mucho. Eligió varias chavalas. Unas al azar. Otras conocidas, de verlas por ahí. Y otras que habían estudiado con él y que nunca más se supo. Les mandó mensajes a todas y alguna picó. Y una vez que picas, ya es jodido escapar de las garras del Jarvis. Que son muchos años, joder. Que se las sabe todas.

Ahora vacilaba desde el coche y se dirigía dando mil rodeos al destino que una de las chavalitas le había fijado con antelación. Estaba empezando a notar algo parecido a una erección indomable. ¡Qué hostias! Se le estaba poniendo como el cuello de un mongolo.

Aparcó cerca de la puerta y esperó. Ya casi era la hora. A las nueve y media de la noche, Jarvis bajó del coche y caminó sin tranquilidad, más tenso que su puta madre, con pasos febriles, hacia un polvo guarro.

Se sentía joven y cerdo. Y el sentirse tan cerdo le estaba dando más ganas de follar.

Entró en el edificio e hizo escrupulosamente lo que tenía que hacer. Fue a la habitación en la que le estaban esperando y llamó a la puerta.

Y eso fue, con mucha diferencia, la mayor cagada de su día.

Iria Novoa lo tenía todo atado. Atado y bien atado. Esa fue la expresión que empleó meses después cuando le preguntaron por todo lo acontecido aquella lluviosa noche de marzo de 2019: «Atado y bien atado».

Pero se desató.

Iria pasó la tarde en comisaría. Sentada en su mesa, delante del ordenador. Con varias ventanas de navegación abiertas para poder cambiar rápido de página si alguien se acercaba a cotillear. Con un solo clic pasaba de bucear en archivos digitales de antiguos casos de violaciones y abusos sexuales, a la *front page* de Instagram, en la que manejaba una conversación subida de tono, en la bandeja de mensajes directos, del perfil falso que se había creado para atraer a su presa.

Aprovechaba los tiempos muertos, desde que escribía y enviaba algún mensaje hasta que le respondían, en rastrear denuncias sin resolver, retiradas antes de la celebración de un juicio o que se consideraron falsas... Pistas para trazar el posible recorrido criminal del violador de su hermana.

No encontró nada. No era fácil. Nadie en sus declaraciones había comentado nada de un cepillo de dientes. Tampoco eran precisas las descripciones físicas. Todas hablaban de «Un varón de mediana estatura y complexión fuerte». Iria suponía que eso es lo que recuerdas cuando alguien te fuerza sexualmente. A un hombre cualquiera más fuerte que tú.

Entre búsqueda y búsqueda, Iria recibió la visita que estaba esperando. No le sorprendió lo más mínimo que quien acudiese a contemplar en qué invertía su tiempo con el ratón fuese su propio jefe. El comisario Antón Olivares.

—¿Qué andas haciendo, bonita?

Iria no levantó la vista de la pantalla para evitar transmitir la repulsión que sentía hacia el machismo incontrolable de su superior.

—Nada, jefe. Estoy empezando a darme por vencida —mintió Iria—. Tengo la impresión de que nos enfrentamos a un enemigo demasiado grande y no hay forma de hincarle el diente.

Olivares le puso una zarpa en el hombro e Iria hubiese preferido recoger la mierda de un perro con la mano y sin bolsa durante una semana, antes que soportar durante más tiempo esa morcilla sudada sobre su chaqueta.

—Lo sabemos, cariño. Ten paciencia. Lo vamos a intentar, y si no podemos cazar a nadie pues... por lo menos, podremos decir que lo hemos intentado.

Eso era lo único que le importaba a ese gordo miserable. Guardar las apariencias. Poder decir. Se la sudaba que hubiesen matado a un desgraciado que vivía bajo la extorsión perenne de unos criminales despiadados. Se la sudaba que siguiese entrando droga en las costas gallegas y que esa droga acabase con el futuro de miles de chavales inocentes. Se la sudaba hacer justicia y acabar con una lacra que movía cientos de miles de millones de euros en billetes manchados de sangre. Lo que le importaba era poder decir que lo habían intentado y atragantarse a base de centollos mientras una prostituta le comía los huevos en el coche.

Ese era su jefe.

—Tienes razón, jefe. Voy a seguir un poco más. A ver si encuentro algo. Y si no, me voy ya a casa. —Iria forzó una sonrisa blanda—. Que nadie pueda decir que no lo hemos dado todo.

Una ráfaga de viento entró por la ventana del fondo de la primera planta de la comisaría y movió la cortina de pelo que Antón Olivares se había colocado concienzudamente esa mañana encima de la calva. Se formó en el aire una cresta anoréxica que el comisario atajó con su mano derecha. Eso le empujó a acelerar su huida. Iria se le quedó mirando por si osaba volver la vista atrás. Que supiese que no se había perdido ni un detalle de tan dantesco espectáculo.

Cuando volvió a estar sola, Iria desplegó la pestaña de Instagram y encontró una notificación de respuesta. Un icono rojo con un uno en blanco.

Un mensaje que decía: «Buf. Me flipan, pero mejor no lleves bragas. No las vas a necesitar. No te imaginas lo caliente que estoy. ¿Tú estás mojada? Déjame ver lo mojada que estás».

Un mensaje que respondía al que Iria había enviado minutos antes de que apareciese Olivares: «Me voy a poner mis braguitas favoritas. Unas de Hello Kitty que me regaló mi madre por mi cumple». Y al que Iria contestó: «Prefiero dejarte con las ganas. Te veo a las nueve y media. No tardes o me quedaré dormida. Soy muy pequeña para trasnochar».

Poco a poco, la comisaría se fue vaciando e Iria pudo trabajar con más tranquilidad. Hasta que llegó su hora y cerró la sesión del ordenador. Se levantó, recogió el equipo completo, todo lo necesario, y se fue.

Se montó en el coche y se dirigió sin dar rodeos hasta el destino fijado con antelación. Estaba empezando a notar algo parecido a un cosquilleo estimulante.

Aparcó cerca de la puerta y esperó. Ya casi era la hora. A las nueve y cuarto de la noche, Iria bajó del coche y caminó con tranquilidad, con pasos firmes, hacia su presente. Se sentía sólida y segura. Y sentirse tan segura le estaba dando más seguridad.

Entró en el edificio e hizo escrupulosamente lo que tenía que hacer. Paso por paso. Sin dejar ni un solo detalle al azar. Una vez hubo terminado, ya solo tenía que esperar.

Y eso fue, con mucha diferencia, la parte más sencilla.

Omar Pombo se consideraba a sí mismo un hijoputa con suerte. La vida le había sonreído desde el primer día y él le había devuelto una sonrisa engañosa.

Eran las ocho y media en punto de la tarde. La hora de cerrar.

Omar bajó la persiana de la tienda y echó a andar. Como siempre, él fue el último en salir. Sus empleados terminaban la jornada laboral a las ocho y Omar era muy británico para los horarios. Si no los necesitaba, los invitaba a irse cuanto antes. Y si llegaban puntuales para abrir, él les devolvía el gesto siendo riguroso con el cierre. Así también se ahorraba pagar horas extras y se aseguraba de tenerlos contentos.

Es más probable que venda un vendedor feliz que uno amargado.

Ese era su lema. Y le funcionaba.

Omar caminaba arrimado a los edificios, resguardándose de la lluvia. La ciudad estaba llena de vida a pesar de que hacía una noche de mierda. Había mucho tráfico pero aun así, Omar decidió coger el coche. No quería empaparse.

Condujo por la avenida de Europa hacia el paseo de Samil. Iba repasando mentalmente las ventas del día. Lo cierto es que había sido un día cojonudo. Solo esa tarde había vendido casi tanto como una mañana de Navidad.

En cualquier caso, Omar estaba tranquilo. Sabía que contaba con el respaldo de su familia para cualquier eventualidad. Una buena familia, acaudalada y bien considerada en los círculos de la burguesía viguesa. A su hermano, aún de vez en cuando, le pedían alguna foto o autógrafo los más despistados. No había marcado muchos goles con la camiseta del Celta, pero el solo hecho de haberla vestido ya le daba un caché especial en las calles de la ciudad. Sus padres se habían jubilado, habían cerrado el bar y disfrutaban de metódicas horas de ocio de alto *standing*. Su padre, con el golf. Y su madre, con el yoga. Más los restaurantes caros y los viajes transoceánicos con amigos del Club de Campo.

Y para colmo a Omar la tienda le funcionaba como un tiro. Bien situada y bien organizada. Con varios puntos de venta por toda Galicia, ya estaba pensando en ampliar fronteras y empezar a vender en Madrid y Barcelona. Era un salto jodido, que había que meditar bien, pero la calculadora le decía que podían permitírselo.

La calculadora.

Esa mala pécora no siempre había sido tan benévola a la hora de dar noticias. La crisis de 2008 los golpeó bien fuerte. Fueron los años más duros. La gente empezó a sufrir recortes salariales, el consumo bajó, el gasto se desplomó y Omar tuvo que cerrar varias tiendas. Llegó a plantearse cerrarlas todas y cambiar de vida, pero para eso estaba su familia. Para ayudarle en cualquier eventualidad. Y la crisis fue una eventualidad de *carallo*.

Omar se mantuvo firme, concentró todos sus esfuerzos en la tienda de dos plantas de la calle del Príncipe, ajustó el nivel de producción, contrajo las nóminas y defendió las ventas. Perseveró en la idea de mimar a una clientela fiel y eso le mantuvo a flote.

La perseverancia.

Esa era su principal virtud.

Recordaba aquellos años con dureza. Fue entonces cuando empezó a tontear con las drogas. No a consumirlas. Eso empezó mucho antes. De hecho, en aquella época consumió más que nunca y ya nunca dejó de hacerlo.

Con lo que empezó a tontear Omar fue con los narcotraficantes. Estaba claro que gozaba del respaldo económico y moral de su apellido, pero una ayuda no le venía mal. Y se la ofrecieron con mucho gusto.

Descargar cajas.

Transportar cajas.

Pescado, fruta, cocaína.

¿Qué diferencia había? Lo último que necesitaba Omar era que su conciencia se le pusiese exquisita ahora. Acallarla no fue fácil, pero lo consiguió. Y como siempre pasa, una vez que lo consigues, puedes darte por jodido. Porque eso ya es para siempre. Una vez que cruzas la línea, no hay vuelta atrás. Ni siquiera te vas a quedar en el sitio. Una vez que cruzas la línea, ya solo avanzas como un hijoputa. Un hijoputa con suerte. Pero un hijoputa al fin y al cabo. Lo de la suerte se da por hecho. Porque si la suerte no está de tu parte en este mundo, más pronto que tarde vas a acabar con una bala incrustada en el cerebro.

Él lo sabía bien. Estuvo a pocos centímetros de que le ocurriese. El cabronazo de la cicatriz. Aún se cagaba encima al recordarlo. Pero ¡qué curioso! Fue ese capullo quien le abrió los ojos.

¿Dónde coño iba él sin pistola? A la tumba de cabeza. Esa era la respuesta. Por eso se agenció una Sig Sauer P226 sin marcar, por la que le soplaron dos mil pavos. Pero, joder, tenía la pasta. Y necesitaba la pipa. Para defenderse. Así son estos negocios.

Ahora, en lo que confiaba era en no tener que volver a utilizarla. Pero llevarla encima, la llevaba. Eso siempre. Por si las moscas. La escondía en la guantera. Bien al fondo. Detrás de la documentación del coche y de los papeles del seguro.

Omar conducía a toda hostia. Tenía una cita de esas que le vaciaban las pelotas en pocos minutos. Algo inesperado. Sus favoritas. Cuando tenía que trabajar mucho para follarse a una tía luego le daba pereza. Lo que más le ponía era el factor sorpresa. Le flipaban los polvos rápidos. Aquí te pillo, aquí te mato.

Y mandar.

No soportaba que se le pusiesen encima. Directamente se le bajaba todo. Si querían dominarle, se ponía de mala hostia. Por eso esta noche pintaba tan bien.

Una niña se había puesto en contacto con él a través de Instagram. Le tendría fichado de la tienda. Sería una clienta. De esas que vienen a por un bikini brasileño y le follan con la mirada mientras se acarician el pelo y ven como papá saca la tarjeta y mete el pin.

Seguro que era una de esas.

Lo mejor de todo es que había sido muy rápido. Un par de emoticonos traviesos y al hotel. Omar ya se veía haciéndoselo muy duro. Muy duro. Le haría gritar. No le valía con gemidos. Le daba igual si se corría o no. Quería que gritara.

Omar fue directo al destino fijado con antelación. Estaba empezando a notar algo parecido a un ímpetu desbocado.

Aparcó cerca de la puerta y esperó. Ya casi era la hora. A las nueve y media de la noche, Omar cogió la pistola y bajó del coche. Caminó con entusiasmo. Con pasos firmes hacia la perversión. «Hello Kitty», eso le iba a decir en cuanto le abriese la puerta.

Mierda, ya notaba que empezaba a perder el control. Ya no estaba seguro de poder dominarse. Los putos vodkas. Le estaba pasando lo de siempre. Se sentía enfermo y rabioso. Y sentirse tan rabioso le estaba dando más rabia.

Iba a entrar en el edificio y hacer escrupulosamente lo que tenía que hacer. Pero se dio cuenta de que se olvidaba de algo. Lo más importante. Lo único que podía calmarle. Retrocedió sobre sus pasos y volvió al coche. Abrió la puerta y lo recogió. Su amuleto. ¿Cómo se pudo olvidar de el y dejarlo atrás? ¿Estaba gilipollas?

Omar alcanzó el cepillo de dientes que escondía debajo del asiento y se pegó un buen repaso. Con vehemencia. De forma frenética. Arriba y abajo. Izquierda y derecha. En movimientos muy cortos. A toda velocidad. Sin espuma.

Una vez hubo terminado, se lo guardó en el bolsillo del vaquero y volvió a entrar en el hotel. Se colocó la capucha gris de la sudadera y no se retiró el mechón rubio que le caía por la cara. Subió en el ascensor y se sonrió al espejo.

Y comprobó que, efectivamente, los dientes estaban limpios.

Omar llamó a la puerta de la habitación 106. Y esperó unos segundos que se le hicieron eternos. Algo no iba bien. No sabía decir qué pero estaba experimentando una sensación extraña. Algo parecido a un dejavú: 106.

Cuando le abrieron la puerta y entró en la habitación lo comprendió todo.

No era un dejavú.

Era real.

Y darse cuenta de lo que le esperaba fue, con mucha diferencia, la parte más amable de toda la noche.

49

Noa abrió la puerta y volvió a la cama. Sin saludar. Estaba descalza y vestida. No tenía calor. No fue capaz de mirarle a la cara. No lo había hecho desde aquella vez en el chiringuito con sus padres. Y no tenía ganas de vomitar otra vez. La cama estaba hecha y Noa se sentó en el borde con la cabeza gacha, casi entre las piernas.

Estaba temblando.

Omar, al verla, se quedó petrificado.

No entendía nada. ¿Qué demonios hacía esa allí?

Cerró la puerta a su paso y entró.

—¿Qué haces tú aquí?

Noa no contestó. No le salían las palabras. Ni siquiera era capaz de apartar la vista del suelo.

—No me jodas, enana. Que yo venía a otra cosa. No a que me intenten hacer sentir culpable por una niñatada que ocurrió hace diez años.

—Once —susurró Noa.

—¿Qué quieres de mí? ¿A qué viene todo esto?

Noa no contestó y Omar estaba empezando a ponerse muy nervioso. Porque nervioso ya estaba antes de entrar.

—¿No le habrás dicho nada a nadie, no? Es eso. Vamos a ver, porque me voy a cagar hasta en mi madre. Te lo advertí en su día y te lo vuelvo a decir. No te va a creer ni dios. ¿Lo entiendes? Solo eras una niña un poco salida intentando llamar la atención. —Omar miraba alrededor sin saber bien qué buscaba—. Pero si además te gustó. No me vengas ahora con esas. Yo tengo mi tienda, me va bien. ¿Por qué iba a hacer algo así?

—Porque eres malo —replicó Noa—. Eres malo. Y tienes que parar.

Omar se acercó a la cama y comprobó que Noa no tenía arrestos para plantarle cara. Estaba encogida. Casi enrollada sobre sí misma.

Pero siguió hablando.

—No sé a cuántas más habrás violado, Omar. Pero tienes que entregarte.

Omar soltó una carcajada.

—¿Pero qué estás diciendo? Me habían dicho que estabas como una puta cabra, pero no me imaginaba que también fueses idiota.

—Has matado a un hombre inocente —aseguró Noa.

Omar cerró los puños.

—No te molestes en negarlo —siguió ella—. La poli ya lo sabe. Me lo contó mi hermana. Ella te adora y no es capaz de ir a por ti. Está destrozada. Lo niega. Y se lo niega a todo el mundo. Dice que es mentira. Pero lo saben, Omar. Y si te entregas, quizá puedan ayudarte.

—¿Dónde está tú hermana?

—Estaba en comisaría. Tenían una reunión para planear tu detención.

Omar le dio una patada a la pata de la cama. Noa se apartó asustada.

—¿Por qué lo hiciste, Omar? Se suponía que debías protegerme. Tú eras mayor que yo. Y me querías. Mis padres te querían. Comprábamos en tu tienda. ¿Por qué? ¿Por qué me jodiste la vida?

—Cállate, puta enana, o te reviento la cabeza aquí mismo. No me jodas o lo de la otra vez te va a parecer un cuento de hadas.

—Me quedé embarazada.

La bomba cayó sobre Omar como un piano desde un quinto piso. Nunca había pensado en esa posibilidad.

—¿Qué coño dices?

Noa calló como respuesta.

—¿Te... te... tenemos un hijo?

—Una hija —corrigió ella, y rompió a llorar—. Aunque en realidad no tenemos nada.

—¿Dónde está? Me estás mintiendo. No tienes ninguna hija. —Omar gritaba, agarrando a Noa de los hombros con ambas manos. Sabía que le estaba haciendo daño.

—Te estoy diciendo la verdad. Vive en Madrid. Con su padre.

—¿De qué hablas? ¿Me quieres volver loco? —Omar apretó aún más los hombros de Noa, que soltó una mueca de dolor—. ¿Con el poli? ¿Eso me estás diciendo? ¿Que vive con ese?

—Con Axel, sí —confirmó Noa—. Y ahora ese poli también te busca por asesinato. Iria cree que tú mataste al empleado del puerto.

Omar se levantó la camiseta, se metió la mano en el vaquero y sacó su pistola.

—Mientes, maldita zorra. Estás mintiendo —dijo entre dientes.

Él dejó la pistola en el suelo y se desabrochó el pantalón. Noa intentó gritar, pero Omar aplacó el sonido con su mano. Ella quiso morderle, pero no tenía fuerzas para combatir.

—Te voy a matar. Te voy a pegar un tiro, pero antes te voy a follar más fuerte que la última vez, hija de puta.

Noa se revolvía en la cama. Omar intentaba inmovilizarla y bajarle el pantalón. A su espalda escucharon un portazo.

—Déjala en paz, cabrón.

La figura de Iria Novoa se alzaba indiscutible. Sólida. Como un bloque de acero soviético.

Miraba con odio a través de sus ojos azules inyectados en sangre. Con el lagrimal al punto de nieve.

Parecía el rey de la noche llegando al muro.

O la reina.

En una mano sostenía su revólver reglamentario, que apuntaba directamente al mechón rubio. En la otra, Omar vio que tenía la grabadora del móvil en rojo, trazando lineas irregulares, como una electrocardiograma.

Omar necesitaba uno. Sentía una presión en el pecho. Como si se le fuese a parar el corazón. Lo había registrado todo. La conversación entera. Había caído en la trampa como un maldito juvenil.

Mierda.

Iria le dio una patada a la pipa de Omar que se deslizó lejos de su alcance. Él sopesaba sus opciones. No eran muchas.

Había perdido.

—Está bien, Iria. Baja el arm...

—Ni se te ocurra volver a decir mi nombre, hijo de puta. O te pego un tiro aquí mismo.

Omar bajó la mirada. Iria le enseñó el móvil.

—¿Ves esto? Todavía está grabando. Quiero que hagas una confesión completa. ¿Por qué mataste a Mauro Otero?

—¿Pero qué dices, Iria? ¿Por qué piensas que fui yo? No lo entiendo. Yo no hice nada.

—El cepillo de dientes, subnormal. El puto cepillo de dientes. ¿No notaste que te faltaba algo?

Noa se sentó en el suelo. En una esquina de la habitación. Seguía temblando de miedo, acurrucada, abrazada a sus piernas, pero no lograba contener el temblor.

—Explícamelo todo. Y te ayudaré —dijo Iria—. Si colaboras, podré negociarte un acuerdo. Una rebaja de la condena, y entrarás en protección de testigos. En unos años estarás otra vez en la calle. Eres joven todavía. Te queda mucha vida por delante. ¿Quieres pasarte el resto de tus días entre rejas? ¿Paseando por el mismo puto patio, todos los putos días, mientras vigilas tu espalda compulsivamente para que no te claven un puñal en la espina dorsal? Me las arreglaré para que no te envíen a una prisión gobernada por narcos mexicanos. Estarás a salvo. Pero tienes que largar. Y me estoy quedando sin batería.

Omar se retiró la capucha. Tenía la mirada perdida y la vida en *pause*. En su cabeza se amontonaban las salidas y ninguna llevaba a ninguna parte.

Solo encontró un camino.

Y empezó a hablar.

Se lo contó todo. Con pelos y señales. Le habló de Gato y de sus hombres. El de la cicatriz y el otro. El de la voz asquerosa. Le habló del secuestro de Jarvis. Le contó que tuvo que pedir ayuda a una gente en Madrid. Gente muy chunga. Con la que había hecho negocios otras veces para colocar la farlopa rápido. Esa gente tenía contactos y sabía cómo hacerlo. Le explicó que había contraído una deuda que tuvo que saldar. Y que le pidieron que matara a Otero, por chivato. Si el encargo venía de los narcos mexicanos, Omar no lo sabía. Él tenía enlace directo con esta gente de Madrid y no hacía preguntas. A él no se las hicieron cuando había acudido a pedir ayuda. Era una cuestión de honor. Le contó también que fueron ellos, los de Madrid, los que le mandaron la polla del pavo de la radio. Querían deshacerse de ella y desviar la atención de la pasma. Mandarles a olisquear a Vigo. Y poder vivir tranquilos. O eso suponía Omar. Porque sobre eso tampoco le dieron explicaciones. Ni él las pidió.

Omar habló y habló y habló.

Y cuando iba a decirle que podía localizar a los de Madrid e intentar tenderles una trampa, Iria le interrumpió.

—¡Quieto, Omar! —gritó Iria—. ¿Qué haces? No lo hagas. No lo intentes.

Noa se tapó los oídos. Omar la miraba sin entender.

—¡Omaaarrr... Nooo! —Iria apagó la grabadora y dejó el móvil en la mesa con toda la calma del mundo.

—Iria...

—Te dije que no volviese a decir mi nombre, saco de mierda.

Iria Novoa apretó el gatillo y le descerrajó dos tiros en el pecho a su colega.

—Vete al infierno, hijo de puta —susurró.

Omar murió en el acto.

Iria se puso unos guantes y recogió del suelo el arma de Omar. Se colocó a su lado y disparó contra la pared simulando la trayectoria en la que la bala habría pasado rozando la oreja de Iria. Le colocó la pipa en la mano. Y se sentó junto a su hermana.

Noa seguía llorando y temblando. Con los dedos dentro de los oídos.

Y los ojos muy cerrados.

Mientras, en otro punto de la ciudad, Jarvis Grande se abofeteaba la polla para intentar que funcionase. El rifle se le había quedado sin balas. Él solo quería echar un polvo y el rodaballo no le hacía ni puto caso. A su lado, una chica enviaba un mensaje difamatorio a su grupo de veinte amigas de WhatsApp, asegurándoles que por fin había perdido la virginidad. Que ya era una de ellas.

50

Primero llegó una patrulla que estaba por la zona. Luego una ambulancia medicalizada que se llevó a Noa en camilla y con una máscara de oxígeno. Estaba en estado de *shock* y le costaba respirar sin ayuda. Después llegaron la científica y el forense. Iria fue explicando a todos, uno por uno, lo que allí había sucedido. Pero, como ya imaginaba, no encontró buenas caras. Su forma de actuar se había pasado por el forro todo el procedimiento policial, paso por paso.

Andrade y Olivares, que llegaron juntos y medio borrachos, no fueron tan condescendientes como acostumbraban.

—¿Qué mierda es esto, Iria? —Olivares preguntó airado. Se adelantó y marcó la jerarquía con su compañero, aun sabiendo que estos trámites con Andrade eran del todo innecesarios. Si alguien conocía y desempeñaba perfectamente su papel de «Tienes razón en todo lo que digas, jefe», era él—. Tenemos un chaval muerto con dos tiros en el pecho y una chapuza que a ver cómo *carallo* explicas si a alguien se le ocurre meter las narices en esto. No informaste de tus planes a ningún superior. No solicitaste ayuda. Sin refuerzos. Sin plan de actuación. Sin apoyo del servicio de emergencias. Joder, podríamos haber tenido una ambulancia preparada por si pasaba algo. ¿Y esa pobre chica que se ha ido con la mirada perdida y un ataque de nervios? Joder, esto ha podido ser una catástrofe.

—Es mi hermana. Y está bien —explicó Iria—. Está mucho mejor, de hecho. Y siento tener que llevarte la contraria, jefe, pero sí había un plan de actuación. —Iria le enseñó el móvil—. Este chaval se llamaba Omar Pombo. Era el tipo al que estábamos buscando. El asesino de Mauro Otero.

Olivares y Andrade se miraban como si el otro supiese más. Y no.

—¿Era sudamericano? —inquirió Andrade.

Iria pensó que, efectivamente, estaba mejor callado.

—No. Era un enlace aquí, en la ría. Conozco a este tío desde hace muchos años. Tocamos juntos en un grupo de música. Llevo mucho tiempo trabajándome su confianza. Se podría decir que éramos casi amigos. De hecho, estaba conmigo cuando encontré flotando el cadáver del capataz. Y, evidentemente, no fue ninguna casualidad. Sabía que podía estar metido en algo chungo y no me equivocaba. El motivo por el que he actuado en solitario y sin avisar a nadie de mis intenciones es precisamente ese, la confianza. Seguro que lo entienden. Primero, no me podía arriesgar a que alguien me jodiese la tapadera. Todos sabemos que la pasta de la droga compra gente dentro. Afortunadamente nos tenemos a nosotros tres —Iria se sentía sucia al buscar la complicidad de dos jefes que la repugnaban—, pero ¿de quién más nos podemos fiar? Estoy segura de que vosotros habríais actuado de la misma forma que yo.

—Claro que sí, bonita. En eso tienes razón —dijo Olivares—. Pero no sé si va a estar de acuerdo con nosotros la gente de Asuntos Internos. Como les dé por abrir una investigación... Esta operación está llena de irregularidades.

Iria volvió a alzar su móvil y pulsó el «play». La voz de Omar Pombo —aún con vida— sonaba robótica al otro lado:

«Te voy a matar. Te voy a pegar un tiro, pero antes te voy a follar más fuerte que la última vez. Hija de puta».

Iria detuvo la grabación.

—Aquí tengo una confesión completa. Este tío estaba a punto de cometer una violación y un asesinato. Y no era la primera vez que lo hacía. Ni lo uno ni lo otro. También he conseguido que largue todo sobre la muerte de Otero. Es una información muy valiosa. Y no solo para nosotros. Os recuerdo que hay gente en Madrid esperando cerrar el doble crimen de la radio con el fleco que les queda por aclarar: qué hacía el pene de Marcos Goya en la boca de Mauro Otero. La explicación está grabada también y de su móvil podremos extraer la información que nos falta para dar con la conexión madrileña de este caso. Es el momento de que vosotros dos salgáis en todos los medios a nivel nacional. En Teletres... en Antena 5... —Iria hizo una pausa entre cada medio de comunicación— en la Cadena Voz... en el diario *España*... en Onda Uno... En todas partes.

Olivares y Andrade volvieron a mirarse.

Y les gustó lo que vieron.

Se encontraron automáticamente más altos, más guapos, más importantes.

—No suena mal, jefe —dijo Andrade haciendo gala de su carácter empalagoso.

—Calla. Déjala hablar. ¿Qué más? —preguntó Olivares.

Los tres se habían retirado de la escena del crimen y hablaban al fondo de uno de los pasillos de la primera planta del hotel, cerca de un ventanal desde el que se veía el mar en toda su extensión. Las olas rompían frágiles contra las rocas.

—Esto es lo que ha pasado y esto es lo que vamos a hacer —inició Iria su relato de los hechos—. Esta tarde en la comisaría, Olivares, tú y yo hemos puesto punto y final a un plan de actuación de muchos meses que nos ha llevado irremediablemente hasta aquí. Andrade, tú también estabas al tanto de todo. Diremos que la creación del grupo musical fue un primer cebo para tener controlado a un tipo al que no considerábamos capaz de matar, pero en el que confiábamos para que nos pudiese acercar a la gente con la que hacía negocios. Íbamos a por los peces gordos. Después de muchas horas de trabajo y de espera, y de investigar a muchos miembros de una red de narcotráfico, Omar Pombo cometió un error garrafal. Empujado por sus circunstancias y extorsionado por mafiosos que operan desde Madrid, nuestro hombre se vio obligado a cometer el asesinato de Mauro Otero. Su siguiente error fue estar conmigo haciendo *surf* cuando encontramos el cadáver. Supongo que no podía calcular la fuerza de la corriente o quizá quería tener todo bajo control, vigilándolo de cerca, no lo sé. El caso es que Omar y yo ya nos conocíamos muy bien y fui plenamente consciente cuando encontramos el cadáver de que el asesino me estaba mintiendo a la cara. Y en eso consiste el trabajo policial. El buen trabajo policial. Diremos que, después de mi exposición de los hechos ante el grupo desplazado desde Madrid, hablé con vosotros dos y empezamos a planear la noche de hoy. Gracias a haberme acercado tanto al asesino, conocía bien sus fortalezas y sus debilidades. Y su principal debilidad eran las mujeres. Las niñas, para ser más exactos. Pero esta vez no le subestimamos. Con la inestimable colaboración de una víctima, en este caso mi hermana, pudimos tenderle una trampa. El asesino la había violado cuando era menor de edad. Ese fue uno de los motivos por los que iniciamos esta operación encubierta. Por supuesto, la identidad de mi hermana permanecerá oculta en todo momento. Es lo único que pido para seguir adelante.

—Por supuesto, guapa. Eso no hace falta ni comentarlo —dijo Olivares.

—Sí hace falta. Sí. Nunca le diremos a nadie el nombre de ninguna de las víctimas. Porque hay más. Pero dejaremos que sean ellas las que den el paso de contarlo si así lo deciden. No nosotros. Es nuestra obligación preservar su salud mental. ¿Está claro este punto, verdad? —Los dos policías le brindaron un gesto asertivo—. Lo que sí diremos es que montamos esta intervención entre los tres. Que vosotros estabais en las inmediaciones del hotel en permanente comunicación conmigo, listos para intervenir si algo salía mal. Desgraciadamente salió mal y no tuvisteis tiempo de reaccionar. Tuve que actuar sola. En un momento dado el asesino se vio acorralado e intentó huir. Para ello sacó un arma que tenía escondida en el pantalón y me disparó. Una bala que, afortunadamente, pasó rozando mi oreja y no me alcanzó. Eso me permitió defenderme y abatir al fallecido. Agente de policía actuando en defensa propia y con la vida de terceras personas en riesgo. Eso dirá el informe. Mi hermana es testigo de que todo esto ocurrió tal cual lo estoy contando. Y testificará si es necesario. En última instancia, la grabación corroborará nuestra versión. ¿Tenéis alguna pregunta?

A Andrade le sonaban las tripas. Estaba aturdido. Olivares, que era más despierto, fue el que dijo:

—La verdad es que no. Lo único que podemos hacer es felicitarte por una actuación policial impecable y celebrar que hayas podido contarlo.

—Perfecto —asintió Iria—. Hablaré de inmediato con uno de los policías que vinieron hace unas semanas desde Madrid. El agente Axel Nash. No sé si le recuerdan. Para informarle de lo que sabemos y que pueda cerrar tanto su caso como la derivación del nuestro en Madrid. Y cuando lo haya hecho, él se encargará de que salgamos en todos los medios de comunicación de este país. Tiene mano con la prensa. Antes de esto, hay que evitar cualquier filtración a los medios que pueda poner en peligro la búsqueda y detención de los tipos relacionados con el asesinato de Marcos Goya.

Los ojos mentolados de Iria se clavaron en la barriga de Olivares y fueron subiendo hasta su calva.

—Comisario, usted será el portavoz, como siempre. Le repetiré esta historia las veces que haga falta. Será pan comido. Si alguien aquí tiene el carisma necesario para camelarse a la opinión pública es usted.

Iria ahogó una arcada y se dirigió a Andrade.

—Usted haga lo de siempre. En eso no hay otro que se acerque a su nivel.

Cuando abandonó el hotel, la agente de la policía secreta de Vigo, Iria Novoa, estaba agotada. La adrenalina ya había bajado y sentía que estaba a punto de desfallecer. Se notaba tan cansada que no sabía si podría dormir. Y aún tenía que ir al hospital a ver cómo estaba Noa, aunque intuía que en poco tiempo estaría mucho mejor.

Olivares y Andrade la vieron alejarse preguntándose cómo semejante enana les había podido meter tamaña paliza. Andrade también se preguntaba qué había querido decir con «Usted haga lo de siempre», y las respuestas que encontraba no terminaban de resultarle agradables.

Noa descansaba en un habitación para ella sola. Le habían colocado una vía en el brazo y la estaban medicando con calmantes y suero. Había gastado mucha energía y se había deshidratado. La tensión de tantos años, acumulada en una habitación de diez metros cuadrados, la había dejado exhausta.

Un agente uniformado custodiaba la habitación. Puro protocolo. Nadie consideraba que hubiese riesgo de eliminación de un testigo por parte de nadie, pero querían hacer las cosas bien.

Cuando Iria llegó, Noa dormitaba con los ojos semiabiertos. Seguía con la mirada perdida en alguna parte.

—¿Qué tal te encuentras, hermanita? ¿Estás bien? —preguntó Iria.

—Estoy hecha una mierda —repuso Noa, tratando de sonreír.

—Ya lo veo.

—¿Está muerto?

Iria asintió.

—No sabes lo orgullosa que estoy de ti. —Iria cogió la mano de su hermana y la apretó con fuerza—. No se puede ser más valiente que tú. Lo hemos conseguido, Noa. Ya pasó todo. Nunca más sentirás miedo por nada ni por nadie. Te lo prometo.

Noa cerró los ojos e intentó escaparse de esa habitación hacia un futuro tranquilo. Pero no lo encontró.

—Igual tienes que disculparte con Axel —dijo.

—Ya lo he pensado, no te creas. Pero creo que paso —contestó Iria—. He pensado durante tanto tiempo que era un capullo que ahora ya no hay quien me lo quite de la cabeza.

Iria buscaba hacer reír a su hermana, pero notó que le faltaban fuerzas. No sabía si debía irse y dejarla descansar. Intuía que sí. Pero no fue capaz de dejar de pensar en sí misma y preguntó lo que llevaba varias horas carcomiéndole por dentro.

—Oye, Noa...

Ella no abrió los ojos.

—Lo de que tuviste una hija... ¿te lo inventaste sobre la marcha, no? Creía que me lo habías contado todo...

Noa no respondió. Se concentró en acompasar la respiración fingiendo un sueño profundo. Deseaba que el mensaje que había enviado minutos antes al móvil de Axel diciéndole que quería ir a Madrid a conocer a su hija, ya tuviese el doble *check* azul y quizá —ojalá— una respuesta cariñosa.

51

—Lo siento, Axel.

—No pasa nada. Decidimos hacerlo así. Creímos que era lo mejor para los dos. Yo en tu lugar también me habría odiado.

—Antes de morir, Omar me habló de una gente de Madrid. Gente de la droga. Ellos le encargaron el asesinato y le enviaron la polla del periodista.

—Te mintió, Iria. Eso no tiene ningún sentido.

Axel se había puesto guapo. No sería un cita al uso, pero él era coqueto. Y sabía que al otro lado de la mesa no iba a faltar elegancia.

Había aprovechado la mañana para correr por Madrid Río y todavía tenía rosadas las mejillas. Le había dado el sol y no se había puesto crema protectora. Corrió pegado a la orilla del Manzanares. Pasando por las ruinas del estadio Vicente Calderón. Un templo para mucha gente, en el que Axel no había estado más de dos veces. Y las dos había perdido el Atleti. Por eso sus colegas le habían prohibido volver.

Por gafe.

A Axel le asombraba que hubiese gente medio formada, con estudios superiores, un máster, tres idiomas y muchas más mentiras en el currículum, que pudiese creer en esas sandeces. ¡Qué puñetas tendría que ver que un chaval de Vigo, con el pelo rapado y ojos verdes, se sentase en un asiento rojo de la tribuna de un estadio en Madrid, con que un puñado de ignotos paquetes no fuesen capaces de meter un gol más que su rival! Pues había quien lo creía de verdad. Y no se detenían a pensar que los dos partidos en los que le prestaron un carné de abonado a Axel fueron un derbi contra el Real Madrid —que ese año ganó liga y copa— y la ida de unos cuartos de final de la Liga de Campeones contra la Juventus de Turín —que ese año (como todos los años) ganó el Scudetto en Italia—. Eso era lo de menos. Las derrotas eran culpa de Axel.

Tócate los huevos.

Axel se encontraba muy bien. En los últimos días había recuperado las buenas sensaciones corriendo y había recobrado la ilusión y la confianza en hacer una buena carrera el domingo.

Porque la carrera ya era el domingo.

El tiempo se le había echado encima y los cuarenta y dos kilómetros y pico del Maratón de Madrid estaban ya a la vuelta de la esquina. Aunque esa esquina estuviese lejísimos de la salida, en el paseo del Prado. A las 8.30 de la mañana.

Pero antes de esa cita tenía otra. Que no era una cita al uso. Pero quería pegarse un buen homenaje. Casi sin alcohol, de acuerdo. Pero con carne y postre. Axel entró en el portal número uno de la Gran Vía de Madrid y subió a la primera planta. A su derecha, una barra en forma de media luna lucía abarrotada. Varias parejas compartían risas y confidencias al abrigo de una cerveza bien tirada y el mejor pincho de tortilla de la ciudad.

Los camareros, convenientemente uniformados, se repartían las tareas. Escenificaban una coreografía ensayada mil y una veces. Como un musical de Stanley Donen. Unos preparaban cócteles, otros servían raciones y otros recogían y limpiaban la superficie de madera lacada sobre la que reposan buena parte de los ingresos del local.

Axel entró con el garbo de un Fred Astaire de las Rías Baixas. Estimaba las cosas bien hechas.

Y esa barra era de lo mejorcito de la ciudad.

El *maître* le vio a lo lejos, le reconoció de otras veces y se acercó a recibirle. Un tipo de tez morena, patillas largas y finas, gafas de pasta y modales de alta cuna le dio la bienvenida. Aunque sus manos ásperas y trabajadas hablaban de una cuna bastante más baja. En cualquier caso, respondía al nombre de Mario. Por su aspecto más Kempes que Bros. Pero su apellido era Closas.

Se recibieron con un apretón de comedida intensidad y Mario le dirigió hacia su mesa, donde —como ya sabía— le estaban esperando.

Axel caminaba ufano. Le encantaba ese restaurante. De la misma manera que le encantaba recomendarlo y llevar allí a gente. Descubrírselo a un grupo selecto de compañeros de vida, de buen paladar y suficiente buen gusto como para ser capaces de apreciarlo. El grupo era selecto por incomparecencia, porque esa gente no abundaba.

Del sitio le gustaba todo menos el nombre: La Primera de Gran Vía. Si habían contratado a una empresa de *naming* para aquello, Axel esperaba que estuviese dirigida por un familiar —exconvicto— del propietario del grupo gastronómico. Un tipo al que habían intentado reconducir tantas veces sin éxito, que habían optado por integrarlo. Si no era así, Axel esperaba que nadie hubiese desembolsado ni un céntimo por ese trabajo. La policía no tiene tiempo para estar encima de toda clase de delitos.

A partir del nombre, e incluso eso, Axel lo perdonaba todo allí dentro.

El local era divertido, grande y acogedor. Con muchas plantas y macetas que le conferían una aroma selvático a todo el conjunto. El servicio era impecable; recordaban el nombre de la clientela aunque fuese la segunda vez que comían allí; recomendaban platos fuera de carta y acertaban con las sugerencias; ajustaban el precio para que todos los bolsillos pudiesen probar varios platos en cantidades controladas.

Y lo más importante, lo mejor: la comida. Todo estaba verdaderamente rico.

Si alguien merecía reconocimiento en ese local, era el chef. Y junto a él, el jefe de repostería. En La Primera se podía degustar la mejor y más famosa tarta de queso de la capital. Si es que no se había agotado ya cuando llegabas.

Pero dicen que el diablo está en los detalles. Y Axel había quedado para comer con la persona más detallista que había conocido nunca. Por eso sabía a ciencia cierta que en aproximadamente noventa minutos estaría hendiendo su cuchara en una textura cremosa y semilíquida de varios quesos templados con base de galleta.

—Hola, Evita.

Eva Vilda no se levantó. Efectivamente, estaba muy guapa. La elegancia le venía de serie. Por eso Axel se alegró de haberse puesto una camisa azul marino con *button down* en el cuello, unos vaqueros Nudie Grim Tim ajustados, pero respetando su edad, y unas Nike grises Tailwind 79 con el aspa negra.

Las de Eddie Murphy en Superdetective en Hollywood.

Eva lo veía con cara de «Vas muy bien vestido, no como otras veces», pero en su boca Axel leyó otra cosa.

—Me gusta el sitio —Eva sujetaba un negroni en su mano derecha—, casi podría decir que me pega más a mí que a ti.

—Por eso te he traído. Para que descubras sitios nuevos. Que ya va siendo hora.

—¿Nakeima, bien?

Axel se acordó de Alicia y de que no le había respondido al mensaje de Instagram. Y no la culpaba.

Tengo que mandarle otro.

—Nakeima muuuy bien —respondió. Un incómodo pinchazo le recorrió la espalda al recordar aquella noche.

—Espero que pongas tanto énfasis cuando hables de las cenas que celebras conmigo —le advirtió Eva.

—Tú me das otras cosas.

—¿Ah sí, y qué cosas te doy yo?

—Tú me ayudas a resolver crímenes de los que habla toda España.

—Preferiría darte énfasis. —Eva se arrepintió al momento de no haber ahogado ese pensamiento y haber permitido que Axel lo oyese. Aunque le daba casi más vergüenza haberlo escuchado de sí misma—. Ha sonado raro. Olvídalo —se excusó, lanzando una sonrisa glacial.

—Olvidado.

Mario se acercó a la mesa y Axel le indicó que tomaría lo mismo que su amiga.

—Pero, si puede ser, lo tomaré con menos cantidad de ginebra y más Campari. Para que no esté tan amargo.

Ojito conmigo.

Eva Vilda sonrió por primera vez.

—Me tienes impresionada. Sí, señor. Va a ser verdad que me escuchas y todo. ¿O es que te has enamorado?

Axel eludió la indirecta. Le resultó demasiado directa.

—Te escucho, Evita —dijo—. Y por eso he querido invitarte a comer. Para darte las gracias. No quiero que parezca que solo te convoco cuando te necesito.

—Era lo que parecía —respondió ella, dándole un sorbo controlado al negroni—. Pero ya sabes que no me importa. Disfruto de tu compañía y ya me he habituado a tu impuntualidad.

Eva Vilda cruzó las piernas y sin querer le dio una patada a Axel por debajo de la mesa. No se disculpó. Y abrió la sesión.

—Al final fue la exmujer —comentó Eva.

—Sí. Con la ayuda de su amante. Contado así parece todo tan clásico que Hitchcock lo habría resuelto en cuestión de hora y media. Pero era más complicado de lo que parece.

—¿Y cuál fue el motivo real?

Axel no descifraba a qué se refería Eva Vilda con «real».

—Supongo que no fue un solo motivo. Fue más bien un cúmulo de factores.

Joder, parezco Cueto.

—¿Dinero? —preguntó Eva.

—No. O sea, tienen pasta, pero no fue ese el motivo.

—Pues eso sí que es raro —dijo Eva—, porque normalmente donde hay dinero hay motivo.

Axel sabía que tenía razón, pero no en ese caso.

—Esta mujer, Coloma, tiene una personalidad bastante exagerada. Está acostumbrada a mandar y poco habituada a perder. Suele conseguir lo que se propone. Es fuerte y atractiva. Y esas herramientas te abren muchas puertas si sabes utilizarlas bien.

—Pero ¿por qué se lo cargó?

—Despecho. Celos. Un poco de las dos cosas. Goya se había ido de casa, y al irse se metió en un mundo muy jodido de sexo y lujuria. Bueno, en realidad ya se había metido antes. Y quizá por eso se fue. Hablamos de una red ilegal de prostitución y tal vez de trata de menores. Un agujero siniestro de la alta sociedad en el que pretendo meter la nariz en cuanto se calmen un poco las cosas.

—Hace poco escuché en una película de Garci: «Si das con la verdad, la vas encontrar envuelta en mierda». Si esto fuese una peli, creo que sería a ti a quien iría dirigida la frase.

—Es posible. Pero ya me conoces. La mierda me atrae —sentenció Axel, que justo en ese momento se dirigió al maître para indicarle que comerían todo lo que les fuesen trayendo. Que se ponían en sus manos y en las del chef.

A Eva no le hizo demasiada gracia. Siempre pedía ella. Le gustaba asumir esa responsabilidad. Si acertaba o fallaba era cosa suya. Pero no dijo nada. Se limitó a rubricar en cada elección, en cada plato, que Axel había acertado con el sitio.

A lo largo de la velada, les fueron trayendo varios platos y medias raciones: croquetas cremosas de jamón, buñuelos de merluza, albondigas de bonito, huevos rotos con foie y el famoso jarrete de ternera.

Antes de la tarta de queso, Eva Vilda, como hiciera en el restaurante Sacha la última vez que se vieron, ya había acabado su negroni y media botella de vino. Axel se había bebido la otra media. Y una vez resuelta la conversación sobre el crimen, Eva Vilda consideró que tenían otros asuntos que resolver.

—¿Qué tal la peque?

—Bien. Ahora tendré más tiempo para ella —dijo Axel disculpándose, como si Marta estuviese escuchando—. ¿Qué tal Carlo? ¿Y Tom? ¿Está muy grande?

—Me voy a separar.

Una tarta amarilla y untuosa de desparramó delante de sus narices en un plato de postre que colgaba de un antebrazo en el que se podía leer un tatuaje que decía «Love Mom». Mario tenía el don de la oportunidad.

—Les traigo dos cucharillas y además de la joya de queso, un flan de vainilla de parte de la casa. Dice el repostero que quiere que lo prueben. Está pegando muy fuerte.

Ninguno de los dos dijo nada y Mario se marchó pensando que los había dejado sin palabras.

—¿Cómo que te vas a separar? ¿Ha pasado algo? —preguntó Axel.

—No. Por eso me separo.

Axel desvió la vista hacia el suelo y se limpió los labios con la servilleta. Sabía de qué le hablaba.

—Nunca pasa nada, ¿no? —dijo.

—Nunca pasa nada, Axel. Son muchos años sin que pase nada. Y ¿sabes qué pasa? Que yo también quiero ir a Nakeima.

—¿Te refieres a ir conmigo? —preguntó él mostrando una sonrisa bobalicona.

—Contigo o sin ti. Quiero lo que significa ir a la Nakeima. Y quiero probar ya esa maldita tarta de queso.

Fue Eva quien hundió primero la cuchara en la masa uniforme y cálida de varios quesos asturianos que se derramaba por el plato formando una paleta de diferentes gamas de amarillos y naranjas. Como una parada de taxis en Nueva York.

Una explosión dulce le estalló en las papilas gustativas. Como una ola de placer que recorrió su garganta con la fuerza de una cascada láctea. Eva no pudo evitar apretar los ojos para intensificar la sensación de placer. Ese tipo de detalles eran los que le alegraban la vida a Axel.

Acertar.

Ganar.

Sin embargo, no reaccionó. Estaba preocupado.

—Pero vamos a ver... ¿tú estás bien? ¿Necesitas algo? Cuéntame... ¿Y cómo se lo ha tomado Tom?

—Tom mejor que Carlo. Los niños se adaptan a todo, ya sabes. Sin embargo, su padre... El pobre está hecho polvo. Dice que no lo entiende, que me ha dado los mejores años de su vida sin pedir nada a cambio...

—Bueno, ahora te esta pidiendo algo a cambio al decirte eso —interrumpió Axel.

—Dice que nunca ha mirado a otras, que ha dejado pasar muchas oportunidades, que no le puedo hacer esto, que le estoy dejando tirado, que le estoy destrozando la vida...

—Joder.

—Sí.

—Y tú ¿qué le dices?

—Que lo siento. No sé qué más puedo decirle. Es que todo lo que me reprocha es cierto. Pero yo no era feliz. Sin embargo, no se lo reprocho.

—Es que tampoco creo que sea su culpa.

—Ni la mía.

—Ni la tuya. O sí. O quizá sea culpa de los dos. Pero, en realidad, ¡qué más da de quién sea la culpa! Esto no es un asesinato. Tener un culpable ni cambia nada ni arregla nada.

—No sé, Axel. Soy muy joven todavía y tengo derecho a dejar de sentirme como una anciana que llega a casa del trabajo, prepara la cena, pone la lavadora, se tira en el sofá, se enchufa una serie, se queda dormida a los quince minutos, se va a la cama, se despierta, despierta al niño, le viste, le prepara el desayuno, desayuna, lo deja en el cole y se va a trabajar. Y vuelta a empezar. Un día tras otro. ¿Qué es lo más emocionante que nos ha pasado en los últimos dos años? ¿El fin de semana que dejamos a Tom con los abuelos y nos fuimos a mirar el móvil a París? No quiero esa vida. No tan pronto. Quizá no la quiera nunca. Pero desde luego, no ahora.

—Lo entiendo —dijo Axel probando, al fin, el flan.

No tenía los sentidos para demasiadas florituras y a esas alturas de la comida ya sabía que se iba a tener que inventar, cuando le preguntase Mario, que todo estaba riquísimo. Sabiendo que, ademas, sería cierto. Pero no era capaz de discernir entre lo bueno y lo sublime. Lo que estaba escuchando le tenía obnubilado.

—¿Y el niño? ¿Qué vais a hacer? ¿Lo habéis pensado ya?

—Custodia compartida. Una semana cada uno. En eso estamos de acuerdo. Ya veremos si Tom va cambiando de casa o lo hacemos nosotros. Eso no va a ser un problema. Ya lo hemos hablado. Haremos lo que sea por protegerle. Nuestra prioridad ahora es que no sufra y que todo a su alrededor sea lo más natural posible. Tiene seis años. Cuando se quiera dar cuenta, estará totalmente acostumbrado a la nueva situación.

—Joder. Qué madurez. No es habitual en mitad de un proceso de separación. El dolor suele nublar el juicio.

—A mí solo me nubla el vino —repuso Eva, con ganas de que dejasen ya de hablar de ella.

Para lograrlo, remató la comida con una cucharada rebosante de flan que, según dijo desde ese día, era el mejor flan que había tomado, y devolvió la posesión del balón.

—¿Y tú? ¿Sabes algo de Noa?

—Poco —respondió Axel, sin poder evitar parecer seco.

Eva apoyó la cuchara en el plato del flan y pasó al ataque.

—Acabo de abrirme en canal, Axel. Me va a molestar que seas como siempre. Te lo advierto.

Mierda. Tiene razón. Siempre tiene razón.

—¿Me estás chantajeando?

—No. Una amiga nunca haría eso. Y eso es lo que somos, Axel, amigos desde hace muchos años. Todos los que llevo deseando saber qué sientes cuando piensas en ti. ¿Y sabes qué pasa? Que es imposible.

—No siento gran cosa.

—No dices gran cosa.

—Porque no lo siento.

—Eso es mentira.

—Como quieras.

—Ves. Me estoy molestando —dijo Eva—. Pide la cuenta. O mejor, encárgate tú. Que te toca. Yo me marcho ya, que tengo algo de prisa. Gracias por escucharme. Ojalá algún día seas capaz de dejarme escuchar a mí.

Eva cogió su bolso del respaldo del asiento y se fue sin besar a Axel. En realidad nunca lo hacían. Normalmente se abrazaban. Pero tampoco. A pesar de ello, él pudo saborear la estela de frescor que dejó ella tras de sí. Comprobó que caminaba más ligera. Como si se hubiese quitado un peso de encima. Un peso que ahora llevaba él.

Cuando Mario llegó con la cuenta, Axel verificó que les habían invitado a los postres. Mostró su agradecimiento y se inventó sus impresiones sobre el flan.

—Vaya muerte dulce —dijo.

Sin embargo, en el corazón de las amígdalas notaba que el final de la comida le había dejado un regusto de los más amargo.

Axel decidió volver a casa dando un paseo. Desde Gran Vía, atajando por el barrio de Las Letras, se plantaba en La Latina en diez minutos.

Iba dándole vueltas a la resolución de su amiga. Al cambio de rumbo, al cambio de vida que había tomado Eva Vilda.

Desde luego era valiente. Llevarle la contraria a las decisiones que has tomado en los últimos ocho años porque te han llevado a un sitio que no esperabas no debe ser nada fácil. Axel, por ejemplo, no se llevaba la contraria ni al echarle sal al café. La culpa, en ese caso, sería del subnormal que había puesto la sal en un azucarero. O del papanatas que le vendió azúcar blanco en lugar de moreno. De cualquiera menos de Axel.

Y hay que ser muy humilde para decirte a ti mismo que te has equivocado y que no eres feliz. Reconocer que la gente a la que quieres no es suficiente. Hacer daño sabiendo que va a doler. Corroborar que tu proyecto ha fracasado. Pulsar el botón de «reset» y esperar que funcione. Axel esperaba acertar con sus decisiones porque a él la humildad no le pasaba bien por la garganta.

Pasó por delante de una de sus tiendas de ropa favoritas y pensó en parar a comprarse algo bonito. Una camiseta básica y gastada, de las que sientan bien después de tomar el sol, un capricho para impresionar a...

Mierda, Alicia.

Se había enfadado de verdad. Aunque era cierto que Axel le había dejado la puerta abierta a no contestar cuando le dijo que si no lo hacía, él iba a insistir. Igual era lo que ella quería. Una compensación.

Dios, qué difícil todo.

Se le estaba acumulando el trabajo. En unas horas tenía que recoger a Marta en el cole. Tenía ballet y no salía hasta las siete de la tarde. Eso le daba cierto margen.

También tenía que contestar a Noa, que quería venir a Madrid. Y debía llamarla ahora que ya había salido del hospital y estaba más calmada.

¿Por qué no lo hacía?

Toda la vida esperando para saber quién la violó, para desbloquear ese «laberinto del fauno», para que se terminasen las terapias telefónicas y para verla sonreír, y ahora que ese camino se había despejado, él desaparecía.

Y lo peor de todo es que intuía por qué.

Llevaba varios días con un pensamiento atravesado en el hipotálamo. Como un gas de esos que te mandan a urgencias pensando en que te espera el quirófano, la anestesia, la rehabilitación y quién sabe si la muerte. Una molestia que puede no ser nada, pero que te hace pensar que lo es todo.

Y que no paraba de crecer.

Axel buscaba en su interior y no le gustaba lo que encontraba.

No era angustia.

No era miedo.

No era desazón.

Eran dudas.

Las putas dudas.

Y normalmente las aplacaba con el paso del tiempo, pero en este caso habían crecido como el jodido Empire State.

Miró el reloj. Las 15.45. Tenía margen. Y sabía lo que tenía que hacer. Lo sabía desde que lo vio en el parque, observando los partidos de baloncesto con esa ridícula gorra.

Joder.

Debía comprobarlo. No lo hizo en su momento porque no le encajaba con el esquema que se había montado. Porque le desbarataba sus planes. Porque le jodía el caso.

Acertar.

Ganar.

Sacó el teléfono del bolsillo y marcó uno de los pocos números que tenía guardados en favoritos.

Alicia tendría que esperar.

Noa tendría que esperar.

—Loor, ¿dónde estás?

—¿Qué pasa, me echas de menos?

—Te echaba. Nos vemos en doce minutos en la puerta de mi casa. En la Cava. Creo que la hemos cagado.

52

Kinder siempre fue un niño muy guapo. El más guapo de la clase. Para muchas compañeras, el más guapo del colegio. Le venía de familia. Su hermano mayor era todavía más guapo que él.

Y cuando eres tan guapo, la vida te va a ir bien.

Eso se lo decía su madre, que siempre le mimó más de la cuenta. Desde que le llevó a aquel *casting* para ser la imagen de una conocida marca de chocolates.

Desde ese día, en casa supieron que debajo de un cuerpo nervudo, una cara redonda y simétrica, la tez morena y suave, fruto de un mestizaje sutil, y el pelo lacio y negro con la raya al lado milimétricamente peinada, se escondía un ganador.

Kinder, en realidad, se llamaba David Al-Abdel y todos en la familia se esforzaron mucho para que calase el sobrenombre con pronunciación anglosajona: «Deivid».

Pero claro, cuando apareces con la mejor de tus sonrisas y una mirada inocua de «Tranquilo, que esto es sano y no engorda» en el envoltorio de las tabletas de chocolate de las cocinas de medio mundo, la cosa se complica. Porque un día cualquiera llegará un gordo mórbido llamado Andrés, adicto al dulce y castigado a perpetuidad por sus padres por viajar a la nevera por las noches, y te reconocerá. Y le dirá a todos que eres el *pringao* que aparece en las barritas Kinder. Y desde ese día todo el mundo empezará a llamarte Kinder.

Quieras o no.

Te guste o no.

En el colegio te van a llamar Kinder.

En la vida te van a llamar Kinder.

Así que más vale que lo aceptes pronto y mantengas la sonrisa o lo vas a pasar mal. Y Kinder no había venido al mundo a sufrir.

Eso se lo dijo la psicóloga infantil que habían contratado sus padres, a sugerencia de la directora de la escuela. Al parecer, a esa mujer no le parecía normal que Kinder hubiese cagado en una bolsa en un cambio de clase, ni que hubiese dejado esa bolsa en el pupitre del gordo de Andrés, ni que hubiese mezclado sus excrementos con la chocolatina que el gordo tenía reservada para el recreo. Y decidió que Kinder necesitaba... ¿cómo lo llamó?... Soporte profesional.

Su padre, sin embargo, siempre fue duro con él. Tenía tantas esperanzas puestas en el pequeño retaco de ojos negros y mirada limpia que no le permitía holgazanear. Le puso a su alcance todo lo que necesitaba para triunfar. Es decir, le puso a su alcance todo el dinero que necesitaba para triunfar.

Porque además de guapo, Kinder era rico.

Asquerosamente rico.

Con todas esas facilidades era complicado fallar. Ser un mediocre. No progresar adecuadamente. Y Kinder no falló.

Pero se metió en líos.

Con veinte años todo el mundo se mete en líos. Y dependiendo de la vida que lleves, esos líos son más fáciles de deshacer o son jodidos nudos marineros de cuerda mojada por tres océanos, dos mares y cinco puertos.

Y el lío de Kinder no lo deshacía ni el maldito Long John Silver con su botella de ron vacía. Así de claro.

Una noche, Kinder cogió sin permiso el Porsche de su padre y se fue de fiesta con los empleados de uno de los negocios familiares de más éxito. Y esa gente no era gente normal. No eran casi de carne y hueso. Eran jodidas estrellas del rock. Gladiadores americanos. Jugadores del Racing de Madrid.

Acabaron todos en el reservado de una discoteca de la calle Orense, metiéndole mano a niñas ucranianas menores de edad, que para Kinder eran niñas rusas casi de su edad. Pidieron varias botellas de ginebra y vodka. Y se las bebieron. Pidieron también botellas de champán Dom Perignon. Y unas se las bebieron y otras las agitaron y las derramaron sobre sus cuerpos y sobre los pechos incipientes de sus acompañantes eslavas.

También había droga.

Pero no para todos.

La mayoría de chavales tenían que pasar test y controles periódicos en su trabajo y no podían arriesgarse a arruinar sus carreras millonarias. Kinder sí podía y se arriesgó. Porque a él no iban a hacerle ningún control. A no ser, claro está, que, volviendo a casa con el Porsche de papá, tuviese algún accidente, atropellase a una chica que cruzaba Bravo Murillo a la altura de General Margallo y que esa chica muriese en el acto. En ese caso tendría que darse a la fuga, esconder el coche de papá en el garaje de papá, meterse en la cama, taparse con la manta y esperar a que, a la mañana siguiente, la policía se personase en su casa y que papá y todo el equipo de abogados de papá le sacase las castañas del fuego.

Con el único inconveniente de que, si sabes buscar, esas cositas dejan rastro. Y siempre hay alguien buscando. Normalmente alguien con el pelo rapado y los ojos verdes.

Alguien que te puede joder la vida.

—Estoy barruntando algo que nos puede joder la vida —dijo Axel.

—Me preocupa cero. Mi vida es una mierda. ¿Qué estás pensando? —preguntó Loor.

—Que hemos detenido a una persona inocente y a otra muy inocente.

—Eso es una buena cagada. Las cosas como son. —Loor hablaba mientras metía la dirección en el navegador: dieciocho minutos con el tráfico actual—. Pero yo ya la he cagado mil veces. Una más no lo voy a notar. Tú dime a quién quieres que le pegue un tiro esta vez y bájame un poco la ventanilla.

Axel conducía quemando asfalto, que ya estaba caliente de por sí. Era una tarde de agosto a finales de marzo.

De esas que anticipan lo que está por venir. Al menos tres meses de infierno, aire acondicionado y noches en vela. Y una jugada que el agente Nash trataba de improvisar y que no sabía bien por dónde atacar. Daba por segura la carambola. Y confiaba en no meter la bola blanca.

Ni la negra.

Llegaron en menos de quince minutos. Axel aparcó el Peugeot encima del bordillo. Y cuando una anciana le increpó con el bastón en alto por utilizar la vía pública cómo le venía en gana y castigar a las pobres ciudadanas españolas, patrióticas y católicas, que pagaban religiosamente sus impuestos y no merecían tener que soportar a la malcriada juventud de hoy en día, Axel sacó la placa y le advirtió que, o cerraba el pico o no iba a marcar la «X» de la Iglesia nunca más en su declaración de la Renta. Porque los presos no declaran a Hacienda.

La señora pareció entenderlo y se vio que ese 0,7 por ciento era importante para ella, porque cruzó de acera a tal velocidad que el bastón no era capaz de seguirle el paso.

—Luego soy yo la loca —comentó Loor.

—Todo se contagia. —Axel le guiñó un ojo y se pusieron en alerta—. Esto es lo que vamos a hacer. Yo iré por delante y tú ve por detrás. Buscamos a un chaval de unos veinte años. Más aseado que la mayoría de los del parque. Muy moreno y más guapo que el resto. Y con una gorra. ¿Sabes quién es Michael Jordan?

—Ni idea.

—No me jodas. ¿No sabes quién es Michael Jordan?

—Ni idea. De ese equipo solo conozco a Pippen y a Kukoc.

—¿Qué dices?

Axel no entendía nada.

—Claro que sé quién es Jordan, anormal.

—Vete a cagar, ¿quieres? Pues buscamos una gorra con la mítica silueta de Jordan, haciendo un mate con...

—Las piernas abiertas —completó Loor—. Sé de qué me hablas.

—De acuerdo. Vamos.

Después del «incidente», Kinder estuvo un tiempo sin salir de casa. Unas semanas. No le quedaron ganas. Pero si algo vuelve siempre cuando eres joven son las ganas. Y enseguida se reunió de nuevo con sus amigos en garitos exclusivos y noches desenfrenadas. Compaginaba las fiestas con la universidad. Como todos los chavales de su edad. Con tres salvedades.

Que él estudiaba en la Business Marketing School de Pozuelo.

Que desde el primer curso completaba su formación —aprovechando las tardes— con unas prácticas en la potentísima empresa multinacional de su padre.

Y que sus fiestas empezaban después de poner 200 euros de entrada; el dinero de todo el mes para cualquier chaval de su edad.

En clase, Kinder empezó a alternar y a confiar en un colega que parecía de su rollo. Un tipo alto y desgarbado, con el pelo casi afro y casi rubio. Un *rara avis*. Kinder le llamaba Luke; todos los demás lo conocían como Lucas Goya Duval.

—¡Hey, Luke! —le dijo una mañana—. Esta noche tenemos movida. Estos cabrones juegan contra el Olympique de Lyon a las nueve y van a querer celebrar la victoria. Quedamos a medianoche en el Balls. Como todos los miércoles.

—No sé si voy a poder, tronco. Mis viejos están de movidas en casa. Y el lunes tenemos examen con la loca.

—Bueno, como tú veas. Pero va a venir Olga. Y ese caramelito por ahí suelto no te va a durar mucho sin que lo baboseen.

All in.

Farol o no, Kinder sabía que Luke iría. Le tenía cogido por los huevos. En realidad, él no. Era Olga quien le tenía atontado. Pero para el caso era lo mismo. El cándido de su colega se había enamorado.

Mal.

Esa era la norma número uno: puedes tocar, puedes besar, incluso puedes follar, pero joder, no te puedes enamorar de una prostituta de diecisiete años, recién aterrizada desde los Montes Urales, que no tiene nada que perder y hará lo que sea por tener una nueva vida en España. Una nueva vida que no va a conseguir porque la mafia que la ha traído hasta aquí le va a succionar hasta el último euro y la última gota de semen que trague, con tal de que sus beneficios no bajen y de que nadie se salga del rebaño y cante donde no tiene que cantar. Una nueva vida en la que Luke llevaba días pensando y a la que su razón apenas oponía ya resistencia. Porque su razón le decía que era imbécil. Que lo había visto mil veces en las películas. Que se estaba dejando engañar.

Pero su corazón le decía que se tatuase el nombre de Olga en la espalda con tinta mineral imborrable, con letras del tamaño de su inocencia.

La psicóloga le había explicado a Kinder, en una de sus sesiones de diván, que todos tenemos una capa de educación, experiencia y aprendizaje de la cultura popular que se va construyendo como protección, como advertencia. Un sistema de alarma de máxima seguridad ante todo tipo de engaños. Kinder no le dijo nada a la psicóloga, pero tenía claro que la capa de Luke era ya tan fina como el papel OCB premium en el que se liaba los porros de marihuana que fumaba con Olga, antes y después de follar.

A Kinder no le gustaba Olga.

A Luke le fascinaba. Lo que más le gustaba de Olga no eran sus piernas kilométricas de piel de basalto. Ni sus pechos de agua de solución salina. Ni su mirada lánguida cuando él la poseía. Ni su mirada fulgurante cuando creía que él no la estaba observando. Ni siquiera su capacidad para bailar durante horas encima de él suplicándole que, por favor, se la metiese más adentro.

Lo que más le gustaba de ella era su diastema. Esa sutil separación entre los dientes incisivos superiores, por la que se colaba el humo vacilante del tabaco durante el día y la lengua húmeda de Luke durante la noche. Un rasgo peculiar que la acercaba a las portadas de los discos de los ochenta que los padres de él guardaban en casa. Que la convertían en la reencarnación de la diva del pop.

La Madonna del Este.

Pero Madonnas hay muchas y Luke sabía, sin temor a equivocarse, que Olga no era la Madonna de *Like a Virgin*. Podía confirmarlo en primera persona. Era testigo directo.

De virgen no tenía nada. Ni siquiera llevaba la «L» de novata. Era una maldita enciclopedia práctica del sexo. Una Wikipedia sexual cirílica.

Luke lo aceptaba sin celos ni temores. Solo esperaba que Olga tampoco se convirtiese en su *Material Girl*. Que si no sentía lo mismo que él, que al menos sintiese algo por él. Algo de verdad. Que Kinder estuviese equivocado.

Aunque Kinder solía tener razón.

Como había vaticinado, esa noche el Racing de Madrid venció con comodidad a los franceses de Lyon. Como había vaticinado, a las doce y cuarto de la noche, Luke estaba entrando en el Balls oliendo a la colonia de su padre. Y como siempre, Kinder le esperaba sentado en un sofá de terciopelo, fumando en una cachimba, después de meterse dos tiros de coca —uno detrás del otro— y viendo cómo Olga se dejaba querer por cuatro niñatos del extrarradio.

—Ahí la tienes —le gritó al oído—, echándote de menos. Un día me la voy a follar yo. Para demostrarte lo puta que es.

—Hazlo y te reviento.

—¡Eh! No seas macarra. Que no te pega nada.

Kinder hablaba balanceando su cuerpo al ritmo de los versos rítmicos de Daddy Yankee.

> *Con calma,*
> *yo quiero ver cómo ella lo menea,*
> *mueve ese poom-poom, girl.*
> *Es una asesina*
> *cuando baila, quiere que to' el mundo la vea.*
> *I like you poom-poom girl.*

Luke caminó decidido por la pista y rescató a Olga de las babas de cuatro bobos. Como si lo necesitase. Como si tuviese ese poder sobre ella.

Esa noche acabaron haciéndolo en el baño del Balls. En uno de los compartimentos con váter que solo se usaban para meterse tiros y follar. Allí mismo, Olga le bajó los pantalones y se arrodilló ante su polla. La tomó con una mano y se la metió en la boca, mientras con la otra le agarraba el culo. Cuando después de varias acometidas —dentro-fuera— notó que a él le daban latigazos de placer y que estaba a punto de correrse... se apartó.

Se incorporó y se fue.

Sin mediar palabra.

Sin final feliz.

Era su forma de decirle que sabía cuidar de sí misma, pensó Luke. Lo que realmente quería decirle se lo dijo un par de horas más tarde.

—Kinder está pasando coca en la Uni. Y está ganando mucha pasta. Necesito que tú hagas lo mismo por mí. ¿Quieres que me pase la vida haciendo mamadas en los baños? Porque yo no quiero. Necesitamos pasta. Yo pongo la droga. Tú te encargas de moverla. Y en poco tiempo nos vamos a vivir lejos de aquí. Tú y yo solos, mi amor.

Luke le dedicó una mirada roma y solo acertó a decir:

—Me piro.

Una evasiva. Una huida hacia delante. Un paso más.

Kinder, que ya flotaba por la pista de baile, vio cómo los rasgos de Olga se volvían a afilar cuando Luke se marchó.

Una loba con piel de lobo.

Un ciego de espaldas.

Una carretera.

Sin final feliz.

Axel cruzó la calzada sin correr. Tampoco iba andando. Se subió a las gradas de la pista de baloncesto en la que se estaba jugando un partido a toda la cancha y se sentó a observar.

Los chavales siguieron a lo suyo, aparentando normalidad, pero a nadie se le escapaba que había llegado la poli.

Se había corrido la voz desde la última vez que habían estado allí. Tampoco es que hubiesen sido especialmente discretos. Ahora todos miraban a Axel como se mira a una bandera LGTBI en una manifestación de ultraderecha.

Al menos, no había ni rastro del hijo de su compañero. Si seguía pasando hierba lo estaría haciendo en otro lugar. Las botas de Loor habían tenido un efecto devastador.

Ahora, esas mismas botas esperaban encendiéndose un cigarro al otro lado de la calle. Axel vio cómo su compañera le regalaba una calada profunda a sus pulmones y le hacía un gesto de «Aquí no hay nadie». Él le devolvió un gesto de «Ve poniéndote cómoda porque tenemos que esperar».

No más de dos horas. A las siete tenía que recoger a Marta en el cole y ya se estaba empezando a impacientar. No había ni rastro de la gorra de Michael Jordan. Por no haber, no había ni una camiseta de los Bulls.

Estos mocosos no habían nacido en los 90.

El sol era demoledor. Axel notaba que el sudor le pegaba la camiseta a la espalda, como una ventosa de agua. Al menos llevaba las gafas puestas. Lo hacía para ocultar la mirada, pero estaba matando dos pájaros de un tiro. Aunque de momento allí no había mucho que ver.

Sacó el teléfono y trató de aprovechar el tiempo. Hizo una llamada administrativa.

—Tengo una buena noticia y una mala.

—No empieces, Axel.

—¿Cuál quieres primero?

—La mala.

—Pues la buena es que tu chaval ya no está pasando hierba en el parque. Parece que ha funcionado. ¿Te comentó algo? ¿Le has notado diferente?

—Le noto acojonado. Eso es lo que noto. ¿Qué le hiciste, Axel?

—Salvarle la vida. Eso hice.

—¿Me vas a decir ya la mala noticia?

—No es mala, joder. No seas pesimista. Siempre ves el vaso medio vacío. Y eso en los días buenos. ¿Te acuerdas de lo último que te pedí... lo del hijo de...?

—Oye, Axel. Esto no es barra libre. No voy a pasarme la vida poniendo mi carrera en juego.

—Que no, joder. Que esto no es barra libre, pero al menos deja que me tome un par de copas. Que he conocido a tu hijo y he estado en el parque en el que se movía. Que era una magdalena en una celda de aislamiento. Hazme caso. Venga, apunta. Necesito que investigues a esta empresa.

Al otro lado de la línea, Axel escuchó cómo un papel era arrancado de una libreta y un bolígrafo hacía clic al ser apretado su pulsador.

Empezó a escribir.

—¿Esa no es la empresa de...?

—Exactamente. Tienes dos horas —advirtió Axel—. No me gustaría tener que visitar de nuevo a tu chaval. Que el insomnio es muy jodido.

Axel colgó sin esperar réplica.

No era elegante amenazar a un compañero después de utilizarle, pero el caso lo requería. Y antes le había utilizado a él. Así que estaban en paz.

Cuando colgó y levantó la vista, un escuálido pelirrojo acababa de lanzar un triple de siete metros que golpeó con estrépito contra el tablero. Una piedra que resonó en todo el barrio. Algunos chavales se giraron hacia Axel con cara de «Venga, coño, que eres poli, deberías multarle». Pero Axel no estaba allí para multar a nadie. Axel estaba esperando a que apareciese la persona que tenía la llave maestra. La pieza que las encajaba todas.

El jodido Frodo Bolsón en toda esta mierda.

Tenía que estar alerta. Con los cinco sentidos en tensión competitiva. Igual que Loor, que a estas alturas ya...

Mierda. ¿Dónde coj...

Loor no estaba.

Axel notó como la sangre empezaba a galopar por su sistema nervioso como búfalos en estampida. Latigazos de ansiedad le mordisqueaban la sien. Le costaba pensar con claridad.

Joder.

Loor se había esfumado.

Y eso solo podía significar una cosa.

Y solo de imaginarlo a Axel le cruzó un escalofrío por todo el cuerpo.

—¿Sabes lo que significa eso o necesitas que te lo traduzca? —preguntó Kinder.

—Para qué preguntas si me lo vas a decir igualmente —le dijo Luke.

—Significa que no llegas a viejo. Estás en ese momento de la vida en el que dentro de unos años, cuando mires atrás, podrás decir «Ahí empezó a irse todo a la mierda, ¿por qué coño no hice caso a mi colega Kinder cuando me cogió de los hombros y me puso la verdad ante las narices?».

Kinder hablaba convirtiendo las erres fuertes en erres dulces. Era algo adquirido. Y agarraba a Luke de los hombros con ambas manos. Sin apretar la carne. Solo pretendía ser un apoyo. Por eso se apoyaba.

—Pero, tronco, si tú estás haciendo lo mismo —protestó Luke.

—No es lo mismo.

—Es exactamente lo mismo. Pasas coca en la facultad desde hace varios meses y te va de puta madre. No veo que la vida se te esté yendo al garete. No veo que necesites que nadie te dé consejos de mierda que no pides.

—¿Tú has atropellado a alguien? ¿Tienen algo con lo que apretarte los huevos y dejarte sin respiración? ¿No? Pues entonces escapa. No seas mamón. Hay mil putas como Olga.

Kinder se arrepintió de haber sido tan especifico en la utilización del idioma castellano. La palabra puta se ajustaba como un guante a la realidad, pero entre puta y «amor de tu vida» hay un término medio menos corrosivo y explícito que podía haber empleado.

—Si la vuelves a llamar puta, te juro que te mato —amenazó Luke.

Kinder bajó los brazos. El contacto físico puede ser contraproducente cuando un loco se calienta.

Y buscó una salida

—Venga, tío, no me jodas. No digas esas cosas. Que no estamos en Hollywood. ¿Quién te crees que eres, Pretty Woman? No me amenaces de esa forma, joder. Porque fijo que un día se me va a volver a escapar y vas a pensar que, como me lo has advertido, tienes que pegarme un tiro. Y no. Estoy por llamárselo otra vez ahora que no tienes una pipa cerca y dejar que incumplas tu juramento. ¿Lo hago? ¿Se lo llamo de nuevo y nos quitamos ese peso de encima?

Luke se fue sin añadir nada más. Kinder no volvió a referirse a Olga de esa forma tan maligna y dañina para su colega. Fue consciente de que estaba dando cabezazos contra un muro e iba a acabar haciéndose daño.

Desde ese día empezó a llamarla «tu piba». Y con acierto. Primero porque en eso fue en lo que se convirtió, si no entramos en demasiados detalles. Y segundo, porque se ahorraba una bronca y no le costaba nada. Podía pensar lo que quisiese pero mejor con la boca cerrada.

Kinder y Luke empezaron a coger cierta fama. Se repartieron el territorio. Primero coparon las fiestas de su universidad. Luego ampliaron el círculo a otras facultades. A otras discotecas. A otros barrios. A otras tribus urbanas. A otros grupos étnicos. Hasta que más o menos tenían controlado todo el cotarro de la noche madrileña, desde Fuenlabrada hasta Las Rozas.

Y empezaron a hacer pasta.

Mucha pasta.

Sin que nadie hiciese preguntas, más allá de los rusos.

O ucranianos.

O de dónde coño fuesen.

Kinder les llamaba los Vodkas y a Luke le parecía bien ese apodo. Le gustaba más que puta.

Juntos empezaron a gastar. Es lo que tienen los ricos. Que pueden derrochar cantidades ingentes de dinero y a nadie le extraña. Es más, es lo que se espera de ellos.

La retórica del poder.

Kinder lo había leído en alguna parte. No es suficiente con aglutinar poder. Hay que demostrarlo. Ser y parecer no son la misma cosa. Si tú eres el jefe de cien tíos, el mundo tiene que saberlo. Esos cien tíos y todos los demás. Y eso requiere un gasto extra. No puedes ser el directivo de una gran empresa y conducir un Seat León. Necesitas un Porsche. De ahí para arriba. No puede ser un capo de la mafia, sea rusa, china, italiana o catarí y vivir en un apartamento compartido de 50 metros cuadrados. Necesitas un chalé. De ahí para arriba. No puedes ser el tío que mueve la coca de todo el pijerío madrileño y no tener acceso a los mejores reservados, las mejores botellas y las mejores putas. Necesitas a Olga. De ahí para arriba.

Pero de Olga para arriba, para Luke no había nada.

Todo se torció una noche. Como se tuercen estas cosas. De golpe. Sin previo aviso. Sin advertencias. Sin acuse de recibo.

Luke no quería dejar a Olga sin vigilancia para que no se encerrase en el baño con otro. Además, era noche de entrega.

Volvían a casa conduciendo. En realidad, conducía Luke y Olga se encargaba de la música. Estaba amaneciendo. La noche había sido larga. La coca les coloreaba el iris al 90 por ciento. De negro. Sus pupilas titilaban dilatadas como las de Gollum al ver el anillo. Las mandíbulas, prietas. Sus corazones se estiraban como el pelotón del Tour de Francia a punto de lanzar el *sprint* en la llegada de una etapa llana.

Moviendo todo el desarrollo.

Boom. Boom. Boom. Boom.

A todo tren.

A 1.550 kilómetros por hora.

Circulaban respetando los semáforos, por carreteras secundarias, para evitar controles de alcoholemia. Aunque la tasa de alcohol en sangre era lo que menos les podía preocupar de todo lo que llevaban encima. Los Vodkas les acababan de confiar un cargamento de veinte kilos de coca a dividir con Kinder. Diez para cada uno. Y esa noche lo recogía Luke a través de Olga. Él se encargaba de llevarlo al almacén.

Olga subió el volumen. Llevaban la música a todo trapo. Movían la cabeza al ritmo de la última de C Tangana.

Yo no quiero hacer lo correcto
pa' esta mierda ya no tengo tiempo...

Y quizá por eso no escucharon el frenazo que pegó una furgoneta negra hasta que la tuvieron delante de sus narices cortándoles el paso. Por detrás, otra furgoneta del mismo modelo les cerraba cualquier salida. No había escapatoria.

Se abrieron las puerta correderas a ambos lados del vehículo.

Y bajaron.

Ametralladoras en ristre y cara de tener prisa.

Les gritaron algo en un idioma que no entendieron, pero comprendieron perfectamente el lenguaje universal de una AK47 apuntándoles a la cabeza. Esa gente no tenía pinta de querer mantener una distendida charla sobre la caída del IBEX35.

—Vale. Vale. Vale. Vale.

Se bajaron del coche.

—¿Qué pasa? ¿Qué pasa?

RA-TA-TA-TA-TA-TA.

Una ráfaga.

RA-TA-TA-TA-TA-TA.

Otra.

A tomar por el culo las dos ruedas delanteras.

Más gritos que ni dios entendía.

Luke y Olga se tumbaron en el suelo. Él tiró las llaves del coche a los pies de los asaltantes. Los dos se agarraron la nuca con las manos. Con los codos hacia arriba.

—¿Qué coño haces? ¿Por qué tiras llaves? —preguntó Olga con su acento lleno de erres arrastradas.

—¿Tienes una idea mejor? ¡Qué coño crees que están buscando!

Se miraron con cara de despedida. El alquitrán seco les absorbía el olfato. Luke apoyó una oreja contra el asfalto y cerró los ojos, temblando de miedo. Antes de hacerlo vio cómo los atracadores recogían las llaves del coche y abrían el maletero.

Dos mochila Reebok rojas. Un millón y medio de euros por colocar, de lo que Kinder y Luke se llevaban una mordida generosa. Pero un kilo y medio que los rusos esperaban en su totalidad.

Volaron.

Ciao.

Adiós coca.

Más gritos. Chillidos ininteligibles hasta para un políglota de la escuela de idiomas. Los saqueadores tenían la piel oscura y harapienta. Con barbas grasientas y pelo sucio.

Gitanos, penso Luke.

Rumanos, susurró Olga.

Arrancaron las furgonetas y se largaron. Una operación millonaria resuelta en menos de noventa segundos. Eran profesionales. Y Luke, un mocoso asustado. Tan asustado que aceptaría cualquier idea que rondase sus oídos. Y Olga tenía muchas ideas. Y mucha memoria. Y mucho pasado. Aunque Luke apenas sabía nada de él. «Es mejorrr que no sepas», le solía decir.

Por eso, una noche después de follar en el coche, Olga le contó una historia de aventuras. Un cuento casi infantil. Un relato en el que narraba cómo había crecido en la montaña, en una cabaña de madera. Con su madre. Sin su padre, que era alcohólico y los había abandonado. Con un hermano que se alistó pronto en el ejercito rojo. Y con muchos animales, a los que cuidaba, alimentaba y vendía para poder comer. Le contó que un día se produjo un accidente y la cabaña se quemó con su madre dentro y ella lo perdió todo. Se quedó sin el amor familiar y sin el sustento económico del ganado.

Un tragedia griega en Rusia.

Si Luke hubiese preguntado en vez de asentir, quizá habría averiguado que la madre de Olga seguía viva. Que había acordado con el padre —alcohólico, eso era cierto— la venta de su hija pequeña a unos mercenarios mafiosos que traficaban con personas a cambio de muy poco. Unos cientos de miles de rublos y la vida de su otro hijo. Que se enroló en un ejército. Pero en uno mucho más despiadado y maléfico: los Vor v Zakone.

La mafia rusa.

Así fue como Olga acabó en Madrid. Con las balas de una AK47 silbándole en la cara y las pulsaciones en reposo como el pan de cada día.

Si Luke hubiese preguntado aquella noche después de follar en el coche, seguramente entendería mejor por qué él estaba al borde de un ataque de nervios y Olga a punto de quedarse dormida.

Pero no solo no escuchó.

Sino que habló.

Para hacerla sentir mejor. Para solidificar los lazos de intimidad que se estaban forjando esa madrugada. Para sellar un pacto de amor con los secretos más recónditos de su corazón.

Para firmar su sentencia de muerte.

Luke le contó la historia de su padre. La historia de cuando él le pilló en casa con otra... persona. Con todo detalle y el alivio de quien se quita un peso de encima, le contó que su madre estaba de viaje y que él se escapó del instituto antes de tiempo. Que al entrar en casa y subir las escaleras, le vio. En la cama de matrimonio. En el lecho conyugal. Sobre las sábanas donde se despertaba con su madre. Donde él había dormido con ellos tantas veces de pequeño.

Desnudo, triunfal, indómito.

De pie, al borde de la cama. Penetrando con rugosas embestidas el cuerpo níveo de un efebo femenino. Azotando a mano abierta las nalgas trémulas de carne lechal y cruda. Poseyendo para siempre la vida de una niña pegajosa y triste.

No de otra mujer.

De una niña.

Como él. Como Kinder. Como Olga.

Niños jugando a ser mayores. Sin más monedas en el bolsillo y con la barrita de vida exangüe, parpadeante. Con la amenaza de un *game over* perentorio sobre sus cabezas.

Una historia que Luke jamás le había contado a nadie. Ni a sí mismo. Una historia en la que Olga, comiendo asfalto y tratando de comprender el dialecto en el que los saqueadores le decían que no se moviese, no podía dejar de pensar.

Una historia que lo cambiaba todo.

Cuando se quedaron otra vez a solas, bajo el cielo cabreado del amanecer, se lo dijo:

—Tranquilo, Lucas. Yo tenido idea.

El cerebro de Axel se había puesto en verde y las ideas empezaron a cruzar en todos los sentidos. Tenía la cabeza como el famoso cruce de Shibuya, en Tokio, un sábado por la tarde en temporada alta. Se puso en pie sin saber qué dirección tomar. Echó a correr hacia la canasta más alejada, donde se suponía que vigilaba Loor.

Nada.

Giraba sobre sí mismo. Movía la cabeza en un ángulo completo de 360 grados. Lo hacía convencido de que eso debía servirle para abarcar todo el área de visión de la calle y, sin embargo, no veía nada.

No había ni rastro de su compañera.

El sol caía a plomo. El aire era espeso, enharinado, y entraba en los pulmones como magma volcánico. La tráquea se le estaba encogiendo del enfado que tenía.

De repente vio una ráfaga a su izquierda. Apenas un hilo mal cosido, como una foto movida. A cien metros de su posición.

¡Pam! El ruido sordo de dos cuerpos al caer. Uno encima del otro.

Loor.

Lo tenía.

Le había dado caza justo cuando se subía a una Vespa negra con la que huir sin depender del tráfico. Cuando Axel los alcanzó, llegó sin resuello y se dio cuenta de dos cosas.

Que en el maratón del domingo debía reservar fuerzas al principio. Hasta que sus músculos entrasen en calor.

Y que el hijo de Mustafá Al-Abdel era verdaderamente guapo.

—¿Dónde ibas, *Deivid*?

El chaval forcejeaba sin mucha convicción para librarse de la rodilla de Loor. Que le aprisionaba el pecho. Esta vez no había sacado el arma. Para evitar tentaciones.

Joder. Se está reformando.

Axel recogió la gorra de Jordan que yacía en el suelo al lado de la moto.

—Dejadme. ¿Qué coño hacéis? —protestó el chaval.

—Sabes de sobra quiénes somos. Y sabes de sobra qué hacemos —respondió Axel calándose la gorra—. Oye, ¿dónde has dejado el Porsche, amigo? A esta zona vienes en moto, eh. ¿No te fías de los panchitos o qué pasa? Así les llamas, ¿no? Panchitos, ¿a que sí? Va, no me decepciones. Estos te parece que son menos que tú y eso que tú eres de dónde eres.

—Nací en España, listo.

—¿Y ellos no? ¿Por eso te crees mejor?

—Deja de moverte —sugirió Loor.

El chaval seguía intentando zafarse. Aleteaba como un pez fuera del agua.

—Axel, dile que deje de moverse. Me está poniendo nerviosa.

—Va, *Deivid*. Hazle caso. Que esta se calienta rápido. —El chaval vio el arma sobresaliendo en la cintura de la agente Galván y se calmó—. Venga, dime que me vas a ayudar y empezamos nuestra conversación en un sitio más tranquilo. A la sombra. Que te tienes que estar asando con esta encima.

—¿Qué quereis de mí?

—Queremos que elijas, *Deivid*. ¿Te gusta Deivid o prefieres que te llame Kinder? Lo que tú me digas.

—¿Qué tengo que elegir?

—Asesinato o tráfico de estupefacientes. Lo que tú me digas.

—Yo no he matado a nadie.

—Y a mí qué me cuentas, eso tendrás que decírselo a un juez. A mí me la suda. ¿A ti te importa, agente Galván?

—A mí me la suda —aseguró Loor.

—A mí también —confirmó Axel—. Pero es bueno que sepas que no hace falta matar a nadie para que te caigan viente años. Solo hace falta que lo crea el juez. O que hayas colaborado.

—O que lo hayas ocultado —apuntó Loor.

—Se me ocurren mil maneras de que no vuelvas a ponerte esta gorra en la vida. Y esta gorra ha estado en sitios muy chungos y ha visto muchas cosas, ¿a que sí?

No hubo respuesta.

—Pero si le ayudas, te va a ayudar —dijo Loor.

—Si me ayudas, te voy a ayudar —repitió Axel—. ¿Me vas a ayudar?

—Pero si yo no sé nada.

—¿Trafico de drogas, entonces? ¿Esa es tu elección? La marco. ¿Seguro? Luego no podrás echarte atrás.

—¿No quieres utilizar el comodín de la llamada? —propuso Loor.

—¿No quieres, *Deivid*? Usa el comodín de la llamada. —Axel sacó el teléfono—. ¿A quién llamamos? ¿A tu padre? ¿Como cuando atropellaste a aquella pobre niña?

Kinder arrugó la cara. El sol le estaba pegando de lleno. La rodilla de Loor seguía apretándole el pecho.

Y Axel sacó el as de bastos.

—O espera... ¿Y si mejor le llamamos a él?

Axel le mostró la pantalla del teléfono y el chaval no pudo evitar abrir demasiado los ojos al ver la foto que el agente Nash tenía almacenada en la memoria de su iPhone. La foto que rescató del móvil de Max. La de Goya entrando en el hotel de la calle San Bernardino minutos antes de ser asesinado.

Kinder palideció y dejó de aletear. El pez se había rendido. Ya no parecía tan guapo.

—¿Te suena esta gorra? —preguntó Axel señalando la foto—. ¿Te gusta Michael Jordan?

—Yo soy más de Pippen —dijo Loor.

—Y yo de Kukoc —replicó Axel—. Y tú tenías que haberte limitado al fútbol como papá, *Deivid*, porque el puto Michael Jordan te va a meter en un lío de cojones.

53

Olga fue la primera en llegar. Lo hizo acompañada de dos compatriotas.

Serguéi. Grande, peludo, gris, y con muchos agujeros por toda la cara. De la piel le colgaban pendientes y *piercings* de todo tipo. Mirarle a los ojos producía una sensación parecida a la que se experimenta al entrar en una tienda de lámparas.

Y Anastasia. Pequeña, fuerte, opaca, y con más tinta que piel en brazos y cuello. Como una salamandra con fiebre.

Un hombre y una mujer.

Un trío.

Fue Olga quien pagó las dos habitaciones al chino arrugado que repartía las llaves, y juntos subieron al primer piso, esforzándose en llamar la atención. Habitaciones 106 y 108. Ellas vestían trajes de cuero que prometían una noche polivalente. De cine porno *amateur*.

Serguéi asía una cámara de video Panasonic, que representaba el mejor complemento de *atrezzo* para que el arrugado propietario del local recordase, si le preguntaban, que esos tres clientes llegaron juntos y tenían un propósito lucrativo: grabar un video casero.

La idea había sido de Olga. Toda la idea. «The big picture», decía ella. Se le había ocurrido la noche del robo. Una noche muy completa. Olga pidió ayuda por teléfono en cuanto las furgonetas negras desaparecieron de su vista y dos bestias tatuadas hasta la garganta los recogieron en menos de dos minutos, se encargaron del coche y los escondieron. Olga y Luke explicaron lo sucedido y se encontraron con lo que ya sabían que se iban a encontrar.

«No es mi problema. Quiero mi pasta o quiero mi droga», les dijo uno de los capos intermedios. Un tipo conocido por su falta de escrúpulos a la hora de saldar cuentas. Por eso había crecido tanto y tan rápido. Por eso tenía la confianza de los rusos de Rusia. Porque no temblaba.

Era un brazo ejecutor. Y ejecutaba rápido.

Pero Olga también era rápida. Más que Luke, que solo escuchaba.

—Lucas, esto es lo que vamos hacer. Tu familia tener dinero. Necesitamos tu padre. Casa de playa. Casa de Madrid. Lo que sea. Vamos a tener que hacer chantaje. ¿Entender?

Luke entender, entendía poco. Estaba al borde de un ataque de pánico, con los sentidos abotargados. Las palabras de Olga se colaban densas en su cerebro. No era capaz de masticar lo que le estaba pidiendo.

Por eso se lo tragó entero.

Ahí se inicio el plan de seguimiento. Un dispositivo de cuatro efectivos. Cuatro rusos muy feos y poco contentos se pegaron como babosas rojas al padre de Luke durante unos días. Y no tardaron en descubrir sus aficiones nocturnas. Su querencia por el placer ilegal. Sus anomalías sexuales. Sus gustos irrestrictos. Su enfermedad.

Y no había enfermera más competente que Olga.

Cumplía todos los requisitos: joven que parecía más joven, adolescente con tintes de pubertad, grandes dotes para el silencio y la clandestinidad, y un cuerpo curtido en mil polvos más duros de lo que ningún Goya podría imaginar.

La trampa perfecta.

Establecieron contacto en una fiesta en Madrid. Goya había acudido con un amigo. Un compañero de la radio con pinta de chico formal. Como casi todos. En un momento de distensión le abordaron y le ofrecieron un catálogo amplio de niñas rusas para manejar al margen de los eventos oficiales. Esa misma noche empezó la cata. Una muestra: Anastasia, dieciocho, 1,75, pocas preguntas, mucha soltura. Una serpiente azucarada que se enroscó durante horas al cuerpo de Goya. Y durante días en su memoria.

«Anastasia es la fase uno», le prometieron.

«Quiero todas las fases —respondió Goya—. ¿Qué esperáis a cambio?».

«Lo irás sabiendo. Cada fase tiene un precio. Dinero en efectivo. Sin huellas electrónicas».

Goya aceptó a pesar de que su amigo de la radio le instó a rechazar la oferta. No lo veía tan claro como él. Los rusos esperaban que el guapito no fuese un problema, de lo contrario... pero no lo fue. Simplemente desapareció.

De ese modo se inició un acuerdo de colaboración espontáneo que se desarrollaba en un hotel de la calle San Bernardino, donde los rusos solían grabar material pornográfico infantil que luego vendían en la *dark web*.

Olga era fase tres. Menor de edad. Lolita. Con diastema. El sueño de Nabokov. Cuatro cifras la noche.

Luke fue el siguiente en llegar. Tenía el plan en la cabeza. No había demasiado riesgo. ¿Qué podría salir mal? Al fin y al cabo, odiaba a su padre desde mucho antes de que le pillase infraganti con aquella niña. Y mucho más desde aquel episodio. El que se hubiese ido de casa hacía unos meses le permitía, además, deponer los remordimientos que pudieran florecer.

Olga se encargaría de todo.

Él solo tendría que esconderse en el cuarto de baño y con el móvil filmar a su padre follando salvajemente con una menor. De que pareciese salvaje también se encargaba Olga y esa era la parte que más inquietaba a Luke. Su cabeza. No estaba convencido de ser capaz de soportar aquello. Pero era necesario. Tenía que hacerlo. Era eso o la muerte.

Y Luke, sin saberlo, eligió muerte. Olga le había puesto sobre aviso.

Va a doler.

Anastasia, que ya había estado varias veces con la víctima, le había contado a Olga todo sobre Goya. El libro entero. En tres actos. Presentación, nudo y desenlace.

En la presentación, Goya sería amable y educado. Suave como un lord inglés. Caricias, beso, preliminares, sexo oral. Era su forma de enseñar las cartas. De dejar patente sobre la cama que no decía que no a nada.

En el nudo ofrecería su culo. Como una ocurrencia. Una perversión espontánea y divertida. Un acuerdo tácito. Y se dejaría hacer. Olga llevaría el *strap-on* por si acaso. La grabación de una menor a horcajadas sería material inflamable más que suficiente, pero una menor sodomizándole podía abrir las puertas del cielo.

O del infierno.

Tenía que tener cuidado. Tampoco podía pasarse. «Calcular el impacto» era la frase más repetida por sus jefes en cualquier actividad de extorsión. Los oídos de Olga lo habían escuchado en multitud de ocasiones. Mantener la cocción a fuego medio. Sin que hierva.

Por desgracia, lo había visto otras veces con sus propios ojos. Llegar demasiado lejos y que todo acabe en suicidio. Lo que implicaba quedarte sin nada. Sin grabación, sin extorsión, sin droga, sin dinero.

Sin presente.

Por último, en el desenlace, Goya estaría a su merced. Desvalido. Sin capacidad de reacción. Atado a la cama y de espaldas a la salida.

A las puertas del orgasmo, Olga gritaría por encima de sus posibilidades. Gemidos de placer ficticio. Luke grabaría y se iría sin hacer ruido.

Una faena limpia.

Goya se marcharía por donde había venido. Con la conciencia sucia y los huevos vacíos. Sin sospechas. Y Olga volvería a la habitación 106, donde lo más probable es que Serguéi y Anastasia estuviesen echando un polvo para matar el tiempo.

Después ya vendría el resto.

El *mail*. El enlace. El vídeo.

El nombre de su hijo. Los documentos de propiedad de su casa de la playa valorada en más de un millón de euros. El cambio de titularidad.

Nudo propietario: Lucas Goya. Usufructo: Mazarov Entreprises.

Un par de sociedades pantalla. Un fideicomiso. Una sede fantasma. Un paraíso fiscal.

La amenaza. La extorsión. El plazo. La cuenta atrás. La deuda. El pago. *Delete*. Borrar. Archivo borrado. Libertad.

Si todo iba bien.

Luke llegó en torno a la 1.30 de la madrugada. Le había pedido prestada la gorra a su amigo Kinder. Pero no le dijo para qué. De todo el tinglado de la noche de autos, Kinder se enteraría después.

Pero dijo que sí. A regañadientes, pero aceptó. Y Luke pudo acceder al hotel con el rasgo característico de su personalidad —su pelo rubio casi afro, así de maleable era su personalidad— oculto bajo la silueta de Michael Jordan. Y gracias a eso logró cruzar el pasillo sin contestar preguntas y sin que nadie pudiese memorizar sus facciones. Era alto como su padre, atlético como su padre.

Debajo de esa gorra, y a ojos de un chino... era su padre. Su padre fue el último en llegar.

Axel volvió a mentir. Subió los escalones de la comisaría de dos en dos y se fue de cabeza al despacho de Ortiz. Estaba solo. Era tarde.

En su cabeza aún masticaba el silencio de su hermana cuando le pidió por favor que se encargase de ir al colegio a recoger a Marta. Ya ni se molestó en quejarse. Y eso era mucho peor que quejarse.

La puerta del despacho estaba abierta y entró. Ortiz no le esperaba y dio un respingo en la silla. Cada movimiento de Axel posdetención conseguía preocupar a su entorno. Por eso le habían sugerido que se cogiese una vacaciones. Todos le querían lejos.

Y con razón.

Cuando Axel desglosó sus intenciones de visitar en la cárcel a Coloma Duval, las manos del inspector dejaron de teclear en el ordenador que tenía delante. Cuando Axel le aseguró que se trataba de una mera formalidad, el inspector levantó la vista. Cuando Axel le recomendó que no dejase de hacer lo que estaba haciendo, que era un trámite y que solo venía a informarle para que no le pillase por sorpresa, el inspector empezó a negar con la cabeza.

Y la respuesta fue no.

—O sí, pero voy contigo.

—Preferiría ir solo.

—Y yo preferiría tener veinte años más para haber tenido alguna opción en la vida de haberme tirado a Michelle Pfeiffer.

Pero tengo 42 tacos y ella casi 60. Y resulta que ahora ya no me interesa. Así que voy contigo.

—Vamos a ver, jefe. Si me hace contarle todo lo que sé, le voy a meter en un lío de cojones. Y no hay necesidad. Déjeme que vaya y ya la cago yo. Usted está ahora mismo donde tienes que estar. No se baje de la ola tan rápido.

Ortiz agarró a Axel del hombro y le apretó la clavícula. Le estaba haciendo daño. Le orientó el cuerpo hacia la puerta por la que había entrado y a través de la que se veía otra. La del ascensor.

—Tenemos dos opciones. Salimos juntos por aquella puerta, cogemos mi coche y nos vamos a ver a la detenida. Y nos enteramos los dos a la vez de todo lo que tienes que decirle. —Ortiz giró de nuevo a Axel orientándolo esa vez hacia la silla inhóspita de su hueco en el despacho—. O te sientas ahí y empiezas a largar, que no tengo todo el día y no me gusta meterme en la cama preocupado.

Axel se sentó. Y le contó lo que había descubierto.

Le habló de Lucas y de Kinder. A la historia de este último le echó una capa de maquillaje con la que se podría ganar un óscar con un actor finlandés interpretando a Martin Luther King. Axel solo quería ocultar las manchas de la visita al chaval en el parque. Que las hubo. Siempre las hay. Y se inventó un café amistoso en un bar en el que él apretó las tuercas y el joven se derrumbó. De la rodilla de Loor asfixiando los pulmones del crío no hubo ni rastro. Ortiz no se creía nada a esas alturas, por lo que carecía de sentido esforzarse en la mentira. Con cualquier cosita, se iban apañando.

Le contó también, con las exageraciones y las modificaciones inexorables de las historias de segunda mano, la implicación de la mafia rusa. Las drogas y las explotación sexual. Le habló de Olga, del robo y del plan trazado para chantajear a Goya. Todo tal cual se lo había ido contando Kinder y, al mismo tiempo, saltándose detalles que quizá podría necesitar más adelante.

Ortiz se revolvía en su asiento como si se le hubiese llenado la camisa de culebras australianas. No podía —ni quería— creer que tuviesen que volver a empezar. Si ya tenía la foto. Si ya se había librado de Axel. Si ya volvía a respirar sin que se le entrecortase el aire. E hizo la pregunta del millón.

—¿Y la muerte de Max? ¿Qué pinta en todo esto?

—Esa es la pregunta del millón —contestó Axel—. ¿Seguro que quieres saber lo que pienso?

—No. No quiero. Así que dímelo.

—Lo único que se me ocurre es Estrías. Y la verdad es que me incomodaba menos decirlo en alto cuando pensaba que era el confidente de una viuda, que ahora que creo que puede ser el informador de la mafia rusa.

Ortiz se llevó la mano a la calva y se frotó con vehemencia.

—¡Para qué habré preguntado!

Se puso en pie de un salto y salió disparado sin esperar a que Axel le siguiese. Porque sabía que le iba a seguir. Caminaba rezongando en voz alta. Rumiando su mala fortuna. No le hacía ninguna gracia regresar a la cárcel.

Tantos años después.

La sala donde los esperaba Coloma Duval era fría, raída, desvencijada por la falta de cuidados. Con paredes desconchadas, como los pies de un tailandés. Se notaba a simple vista que no había ni una sola persona en todo el centro penitenciario preocupada de que resultase acogedora. Se daba por supuesto que nadie va a la cárcel a estar cómodo. Ni tan siquiera los trabajadores.

Ella tenía un aspecto deplorable. Axel se sorprendió al verla. Para mal. Y se preguntó si habría aguantado encerrada ahí dentro una condena tan larga. Por suerte para ella, no iba a salir de dudas.

Llevaba las uñas carcomidas, con sangre seca en torno a unos padrastros que antes no estaban. La mirada dura. Los ojos negros. El pelo sucio. La piel letárgica, sin vida.

Su expresión sardónica, sin embargo, seguía en plena forma.

—¡Esto sí que es toda una sorpresa, agente Nash! No esperaba volver a verle tan pronto. Lamento no poder ofrecerle nada de beber en esta ocasión, pero acepto gustosa si tiene el detalle de prepararme algo que llevarme a la boca.

Axel desvió la vista hacia Ortiz, que miraba al frente con los ojos muertos. Lo último que quería era una explicación de por qué sentía que le faltaban unas velas que sujetar.

—Coloma, esto no le va a gustar. La vamos a soltar —anunció Axel.

Ella ladeó la cabeza, esperando una explicación.

—Sabemos que no lo hizo. Y sabemos por qué se inculpó. Entiendo lo que ha intentado hacer pero ya no funciona.

Ella forzó una carcajada seca, como un motor que no arranca. Y soltó el primer derechazo.

—¡Qué vas a entender tú! Tú nunca has entendido nada. Estás más preocupado por escucharte y asentirte que por entender.

A Axel se le clavó un puñal de hielo en el estómago. Ortiz giró la cabeza para que ninguno viese su mínima sonrisa.

—Tienes razón —admitió Axel.

—¡Vaya! Esto sí que es nuevo —dijo Coloma.

Ortiz tuvo la tentación de coger su silla y sentarse al otro lado de la mesa, junto a la detenida. Se dio cuenta enseguida de que a ella se le daba mejor que a él domesticar al agente Nash, que, por supuesto, siguió hablando.

—Estaba tan convencido de que lo habías hecho tú, de tus poderosas razones para hacerlo, de tu capacidad para engañarme y mentirme sin que lo descifrase, que me daba miedo dejarte hablar. Eso me hizo soltar más de la cuenta —y escucharme también—, y no presté suficiente atención a los detalles. Me dejaste construir una ucronía. Un final alternativo. Una recreación de los hechos convincente que solo necesitaba un último empujón. Uno muy sencillo. Darme la razón. O al menos no quitármela. Había fabricado un crimen plausible. Que es lo que hacemos los investigadores para atrapar a los culpables que se esconden, mienten o huyen. Pero esa técnica es ineficaz ante contrincantes como tú. Que lo que quieren es entregarse. Si hasta te pregunté por tu relación con el subinspector Estrías y dejé pasar tus alardeos sexuales, cuando el subinspector es gay. Pero, claro, tú eso no podías saberlo.

—No sé ni de qué me hablas. —Coloma hablaba ya recostada sobre la silla. Su naturaleza le impedía estar incómoda ante dos hombres. Se dirigió a Ortiz—. ¿A este qué le pasa? ¿No habla? Me caía mejor la loca esa con la que vas.

—Te hablo de Lucas —cortó Axel.

—Deja al chico en paz. Él no tiene nada que ver en esto. Yo maté a Marcos. Y me habéis cogido. ¿Por qué no os largáis ya y me dejáis esperar el juicio tranquila? ¿Qué más necesitáis? Ni en la cárcel puede una vivir sin sobresaltos.

—Sé que sabes que a Marcos lo mató tu hijo. Por eso te entregaste tan rápido. Para protegerlo. Encontraste el kerambit en casa y tu imaginación completó los huecos. Desde ese instante comprendiste que lo había hecho él. —Axel se echó hacia delante y apoyó las palmas de las manos sobre la mesa—. Sé que piensas que lo estás protegiendo, pero necesitamos saber donde está Lucas, Coloma. Tienes que ayudarnos. Tienes que ayudarle.

Ella se cruzó de brazos con fingido aburrimiento. En la sala se apreciaba un fuerte olor a cerrado.

—Si no sabía dónde se metía cuando vivía con él, no esperarás que lo sepa ahora que estoy entre rejas.

—Lucas no lo hizo, Coloma —afirmó Axel.

Ortiz se irguió. Le había pillado por sorpresa. No terminaba de acostumbrarse a ir siempre por detrás de su subordinado. Se rascó una oreja para disimular, pero ya era tarde.

—Deberías advertir de tus mentiras a tus compañeros, agente Nash. A este le va a dar un ataque.

Dios, Loor. Cómo te echo de menos.

—Es lo que creo —continuó Axel, lanzando el anzuelo—. Le engañaron. Le embaucaron para chantajear a su padre y, cuando quiso reaccionar, su padre ya estaba muerto. ¿Te ha hablado alguna vez de Olga?

—¿Una chica? No sabes lo que dices —respondió Coloma.

—Creemos que forma parte de una facción independiente de la mafia rusa establecida en España. Es una organización con una estructura muy laxa que permite formar jerarquías autosuficientes en varios puntos del país. Esta chica... —Axel frenó en seco y cambió de dirección—. ¿Y de drogas?

Ahora fue Coloma quién se agitó.

—No. Mi hijo no toma nada de eso.

—¿Quién es ahora la que miente? —intervino Ortiz.

Mira qué rencorosito este.

—O sea, que lo sabes. Perfecto. Lo podía imaginar —dijo Axel—. Una madre que encuentra una arma es una madre que rebusca en la habitación de su hijo; una madre al fin y al cabo. Y un hijo que esconde una arma en casa es un hijo que no sospecha y no tiene por qué ocultar la droga en otro sitio. Genial. Tu hijo es medio tonto, eso sí. Pero esto no fue culpa suya. A Lucas le robaron y ahora debe muchísimo dinero...

—Debía —precisó Ortiz.

—Sí. Debía muchísimo dinero a gente muy peligrosa. Por eso aceptó el chantaje a su padre. Para sacarle uno de los pisos de la costa. Era su manera de afrontar la deuda con la mafia. Pero se la jugaron. Le vendieron que solo tenía que grabar a Marcos manteniendo relaciones sexuales con una menor, pero una vez allí decidieron cargárselo y conseguir el piso a través de la herencia. Más rápido y más directo.

Axel hizo una pausa para dejar que Coloma masticase sus palabras. Ella parecía estar pensando en que, tras la separación, Goya había cambiado el destinatario de sus bienes y puesto a Lucas como heredero único. Por eso no habían firmado los papeles del divorcio. Porque ya no corrían ninguna prisa.

Esto Axel ya lo había pensado. Y, desafortunadamente para todos, los rusos también.

—Las niñas menores de edad. ¿Esa era su enfermedad, verdad? —preguntó Axel—. Cuando me decías que tu exmarido era un enfermo, te referías a eso.

—¿Puedo irme ya?

—Mataron a Marcos, y Lucas... ¿cuánto crees que va a durar entre esta gente? Coloma, ya no lo necesitan para nada. Si de verdad quieres protegerle, será mejor que nos digas dónde puede estar.

Esas últimas palabras se quedaron flotando en la sala. Retumbando como un martillo hidráulico. Axel las había dejado para el final. Un cierre eficaz. Y se mantuvo en silencio sin moverse, esperando que Ortiz le imitase y no lo estropease ahora.

Esas palabras debían ir horadando poco a poco la resistencia de Coloma. Erosionando su confianza. Alimentando su miedo. Soliviantando su calma.

Cada persona tiene su propia casuística y Axel había conseguido lo que el inspector Ortiz había dado por imposible.

Derrumbar el tejido moral de la *femme fatale*.

Enterrarla en sus propias lágrimas.

Vencerla.

Salieron de la penitenciaría de Soto del Real hablando cada uno por su móvil. Dejando libre la oreja que estaba más cerca del otro. Axel hablaba con Loor, con el teléfono a la derecha. Y Ortiz, que esperaba a que la llamada al comisario Cueto diese tono, apoyaba el teléfono en su oreja izquierda.

Tenían que montar un dispositivo de emergencia. Encontrar a Lucas Goya con vida era urgente. En el momento en que se resolviera definitivamente la herencia y vendiera la casa de la playa, era hombre muerto. Una posibilidad tan remota como real. La comisaría quedaba relativamente de camino, pero prefirieron citarse en otro lugar.

Axel colgó. Loor ya estaba en marcha.

Ortiz no logró establecer comunicación. Tendría que autorizar la operación sin la anuencia de sus superiores.

Un oxímoron.

Axel encendió las brasas.

—Cueto estará mamándose con algún político. Es viernes. No tenemos tiempo de que aparte la botella y nos coja el teléfono. Además, ¿quién nos asegura que si lo hace estará en condiciones de tomar una decisión tan importante? Estamos en tus manos, jefe. Tienes que ser tú.

—No me llames jefe cuando quieres algo de mí. No me toques los cojones. No estoy cómodo ahora mismo. No lo estoy. A tomar por culo la zona de confort.

Grieta. Allá voy.

—Venga, Ortiz. Por el amor de dios. Puedes ser muchas cosas, pero, si algo no eres, es un gallina. Qué zona de confort ni qué pollas. En la zona esa solo se quedan los fracasados y tú no eres un fracasado. Ahí no pasa nada. —Axel recordó una de esas citas de mierda que inundan Instagram y que tanto gustan a los mediocres, y la soltó—. La magia ocurre cuando salimos de la zona de confort. Cuesta más, te concedo eso, pero ahí está la vida que merece la pena vivir.

Dios, qué mierda estoy diciendo.

—¿De qué coño me hablas?

Agua.

—Esas frases de carpeta solo se las escucho a perdedores y descerebrados. —La expresión del inspector oscilaba entre triste y preocupada, sin saber dónde estaba más a gusto—. A esa calaña de *losers* que se justifican por sus malas decisiones. Yo estoy como dios haciendo lo correcto. Y lo correcto es esperar a que el jefe nos devuelva la llamada.

—Ojalá tuviésemos tiempo para eso.

—¡Pero si a ti te la suda! No harías lo correcto ni aunque fuese bueno para ti. Tú lo haces todo para joder. Si no, no estás conforme.

Unas ganas irresistibles de darle una hostia en la mandíbula al inspector Jorge Ortiz subieron desde el estómago de Axel hasta su antebrazo. No porque le molestase escuchar lo que su jefe pensaba de él —no esperaba otra cosa—, sino porque le estaba haciendo perder un tiempo que no tenía. Por eso se metió las manos en el bolsillo. Por eso y para buscar las llaves del Peugeot.

—Bueno, sube al coche. He quedado con Loor en la estación de Príncipe Pío. Si quieres, te dejo de camino y nos encargamos nosotros. Diremos que tú no sabías nada y que todo fue cosa nuestra. Salga bien o salga mal, nos haremos responsables.

—Axel, es la puta mafia rusa. Solo puede salir mal.

—Puede ser. Pero yo voy a intentar salvar a ese chaval.

—¿De verdad crees que no fue él quien mató a su padre como has dicho ahí dentro?

—Y yo qué coño sé. Lo que pasó en aquella habitación solo lo saben tres personas y una está muerta. Es a los otros dos a los que quiero preguntar.

—¿Nunca dices la verdad? ¿Nunca?

—Ortiz, es la puta mafia rusa. Solo puede salir mal.

El sonido plasticoso de la puerta del coche al cerrarse le hizo recordar a Axel que debía llevarlo al taller. Necesitaba una buena mano de chapa y pintura. Igual que él.

Axel se mantuvo en silencio unos instantes. Sin arrancar. Esperando. Le daba a su jefe cinco segundos para decidirse o lo mandaba todo a la mierda. No tenían tiempo de saborear el caramelo dulce del Chupa Chups. Tenían que arrancar el chicle de cuajo.

Cuatro.

En ocasiones la quietud atosiga más que mil berrinches.

Tres.

El mundo está lleno de gente sola que no se atreve a dar el primer paso.

Dos.

No hay nada más difícil que mirar a alguien directamente a los ojos y decir la verdad.

Uno.

Vamos McClane, que no tengo todo el día. ¿Lo tomas o lo dejas?

—Está bien. —Ortiz apretó el botón de llamada en su iPhone y esta vez sabía que al otro lado habría respuesta—. Si esto sale mal, despídete de tu trabajo.

Axel sonrió mientras giraba la llave de contacto y el Peugeot emitía un gruñido indolente.

—Ya me he despedido, por si acaso. Y no ha dolido tanto.

A Ortiz le cogieron el teléfono. Al otro lado esperaban instrucciones. La primera orden fue para Axel.

—Que te follen.

54

Volvieron de Soto del Real por la carretera de Colmenar Viejo en dirección a Madrid. Se desviaron en la M40 para llegar a la estación de tren de Príncipe Pío sin atascos. Algo que se antojaba imposible en Madrid si era Axel quien iba al volante. Ahora sí que echaba de menos a Loor. La necesitaba para poder cagarse a gusto en los muertos del subnormal que se le había metido delante, sin intermitente, en la salida 46. Estaba haciendo un esfuerzo titánico para controlarse. Y no sabía decir si lo estaba consiguiendo.

Ortiz le ponía nervioso.

El esfuerzo tenía una explicación: si quería gozar de la ascendencia de su jefe en la operación que esperaba liderar, no podía comportarse en la conducción como un esquizofrénico sin medicación.

Ortiz no decía nada. No iba atento a la carretera. Axel arrojó una idea que llevaba mascando un rato.

—Deberíamos soltar a la madre...

—Ni de coña: primero, hay que encontrar a Lucas y que los culpables confiesen, ahora que creen que han ganado la partida. ¿Crees que la prensa lo iba a pasar por alto? ¿Y que los rusos se quedarían quietecitos, esperándonos, en vez de volar de inmediato a Vladivostok? —objetó Ortiz.

Ya estamos con el perfectito de los huevos.

—Vale, pero cuanto antes, ya la has visto, no lo soporta. Me niego a que por amortiguar el impacto mediático y político de una cagada, vayamos a...

—Se queda en la cárcel por ahora —ordenó Ortiz, levantando la voz—. Primero, porque es donde quería estar, ¿no? Segundo, porque allí está protegida, y tercero, porque ha cometido un delito: obstrucción a la justicia. ¿Está claro?

—Venga, joder. Que estaba intentando proteger a su hijo.

—Me importa tres cojones. Se queda dentro. Y el grandote también casi casi por las mismas razones.

—¿Sota?

—Ese.

Axel no había vuelto a pensar en su viejo amigo. O sí lo había hecho, pero expulsaba ese incordio a manotazos. Esquivaba ese pensamiento como un esquiador sortea las puertas en el descenso de un *slalom* gigante. Ya se enfrentaría a ese fantasma llegado el momento.

Tiempo le iba a sobrar.

Valor, seguro que no.

Primero, en la lista de problemas, estaba Lucas. Coloma les había puesto sobre la pista buena. Sabía bastante más sobre el paradero —y lo que no es el paradero— de su hijo de lo que siempre dejaba entrever, como había quedado de manifiesto.

«Hoy es domingo y los domingos va al fútbol», les aseguró.

Era la segunda vez en menos de veinticuatro horas que Axel escuchaba esa frase. Liberó una mano del volante y asió el móvil que descansaba junto al cambio de marchas. Empezó a escribir un mensaje sin retirar la vista de la carretera. El sonido metálico del teclado del teléfono se iba incrustando en el cerebro de Ortiz como una ventana mal cerrada agitada por ráfagas de viento. Intermitentes, sin cadencia, imprevisibles. Desesperantes.

—Conduce y luego escribes —exigió—. O para ahí y escribes. O dime a quién escribes y lo hago yo, pero joder, que eres policía. ¡Qué mierda de ejemplo estás dando!

—¿A quién? ¿A quién le estoy dando mal ejemplo? ¡Si aquí no hay nadie! Solo estamos tú y yo. Deja de quejarte ya por todo, que esto es importante. Confía en mí.

Era un mensaje corto. Directo. Sencillo. Inconfundible: «Vamos al estadio. Preparado».

El Santiago Bernabéu.

Un mastodonte barnizado con 70.000 trastornados, de los cuales aproximadamente unos 50.000 irían vestidos de blanco o llevarían algún motivo de ese color: bandera, bufanda, camiseta... lo que sea.

Axel buscó información en internet.

En la app oficial de La Liga: Jornada 27.

Real Madrid vs F. C. Barcelona.

El clásico.

Cojonudo.

Axel miró la clasificación.

1.º Real Madrid, 70 puntos.

2.º F. C. Barcelona, 68 puntos.

Se jugaban el título.

Cojonudísimo.

Eso aumentaba el número de espectadores al menos un diez por ciento. Unas ocho mil personas más entre las que encontrar a Lucas, si este se percataba de que algo no iba bien y decidía perderse entre la multitud

El partido empezaba a las nueve.

Axel miró el reloj.

Las ocho y media.

A esa hora llegaron a la antigua estación del Norte, que ahora albergaba un moderno centro comercial con su Vips, su Gino's, su Starbucks, todas las tiendas del grupo Inditex y varias salas de cine en versión original. Lo que un dominguero llamaría «un completo». Siempre y cuando fuese capaz de reconocerse a sí mismo como dominguero. Esa era la sinceridad que merecía la pena. La que te pone en tu sitio. Axel prefería mil veces a un dominguero un domingo que a un dominguero todos los días.

En una esquina, vieron a Loor dando pitadas intermitentes a un cigarro que ya agonizaba entre sus dedos. Esperaba con la espalda apoyada contra un muro de un callejón lateral del mastodonte de luces de neon y escaparates en rebajas.

Ortiz iba muy callado.

Axel se preguntaba si no pensaba convocar a nadie más. Tres policías para acorralar a una persona entre casi 80.000 enajenados que, o bien estarían furiosos porque iban perdiendo y su equipo estaba formado por una banda de millonarios vendidos que no sentían la camiseta y solo pensaban en salir de fiesta y jugar al golf; o bien estarían enfervorecidos porque iban ganando y estaban demostrando por qué son el club mas laureado de la historia y siempre pasaban por encima de ese atajo de catalanes antiespañoles. En caso de empate, la culpa sería del árbitro.

Problemas, en cualquier caso.

Axel hizo la pregunta.

—¿Solo nosotros tres? ¿Nada más?

—No tenemos autorización para lo que vamos a hacer. Es esto o nada —repuso Ortiz.

—Llama al menos a los que vinieron al hotel. Naranjito y el otro. Les podemos mandar a franquear un par de accesos. Total, solo hay 59 puertas en el estadio.

—Los tres o esperamos a mañana. Tú decides, Nash.

—Mañana Lucas puede estar muerto. Si no lo está ya.

—Tú decides.

Axel salió del coche sin responder.

Ortiz ya le conocía y se lo tomó por un sí. Aunque no era una pregunta directa.

Las Doc Martens caminaban hacia ellos con el brillo de las cosas bien hechas. Axel pensó que Loor las había lavado o les había pasado un paño, lo que le llevó a un segundo pensamiento que enseguida ahuyentó.

¿Por qué?

Dónde se habría metido para haber tenido que adecentar su calzado por primera vez en más de tres meses.

—¿Qué pasa? —preguntó ella.

—¿Te gusta el fútbol? —respondió Axel.

—¿Me vas a preguntar si sé quién es Messi?

—Sube al coche —reclamó Ortiz, que no tenía tiempo ni ganas de escuchar las gilipolleces de sus subordinados—. Nos vamos al Bernabéu —añadió.

El inspector empujó el asiento del copiloto hacia delante, dejando el hueco justo para que la agente Loor Galván acomodase el cuerpo en un escorzo y se adentrase en la parte de atrás. Una muñeca sin brazos y sin pestañas, calva y siniestra, le dio la bienvenida. Se la sacó de debajo del culo y la colocó a su lado, preguntándose si debía ponerle el cinturón de seguridad.

—A tu hija cómprale la Play. No seas rata —comentó—. ¿Qué más señales necesitas para darte cuenta de que no le gustan las muñecas? ¿Que le arranque los ojos? No seas machista y no la trates como a una idiota. ¿No le habrás pintado la habitación de rosa, no?

—No —contestó Axel—. Pero estoy empezando a pensar que debería hacerlo para que no me salga como tú.

Ortiz sacó su arma y abrió el cargador para comprobar que tenía las ocho balas intactas.

—¿En serio esto es lo que os preocupa? ¿De esto es de lo que habláis para concentraros antes de la operación más importante de los últimos años?

Este es bobo.

—¿Quieres que te ponga música? ¿Qué te gusta para estos casos, Beethoven? —Axel aceleró para adelantar a varios vehículos que entorpecían el tráfico—. Oye, tío, ya sé que te mola fliparte, pero esto no es *American Psycho*. Si quieres que me flipe contigo monta algo en condiciones. Si vamos a ir los tres a que nos despellejen los rusos, déjanos que hablemos de lo que nos salga de los huevos.

Las pupilas verdes se clavaron en el espejo retrovisor del vehículo buscando algo de complicidad en el asiento de atrás. Solo recibieron a cambio un mechón rubio oxigenado que caía por la frente de Loor y que ya casi le cubría las cejas. Su vista estaba sumergida en otra parte. Quizá anticipando lo que les esperaba. Quizá no.

Con Loor era imposible saberlo.

Hubo un tiempo en que en su mirada se pudo leer desconcierto, inseguridad, desidia, torpeza, miedo. Ahora ya no. Un vida entera jugando al escondite con la verdad le había enseñado mucho. Ahora poseía una mirada indefinida tras la que ocultaba sus deseos. Su verdad. Sus intenciones.

El sonido del claxon destapó otra verdad más incomoda: a Axel le resultaba más complicado esconder sus intenciones.

—Me voy a cagar hasta en tus muertos, subnormal. Pero ¿cómo te metes así, burro?

Ortiz se enderezó en el asiento y guardó el arma.

—Vaya, joder. Por fin un poco de la tensión lógica en estos momentos.

—Qué tendrá que ver —masculló Loor.

Axel esbozó una sonrisa.

—¿Qué dices? —preguntó Ortiz.

—Que qué tendrá que ver —gritó ella.

—Déjala. No le hagas ni caso —sugirió Axel—. Vamos a lo importante. Me preocupan los rusos. No creo que estén en el estadio. Pero si aparecen, vamos a ser tres onzas de chocolate blanco en la despensa de una embarazada.

El inspector insertó de nuevo el cargador. Sonó clic.

—No pongas la venda antes de la herida —le reprendió.

Ni pingis li vindi intis di li hiridi... Mimimí.

De la mafia rusa, Axel no quería saber nada, más allá de los implicados en el asesinato de Goya. No eran un objetivo asumible a corto plazo ni algo de lo que ellos debieran ocuparse. Ya tendrían tiempo de abrir ese melón más adelante, cuando estuviesen más armados y mejor preparados para la batalla. «A nadie le interesa una guerra pública contra las mafias del narcotráfico hasta tener la certeza de poder ganarla. Y ahora mismo no podemos». Esto se lo había dicho Ortiz en el aeropuerto, al regresar de Galicia, en referencia a las mafias sudamericanas, y se le quedó grabado. Primero porque era una forma asquerosa de desempeñar su trabajo como policía. Pensando primero en él y después en la seguridad de los ciudadanos a los que había jurado proteger. Y segundo, porque escondía un tufo político que tiraba para atrás.

En aquel momento, Axel le habría partido la cara. Sin embargo, ahora que sabía que se enfrentaban a otra mafia, en otro contexto y en otras circunstancias, pero en el mismo caso, no podía más que darle la razón.

Por eso solo pensaba en Lucas.

En la paradoja que suponía atraparlo y ponerlo a salvo entre rejas. Aunque el diablo de su hombro izquierdo —que en su caso hacía años que había asesinado al ángel blanco del hombro derecho, porque el cabrón solo hablaba él— le decía que todo era posible y que debía prepararse para lo peor. Que no iba a ser tan fácil. Entrar en el estadio, arrestar a Lucas, meterlo en el coche y llevarlo a comisaría. Obtener su confesión e ir a por Olga y su compinche. Después le tocaría la lotería, echaría un polvo con una modelo y le harían inspector.

Pues no.

El paseo de la Castellana estaba atestado de coches. El ambiente festivo se respiraba en la calle. Desde el club esperaban registrar la mejor entrada del año en Liga. Como todos los años. Como en todos los clásicos. Un lleno hasta la bandera. A ambos laterales, riadas de aficionados acompañaban sus nervios con cánticos de aliento a unos jugadores que a esa hora ya debían estar calentando sobre el césped.

El atasco era indecoroso. No llegarían de ninguna forma al pitido inicial.

—Tendremos que hacerlo con el balón en juego —advirtió Axel—. De estar, el chaval se encuentra en el palco VIP de su padre, que en paz descanse. El acceso es complicado.

—Nos separaremos —dijo el inspector.

—Ortiz, tú debes llevar el peso de la operación.

—¿Desde cuando das tú las órdenes, Nash?

—Te estoy diciendo que las des tú.

—¿Me hacéis el favor de guardar esas pollas y dejar de ver quién mea más lejos? —suplicó Loor.

Ambos se callaron.

Habían avanzado cincuenta metros en los últimos quince minutos.

El partido estaba a punto de empezar.

Decidieron dejar el coche en el *parking* de El Corte Inglés de Nuevos Ministerios y cubrir el resto del trayecto a pie. La otra opción era activar la sirena y advertir a todo el mundo de que llegaba la policía. En un partido de alto riesgo como ese, la gente estaba acostumbrada a un amplio despliegue de las fuerzas de seguridad del Estado, pero los tres policías convinieron que era mejor pasar desapercibidos.

—Al palco de honor se accede por Padre Damián. —Axel sacó el teléfono y lo giró para que Ortiz viese la pantalla—. Este es Lucas.

Era la foto que había robado del móvil de Max.

—¿No era Goya?

—Sí. Pero era otro Goya. Su hijo. Es igual que el padre, pero veinticinco años más joven. A Loor y a mí nos ha visto antes. Nos reconocería. Tú eres el único que puede acercarse a él sin que sospeche. Nosotros te cubriremos desde las bocas de acceso a los vomitorios. Uno a cada lado.

—Está bien. Nos separamos aquí. Atentos al teléfono —zanjó el inspector.

—Es posible que no haya red —comentó Loor—. En este tipo de eventos, con tanta afluencia de público, se inhiben parcialmente las señales. Por seguridad.

Ortiz la miró con cara de pocos amigos.

—Atentos al teléfono —insistió—. Y por favor, que nadie saque el arma.

Axel asintió a su petición.

—Descuida, jefe.

—Quiero oírtelo decir, Loor.

Ella se encendió un cigarro y echó el humo a un costado.

—Descuida, jefe —repitió.

Lo que escucharon a continuación en boca del jefe marcaría la noche de manera decisiva.

—Tengamos una cosa clara... y solo lo voy a decir una vez... Es preferible que el chaval escape a que montemos un escándalo y provoquemos una estampida, ¿está claro?

Axel asomó la cabeza por la bocana que daba acceso a uno de los laterales del estadio. El marcador electrónico indicaba que el partido transcurría por el minuto quince de la primera mitad, y las caras de los aficionados indicaban que los locales no estaban dominando la posesión del balón. El murmullo en las gradas era inquietante. El agente de policía escrutó sus opciones de acercarse al palco de honor, donde los directivos de ambos equipos, ataviados con sus mejores trajes y sus corbatas de la suerte, permanecían sentados, disimulando sus emociones con dificultad. En la butaca central, Axel reconoció al anfitrión, Mustafá Al-Abdel. A continuación paseó la vista a su espalda buscando a su contacto.

Su enlace. Su hijo. Kinder.

No había ni rastro de él.

Axel le había pedido por teléfono, antes de anunciarle que se dirigían hacia el estadio, que llevase puesta la gorra de Jordan para facilitar las cosas. El chaval había objetado que no se va al fútbol vestido con ropa con motivos de otros deportes, a lo que Axel respondió con un escueto: «Me la suda».

Enseguida distinguió entre la multitud la fulgente calva del inspector. Brillante como el oro blanco. Había optado por permanecer sentado en las escaleras para no impedir la visión de los seguidores de esa zona del campo.

De Loor no había noticias.

Y en ese momento Axel se preguntó a quién era más importante tener localizado: a Lucas, a Kinder o a ella.

La respuesta que se dio a sí mismo, le sorprendió.

Se debatía entre moverse y aproximarse para establecer contacto visual con Kinder o quedarse donde estaba. Tenía asumido que era imposible pasar desapercibido entre tanta tensión si lo que decidía era caminar entre butacas. Le tacharían de loco que se gasta 180 euros en una entrada para no prestar atención al desenlace del juego. Y lo que es peor, para molestar a los madridistas de corazón, que empujaban al equipo con su ánimo. Puede incluso que le insultasen. O algo más grave: le llamarían «catalán».

Decidió esperar.

Al poco rato, aprovechó unos minutos de tanteo en los que el balón no pasaba del centro del campo para ponerse en marcha. Subió las escaleras de dos en dos para tener mayor campo de visión. Kinder le había dicho que estaría junto a Lucas en uno de los palcos VIP. Esos asientos premium que se ocultan detrás de un cristal, que despide un reflejo verde que hace imposible apreciar nada de lo que ocurre en el interior.

Con un agravante.

A la inversa, la visibilidad desde la sala hacia el césped es nítida como las gafas de un oculista. Por eso las empresas pagan un riñón y medio hígado por disponer de esas entradas. Las utilizan como reclamo para visitantes, compradores, proveedores, acreedores, clientes o asociados que van de visita a la capital y se deleitan con uno de los mayores espectáculos a nivel mundial: una victoria del Real Madrid.

Ortiz le hizo un gesto a Axel con la cabeza desde el otro lado. Había visto algo. Se puso en movimiento. Tenía a Lucas.

Se volvió de pronto y se llevó el dedo indice a la sien y lo movió como quien enrosca un tornillo. Axel entendió el gesto, pero desconocía cómo responder. No tenía ni la menor idea de dónde se había metido Loor y se encogió de hombros.

De pronto, el murmulló empezó a crecer, como un reflujo que sube desde el esófago hasta la garganta. La gente se incorporó en su asientos. Algo pasaba. De golpe...

El estruendo.

Mierda.

Gol.

El estadio se transformó en un monstruo hambriento. Voraz. El griterío era ensordecedor. La muchedumbre agitaba los brazos, golpeando el aire con violencia. Se abrazaban. Se movían. No se veía nada. La agresividad se desbordó como una ola en mitad del océano en un tsunami que te pilla de espaldas. El *speaker* tronaba a través de los altavoces los nombres que la afición debía vitorear.

Ortiz empezó a correr.

Joder.

Axel vaciló un instante. Sopesó sus opciones.

1. Lucas los había visto.

2. Había escapado.

3. Le habían perdido.

Y tomó la dirección contraria. Se asomó a una de las escaleras cilíndricas exteriores desde las que se divisan los aledaños del estadio. Cogió el móvil. Marcó el número de Loor.

—¿Dónde coño estás?

—De camino.

—¿De camino adónde? ¿Qué coño dices?

—Estoy en el coche. Me di cuenta de que no tenía sentido que fuésemos los tres. Si nos pillaba e intentaba huir teníamos el coche en casa dios. Ese problema ya no lo tenemos.

—No. Ahora tenemos otros.

A su derecha, abajo, una miniatura caminaba a paso ligero. Cabello rubio ensortijado. Podía ser él.

Garfunkel.

—Voy para abajo. Recógeme en la puerta. —Axel descendía dando saltos por las escaleras—. Oye, y las llaves del coche... si las tengo yo, ¿cómo coño...?

—¿Hace falta que te lo explique?

La llamada se cortó. Cuando estaba ya en el primer piso, un grito le alcanzó desde arriba. Axel vio una calva resplandeciente.

—¿Le has visto? —preguntó el inspector.

Axel volvió a asomarse al exterior del estadio y vio cómo una furgoneta negra engullía los rizos amarillos de Lucas.

—Mierda.

55

Axel salió a la calle al mismo tiempo que el Peugeot aparecía en el aparcamiento. Como si hubiesen sincronizado sus relojes. Loor había encontrado el cubo rojo que Axel guardaba debajo del asiento del copiloto y lo había colocado sobre el techo del vehículo.

La sirena sonaba por encima del estruendo del público. El frenazo también.

Él abrió la puerta. Dejó una pierna dentro y medio cuerpo fuera, mientras esperaba que a través de los tornos apareciese, de un momento a otro, una calva sudada.

—¿A qué coño esperas? —preguntó Loor.

—Ortiz. Viene ya.

—No hay tiempo. Sube.

—Espera.

—No hay tiempo. Se escapan.

Axel entrecerró los ojos con la vista al frente. En lontananza comprobó que la furgoneta negra se hacía cada vez más pequeña, más lejana.

Joder.

Se subió al coche.

—Arranca —dijo.

Los neumáticos gastados del Peugeot acuchillaron el asfalto dejando tras de sí una humareda indisoluble, como una estela de urgencia. Antes de concentrarse en la carretera, Axel fijó la vista en el espejo retrovisor y divisó que a lo lejos surgía la figura recia del inspector con los brazos en jarra y la mirada al suelo. El torso doblado por la fatiga. Los aspavientos.

Se estaba cagando en sus muertos.

Y en los de Loor.

Que conducía con las Doc Martens clavadas en el acelerador. Axel se preguntó si ese calzado tan robusto le hacía perder sensibilidad, porque la aguja oscilaba entre los 140 y 160 kilómetros por hora.

—Agárrate —dijo ella.

Un destello blanco les deslumbró momentáneamente. Un flashazo del radar colocado en la bifurcación adyacente a la salida norte del paseo de la Castellana, una vez superadas las Cuatro Torres.

—La pago yo, tranqui —bromeó Axel.

Se estaban acercando. El tráfico se había disipado. Toda la ciudad estaba pendiente, de un modo u otro, del transcurso del partido. Toda la ciudad menos una señora que había decidido aprovechar las desérticas calles de la capital para pasear a su bebé. Las ruedas de un carrito —que era de los caros— se deslizaban por el paso de peatones ajenas a la falta de sensibilidad en los pies de Loor.

—¡Cuidado! —El grito de Axel, que iba dirigido a su compañera, espoleó, sin embargo, a la señora.

Loor pegó un volantazo a la izquierda para sortear al recién nacido y acto seguido otro volantazo a la derecha para enderezar el coche y recuperar la estabilidad. El Peugeot culeó, las ruedas chirriaron dejando dos cicatrices en el asfalto. En mitad del derrape, Axel se venció hacia la ventana y se golpeó la cabeza.

—¿A esta subnormal qué le pasa, es sorda? ¿No oye la sirena? —dijo Loor.

—¿Es tu forma de disculparte?

Cuando recuperaron la estabilidad, él bajó la ventanilla. Una bocanada de aire caliente inundó el habitáculo. Sin darle tiempo a que respirara, la furgoneta negra se desvió en la salida a Montecarmelo. Axel les apuntó con su dedo indice.

—Tenemos que atraparlos antes de que lleguen adonde quieren llegar. Si se refuerzan, estamos muertos.

—¿Quieres conducir tú? Porque me duele ya la pierna de apretar el jodido pedal hasta el fondo. —Loor se retiró el pelo de la frente y se le formó una cresta espontánea. Gotas de sudor brillaban sobre sus cejas—. Otra cosa que puedes hacer es comprarte un coche. Uno de persona normal.

—Acércate un poco más. —Axel sacó su pistola reglamentaria—. Si los tengo a tiro, disparo.

Loor desvió por primera vez en todo el viaje la vista de la carretera. Quería comprobar si hablaba en serio.

—A las ruedas, joder —añadió Axel.

Y según acabó la aclaración, sacó medio cuerpo por la ventanilla y apuntó. Ella agarraba el volante con las dos manos. Con fuerza. Para estabilizar la conducción y aumentar aunque fuese un uno por ciento sus opciones de acertar. Axel sabía que no podía fallar. Sería despertar a la bestia. Abrir la veda. Y no podía asegurar que estuviesen en condiciones de contener la reacción de los rusos si ellos, en lugar de la veda, abrían fuego.

Pero no iba a fallar.

Cerró su ojo derecho, estiró el brazo del mismo lado y apretó el gatillo. El disparo se escuchó en todo el bloque de edificios nuevos que se encaramaban a ambos lados de la calzada. Un chispazo se levantó del asfalto. A menos de un metro del neumático trasero derecho de la araña negra que zigzagueaba en la subida de la avenida del Monasterio de Silos.

Agua.

—Déjame a mí. —Loor extendió su brazo derecho, reclamando su oportunidad de disparar.

—¿Qué dices?

Antes de que ella pudiese contestar, llegó la reacción.

RA-TA-TA-TA-TA.

Una ráfaga envenenada reventó la luna delantera del Peugeot.

—Mierda.

Los dos policías se agacharon y escondieron sus cuerpos a la altura del motor. A Axel el corazón se le salía del pecho.

No notaba dolor.

No le habían dado.

O quizá era la adrenalina que lo estaba anestesiando.

Estamos bien. Estamos bien.

Un chorro de sangre salpicó el volante y el cambio de marchas, la radio y la camiseta blanca que tan bien le había venido para camuflarse en el estadio. Ahora estaría mejor en el Wanda Metropolitano. De rojiblanco.

No estamos tan bien.

Se incorporaron a la vez. Axel vio que su compañera agarraba el volante con una sola mano. Con la otra parecía contener una hemorragia que brotaba de su hombro izquierdo. Una de las doscientas mil balas que escupieron las ametralladoras de origen soviético le había alcanzado.

Estaba perdiendo sangre y estaba perdiendo a los rusos.

—Loor, ¿estás bien? —gritó, a pesar de que estaban a menos de un metro de distancia—. Para el coche. Te han herido. Para el puto coche.

—Dame la pistola.

—¿Qué dices?

Loor le arrancó la pistola de las manos y apuntó a la furgoneta. Estaba lejos. Cada vez más lejos. Ella, al contrario que Axel, cerró el ojo izquierdo.

PAM. PAM. PAM.

Tres disparos consecutivos.

El sonido del aire despidiéndose del caucho.

El balanceo hacia la acera.

La pérdida de control.

La rueda deshinchada.

—Le has dado.

La furgoneta se detuvo en seco. El Peugeot hizo lo propio a escasos cincuenta metros.

—Ahí los tienes. Te quedan cinco balas. —Loor hizo acopio de todas sus fuerzas para cederle el arma a su compañero y se dejó caer sobre el asiento. Estaba perdiendo color. Las manos chorreantes de un reguero carmesí apenas podían contener la herida—. Te toca, Axel.

Él la miró sin despedirse. Como diciendo «A mí no vayas a joder y te me vayas a morir ahora, que vengo enseguida con un ruso en cada brazo y Garfunkel arrastrado por las orejas».

—Llama a una ambulancia. Ya —dijo.

Ella cerró los ojos.

De la masa de chapa negra que cruzaba la carretera se apearon cuatro pasajeros. Y ninguno herido.

Cinco balas.

Del asiento del copiloto se bajó un armario empotrado, grande, peludo, gris y con muchos agujeros por toda la cara: Serguéi

Y por la ametralladora que le colgaba del brazo derecho, daba la sensación de que no quería ser el único con agujeros en el cuerpo. Se giró hacia Axel y disparó.

RA-TA-TA-TA-TA.

De un salto, él logró guarecerse a tiempo detrás de unos contenedores de obra llenos de escombros. Se raspó los codos y las palmas de las manos. Giró su cuerpo 180 grados sin levantarse, como un portero que se equivoca de lado en un lanzamientos de penalti y se cree con tiempo de reaccionar. Se asomó por un lateral y vio los rizos inconfundibles de Lucas y, de su mano, a una niña poco mayor que Marta.

Olga.

No sonreía, pero no tuvo ni la menor duda de que esa boca de labios carnosos escondía un erotizante diastema.

El armario empotrado abrió fuego de cobertura. Cientos de astillas brotaron del metal descascarillado del container.

Deja de dispararme, cabrón.

Los tres se colaron en un callejón con salida.

Axel esperó. Faltaba uno. El conductor, que descendió a toda prisa y tomó el mismo rumbo que sus compañeros.

Axel se tumbó. Con los brazos estirados, como había hecho mil veces en los entrenamientos de la Academia.

Emboscada.

Así se llamaba esa práctica que consistía en simular que estabas en un entorno selvático, en el que tienes que camuflarte, evitar ser visto, hacer el menor ruido posible y acertar. Sobre todo acertar.

Y para acertar hay que saber esperar.

Axel sabía hacerlo. ¿Cuántos años llevaba esperando para saber quién había violado a Noa? ¿Cuántos domingos esperando a que rompiese a llorar y estuviese mejor? Claro que sabía esperar.

Stay down. Stay down.

Así lo decían en las películas americanas. La traducción es «Sigue tumbado anormal o eres carne de parrilla rusa».

Y siguió esperando. Hasta que dejó de esperar.

Y disparó.

Desde su posición no logró escucharlo, pero el sonido de la bala mordiendo la carne flácida del gemelo de la pierna derecha del conductor de la furgoneta le habría transportado a la infancia. A cuando su madre revolvía la salsa de tomate de los spaghetti con una pala de madera. Ese sonido acuático, viscoso. Que anticipaba una sola cosa.

Dolor.

Mucho dolor.

El ruso cayó al suelo entre gritos en su idioma y perdió el arma.

¡Ahora! Corre.

Axel debía actuar con celeridad. Cada segundo contaba. Se abalanzó y esprintó como si no hubiese mañana. El ruso reptaba para alcanzar primero la pistola Walter P99 de nueve milímetros que todavía daba vueltas en la acera como una peonza. El cálculo mental fue rápido. Le quedaban cuatro balas y cuatro fugitivos. No podía permitirse malgastar ni un solo proyectil a no ser que...

—No te muevas o disparo.

El ruso se movió.

Axel disparó contra el suelo. Funcionó. Eso paralizó a su adversario y pudo alcanzar el arma primero. Ya le salían las cuentas.

Dos pistolas para cuatro fugitivos.

¡Qué coño!

Miró en todas direcciones. Estaban solos. Volvió a disparar.

Para tres.

Esta vez si escuchó el sonido de la bala incrustándose en el empeine del pie izquierdo del conductor. Que se retorcía de dolor. Su rostro desfigurado no podía evitar una mueca espantosa. El diagnostico era sencillo. Gemelo derecho. Pie izquierdo. Enemigo neutralizado. Axel se guardó la pistola del ruso en el calcetín y se adentró en el callejón. No sin antes comprobar la furgoneta. No quería sorpresas.

Estaba despejada.

Pegando la espalda a la pared, su pistola en ristre, fue avanzando con los ojos bien abiertos. Aguzando el oído. Su nariz le devolvía una fragancia reconocible.

El miedo.

Caminaba con tiento. Dando pasos prudentes, como quien camina sobre arena ardiente en una playa del sur una tarde de agosto. A su izquierda vio cómo una puerta blanca de metal terminaba de cerrarse.

Todavía eran tres contra uno.

Axel se detuvo a pensar.

No sabía cómo abordar la situación. Si abría la puerta y le estaban esperando a bocajarro, era hombre muerto. El primero en entrar siempre la palma. Se le encendió la bombilla.

Viva Rusia.

Volvió sobre sus pasos y recogió al conductor, que seguía tirado en el suelo. Este protestó y berreó usando fonemas que Axel no alcanzaba a comprender ni mínimamente, por lo que optó por golpearle en la cabeza con la culata y dejarlo sin sentido. Lo cargó a su espalda y se colocó junto a la puerta. La abrió de un tirón y empujó al ruso.

Fuego.

Le estaban esperando.

Dios bendito.

Una ráfaga corta impactó en el pecho del ruso. En el tórax. En el corazón.

Que dejó de latir.

Axel se agachó detrás de él y asomó la cabeza para ver de dónde provenían los disparos. De la derecha.

Mierda.

RA-TA-TA-TA-TA.

Cerró la puerta y vio cómo el conductor inconsciente era acribillado de nuevo por su propia gente. Al menos no se había enterado de nada. Una muerte dulce.

Axel se estaba quedando sin tiempo. Debía entrar ya. Sin vacilar, abrió de nuevo la puerta y disparó. Dos veces. Escuchó un lamento ahogado. Los agujeros del armario ruso tenían un nuevo amiguito.

No podía dar marcha atrás. Todo dentro de él le gritaba que, por favor, se diese la vuelta y se fuese a casa. Se metiese en la cama. Se arropase con el edredón nórdico hasta el cuello y se echase a dormir.

¡Ahora!

Entró con la vista fija en el suelo. Para no detenerse ante nada que pudiese distraer su atención. Con decisión. A su izquierda encontró unos palés de madera y corrió a resguardarse tras ellos. A Axel le recordaron a esas cajas que se usan en las películas para ocultar armas o droga en almacenes. En un polígono a las afueras de la ciudad. Y que cuando el protagonista las abre, se encuentra primero con grandes paquetes de café molido. Y al rebuscar entre el café, halla oculta la mercancía de verdad. Es entonces cuando sumerge un dedo para probarla y dice: «Esta mierda es buena».

Pero aquello no era una película.

O sí.

Axel levantó la vista y corroboró que ante sus ojos se alzaba, bajo una luz tóxica, blanquecina, de hospital de campaña, un almacén lleno de furgonetas y cajas de madera.

Pero ahora no quería café.

Se irguió y contempló sus opciones. No había ni rastro de Lucas y la niña. Estarían ocultos en alguna parte. Axel decidió priorizar al herido. Al hombre que seguro iba armado. A la bestia que seguro que no estaría contenta con un agujero nuevo en el cuerpo. Le quedaban dos balas. Más las que tuviese el revólver que escondía en el calcetín.

Odio las sorpresas.

A su derecha pudo ver una mancha roja sobre el azulejo blanco de la pared del fondo. Era sangre. Efectivamente, el grandullón estaba herido, pero no lo suficiente como para impedir que se hubiese resguardado. Al menos ya sabía en qué dirección buscar.

Tuvo una idea. No estaba seguro de que fuese buena, pero era la única que tenía. Un todo o nada.

Su rival estaba tocado. Lento. Si había perdido la suficiente sangre, sus reflejos estarían al cincuenta por ciento de su capacidad, como máximo. Y sin tiempo para que su cerebro lo registrase. Se notaría cansado, pero no sabría cuánto hasta que se pusiera en movimiento

Disparar. Moverse. Sorprender. Volver a disparar. Tenía que ser rápido. Muy rápido. Más un *sprinter* que un maratoniano. *Allá voy.*

Axel se puso en pie y en movimiento. Todo a la vez. Disparó hacia la zona donde le llevaban las huellas de sangre y echó a correr. A toda velocidad. El ruso lo vio y salió de su madriguera. Sus movimientos eran más lentos de lo que Axel había imaginado. Su ametralladora, sin embargo, era mucho más rápida.

RA-TA-TA-TA-TA.

Su brazo dibujó un arco de derecha a izquierda siguiendo la estela de Axel. Las balas se iban estrellando una por una contra la pared. El esmalte de los azulejos saltaba por los aires. Axel también. Dio un salto hacia delante.

La sangre.

Cayó en escorzo, giró sobre su hombro con las dos manos y, rodilla en tierra, disparó su ultima bala. Justo al centro de la frente. Entre los ojos.

Y convirtió a la bestia en un cíclope eslavo.

Toda una mole de más de cien kilos se venció hacia atrás, haciendo un ruido quejumbroso en la caída. Un desplome en dos tiempos que hizo retumbar las paredes y el suelo.

Faltaban dos.

La niña y Garfunkel.

Axel hizo el amago de ponerse de pie. Algo no iba bien. Bajó la vista a su costado.

Joder.

Un boquete se abría en sus carnes justo encima de la rodilla derecha. En el muslo. Una herida limpia pero grande. Estaba perdiendo mucha sangre. La adrenalina había bloqueado su cerebro, inundando su hipotálamo y permitiéndole remachar al ruso y seguir con vida. Puro instinto de supervivencia. Ante el mensaje de calma posterior, el instinto había dicho basta.

Y empezó a marearse.

La habitación se movía como un barco de juguete en alta mar. Como si Axel hubiese dormido dentro de una botella de whisky. Una corriente de vómito le subió desde las tripas. Apenas podía contener la hemorragia con las manos. Le costaba un mundo dar un paso. Se quitó la camiseta y la enrolló en torno al muslo por encima de la herida. Un torniquete. Con la pierna estirada se arrastró hasta la pared. Intentó auparse apoyándose en las manos y tomando impulso con la flexión de la otra pierna. No fue capaz.

Esa no fue la peor noticia.

De una esquina surgieron Lucas y la niña rusa, que se parapetaba detrás de él, que era mucho más grande que ella, y apoyaba una pistola en su espalda. Si no fuese por las cuatro zapatillas de deporte que caminaban juntas, Axel no habría logrado verla. Decidió probar suerte, quizá por última vez.

Un último farol.

La última bala.

—Tira el arma, Olga. Se ha acabado.

En la cara de Lucas, Axel pudo ver reflejado el pánico de alguien que ha hecho muchas cosas que no debía, cautivado por el influjo embriagador de una Lolita embustera.

Cambió de táctica.

—Lucas, tranquilo, dile que tire el arma. Ya no hacemos nada aquí. Se acabó.

—Claro que se acabó —dijo Olga. Su voz resultó más áspera de lo que su cara angelical inducía a pensar.

—No lo hagas, Olga. ¿Por qué crees que conozco tu nombre? Lo sabemos todo de ti. —Axel se llevó la mano al oído—. ¿No lo oyes? Son las sirenas de la policía. Ahora mismo está de camino un dispositivo de emergencia que viene a rescatarnos. No tenéis escapatoria. Si os entregáis, puedo ayudaros. Si me matas, solo vas a empeorar las cosas. Que a mí me la pela. Estoy hecho un escombro ya. Mírame.

Axel intentó lanzar una sonrisa pero apenas tenía fuerzas, su farol sonaba más entrecortado de lo que habría deseado.

Lucas no levantaba al vista del suelo.

—Lucas, mírame. Necesito que me dejéis ayudaros. La muerte de tu padre ya no tiene vuelta atrás. Fue un error, ¿verdad? Te engañaron. Dímelo, Lucas. Necesito saberlo.

El chaval dio un paso a un lado. Retraído. Como una orden de ejecución silenciosa. Como todo en él. Subterráneo. Doloso.

Ella dejó de apuntar a Lucas y dirigió el cañón de su revólver a la frente de Axel.

—Ya está bien de hablar. Me aburres. Es hora decir adiós.

Axel apretó los ojos. Estaba a punto de desmayarse. Empezó a contar para relajarse y concentrarse en otra cosa.

Uno.

Olvidar el dolor. Ahuyentar al destino.

Dos.

No pasó de dos. El sonido del disparo se le metió en los oídos como una aguja incandescente.

Tres.

Después de eso, el frío.

¿Tres?

Axel abrió los ojos y vio la figura esbelta, impertérrita, de Lucas. Inmóvil. A su espalda no había nadie.

A sus pies, sí.

Desparramado, yacía un cuerpo sin vida con un orificio perfecto en la sien. Cayó a plomo, de costado. Con la boca ligeramente abierta. Axel pudo comprobar que efectivamente el diastema era arrebatador. Después apoyó la nuca contra el azulejo. Sintió más frío. Se estaba apagando. Los párpados le pesaban como dos planchas de acero. La cabeza se le venció hacia el lado de la puerta.

Se acabó.

Antes de irse, un último pensamiento.

Una última visión.

Esas Doc Martens vuelven a estar llenas de mierda.

56

Madrid, domingo 31 de marzo

Abrió los ojos y una de las máximas que había alimentado su vida se vino a abajo como un castillo de arena en un campo de rugby. Siempre había pensado en los hospitales como lugares seguros y reconfortantes. Sin embargo, al despertar, no encontró alivio alguno en la cama que acogía su maltrecho cuerpo. Estaba encajado, sin movilidad. Le dolía hasta el último centímetro del 1,80 que le gustaba decir que medía.

Estaba vivo.

Y eso tampoco terminaba de alegrarle.

Paseó la mirada por la habitación y no acertó a distinguir más que una nebulosa espesa que le impedía celebrar nada. Poco a poco se fue despejando, como un día en Galicia.

En casa.

Los colores vivos —verde, rojo, naranja— de las flores que bebían de un jarrón lleno de agua, debajo de la tele sin tarjeta, empezaron a despertar su consciencia.

Una voz de mujer lo acarició. Sonaba azul.

—Hola, Axel.

Él tardó unos instantes en ubicarla. De entre los casi ocho mil millones de personas que superpoblaban el mundo, era la última que imaginaba que lo despertaría después de sufrir un tiroteo. No sabía si la variación de entropía del universo le estaba gastando una broma.

—Iria —dijo con tiento, casi preguntando.

Ella le cogió del brazo.

—¿Quieres que avise a otra persona?

Axel no respondió. No tenía tantas fuerzas. La sinceridad le resultaba mucho más agotadora que la mentira.

—Noa está fuera. No se atrevía a entrar. Le da miedo verte.

—No me extraña —masculló Axel, girando su cuerpo hacia el lado sano.

A Iria se le iba la vista hacia la pierna recién operada que descansaba en alto sobre una cama de almohadas.

—¿Te duele mucho?

—No lo sé. Me duele todo tanto que no sé ya lo que es mucho. ¿Qué haces aquí?

—Bueno... Ya sabes que Noa quería venir y con más motivo después de que el inspector Jorge Ortiz me llamara y me contara todo lo que había pasado. El hecho de que casi la palmes... pues lo ha acelerado todo bastante. —Iria esbozó una sonrisa mínima—Ya ves, al final me he enterado de que no eres tan cabrón como pensaba. Y yo qué sé... pensé que estaría bien no dejar pasar otra década para disculparme. Lo intenté por teléfono, pero...

No fue una sonrisa lo que surgió del rostro embutido en la almohada y todavía embotado bajo los efecto de la anestesia, pero casi.

—¿Eso es un «Lo siento, Axel, eres un tío de puta madre, haré lo que me pidas para compensarte»?

Ella le pellizcó los pelos del brazo.

—No te flipes, anda —dijo Iria con una sonrisa amplia—. Además, no necesitas compensación. Ahora mismo eres la persona más famosa de España. Estás en todas partes. —Iria posó con cuidado un periódico sobre el vientre del enfermo—. Te han llevado a portada, chaval.

Axel recogió el diario y se dio cuenta de que hacía meses que no consultaba una cabecera en papel. Las webs y las redes sociales le habían fagocitado como consumidor tradicional de información. La palabra quiosco era un recuerdo lejano, como «tiza» o «amigo».

Se encontró atractivo en la foto, eso sí.

Ni el puto Bruce Willis ni su apoteósica calva lograban eclipsarle.

Leyó con atención: «Operación policial antidroga se salda con tres muertos de nacionalidad rusa y dos agente de policía heridos de gravedad».

Axel de pronto recordó y sintió una presión angustiosa en el pecho.

—¿Cómo está Loor? No dicen nada de ella.

—Está bien. Se está recuperando —respondió Iria.

—¿Es grave?

Ella desvió la mirada hacia la ventana, como buscando una respuesta en el exterior.

—No han querido decírmelo. Por alguna extraña razón la policía no quiere que trascienda su identidad. No hay ni rastro de tu compañera en ningún medio de comunicación. Es como si no hubiese participado en nada de todo esto.

Axel sabía por qué.

Los tentáculos de la Guardia Civil eran muy largos.

—Qué asco de gente— farfulló—. Bueno, ya me encargaré de eso. ¿Sabes qué ha pasado con el chaval?

—Lo detuvieron. Supongo que estará en el calabozo. Según la versión oficial, se rindió. No opuso resistencia.

—Chico listo.

—Al parecer, no le van a acusar de asesinato en primer grado. Tiene buenos abogados y están esgrimiendo que sufrió un

561

engaño, que pensaba participar en una extorsión, pero que en ningún caso se le pasaba por la cabeza acabar con la vida de su propio padre. No se va a librar de la cárcel, pero no creo que le caigan treinta años. ¿Te crees esa historia? ¿Que lo engañaron?

—Sí y no. Es decir, los rusos lo engañaron para que se metiera en la boca del lobo y él se metió. Se encontró en un mundo al que no pertenecía y del que no supo salir. Pero estoy convencido de que fue él quien mató a su padre. Le he visto comportarse. —Axel entrecerró inconscientemente los ojos, dotando de gravedad a sus palabras—. Es como un psicópata sin sentimientos, sin emociones. Flipas, Iria. Da miedo por inacción. Frío como un témpano de hielo. Apenas siente nada. Hay un trastorno... alexitimia, se llama. Lo padece un diez por ciento de la población. Es mucha gente, eh. Mucho ser humano incapaz de manifestar sus emociones, de gestionarlas, de comprenderlas, de identificarlas, hasta que te devoran y acabas explotando de una forma u otra. No digo que sea lo que sufre Lucas, eso tendrá que decidirlo un médico. Pero el chaval no está bien. Eso es evidente. Y créeme, le he dado muchas vueltas. Yo creo que no soportó ver a su padre sodomizado por su novia. Esperaba otra cosa, no sé... un polvo más convencional, un misionero guarro... qué sé yo. Por eso reaccionó de forma tan impulsiva y violenta. Y luego está la polla. ¿Por qué se la cortó? No era un mensaje de unos narcos, como creímos, Iria. Era una alegoría, un símbolo. Un hijo cercenándole a su padre aquella parte del cuerpo con la que le dio la vida y que tanto daño le había provocado. Y conservándola, además, como un trofeo que a los rusos les vino muy bien para que no se supiera que a Otero le pagaban ellos y no ningún narco mexicano.

Ella escuchaba como quien está en el cine.

—Cómo están las cabezas —dijo—. Da miedo pensarlo mucho.

Iria dudó un instante y se calló, pero su curiosidad profesional terminó por abrirse paso.

—Oye y... ¿cómo lo supiste? Lo mío fue casi casual, encontré un cepillo de dientes cerca de casa de Mauro Otero, ¿lo sabías?

—¿No jodas? Eso no lo cuentes mucho por ahí. Espero que no lo hayas incluido en el informe cronológico de la investigación.

—Fue un golpe de suerte, supongo. ¿Cuál fue el tuyo?

—Pensar en otra cosa. ¿Sabes cuando estás buscando una palabra y no hay forma de que te venga a la mente por mucho que te esfuerzas y, de pronto, a los dos días, cocinando o paseando al perro o lo que sea, aparece como por arte de magia, nítida ante tus ojos? Pues fue algo así. Yo suelo apuntar cosas en las notas del móvil. Frases que escucho o que algún testigo nos confía. Frases que en un primer momento parecen no significar nada y que tienden a olvidarse, pero que leídas al cabo de los días, con muchos más elementos de juicio, pueden resultar decisivas. Resulta que el dueño del hotel donde asesinaron a Goya, un chino de unos 1.500 años, le dijo a mi compañera una frase carente de sentido: «El muerto se fue». Por otro lado, tengo una amiga que se esta separando y han solicitado la custodia compartida del hijo que tienen en común. Pues para no trastocar al niño, serán ellos los que, cada semana, vayan y vengan a la casa, no su hijo. «Que una madre haría cualquier cosa por proteger a su hijo», me dijo. Los hijos, tan parecidos a los padres. Sin darme cuenta, esas dos frases sueltas, inconexas, se mezclaron en mi cerebro y me dieron la solución. Coloma Duval se había declarado culpable para proteger a su hijo. Un chaval tan parecido a su padre, que, a ojos de un chino de vista gastada, era su propio padre. —Iria lo escuchaba ensimismada—. Increíble. Semanas de trabajo en equipo y mira dónde estaba la solución.

Dan ganas de dedicarse a otra cosa, de verdad. El trabajo policial, a veces, es una pantomima.

—O un golpe de suerte —apuntó Iria.

—También. —Axel dobló el periódico y lo depositó sobre la mesa auxiliar en la que descansaba un vaso de agua y un cargador de móvil—. ¿Cómo está Noa? —preguntó, cambiando de tema sin suavidad.

—Liberada. Parece otra persona —contestó Iria—. Es como si hubiese expulsado todo el miedo que la carcomía por dentro. Hasta se está poniendo gorda. —Iria dio varios parpadeos consecutivos, vacilantes, antes de añadir—: Oye, no tenía ni idea de que Marta...

Se detuvo en seco.

Hasta que empezó a escucharse no se percató de que ese callejón estaba demasiado oscuro todavía.

Axel hizo una mueca de dolor.

—Bueno, ahora ya no tiene sentido que lo sepa nadie. Podemos elegir entre decirle que tiene un padre que es un cabrón malnacido o contarle la historia de Omar.

Iria sonrió.

—Algún día te contaré la verdadera historia de Omar —dijo.

—Es acojonante que haya sido él. Siempre tan cerca de Noa y, sin embargo, tan, tan lejos. Le has dado su merecido. ¡Que se joda! —añadió Axel, buscando algún tipo de reacción en Iria.

—Yo no hice nada más que defenderme. A mí y a mi hermana.

—Ya, ya. Eso decía. —Axel la miraba casi divertido. Por un momento llegó a olvidarse de que estaba en la cama de un hospital—. Oye, tú le conocías muy bien, ¿cómo llegó a meterse en semejante movida?

Iria suspiró y se recostó sobre la butaca de plástico duro. Enseguida cambió de idea. Su asiento era demasiado bajo para esa cama y su 1,58 de estatura no hacía nada por compensarlo.

—Droga. En Galicia siempre es la droga. Omar debía mucha pasta a gente a la que no conviene deberle pasta y pidió ayuda a unos conocidos de Madrid, a los que tengo entendido que conoces bien. El muy imbécil pensó que podría salir limpio de algo así y no, claro que no. Siempre es no. Le engañaron. Tus amigos le prestaron auxilio con un cargamento de cocaína, pero a cambio le pidieron que se deshiciese del soplón del puerto. Y tuvieron la extravagante idea de deshacerse de la polla del tío de la radio y endosársela a Omar. De esa forma orientaban toda la investigación hacia las mafias sudamericanas y salían limpios de un asesinato muy jodido. O eso pensaron. Desde luego, no contaron con la pericia de dos avezados superpolicías como nosotros.

Axel cerró los ojos a mitad de la explicación. Se sentía abrumado. Llevaban un rato hablando y se dio cuenta de que se le estaba haciendo bola recordar todo aquello. Era un exceso de información indigerible. Habló sin abrirlos.

—Lo siento, Iria. Estoy demasiado cansado todavía.

—No te preocupes. Te dejo en paz. Pero, por favor, no te disculpes, que soy yo la que ha venido a eso. Le diré a Noa que la verás otro día, ¿te parece?

—Sí, por favor.

Cuando Iria ya se iba y estaba a punto de superar la puerta, en la que dos policías uniformados hacían guardia para evitar disgustos con muchas erres rusas, oyó que Axel preguntaba.

—¿Quién me ha mandado las flores?

Se volvió y comprobó que, en la base del cesto que contenía las flores, pegado con celo al plástico que lo protegía, había una tarjeta blanca en la que se podía leer: «Para Axel Nash».

La arrancó con delicadeza y se la acercó a la cama.

—Solo hay una forma de saberlo —dijo, entregándosela—. Te dejo que la leas tranquilo. En Galicia somos muy discretos. Ya lo sabes.

—Si tú lo dices.

Axel la abrió y dentro encontró una cartulina escrita con tinta azul, buena ortografía y mala letra. Empezó a leer sin mover los labios.

Si está leyendo esto es que está mejor de lo que pensaba, agente Nash. Lo celebro. Lo último que pretendo con este mensaje es alterarlo de algún modo, al contrario, mi único deseo es felicitarle. Por fin se ha hecho justicia. Ha hecho un gran trabajo. Los asesinos de Goya ya están en prisión o en el purgatorio y entre nosotros circula un violador menos. Hemos formado un gran equipo aunque no lo sepa. Mientras usted se ha centrado en una parte del problema, los asesinos de Goya, yo me he hecho cargo de la muerte de Max Morán, una de las grandes noticias que nos deja todo esto.

¿Cómo?

Axel sintió que la sangre se le acumulaba en la cabeza. Se le aceleró el pulso. Siguió leyendo.

Sus víctimas por fin podrán descansar en paz, entre ellas, mi santa hermana, junto a cuya tumba le escribo estas líneas, acá en Brasil. Me atrevo a decirle que hoy nuestro planeta es un lugar más justo y menos peligroso y, en parte, es gracias a nosotros. No somos tan diferentes. Usted se ha encargado de unos asesinos. Y yo, de un violador. A veces la vida es una competición por ser el verdugo y no la víctima, y otras veces no puedes evitar ser ambas cosas. Seguro que está de acuerdo conmigo. Sin más, me despido reiterándole mis felicitaciones por una gran labor policial. No trate de encontrarme. Le he visto en mi ambiente y no termina de estar usted cómodo.

Atentamente,

Omega

Según terminaba la lectura, Axel sintió que se le erizaban los últimos pelos de la parte baja de la nuca. Cerró los ojos y la única imagen que se le vino a la mente fueron unos dientes majestuosos, formando una sonrisa eterna.

Y una voz metálica.

El puto mocoso. Tócate los...

Esa misma tarde, Axel seguía dándole vueltas. Ese giro final de los acontecimientos no lo había visto venir. Necesitaba poner en orden sus pensamientos. Decidir si quería compartir el contenido de la tarjeta que le había arruinado la siesta y que había guardado en el cajón de la mesilla auxiliar.

Se lo contaría solo a Loor. Con ella se encontraba la última vez que lo vio, junto al Starbucks de la comisaría. Ella iba a confesarle su tenebrosa historia familiar y el mocoso les dijo que estaba merodeando, preocupado por si tenía que presentar el programa nocturno de la Cadena Voz.

¿Cómo pudieron pasarlo por alto?

¿Cómo no lo vieron?

El muy perro estaba allí esperando a que la policía se encargase de Max para no tener que hacerlo él. Y al ver que salía libre, se lo cargó. Para vengar a su hermana. Por eso también le había citado en el Flowers y le había confiado lo de la bronca en el *parking*. Quería que Max fuese acusado de asesinato.

«Hemos formado un gran equipo aunque no lo sepa».

Esa frase retumbaba en el cerebro de Axel. Formar equipo con un asesino. Y lo peor era que sabía que tenía razón —«No somos tan diferentes»—, y no se sentía mal por ello. Decidió que al menos de momento no tenía ganas de perseguir a nadie más. Él, que tantas veces había desempeñado el papel de justiciero por cuenta propia.

Era pura empatía.

Sus divagaciones se interrumpieron. En torno a la puerta de la habitación empezó a crecer un rumor que se tornó algarabía.

Mierda.

El comisario Cueto, el inspector Ortiz, el listillo de Nadal y su acólito mudo entraron sin orden en la habitación. El grupo de investigación casi al completo.

Casi.

—Coño, Nash, vaya susto nos has dado —dijo Cueto—. Ya no sabes qué inventar para cogerte la baja, eh.

Axel fingió que se alegraba de verles y dobló la almohada sobre su cabeza para incorporarse ligeramente y no sentirse tan a merced de sus invitados.

—Bonita camisa, Ortiz —comentó.

La tela italiana de primera calidad se ajustaba sobre los brazos del inspector como si estuviesen imantados por una fuerza superior.

—Es nueva. Y te diré que me he comprado un par. Pensaba regalarte una. Para que dejes atrás de una vez las camisetas esas que me llevas, de adolescente con problemas de adaptación en el instituto.

—No me va a quedar igual. Yo no tengo esos bíceps —añadió Axel, burlón.

—Se la regalaré a Loor, entonces. Que ya me he enterado que es bastante más fuerte que tú.

Axel se sobresaltó.

—¿Dónde está? ¿Está bien?

Los cuatro visitantes se pusieron serios.

—¿No te lo han dicho? —preguntó Cueto.

—No.

—Está en la UCI. En coma inducido. Los médicos no saben si va a salir adelante.

Axel frunció el ceño.

—¡Eeeehhh! Pero ¡qué coño dices tú! —Un bramido se coló desde la puerta—. ¿A que saco el arma?

El inspector Ortiz se hizo a un lado y Axel distinguió una silueta recortada en torno al humo de un Marlboro recién encendido.

—Loor. —Axel se dio cuenta de que su voz sonó muy afectada—. No fumes aquí, anormal. Esa mierda te...

— ...va a matar —completó ella—. Ya lo sé. Y vengo a ver si te mata a ti también. Que ya me he arrepentido de lo que hice por ti el otro día.

Loor llevaba el brazo izquierdo envuelto en una venda gruesa, sujeto al cuello con un cabestrillo.

Axel se giró hacia el inspector.

—Ortiz, mira a esta. Ya está poniendo la venda antes que la herida.

Solo Loor entendió la broma.

Y Ortiz, claro. Aunque no la compartió.

—No me toques los cojones tan pronto, Axel. No hagas que me arrepienta de haber venido.

El agente Nash hizo un gesto a modo de disculpa y le pidió con la mano que se acercase a la cama.

—¿Y Estrías? ¿No va a venir a verme? —susurró con media sonrisa.

—Está muy cabreado, Axel. Está colaborando con Asuntos Internos de tal manera que es imposible que sea culpable. No sabes qué abnegación. Y mucho me temo que en cuanto demuestre su inocencia va a ir a por ti.

—Pues la hemos cagado —dijo Axel con la sonrisa ya completa—. Porque ahora creo que no ha tenido nada que ver.

—¿Cómo? ¿Me lo estás diciendo en serio? No, qué va. No me lo estás diciendo en serio. Joder, tío... ¿Cómo puedes ser así? ¿Cómo cojones te soportas?

Axel se encogió de hombros. No tenía una respuesta convincente para esa última pregunta.

Tres días más tarde, Axel abandonó el hospital en una silla de ruedas. Unas Doc Martens impolutas la empujaban sin urgencia. Junto salieron al exterior y la claridad del cielo plateado de la mañana les golpeó en la cara con desagrado. Se habían acostumbrado a la media luz que concedía la persiana de la habitación.

Al fondo, junto a un Citroën C3, Axel vio cómo le esperaban, con diferentes grados de alegría e impaciencia, Iria, Noa, su hermana Gema y su hija Marta.

Joder. Joder. Joder, Joder.

Al encaminarse hacia su pasado y su presente, Axel sufrió algo parecido a un ataque de pánico. Su futuro, de pronto, no le parecía un lugar tan seguro.

Tantas explicaciones por dar.

Tanta gente esperándolas.

Temía no estar a la altura. Como siempre.

Sintió el impulso de volver por donde había venido, de solicitar el ingreso voluntario en el hospital y prolongar su estancia un par de semanas más.

Levantó la cabeza en un ángulo imposible para dirigirse a Loor. Esa loca era lo más seguro que tenía. Desde abajo pudo ver que el flequillo, cada vez menos rubio y menos oxigenado, seguía creciendo.

—Déjame tus gafas de sol, Loor. No quiero que vean la mala cara que tengo.

Ella se retiró las gafas del pelo y se las pasó a Axel.

—Joder. No has protestado. ¿Tan mala cara tengo?

—Sí. Das pena —dijo.

—Espera —le ordenó Axel.

Ella dejó de empujar, pero mantuvo las dos manos sobre los agarres de la silla de ruedas.

—¿Qué te pasa?

—No sé. Necesito tiempo.

—Yo sé lo que te pasa —aseguró Loor.

—¿Ah, sí? ¿No me digas?

—Sentimientos. Están ahí esperándote. Esas cuatro mujeres te dan más miedo que cinco rusos hasta arriba de munición. ¿A que sí? Vas a tener que hablar, que explicar, que expresar... y estás cagado.

—Oye, no me des la paliza tú también, ¿vale?

—¿Y sabes qué más? —continuó Loor—. ¿Te acuerdas que hace nada me dijiste que ibas a hablarme de tías? Pues no lo has hecho, así que lo haré yo. Coge ahora mismo tu teléfono y antes de meter la cabeza en todos esos problemas que están junto al coche, escríbele.

—¿Qué? ¿A quién?

—A la de los huevos de Lucio.

—¿Qué dices?

—Pero ¿tú te crees que yo soy gilipollas?

—¿Tengo que contestar?

—Nunca te he visto más contento y más liviano en mi vida. En el avión a Galicia ibas en una nube. Acababa de aparecer el pito de Goya y tú volabas muchos pies por encima del avión que nos llevaba... Así que deja de hacer el imbécil y escríbele.

—Ya lo he hecho y no me contesta.

—No me jodas. —A Loor se le escapó una carcajada sorprendente.

—Te lo juro —confirmó Axel—. Pero es normal, joder. Se ha cansado de que no esté lo suficientemente pendiente. —Axel pugnaba por camuflar sus sentimientos. Finalmente cedió—. Y te confesaré que me jode.

—¿En serio? —Loor no daba crédito a lo que estaba escuchando—. Sigue, por favor.

—Estaba convencido de que nos habíamos gustado. Mucho. Y a mí eso no me pasa.

—Dame el móvil —le apremió Loor.

—¿Para qué?

—Que me des el móvil.

Axel obedeció, empujado por la curiosidad. Se arrepintió al instante.

—¿Qué coño haces?

Ella se alejó unos metros y le enfocó con la cámara.

—No sonrías.

Sonó el obturador.

—Toma. Envíasela.

—Es una cochinada utilizar esta foto de convaleciente de la posguerra. ¡Vamos, no me jodas, Loor!

—¿Te vas a poner digno? ¿De verdad? Una cochinada a tiempo es una victoria, anormal. Lo que necesitamos es otra oportunidad. Luego ya te encargarás de hacer que funcione. Si la tía mola, le hará gracia que hayas usado un truco tan bajo.

Axel se convenció y adjuntó la foto en un WhatsApp que decía:

Hola, Mayfair:

Ya te dije que iba a insistir. Como ves, estoy quemando todas las naves. Si esto no funciona, me rendiré. Te doy mi palabra. Sé que es lamentable que te mande esta foto, pero me he dado cuenta de que me gustas mucho. ¿Te apetece empujar esta silla de ruedas un ratito mañana por la tarde? Bueno o cuando tú quieras y te venga bien.

Ojalá que la respuesta sea sí.

P. D.: No tardes mucho, por favor. No sé cuánto tiempo me queda de vida.

Un beso

Axel pulsó el botón de enviar a Alicia Móvil y le mostró la pantalla a Loor para que viera que no mentía, que era un valiente, que le hacía caso, y que ojalá diese resultado y le contestase, y se viesen de nuevo, y volviesen a hacer...

Todavía en su mano, el teléfono comenzó a emitir un zumbido intermitente. Estaba vibrando.

Joder, vamos. Esto sí que es rápido. Gracias, Loor. Te quiero.

Axel pulsó el botón verde casi sin mirar.

Y se llevó el aparato a la oreja.

La voz al otro lado no era pelirroja.

—¿A ti qué te pasa? ¿Tú no tienes madre?